本书为黑龙江大学优秀青年学者项目"《艺苑卮言》校释与研究"的结题成果；本书出版亦得到哈尔滨音乐学院东北亚音乐文化发展协同创新中心"《中国东北肃慎族系歌诗史》"（XT2022005-6）项目的资助支持。

《艺苑卮言》全注全译

（明）王世贞 著

韩伟 译注

人民出版社

目　录

前　言

　　王世贞（1526—1590），字元美，号凤洲、弇州山人，太仓（今江苏太仓）人。王世贞出生于官宦之家，其祖父王倬官至兵部右侍郎，父亲王忬为嘉靖二十年（1541）进士，后亦累官至兵部右侍郎。王世贞本人于嘉靖二十六年（1547）得中进士，由此开始仕宦生涯，直至去世当年，时间跨度40余载。历仕嘉靖、隆庆、万历三朝，先后任大理寺左寺评事、刑部员外郎、山东按察副使、浙江左参政、山西按察使、湖广按察使、南京刑部尚书等职，官迹遍布山东、山西、湖广、江苏等地，虽有一定地位，但始终未跻身于权力中心。除此之外，他因性情耿直，秉公办事，先后得罪严嵩和张居正，这也是导致其一生奔波的重要原因。王世贞一生中的至暗时刻是嘉靖三十八年（1559）至隆庆元年（1567）这段时间，起因是其父亲王忬在总督蓟辽右都御史任上抵御外敌入侵时兵败，加上严嵩进谗言，于是先遭下狱，嘉靖三十九年（1560）被斩。这使王世贞和弟弟王世懋非常被动，作为"罪臣"家属，王世贞这段时间主要以闭门幽居为主，其间又遭受妹妹病故、自己大病、长女离世等多重打击，其情绪一直较为低落。《艺苑卮言》载"余自遭家难时，橐饘之暇，杜门块处"，就是这段时间人生经历和内心情感的真实写照。也恰恰是在这段时间，他更深切地体会到人情冷暖以及仕途险恶，开始更多地接触民间文士，"中年挂冠时，命游屐，与诸子周旋"。于是，当隆庆元年其父亲冤屈得以昭雪之后，他便屡次请求致仕。万历六年（1578），因得罪张居正，遭弹劾，被削夺俸禄，回乡待用。此时，他已经较为豁达，开始将主要精力放在求仙问道上面，后虽又经历几次宦海沉浮，但始终能泰然处之，以诗酒自娱。

　　《艺苑卮言》是王世贞最重要的理论性著述，也是其文学观念的主要载体。王世贞晚年谦称《艺苑卮言》为"戏学《世说》"之作，该书体例虽有模仿《世说新语》"一言一事为记"的痕迹，但总体上仍以"成一家言""补三氏（指徐祯卿、杨慎、严羽）之未备"为务，其文本中的各个条目或者服务于分卷的主题，或者服务于王世贞的整体诗学理想，是一个有机的整体，绝非其他搜奇辑异之书可比。

我们知道，在中国古代文学批评园地中，《毛诗序》具有发端性质，其后《文心雕龙》《诗品》将文学批评进一步推向了自觉之境，在各种书札、序跋、随笔等体裁的簇拥下，欧阳修借《六一诗话》开创了诗话文体的先河。此后，诗话之体逐渐由"以资闲谈"的随性笔记进阶为旨在"辨句法，备古今，纪盛德，录异事，正讹误"（许顗《彦周诗话》）的专门文体。到了南宋，以严羽《沧浪诗话》为代表，诗话之体发展到了顶峰，对文学问题的言说更加专门且更具体系性。明代诗话基本延续了宋诗话的传统，甚至很多学者将之视作中国诗话的第二次高峰。这种认识有一定道理，一方面，经历两宋、元代的开创、发展，诗话所讨论的内容更为集中，理论性更强，甚至出现了专门讨论某一人物、某一地域、某一流派的诗话，它们无论是在精深程度，还是在涉及广度方面都堪称典范；另一方面，诗话的形式更加多样，很多具有诗话性质的专著，在题名中不再执着于"诗话"二字。名称往往是内在倾向的某种折射，这种现象表明明人对这种文体的认知更加自觉，态度也变得更为从容，以"沿其实"为主，不再刻板化地"遵其形"。

《艺苑卮言》便具有这种性质。"卮言"一般解为"自然随意之言"，最早见于《庄子·杂篇·寓言》，原文为"卮言日出，和以天倪"，大概的意思是说，通过日积月累地不断言说，逐渐与自然（天倪）相互和谐，抵达大道之境。理论言说的最终目的是解释某种事物或事件的本质，但语言本身存在天然的劣势，言只能尽量接近意，而无法穷尽意，这是"言—意"体系中永恒的无奈。在现实生活中，为了接近某一问题的本质，言说者往往要以貌似支离、不成体系的方式尽量接近想要传达的本意，这一过程中语言的零散性和层累性发挥着作用。总体而言，王世贞以"卮言"命名自己的诗话，一方面带有自谦的性质，另一方面也恰当地概括了这部诗话的特征，即通过零散语段的累积，让人们洞悉诗学之真谛。

《艺苑卮言》所传达出的诗学思想十分复杂。王世贞属于明代"后七子"的领袖人物，其地位与李攀龙不相上下。李攀龙较王世贞年长 11 岁，却早离世 20 年。这 20 年中，王世贞真正扮演了号令诗坛的角色，钱谦益《列朝诗集小传》评曰："元美弱冠登朝，与济南李于鳞修复西京大历以上之诗文，以号令一世。……操文章之柄，登坛设墠，近古未有。"其所倡导的"格调""法度"亦成为当时作诗之人的基本指导。但是，若我们仅仅停留在"文必秦汉，诗必盛唐"的单纯复古主义层面来认知王世贞的话，很显然是不全面的，没有看到其理论主张的特殊之处。事实上，这一主张是"前后七子"的共性追求，甚至其远源可以上溯到南宋严羽，然后是明初的高棅、李东阳等人。甚至可以说，这是明代所有"复古派"诗人的共性追求，因此这一主张无法体现出王世贞及其《艺苑卮言》的独特价值。

王世贞思想的可贵之处在于沿袭中有创新，复古中求自然。这表现在如下几个方面。首先，对秦汉、盛唐诗文之法，主张入乎其内，但更要出乎其外。他不满李梦阳等人的机械复古，认为"剽窃模拟，诗之大病"，而是推崇何景明倡导的"舍筏登岸"之说，称"信阳之舍筏，不免良箴，北地之效颦，宁无私议"，又认为何景明能够"义取师心，功期舍筏"，所以才能在"前七子"中有一席之地，补李梦阳之缺失。这种带有鲜明辩证色彩的评价在"复古派"中独树一帜，也对明中后期诗坛的向前发展起到了重要纠偏作用。其次，对"格调"观进行了具体诠释，使诗歌的音乐属性获得凸显。无论在秦汉还是在盛唐，"歌诗"都占有相当比重，因此明代"复古派"眼中的"格调""法度"，并未超出音乐文学的领域。一般情况下，研究者往往根据王世贞"才生思，思生调，调生格"的表述，将其看成明代"格调"论的集大成者，而忽视了其倡导之"调"潜蕴的音乐属性，导致对"格调"的认知流于片面。我们注意到他还有这样的表述："五言至沈、宋，始可称律。律为音律法律，天下无严于是者。"即是说"律"是"音律"和"法律"的结合体，"法律"是指南朝之后逐渐流行的作诗的规则、技巧，"音律"当是其基本构成。李东阳很早就提出过"律者，规矩之谓，而其为调，则有巧存焉"的观点，在这一体系下，王世贞对音律的认知实际上就是对"调"的进一步深化，从而使"格调"理论的音乐性色彩更为突出。最后，推崇情景交融的自然审美理想。这方面与前面两点存在交叉之处，或者说"舍筏""音律""情景"实际上都可划归到"自然之美"的范畴之下。

情与景是诗歌表现的重要内容，孤立的写景或者孤立的抒情，在文学作品中都不多见，两者更多时候是成对出现的。但是，它们结合的紧密程度却是衡量作品优劣的重要标准。很多时候，欣赏者虽然不能明晰地进行学理性分析，但大多会形成一种直观印象，从而产生生动与干瘪、真实与虚假等主观体验，它们背后的根源往往都与情、景结合的紧密程度有关。对此，王世贞提出了"情景妙合"的主张。所谓"妙合"即为天然之和，"不为古役，不堕蹊径"方是最理想的形态。一味模仿古人，机械遵循成法，即使景物罗列得再多，也必然缺少真意；单纯求新逐变，肆意驰骋个人私情、私法，即便吸引眼球，境界也必受局限。所以，"情景妙合"不仅是行之有效的创作之法，更是王世贞以"自然"为旨归之诗美理想的最好展示。

《艺苑卮言》无疑是中国诗话的杰出代表，但本着客观、公正，不为尊者讳的研究态度，必须承认，该书在近乎完善的材料征引和理论言说过程中，也必然存在零散或支离的现象。比如，第一、第二卷对前代理论观点、艺术作品的征引，就难免挂一漏万，后面诸卷对历代文人的介绍和评述，也多少会存在类似的问题。正如其在序言中所说，虽有弥补严羽《沧浪诗话》、杨慎《升庵诗话》、徐祯卿《谈艺录》之不足的动机，但最终仍无法避免"漶漫散杂"的毛病。客观来讲，这不是《艺苑卮言》的个体性问题，零散之症乃为诗话体裁之通病，只是体现的程度有所差异而已，这恐怕与该文体"资闲谈"的天然基因密不可分，同时也与这种文体"直抵本质""感性直观"的言说方式有关。实际上，诗话本身就是在用层累的方式克服语言的支离之弊，本书所录《艺苑卮言》八卷也大抵如此。王氏清醒地认识到自己作品的不足且以"卮言"命名，折射出了他客观的学术态度，这一点在"文坛领袖"中间尤为珍贵。

总体而言，《艺苑卮言》具有重要的学术价值，其对唐、宋诗各体及汉、魏、六朝、唐、宋、元、明诸代诗人的评价，为我们展现了明代诗坛生动的历史画卷。作为王世贞诗学思想的最主要载体，《艺苑卮言》不仅在明代"复古派"中扮演着"金科玉律"式角色，具有举足轻重的地位，而且在整个中国诗学史上，也足以与《文心雕龙》《诗品》《沧浪诗话》等比肩而立，具有承前启后的历史价值，代表着中国古典诗学的辉煌成就。

例　说

一、本书以万历五年世经堂刻《弇州山人四部稿》录《艺苑卮言》（八卷）为底本，参校旧题万历十七年武林樵云书舍刊《新刻增补艺苑卮言》本（十六卷）、万历十九年累仁堂刊本（十二卷）及文渊阁《四库全书》本、清光绪十一年王启原《谈艺珠丛》本、丁福保《历代诗话续编》本等，对存在争议之处，或参照相关史书、文集、书札加以修正，或存疑，以待同道学者进一步考证。

二、本书部分词条参照了罗仲鼎先生《艺苑卮言校注》（齐鲁书社 1992 年版）。罗书对《艺苑卮言》的校注具有拓荒性质，该书 2021 年 6 月又由人民文学出版社增订再版，其时本书已经完成。与罗注相比，本书注释力求准确、简练、明晰，并附以全篇译文，兼顾学术性与通俗性，既做文献层面的考订、训诂，亦重视文义的合理、可读。

三、对于文中出现的历史人物，在第一次出现处加详注，包括人物的字号、籍里、简要生平等，并附以出处依据。后文再次出现时，则标明第一次注出位置，如"梅尧臣：见一·二〇注 [1]"。意为参照卷一第二十条的注释 [1]。

四、王氏此书引用前人原文较多，注释时按照"先出处，再作者"的顺序出注。若涉及同一作者的多段不同引文，则先介绍作者，然后在每段具体引文后标明出处。同时，根据需要也酌情对《卮言》中的引用性文字进行了注解。

五、在【译文】部分，出于文义流畅的考虑，某些地方并未完全按照【注释】进行直译。在不影响意义表达的前提下，加以适当文学性处理，目的在于使读者诸君体会到《艺苑卮言》的文气和温度。

原 序 一

余读徐昌谷[1]《谈艺录》，尝高其持论矣，独怪不及近体[2]，伏习者之无门也。杨用修[3]搜遗响，钩匿迹，以备览核，如二酉之藏耳[4]。其于雌黄曩哲，囊钥后进[5]，均之乎未暇也。手宋人之陈编[6]，辄自引寐。独严氏一书[7]，差不悖旨，然往往近似而未核，余固少所可。既承乏，东晤于鳞济上，思有所扬挖，成一家言[8]。属[9]有军事，未果。会偕使者按东牟，牍殊简，以暑谢吏杜门，无赍书足读，乃取掌大薄蹄，有得辄笔之，投簏箱中[10]。浃月[11]，簏箱几满。已淮海飞羽至，弃之，昼夜奔命，卒卒忘所记[12]。又明年，复之东牟，簏箱者宛然尘土间。出之，稍为之次[13]而录之，合六卷，凡论诗者十之七，文十之三。余所以欲为一家言者，以补三氏[14]之未备者而已。既成，乃不能当也。其辞旨固不甚谬戾于本，特其浸漫散杂，亡足采者，非以解颐，足鼓掌耳[15]。管公明[16]曰："善《易》者不论《易》。"吾其愧其言。戊午六月叙。

【注释】

[1] 徐祯卿，明代复古运动"前七子"之一，字昌谷，吴县（今江苏苏州）人，明孝宗弘治十八年进士，官至大理左寺副，与唐寅、祝允明、文徵明并称"吴中四才子"。事详《明史》卷二八六《文苑传》。

[2] 近体：此处指晋、唐以后的诗。

[3] 杨慎，字用修，号月溪、升庵、逸史氏、博南山人、洞天真逸、滇南戍史等，新都（今四川成都）人，明武宗正德六年状元，官至翰林院修撰。事详《明史》卷二八七《文苑传》。此处言其《升庵诗话》。

[4] 遗响：指前人作品的气韵风格。匿迹：隐藏之痕迹。览核：查阅。二酉：指大酉、小酉二山，在今湖南沅陵西北。二山皆有洞穴，相传小酉山洞中有书千卷，秦人曾隐学于此。后以"二酉"指称藏书丰富之所。

[5] 雌黄：矿物名，古人抄书校书常以雌黄涂改文字，此为评论、议论之义。曩哲：先哲。橐钥：亦为"橐籥"，本义为鼓风之风箱，引申为生发、化育。后进：学识或资历较浅的人。

[6] 陈编：古籍，古书。

[7] 严氏一书：指严羽《沧浪诗话》。

[8] 承乏：承继空缺的职位，多用作任官的谦词。于鳞：李攀龙，字于鳞，号沧溟，济南府历城（今属山东济南）人，明世宗嘉靖二十三年进士，官至河南按察使，与谢榛、王世贞等为"后七子"领袖人物。事详《明史》卷二八七《文苑传》。济上：济水之上，今山东济宁。扬扢：褒贬评说。

[9] 属：恰好遇到。

[10] 会：正逢。按：巡视。东牟：地名，今山东蓬莱。牍殊简：公事较少。谢：谢绝。杜门：闭门。赍：携带。掌大薄蹄：手掌大小的小纸卡。王世贞《宛委余编》载："汉和帝时，中常侍蔡伦捣故鱼网作纸，然伦以前有纸。按《班史》称'赫蹄'，《西京杂记》称'薄蹄'，注云'小纸也'。"

[11] 浃月：一个月。

[12] 已：后来。淮海飞羽：指淮海倭寇犯边事。卒卒：匆促、急忙的样子。

[13] 次：编次。

[14] 三氏：指上文徐、杨、严三人。

[15] 漶漫：散乱，散漫。亡足：不值得，够不上。解颐：面现微笑。

[16] 管辂，三国时魏术士，字公明，平原（今山东平原）人。事详《三国志》卷二九《管辂传》。

【译文】

我读徐祯卿的《谈艺录》时，曾经很欣赏他的诗论观点，唯独不满其没有论及晋、唐诗作，使学习的人找不到门径。杨慎广搜前人遗作，探寻隐藏的书迹，用以查阅核实，如同二酉山的藏书一样丰富，但在评论前贤、启发后学方面，却都没有顾及。手握宋代人的古书，我总不免产生睡意，唯独严羽的《沧浪诗话》所言恰切。然而此书往往流于模糊而不准确，因此我给予一定程度的认可。我任现职之后，曾与李攀龙在济宁见过面，想要（对时人）有所评论，以成一家之言。不巧，遇到军中事务，这个愿望就没有实现。又遇到陪同朝中使臣巡视蓬莱的事，（在蓬莱）公事较少，也因为暑热而闭门谢客，但苦于没有携带足够的书可读，就用一些小纸卡，有收获就写下来，投放到竹箱里。一个月后，竹箱几乎满了。后来淮海的倭寇犯边，就将笔记的事情搁置下来，日夜不停地忙于军务，繁忙间忘记了记下的东西。到了第二年，又到了蓬莱，那个竹箱几乎在尘土之中。把笔记拿出来，稍稍编次、整理，合成六卷，其中论诗的有十分之七，论文的有十分之三。我之所以要自立新说，是想弥补徐、杨、严三家著述的不足。待到完成之后，发现这个愿望很难实现。此书的言辞、主旨相比于我本来的想法多有悖谬之处，尤其是它的琐碎、杂乱，更加不值得被采用。尽管没有达到使人欣喜的程度，但为三家助力的目标应该可以实现。管辂说："擅长《易》的人不谈《易》。"（相比之下）我感到很惭愧。嘉靖戊午（1558）年六月叙。

原 序 二

余始有所抨骘于文章家曰《艺苑卮言》者[1]，成自戊午耳。然自戊午而岁稍益之，以至乙丑而始脱稿。里中子不善秘，梓而行之[2]。后得于鳞所与殿卿书[3]云："姑苏梁生出《卮言》以示，大较俊语辨博，未敢大尽，英雄欺人[4]。所评当代诸家，语如鼓吹[5]，堪以捧腹矣。"彼岂遂以董狐之笔过责余，而谓有所阿隐耶[6]？余所名者卮言耳，不必白简也[7]。而友人之贤者书来见规曰："以足下资，在孔门当备颜、闵科，奈何不作盛德事，而方人若端木哉！"[8]余愧不能答。已而游往中，二三君子以余称许之不至也，恚而私訾之未已[9]，则请绝问讯，削名籍[10]。余又愧不能答。嗟夫！即其人幸而及余之不明，而以拙收；不幸而亦及余之不明，而以美遗。余不明时时有之，然乌可以恚訾力迫而夺也[11]？夫以余之不长誉仅尔，而尚无当于于鳞[12]。令余而遂当于鳞，其见恚宁止二三君子哉[13]！屈到嗜芰，点嗜羊枣，叔夜嗜锻，玄德嗜结耗，性之所好，习固不能强也，毋若余之益甚嗜欤[14]！盖又八年，而前后所增益又二卷，黜[15]其论词曲者，附它录为别卷，聊以备诸集中。壬申夏日记。

【注释】

[1] 抨骘：品骘，评定。文章家：工于文章的人。

[2] 里中：乡里。梓：刻版印行。

[3] 殿卿书：指李攀龙《与许殿卿》之三，见《沧溟集》卷二九。许邦才，字殿卿，号空石，历城（今山东济南）人，嘉靖二十二年进士，官永宁知州，能诗，为李攀龙好友。

[4] 大较：大概，大致。俊语：妙语。辨博：雄辩广博。大尽：详尽。英雄欺人：拿出杰出人物的名声和气势吓人。

[5] 鼓吹：吹嘘，不实。

[6] 董狐之笔：史家直笔，典出《左传·宣公二年》。阿隐：庇护隐瞒。

[7] 卮言：语出《庄子·天下》《庄子·寓言》等篇，随意支离之言。白简：弹劾他人的奏章。沈约《奏弹王源》有"源官品应黄纸，臣辄奉白简以闻"句。

[8] 颜：颜回（渊）。闵：闵损（子骞），其与颜回属德行科。方人：讥评他人。《论语·宪问》有"子贡方人"句。端木：端木赐（子贡），善言辩，属言行科。

[9] 已而：不久，继而。游往：交游往来。二三君子：犹二三子。恚：发怒。訾：怨恨毁谤。

[10] 问讯：《四库全书本》作"讯讯"，问候，慰问。名籍：犹名册。

[11] 幸：幸运。拙：笨，谦辞。美遗：遗漏美名。夺：强求改变。

[12] 誉：称赞。无当：不合乎，不符合。

[13] 遂：顺心，称意。宁：难道。

[14] 屈到，楚国卿士。芰：菱，《国语·楚语上》称"屈到嗜芰，有疾，召其宗老而属之曰'祭我必以芰'"。点：曾点，《孟子·尽心下》言"曾晳嗜羊枣，而曾子不忍食羊枣"。叔夜：嵇康，"叔夜嗜锻"事见《晋书·嵇康传》。玄德：刘备。耗：以鸟羽或兽毛做成的装饰物，"玄德结耗"事见《三国志·诸葛亮传》。

[15] 黜：废除。

【译文】

我撰写评定文学家的专书，名曰《艺苑卮言》，最初完成于戊午（1558）年。但是自此之后每年都有所增删，到了乙丑（1565）年才完成。乡里之人不善于守秘，将它刻印流通。后来得李攀龙写给许殿卿的书信，其中说："姑苏的梁生给我展示《艺苑卮言》一书，该书大体上言辞巧妙而学识广博，但所述过于粗疏，有以作者名声欺人之嫌。所评点的当代诸家文人，言语好像吹嘘，勉强可以捧腹一笑罢了。"他怎能以史家直笔来过分指责我，而说我有意庇护隐瞒呢？我只是将它视为"卮言"，而不是严谨的奏章。有贤明好友写信规劝我说："凭借您的资质在孔子的门下，应当具有颜回、闵损一样的地位，奈何不做更为高尚的事情，却像端木赐一样以讥评他人为务呢？"我惭愧地不能作答。后来，与我交游的几个人中，因为我没对他们有所夸饰，怒而私下怨恨毁谤我，而且还与我断绝了往来。对此，我又惭愧而不能回应。唉！有人幸运，因为我的愚钝不敏而将他们收入书中。也有人不幸，因为我的愚钝不敏而遗漏了他们的美名。我的愚钝时时常有，但哪能因此就怨恨诋毁我，以强求改变呢？只是因为我不擅长称誉他人，就已经不符合李攀龙的标准了。假使我能够符合李攀龙的想法，恐怕（那时）对我发怒的人就不止两三个人了吧！屈到喜欢菱草，曾点喜欢羊枣，嵇康喜欢锻造，刘备喜欢纺织，都是个性爱好。习惯本就不能强迫，就如同我对自己嗜好的坚持！又过了八年，我前后又增加了两卷，废除原来谈论词曲的部分，附上它录定为别卷，姑且将之放入书中。壬申（1572）年夏日记。

卷 一

泛澜[1]艺海，含咀[2]词腴，口为雌黄，笔代衮钺[3]。虽世不乏人，人不乏语，隋珠昆玉[4]，故未易多，聊摘数家，以供濯祓[5]。

【注释】

[1]泛澜：漫溢横流，浮泛不切实际。

[2]含咀：衔在口中咀嚼，品味。

[3]衮钺：褒贬。古代赐衮衣以示嘉奖，给斧钺以示惩罚。

[4]隋珠：珍珠。昆玉：昆仑山的美玉。

[5]濯祓：除去遮蔽，启发。濯：洗。祓：为除灾去邪而举行的祭礼。

【译文】

在漫溢横流的艺海里，品味词藻，以口评论，以笔示褒贬。虽然世上不缺少人，人也不缺少话语，但珍珠美玉，并不容易多得，姑且摘抄数家之言，以启发他人。

一·一

语关系，则有魏文帝[1]曰："文章经国之大业，不朽之盛事。年寿有时而尽，荣乐止于其身，二者必至之常期，未若文章之无穷。"

【注释】

[1]语出曹丕《典论·论文》。曹丕，三国时期魏皇帝、政治家、文学家，曹操次子，字子桓，沛国谯（今安徽亳州）人。

【译文】

说到（文学与外在世界）关系，则有魏文帝说："文章是治理国家的大基业，是不朽的大事。人的寿命是有限的，荣誉和快乐随其身死而止。这两者一定都会止于一定的期限，不能像文章那样永久地流传。"

一·二

钟嵘[1]曰："气之动物，物之感人，摇荡性情，形诸舞咏。照烛三才[2]，晖丽万有，灵祇[3]待之以致飨，幽微藉之以昭告，动天地，感鬼神，莫近于诗。"

【注释】

[1]语出钟嵘《诗品序》。钟嵘，南朝梁文学批评家，字仲伟，颍川长社（今河南长葛）人。

[2]三才：天、地、人。

[3]灵祇：神灵，天地之神。

【译文】

钟嵘说："气使物动，物又感动人心，使人的性情摇荡，并表现在舞蹈和歌唱上。照耀天、地、人，使万物光辉艳丽，使天地的神祇接受祭祀，使幽冥的鬼灵昭明显现，感动天地和鬼神，没有比诗更合适的了。"

一·三

沈约[1]曰："姬文[2]之德盛，《周南》勤而不怨。太王[3]之化淳，《邠风》乐而不淫。幽、厉昏而《板》《荡》怒，平王微而《黍离》哀。[4]故知歌谣文理[5]，与世推移，风动于上，波震于下。"

【注释】

[1]语出刘勰《文心雕龙·时序》。沈约，南朝梁政治家、史学家、文学家，永明声律运动主要发起者之一，字休文，吴兴武康（今浙江德清）人。此段文字疑为王世贞误将《文心雕龙》语归入沈约名下。

[2]姬文：周文王，姬姓。

[3]太王：周太王，周文王祖父。

[4]《周南》《邠风》《板》《荡》《黍离》：均为《诗经》篇目。《周南》：即《国风·周南》，计11篇。《邠风》：即《豳风》。《板》《荡》：《诗经·大雅》中讽刺周厉王之作，周幽王、周厉王都令政治昏乱，故合而言之。《黍离》：即《王

风·黍离》，西周末年王室衰微，周平王东迁，此诗为哀悯故都之作。

[5] 文理：文辞义理，文章条理。

【译文】

沈约说："周文王时期道德普及，《周南》表达的感情就勤劳而没有怨恨。周太王的教化醇厚，《豳风》的基调就快乐而不放纵。周幽王和周厉王昏庸，《板》《荡》二诗就表达愤怒的情感。周平王时周朝走向衰落，《黍离》之诗就有哀怨之感。所以知道歌谣的文辞和情理，随世道的变化而变化，政治教化像风一样在上面吹动，诗歌就如同水波一样在下面震荡。"

一·四

李攀龙[1]曰："诗可以怨，一有嗟叹，即有永歌。言危[2]则性情峻洁，语深则意气激烈，能使人有孤臣孽子摈弃而不容之感，遁世绝俗之悲，泥而不滓[3]，蝉蜕污浊[4]之外者，诗也。"

【注释】

[1] 语出李攀龙《沧溟先生集》卷一六《送宗子相序》。

[2] 危：高耸，引申为端正、正直。

[3] 滓：污染。

[4] 污浊：《送宗子相序》原作"滋垢"，污垢。《史记·屈原贾生列传》有"不获世之滋垢，皭然泥而不滓者也"句。

【译文】

李攀龙说："诗可以怨刺不平，有了叹息，就有诗歌。言语正直的诗会使人品行高洁，语义深刻的诗会使人意气激烈，诗也常常会让人产生如同孤立的臣子、被遗弃孩子一样的不被世间所容之感，还会让人有遁世绝俗的悲伤，还能够使人洁身自好，蝉蜕于污浊之外，这就是诗的效果。"

一·五

语赋，则司马相如[1]曰："合綦组[2]以成文，列锦绣而为质。一经一纬，一宫一商，此赋之迹也。赋家之心，包括宇宙，总览人物，致乃得之于内，不可得而传。"

【注释】

[1] 语出《西京杂记》卷二。司马相如，字长卿，蜀郡成都（今属四川）人，西汉辞赋家。

[2] 綦组：华丽的文辞。原指杂色丝带。

【译文】

说到作赋，司马相如说："以丝带般华丽的辞藻形成赋的形式，以锦绣般精妙的构思作为赋的内容，纵横交叉，宫商迭错，这就是赋的总体样貌。赋家之心囊括宇宙万物，总览世间人物，这乃是在内心中体会出来的，只可意会，不可言传。"

一·六

扬子云[1]曰："诗人之赋丽以则[2]，词人之赋丽以淫。"

【注释】

[1] 语出扬雄《法言·吾子》。扬雄，字子云，西汉辞赋家、思想家。

[2] 丽以则：丁福保《历代诗话续编》作"典以则"，《四部丛刊》《四库全书》本俱作"丽以则"。

【译文】

扬雄说："诗人的辞赋词采华丽但符合标准，辞赋家的辞赋词采华丽但却流于过分装饰。"

一·七

语诗，则挚虞[1]曰："假象过大，则与类相远；造辞[2]过壮，则与事相违；辨言过理，则与义相失；靡丽过美，则与情相悖。"

【注释】

[1] 语出挚虞《文章流别论》。挚虞，字仲洽，京兆长安（今陕西西安）人，西晋著名文学家。

[2] 造辞：《全晋文》作"逸辞"。

【译文】

说到作诗，则挚虞说："借助的物象过大，就不符合类别；美丽的辞藻过多，就会与事实相违背；辩驳的语言过于理性，就会失掉文章的意旨；华美的形式过于绮丽，就会与表达的情感相悖。"

一·八

范晔[1]曰："情之所托，故当以意为主，以文传意。以意为主，则其旨必见；以情传意，则其辞不流[2]，然后抽其芬芳，振其金石。"

【注释】

[1] 语出范晔《狱中与诸甥侄书》，见《宋书·范晔传》。范晔，字蔚宗，南阳顺阳（今河南淅川）人，南朝宋官员、史学家、文学家，著《后汉书》。事详《宋书》卷六九《范晔传》。

[2] 流：放纵，散漫。《周易·系辞上》："旁行而不流，乐天知命，故不忧。"王弼注曰："应变旁通而不流淫也。"

【译文】

范晔说："寄托情感，应该以表达个人意志为主，用语言进行传达。以表达意志为主，那么其中的意义也必定会显现；用感情传达意志，那么文章的文辞就不会散漫，自然而然就可以引出美好的思想感情，激发优美的文辞。"

一·九

钟嵘[1]曰："陈思为建安之杰，公干、仲宣为辅；陆机为太康之英，安仁、景阳为辅；谢客为元嘉之雄，颜延年为辅。"又曰："诗有三义，酌而用之，干之以风力，润之以丹彩，使味之者无极，闻之者动心，是诗之至也。若专用比兴，则患在意深，意深则词踬[2]；专用赋体，则患在意浮，意浮则词散。"又云："'思君如流水'，既是即目；'高台多悲风'，亦唯所见，'清晨登陇首'，羌无故实[3]；'明月照积雪'，讵出经史[4]。观古今胜语，多非补假，皆由直寻。"

【注释】

[1] 语出钟嵘《诗品序》。

[2] 踬：晦涩，不畅达。

[3] 羌无故实：原作"差无故实"，据《谈艺珠丛》本改。

[4] 讵出经史：原无"史"字，据《历代诗话》补。讵，副词，表否定。

【译文】

钟嵘说："曹植是建安时代的杰才，刘桢、王粲在他之下；陆机是太康时期的英才，潘安、张协在他之下；谢灵运是元嘉时期的雄才，颜延之在他之下。"又说："诗有赋、比、兴三种表现手法，仔细思考它们加以使用，以风力为主干，加以辞藻的润饰，使玩味诗的人觉得余味无穷，听到诗的人吟讽心中深受感动，这是诗的最高造诣。假如作诗专用比兴，便有意义深奥的隐患；意思深奥，文辞就不能顺畅。如果只用赋体，便有意义浅薄的隐患；意思浅薄，文辞就松散。"又说："'思君如流水'，就像在眼前一样；'高台多悲风'，也像看到了似的；'清晨登陇首'，这是没有典故出处的；'明月照积雪'，难道也是出自史料？纵观古往今来的名诗句，大多都不是引经据典来粉饰文采，而是以所见所闻的直接感受为基础自然抒情。"

一·一〇

刘勰[1]曰："诗有恒裁，体无定位[2]。随性适分[3]，鲜能通圆[4]。若妙识所难，其易也将至；忽之为易，其难也方来。"[5]又曰："情者文之经，辞者理之纬。经正而后纬成，理定而后辞畅。"[6]又曰："文之英蕤[7]，有秀有隐。隐也者，文外之重旨[8]；秀也者，篇中之独拔。"[9]又曰："意授于思，言授于意，密则无际[10]，疏则千里。或理在方寸[11]，而求之域表[12]；或义在咫尺[13]，而思隔山河。"[14]又曰："诗人篇什[15]，为情而造文；辞人赋颂[16]，为文而造情。为情者要约[17]而守真，为文者淫丽而烦润。"[18]又曰："四序纷回[19]，而入兴[20]贵闲；物色虽烦，而拆辞[21]尚简，使味飘飘[22]而轻举，情晔晔而更新。"[23]

【注释】

[1] 刘勰，字彦和，东莞莒县（今山东莒县）人，南朝梁大臣、文学理论家。事详《南史》卷七二《文学传》。

[2] 体无定位：对"体"字的理解有三种不同的意见。一是指"体裁"，全

句译为"诗有一定的体裁，但这些体裁并没有固定的谋篇布局的方法"；二是指"艺术风格"，"诗有一定的体裁，艺术风格没有固定的规矩"；三是指"体制"，既指文章的体裁，也包括对这一体裁的风格要求。

[3] 分：本分。这里指作者的个性特点。

[4] 通圆：佛教术语。这里指作诗的全面才能。

[5] 语出《文心雕龙·明诗》。

[6] 语出《文心雕龙·情采》。

[7] 英蕤：本义为英华，这里指精美的文章。蕤：草木花下垂貌。

[8] 重旨：重，双重。指言外之意，话中有话。

[9] 语出《文心雕龙·隐秀》。独拔：独特突出。

[10] 无际：无空隙。

[11] 方寸：指心。

[12] 域表：疆界之外。

[13] 议在咫尺：意见观点距离很近。咫：古代长度名，周制八寸，合今制市尺六寸二分二厘。

[14] 语出《文心雕龙·神思》。

[15] 篇什：诗作，这里指《诗经》。什：《诗经》的"雅""颂"以十篇为一单元，称为"什"。

[16] 赋颂：指辞赋文章。

[17] 要约：关键简约。

[18] 语出《文心雕龙·情采》。淫丽：过度华丽。烦：冗长。

[19] 纷回：多貌，往复。

[20] 入兴：引起兴致。

[21] 拆辞：分解文辞。

[22] 飘飘：飘荡飞扬。

[23] 语出《文心雕龙·物色》。晔晔：盛貌。

【译文】

刘勰认为："作品的体裁是一定的，但是体制没有固定的规矩。作者只能随着个性的偏好来进行创作，所以很少能兼及各个体裁。如果作者能够明智地认识到创作的难度，那么实际写作起来还可能比较容易；如果忽视创作的难度，认为很简单，那么困难也会随之而来。"又认为："情理是文章的经线，文辞则是情理的纬线。经线端直，纬线才能与其交织相成。情理明确，文辞才能畅朗。"又认为："精美的文章，既有'秀'，也有'隐'。所谓'隐'，是指文辞之外所含蓄的旨意；所谓'秀'，是指文章中特别突出的语句。"又认为："意义的形成是由于构思的作用，意义又通过语言加以呈现。构思、意义、语言这三者密合时便天衣无缝，疏漏时则又相隔千里。有的道理就在自己的心中，却要到人心之外去寻求；有的意思近在眼前，却像遥隔高山大河。"又认为："诗人所作的篇章，是为了抒发感情而写作的；而辞赋家的赋颂，则是为写作而造作感情。"又认为："虽然四季循序相代，回环往复，但引起诗人兴味的关键在于闲静的心态；景物的声色虽然十分繁杂，而分析事理运用言辞却重在简练，这样才能使诗文的兴味飘飘荡荡自然升举，情采鲜明而清新。"

一·二一

江淹 [1] 曰："楚谣汉风，既非一骨 [2]；魏制晋造，固亦二体。譬犹蓝朱成彩，错杂 [3] 之变无穷；宫商 [4] 为音，靡曼 [5] 之态不极。"

【注释】

[1] 语出江淹《杂体诗三十首序》，见《文选》卷三一。江淹，字文通，济阳考城（今河南兰考）人，南朝政治家、文学家，历仕宋、齐、梁三朝。事详《南史》卷五九《江淹传》。其擅为拟古之作，严羽《沧浪诗话·诗评》称"拟古惟江文通最长"。

[2] 骨：指诗文的理路和笔力。

[3] 错杂：交错混杂。

[4] 宫商：明冯惟讷《古诗纪》及梅鼎祚《南齐文纪》中作"宫角"。

[5] 靡曼：柔弱，美丽。这里指声色美妙。

【译文】

江淹认为："楚地歌谣与汉代民歌，理路和气势都不一样；魏晋诗篇，自然也是两种体式。这多种风格的文体特征就好比红蓝之色交错混杂，变化无穷；也好像宫音商音的配合，温柔美妙而又永无止境。"

一·一二

沈约曰："天机[1]启则六情自调，六情滞则音韵顿舛[2]。"又曰："五色相宣[3]，八音协畅[4]，由乎玄黄律吕[5]，各适物宜。欲使宫羽[6]相变，低昂舛节[7]，若前有浮声[8]，则后须切响[9]。一篇之内，音韵尽殊；两句之中，轻重悉异。妙达此旨，始可言文。"[10]又云："情者，文之经；辞者，理之纬。"[11]又曰："自汉至魏，词人才子，文体三变：一则启心闲绎[12]，托辞华旷[13]，虽存工绮，终致迂回[14]，宜登公宴[15]，然典正[16]可采，酷[17]不入情。此体之源，出灵运而成也。次则缉事比类[18]，非对不发，博物可嘉，职[19]成拘制，或全借古语，用申今情，崎岖牵引[20]，直为偶说，惟睹事例，顿失精采。此则傅咸五经[21]，应璩指事[22]，虽不全似，可以类从。次则发唱惊挺[23]，操调[24]险急，雕藻淫艳[25]，倾炫心魂[26]，犹五色之有红紫，八音之有郑卫。[27]斯鲍照之遗烈也。"[28]

【注释】

[1] 天机：敏妙通灵的艺术思维。

[2] 六情：指人的各种情感。陆机《文赋》："及其六情底滞，志往神留。"顿：暂停。舛：不顺畅。此段文字出自沈约《答陆厥书》，见于《南齐书》卷五二《陆厥传》。

[3] 五色相宣：各种颜色相互映衬，形容诗歌辞藻华丽。五色指青、赤、黄、白、黑五种颜色，亦泛指各种颜色。相宣：互相映衬而显现。

[4] 八音协畅：各种乐器之音协调流畅，这里形容诗歌韵律和谐优美。八音：中国古代对乐器的统称，指金、石、土、革、丝、木、匏、竹八类。

[5] 玄黄：天地的代称。律吕：泛指音律或乐律。

[6] 宫羽：五音中的宫音与羽音，宫音为平调，羽音为仄调。这里用来比喻诗歌中的声调。

[7] 低昂：起伏，时高时低。舛节：节拍节奏不齐，指音调有变化。"低昂

舛节"，《宋书·谢灵运传论》作"低昂互节"。

[8] 浮声：指平声。

[9] 切响：指仄声。

[10] 语出沈约《谢灵运传论》，见《宋书》卷六七。

[11] 语出刘勰《文心雕龙·情采》，疑为王世贞误收。

[12] 启心闲绎：内心被闲静安逸的状态所启发。启：开导，启发。

[13] 托辞华旷：用语华丽畅达。

[14] 迂回：曲折回旋。

[15] 公宴：指官宴，或者公卿高官或官府等官方的宴会。

[16] 典正：典雅正规。

[17] 酷：极，甚。

[18] 缉事比类：搜集典故并按类整理。缉：通"辑"，会合，协和。比：整理，按类排比。

[19] 职：执掌，主管。

[20] 崎岖牵引：路途坎坷拖拉向前。这里指写文章时运用典故不合理，生搬硬套，牵强附会。

[21] 傅咸五经：西晋傅咸所作实为"七经诗"，是现存最早的集句诗。但《七经诗》现仅余六经诗，其中《孝经诗》《论语诗》《毛诗诗》《周官诗》各二章，《周易诗》《左传诗》各一章。傅咸的《七经诗》是从儒家经典中分别摘出四言句连缀而成的。

[22] 应璩指事：应璩写诗用事阐明道理，如《百一诗》用了不少典故来讽谏时事。

[23] 惊挺：突兀惊直。

[24] 操调：指写作所采取的格调。

[25] 雕藻淫艳：辞藻华丽，过度美艳。

[26] 倾炫心魂：心魄摇荡迷乱。

[27] 红紫：古代视红与紫为间色（朱、蓝为正色），即不纯正的杂色；郑卫：指春秋战国时郑、卫等国的民间音乐，被正统视作靡靡之音。这里比喻第

三变中诗歌的弊病。

[28]语出萧子显《南齐书·文学传论》，有改动。疑为王世贞误收。

【译文】

沈约认为："有了敏妙通灵的艺术思维，则各种情感就能得到协调安置，而情感阻塞则音韵就暂停不顺畅。"又认为："各种颜色需要相互映衬，各种乐器之音应该协调流畅，由此说天地之中的音乐，要适合各类事物才是恰切的。要想使宫声羽声相互变化，高低起伏，假如前面有平声，后面就需要有仄声。一篇文章之中，音韵不尽相同；两句之内，轻重各有不同。能领悟到这个道理，才可以谈论文章。"又认为："情理是文章的经线，文辞则是情理的纬线。"又认为："从汉代至魏代，词人才子的文学作品的体貌风格发生了三次变化。第一变，内心闲静安逸，词语华丽畅达，虽然这种文体精致迂回，适用于宫宴场合，但其（过于）典雅正统，情感因素极少。这种文体的源头，出自谢灵运且在谢灵运手中趋向成熟。第二变则是广泛地收集典故并按类整理，善用对偶手法，虽然博于典故，但却过分拘泥于制度。有的文章全借古语，来表达当下的情感。生搬硬套，牵强附会，就为了体现对偶。整篇文章看到的只有事例，失去了神采。这如同傅咸集五经之句作诗，应璩以诗来阐发事理一样，虽然不完全相似，但可划为一类。第三变则开端突兀惊直，格调险急，辞藻奢华美艳，使人心魄摇荡迷乱，犹如五色中的红色和紫色，音乐中的郑卫之声一般。这是鲍照遗留下来的风操。"

一·一三

庾信[1]曰："屈平、宋玉，始于哀怨之深；苏武、李陵，生于别离之代。自魏建安之末、晋太康以来，雕虫篆刻[2]，其体三变。人人自谓握灵蛇之珠[3]，抱荆山之玉矣[4]。"

【注释】

[1]语出庾信《赵国公集序》，见《庾子山集》卷一一。庾信，字子山、兰成，南阳新野（今河南新野）人。事详《北史》卷八三《文苑传》。其为南北朝宫体文学的代表作家，也是由南入北的著名诗人。杜甫评价道："庾信文章

老更成，凌云健笔意纵横。"

[2] 雕虫篆刻：西汉学童必学秦书八体（大篆、小篆、刻符、虫书、摹印、署书、殳书、隶书），虫书、刻符是其中的两体。此指辞章诗赋与雕琢虫书、篆写刻符相似，都属小技。

[3] 灵蛇之珠：即隋珠，原比喻无价之宝，后比喻文章华美。陆倕《新刻漏铭》："陆机之赋，虚握灵珠。"

[4] 荆山：山名，此山产宝玉，据传和氏璧就出自此山。"荆山之玉"比喻极珍贵的东西。

【译文】

庾信认为："屈原、宋玉作赋，开始于深重的哀怨；苏武、李陵也是生活在战乱离别的时代。从魏建安晚期到西晋太康以来，辞章诗赋，文体产生了三个变化。人人自称文章华美，才能非凡。"

一·一四

李仲蒙[1]曰："叙物以言情谓之赋，情尽物[2]也；索物[3]以托情谓之比，情附物也；触物[4]以起情谓之兴，物动情也。"[5]又曰："丽辞[6]之体，凡有四对：言对[7]为易，事对[8]为难，反对[9]为优，正对[10]为劣。"[11]

【注释】

[1] 李育，字仲蒙，缑氏（今河南洛阳）人，宋仁宗皇祐元年进士，官至岐王府记室，史书无传，事详苏轼《李仲蒙哀词》。

[2]"情尽物"原作"情物尽"，据《四库全书本》改。

[3] 索物：寻找事物。

[4] 触物：接触事物。

[5] 语出宋胡寅《斐然集》卷一八《致李叔易》引。

[6] 丽辞：优美的修辞，这里特指对偶。

[7] 言对：词性及词语结构的对仗。

[8] 事对：以典故或事件形成的对仗。

[9] 反对：是指事理相反而意趣相合的对仗。

[10] 正对：是指事理及意义相同的骈句。

[11] 语出《文心雕龙·丽辞》，此为王世贞误收。

【译文】

李仲蒙认为："记叙事物来表达感情称之为赋，情感完全通过物象表达出来，即景即情；以外在事物来寄托情感称之为比，情感依附于事物才能表达；接触某一事物而产生感情称之为兴，物象使情感萌动。"又认为："对偶的体例，共有四种：言对容易，事对困难，反对为好，正对则差。"

一·一五

独孤及[1]曰："汉、魏之间，虽已朴散为器[2]，作者犹质有余而文不足[3]。以今揆[4]昔，则有朱弦疏越[5]，大羹[6]遗味之叹。沈詹事、宋考功始裁成六律[7]，彰施五彩[8]，使言之而中伦[9]，歌之而成声，缘情绮靡[10]之功，至是始备。虽去雅浸远，其利有过于古[11]，亦犹路鼗[12]出于土鼓，篆籀[13]生于鸟迹。"

【注释】

[1] 语出独孤及《毗陵集》卷一三《唐故左补阙安定皇甫公集序》。独孤及，字至之，洛阳（今河南洛阳）人，唐朝大臣、散文家，官至司封郎中、常州刺史。

[2] 朴散为器："朴"指未经加工的木材。"朴散为器"是说木匠通过对原木的削砍雕琢，制成各种器具。这里比喻汉魏之间的诗文虽粗具模样，有古朴之风，但不够精细。

[3] 质：质朴。文：文华，辞采。

[4] 揆：度量，揣度。

[5] 朱弦疏越：弦乐发出的舒缓的声音。形容诗文有余味。

[6] 大羹：不加调料的肉汁。形容自然本色。

[7] 六律：指十二律中六个阳律，通指黄钟、太簇、姑洗、蕤宾、夷则、无射。

[8] 五彩：指青、黄、赤、白、黑五色。古以此五色为正色。

[9] 中伦：符合条理。中：符合。

[10] 缘情绮靡：指诗歌既要有内在的感情，又要有优美的文辞。缘：因，循。绮靡：艳丽。

[11] "其利有过于古"，四部丛刊《毗陵集》作"其丽有过于古"。

[12] 路鼗：指较小的一种路鼓，为四面鼓。

[13] 篆籀：篆文和籀文。

【译文】

独孤及认为："汉魏之间，（做文章就好比）木匠将原木削砍雕琢制成了器具，做出来的物品朴实有余而文采不足。以今天的眼光来审视往昔的诗文，会感叹那时的诗文质朴而有余韵，看似无味却留有余味。沈佺期、宋之问最早裁定六律，以华丽繁艳的词语粉饰诗文，使说出来的语句符合条理，唱出来的诗文具有声调。华美绮丽的文辞与丰富内在情感结合的特征，从沈、宋这里开始。此时诗文虽然逐渐与雅正传统越离越远，但其呈现出来的优势却超过古代，如同祭祀用的路鼗源于土鼓，篆文和籀文衍生于鸟迹一样。"

一·一六

刘禹锡[1]曰："片言可以明[2]百意，坐驰[3]可以役[4]万景，工于诗者能之。风、雅体变而兴同，古今调殊而理一[5]，达于诗者能之。"

【注释】

[1] 语出刘禹锡《刘梦得文集》卷二三《董氏武陵集纪》。刘禹锡，字梦得，洛阳（今河南洛阳）人，与柳宗元友善，并称"刘柳"，又与白居易唱和，并称"刘白"，晚年任太子宾客，世称"刘宾客"。工诗，曾仿民歌体作《竹枝词》《柳枝词》《插田歌》等组诗，又著有《天论》等。

[2] 明：清晰明亮，这里指阐明。

[3] 坐驰：坐来运笔驰写。

[4] 役：服兵役，戍守边疆，这里指描写景物。

[5] 调殊而理一：四部丛刊《刘梦得文集》作"调殊而理冥"。

【译文】

刘禹锡说:"简短的语言可以阐明很多道理,坐着运笔驰写就可以描写广袤的景象,这是擅长写诗的人能做到的。风、雅体制发生变化而其中兴致相同,古今调不同但却具有相同的道理,这是通晓诗理的人能做到的。"

一·一七

李德裕[1]曰:"古人辞高者,盖以言妙而工,适情[2]不取于音韵;意尽而止,成篇不拘于只耦[3]。故篇无足曲[4],词寡累句。"又曰:"譬如日月,终古[5]常见,而光景常新。"

【注释】

[1]语出李德裕《李文饶文集》外集卷三《文章论》。李德裕,字文饶、台郎,赵郡赞皇(今河北赞皇)人,唐代政治家、文学家,唐武宗时为相,有"万古良相"之誉(李商隐语)。

[2]适情:顺适性情。

[3]只耦:单数和双数。亦作"只偶",《后汉书·桓谭传》:"其事虽有时合,譬犹卜数只偶之类。"

[4]篇无足曲:四部丛刊本《李文饶文集》外集作"篇无定曲"。足曲:凑成全曲,比喻拼凑成篇。

[5]终古:长久,久远。陆机《叹逝赋》:"经终古而常然,率品物其如素。"

【译文】

李德裕说:"古代言辞高明的人,语言精巧工整,顺适性情而为,并不被音韵规则束缚;意思表达完便停止,通篇句数不拘泥于单数或双数。因此没有拼凑成篇,词语累赘的情况。"又说:"(文章)如同日月,亘古常见,但它所呈现的景象却常常如同新的一样。"

一·一八

皮日休[1]曰:"百炼成字,千炼成句。"

【注释】

[1] 语出皮日休《皮子文薮》卷四《刘枣强碑》。皮日休，字袭美，号鹿门子、间气布衣、醉吟先生等，襄阳竟陵（今湖北天门）人，晚唐文学家，与陆龟蒙齐名，世称"皮陆"。

【译文】

皮日休说："经过百次锤炼成字，经过千次锤炼成句。"

一·一九

释皎然[1]曰："诗有四深[2]、二废[3]、四离[4]。四深谓气象氤氲[5]，深于体势；意度槃薄[6]，深于作用；用律不滞，深于声对；用事不直，深于义类。二废谓虽欲废巧尚直，而思致不得置[7]；虽欲废言尚意，而典丽不得遗。四离谓欲道情而离深僻，欲经史而离书生，欲高逸而离迂远[8]，欲飞动而离轻浮。"

【注释】

[1] 语出皎然《诗式》，见何文焕《历代诗话》。皎然，俗姓谢，字清昼，吴兴（今浙江湖州）人，谢灵运十世孙，唐代著名诗僧，在文学、佛学、茶学等方面颇有造诣，诗风情调闲适、语言简淡。

[2] 深：深奥，精微。这里指在体势、作用、声对、义类四个方面的精妙标准。

[3] 废：房子倾倒。这里指废弃。

[4] 离：遭受，遭遇。这里指适得其反的情况。

[5] 气象氤氲：原为"气象氛氲"，据《历代诗话》改。氤氲：气或光色混合动荡的样子。这里指繁盛之态。

[6] 意度：意境风格。槃薄：高大貌，犹磅礴。

[7] 思致不得置：原为"神思不得直"，据《历代诗话》改。这里指构思要巧妙。

[8] 迂远：原作"闲远"，据《历代诗话》改。

【译文】

皎然说："诗有四深、二废、四离。四深是指气象盛大，呈现的是态势的精妙；意境磅礴，体现的是刻画加工的精妙；用律不阻滞，是声对精妙的表现；用典不直露，呈现为比义推类的精妙。二废指的是，虽然想要废弃纤巧，崇尚直率，但构思却不能达到；虽然想要废弃言辞，崇尚意旨，但语言却典丽而少余味。四离指的是，想要言情却遭遇晦涩幽深之患，想要呈现学识却滑向了掉书袋，想要高雅脱俗但却无法避免迂回绕远，想要飘逸生动却走向了轻浮。"

一·二〇

梅圣俞[1]曰："思之工者，写难状之景，如在目前；含不尽之意，见于言外。"

【注释】

[1]语出欧阳修《六一诗话》。梅尧臣，字圣俞，世称宛陵先生，宣州宣城（今安徽宣城）人，宋仁宗皇祐三年进士，官至尚书都官员外郎。事详《宋史》卷四四三《文苑传》。少即能诗，与苏舜钦齐名，时号"苏梅"，又与欧阳修并称"欧梅"。为诗力求平淡、含蓄，被誉为宋诗"开山祖师"。

【译文】

梅尧臣说："构思巧妙的人，描写那些难以叙述的景象，好像就在眼前一样；在言语之外蕴蓄无尽的意味。"

一·二一

严仪[1]曰："诗有别才[2]，非关书也；诗有别趣，非关理也。然非多读书，多穷理，则不能极其至。"又曰："盛唐诸公，唯在兴趣[3]，羚羊挂角[4]，无迹可求。故其妙处透彻玲珑，不可凑泊[5]，如空中之音，相中之色，水中之月，镜中之象[6]，言有尽而意无穷。"

【注释】

[1]语出严羽《沧浪诗话·诗辨》。严仪，王启原《谈艺珠丛》本作严羽。严羽，字仪卿、丹丘，号沧浪逋客，南宋邵武莒溪（今属福建）人。其人精于论诗，推崇盛唐，反对宋诗的散文化、议论化，对江西诗派诗风尤为不满。

[2]别才：独特的才能。

[3] 兴趣：含蓄蕴藉的趣味。

[4] 羚羊挂角：禅语，宋人陆佃《埤雅·释兽》载羚羊"夜则悬角木上以防患"。此指诗文意境超凡脱俗，不着形迹。

[5] 辏泊：郭绍虞《沧浪诗话校释》作"凑泊"。禅语，生硬地结合在一起。

[6] 此四句皆出自禅家语，喻指意识之中的影像。

【译文】

严羽说："作诗依靠独特的才能，与书本无关；诗歌有独特的意趣，与抽象说理无关。但是，如果不多读书，不多探究事物之理，作品也不能达到极致。"又说："盛唐诗人，非常关注诗歌含蓄蕴藉的趣味，就像羚羊挂角一样，没有痕迹可以寻求。因此他们诗歌的妙处在于透彻玲珑，不生硬，就如空中的音响，世间万物的色相，水中的月亮，镜中的幻象，言语说完了意味却是无穷的。"

一·二二

唐庚[1]云："律伤[2]严，近[3]寡[4]恩。大凡[5]立意之初，必有难易二途，学者不能强所劣，往往舍难而取易。文章罕工[6]，每坐[7]此也。"

【注释】

[1] 见强行父《唐子西文录》。唐庚，字子西，眉州丹棱（今四川丹棱）人，有"小东坡"之誉，主要文学活动在宋徽宗年间。事附《宋史》卷四四三《文苑传·杨寘》。

[2] 伤：太，过于。

[3] 近：近似，接近，与……差异不大。

[4] 寡：少，缺少。

[5] 大凡：副词，用在句首表示总括一般情形。

[6] 工：精，精巧。

[7] 坐：由于，因为。

【译文】

唐庚说："格律过于严格，近似于法律不给恩惠。凡是在最初立意之时，一定会有难和易两条道路，学诗者不能克服自己的不足，所以往往舍弃难的而选择容易的。文章难以达到精美的程度，正是因为如此。"

一·二三

叶梦得[1]云："古今谈诗者多矣，吾独爱汤惠休[2]'初日芙蓉'[3]、沈约'弹丸脱手'[4]两语，最当人意。'初日芙蓉'非人力所能为，精彩华妙之意，自然见于造化之外；'弹丸脱手'虽是输写[5]便利，然其精圆之妙，发之于手。作诗审[6]到此地，岂复[7]更有余事。"[8]又有引禅宗论三种[9]曰："其一'随波逐浪'，谓随物应机，不主故常。其二'截断众流'，谓超出言外，非情识所到。其三'函盖乾坤'，谓泯然皆契，无间可俟。"[10]

【注释】

[1]叶梦得，字少蕴，长洲（今江苏苏州）人，主要政治活动、文学活动集中于宋哲宗至高宗时期，晚年隐居湖州卞山石林，故号石林居士。事详《宋史》卷四四五《文苑传》。

[2]汤惠休，字茂远，籍贯不详。早年为僧，名"惠休"，南朝宋诗人。

[3]初日芙蓉：初开的莲花。钟嵘《诗品》载："汤惠休曰：谢诗如芙蓉出水，颜诗如错采镂金。"

[4]弹丸脱手：比喻作诗圆润精美、敏捷流畅。《南史·王筠传》载沈约引谢朓"好诗圆美流转如弹丸"句，来评价王筠的诗。

[5]输写：倾吐。《汉书·赵广汉传》："吏见者皆输写心腹，无所隐匿。"

[6]审：详究，细查。

[7]复：再，又。

[8]语出叶梦得《石林诗话》卷下。

[9]三种：指下文的"随波逐浪""截断众流""函盖乾坤"。语出《五灯会元·云门偃禅师法嗣·德山缘密禅师》："我有三句语示汝诸人：一句函盖乾坤，一句截断众流，一句随波逐浪。""随波逐浪"谓变化灵活，"截断众流"比喻识见玄远，"函盖乾坤"指诗文情理涵盖万物。

[10]语出《石林诗话》卷上。

【译文】

叶梦得说："从古至今谈论诗歌的人很多，但是我唯独喜爱汤惠休的'初日芙蓉'和沈约的'弹丸脱手'这两句，这两句最符合人们的心意。'初日芙蓉'的境界并非人力所能达到，其中精彩美妙之处，自然是在造化之外才可以被看见；'弹丸脱手'虽然说的是言语的敏捷，但是语词的精妙之处则依靠文字来传达。如果作诗细查到这种程度，就不用顾虑其他事情了。"还有人引用禅宗的三种观点："其一是'随波逐浪'，即顺应事物而变化，不拘泥于旧套常规。其二是'截断众流'，即超脱于语言，有远见卓识。其三是'函盖乾坤'，即浑然无间，情理涵盖万物。"

一·二四

陈绎曾[1]曰："情真、景真、意真、事真，澄[2]至清，发至情。"[3]

【注释】

[1] 陈绎曾，元代官员、文士，字伯敷、伯孚，处州（今浙江丽水一带）人，曾从学于戴表元，虽口吃，但精敏异常，兼善书法，官至国子监助教。

[2] 澄：使清明、清楚。

[3] 语出陈绎曾《诗谱》，原为对《古诗十九首》的评论。原书已佚，见于明陶宗仪《说郛》卷七九下。

【译文】

陈绎曾说："（《古诗十九首》）感情真挚、景物真实、心意真诚、事件真确，描写力求极其清楚，抒发内心最深挚的感情。"

一·二五

李梦阳[1]曰："古人之作，其法虽多端，大抵前疏者后必密，半阔者半必细，一实者一必虚，迭[2]景者意必二。"又云："'前有浮声[3]，则后须切响[4]。一简之内，音韵尽殊；两句之中，轻重悉异'[5]，即如人身以魂载魄[6]，生有此体，即有此法也。"

【注释】

[1] 语出李梦阳《再与何氏书》。李梦阳，字献吉，号空同子，庆阳（今甘肃庆阳）人，明孝宗弘治七年进士，官至江西提学副使。事详《明史》卷二八六《文苑传》。其为明中期"前七子"的领袖人物，提倡"文必秦汉，诗必盛唐"。因其生于甘肃庆阳，古属北地郡，故常以"北地"称之。

[2] 迭：通"叠"，重叠。

[3] 浮声：轻、清的平声。

[4] 切响：重、浊的仄声。

[5] 此数句系李氏引用沈约《宋书·谢灵运传论》语。

[6] 以魂载魄：《再与何氏书》原文作"以魄载魂"。

【译文】

李梦阳说："古人的作品，其创作法则虽然多种多样，但大抵不出以下几种：前面稀疏则后面必然紧密；一半粗阔则另一半一定细致；有一实必有一虚；如果描写了重叠的景色，意义一定有差别。"又说："'前面有平声，则后面就必须有仄声。在一篇文章之内，音韵是不同的；两句之中，轻音与重音也是不同的。'就如人的身体中魂与魄互为承载，人出生自然就拥有这样的身体，便产生了相应的法则。"

一·二六

何景明[1]曰："意象应曰合，意象乖[2]曰离。"

【注释】

[1] 语出何景明《与李空同论诗书》。何景明，字仲默，号白坡，又号大复山人，信阳（今河南信阳）人，明孝宗弘治十五年进士，官至陕西提学副使。事详《明史》卷二八六《文苑传》。与李梦阳齐名，同为"前七子"领袖人物，推崇先秦两汉散文、汉魏盛唐诗歌。

[2] 乖：背离，违背。

【译文】

何景明说："意与象相应则称之为合，意与象相违背则称之为离。"

一·二七

徐祯卿[1]曰："因[2]情以发气，因气以成声，因声而绘词，因词而定韵，此诗之源也。然情寔眑渺[3]，必因思以穷其奥；气有粗弱，必因力以夺其偏；词难妥贴[4]，必因才以致其极；才易飘扬，必因质以定其侈[5]，此诗之流也。若夫妙骋心机，随方合节，或钩旨[6]以植义，或宏文以尽心，或缓发如朱弦，或急张如跃栝[7]，或始迅以中留，或既优而后促，或慷慨以任壮，或悲凄而引泣，或因拙以得工，或发奇而似易，此轮扁[8]之超悟，不可得而详也。"又曰："朦胧萌折，情之来也；汪洋曼衍，情之沛也；连翩络属，情之一也。驰轶步骤，气之达也。简练揣摩[9]，思之约也。颉颃[10]累贯，韵之齐也。混纯贞粹，质之检[11]也。明隽清圆，词之藻也。"又云："古《诗三百》，可以博其源；遗篇《十九》，可以约其趣；《乐府》雄高，可以厉其气；《离骚》深永，可以裨[12]其思。"

【注释】

[1] 语出徐祯卿《谈艺录》，文字略有出入。徐祯卿，见原序一注 [1]。

[2] 因：由于，凭借。

[3] 寔：同"实"。眑渺：亦作"眑渺"，深远，精微。

[4] 妥贴：即"妥帖"，合适、恰当。

[5] 侈：放纵，夸大。

[6] 钧旨：酝酿构思。

[7] 栝：箭末扣弦处。

[8] 轮扁：春秋时齐国有名的造车工人。

[9] 简练揣摩：琢磨研究。语出《战国策·秦策一》："简练以为揣摩。"

[10] 颉颃：原指鸟上下翻飞，引申为词语的交错、对仗。

[11] 检：法式，法度。

[12] 裨：使受益。

【译文】

徐祯卿说："由情而产生气，由气而产生声音，由声音而描绘出词语，由词语而确定声韵，这是诗歌的源头。然而情确实深远精微，一定要凭借理性来探究它的奥秘；气有粗弱之分，要依靠能力来纠正其偏斜；词语很难运用得十分恰当，一定要凭借才气来达到它的极致；才气是飘忽不定的，要依靠淳朴真实来使其不过分夸大、放肆，这是诗歌演变的规律。至于在头脑中驰骋发散的思想，随着诗歌描写的方向去对应节奏，有的酝酿构思来植入意义，有的使文章宏阔以彰显内心，有的一直节奏较缓，如同慢慢弹奏的琴弦，有的一直节奏较急，如同扣紧弦而放出的弓箭，有的一开始迅猛但是到了中途停住，有的前面缓慢而后面急促，有的慷慨悲壮，有的悲伤凄凉引人哭泣，有的文章因为拙朴反而显得精巧，有的文章因奇特反而会显得容易，这就如同轮扁斫轮一般，内心明白其中卓越的道理，却很难详细地解释出来。"又说："朦胧含蓄是情感的来源，汪洋恣肆是情感充沛的状态，连续不断是情感的一气贯注的特点。奔驰向前，是气的通达。琢磨研究，是思想的简约。文章之中词句相互交错，是韵律的整齐。纯洁粹美，是质的法式。明白隽永、清秀圆润，是词语的藻饰。"又说："古代的《诗经》可以扩大诗歌的源头；前人遗留下来的《古诗十九首》可以衡量诗歌的意趣；《乐府诗集》雄壮高远，可以增强诗歌的气势；《离骚》深远隽永，可为诗歌的构思提供借鉴。"

一·二八

李东阳 [1] 曰："诗必有具眼 [2]，亦必有具耳 [3]，眼主格，耳主声。"又曰："法度 [4] 既定，溢而为波，变而为奇，乃有自然之妙。"

【注释】

[1] 语出李东阳《怀麓堂诗话》，文字有出入。李东阳，字宾之，号西涯，谥号文正，茶陵（今湖南茶陵）人，因其所居，人称"李长沙""长沙公"，明朝内阁首辅、学者，主持文坛数十年，诗文典雅工丽，为茶陵诗派核心人物。事详《明史》卷一八一《李东阳传》。

[2] 具眼：鉴别事物的眼力。

[3] 具耳：鉴别声音（音乐）的耳力。

[4] 法度：写诗的法则。

【译文】

李东阳说："作诗必须具备鉴别事物的眼力，也必须具备鉴别音乐的耳力，眼力主要负责掌控诗的格调，耳力主要负责协调诗歌的声律。"又说："法度已经定下来，（文采）溢出形成波澜，变化就会出奇，就有了自然的妙处。"

一·二九

王维祯[1]曰："蜩螗[2]不与蟋蟀齐鸣，绤绤[3]不与貂裘并服，戚惏[4]殊愫[5]，泣笑别音，诗之理也。乃若局方[6]切理，搜事配景，以是求真，又失之隘。"

【注释】

[1]"王维祯"应为"王维桢"之误。语出王维桢《王氏存笥稿》卷一四《答督学乔三石书》。王维桢，字允宁，号槐野，华州（今陕西华县）人，明世宗嘉靖十四年进士，官至南京国子监祭酒，为人博学强记，对李白、杜甫颇有研究。事附《明史》卷二八六《文苑传》。

[2]蜩螗：蝉的别名。

[3]绤绤：葛布衣服。

[4]惏：欢乐，乐趣。

[5]愫：心情。

[6]局方：一般通用的方剂。

【译文】

王维祯说："蜩螗不和蟋蟀一起鸣叫，葛布不和貂裘一起穿戴。悲伤和快乐是不同的情感，哭泣和欢笑是不同的声音，这就是诗歌创作的道理。如同用通用的方剂来契合所有的病理一般，（单纯依靠）搜罗典故、搭配景物，用这种创作方式来寻求创作的真谛，就会落入狭隘的境地。"

一·三〇

黄省曾[1]曰："诗歌之道，天动神解，本于情流，弗由人造。古人构唱，真写厥[2]衷，如春蕙秋华，生色[3]堪把[4]，意态各畅，无事雕模。末世风颓，

矜虫 [5] 斗鹤，递相 [6] 述师，如图缯剪锦 [7]，饰画虽严，割强先露。"

【注释】

[1] 语出黄省曾《与李空同书》，文字有出入。黄省曾，字勉之，号五岳山人，吴县（今江苏苏州）人，明代诗人、学者，学诗于李梦阳，著述颇丰，涉及经学、史学、地理、农学等多个方面。事详《明史》卷二八七《文苑传》。

[2] 厥：代词，他的，他们的。

[3] 生色：生机之色。

[4] 堪把：能够把握。

[5] 矜虫：狂妄的小虫，引申为浅薄的文人。

[6] 递相：轮流更换，犹互相。

[7] 图缯剪锦：缯与锦为古代上乘丝织品的代称，此句意为在织物上涂画裁剪。

【译文】

黄省曾说："诗歌的道理，感发于上天通彻于神明，情感的流动是它的本源，不是由人创造的。古人作诗吟唱，真实地抒发内心的情感，如同春天的花朵和秋天的果实，这些景物的生机颜色人们自然可以把握，其情态各不相同，没有刻意雕琢的迹象。后世风气衰败，狂妄的小虫也敢挑战飞鹤，彼此以师自称，（他们的诗歌）就好像先在丝帛上画图然后裁剪一般，装饰描画虽然严密，却显露出强行雕琢的痕迹。"

一·三一

谢榛 [1] 曰："近体，诵之行云流水，听之金声玉振，观之明霞散绮，讲之独茧抽丝。""诗有造物 [2]，一句不工，则一篇不纯，是造物不完也。"又曰："七言绝句，盛唐诸公用韵最严。盛唐突然而起，以韵为主，意到辞工，不假雕饰。或命意得句，以韵发端，混成无迹。宋人专重转合，刻意精炼，或难于起句，借用旁韵，牵强成章。"又曰："作诗繁简，各有其宜，譬诸众星丽天，孤霞捧日，无不可观。"

【注释】

[1] 语出谢榛《四溟诗话》卷一，文字有出入。谢榛，字茂秦，号四溟山人、脱屣山人，临清（今属山东）人，与李攀龙、王世贞等人诗学旨趣相近，为"后七子"之一，后受李攀龙排斥，削名"七子"之外。事详《明史》卷二八七《文苑传》。

[2] 造物：古人指创造万物的神灵。句中比拟创作灵感。

【译文】

谢榛说："近体诗，诵读起来（应该）如行云流水般顺畅，听起来如同金石相碰般发出响亮、和谐之声，观赏起来仿佛像明丽的晚霞与散落的华美绸缎，言说起来应该条理分明、脉络清晰。""诗歌创作应具备神妙的想象，一句不工巧，那么整篇也就失去了神韵，这是因为构思不完美。"又说："创作七言绝句，盛唐的诸位诗人用韵最为严谨。盛唐诗歌突然崛起，以韵味为主，意思独到，言辞精巧，不凭借过分雕饰。或者确定了主题就写得佳句，以音韵作为发端，浑然天成，了无痕迹。宋代诗人专注于诗歌的起承转合，刻意精炼诗句，或者起句创作艰难，借用旁韵，牵强附会勉强成章。"又说："作诗或繁或简，各有各的好处，就像天上繁星照亮天空，或者晚霞映衬着落日，这些都（各尽其美）可以成为观赏的对象。"

一·三二

皇甫汸 [1] 曰："或谓诗不应苦思，苦思则丧其天真，殆不然。方其收视反听 [2]，研精殚思，寸心几呕，修髯尽枯，深湛守默，鬼神将通之。"又曰："语欲妥贴，故字必推敲。一字之瑕，足以为玷，片语之颣 [3]，并弃其余。"

【注释】

[1] 语出皇甫汸《解颐新语》卷四《诠藻》。皇甫汸，字子循，号百泉、百泉子，明代长洲（今江苏苏州）人，其人仕途坎坷，但能沉浮不废吟咏，其家兄弟四人（汸、冲、涍、濂）都有诗才，以汸最优。事详《明史》卷二八七《文苑传》。

[2] 收视反听：谓不视不听。形容专心致志，心无旁骛。

[3] 纇：瑕疵，缺陷。

【译文】

皇甫汸说："有人说作诗不应该苦思，苦思就会丧失诗歌的天然本真，恐怕不是这样。当诗人心无旁骛，专心思考，呕心沥血，须发干枯，保持玄寂，诗感就会像被鬼神打通一般。"又说："语言想要妥帖的话，必须推敲字句。一个字的瑕疵，足可构成污点，一句话不好，就能使读者把其余的都抛弃。"

一·三三

何良俊[1]云："六义[2]者，既无意象可寻，复非言筌[3]可得。索之于近，则寄在冥漠[4]；求之于远，则不下带衽[5]。"

【注释】

[1] 语出何良俊《四友斋丛说》卷二四。何良俊，字元朗，号柘湖居士，华亭(今上海松江)人。嘉靖中，曾官至南京翰林院孔目，与李开先、王世贞、徐渭并称明代"四大曲论家"，其戏曲理论提倡本色语言，主张恪守格律，相关理论对万历年间以沈璟为首的吴江派有所影响。事详《明史》卷二八七《文苑传》。

[2] 六义：诗经学名词。语出《毛诗大序》："故诗有六义焉：一曰风，二曰赋，三曰比，四曰兴，五曰雅，六曰颂。"

[3] 言筌：言辞上留下的迹象。《庄子·外物》："筌者所以在鱼，得鱼而忘筌……言者所以在意，得意而忘言。"

[4] 冥漠：昏暗看不清。

[5] 带衽：腰带和衣衽，喻近处。

【译文】

何良俊说："六义，既没有意象可以去追寻，也不是可以从言语中获得的。在近处求索，却寄托在远处朦胧的地方；在远处求索，却没有离开过近处。"

一·三四

语文，则颜之推[1]曰："文章者，原出五经[2]。诏命策檄[3]，生于《书》

者也；序述论议[4]，生于《易》者也；歌咏赋颂[5]，生于《诗》者也；祭祀哀诔[6]，生于《礼》者也；书奏箴铭[7]，生于《春秋》者也。"

【注释】

[1]语出颜之推《颜氏家训》卷四《文章》。颜之推，字介，北齐琅邪临沂（今属山东）人，一生经历梁、齐、隋三朝，自称"三为亡国之人"，对南北文风的交融发挥了积极作用。事详《北史》卷八三《文苑传》。

[2]五经：《诗经》《尚书》《仪礼》《易经》《春秋》五部作品。

[3]诏命策檄：诏，帝王所发的文书命令。命，泛指上级对下级的指示性文书。策，科举考试中的策问文体。檄，古代官府用以征召或声讨的文书。

[4]序述论议：序，有"赠序"和"书序"两种。述，古时用于陈述事件的文体。论，古时用以论断事理的文体，包括论政、史论等。议，反驳、辩论性的文体，多用于臣属上奏君王陈述不一样的意见。

[5]歌咏赋颂：歌、咏，意思相近，后者为曼声长吟，《玉篇·言部》称"咏，长言也"。赋，介于诗和散文之间讲究铺陈，重视词藻、对偶、押韵的文体。颂，以颂扬为目的的诗文，篇幅长短不一。

[6]祭祀哀诔：祭，祭祀天地鬼神和死者时所诵读的文章。祀，此处并无实指，与祭搭配。哀、诔，文体相近，哀辞文体是诔辞的旁支。诔辞的对象主要是王公、贵族、士大夫，以赞颂死者功德为主；哀辞的对象主要是"童弱夭折，不以寿终者"，以抒发对死者哀悼之情为主。

[7]书奏箴铭：书，用以陈述对政事的见解、意见的文体，《文心雕龙·章表》称"言事于王，皆称上书"。奏，书的一种，以弹劾检举官员为主要内容。箴，以告诫规劝为主的文体。铭，用来警诫自己或者称述功德的文体，多刻于器物上，用韵。

【译文】

谈及文章的种类，颜之推说："文章，原本出自于五经之中。诏、命、策、檄，源于《尚书》；序、述、论、议，源于《易经》；歌、咏、赋、颂，源于《诗经》；祭、祀、哀、诔，源于《仪礼》；书、奏、箴、铭，源于《春秋》。"

一·三五

韩愈[1]曰："养其根而俟[2]其实，加其膏[3]而希其光；根之茂者其实遂，膏之沃者其光晔[4]。"[5]又曰："和平之声淡薄，愁思之声要妙；欢愉之辞难工，穷苦之言易好。"[6]

【注释】

[1]韩愈，字退之，河阳（今河南孟州南）人，世称"韩昌黎""昌黎先生"，中唐古文运动倡导者，强调"文以明道"，后人尊为"唐宋八大家"之首，与柳宗元并称"韩柳"。

[2]俟：等待。

[3]膏：脂油。

[4]晔：光明灿烂、闪光的样子。

[5]语出韩愈《昌黎先生集》卷一六《答李翊书》。

[6]语出韩愈《昌黎先生集》卷二〇《荆潭唱和诗序》。

【译文】

韩愈说："养护它的根来等待它的果实，增添它的油脂来希求它的光芒；根系茂盛的事物果实也会如此，油脂肥沃就会光彩照人。"又说："平和的声音往往寡淡，饱含愁苦的声音往往深刻精妙；情绪欢愉的言语很难做到精致，发自困境的字句反而容易出彩。"

一·三六

柳宗元[1]曰："本之《书》以求其质，本之《诗》以求其情，本之《礼》以求其宜[2]，本之《春秋》以求其断[3]，本之《易》以求其动[4]，参之《谷梁氏》以厉其气[5]，参之《孟》《荀》以畅其支[6]，参之《老》《庄》以肆其端[7]，参之《国语》以博其趣，参之《离骚》以致其幽，参之《太史》以著其洁。"

【注释】

[1]语出《柳河东集》卷三四《答韦中立论师道书》。柳宗元，字子厚，河东（今山西运城永济一带）人，与韩愈一同倡导古文运动，为唐宋八大家之一，

世称"柳河东""河东先生",因官终柳州刺史,又称"柳柳州"。

[2] 宜:适宜,妥当。

[3] 断:判断力,评判。

[4] 动:变化,对变化的掌握。

[5] 厉其气:增强它的气势。

[6] 畅其支:使条理通达。

[7] 肆其端:使行为自如。

【译文】

柳宗元说:"以《尚书》为本来追求文章的质朴,以《诗经》为本来追求文章的情感,以《仪礼》为本来追求文章的妥帖,以《春秋》为本来追求文章的判断力,以《易经》为本来追求文章的灵动变化,以《谷梁传》为本来增强文章气势,参考《孟子》《荀子》使文章条理通顺,参考《老子》《庄子》使文章自由奔放,参考《国语》增添文章趣味性,参考《离骚》使文章达到幽深之境,参考《史记》增强文章的简洁性。"

一·三七

苏轼^[1]曰:"吾文如万斛^[2]之珠,取之不竭,唯行于所当行,止于所不得不止耳。"

【注释】

[1] 语出苏轼《东坡全集》卷一百《文说》,文字有出入。苏轼,字子瞻,一字和仲,号铁冠道人、东坡居士,眉山(今四川眉山)人,在诗、词、散文、书、画等方面都成就卓著,与父洵、弟辙合称"三苏",均入"唐宋八大家"之列。

[2] 斛:中国旧量器名,亦是容量单位。

【译文】

苏轼说:"我的文采就如同万斛水珠,取之不尽用之不竭,我会在该行文处行文,该停笔处停笔。"

一·三八

陈师道[1]曰："善为文者，因事以出奇[2]。江河之行，顺下而已。至其触山赴谷，风搏物激，然后尽天下之变。子云[3]唯好奇，故不能奇也。"

【注释】

[1]语出陈师道《后山诗话》。陈师道，字履常，一字无己，号后山居士，彭城（今江苏徐州）人，江西诗派重要作家，早年受学曾巩，后从苏轼，为"苏门六君子"之一。事详《宋史》卷四四四《文苑传》。

[2]因事以出奇：凭借具体之事写出巧妙之语。

[3]子云：即扬雄，见一·六注[1]。《后山诗话》于此段文字前有"扬子云之文，好奇而卒不能奇也，故思苦而词艰"句。

【译文】

陈师道说："擅长写文章的人，凭借小事就可以写出很优秀的文章，就像江河的运行，顺流而下罢了。等到它触碰山谷，与风物相搏击，就可以览尽天下的变化。扬雄只喜欢奇特的文章，反而不能出奇。"

一·三九

李涂[1]云："庄子善用虚，以其虚虚天下之实；太史公善用实，以其实实天下之虚。"又曰："《庄子》者，《易》之变；《离骚》者，《诗》之变；《史记》者，《春秋》之变。"

【注释】

[1]语出李涂《文章精义》，文字有出入。李涂，约宋高宗绍兴前后在世，字耆卿。因斋名"性学"，学者称之"性学先生"。受业于朱熹的门人，官国子助教。

【译文】

李涂说："庄子写文章善于使用虚写，用虚写来写尽天下真实之事；司马迁善于用实写，用实写写尽天下虚无之事。"又说："《庄子》是《周易》演变而成；《离骚》是《诗经》演变而成；《史记》是《春秋》演变而成。"

一·四〇

李攀龙[1]曰："不朽者文，不晦者心。"

【注释】

[1] 今本《沧溟先生集》无此语。王世贞《弇州山人四部稿》卷——七《答于鳞书》言"'不朽者文，不晦者心'，足下二语，当置之胸臆"。李攀龙，见原序一注 [8]。

【译文】

李攀龙说："永垂不朽的是文章，永不晦暗的是写文章时真诚的心灵。"

一·四一

总论，则魏文帝[1]曰："文以气为主，气之清浊有体，不可力强而致。"

【注释】

[1] 语出曹丕《典论·论文》。魏文帝，见一·一注 [1]。

【译文】

谈及文章整体，曹丕说："文章以气为主，气有清气与浊气两种，不是勉强能达到的。"

一·四二

张茂先[1]曰："读之者尽而有余，久而更新。"[2]

【注释】

[1] 张华，字茂先，范阳方城（今河北固安）人，魏晋时期政治家、文学家、翻译家，官至司空。晋惠帝永康元年，赵王司马伦发动政变，张华惨遭杀害。事详《晋书》卷三六《张华传》。

[2]《晋书》卷九二《文苑传》载，左思作《三都赋》成，"司空张华见而叹曰：'班、张之流也。使读之者尽而有余，久而更新。'于是豪贵之家竞相传写，洛阳为之纸贵"。

【译文】

张华说:"使读这部作品的人在读完之后而觉意犹未尽,一段时间之后更能体会到新意味。"

一·四三

陆士衡[1]曰:"其始也,收视反听,耽思旁讯[2]。精骛八极[3],心游万仞。其致也,精瞳昽[4]而弥宣,物昭晰而互进,倾群言之沥液[5],漱六艺之芳润,浮天渊以安流,濯下泉而潜进。"又曰:"离之则双美,合之则两伤。"又曰:"石韫[6]玉而山晖,水怀珠而川媚。"

【注释】

[1]语出陆机《文赋》,见《文选》卷一七。陆机,字士衡,吴郡华亭(今上海松江)人,西晋著名文学家、书法家,出身吴郡陆氏,与其弟陆云合称"二陆",有"太康之英"美誉。曾官平原内史,世称"陆平原"。事详《晋书》卷五四《陆机传》。

[2]耽思旁讯:耽思,深思。旁讯,广泛探寻。

[3]精骛八极:精骛,精神驰骋。八极,指极远之地。

[4]瞳昽:太阳初出由暗而明的光景。

[5]沥液:水滴,喻文辞之精华。

[6]韫:蕴藏。

【译文】

陆机说:"开始构思时,要心无旁骛,潜心思索,旁搜博寻。这样才能神飞八极之外,心游万仞高空。等到文思到来时,如旭日初升,从开始朦胧,到逐渐鲜明。此时的物象,逐渐清晰,纷至沓来。子史精华,奔注如倾,六艺辞采,荟萃笔锋。忽而漂浮天池之上,忽而潜入地泉之中。"又说:"(风格迥异的语词)把它们分开则两全其美,合在一起则相互损伤。"又说:"(文之奇)就像石中藏玉使山岭生辉,又像水中含珠而令河川秀媚。"

一·四四

殷璠^[1]曰："文有神来、气来、情来；有雅体、野体、鄙体、俗体。能审鉴诸体，委详所来，方可定其优劣。"

【注释】

[1]语出殷璠《河岳英灵集序》，文字有出入。殷璠，字号不详，丹阳（今属江苏）人，唐玄宗时期文学家、诗选家。进士出身，曾出仕，后辞官归隐，详情无可考。

【译文】

殷璠说："文章的产生依赖于神、气、情；（体裁上）有雅体、野体、鄙体、俗体。能仔细鉴别这些文体，并切实详知它们的来源，方能确定其好坏。"

一·四五

柳冕^[1]曰："善为文者，发而为声，鼓而为气。直则气雄^[2]，精则气生，使五采^[3]并用，而气行于其中。"

【注释】

[1]语出柳冕《答衢州郑使君论文书》，见《全唐文》卷五二七。柳冕，字敬叔，蒲州河东（今山西永济）人，唐代散文家、文论家，古文运动倡导者。

[2]直则气雄：原为"直与气雄"，据《四部丛刊》影明嘉靖刊本《唐文粹》改。

[3]五采：指青、黄、赤、白、黑五种颜色。

【译文】

柳冕说："善于写文章的人，表达情感则为声音，鼓舞人心则为气势。正直刚强则文气雄雄，精诚纯一则文气勃勃。让各种文辞形式并用，气势便在其中尽显。"

一·四六

姜夔^[1]云："雕刻伤气，敷演^[2]伤骨，若鄙而不精，不雕刻之过也；拙而无委曲，不敷演之过也。"^[3]又云："人所易言，我寡言之；人所难言，我易言之。"

【注释】

[1] 语出姜夔《白石道人诗说》，文字略有出入。姜夔，字尧章，号白石道人，饶州鄱阳(今江西鄱阳)人，南宋文学家、音乐家。屡试不第，终生未仕，诗词俱佳，注重格律和音节美。

[2] 敷演：指过分修饰。

[3] 何文焕《历代诗话》载："雕刻伤气，敷衍露骨。若鄙而不精巧，是不雕刻之过；拙而无委曲，是不敷衍之过。"

【译文】

姜夔说："诗文若过分雕琢就会伤了诗歌之气，过分修饰就会虚巧与庸俗，显示出低俗的骨痕。那些太过于鄙陋无味的文字，是因为完全不雕琢的缘故。而那些直白不含蓄的文字，则是因为没有修饰的缘故。"又说："一般人容易说的话，我就少说；一般人难以说的话，我就用简单的话语表达出来。"

一·四七

何景明 [1] 曰："文靡于隋，韩力振之，然古文之法亡于韩；诗弱于陶 [2]，谢力振之，然古诗之法，亦亡于谢。"

已上诸家语，虽深浅不同，或志在扬扢 [3]，或寄切诲诱，撷而观之，其于艺文思过半矣。 [4]

【注释】

[1] 语出何景明《何大复先生全集》卷三二《与李空同论诗书》。何景明，见一·二六注 [1]。

[2] 诗弱于陶：原为"诗溺于陶"，据《与李空同论诗书》原文改。

[3] 扬扢：褒扬，评说。

[4] 此段是王世贞对上文诸条的总结。

【译文】

何景明说："文章从隋朝开始华丽轻浮，韩愈尽力重新振作古文，但古文的法度消亡于韩愈；古诗从陶渊明开始衰败，谢灵运力图改变，但古诗的法度也是消亡于谢灵运。"

以上诸家的言论，虽然讨论的深浅不同，有的志在褒扬，有的寄予了教诲，把它们摘录下来观看，对于学习文章的构思就领悟大半了。

一·四八

四言诗须本《风》《雅》，间及韦、曹[1]，然勿相杂也。世有白首铅椠[2]，以训故求之，不解作诗坛赤帜。亦有专习潘、陆[3]，忘其鼻祖。要之，皆日用不知者。

【注释】

[1] 韦、曹：指西汉韦孟和三国时期曹操。韦孟，西汉初著名讽谏诗人，彭城（今江苏徐州）人。曹操，字孟德，一名吉利，小字阿瞒，沛国谯（今安徽亳州）人，东汉末年杰出的政治家、军事家、文学家、书法家。

[2] 铅椠：古人书写文字的工具。这里代指写诗作文。

[3] 潘、陆：指西晋太康年间的潘岳和陆机。两者俱为"太康体"的代表作家，诗歌讲究辞藻华美和对偶工整，往往失于雕琢。潘岳，即潘安，字安仁，中牟（河南中牟）人，西晋著名文学家、政治家。陆机，见一·四三注[1]。

【译文】

创作四言诗须以《风》《雅》为根本，间及学习韦孟和曹操，然而不要把两者相混杂。世上有到老还在写诗的人，但他们用考据之法进行创作，不明白应该学习的诗坛典范是什么。还有专门学习潘岳和陆机的，更是忘了作诗最根本的东西。总而言之，他们都属于写诗却不知诗的人。

一·四九

拟古乐府，如《郊祀》《房中》[1]，须极古雅，发以峭峻。《铙歌》[2]诸曲，勿便可解，勿遂不可解，须斟酌浅深质文之间。汉、魏之辞，务寻古色。《相和·瑟曲》[3]诸小调，系北朝者，勿使胜质；齐、梁以后，勿使胜文。近事毋俗，近情毋纤。拙不露态，巧不露痕。宁近无远，宁朴无虚。有分格[4]，有来委[5]，有实境[6]。一涉议论，便是鬼道。

【注释】

　　[1]《郊祀》《房中》：即《郊祀歌》十九章、《安世房中歌》十七章，均属汉乐府《郊庙歌辞》。

　　[2]《铙歌》：即《铙歌》十八曲，属汉乐府《鼓吹曲辞》。

　　[3]《相和·瑟曲》：指汉乐府《相和歌辞·瑟调曲》诸调。

　　[4]分格：格调的分别。

　　[5]来委：取法的对象。

　　[6]实境：实情实景。

【译文】

　　模拟古乐府诗歌，如《郊祀》《房中》之类，必须极为古朴典雅，呈现刚直严正的状态。模仿《铙歌》这一类的诗歌，不能写得太过明易，也不能写得太过深奥，需要把握在浅显与深奥、古朴与精巧之间。模拟汉魏时期的诗歌，要致力于文辞的古雅。像《相和歌辞·瑟调曲》之类的小调，是北朝的民歌，就不要使诗歌的形式文辞胜过内容；而模仿齐梁以后的诗歌，则不要让内容胜过文辞。（应该）合乎事典而不粗俗，合乎情理而不纤弱。粗拙和使用技巧都不露痕迹。宁愿粗浅而不深奥，宁愿朴实而不虚无。（作诗还应该）区分格调，有取法对象，有真情实景。若一旦涉及议论，就是进入邪门歪道了。

一·五〇

　　古乐府，王僧虔[1]云："古曰章，今曰解[2]，解有多少。当是先诗而后声，诗叙事，声成文。必使志尽于诗，音尽于曲。是以作诗有丰约，制解有多少。"又"诸曲调皆有辞有声[3]，而大曲又有艳[4]、有趋[5]、有乱[6]。辞者，其歌诗也。声者，若羊吾韦依那何之类也。艳在曲之前，趋与乱在曲之后，亦犹《吴声》[7]前有和后有送也[8]"。其语乐府体甚详，聊志之。

【注释】

　　[1]语出宋郭茂倩《乐府诗集》卷二六《相和歌辞》小序。王僧虔，字号不详，琅邪临沂（今山东临沂）人，南北朝时期刘宋、南齐大臣、书法家，出

身"琅邪王氏"，喜文史，善音律，工真书、行书。事详《南齐书》卷三三《王僧虔传》。

[2]章、解：均为表示乐曲结构单位的音乐术语，指乐歌中呈并列关系的乐段。《乐府诗集》卷二六《相和歌辞》小序中说："凡诸调歌辞，并以一章为一解。"

[3]诸曲调皆有辞有声：原文为"诸曲调解有辞有声"，据《乐府诗集》改。

[4]艳：大曲的引子。

[5]趋：大曲的尾声。

[6]乱：与"趋"位置和作用相似，两者不同时出现。一般认为其应为"趋"的另一种称呼，"趋"属于带有声乐、器乐、舞蹈的尾声，"乱"为只有声乐、器乐的尾声。

[7]《吴声》：指古乐府清商曲中的《吴声歌》。

[8]和、送：分别指吴声、西曲最前面的引子和最后面的尾声。

【译文】

关于古乐府，王僧虔说："古时称章，现在称解，不同曲调的解有多有少。应当是先有歌词而后有乐声，歌词叙述事情，乐声成为它的修饰。要使歌词充分表达情感，音声在曲中得到完善展示。所以诗人作的诗有丰富、有简约，一首乐曲的解有多有少。"又说："诸种曲调都有歌辞，有乐声，而大曲又包含艳、趋、乱等形式。歌辞，就是可歌之诗。乐声，如同羊吾韦依那何之类。艳在曲之前，趋和乱在曲之后，就像演奏《吴声》歌，前有和声，后有送调。"他对古乐府的体制结构说得非常详细，我就记在这里。

一·五一

世人《选》体[1]，往往谈西京、建安，便薄陶、谢，此似晓不晓者。毋论彼时诸公，即齐、梁纤调，李、杜变风，亦自可采。贞元[2]而后，方足覆瓿[3]。大抵诗以专诣为境，以饶美为材。师匠宜高，捃拾[4]宜博。

【注释】

[1]《选》体：仿《文选》古诗所作之诗，多为五言体。

[2]贞元：唐德宗年号，公元 785—805 年间。

[3]覆瓿：比喻诗作没价值，只能用来盖酱罐。《汉书·扬雄传下》载刘歆见扬雄《太玄》，认为深奥难懂，评曰："吾恐后人用覆酱瓿也。"

[4]捃拾：拾取，收集。

【译文】

世人谈论《选》体诗，往往谈论汉魏的诗歌，轻视陶渊明、谢灵运，这是自以为明白实则不明白。不用说陶、谢一样的魏晋诗人，就是齐梁诗的纤靡格调，以及李白、杜甫的新风格，都有可学习之处。到了唐贞元以后，诗歌走向衰落，诗作大多没有价值。而好的诗歌大概以专而精深为境界，以丰饶多样为审美理想。因此，应该向诗艺高超者学习，博采众长。

一·五二

西京、建安，似非琢磨可到。要在专习，凝领之久，神与境会，忽然而来，浑然而就。无岐级可寻，无色声可指。三谢[1]固自琢磨而得，然琢磨之极，妙亦自然。

【注释】

[1]三谢：指谢灵运、谢惠连、谢朓。

【译文】

汉魏古诗并不是用心雕琢就可以创作成功。要领在于细细琢磨研习，熟读深思，主观的神情意趣与作品所描绘的形象相通时就能豁然领悟，浑然天成。没有捷径可以找寻，没有声音图像可以指明方法。三谢的诗确实是通过雕琢得到的，但雕琢到了极致，也便具有了自然天成之妙。

一·五三

七言歌行，靡非[1]乐府，然至唐始畅。其发也，如千钧之弩，一举透革。纵之则文漪落霞，舒卷绚烂。一入促节，则凄风急雨，窈冥变幻。转折顿挫，如天骥下坂，明珠走盘。收之则如橐[2]声一击，万骑忽敛，寂然无声。

【注释】

[1] 靡非：靡，发端、开始；非，疑为"自"之误。

[2] 橐：收纳弓矢、盔甲的袋子。

【译文】

七言歌行体，发端于汉乐府诗，但到唐朝才开始流行起来。它开始时，就像千钧重的弓箭，一射穿透甲胄。铺展时就像水中波纹冲荡霞影，舒卷缓慢，五色绚烂。一到急促的关节，就像凄风急雨，天气明暗转换。转折停顿，像天马下坡，明亮的珍珠在盘中滚动。收束时就像敲打收纳武器的袋子，万马突然收敛生息，寂静没有声音。

一·五四

歌行有三难：起调一也，转节二也，收结三也。唯收为尤难。如作平调，舒徐绵丽者，结须为雅词，勿使不足，令有一唱三叹意。奔腾汹涌，驱突而来者，须一截便住，勿留有馀。中作奇语，峻夺人魄者，须令上下脉相顾，一起一伏，一顿一挫，有力无迹，方成篇法。此是秘密大藏印可[1] 之妙。

【注释】

[1] 印可：佛教术语。本指师父肯定弟子对佛法的修习，此指认可、认同。

【译文】

歌行体诗有三个难处：起调，转节，收结。其中收结是最难的。以创作平调歌行为例，缓慢艳丽的类型，收结就应该是庄重典雅的语言，不要让它不足，要有一咏三叹的意味。奔腾汹涌，长驱直入的类型，要一拦就停下，不要留下余地。中间有奇崛之语、雄健夺人心魄的类型，必须让前后脉络相连，有起有伏，有停顿有转折，有力道却没有痕迹，才能成篇。这如同佛经中认可的妙法。

一·五五

五言律差[1] 易得雄浑，加以二字，便觉费力。虽曼[2] 声可听，而古色[3] 渐稀。七字为句，字皆调美[4]。八句为篇，句皆稳畅[5]，虽复盛唐，代不数人，人不数首。古唯子美，今或于鳞 [6]。骤似骇耳，久当论定。

【注释】

[1] 差：略微。贾思勰《齐民要术·序》："卷首皆有目录，于文虽烦，寻览差易。"

[2] 曼：悠远。屈原《九章·抽思》："思蹇产之不释兮，曼遭夜之方长。"

[3] 古色：指唐朝及其之前的诗风。

[4] 调美：音韵和谐符合规范。

[5] 稳畅：平稳畅顺。

[6] 于鳞：指李攀龙，见原序一注 [8]。

【译文】

诗人创作五言律诗还较易形成雄浑之势，但要加上二字作七言律诗，便感到困难。一些七言律诗虽然长声舒缓，美妙动人，但却几乎没有古色了。具有古色的七言律诗应当做到：七字为一句，字字音韵和谐。八句为一首，句句平稳畅达。但即使是在盛唐，达到了此种标准的，也不过几个佼佼者，佼佼者中也不过几首七言律诗。那时候只有杜甫做到了，现在或许李攀龙能够企及。你突然听见这样的结论，或许会觉得惊骇，但疏通思绪后，应当会有所认同。

一·五六

七言律，不难中二联 [1]，难在发端及结句耳。发端，盛唐人无不佳者，结颇有之 [2]。然亦无转入他调及收顿 [3] 不住之病。篇法有起、有束，有放、有敛，有唤、有应。大抵一开则一阖，一扬则一抑，一象则一意，无偏用者。句法有直下 [4] 者，有倒插 [5] 者。倒插最难，非老杜不能也。字法有虚有实，有沉有响。虚响易工，沉实难至。五十六字 [6]，如魏明帝凌云台材木，铢两悉配 [7]，乃可耳。篇法之妙，有不见句法者；句法之妙，有不见字法者，此是法极 [8] 无迹，人能之至，境与天会，未易求也。有俱属象而妙者，有俱属意而妙者，有俱作高调而妙者，有直下不偶对而妙者，皆兴与境诣，神合气完使之。然五言可耳，七言恐未易能也。勿和韵 [9]，勿拈险韵 [10]，勿傍用韵 [11]，起句亦然。勿偏枯 [12]，勿求理，勿搜僻，勿用六朝强造语，勿用大历以后事，此诗家魔障^[13]，慎之慎之。

【注释】

[1] 中二联：此处指颔联和颈联。

[2] 结颇有之：尾联不佳者有很多。

[3] 收顿：收束，结束。

[4] 直下：按照通常顺序叙述。

[5] 倒插：诗文创作的一种章法，即不按通常顺序，把应在前面叙述的内容放到后面某处插入补叙。

[6] 五十六字：指七言律诗。

[7] 凌云台材木、铢两悉配：此处指谋划七言律诗篇章结构应当注重对应和平衡。《世说新语·巧艺》："凌云台楼观精巧，先称平众木轻重，然后造构，乃无锱铢相负揭。台虽高峻，常随风摇动，而终无倾倒之理。魏明帝登台，惧其势危，别以大木扶持之，楼即颓坏。论者谓轻重力偏故也。"

[8] 法极：佛教禅宗用语。《摩诃止观》卷九下："行人观法极至于此。若不悟者是大钝根大遮障罪。"

[9] 和韵：指应和他人诗作，用其原韵。

[10] 险韵：险僻难押的诗韵。

[11] 傍用韵：即用"傍韵"，用相邻韵部。

[12] 偏枯：失去平衡。

[13] 魔障：道教或佛教用语。修行途中恶魔所设障碍，引申为磨难。

【译文】

七言律诗创作中，困难的不是中间颔、颈两联，而是首、尾两联。盛唐时代的诗作中，首联都很令人称赞，但尾联却常有缺憾。即使如此，也没有出现调式错误或是收尾停顿不下来这样的大问题。诗作成篇有诸多法则：扬起、收束、外放、收敛、呼唤、回应。大体呈现效果是起始与闭合、上扬与压抑、形象与意义这三组搭配得当，没有偏倚。句法上有直接按顺序陈述的，也有倒插的。倒插最难，只有杜甫能写好。字法上既有虚，也有实；既有沉寂，也有响亮。虚和响亮效果容易做到精致，但沉寂与实的效果却较难。作七言律诗，就像魏明帝曹叡在建造凌云台前事先称量过所有木材的轻重，使四面所用木材的重量相等一样，要注重篇章结构的应对和平衡，这样才可以。篇法的玄妙在于不见句法，句法的玄妙在于不见字法。这便是诗法达到了无痕的极致、诗人能力到达了自身的极限、诗境与天意自然相呼应，是不可多得的境界。（在诗歌创作中）有因意象而玄妙的、有因意义而非凡的、有因创作统一的高昂声调而突出的、有按句法顺序不求对偶而卓越的，这些都是情感与境界汇合，精神合拍精气才达到的成就。五言律诗应该可以达到此种境界，七言律诗恐怕很难。不要和韵，不要押险韵、傍韵，首句也是这样。不要失去平衡，不要一味寻求义理，不要执意搜寻生僻的字，不要用那些六朝牵强附会的词语，也不要引用大历年间以后的事例。以上都是诗人创作时可能遇到的障碍，一定要谨慎对待。

一·五七

绝句固自难，五言尤甚。离首即尾，离尾即首，而腰腹[1]亦自不可少。妙在愈小而大，愈促而缓。吾尝读《维摩经》[2]得此法："一丈室中，置恒河沙[3]诸天宝座[4]，丈室[5]不增，诸天不减。"又："一刹那[6]定作六十小劫[7]。"须如是乃得。

【注释】

[1]腰腹：指中间联。

[2]《维摩经》：指《维摩诘所说经》，一名《不可思议解脱经》。

[3]恒河沙：佛教语，也作恒河砂、恒砂、恒沙等。恒河，为印度五大河之一。

[4]诸天宝座：佛教语，指众神法座。佛教中护法众天神总称诸天，宝座指神佛的座位。

[5]丈室：佛教语。相传维摩诘大士以称病为由，与前来问疾的文殊等讨论佛法，妙理贯珠。其卧疾之室虽一丈见方而能容纳无数听众。唐显庆年间，王玄策奉敕出使印度，过维摩诘故宅，乃以手板纵横量之，仅得十笏，因号方丈、丈室。

[6] 一刹那：一瞬间，一刻。刹那，梵语的音译。《仁王般若波罗蜜经》卷上："九十刹那为一念，一念中一刹那经九百生灭。"

[7] 小劫：印度教及佛教宇宙观术语，原是古印度人用以计算时间单位的通称。人寿八万四千岁时，历过百年，则寿减一岁；如是减至人寿十岁则止。复过百年，则增一岁，如是增至八万四千岁。此一增一减，名为一小劫。《妙法莲华经》卷一："教菩萨法，佛所护念，六十小劫不起于座；时会听者亦坐一处，六十小劫身心不动，听佛所说，谓如食顷。"

【译文】

绝句最为难作，五言尤其如此。绝句虽然首尾连接紧凑，但是中间联却不可缺少。绝句的妙处在于在短小的篇幅中反而蕴含着大容量的思想情感，在局促的体式中反而彰显出舒缓的笔调，于急促中见舒缓。我曾经读《维摩经》得到这样的道理："在一丈的房间内，放置恒河沙、诸天宝座，房间没有增大，诸天也没有减小。"又有言："一刹那可分为六十小劫。"须这样才能得到作诗之法。

一·五八

和韵 [1] 联句 [2]，皆易为诗害 [3]，而无大益，偶一为之可也。然和韵在于押字浑成，联句在于才力均敌。声华情实中，不露本等面目，乃为贵耳。

【注释】

[1] 和韵，见一·五六注 [9]。

[2] 联句：古代作诗的一种方式，指一首诗由两人或多人共同创作，每人一句或数句，联结成一篇。

[3] 诗害：诗歌创作的障碍。《沧浪诗话·诗评》："和韵最害人诗。"

【译文】

和韵、联句，最容易妨碍诗的优美，并没什么大的益处，但偶尔一用也是可以的。和韵的优点在于押字浑然天成，联句的好处在于联句的作者们才力相当。在真挚的感情和优美的声韵中不暴露诗歌本来的面目，才是最可贵的。

一·五九

骚赋虽有韵之言，其于诗文，自是竹之与草木，鱼之与鸟兽，别为一类，不可偏属。《骚》辞所以总杂重复，兴寄不一者，大抵忠臣怨夫恻怛[1]深至，不暇致诠，亦故乱其叙，使同声者自寻，修隙者[2]难摘耳。今若明白条易，便乖厥体。

【注释】

[1]恻怛：哀伤。《礼记·问丧》："恻怛之心，痛疾之意，悲哀志懑气盛，故袒而踊之。"

[2]修隙者：报复旧日恩怨的人。

【译文】

骚赋虽然也会用韵，但与诗文相比较，就好像是修竹与草木，游鱼与鸟兽，自成一类，不能归于同属。《骚》辞语言之所以总是杂乱重复，寄托在作品中的思想感情杂多，大概是因为忠臣怨夫过于哀伤，来不及全面诠释，所以叙述显得过于混乱，使有相同境遇的人能够自己领悟到，狭隘地报怨的人却难以体会。现在如果将骚赋写得清晰有条理，便违背了它的文体范式。

一·六〇

作赋之法，已尽长卿[1]数语。大抵须包蓄千古之材，牢笼宇宙之态。其变幻之极，如沧溟开晦[2]；绚烂之至，如霞锦照灼，然后徐而约之，使指有所在。若汗漫[3]纵横，无首无尾，了不知结束之妙；又或瑰伟宏富，而神气不流动，如大海乍涸，万宝杂厕[4]，皆是瑕璧，有损连城。然此易耳。唯寒俭率易，十室之邑，借理自文，乃为害也。赋家不患无意，患在无蓄；不患无蓄，患在无以运之。

【注释】

[1]长卿：司马相如，见一·五注[1]。

[2]沧溟开晦：沧溟，高远幽深的苍天。开晦，烟消云散。

[3]汗漫：广大，漫无边际。《淮南子·俶真训》："至德之世，甘暝于溷澜

之域，而徙倚于汗漫之宇。"

[4] 杂厕：混杂，夹杂。《太平广记》引《酉阳杂俎》："剑上皆用七彩珠、九华玉以为饰，杂厕五色琉璃为剑匣。"

【译文】

作赋的方法，已如司马相如所言。大体上须包含千古之材，覆盖宇宙形态。它变幻的姿态，如同海水弥漫、烟消云散；绚烂至极，如同云霞锦缎光芒四射，然后慢慢散开变得简约，这便是赋的意蕴所在。如果语言无边无际、奔放自如，无首无尾，就完全不知道结束的妙处所在；或者景物珍美奇异、宏伟富赡，而神态僵化，就如同大海骤然干涸，宝物混杂，俱是瑕疵，有损价值。然而相反的情况：作赋浅陋单薄、率直平易，就犹如十室之邑，以说理为文，这是作赋的忌讳。赋家不担忧没有想表达的意思，而担忧没有广大的意境和词汇；不担忧没有广大的意境和词汇，而担忧无法驾驭它们。

一·六一

拟骚赋，勿令不读书人便竟。《骚》览之，须令人裴回循咀[1]，且感且疑；再反之，沉吟歔欷[2]；又三复之，涕泪俱下，情事欲绝。赋览之，初如张乐洞庭[3]，褰帷[4] 锦官，耳目摇眩；已徐阅之，如文锦千尺，丝理秩然；歌乱甫[5] 毕，肃然敛容；掩卷之余，徬徨追赏。

【注释】

[1] 裴回循咀：裴回，亦作"裵回"，徘徊不进貌。循咀，寻味。

[2] 歔欷：悲泣，叹息。

[3] 张乐洞庭：即洞庭张乐。《庄子·天运》："北门成问于黄帝曰：'帝张咸池之乐于洞庭之野……'"

[4] 褰帷：亦作"褰帏"，撩起帷幔。

[5] 甫：才，刚刚。

【译文】

模拟骚赋，不要让不读书的人一看便知。用《离骚》的眼光来看，须让人有徘徊寻味之感，有所感悟且有所疑惑；再反复浏览，令人深思哀叹；再次重复，使人涕泪俱下，悲痛欲绝。用大赋的眼光来看，最初应如演奏盛大的音乐，掀起帷帐认真倾听，使人感到耳目摇眩；慢慢浏览，犹如千尺锦缎般条理清晰，秩序井然；歌曲尾声刚刚演奏完毕，令人收敛起笑容，神色变得严肃起来；掩卷之余，使人彷徨其中，回味无穷。

一·六二

"物相杂，故曰文。"[1] 文须五色错综，乃成华采。须经纬 [2] 就绪，乃成条理。

【注释】

[1] 语出《周易·系辞下》。

[2] 经纬：本指织物的纵线和纬线，这里比喻文章的情感和言辞。《文心雕龙·情采》："故情者文之经，辞者理之纬。经正而后纬成，理定而后辞畅：此立文之本源也。"

【译文】

"不同物象交相错杂，所以称作文采。"文章应当由错落有致的文句组成，才能形成华丽的篇章。应当把情、辞安排妥当，才能形成有秩序的章法。

一·六三

天地间无非史而已。三皇之世，若泯若没；五帝之世，若存若亡。噫！史其可以已耶？《六经》，史之言理者也。曰编年，曰本纪，曰志，曰表，曰书，曰世家，曰列传，史之正文也。曰叙，曰记，曰碑，曰碣 [1]，曰铭，曰述 [2]，史之变文也。曰训 [3]，曰诰 [4]，曰命，曰册，曰诏，曰令，曰教，曰剳 [5]，曰上书，曰封事 [6]，曰疏，曰表，曰启，曰笺，曰弹事 [7]，曰奏记，曰檄，曰露布 [8]，曰移 [9]，曰驳 [10]，曰喻 [11]，曰尺牍 [12]，史之用也。曰论，曰辨，曰说，曰解 [13]，曰难 [14]，曰议，史之实也。曰赞，曰颂，曰箴 [15]，曰哀 [16]，曰诔 [17]，曰悲 [18]，史之华也。虽然，《颂》即四诗 [19] 之一，赞、箴、铭、哀、诔，皆其余音也。附之于文，吾有所未安，唯其沿也，姑从众。

【注释】

[1] 碣：文体名。《文体明辨序说》：“古者碑之与碣，本相通用。后世乃以官阶之故，而别其名，其实无大异也。”

[2] 述：文体名。《文体明辨序说》：“其文与状同，不曰状，而曰述，亦别名也。”

[3] 训：文体名。义取训导，伪古文《尚书》有《伊训》等。

[4] 诰：文体名。《文体明辨序说》：“古者上下有诰，故下以告上，《仲虺之诰》是也；上以告下，《大诰》《洛诰》之类是也。”

[5] 劄：文体名，奏疏之一类。《文体明辨序说》：“宋人则监前制而损益之，故有劄子，有状，有书，有表，有封事，而劄子之用居多。”

[6] 封事：文体名，奏疏之一类。《文体明辨序说》：“自汉置八仪，密奏阴阳，皂囊封板，以防宣泄，谓之封事。”

[7] 弹事：文体名，奏疏之一类。《文体明辨序说》：“按劾之奏，别称弹事。”

[8] 露布：文体名。《文体明辨序说》：“露布者，军中奏捷之辞也，书辞于帛，建诸漆竿之上。”

[9] 移：文体名。《文体明辨序说》：“诸司自相质问，其义有三。……三曰移，谓移其事于它司也。”

[10] 驳：文体名，议之一类。《文体明辨序说》：“至汉，始立驳议。驳者，杂也，杂议不纯，故曰驳也。”

[11] 喻：文体名，以上敕下之谕告。

[12] 尺牍：文体名，为书信之通称。

[13] 解：文体名。《文体明辨序说》：“字书云：‘解者，释也，因人有疑而解释之也。’”

[14] 难：文体名。韩非有《难势篇》。

[15] 箴：文体名。《文体明辨序说》：“大抵皆用韵语，而反复古今兴衰理乱之变，以垂警戒。”

[16] 哀：文体名，即哀辞。《文体明辨序说》：“按哀辞者，哀死之文也，故

或称文。……其文皆用韵语。"

[17] 诔：文体名。《文体明辨序说》："按诔者，累也，累列其德行而称之也。其体先述世系行业，而末寓哀伤之意。"

[18] 悲：文体名，伤痛之文。任昉《文章缘起》："蔡邕作《悲温舒文》。"

[19] 四诗：指《风》《大雅》《小雅》《颂》。

【译文】

天地之间无非都是历史罢了。三皇和五帝的时代已经沉寂没落。噫！历史的记载难道可以停止吗？《六经》，就是说理形式的历史。编年、本纪、志、表、书、世家、列传，是史书的正式形态。叙、记、碑、碣、铭、述，是史书的变体。训、诰、命、册、诏、令、教、劄、上书、封事、疏、表、启、笺、弹事、奏记、檄、露布、移、驳、喻、尺牍，是史书的功用。论、辨、说、解、难、议，是史书的果实。赞、颂、箴、哀、诔、悲，是史书的花朵。即使如此，颂是四诗之一，赞、箴、铭、哀、诔，都是它的余音。（将上述观点）附录在文章之中，我有些不安，只是沿袭成说，暂且依从多数人的看法。

一·六四

吾尝论孟、荀以前作者，理苞塞不喻[1]，假而达之辞。后之为文者，辞不胜，跳而匿诸理。《六经》也，四子[2]也，理而辞者也。两汉也，事而辞者也，错[3]以理而已。六朝也，辞而辞者也，错以事而已。

【注释】

[1] 苞塞不喻：包蕴其中而不显露。

[2] 四子：四书（《论语》《孟子》《大学》《中庸》）。《弇州续稿》卷五一《邹黄州鸋鹩集序》："明兴，文皇帝大集馆阁臣，修五经、四子业。"

[3] 错：间杂。

【译文】

我曾经谈论孟子和荀子以前的作者，哲理包蕴其中而不显露，要通过文辞传达哲理；后来作文的人，言辞没有达到前代作者的水准，它们跳跃没有逻辑因而使很多道理不能彰显。六经、四书，道理晓畅并且言辞通达。两汉时期的文章，叙事详尽同时言辞丰赡，道理是间杂其中的。六朝时期的文章，除了言辞还是言辞，偶尔间杂一些叙事成分罢了（哲理已经无处可寻了）。

一·六五

首尾开阖[1]，繁简奇正，各极其度，篇法也。抑扬顿挫，长短节奏，各极其致，句法也。点缀[2]关键，金石绮彩，各极其造，字法也。篇有百尺之锦，句有千钧之弩，字有百炼之金，文之与诗，固异象同则。孔门一唯[3]，曹溪汗下[4]后，信手拈来，无非妙境。

【注释】

[1] 开阖：指诗文结构的铺展、收合等变化。

[2] 点缀：原作"点掇"，据《四库全书本》改。

[3] 孔门一唯：《论语·里仁》载："子曰：'参乎！吾道一以贯之。'曾子曰：'唯。'子出，门人问曰：'何谓也？'曾子曰：'夫子之道，忠恕而已矣。'"刑昺《疏》："曾子直晓其理，更不须问，故答曰唯。"

[4] 曹溪：禅宗别号，以六祖慧能在曹溪宝林寺演法而名。汗下：谓蓦然领悟。

【译文】

文章首尾衔接，繁和简，奇与正，都达到合适程度，这是文章的篇法。抑扬顿挫，长短节奏变换，都达到精致，这是文章的句法。点缀关键的部分，文字如金石般炫彩，都达到极高的境界，这是文章的字法。篇章像百尺的锦缎，句子像千钧的弓弩，文字像百炼的金石，文章与诗相比，形式相异但规则相似。像曾子领会忠恕之道、禅宗顿悟佛法一样领悟这些法则后，信手拈来，就会进入绝妙的境界。

一·六六

古乐府、《选》体、歌行，有可入律者，有不可入律者，句法字法皆然。唯近体[1]必不可入古耳。

【注释】

[1] 近体：又称今体诗、格律诗，讲究平仄、对仗和押韵。为有别于古体诗而有近体之名，唐代之后逐渐成型。

【译文】

古乐府、《选》体、歌行，有可以入律的，有不可以入律的，句法字法都是这样。只有近体一定是不可以入古体之中的。

一·六七

才生思，思生调，调生格。思即才之用，调即思之境，格即调之界。

【译文】

才华生情思，情思生韵律，韵律生格调。情思是才华的展现，韵律是情思的境界，格调是韵律的境界。

一·六八

李献吉 [1] 劝人勿读唐以后文，吾始甚狭之，今乃信其然耳。记问既杂，下笔之际，自然于笔端搅扰，驱斥为难。若模拟一篇，则易于驱斥，又觉局促，痕迹宛露，非斫轮手 [2]。自今而后，拟以纯灰三斛 [3]，细涤其肠，日取《六经》《周礼》《孟子》《老》《庄》《列》《荀》《国语》《左传》《战国策》《韩非子》《离骚》《吕氏春秋》《淮南子》《史记》、班氏《汉书》、西京以还 [4] 至六朝及韩、柳，便须铨择 [5] 佳者，熟读涵泳之，令其渐渍汪洋。遇有操觚 [6]，一师心匠 [7]，气从意畅，神与境合，分途策驭，默受指挥，台阁山林，绝迹大漠，岂不快哉！世亦有知是古非今者，然使招之而后来，麾之而后却，已落第二义 [8] 矣。

【注释】

[1] 李献吉：即李梦阳，见一·二五注 [1]。

[2] 斫轮手：喻指技艺高超者。语出《庄子·天道》："斫轮，徐则甘而不固，疾则苦而不入。"

[3] 纯灰三斛：语出《晋书·石季龙下》："吾欲以纯灰三斛洗吾腹。"

[4] 西京以还：指西汉以后。

[5] 铨择：评量选择。

[6] 操觚：原指执简写字，此指写文章。觚，古代作书写用的木简。

[7] 心匠：心灵。

[8] 第二义：佛家语。《沧浪诗话·诗辨》："大历以还之诗，则小乘禅也，已落第二义矣。"

【译文】

李梦阳劝告人们不要读唐代以后的文章，我一开始认为他太狭隘了，现在才相信他所说的话。记录见闻繁杂，下笔的时候，自然就会扰乱笔端，很难驱赶斥逐。如果只是模拟一篇，那么就容易斥逐，但又感觉到局促，模仿的痕迹容易显露出来，难以成为技艺精湛的高手。从今以后，想要用纯灰三斛，仔细洗涤身心，每日取《六经》《周礼》《孟子》《老子》《庄子》《列子》《荀子》《国语》《左传》《战国策》《韩非子》《离骚》《吕氏春秋》《淮南子》《史记》《汉书》、汉魏六朝作品、韩愈、柳宗元的作品研习，选择其中最优秀者，熟读品味，让自己渍染在经典的海洋中。遇到写文章之时，巧妙构思，气和意通畅，神境结合，从不同角度策驭，默默接受其指挥，如同身处台阁、山林、大漠之中，难道不快乐吗！世上也有知道是古非今的人，但（这些人）若将古代传统随意处置，已经落入第二义了。

一·六九

诗有常体，工自体中；文无定规，巧运规外。乐、选、律、绝，句字夐殊，声韵各协。下迨[1]填词小技，尤为谨严。《过秦论》[2]也，叙事若传。《夷平传》[3]也，指辨若论。至于序、记、志、述、章、令、书、移，眉目小别，大致固同。然《四诗》[4]拟之则佳，《书》《易》放[5]之则丑[6]。故法合者，必穷力而自运；法离者，必凝神而并归。合而离，离而合，有悟存焉。

【注释】

[1] 迨：等到。

[2] 《过秦论》：汉代贾谊代表作。

[3]《夷平传》：罗仲鼎《艺苑卮言校注》认为"指《史记》《伯夷列传》《屈原（平）列传》"，存录。

[4]《四诗》：指《诗经》的四体，即《风》《大雅》《小雅》《颂》。

[5]放：通"仿"。

[6]丑：指不相似。

【译文】

诗有通常的体裁，工巧自在体裁之中；文章没有确定的规则，工巧运行于规则之外。乐府、文章、律诗、绝句，句字全然不同，声韵却各自协调。等到填词小技之时，规则变得尤为严谨。《过秦论》叙述事件好像传记。《夷平传》中的争辩好像议论。至于序、记、志、述、章、令、书、移，有小的差别但大体上是一样的。但模仿《四诗》进行创作就很好，模仿《书》《易》就会很差。所以与规则相合，一定要穷尽全力运转自如；与规则不合，一定要聚精会神实现合规。合然后离，离然后合，要依靠人的悟性。

一·七〇

《风雅三百》《古诗十九》人谓无句法，非也。极自有法，无阶级[1]可寻耳。

【注释】

[1]阶级：台阶，此指痕迹。

【译文】

《诗经》《古诗十九首》，人们都说它们没有句法，并不是这样的。诗中有法存在，但又没有明显的标记可寻。

一·七一

《三百篇》删自圣手[1]，然旨别浅深，词有至末。今人正如目沧海，便谓无底，不知湛[2]珊瑚者何处。

【注释】

[1]圣手：指孔子。

[2]湛：深。

【译文】

《诗经》删自孔子之手，但由于主旨不同、深浅不一，词有未达旨之处。就好像今人观摩浩瀚沧海，（因目力有限）便说深不见底，无法确认珊瑚之所在。

一·七二

诗不能无疵，虽《三百篇》亦有之，人自不敢摘耳。其句法有太拙者："载猃歇骄"（三名皆田犬也）[1]；有太直者："昔也每食四簋，今也每食不饱"[2]；有太促者："抑罄控忌"[3]"既亟且只"[4]；有太累[5]者："不稼不穑，胡取禾三百廛"[6]；有太庸者："乃如之人也，怀昏姻也，大无信也，不知命也"[7]；其用意有太鄙者，如前"每食四簋"之类也；有太迫者："宛其死矣，他人入室"[8]；有太粗者："人而无仪，不死何为"[9]之类也。

【注释】

[1] 语出《诗经·秦风·驷骊》。

[2] 语出《诗经·秦风·权舆》。

[3] 语出《诗经·郑风·大叔于田》。

[4] 语出《诗经·邶风·北风》。

[5] 累：堆积。

[6] 语出《诗经·魏风·伐檀》。

[7] 语出《诗经·鄘风·蝃蝀》。

[8] 语出《诗经·唐风·山有枢》。

[9] 语出《诗经·鄘风·相鼠》。

【译文】

诗不可能没有瑕疵，即使是《诗经》当中也有，人自然不敢摘引其中有瑕疵的诗。其中有句法太过于拙劣的，如"载猃歇骄"；有太过于直白的，如"昔也每食四簋，今也每食不饱"；有太过于局促的，如"抑罄控忌""既亟且只"；有太过于重叠的，如"不稼不穑，胡取禾三百廛"；有太过于平庸的，如"乃如之人也，怀昏姻也，大无信也，不知命也"；有用意太粗鄙的，像前面的"每食四簋"那样的；有太过于急促的，如"宛其死矣，他人入室"；有太过于粗糙的，像"人而无仪，不死何为"之类。

一·七三

《三百篇》经圣删，然而吾断不敢以为法而拟之者，所摘前句是也^[1]，《尚书》称圣经，然而吾断不敢以为法而拟之者，《盘庚》诸篇是也^[2]。

【注释】

[1] 见一·七二篇。

[2]《尚书·商书》有《盘庚》上、中、下三篇。

【译文】

《诗经》经过孔子的删改，但是我断然不敢以它为标准来进行模拟，前面所提到的那些诗句就是如此。《尚书》虽然是神圣的经典之作，但是我也断然不敢以它为标准来进行模仿，就好比《盘庚》那样的篇章。

一·七四

孔子曰："辞达而已矣。"^[1] 又曰："修辞立其诚。"^[2] 盖辞无所不修，而意则主于达。今《易·系》《礼经》《家语》《鲁论》《春秋》之篇存者，抑何尝不工也。扬雄^[3] 氏避其达而故晦之，作《法言》；太史^[4] 避其晦，故译而达之，作帝王《本纪》，俱非圣人意也。

【注释】

[1] 语出《论语·卫灵公》。

[2] 语出《周易·乾卦》。

[3] 扬雄，见一·六注 [1]。

[4] 太史：指司马迁。司马迁，字子长，夏阳（今陕西韩城南）人，西汉史学家、文学家、思想家。事详《汉书》卷六二《司马迁传》。

【译文】

孔子说："辞达而已矣。"又说："修辞立其诚。"词语的修饰可以极尽能事，但意义则要以通达为主。现在《周易·系辞》《礼经》《家语》《鲁论》《春秋》

之类的留存篇章，又何尝不精巧呢。扬雄故意避开通俗的表达使文章隐晦，写作了《法言》；司马迁故意避开隐晦的表达，使意义通畅明达，写作了帝王《本纪》，但这都不是孔子所表达的意思。

一·七五

圣人之文，亦宁无差等乎哉！《禹贡》[1] 千古叙事之祖，如《盘庚》[2]，吾未之敢言也。周公之为诗也，其犹在《周书》[3] 上乎？吾夫子文而不诗，凡传者或非其真者也。

【注释】

[1]《禹贡》：《尚书·夏书》中的篇目，系统反映了上古时期的地理分布。

[2]《盘庚》：《尚书·商书》中的篇目，分上、中、下三篇，记载商王盘庚迁都之事。

[3]《周书》：《尚书》中的一部分，内含《泰誓》《牧誓》等 32 篇。

【译文】

圣人的文章，难道就没有差等的吗？《禹贡》这篇文章是千古叙事之祖。像《盘庚》，我不敢言说。周公写的诗，如今还在《周书》上吗？孔子写文而不作诗，凡有流传的或许不是真的。

一·七六

"《易》奇而法，《诗》正而葩"[1]，韩子之言固然。然《诗》中有《书》，《书》中有《诗》也。"明良喜起"[2]《五子之歌》[3]，不待言矣。《易》亦自有诗也，姑举数条以例之。《诗》语如"齐侯之子，平王之孙"[4]"威仪棣棣，不可选也"[5]"父母之言，亦可畏也"[6]"天实为之，谓之何哉"[7]"中冓之言，不可道也"[8]"送我乎淇之上矣"[9]"大夫夙退，毋使君劳"[10]"反是不思，亦已焉哉"[11]"匪报也，永以为好也"[12]"知我者，谓我心忧；不知我者，谓我何求"[13]"心之忧矣，其谁知之"[14]"他山之石，可以攻玉"[15]"皇父卿士，家伯家宰。仲允膳夫，聚子内史"[16]"发言盈庭，谁敢执其咎？如匪行迈谋，是用不得于道"[17]"心之忧矣，云如之何"[18]"或出入讽议，或靡事不为"[19]"成王之孚，下土之式"[20]"文王曰咨，咨女殷商，而秉义类"[21]"白圭之玷，尚可磨也。斯言之玷，不可为也"[22]"于乎不显，文王之德之纯"[23]"学有缉熙于光明"[24]"至于文武，缵太王之绪"[25]，以入《书》，谁能辨也！《书》语如"日中星鸟，以殷仲春"[26]"荡荡怀山襄陵，浩浩滔天"[27]"明试以功，车服以庸"[28]"无怠无荒，四夷来王"[29]"任贤勿贰，去邪勿疑，疑谋勿成，百志惟熙"[30]"四海困穷，天禄永终"[31]"朕志先定，询谋佥同。鬼神其依，龟筮协从"[32]"百僚师师，百工惟时"[33]"臣哉邻哉，邻哉臣哉"[34]"罔昼夜额额，罔水行舟"[35]"下管鼗鼓，合止柷敔"[36]"《箫韶》九成，凤凰来仪"[37]"莱夷作牧，厥篚檿丝"[38]"厥草惟夭，厥木惟乔"[39]"火炎昆冈，玉石俱焚"[40]"佑贤辅德，显忠遂良。兼弱攻昧，取乱侮亡。推亡固存，邦乃其昌"[41]"圣谟洋洋，嘉言孔彰。惟上帝不常，作善降之百祥，作不善降之百殃"[42]"惟天无亲，克敬惟亲。民罔常怀，怀于有仁"[43]"一人元良，万邦以贞"[44]"厥德匪常，九有以亡"[45]，"若作和羹，尔惟盐梅"[46]"罔俾阿衡，专美有商"[47]"我武惟扬，侵于之疆，取彼凶残，我伐用张，于汤有光"[48]"如虎如貔，如熊如罴"[49]"月之从星，则以风雨"[50]"式敬尔由狱，以长我王国"[51]，又"无偏无陂"以至"归其有极"[52]，总为一章。《易》语如"见龙在田，天下文明。终日乾乾，与时偕行"[53]"西南得朋，乃与类行。东北丧朋，乃终有庆"[54]"密云不雨，自我西郊"[55]"其亡其亡，系于苞桑"[56]"伏戎于莽，升其高陵，三岁不兴"[57]"贲如皤如，白马翰如"[58]"君子得舆，小人剥庐"[59]"见舆曳，其牛掣，其人天且劓"[60]"见豕负涂，载鬼一车。先张之弧，后脱之弧"[61]"困于石，据于蒺藜，入于其宫，不见其妻"[62]"震来虩虩，笑言哑哑"[63]"旅人先笑后号咷"[64]"乾刚坤柔，比乐师忧，临观之义，或与或求"[65]，以入《诗》，谁能辨也！抑不特此，凡《易》卦、爻辞、彖、小象、叶韵者十之八，故《易》亦《诗》也。

【注释】

　　[1]语出韩愈《进学解》。见《昌黎先生集》卷一二。

　　[2]《尚书·夏书·益稷》："（帝庸）乃歌曰：'股肱喜哉，元首起哉，百工熙哉。'""（皋陶）乃赓载歌曰：'元首明哉，股肱良哉，庶事康哉。'又歌曰：'元首丛脞哉，股肱惰哉，万事堕哉！'"

[3]《尚书·夏书·五子之歌》:"太康失邦,昆弟五人,须于洛汭,作《五子之歌》。"

[4] 语出《诗经·召南·何彼秾矣》。

[5] 语出《诗经·邶风·柏舟》。

[6] 语出《诗经·郑风·将仲子》。

[7] 语出《诗经·邶风·北门》。

[8] 语出《诗经·鄘风·墙有茨》。

[9] 语出《诗经·鄘风·桑中》。

[10] 语出《诗经·卫风·硕人》。

[11] 语出《诗经·卫风·氓》。

[12] 语出《诗经·卫风·木瓜》。

[13] 语出《诗经·王风·黍离》。

[14] 语出《诗经·魏风·园有桃》。

[15] 语出《诗经·小雅·鹤鸣》。

[16] 语出《诗经·小雅·十月之交》。

[17] 语出《诗经·小雅·小旻》。

[18] 语出《诗经·小雅·小弁》。

[19] 语出《诗经·小雅·北山》。

[20] 语出《诗经·大雅·下武》。

[21] 语出《诗经·大雅·荡》。

[22] 语出《诗经·大雅·抑》。

[23] 语出《诗经·周颂·维天之命》。

[24] 语出《诗经·周颂·敬之》。

[25] 语出《诗经·鲁颂·閟宫》。

[26] 语出《尚书·虞书·尧典》。

[27] 语出《尚书·虞书·尧典》。

[28] 语出《尚书·虞书·舜典》。

[29] 语出《尚书·虞书·大禹谟》。

[30] 语出《尚书·虞书·大禹谟》。

[31] 语出《尚书·虞书·大禹谟》。

[32] 语出《尚书·虞书·大禹谟》。

[33] 语出《尚书·虞书·皋陶谟》。

[34] 语出《尚书·夏书·益稷》。

[35] 语出《尚书正义》卷五《夏书·益稷》。"额额"原作"锥锥",据《尚书正义》改。

[36] 语出《尚书·夏书·益稷》。

[37] 语出《尚书·夏书·益稷》。

[38] 语出《尚书·夏书·禹贡》。

[39] 语出《尚书·夏书·禹贡》。

[40] 语出《尚书·夏书·胤征》。

[41] 语出《尚书·商书·仲虺之诰》。

[42] 语出《尚书·商书·伊训》。

[43] 语出《尚书·商书·太甲》下。

[44] 语出《尚书·商书·太甲》下。

[45] 语出《尚书·商书·咸有一德》。"匪"原作"靡",据《尚书正义》改。

[46] 语出《尚书·商书·说命》下。

[47] 语出《尚书·商书·说命》下。

[48] 语出《尚书·周书·泰誓》中。"我伐"原作"杀伐",据《尚书正义》改。

[49] 语出《尚书·周书·牧誓》。

[50] 语出《尚书·周书·洪范》。

[51] 语出《尚书·周书·立政》。

[52] 语出《尚书·周书·洪范》。

[53] 语出《周易·乾卦》。

[54] 语出《周易·坤卦》。

[55] 语出《周易·小畜卦》。"西郊"原作"四郊",据《周易正义》改。

[56] 语出《周易·否卦》。

[57] 语出《周易·同人卦》。

[58] 语出《周易·贲卦》。

[59] 语出《周易·剥卦》。

[60] 语出《周易·睽卦》。

[61] 语出《周易·睽卦》。

[62] 语出《周易·困卦》。

[63] 语出《周易·震卦》。

[64] 语出《周易·旅卦》。

[65] 语出《周易·杂卦》。

【译文】

"《周易》奇异而有章法,《诗经》意正而华美",韩愈之言固然正确。但是《诗》中有《书》,《书》中有《诗》。"明良喜起"《五子之歌》,不用再用言语解释了。《易》中自然有诗,姑且列举几条来例证一下。《诗》中的语句如"齐侯之子,平王之孙""威仪棣棣,不可选也""父母之言,亦可畏也""天实为之,谓之何哉""中冓之言,不可道也""送我乎淇之上矣""大夫凤退,毋使君劳""反是不思,亦已焉哉""匪报也,永以为好也""知我者,谓我心忧;不知我者,谓我何求""心之忧矣,其谁知之""他山之石,可以攻玉""皇父卿士,家伯冢宰。仲允膳夫,聚子内史""发言盈庭,谁敢执其咎?如匪行迈谋,是用不得于道""心之忧矣,云如之何""或出入讽议,或靡事不为""成王之孚,下土之式""文王曰咨,咨女殷商,而秉义类""白圭之玷,尚可磨也。斯言之玷,不可为也""于乎不显,文王之德之纯""学有缉熙于光明""至于文武,缵太王之绪",将这些语句放入《书》中,谁又能辨别呢!《书》中的语句如"日中星鸟,以殷仲春""荡荡怀山襄陵,浩浩滔天""明试以功,车服以庸""无怠无荒,四夷来王""任贤勿贰,去邪勿疑,疑谋勿成,百志惟熙""四海困穷,天禄永终""朕志先定,询谋金同。鬼神其依,龟筮协从""百僚师师,百工惟时""臣哉邻哉,邻哉臣哉""罔昼夜额额,罔水行舟""下管鼗鼓,合止柷敔""《箫韶》九成,凤凰来仪""莱夷作牧,厥篚檿丝""厥草惟夭,厥木惟乔""火炎昆冈,玉石俱焚""佑贤辅德,显忠遂良。兼弱攻昧,取乱侮亡。推亡固存，邦乃其昌""圣谟洋洋，嘉言孔彰。惟上帝不常，作善降之百祥，作不善降之百殃""惟天无亲，克敬惟亲。民罔常怀，怀于有仁""一人元良，万邦以贞""厥德匪常，九有以亡""若作和羹，尔惟盐梅""罔俾阿衡，专美有商""我武惟扬，侵于之疆，取彼凶残，我伐用张，于汤有光""如虎如貔，如熊如罴""月之从星，则以风雨""式敬尔由狱，以长我王国"，还有"无偏无陂"以至"归其有极"，总体上都是诗章。《易》中语句如"见龙在田，天下文明。终日乾乾，与时偕行""西南得朋，乃与类行。东北丧朋，乃终有庆""密云不雨，自我西郊""其亡其亡，系于苞桑""伏戎于莽，升其高陵，三岁不兴""贲如皤如，白马翰如""君子得舆，小人剥庐""见舆曳，其牛掣，其人天且劓""见豕负涂，载鬼一车。先张之弧，后脱之弧""困于石，据于蒺藜，入于其宫，不见其妻""震来虩虩，笑言哑哑""旅人先笑后号咷""乾刚坤柔，比乐师忧，临观之义，或与或求"，按照这样入《诗》，谁又能辨别呢？或许不仅如此，在《易》卦、爻辞、彖传、象传中符合音韵的占十分之八，所以《易》也是《诗》。

一·七七

　　秦以前为子家，人一体也。语有方言，而字多假借，是故杂而易晦也。左、马[1]而至西京，洗之矣。相如[2]，《骚》家流也；子云[3]，子家流也。故不尽然也。六朝而前，材不能高，而厌[4]其常，故易字，易字是以赘也。材不能高，故其格[5]下也。五季[6]而后，学不能博，而苦其变，故去字，去字是以率也。学不能博，故其直贱也。

【注释】

　　[1]左、马：左丘明、司马迁。

　　[2]相如：指司马相如，见一·五注[1]。

　　[3]子云：指扬雄，见一·六注[1]。

　　[4]厌：嫌弃。

　　[5]格：格调。

　　[6]五季：即后梁、后唐、后晋、后汉、后周五代。

【译文】

秦以前是子家的时代，各家写作体式各有不同。语言有方言，而字也多假借字，这就是文章杂乱而易晦涩的原因。左丘明、司马迁至西汉，一改这种状况。司马相如，沿袭《离骚》的传统；扬雄，是子家的流派。所以风格各有不同。六朝之前，才能不够高，但嫌弃使用寻常字，于是便改字，改字就会使文章变得累赘。才能不高，因此格调低下。五代之后，学识不够渊博，但却苦于变化，于是就删字，删字导致直露。学识不渊博，所以浅直轻贱。

卷 二

二·一

"关关雎鸠，在河之洲。窈窕淑女，君子好逑。"[1] "采采卷耳，不盈顷筐。嗟我怀人，置彼周行。""我姑酌彼金罍。"[2] "未见君子，惄如调饥。"[3] "厌浥行露，岂不夙夜，谓行多露。"[4] "嘒彼小星，三五在东。肃肃宵征，夙夜在公，寔命不同。"[5] "日居月诸。""静言思之，不能奋飞。"[6] "燕燕于飞，差池其羽。""先君之思，以勖寡人。"[7] "击鼓其镗，踊跃用兵。""土国城漕。"[8] "雍雍鸣雁，旭日始旦。"[9] "习习谷风，以阴以雨。""采葑采菲，无以下体。""谁谓荼苦，其甘如荠。""我躬不阅，遑恤我后。"[10] "硕人俣俣，公庭万舞。有力如虎，执辔如组。""云谁之思，西方美人。彼美人兮，西方之人兮。"[11] "北风其凉，雨雪其雱。惠而好我，携手同行。"[12] "爱而不见，搔首踟蹰。"[13] "玉之瑱也，象之揥也，扬且之皙也。胡然而天也！胡然而帝也！"[14] "良马五之。"[15] "手如柔荑，肤如凝脂，领如蝤蛴，齿如瓠犀，螓首蛾眉。巧笑倩兮，美目盼兮。"[16] "自我徂尔，三岁食贫。"[17] "谁谓河广？一苇杭之。"[18] "伯也执殳，为王前驱。""自伯之东，首如飞蓬。岂无膏沐，谁适为容！""其雨其雨，杲杲出日。"[19] "适子之馆兮，还予授子之粲兮。"[20] "巷无居人，岂无居人，不如叔也，洵美且仁。"[21] "将叔无狃，戒其伤汝。""两服上襄，两骖雁行。"[22] "清人在彭，驷介旁旁，二矛重英，河上乎翱翔。""左旋右抽。"[23] "女曰鸡鸣，士曰昧旦。子兴视夜，明星有烂。"[24] "子不我思，岂无他人。"[25] "鸡既鸣矣，朝既盈矣。匪鸡则鸣，苍蝇之声。"[26] "蟋蟀在堂，岁聿其莫。今我不乐，日月其除。无已太康，职思其居。"[27] "绸缪束薪，三星在天。今夕何夕？见此良人。"[28] "悠悠苍天，曷其有极？"[29] "予美亡此，谁与独旦！"[30] "驷驖孔阜，六辔在手。公之媚子，从公于狩。"[31] "游环胁驱，阴靷鋈续，文茵畅穀。""言念君子，温其如玉。"[32]"兼葭苍苍，白露为霜。所谓伊人，在水一方。溯洄从之，道阻且长。溯游从之，宛在水中央。"[33]"交交黄鸟，止于棘。谁从穆公？子车奄息。维此奄息，百夫之特。临其穴，惴惴其栗。彼苍者天，歼我良人！如可赎兮，人百其身！"[34]"忧心如醉。"[35]"岂曰无衣？与子同袍。"[36]"衡门之下，可以栖迟。泌之洋洋，可以乐饥。""岂其食鱼，必河之鲂。"[37]"蜉蝣之羽，衣裳楚楚。"[38]"我来自东，零雨其濛。""皇驳其马。""其新孔嘉，其旧如之何？"[39]"鸿飞遵渚，公归无所，于女信处。"[40]"四牡骈骈，周道倭迟，岂不怀归，王事靡盬，我心伤悲。"[41]"伐木丁丁，鸟鸣嘤嘤。"[42]"昔我往矣，杨柳依依。今我来思，雨雪霏霏。"[43]"岂不怀归，畏此简书。"[44]"和鸾雍雍，万福攸同。"[45]"我有嘉宾，中心贶之。"[46]"织文鸟章，白旆央央。元戎十乘，以先启行。""文武吉甫，万邦为宪。"[47]"四骐翼翼，路车有奭。簟笰鱼服，钩膺鞗革。""方叔莅止，其车三千。旂旐央央，方叔率止。约軧错衡，八鸾玱玱。服其命服，朱芾斯皇，有玱葱珩。""蠢尔荆蛮，大邦为仇。方叔元老，克壮其犹。"[48]"萧萧马鸣，悠悠旆旌。徒御不惊，大庖不盈。"[49]"吉日惟戊。"[50]"夜如何其？夜未央。庭燎之光。君子至止，鸾声将将。"[51]"鹤鸣于九皋，声闻于天。""他山之石，可以攻玉。"[52]"其人如玉，毋金玉尔音，而有遐心。"[53]"爰居爰处，爰笑爰语。""载寝之床，载衣之裳，载弄之璋。"[54]"节彼南山，维石岩岩。赫赫师尹，民具尔瞻。"[55]"正月繁霜。""父母生我，胡俾我瘉。不自我先，不自我后。"[56]"彼月而微，此日而微。""高岸为谷，深谷为陵。"[57]"发言盈庭，谁敢执其咎？"[58]"明发不寐，有怀二人。"[59]"踧踧周道，鞠为茂草。我心忧伤，怒焉如捣。""维忧用老。""君子无易由言，耳属于垣。""我躬不阅，遑恤我后。"[60]"他人有心，予忖度之。""职为乱阶。"[61]"瓶之罄矣，维罍之耻。"[62]"周道如砥，其直如矢。君子所履，小人所视。""小东大东，杼柚其空。纠纠葛屦，可以履霜。""跂彼织女，终日七襄。虽则七襄，不成报章。睆彼牵牛，不以服箱。""东有启明，西有长庚。""维南有箕，不可以簸扬，维北有斗，不可以挹酒浆。"[63]"明明上天，照临下土。""自诒伊戚。"[64]"我疆我理，南东其亩。""上天同云，雨雪雰雰，益之以霡霂。既优既渥，既霑既足，生我百谷。""祀事孔明，先祖是皇。”[65]“有渰萋萋，兴雨祁祁。雨我公田，遂及我私。”[66]“六辔沃若。”[67]
“茑与女萝，施于松柏。”“有頍者弁。”[68]“君子来朝，何锡予之？虽无予之，
路车乘马。”“鸾声嘒嘒。”[69]“雨雪瀌瀌，见晛曰消。”[70]“卷发如虿。”[71]“终
朝采绿，不盈一匊。予发曲局，薄言归沐。”[72]“中心藏之，何日忘之。”[73]“牂
羊坟首，三星在罶。”[74]“何不日鼓瑟。”[75]“民亦劳止！汔可小康。惠此中国，
以绥四方。”“式遏寇虐，憯不畏明。”“王欲玉女。”[76]“天之方难，无然宪宪。
天之方蹶，无然泄泄。”“天之牖民，如埙如篪，如璋如圭，如取如携。”“价人
维藩，大师维垣，大邦维屏，大宗维翰，怀德维宁，宗子维城。”[77]“女炰烋
于中国。”“天不湎尔以酒。”“虽无老成人，尚有典刑。”[78]“讦谟定命，远犹
辰告。”“无言不仇，无德不报。”“神之格思，不可度思，矧可射思。”“匪面命
之，言提其耳。”[79]“谁生厉阶，至今为梗。”“谁能执热，逝不以濯。其何能
淑，载胥及溺。”“进退维谷。”“听言则对，诵言如醉。”[80]“倬彼云汉，昭回
于天。”“靡神不举，靡爱斯牲。”“旱魃为虐，如惔如焚。”“瞻卬昊天，有嘒其
星。”[81]“维岳降神，生甫及申。维申及甫，维周之翰。”[82]“士民其瘵。”“哲
夫成城，哲妇倾城。”“妇有长舌，维厉之阶。”“人之云亡，邦国殄瘁。”[83]“十千
维耦。”[84]“万亿及秭。”[85]“设业设虡，崇牙树羽。应田县鼓，鞉磬柷圉。既
备乃奏，箫管备举。喤喤厥声，肃雍和鸣。”[86]“有来雍雍，至止肃肃。相维
辟公，天子穆穆。”[87]“龙旗阳阳，和铃央央，鞗革有鸧。”[88]“无曰高高在上。
陟降厥士，日监在兹。”[89]“载芟载柞，其耕泽泽。千耦其耘，徂隰徂畛。”“厌
厌其苗，绵绵其麃。”[90]“其崇如墉，其比如栉，以开百室。”[91]“旨酒思柔。”[92]
“于铄王师，遵养时晦。”[93]“駉駉牡马，在坰之野。薄言駉者，有驈有皇，有
骊有黄，以车彭彭。”[94]“振振鹭，鹭于下。鼓咽咽，醉言舞。”[95]“无小无大，
从公于迈。”“永锡难老。”“食我桑黮，怀我好音。”[96]“白牡骍刚，牺尊将将。
毛炰胾羹，笾豆大房。万舞洋洋，孝孙有庆。”“不亏不崩，不震不腾。三寿作
朋，如冈如陵。”“公车千乘，朱英绿縢，二矛重弓。公徒三万，贝胄朱綅，烝
徒增增。”“黄发儿齿。”[97]“鞉鼓渊渊，嘒嘒管声。既和且平，依我磬声。”[98]
“天命玄鸟，降而生商。宅殷土芒芒。”[99]“相土烈烈，海外有截。”“不竞不絿，
不刚不柔。敷政优优，百禄是道。”“苞有三蘖，莫遂莫达。九有一截，韦顾既

伐，昆吾夏桀。"[100]"挞彼殷武，奋伐荆楚，罙入其阻。""赫赫厥声，濯濯厥灵。寿考且宁，以保我后生。"[101]

【注释】

[1] 语出《诗经·周南·关雎》。

[2] 语出《诗经·周南·卷耳》。

[3] 语出《诗经·周南·汝坟》。

[4] 语出《诗经·召南·行露》。

[5] 语出《诗经·召南·小星》。

[6] 语出《诗经·邶风·柏舟》。

[7] 语出《诗经·邶风·燕燕》。

[8] 语出《诗经·邶风·击鼓》。

[9] 语出《诗经·邶风·匏有苦叶》。

[10] 语出《诗经·邶风·谷风》。

[11] 语出《诗经·邶风·简兮》。

[12] 语出《诗经·邶风·北风》。

[13] 语出《诗经·邶风·静女》。

[14] 语出《诗经·鄘风·君子偕老》。

[15] 语出《诗经·鄘风·干旄》。

[16] 语出《诗经·卫风·硕人》。

[17] 语出《诗经·卫风·氓》。

[18] 语出《诗经·卫风·河广》。

[19] 语出《诗经·卫风·伯兮》。

[20] 语出《诗经·郑风·缁衣》。

[21] 语出《诗经·郑风·叔于田》。

[22] 语出《诗经·郑风·大叔于田》。

[23] 语出《诗经·郑风·清人》。

[24] 语出《诗经·郑风·女曰鸡鸣》。

[25] 语出《诗经·郑风·褰裳》。

[26] 语出《诗经·齐风·鸡鸣》。

[27] 语出《诗经·唐风·蟋蟀》。

[28] 语出《诗经·唐风·绸缪》。

[29] 语出《诗经·唐风·鸨羽》。

[30] 语出《诗经·唐风·葛生》。

[31] 语出《诗经·秦风·驷驖》。

[32] 语出《诗经·秦风·小戎》。

[33] 语出《诗经·秦风·蒹葭》。

[34] 语出《诗经·秦风·黄鸟》。

[35] 语出《诗经·秦风·晨风》。

[36] 语出《诗经·秦风·无衣》。

[37] 语出《诗经·陈风·衡门》。

[38] 语出《诗经·曹风·蜉蝣》。

[39] 语出《诗经·豳风·东山》。

[40] 语出《诗经·豳风·九罭》。

[41] 语出《诗经·小雅·四牡》。

[42] 语出《诗经·小雅·伐木》。

[43] 语出《诗经·小雅·采薇》。

[44] 语出《诗经·小雅·出车》。

[45] 语出《诗经·小雅·蓼萧》。

[46] 语出《诗经·小雅·彤弓》。

[47] 语出《诗经·小雅·六月》。

[48] 语出《诗经·小雅·采芑》。

[49] 语出《诗经·小雅·车攻》。

[50] 语出《诗经·小雅·吉日》。

[51] 语出《诗经·小雅·庭燎》。

[52] 语出《诗经·小雅·鹤鸣》。

[53] 语出《诗经·小雅·白驹》。

[54] 语出《诗经·小雅·斯干》。

[55] 语出《诗经·小雅·节南山》。

[56] 语出《诗经·小雅·正月》。

[57] 语出《诗经·小雅·十月之交》。

[58] 语出《诗经·小雅·小旻》。

[59] 语出《诗经·小雅·小宛》。

[60] 语出《诗经·小雅·小弁》。

[61] 语出《诗经·小雅·巧言》。

[62] 语出《诗经·小雅·蓼莪》。

[63] 语出《诗经·小雅·大东》。

[64] 语出《诗经·小雅·小明》。

[65] 语出《诗经·小雅·信南山》。

[66] 语出《诗经·小雅·大田》。

[67] 语出《诗经·小雅·裳裳者华》。

[68] 语出《诗经·小雅·頍弁》。

[69] 语出《诗经·小雅·采菽》。

[70] 语出《诗经·小雅·角弓》。

[71] 语出《诗经·小雅·都人士》。

[72] 语出《诗经·小雅·采绿》。

[73] 语出《诗经·小雅·隰桑》。

[74] 语出《诗经·小雅·苕之华》。

[75] 语出《诗经·唐风·山有枢》。

[76] 语出《诗经·大雅·民劳》。

[77] 语出《诗经·大雅·板》。

[78] 语出《诗经·大雅·荡》。

[79] 语出《诗经·大雅·抑》。

[80] 语出《诗经·大雅·桑柔》。

[81] 语出《诗经·大雅·云汉》。

[82] 语出《诗经·大雅·崧高》。

[83] 语出《诗经·大雅·瞻卬》。

[84] 语出《诗经·周颂·噫嘻》。

[85] 语出《诗经·周颂·丰年》。

[86] 语出《诗经·周颂·有瞽》。

[87] 语出《诗经·周颂·雝》。

[88] 语出《诗经·周颂·载见》。

[89] 语出《诗经·周颂·敬之》。

[90] 语出《诗经·周颂·载芟》。

[91] 语出《诗经·周颂·良耜》。

[92] 语出《诗经·周颂·丝衣》。

[93] 语出《诗经·周颂·酌》。

[94] 语出《诗经·鲁颂·駉》。

[95] 语出《诗经·鲁颂·有駜》。

[96] 语出《诗经·鲁颂·泮水》。

[97] 语出《诗经·鲁颂·闷宫》。

[98] 语出《诗经·商颂·那》。

[99] 语出《诗经·商颂·玄鸟》。

[100] 语出《诗经·商颂·长发》。

[101] 语出《诗经·商颂·殷武》。

【译文】

　　"关关雎鸠，在河之洲。窈窕淑女，君子好逑。""采采卷耳，不盈顷筐。嗟我怀人，置彼周行。""我姑酌彼金罍。""未见君子，惄如调饥。""厌浥行露，岂不夙夜，谓行多露。""嘒彼小星，三五在东。肃肃宵征，夙夜在公，寔命不同。""日居月诸。""静言思之，不能奋飞。""燕燕于飞，差池其羽。""先君之思，以勖寡人。""击鼓其镗，踊跃用兵。""土国城漕。""雍雍鸣雁，旭日始旦。""习习谷风，以阴以雨。""采葑采菲，无以下体。""谁谓荼苦，其甘如荠。""我躬不阅，遑恤我后。""硕人俣俣，公庭万舞。有力如虎，执辔如组。""云谁之思，西方美人。彼美人兮，西方之人兮。""北风其凉，雨雪其雰。惠而好我，携手同行。""爱而不见，搔首踟蹰。""玉之瑱也，象之揥也，扬且之皙也。胡然而天也！胡然而帝也！""良马五之。""手如柔荑，肤如凝脂，领如蝤蛴，齿如瓠犀，螓首蛾眉。巧笑倩兮，美目盼兮。""自我徂尔，三岁食贫。""谁谓河广？一苇杭之。""伯也执殳，为王前驱。""自伯之东，首如飞蓬。岂无膏沐，谁适为容！""其雨其雨，杲杲出日。""适子之馆兮，还予授子之粲兮。""巷无居人，岂无居人，不如叔也，洵美且仁。""将叔无狃，戒其伤汝。""两服上襄，两骖雁行。""清人在彭，驷介旁旁，二矛重英，河上乎翱翔。""左旋右抽。""女曰鸡鸣，士曰昧旦。子兴视夜，明星有烂。""子不我思，岂无他人。""鸡既鸣矣，朝既盈矣。匪鸡则鸣，苍蝇之声。""蟋蟀在堂，岁聿其莫。今我不乐，日月其除。无已太康，职思其居。""绸缪束薪，三星在天。今夕何夕？见此良人。""悠悠苍天，曷其有极？""予美亡此，谁与独旦！""驷驖孔阜，六辔在手。公之媚子，从公于狩。""游环胁驱，阴靷鋈续，文茵畅毂。""言念君子，温其如玉。""兼葭苍苍，白露为霜。所谓伊人，在水一方。溯洄从之，道阻且长。溯游从之，宛在水中央。""交交黄鸟，止于棘。谁从穆公？子车奄息。维此奄息，百夫之特。临其穴，惴惴其栗。彼苍者天，歼我良人！如可赎兮，人百其身！""忧心如醉。""岂曰无衣？与子同袍。""衡门之下，可以栖迟。泌之洋洋，可以乐饥。""岂其食鱼，必河之鲂。""蜉蝣之羽，衣裳楚楚。""我来自东，零雨其濛。""皇驳其马。""其新孔嘉，其旧如之何？""鸿飞遵渚，公归无所，于女信处。""四牡騑騑，周道倭迟，岂不怀归，王事靡盬，我心伤悲。""伐木丁丁，鸟鸣嘤嘤。""昔我往矣，杨柳依依。今我来思，雨雪霏霏。""岂不怀归，畏此简书。""和鸾雍雍，万福攸同。""我有嘉宾，中心贶之。""织文鸟章，白旆央央。元戎十乘，以先启行。""文武吉甫，万邦为宪。""四骐翼翼，路车有奭。簟笰鱼服，钩膺鞗革。""方叔莅止，其车三千。旂旐央央，方叔率止。约軝错衡，八鸾玱玱。服其命服，朱芾斯皇，有玱葱珩。""蠢尔荆蛮，大邦为雠。方叔元老，克壮其犹。""萧萧马鸣，悠悠旆旌。徒御不惊，大庖不盈。""吉日惟戊。""夜如何其？夜未央。庭燎之光。君子至止，鸾声将将。""鹤鸣于九皋，声闻于天。""他山之石，可以攻玉。""其人如玉，毋金玉尔音，而有遐心。""爰居爰处，爰笑爰语。""载寝之床，载衣之裳，载弄之璋。""节彼南山，维石岩岩。赫赫师尹，民具尔瞻。""正月繁霜。""父母生我，胡俾我瘉。不自我先，不自我后。""彼月而微，此日而微。""高岸为谷，深谷为陵。""发言盈庭，谁敢执其咎？""明发不寐，有怀二人。""踧踧周道，鞠为茂草。我心忧伤，惄焉如捣。""维忧用老。""君子无易由言，耳属于垣。""我躬不阅，遑恤我后。""他人有心，予忖度之。""职为乱阶。""瓶之罄矣，维罍之耻。""周道如砥，其直如矢。君子所履，小人所视。""小东大东，杼柚其空。纠纠葛屦，可以履霜。""跂彼织女，终日七襄。虽则七襄，不成报章。睆彼牵牛，不以服箱。""东有启明，西有长庚。""维南有箕，不可以簸扬，维北有斗，不可以挹酒浆。""明明上天，照临下土。""自诒伊戚。""我疆我理，南东其亩。""上天同云，雨雪雰雰，益之以霢霂。既优既渥，既沾既足，生我百谷。""祀事孔明，先祖是皇。""有渰萋萋，兴雨祁祁。雨我公田，遂及我私。""六辔沃若。""茑与女萝，施于松柏。""有颊者弁。""君子来朝，何锡予之？虽无予之，路车乘马。""鸾声嘒嘒。""雨雪瀌瀌，见晛曰消。""卷发如虿。""终朝采绿，不盈一匊。予发曲局，薄言归沐。""中心藏之，何日忘之。""牂羊坟首，三星在罶。""何不日鼓瑟。""民亦劳止！汔可小康。惠此中国，以绥四方。""式遏寇虐，憯不畏明。""王欲玉女。""天之方难，无然宪宪。天之方蹶，无然泄泄。""天之牖民，如埙如篪，如璋如圭，如取如携。""价人维藩，大师维垣，大邦维屏，大宗维翰，怀德维宁，宗子维城。""女炰烋于中国。""天不湎尔以酒。""虽无老成人，尚有典刑。""讦谟定命，远犹辰告。""无言不雠，无德不报。""神之格思，不可度思，矧可射思。""匪面命之，言提其耳。""谁生厉阶，至今为梗。""谁能执热，逝不以濯。其何能淑，载胥及溺。""进退维谷。""听言则对，诵言如醉。""倬彼云汉，昭回于天。""靡神不举，靡爱斯牲。""旱魃为虐，如惔如焚。""瞻卬昊天，有嘒其星。""维岳降神，生甫及申。维申及甫，维周之翰。""士民其瘵。""哲夫成城，哲妇倾城。""妇有长舌，维厉之阶。""人之云亡，邦国殄瘁。""十千维耦。""万亿及秭。""设业设虡，崇牙树羽。应田县鼓，鞉磬柷圉。既备乃奏，箫管备举。喤喤厥声，肃雍和鸣。""有来雍雍，至止肃肃。相维辟公，天子穆穆。""龙旗阳阳，和铃央央，鞗革有鸧。""无曰高高在上。

陟降厥士，日监在兹。""载芟载柞，其耕泽泽。千耦其耘，徂隰徂畛。""厌厌其苗，绵绵其麃。""其崇如墉，其比如栉，以开百室。""旨酒思柔。""于铄王师，遵养时晦。""駉駉牡马，在坰之野。薄言駉者，有骃有皇，有骊有黄，以车彭彭。""振振鹭，鹭于下。鼓咽咽，醉言舞。""无小无大，从公于迈。""永锡难老。""食我桑黮，怀我好音。""白牡骍刚，牺尊将将。毛炰胾羹，笾豆大房。万舞洋洋，孝孙有庆。""不亏不崩，不震不腾。三寿作朋，如冈如陵。""公车千乘，朱英绿縢，二矛重弓。公徒三万，贝胄朱綅，烝徒增增。""黄发儿齿。""鞉鼓渊渊，嘒嘒管声。既和且平，依我磬声。""天命玄鸟，降而生商。宅殷土芒芒。""相土烈烈，海外有截。""不竞不絿，不刚不柔。敷政优优，百禄是遒。""苞有三蘖，莫遂莫达。九有一截，韦顾既伐，昆吾夏桀。""挞彼殷武，奋伐荆楚，罙入其阻。""赫赫厥声，濯濯厥灵。寿考且宁，以保我后生。"

二·二

诗旨有极含蓄者，隐恻[1]者，紧切者；法有极婉曲者，清畅者，峻洁[2]者，奇诡者，玄妙者。《骚》、赋、古选、乐府、歌行，千变万化，不能出其境界。吾故摘其章语，以见法之所自。其《鹿鸣》[3]《甫田》[4]《七月》[5]《文王》[6]《大明》[7]《绵》[8]《棫朴》[9]《旱麓》[10]《思齐》[11]《皇矣》[12]《灵台》[13]《下武》[14]《文王》[15]《生民》[16]《既醉》[17]《凫鹥》[18]《假乐》[19]《公刘》[20]《卷阿》[21]《烝民》[22]《韩奕》[23]《江汉》[24]《常武》[25]《清庙》[26]《维天》[27]《烈文》[28]《昊天》[29]《我将》[30]《时迈》[31]《执竞》[32]《思文》[33]，无一字不可法，当全读之，不复载。

【注释】

[1]隐恻：虽有忧伤而深沉不露。

[2]峻洁：诗文刚劲凝练。

[3]《诗经·小雅·鹿鸣之什》首篇。

[4]《诗经·小雅·甫田之什》首篇。

[5]《诗经·豳风·七月》。

[6] [7] [8] [9] [10] [11] [12] [13] [14]均属《诗经·大雅·文王之什》。

[15]《文王》：应为《诗经·大雅·文王之什》中《文王有声》篇之省称。

[16] [17] [18] [19] [20] [21] 均属《诗经·大雅·生民之什》。

[22] [23] [24] [25] 均属《诗经·大雅·荡之什》。

[26] [28] [30] [31] [32] [33] 均属《诗经·周颂·清庙之什》。

[27]《维天》：应为《诗经·周颂·清庙之什》中《维天之命》篇之省称。

[29]《昊天》：应为《诗经·周颂·清庙之什》中《昊天有成命》篇之省称。

【译文】

诗的主旨有特别委婉含蓄的，深沉不露的，紧急迫切的；诗法有特别婉约曲折的，清澈流畅的，严峻简洁的，奇特诡异的，玄妙空灵的。《骚》、赋、古选、乐府、歌行，千变万化，但都没有超出上述界限。于是我摘取其中的章节语句，来见出其中的诗法。其中《鹿鸣》《甫田》《七月》《文王》《大明》《绵》《棫朴》《旱麓》《思齐》《皇矣》《灵台》《下武》《文王有声》《生民》《既醉》《凫鹥》《假乐》《公刘》《卷阿》《烝民》《韩奕》《江汉》《常武》《清庙》《维天之命》《烈文》《昊天有成命》《我将》《时迈》《执竞》《思文》，每个字都值得学习，应当全读，这里就不再记载了。

二·三

古逸诗、箴、铭、讴谣之类，其语可入《三百篇》者："翘翘车乘，招我以弓。岂不欲往，畏我友朋。"[1] "君子有酒，小人鼓缶。"[2] "虽有丝麻，无弃菅蒯；虽有姬姜，无弃蕉萃。"[3] "祈招之愔愔，式昭德音。思我王度，式如玉，式如金。"[4] "俟河之清，人寿几何？"[5] "马之刚矣，辔之柔矣。马亦不刚，辔亦不柔。志气麃麃，取予不疑。"[6] "棠棣之华，翩其反而。岂不尔思，室是远而。"[7] "鱼在在藻，厥志在饵。"[8] "九变复贯，知言之选。"[9] "皎皎练丝，在所染之。"[10] 右逸诗[11]。

【注释】

[1]《左传·庄公二十二年》引此诗。

[2]《孔丛子·叙世》引此诗。

[3]《左传·成公九年》引此诗。

[4]《左传·昭公十二年》引此诗。

[5]《左传·襄公八年》引此诗。

[6]《逸周书》卷九《太子晋解》引此诗。

[7]《春秋繁露》卷二《竹林》引此诗。

[8]《大戴礼记》卷一一《用兵》引此诗。

[9]《汉书》卷六《武帝纪》引此诗。

[10]《后汉书》卷四八《杨终传》引此诗。

[11] 逸诗：今传的《诗经》并非足本。今本《诗经》305 篇以外的，前人称为"逸诗"。

【译文】

未加纂辑的古诗、箴、铭、讴谣之类，其中可以入《诗经》的有："翘翘车乘，招我以弓。岂不欲往，畏我友朋。""君子有酒，小人鼓缶。""虽有丝麻，无弃菅蒯；虽有姬姜，无弃蕉萃。""祈招之愔愔，式昭德音。思我王度，式如玉，式如金。""俟河之清，人寿几何？""马之刚矣，辔之柔矣。马亦不刚，辔亦不柔。志气麃麃，取予不疑。""棠棣之华，翩其反而。岂不尔思，室是远而。""鱼在在藻，厥志在饵。""九变复贯，知言之选。""皎皎练丝，在所染之。"以上为逸诗。

二·四

"立我烝民，莫匪尔极。不识不知，顺帝之则。"（《康衢》）[1]"黄之池，其马喷沙，皇人威仪。黄之泽，其马喷玉，皇人受谷。"（《黄泽》）[2]"白云在天，山陵自出。"（《白云》）[3] 右谣[4]。

【注释】

[1]《太平御览》卷四六七《人事部·喜》引此谣。

[2]《类说》卷一《穆天子传》引此谣。

[3]《类说》卷一《穆天子传》引此谣。

[4] 谣：古代文体中不入乐而歌者称为谣。

【译文】

"立我烝民，莫匪尔极。不识不知，顺帝之则。"（《康衢》）"黄之池，其马喷沙，皇人威仪。黄之泽，其马喷玉，皇人受谷。"（《黄泽》）"白云在天，山陵自出。"（《白云》）以上为谣。

二·五

"卿云烂兮，糺缦缦兮。日月光华，旦复旦兮。"（《卿云》）[1]"南山有乌，北山张罗。乌自高飞，罗当奈何！"（《乌鹊》）[2]"日月昭昭兮寝已驰，与子期兮芦之漪。"（《渔父》）[3] 右歌 [4]。

【注释】

[1]《尚书大传》卷一《虞书》引此歌。

[2]《搜神记》卷一六《紫玉》作"乌既高飞，罗将奈何"。

[3]《太平寰宇记》卷一一二《鄂州》作"灼灼兮侵已，私与子期兮芦之漪"。

[4]歌：徐师曾《文体明辨序说·乐府》称"盖自琴曲之外，其放情长言，杂而无方者曰歌"。

【译文】

"卿云烂兮，糺缦缦兮。日月光华，旦复旦兮。"（《卿云》）"南山有乌，北山张罗。乌自高飞，罗当奈何！"（《乌鹊》）"日月昭昭兮寝已驰，与子期兮芦之漪。"（《渔父》）以上为歌。

二·六

"习习谷风，以阴以雨。之子于归，远送于野。"（《漪兰》）[1]"陇头流水，流离四下。念我行役，飘然旷野。"（《陇头》）[2] 右操 [3]。

【注释】

[1]《乐府诗集》卷五八《琴曲歌辞》引此操。

[2]《乐府诗集》卷二五《横吹曲辞》作"陇头流水，流离西下。念吾一身，飘然旷野"。

[3]操：琴曲。

【译文】

"习习谷风,以阴以雨。之子于归,远送于野。"(《漪兰》)"陇头流水,流离四下。念我行役,飘然旷野。"(《陇头》)以上为琴曲。

二·七

"皇皇惟敬口,口生垢,口戕口。"(《口》)[1]"与其溺于人也,宁溺于渊。溺于渊,犹可游也。溺于人,不可救也。"(《盥盘》)[2]"毋曰胡伤,其祸将长。"(《楹》)[3]"一命而偻,再命而伛,三命而俯,循墙而走,亦莫敢余侮。饘于是,粥于是,以糊余口。"(《鼎》)[4]右铭[5]。

【注释】

[1]《大戴礼记》卷六作"皇皇惟敬,口生垢,口戕口"。

[2]《大戴礼记》卷六引此铭。

[3]《大戴礼记》卷六引此铭。

[4]《史记》卷四七《孔子世家》引此铭。

[5]铭:一种刻在器物上用来警诫自己、称述功德的文字。后来成为一种文体,多用韵。

【译文】

"皇皇惟敬口,口生垢,口戕口。"(《口》)"与其溺于人也,宁溺于渊。溺于渊,犹可游也。溺于人,不可救也。"(《盥盘》)"毋曰胡伤,其祸将长。"(《楹》)"一命而偻,再命而伛,三命而俯,循墙而走,亦莫敢余侮。饘于是,粥于是,以糊余口。"(《鼎》)以上为铭。

二·八

"荷此长耜,耕彼南亩,四海俱有。"(《舜祠田》)[1]"皇皇上天,照临下土,集地之灵,降甘风雨,庶物群生,各得其所。"(《用祭天》)[2]右辞[3]。

【注释】

[1]《路史》卷二一《后纪十二》引此辞。

[2]《大戴礼记》卷一三《公符》引此辞。

[3]辞：即赋，一种讲究句式和押韵的散文。汉代以后常把辞和赋统称为辞赋。

【译文】

"荷此长耜，耕彼南亩，四海俱有。"（《舜祠田》）"皇皇上天，照临下土，集地之灵，降甘风雨，庶物群生，各得其所。"（《用祭天》）以上为辞。

二·九

"凤凰于飞，和鸣锵锵。有妫之后，将育于姜。"（《懿氏》）[1] 右繇 [2]。

【注释】

[1]《左传·庄公二十二年》引此繇。

[2]繇：通"籀"。古时占卜的文辞。

【译文】

"凤凰于飞，和鸣锵锵。有妫之后，将育于姜。"（《懿氏》）以上为繇。

二·一〇

"涓涓不塞，将为江河。"（黄帝语）[1]"吾王不游，吾何以休？吾王不豫，吾何以助？一游一豫，为诸侯度。"[2]"畏首畏尾，身其余几。"[3] 右谚 [4]。

【注释】

[1]《类说》卷三九《失时》引此谚。

[2]《孟子·梁惠王下》引此谚。

[3]《左传·文公十七年》引此谚。

[4]谚：群众中流传的固定语句，常用简单的话反映出普遍而深刻的道理。

【译文】

"涓涓不塞，将为江河。"（黄帝语）"吾王不游，吾何以休？吾王不豫，吾何以助？一游一豫，为诸侯度。""畏首畏尾，身其余几。"以上为谚语。

二·一一

汉、魏人诗语，有极得《三百篇》遗意者，谩记于后："非惟雨之，又润泽之。非惟徧之，我泛布濩之。"[1]"般般之兽，乐我君囿。"[2]"总齐群邦，以翼大商。迭彼大彭，勋绩唯光。"[3]"谁谓华高，企其齐而。谁谓德难，厉其庶而。"[4]"金支秀华，庶旄翠旌。"[5]"王侯秉德，其邻翼翼，显明昭式。"[6]"唯德之臧，建侯之常。"[7]"如山如岳，嵩如不倾，如江如河，澹如不盈。"[8]"大海荡荡，水所归。高贤愉愉，民所怀。"[9]"阳春布德泽，万物生光辉。"[10]此二《雅》《周颂》和平之流韵也。"莘莘紫芝，可以疗饥。"[11]"月出皎兮，君子之光。君有礼乐，我有衣裳。"[12]"胡马依北风，越鸟巢南枝。"[13]"衣带日以缓。"[14]"清商随风发，中曲正徘徊。"[15]"秋蝉鸣树间，玄鸟逝安适。"[16]"弃我如遗迹。"[17]"盈盈一水间，脉脉不得语。"[18]"弦急知柱促。"[19]"去者日以疏，来者日以亲。"[20]"愁多知夜长。"[21]"著以长相思，缘以结不解。"[22]"出户独彷徨，忧思当告谁。"[23]"明明如月，何时可掇。忧从中来，不可断绝。"[24]"不惜年往，忧世不治。"[25]"山不厌高，海不厌深。"[26]"海水知天寒。"[27]"入门各自媚。"[28]"岂伊不虔，思于天衢。岂伊不怀，归于枌榆。天命不慆，畴敢以渝。"[29]"自惜袖短，内手知寒。"[30]"忧来无方，人莫之知。"[31]"彷徨忽已久，白露沾我裳。"[32]"民之多僻，政不由已。"[33]"泳彼长川，言息其浒。陟彼高冈，言刈其楚。"[34]此《国风》清婉之微旨[35]也。"灵之来，神哉沛，先以雨，般裔裔。"[36]"志俶傥，精权奇，籴浮云，晻上驰。"[37]"今安匹，龙为友。"[38]"临高台以轩。"[39]"江有香草目以兰。"[40]"昌乐肉飞。"[41]"采虹垂天。"[42]"水何澹澹，山岛竦峙。"[43]"日月之行，若出其中。"[44]"孤兽走索群，衔草不遑食。"[45]"世无萱草，令我哀叹。"[46]此秦、齐[47]变风奇峭之遗烈也。

【注释】

[1] [2] 见《文选》卷四八司马相如《封禅文》。

[3] 见《文选》卷一九韦孟《讽谏诗》。

[4] 见《汉书》卷四三《韦贤传》附《韦玄成传》。

[5] [6] [7] [9] 见《汉书》卷二二《礼乐志》载《安世房中歌》。

[8] 见杨慎《金石古文》卷一〇《成阳令唐扶颂》。

[10] 见《乐府诗集》卷三〇《相和歌辞·长歌行·青青园中葵》。

[11] 见《乐府诗集》卷五八《琴曲歌辞·采芝操》。"莘莘"作"晔晔"。

[12] 见《古文苑》卷三汉公孙乘《月赋》。

[13] [14] 见《文选》卷二九《古诗十九首·行行重行行》。

[15] 见《文选》卷二九《古诗十九首·西北有高楼》。

[16] [17] 见《文选》卷二九《古诗十九首·明月皎夜光》。

[18] 见《文选》卷二九《古诗十九首·迢迢牵牛星》。

[19] 见《文选》卷二九《古诗十九首·东城高且长》。

[20] 见《文选》卷二九《古诗十九首·去者日以疏》。

[21] 见《文选》卷二九《古诗十九首·孟冬寒气至》。

[22] 见《文选》卷二九《古诗十九首·客从远方来》。

[23] 见《文选》卷二九《古诗十九首·明月何皎皎》。

[24] [26] 见《文选》卷二七《乐府二首·短歌行》。

[25] 见《乐府诗集》卷三六《相和歌辞·秋胡行》。"不惜"作"不戚"。

[27] [28] 见《乐府诗集》卷三八《相和歌辞·饮马长城窟行》。

[29] 见《文选》卷二张衡《西京赋》。

[30] 见《乐府诗集》卷三六《相和歌辞》之古辞《善哉行》。

[31] 见《乐府诗集》卷三六《相和歌辞》之曹丕《善哉行》。

[32] 见《文选》卷二九曹丕《杂诗二首》。

[33] 见嵇康《嵇中散集》卷一《幽愤诗》。"政不由已"应为"政不由己"。

[34] 见嵇康《嵇中散集》卷一《兄秀才公穆入军赠诗十九首》之四。

[35] 微旨:精深微妙的意旨,隐而未露的意愿。

[36] 见《乐府诗集》卷一《郊庙歌辞·练时日》。

[37] [38] 见《乐府诗集》卷一《郊庙歌辞·天马》。

[39] [40] 见《乐府诗集》卷一六《鼓吹曲辞·临高台》。

[41] 见《后汉书》卷一一六载白狼王唐菆《远夷乐德歌》。

[42] 见《乐府诗集》卷三七《相和歌辞》之曹丕《丹霞蔽日行》。

[43] [44] 见《乐府诗集》卷五四《舞曲歌辞》之曹操《观沧海》。

[45] 见《文选》卷二四《赠答》之曹植《赠白马王彪》。

[46] 见《全三国诗》卷五阮籍《咏怀》。

[47] 秦、齐：指《诗经》之《秦风》和《齐风》。

【译文】

汉、魏人所作的诗句中，有极得《诗经》遗意的，现散漫地记在后面："非惟雨之，又润泽之。非惟徧之，我泛布濩之。""般般之兽，乐我君囿。""总齐群邦，以翼大商。迭彼大彭，勋绩唯光。""谁谓华高，企其齐而。谁谓德难，厉其庶而。""金支秀华，庶旄翠旌。""王侯秉德，其邻翼翼，显明昭式。""唯德之臧，建侯之常。""如山如岳，嵩如不倾，如江如河，澹如不盈。""大海荡荡，水所归。高贤愉愉，民所怀。""阳春布德泽，万物生光辉。"这是继承了《雅》《周颂》平和流畅的韵律。"莘莘紫芝，可以疗饥。""月出皎兮，君子之光。君有礼乐，我有衣裳。""胡马依北风，越鸟巢南枝。""衣带日以缓。""清商随风发，中曲正徘徊。""秋蝉鸣树间，玄鸟逝安适。""弃我如遗迹。""盈盈一水间，脉脉不得语。""弦急知柱促。""去者日以疏，来者日以亲。""愁多知夜长。""著以长相思，缘以结不解。""出户独彷徨，忧思当告谁。""明明如月，何时可掇。忧从中来，不可断绝。""不惜年往，忧世不治。""山不厌高，海不厌深。""海水知天寒。""入门各自媚。""岂伊不虑，思于天衢。岂伊不怀，归于枌榆。天命不慆，畴敢以渝。""自惜袖短，内手知寒。""忧来无方，人莫之知。""彷徨忽已久，白露沾我裳。""民之多僻，政不由己。""泳彼长川，言息其浒。陟彼高冈，言刈其楚。"这是继承了《国风》清新美好、精深微妙的旨意。"灵之来，神哉沛，先以雨，般裔裔。""志俶傥，精权奇，籋浮云，晻上驰。""今安匹，龙为友。""临高台以轩。""江有香草目以兰。""昌乐肉飞。""采虹垂天。""水何澹澹，山岛竦峙。""日月之行，若出其中。""孤兽走索群，衔草不遑食。""世无萱草，令我哀叹。"这是继承了秦齐变风奇特峻峭的风格。

二·一二

秦始皇时，李斯所撰《峄山碑》[1]，三句始下一韵，是《采芑》[2]第二章法。《琅邪台铭》[3]，一句一韵，三句一换，是《老子》"明道若昧"[4]章法。

【注释】

[1] 指《邹峄山刻石》，见《史记》卷六《秦始皇本纪》。

[2] 见《诗经·小雅》。

[3] 指《琅邪台刻石》，见《史记》卷六《秦始皇本纪》。

[4] 语出《老子》四一章。

【译文】

秦始皇的时候，李斯所写的《邹峄山刻石》，三句开始押下一韵，用的是《采芑》第二章的章法。《琅邪台铭》，一句一韵，三句一换韵，用的是《老子》的"明道若昧"章法。

二·一三

太公《阴谋》有《笔铭》，云："毫毛茂茂（叶房月切），陷水可脱，陷文不活。"于鳞取之[1]。余谓其言精而辞甚美，然是邓析[2]以后语也。"毫毛茂茂"是蒙恬以后事也[3]，必非太公作。

【注释】

[1] 见李攀龙《古今诗删》卷一。

[2] 邓析，春秋末期郑国大夫，是具有法家思想萌芽的政治家与思想家。

[3]《艺文类聚》卷五八："蒙恬造笔。"葛立方《韵语阳秋》卷一七引《博物志》："蒙恬造笔，以狐狸毛为心，兔毛为副，心柱遒劲，锋铓调利，故难乏而易使。"

【译文】

《太公笔铭》中说："毫毛茂茂（叶房月切），陷水可脱，陷文不活。"李攀龙采用了。我说它的言语精湛而且文辞更是优美，但是这是春秋末年邓析以后的语言。"毫毛茂茂"是蒙恬以后的事了，一定不是太公所作。

二·一四

屈氏之《骚》，骚之圣也。长卿[1]之赋，赋之圣也。一以风，一以颂，造体极玄，故自作者，毋轻优劣。

【注释】

[1] 长卿：司马相如，见一·五注 [1]。

【译文】

屈原的《离骚》，是楚辞的最高成就。司马相如的赋，是赋的最高成就。一个继承了《诗经》的风，一个继承了《诗经》的颂，创造的体裁极为玄妙，因此两者不要轻易评判优劣。

二·一五

《天问》虽属《离骚》，自是四言之韵。但词旨散漫，事迹惝恍 [1]，不可存也。

【注释】

[1] 惝恍：模糊。

【译文】

《天问》虽然属于楚辞体，属于四言韵文。但言辞主旨散漫，其中的事迹模糊不清，不可以保存。

二·一六

延寿《易林》[1]、伯阳《参同》[2]，虽以数术为书，要之皆四言之懿 [3]，《三百》遗法耳。

【注释】

[1] 指西汉焦延寿所撰《易林》十六卷。

[2] 指东汉魏伯阳所撰《周易参同契》。

[3] 懿：美。

【译文】

焦延寿的《易林》、魏伯阳的《周易参同契》，虽然是数术类的书，但主要体现的是四言之美，这是《诗经》遗留下来的方法。

二·一七

杨用修[1]言《招魂》远胜《大招》，足破宋人眼耳。宋玉[2]深至不如屈，宏丽不如司马，而兼撮二家之胜。

【注释】

[1] 杨用修：杨慎，见原序一注[3]。

[2] 宋玉，战国时代楚国辞赋家，字子渊，宋国（今河南商丘）人，崇尚老庄，曾事楚顷襄王，与唐勒、景差齐名。

【译文】

杨慎认为《招魂》远胜过《大招》，足够突破宋人的眼界了。宋玉的深度不如屈原，宏丽程度不如司马相如，但兼具了两家优秀的地方。

二·一八

《大风》[1]三言，气笼宇宙，张千古帝王赤帜，高帝哉！汉武故是词人，《秋风》[2]一章，几于《九歌》矣。《思李夫人赋》[3]，长卿下，子云上。"是耶非耶"，三言精绝。《落叶哀蝉》[4]，疑是赝作，"幽兰秀簜"[5]，的为传语。

【注释】

[1] 指汉高祖刘邦《大风歌》，见于《史记》卷八《高祖本纪》。

[2] 指汉武帝刘彻《秋风辞》，见于《文选》卷四五。

[3] 指汉武帝《李夫人赋》，见于《汉书》卷九七《外戚传·孝武李夫人》。原文为"是邪非邪，立而望之，偏何姗姗其来迟"。

[4] 指旧题汉武帝思念李夫人所作之《落叶哀蝉曲》。见晋王嘉《拾遗记》卷五。

[5] 旧题汉武帝《车子侯歌》有"嘉幽兰兮延秀蕈（簜）"之句。见明梅鼎祚《古乐苑》卷五一《汉武帝车子侯歌》。

【译文】

《大风歌》三句，气魄笼罩宇宙，彰显了汉高祖这样千古帝王的典范！汉武帝也是词人，《秋风辞》一章，几乎达到《九歌》一样的高度。其《李夫人赋》

在司马相如之下，扬雄之上。"是耶非耶"，三句精妙绝伦。《落叶哀蝉曲》，怀疑是他人伪托之作，《车子侯歌》中的"幽兰秀薝"语句，的确也是（不能确定出处）传说中的语句。

二·一九

"《大风》安不忘危，其霸心之存乎？《秋风》乐极悲来，其悔心之萌乎？"[1]文中子[2]赞二帝语，去孔子不远。

【注释】

[1]语出王通《中说》卷四《周公篇》。

[2]王通，字仲淹，道号文中子，绛州龙门（今山西河津）人，隋朝著名学者、教育家、思想家。

【译文】

"《大风》安不忘危，其霸心之存乎？《秋风》乐极悲来，其悔心之萌乎？"这是王通称赞汉高祖、汉武帝的言语，（这样的思想）距离孔子不远了。

二·二〇

《垓下歌》正不必以"虞兮"为嫌，悲壮呜咽，与《大风》各自描写帝王兴衰气象。千载而下，唯曹公"山不厌高""老骥伏枥"，司马仲达"天地开辟，日月重光"[1]语，差可嗣响[2]。

【注释】

[1]见《晋书》卷一《帝纪·宣帝》"景初二年"事。司马懿，字仲达，河内温县（今河南温县）人，三国时期曹魏权臣，西晋王朝奠基人之一。

[2]嗣响：继承前人的事业，如响应声。

【译文】

项羽《垓下歌》不需要避忌"虞兮"，它是悲壮呜咽的，与刘邦《大风歌》相比，它们各自描写帝王的兴衰气象。千百年来，只有曹操的"山不厌高""老骥伏枥"，司马懿的"天地开辟，日月重光"的语句，勉强达到这样的高度。

二·二一

《柏梁》[1] 为七言歌行创体，要以拙胜。"日月星辰"一句，和者[2] 不及。"宗室广大日益滋"，为宗正[3] 刘安国。"外家公主不可治"，为京兆尹[4]（按，当作内史）。"三辅盗贼天下危"，为左冯翊咸宣。"盗起南山为民灾"，为右扶风李成信。其语可谓强谏矣，而不闻逆耳。郭舍人[5] "啮妃女唇甘如饴"，淫亵无人臣礼，而亦不闻罚治，何也？若"枇杷橘栗桃李梅"，虽极可笑，而法亦有所自，盖宋玉《招魂》篇内句也。

【注释】

[1]《柏梁》：即《柏梁诗》，见《古文苑》卷八。诗前叙曰："汉武帝元封三年，作柏梁台，诏群臣二千石有能为七言诗，乃得上坐。"

[2]和者：指与武帝联句的其他大臣。

[3]宗正：官名。秦至东晋朝廷掌管皇帝亲族或外戚勋贵等有关事务之官。

[4]京兆尹：官名。与下文左冯翊、右扶风合称"三辅"，是治理京畿地区的三位主官。

[5]郭舍人：汉武帝的倡优，很受宠信。相传其母为武帝奶娘。

【译文】

《柏梁诗》是七言歌行的创体，主要以拙取胜。"日月星辰"一句，出自武帝，为其他臣子所不及。"宗室广大日益滋"句，出自宗正刘安国。"外家公主不可治"，是京兆尹（按，应为内史）所作。"三辅盗贼天下危"，出自左冯翊咸宣。"盗起南山为民灾"，出自右扶风李成信。他的话可以说是强硬上谏，但听到并不觉得逆耳。郭舍人"啮妃女唇甘如饴"，淫亵且无臣子的礼仪，但却没听说被罚治，为什么呢？就像同诗中"枇杷橘栗桃李梅"一样，虽然非常可笑，但诗法上却有所追寻，出自宋玉《招魂》篇里面的句子。

二·二二

汉时卫、霍、营平[1]，纠纠虎臣。然《柏梁诗》"郡国士马羽林材""和抚四夷不易哉"语，无愧七言风雅。《封建三王表》[2] 及屯田诸疏[3]，两汉文章，皆莫能及。然《三王表》或幕客所为。《柏梁》歌咏，咸依位序，独骠骑在丞相前，大将军在丞相后^[4]。昔人云"去病日贵"，此亦一征。按《古文苑》注，称台成于元鼎二年，登台赋诗乃元封三年。而霍去病以元狩六年卒，是时青盖兼二职也。然则"郡国士马"之咏，亦出青口耶。

【注释】

[1] 营平：指汉武帝营平侯赵充国。

[2]《封建三王表》：霍去病谏言武帝分封诸皇子的奏疏，见《史记》卷六〇《三王世家》。武帝依谏，立皇子闳为齐王，旦为燕王，胥为广陵王。

[3] 屯田诸疏：指赵充国辅佐汉宣帝时所上《屯田制羌疏》十二条，见《汉书》卷六九《赵充国传》。

[4]《柏梁》以官阶次序联句。武帝初时，骠骑将军为霍去病，大将军为卫青，丞相为石庆。

【译文】

西汉卫青、霍去病、营平侯赵充国，都是勇猛的虎将。《柏梁诗》"郡国士马羽林材""和抚四夷不易哉"，无愧于七言的风雅。霍去病的《封建三王表》和赵充国的《屯田疏》，两汉的文章，都不能比得上。但《三王表》或许是幕客所作。《柏梁诗》中各句都依照官阶顺序联句，只有骠骑将军的句子在丞相前面，大将军的句子在丞相后面是例外。那时候的人说"霍去病日益尊贵"，这是一个证明。按照《古文苑》的注释，称柏梁台成于元鼎二年（前 115 年），登台赋诗是元封三年（前 108 年）。而霍去病在元狩六年（前 117 年）就死了，那时卫青身兼二职。那么"郡国士马"的诗咏，也应该出自卫青之口。

二·二三

韦孟^[1]、玄成^[2]，雅、颂之后，不失前规，繁而能整，故未易及。昌谷^[3]少之，私所不解。

【注释】

[1] 韦孟，见一·四八注 [1]。

[2] 玄成：即韦玄成，西汉大臣，字少翁，鲁国邹县（今山东邹城）人，

西汉丞相韦贤之子。韦贤、韦玄成都是韦孟后代。事附《汉书》卷七三《韦贤传》。

[3]昌谷：徐祯卿字，见原序一注[1]。徐祯卿《谈艺录》载："韦、仲、班、傅四言诗，窘缚不荡。"

【译文】

在《诗经》之后，韦孟、韦玄成，没有失去前人的规则，繁复却能规整，所以不容易达到他们的高度。徐祯卿轻视他们，实在是我所不解的。

二·二四

钟嵘言《行行重行行》十四首，"文温以丽，意悲而远，惊心动魄，几乎一字千金"[1]，后并《去者日以疏》五首为十九首，为枚乘作。或以"洛中何郁郁""游戏宛与洛"[2]为咏东京；"盈盈楼上女"为犯惠帝讳[3]。按：临文不讳，如"总齐群邦"，故犯高讳[4]，无妨。宛、洛为故周都会，但"王侯多第宅"，周世王侯不言第宅[5]；"两宫""双阙"[6]，亦似东京语。意者中间杂有枚生或张衡、蔡邕作，未可知。谈理不如《三百篇》，而微词婉旨，遂足并驾，是千古五言之祖。

【注释】

[1]语出钟嵘《诗品》卷上。

[2]此两句俱出《古诗十九首·青青陵上柏》。

[3]此句出自《古诗十九首·青青河畔草》。犯西汉惠帝刘盈讳。

[4]此句出自韦孟《讽谏诗》，原句为："总齐群邦，以翼大商。"犯汉高祖刘邦讳。

[5]此句出自《古诗十九首·青青陵上柏》。

[6]《古诗十九首·青青陵上柏》有"两宫遥相望，双阙百余尺"句。

【译文】

钟嵘说《行行重行行》这十四首诗"文笔温婉清丽，意境悲凉悠远，内容惊心动魄，可以说一字值千金"，后来并入《去者日以疏》五首成为十九首，这是枚乘所作。有的人说十九首中的"洛中何郁郁""游戏宛与洛"句是吟咏洛阳；"盈盈楼上女"犯了西汉惠帝的名讳。按：作文时不必避讳，如"总齐群邦"，就犯了汉高祖的名讳，也是没事的。南阳和洛阳是以前周朝的都城，但"王侯多第宅"，周朝的王侯将相，是不说宅第的。"两宫""双阙"也像是汉代言语。猜想《古诗十九首》中夹杂着枚乘或者张衡、蔡邕的诗作，现在无从考证了。《古诗十九首》谈说道理虽不如《三百篇》，但是它语义隐约主旨委婉，所以足以跟《诗经》并驾齐驱，称得上是千古以来五言诗的鼻祖。

二·二五

"相去日以远，衣带日以缓"[1]，"缓"字妙极。又古歌云："离家日趋远，衣带日趋缓。"[2] 岂古人亦相蹈袭耶？抑偶合也？"以"字雅，"趋"字峭，俱大有味。

【注释】

[1] 语出《古诗十九首·行行重行行》。

[2] 语见李攀龙《古今诗删》卷二《汉乐府·古歌》。

【译文】

"相去日以远，衣带日以缓"，"缓"字用得太妙了。又有《汉乐府》古歌："离家日趋远，衣带日趋缓。"难道古人也相互抄袭吗？或者就是个巧合而已？"以"字典雅，"趋"字峻峭，都很有味道。

二·二六

"东风摇百草"[1]，"摇"字稍露峥嵘，便是句法为人所窥。"朱华冒绿池"[2]，"冒"字更挑[3] 眼耳。"青袍似春草"[4]，复是后世巧端。

【注释】

[1] 语出《古诗十九首·回车驾言迈》。

[2] 语出曹植《公宴诗》。

[3] 挑：拨动琵琶弦索的用具，此作动词。

[4] 语见明冯惟讷《古诗纪》卷二〇《古诗·穆穆清风至》。

【译文】

"东风摇百草"，"摇"字颇显突出，就是句法稍显浅陋。"朱华冒绿池"，"冒"字更为动人耳目。"青袍似春草"，也是被后世所称赞精巧的一句。

二·二七

李少卿三章 [1]，清和调适，怨而不怒。子卿 [2] 稍似错杂，第其旨法，亦鲁、卫也。"上山采蘼芜"[3]"四坐且莫喧"[4]"悲与亲友别"[5]"穆穆清风至"[6]"橘柚垂华实"[7]"十五从军征"[8]"青青园中葵"[9]"鸡鸣高树颠"[10]"日出东南隅"[11]"相逢狭路间"[12]"昭昭素明月"[13]"昔有霍家奴"[14]"洛阳城东路"[15]"飞来双白鹄"[16]"翩翩堂前燕"[17]"青青河边草"[18]《悲歌》[19]《缓声》[20]《八变》[21]《艳歌》[22]《纨扇篇》[23]《白头吟》[24]，是两汉五言神境，可与《十九首》、苏、李并驱。

【注释】

[1] 李陵，字少卿，陇西成纪（今甘肃秦安北）人，西汉大臣、文学家，飞将军李广长孙。事详《史记》卷一○九《李将军列传》。李陵有《与苏武诗》三首，见《文选》卷二九。

[2] 苏武，字子卿，杜陵（今陕西西安）人，西汉外交家、诗人。事详《汉书》卷五四《苏武列传》。苏武有《古诗四首》，见《文选》卷二九。

[3] [4] [5] [6] 语出无名氏《古诗五首》，见《古诗纪》卷二○。

[7] [8] 语出无名氏《古诗三首》，见《古诗纪》卷二○。

[9] 语出乐府古辞《长歌行》，见《文选》卷二七。

[10] 语出乐府古辞《鸡鸣》，见宋陈仁子《文选补遗》卷三四。

[11] 语出乐府古辞《陌上桑》，见《古诗纪》卷一六。

[12] 语出乐府古辞《相逢行》，见《古诗纪》卷一六。

[13] 语出乐府古辞《伤歌行》，见《乐府诗集》卷六二。

[14] 语出辛延年《羽林郎》，见《乐府诗集》卷六三。

[15] 语出宋子侯《董娇饶》，见《乐府诗集》卷七三。

[16] 语出乐府古辞《艳歌何尝行》，见明梅鼎祚《古乐苑》卷二一。

[17] 语出乐府古辞《艳歌行》，见《乐府诗集》卷三九。

[18] 语出乐府古辞《饮马长城窟行》，见《文选》卷二七。

[19] 乐府古辞《悲歌》，见《乐府诗集》卷六二。

[20] 乐府古辞《前缓声歌》，见《乐府诗集》卷六五。

[21] 乐府古辞《古八变歌》，见《古诗纪》卷一七。

[22] 乐府古辞《艳歌》，见《古诗纪》卷一七。

[23] 班婕妤《怨歌行》，见《乐府诗集》卷四二。

[24] 乐府古辞《白头吟》，见《乐府诗集》卷四一。

【译文】

李陵的《与苏武诗三首》，诗文清新和顺协调，怨刺不平却不过分强硬。苏武的《古诗四首》有些错杂，按照他作诗的主旨法度来说，带有鲁地、卫地的风格。"上山采蘼芜""四坐且莫喧""悲与亲友别""穆穆清风至""橘柚垂华实""十五从军征""青青园中葵""鸡鸣高树颠""日出东南隅""相逢狭路间""昭昭素明月""昔有霍家奴""洛阳城东路""飞来双白鹄""翩翩堂前燕""青青河边草"《悲歌》《缓声》《八变》《艳歌》《纨扇篇》《白头吟》，这些诗都是两汉时期五言诗的神作，可以与《古诗十九首》、苏武和李陵的诗歌并驾齐驱。

二·二八

《诗谱》称《汉郊庙》十九章[1]"锻意刻酷，炼字神奇"[2]，信哉。然失之太峻[3]，有《秦风·小戎》之遗，非《颂》诗比也。《唐山夫人》[4]雅歌之流，调短弱未舒耳。《铙歌》十八[5]中有难解及迫诘屈曲[6]者："如丝如鱼乎？悲矣"[7]"尧羊蜚从王孙行"[8]之类；或谓有缺文断简，"妃呼豨"[9]"收中吾"[10]之类；或谓曲调之遗声；或谓兼正辞填调，大小混录，至有直以为不足观者。"巫山高"[11]"芝为车"[12]，非三言之始乎？"临高台以轩"[13]"桂树""双珠""青丝""玳瑁"[14]非五言之神足乎？"驾六飞龙四时和"[15]"江有香草目以兰，黄鹄高飞离哉翻"[16]非七言之妙境乎？其误处既不能晓，佳处又不能识，以为不足观，宜也。

【注释】

[1] 指《郊庙歌辞·汉郊祀歌》十九章：《练时日》《帝临》《青阳》《朱明》《西颢》《玄冥》《惟泰元》《天地》《日出入》《天马》《天门》《景星》《齐房》《后皇》《华烨烨》《五神》《朝陇首》《象载瑜》《赤蛟》。见郭茂倩《乐府诗集》卷一。

[2] 语出元陈绎曾《诗谱·汉郊祀歌》，见丁福保《历代诗话续编》（中）。

[3] 峻：刚劲挺拔。

[4]《安世房中歌》十七章，见《汉书》卷二二《礼乐志》。《礼乐志》亦载"房中祠乐，高祖唐山夫人所作也"。

[5] 汉乐府《鼓吹曲辞·铙歌》，见《乐府诗集》卷一六。

[6] 屈曲：曲折。

[7] 语出《鼓吹曲辞·铙歌·芳树》。

[8] 语出《鼓吹曲辞·铙歌·雉子斑》。

[9] 语出《鼓吹曲辞·铙歌·有所思》。

[10] 语出《鼓吹曲辞·铙歌·临高台》。

[11] 语出《鼓吹曲辞·铙歌·巫山高》。

[12] 语出《鼓吹曲辞·铙歌·上陵》。

[13] 语出《鼓吹曲辞·铙歌·临高台》。

[14]《上陵》有"桂树为君船，青丝为君笮"句，《有所思》有"何用问遗君？双珠玳瑁簪，用玉绍缭之"句。

[15] 语出《鼓吹曲辞·铙歌·圣人出》。

[16] 语出《鼓吹曲辞·铙歌·临高台》。

【译文】

元人陈绎曾在所编《诗谱》中说《郊庙歌辞·汉郊祀歌》"锻意刻酷，炼字神奇"，我觉得说得很对。但是这组诗的问题在于过于刚劲挺拔，有《秦风·小戎》的（雄壮）遗风，不是《颂》诗的风格。《安世房中歌》属于雅歌一类，调式短小无力，听起来并不舒畅。对《铙歌》十八首，有的人因为理解不了而被迫诘责其晦涩难懂，这样的诗句如："如丝如鱼乎？悲矣""尧羊蜚从王孙行"之类；有的人认为诗句中存在缺脱的现象，如"妃呼豨""收中吾"之类；有的人认为一些作品是某个乐曲的遗篇；有的人认为配合整体文辞的曲调，大小混杂，甚至认为它们不值得阅读。"巫山高""芝为车"，难道不是三言诗的开端吗？"临高台以轩""桂树""双珠""青丝""玳瑁"等句难道不是五言诗的神来之笔吗？"驾六飞龙四时和""江有香草目以兰，黄鹄高飞离哉翻"岂不是七言诗的绝妙境界吗？（这些人）既不能发现这些诗句真正不足的地方，对值得称道之处又不能辨识，所以才认为不值得称赞，应该是这样。

二·二九

《铎舞》[1]《巾舞歌》[2]《俳歌》[3]，政如今之琴谱及乐声"车公车"[4] 之类，绝无意谊，不足存也。

【注释】

[1] 汉乐府《铎舞歌诗》，见《乐府诗集》卷五四。

[2] 汉乐府《巾舞歌诗》，见《乐府诗集》卷五四。

[3] 俳歌：古代散乐的一种，又名侏儒导，由舞人边舞边歌。参《乐府诗集》卷五六《舞曲歌辞·散乐》。

[4] 车公车：应为明时俗语，不可考。严羽《沧浪诗话·考证》："古词之不可读者，莫如《巾舞歌》，文义漫不可解。"

【译文】

《铎舞歌》《巾舞歌》《俳歌》，就如同现在的琴谱以及歌曲中"车公车"之类的俗语，没有什么意义，不值得保存。

二·三〇

录苏、李杂诗十二首，虽总杂寡绪，而浑朴可咏，固不必二君手笔，要亦非晋人所能办也。如"人生一世间，贵与愿同俱"[1]"红尘蔽天地，白日何冥冥"[2]"招摇西北指，天汉东南倾"[3]"短褐中无绪，带断续以绳。泻水置瓶中，焉辨淄与渑"[4]"仰视云间星，忽若割长帷"[5]，仿佛河梁[6] 间语。

【注释】

[1][2][3][4] 语出《李陵录别诗八首》，见《古诗纪》卷二〇。

[5] 语出《苏武答诗二首》，见《古诗纪》卷二〇。

[6] 河梁：旧题李陵《与苏武》诗之三有"携手上河梁，游子暮何之？……行人难久留，各言长相思"句，后指送别之地。

【译文】

抄录苏武、李陵的杂诗十二首，尽管总体比较杂乱没有什么头绪，但却浑朴而适宜吟咏，诚然如果不是出自苏武、李陵的手笔，其中的精髓晋人是写不出来的。如"人生一世间，贵与愿同俱""红尘蔽天地，白日何冥冥""招摇西北指，天汉东南倾""短褐中无绪，带断续以绳。泻水置瓶中，焉辨淄与渑""仰视云间星，忽若割长帷"，仿佛就是两人离别时的语句。

二·三一

杨用修录古诗逸句及书语可入诗者[1]，不能精，亦有遗漏。余择而录之："红尘蔽天地，白日何冥冥""安知凤皇德，贵其来见稀"（皆李陵）[2]"泛泛江汉萍，飘荡永无根"[3]"青青陵中草，倾叶晞朝日"[4]（作"希"乃妙）"天霜木叶下，鸿雁当南飞"[5]"人远精神近，寤寐见容光"[6]"初秋北风至，吹我章华台。浮云多暮色，似从嵁嵒来"[7]"石上生菖蒲，一寸八九节。仙人劝我餐，令我好颜色"[8]"去妇不顾门，萎韭不入园"（诸葛孔明）[9]"探怀授所欢，愿醉不顾身"（王仲宣）[10]"皎月垂素光，玄云为仿佛"（刘公干）[11]"金荆持作枕，紫荆持作床"[12]"黄鸟鸣相追，咬咬弄好音"[13]"翕如翔云会，忽若惊风散"（枣腆）[14]"迅飙翼华盖，飘飘若鸿飞"（石崇）[15]"争先非吾事，静照在忘求"（右军）[16]"遥看野树短"（虞骞）[17]"浴景出东渟"（仙诗）[18]，已上皆古诗。"生无一日欢，死有万世名"（列子）[19]"片玉可以琦，奚必待盈尺"[20]"骏马养外厩，美人充下陈"（《战国策》）[21]"薰以香自烧，膏以明自煎"（《龚胜传》）[22]"孔子辞廪丘，终不盗带钩。许由让天下，终不利封侯"[23]"日回而月周，终不与时游"[24]"南游罔㝗野，北息沈墨乡"（俱《淮南子》）[25]"跌蹞被商羽，重译吟诗书"（王充）[26]"新霁清旸升，天光入隙中"（佛经）[27]"陇坂萦九曲，不知高几里"（《三秦记》）[28]"乔木知旧都"（《吕览》）[29]"新林无长木"（同）[30]"素湍如委练"（《罗含记》）[31]"挥袖起风尘"（刘邵）[32]"兰葩岂虚鲜"（郭璞）[33]"文禽蔽绿水"（应璩）[34]"两雄不并栖"（《三国志》）[35]，已上杂书语。

【注释】

[1] 杨慎《升庵集》卷六〇录《汉古诗逸句》二十四条、《子书传记语似诗者》五十六条。

[2] 语出《李陵录别诗》，见《古诗纪》卷二〇。

[3] 晋司马彪《萍诗》残句，见唐欧阳询《艺文类聚》卷八二。

[4] 古诗逸句，见《古诗纪》卷一五六。

[5] 古诗逸句，见《古诗纪》卷一五六。

[6] 古诗逸句，见《古诗纪》卷一五六。又作"人远精魂近，寤寐梦容光"。

[7] 语出《古八变歌》，见《古诗纪》卷一七。"初秋北风至"作"北风初秋至"。

[8] 古诗逸句，见《古诗纪》卷一五六。

[9] 语出诸葛亮《与张裔教》，见明张溥《汉魏六朝百三家集》卷二二。

[10] 王粲诗残句，见《古诗纪》卷一五六。

[11] 刘桢诗残句，见《古诗纪》卷一五六。

[12] 古诗逸句，见《古诗纪》卷一五六。

[13] 古诗逸句，见《古诗纪》卷一五六。

[14] 语出枣腆《赠石季伦》，见明曹学佺《石仓历代诗选》卷三。

[15] 石崇诗残句，见《古诗纪》卷一五六。

[16] 王羲之诗残句，见《古诗纪》卷一五六。

[17] 语出虞骞《登钟山下峰望》，见宋李昉等《文苑英华》卷一五九。

[18] 古诗逸句，见《古诗纪》卷一五六。

[19] 语出《列子》卷七《杨朱篇》。原文作"生无一日之欢，死有万世之名"。

[20] 古诗逸句，见《古诗纪》卷一五六。

[21] 语出《战国策》卷一一《齐四》。原文作"狗马实外厩，美人充下陈"。

[22] 语出《汉书》卷七二《龚胜传》。原文作"熏以香自烧，膏以明自销"。

[23] 语出《淮南子》卷一三《氾论训》。

[24] 语出《淮南子》卷一《原道训》。原文作"日回而月周，时不与人游"。

[25] 语出《淮南子》卷一二《道应训》。原文作"南游乎罔㝉之野，北息乎沈墨之乡"。

[26] 语出王充《论衡》。卷一九《宣汉篇》作"古之跣跗，今履商舄"，同卷《恢国篇》作"周时重译，今吟《诗》《书》"。

[27] 具体出处不可考，见《古诗纪》卷一五六。

[28] 语出辛氏《三秦记》，称"陇右西关，其阪纡回，不知高几里，欲上者七日越"。见宋李昉等《太平御览》卷五七二《乐部十·歌三》。

[29] 今本《吕氏春秋》无此语。《论衡》卷二〇《佚文篇》有"望丰屋知名家，睹乔木知旧都"句。

[30] 语出《吕氏春秋》卷一三《有始览》，载"井中之无大鱼也，新林之无长木也"。

[31] 今本罗含《湘中记》无此语。魏郦道元《水经注》卷六《浍水》有"青崖若点黛，素湍如委练"句。

[32] 语出刘邵《赵都赋》，见《古诗纪》卷一五六。

[33] 语出郭璞《客傲》，见《晋书》卷七二《郭璞传》。

[34] 语出应璩《与满公琰书》，见《文选》卷四二。

[35] 《三国志》卷六《魏书·董卓传》注引《典略》："一栖不二雄，我固疑将军之信李公也。"

【译文】

杨慎抄录的古诗佚句和杂书中可以作为诗的语句，不是很精确，也有遗漏。我选了几个抄录下来："红尘蔽天地，白日何冥冥""安知凤皇德，贵其来见稀"（皆李陵）、"泛泛江汉萍，飘荡永无根""青青陵中草，倾叶晞朝日"（作"希"乃妙）、"天霜木叶下，鸿雁当南飞""人远精神近，寤寐见容光""初秋北风至，吹我章华台。浮云多暮色，似从崦嵫来""石上生菖蒲，一寸八九节。仙人劝我餐，令我好颜色""去妇不顾门，萎韭不入园"（诸葛孔明）、"探怀授所欢，愿醉不顾身"（王仲宣）、"皎月垂素光，玄云为仿佛"（刘公干）、"金荆持作枕，紫荆持作床""黄鸟鸣相追，咬咬弄好音""翕如翔云会，忽若惊风散"（枣腆）、"迅飙翼华盖，飘飘若鸿飞"（石崇）、"争先非吾事，静照在忘求"（右军)、"遥看野树短"(虞骞)、"浴景出东渟"(仙诗),上面这些都是古诗。"生无一日欢,死有万世名"(列子)、"片玉可以琦,奚必待盈尺""骏马养外厩,美人充下陈"(《战国策》)、"薰以香自烧,膏以明自煎"(《龚胜传》)、"孔子辞廪丘,终不盗带钩。许由让天下,终不利封侯""日回而月周,终不与时游""南游罔宾野,北息沈墨乡"(俱《淮南子》)、"跕跰被商舄,重译吟诗书"(王充)、"新霁清旸升,天光入隙中"(佛经)、"陇坂萦九曲,不知高几里"(《三秦记》)、"乔木知旧都"(《吕览》)、"新林无长木"(同)、"素湍如委练"(《罗含记》)、"挥袖起风尘"(刘邵)、"兰葩岂虚鲜"(郭璞)、"文禽蔽绿水"(应璩)、"两雄不并栖"(《三国志》),这些是杂书上面的语句。

二·三二

《孔雀东南飞》[1] 质而不俚,乱而能整,叙事如画,叙情若诉,长篇之圣也。人不易晓,至以《木兰》并称。《木兰》不必用"可汗"为疑 [2],"朔气""寒光"致贬 [3]。要其本色,自是梁、陈及唐人手段。《胡笳十八拍》[4] 软语似出闺襜,而中杂唐调,非文姬笔也,与《木兰》颇类。

【注释】

[1]《孔雀东南飞》:首载于徐陵《玉台新咏》卷一,又题名《古诗为焦仲卿妻作》。

[2] 朱熹《朱子语类》卷一四〇:"《木兰诗》只似唐人作,其间'可汗','可汗'前此未有。"谢榛《四溟诗话》卷一:"魏太武时,柔然已号'可汗',非始于唐也。"

[3]《沧浪诗话·诗评》:"《木兰歌》最古,然'朔气传金柝,寒光照铁衣'之类,已似太白,必非汉魏人诗。"

[4] 蔡琰《胡笳十八拍》,见《乐府诗集》卷五九。后人多疑其伪,迄无定论。

【译文】

《孔雀东南飞》质朴又文雅,混杂但却浑然一体,叙事栩栩如生,抒情如泣如诉,是长篇诗中的佳作。当人们不能轻易理解它时,甚至将之与《木兰辞》

并称。《木兰辞》没有必要因为"可汗"二字而存疑，因为"朔气""寒光"就去贬低它。就它本身的特点来说，自然是梁、陈和唐人的手法。《胡笳十八拍》温婉的话好像是出自闺中，中间夹杂着唐诗的韵调，不是蔡文姬的手笔，与《木兰》颇为相像。

二·三三

余读《琴操》[1] 所称记舜、禹、孔子诗，咸浅易不足道。《拘幽》[2]，文王在系 [3] 也，而曰："殷道圈圈，侵浊烦。朱紫相合，不别分。迷乱声色，信谗言。"即无论其词已，内文明，外柔顺，蒙难者固如是乎？"瞻天案图，殷将亡" [4]，岂三分服事至德人语！"望来羊" [5] 固因"眼如望羊"传也 [6]。他如《献玉退怨歌》[7] 谓楚怀王子平王。夫平王，灵王弟也，历数百年而始至怀王。至乃谓玉人谓乐正子，何其俚也。《穷劫曲》[8] 言楚王乖劣，任用无忌，诛夷白氏，三战破郢，王出奔。用无忌者，平王也。奔者昭王也。太子建已死，有子胜，后封白公，非白氏也。其辞曰："留兵纵骑虏京阙。"时未有骑战也。《河梁歌》[9]："举兵所伐攻秦王。"勾践时秦未称王也，勾践又无攻秦。夫伪为古而传者，未有不通于古者也。不通古而传，是岂伪者之罪哉？

【注释】

[1]《琴操》：传为东汉蔡邕编撰。

[2]《拘幽》：传为周文王作《拘幽操》，见《乐府诗集》卷五七。

[3] 系：疑作"羑"。

[4] 语出周文王《文王操》，见《古诗纪》卷四。

[5] 语出《文王操》。

[6]《史记》卷四七《孔子世家》有"丘得其为人，黯然而黑，几然而长，眼如望羊"句。

[7] 传为楚人卞和所作，见《古诗纪》卷四。

[8] 传为楚人扈子所作，亦名《穷劫之曲》，见《古诗纪》卷四。

[9] 传为越人悦乐所作，见《古诗纪》卷二。

【译文】

　　我读《琴操》中声称的舜、禹、孔子时期的诗，都浅显易懂不值得称赞。《拘幽操》说的是周文王被拘羑里，写道："殷道圆圆，侵浊烦。朱紫相合，不别分。迷乱声色，信谗言。"且不论这些词是否是其完成，内里文明，外表温柔，蒙难者是这样吗？《文王操》中"瞻天案图，殷将亡"，只是三分符合事实而重在夸耀文王的德行！其中的"望来羊"，本来就是因袭"眼如望羊"句而来。其他的比如《献玉退怨歌》说楚怀王的儿子是楚平王。平王，是灵王的弟弟，需要好几百年才到楚怀王。甚至于说献玉的人是乐正子，真是太不正式了。《穷劫曲》中说楚王暴戾，提拔费无忌，诛杀夷平白氏，后来仅历三战郢都便被攻破，楚王逃走。任用费无忌的人是楚平王，出逃的是楚昭王。太子建去世之后，他的儿子是公子胜，后来被封为白公而非白氏。其中还有一句："留兵纵骑虏京阙。"但当时并没有马战。《河梁歌》称："举兵所伐攻秦王。"勾践那个时代秦并未称王，勾践也没有攻打过秦国。哎！伪造历史却能使作品流传的人，没有一个不精通历史。不符合历史却能流传下来的那些，难道单纯只是作假的人的错吗？

二·三四

　　词赋非一时可就。《西京杂记》[1]言相如为《子虚》《上林》，游神荡思，百余日乃就，故也。梁王兔园诸公，无一佳者，可知矣。坐有相如，宁当罚酒，不免腐毫[2]。

【注释】

　　[1]《西京杂记》：为古代历史笔记小说集，传为汉代刘歆著，东晋葛洪辑抄。

　　[2]腐毫：《西京杂记》卷二载司马相如作赋"控引天地，错综古今，忽然如睡，跃然而兴，几百日而后成"，后遂以不急于动笔，笔毫腐枯为义。

【译文】

　　作词赋并非是很快就完成的。《西京杂记》中说司马相如为了作《子虚》和《上林》，潜心钻研，涤除愁思，过了百余日才完成，就是这个道理。梁孝王筑兔园集诸学士作赋，没有一篇是佳作，可想而知。如果司马相如也在其中，宁可被罚酒，也不会匆忙下笔。

二·三五

"入不言兮出不辞，乘回风兮载云旗"[1]，虽尔恍忽，何言之壮也。"悲莫悲兮生别离，乐莫乐兮新相知"[2]，是千古情语之祖。

【注释】

[1] 语出《楚辞·九歌·少司命》，见汉王逸《楚辞章句》卷二。

[2] 语出《楚辞·九歌·少司命》。

【译文】

"入不言兮出不辞，乘回风兮载云旗"，即使这般捉摸不定，语气还是这么宏大。"悲莫悲兮生别离，乐莫乐兮新相知"，这句是千古情语的始祖。

二·三六

《卜居》《渔父》[1]便是《赤壁》[2]。诸公作俑[3]，作法于凉[4]，令人永慨。

【注释】

[1]《卜居》《渔父》：见《楚辞章句》卷六、卷七。

[2]《赤壁》：苏轼《赤壁赋》《后赤壁赋》合称，见《东坡全集》卷三三。

[3] 俑：古代殉葬用的木偶或陶人。

[4] 凉：悲怆，内心凄苦。

【译文】

屈原《卜居》《渔父》与苏轼前后《赤壁赋》性质相同。他们是后世的表率，都是怀着悲凉的心情创作，真是让人感慨。

二·三七

长卿《子虚》诸赋，本从《高唐》[1]物色诸体，而辞胜之。《长门》[2]从《骚》来，毋论胜屈，固高于宋也。长卿以赋为文，故《难蜀》《封禅》[3]绵丽而少骨；贾傅以文为赋，故《吊屈》《鵩鸟》[4]率直而少致。

【注释】

[1]《高唐》：指宋玉《高唐赋》，见《文选》卷一九。

[2]《长门》：指司马相如《长门赋》，见《文选》卷一六。

[3]《难蜀》《封禅》：指司马相如《难蜀父老》及《封禅文》。前者见《文选》卷四四，后者见《文选》卷四八。

[4]《吊屈》《鵩鸟》：指贾谊《吊屈原赋》《鵩鸟赋》，见《汉书》卷四八《贾谊传》。

【译文】

司马相如《子虚》等赋，本来是遵从《高唐赋》"物色"赋的体式，但言辞更胜一筹。《长门赋》是从《离骚》得到启发，不谈论是否胜过屈原，但是诚然水平是在宋玉之上的。司马相如用赋来作文，所以《难蜀父老》《封禅文》辞藻华美但缺少笔力；贾谊以文来作赋，所以《吊屈原赋》《鵩鸟赋》直率但缺少韵致。

二·三八

太史公千秋轶才，而不晓作赋。其载《子虚》《上林》，亦以文辞宏丽，为世所珍而已，非真能赏咏之也，观其推重贾生诸赋可知。贾畅达用世之才耳，所为赋自是一家。太史公亦自有《士不遇赋》[1]，绝不成文理。荀卿《成相》诸篇，便是千古恶道[2]。

【注释】

[1]《士不遇赋》：即《悲士不遇赋》，见《艺文类聚》卷三〇。

[2]恶道：不正之道。明徐师曾《文体明辨序说·赋》言"所作五赋，工巧深刻，纯用隐语，若今人之揣谜，于诗六义，不啻天壤，君子盖无取焉"。

【译文】

司马迁乃千古超绝之才，但却不懂作赋之理。《史记》上记载的《子虚赋》《上林赋》，也是因为这些作品文辞宏丽而被世间奉为珍宝罢了，并不是司马迁自己的真实趣味，我们从他更推崇贾谊的赋就可以知晓了。贾谊人格畅达有经世之才，所以他的赋也独树一帜。司马迁自己也写过《悲士不遇赋》，文辞义理都欠佳。荀子《成相》等赋，是千古以来赋作的歧路。

二·三九

杂而不乱，复而不厌，其所以为屈乎？丽而不俳，放而有制，其所以为长卿乎？以整次求二子则寡矣。子云虽有剽模，尚少蹊径[1]，班、张[2] 而后，愈博、愈晦、愈下。

【注释】

[1] 蹊径：路径，办法。

[2] 班、张：指班固、张衡。班固，字孟坚，扶风安陵（今陕西咸阳东北）人，东汉史学家、文学家。张衡，字平子，东汉南阳西鄂（今河南南阳）人，与司马相如、扬雄、班固并称汉赋四大家，事详《后汉书》卷五九《张衡传》。

【译文】

繁杂却不零乱，反复却不令人厌烦，这不就是屈原的作品吗？绮丽而不滑稽，肆意但却有节制，这不就是司马相如的作品吗？以这些为标准去模仿这二人的已经很少了。扬雄尽管模仿得很好，却缺少他自己的风格，班固、张衡之后，作赋者越来越多，但也越来越晦涩，越来越差。

二·四〇

子云服膺长卿，尝曰："长卿赋不是从人间来，其神化所至耶！"[1] 研摩[2] 白首，竟不能逮，乃谤言欺人云："雕虫之技，壮夫不为。"[3] 遂开千古藏拙端，为宋人门户。

【注释】

[1] 语出扬雄《答桓谭》，见《扬子云集》卷四。

[2] 研摩：研究琢磨。

[3] 语出扬雄《法言·吾子》，原作："或问：'吾子少而好赋？'曰：'然。童子雕虫篆刻。'俄而曰：'壮夫不为也。'"

【译文】

扬雄特别敬服司马相如，曾说过："司马相如的赋不是来自人间，是神仙幻化成人而写的!"他终身研习司马相如的作品,还是学不到精髓,就怀着怨恨骗别人说:"这些都是雕虫小技,有抱负的人不做这些。"这开了千古掩藏拙劣的先河,成了宋人的榜样。

二·四一

"《国风》好色而不淫,《小雅》怨诽而不乱"[1],《长门》[2]一章,几于并美。阿娇[3]复幸,不见纪传。此君深于爱才,优于风调,容或有之,史失载耳。凡出长卿手,靡不秾丽工至,独《琴心》二歌[4]浅稚,或是一时匆卒,或后人傅益[5]。子瞻乃为《李陵三章》[6]亦为伪作,此儿童之见。夫工出意表,意寓法外,令曹氏父子犹尚难之,况他人乎!

【注释】

[1] 语出《史记》卷八四《屈原贾生列传》。

[2]《长门》:指司马相如《长门赋》,见《文选》卷一六。

[3] 阿娇:汉武帝时,陈皇后小名,后被废。《长门赋》序言:"孝武皇帝陈皇后……别在长门宫,愁闷悲思,闻蜀郡成都司马相如……奉黄金百斤,为相如文君取酒,因于解悲愁之辞。而相如为文以悟主上,陈皇后复得亲幸。"

[4] 指司马相如《琴歌二首》,见《玉台新咏》卷九。

[5] 傅益:因附会而增加。

[6] 旧题李陵《与苏武诗三首》,见《文选》卷二九。

【译文】

"《国风》虽然多写男女爱情,但不过分而失当。《小雅》虽然多讥讽指责,但并不宣扬作乱",《长门赋》几乎兼有这两种优点。陈皇后重新得到宠幸,没有这方面的史料记载。当时的国君特别爱惜有才的人,又特别有风度,可能有重新宠幸的事,只是史籍未载罢了。司马相如的作品全部都很绮丽工整,不过只有《琴歌》这两篇稍显粗糙,可能是写得太匆忙,也可能是后人增补的。苏轼认为李陵写的《与苏武诗三首》也是伪作,这是幼稚无知的言论。技巧呈现于意义之上,意义却寓于技法之外,就连曹氏父子都难以判断,更何况是别人了!

二·四二

《子虚》《上林》材极富，辞极丽，而运笔极古雅，精神极流动，意极高，所以不可及也。长沙[1] 有其意而无其材，班、张、潘[2] 有其材而无其笔，子云有其笔而不得其精神流动处。

【注释】

[1] 长沙：贾谊曾被贬为长沙王太傅，故后世称贾长沙、贾太傅。

[2] 班、张、潘：指班固、张衡、潘岳。班固、张衡，见二·三九注 [2]。潘岳，见一·四八注 [3]。

【译文】

《子虚赋》《上林赋》内容丰富，文词靡丽，技法古雅，神韵流动，意境极其深远，所以别人根本无法企及。贾谊的作品有司马相如作品深远的意境但是内容不够丰富，班固、张衡、潘岳的作品有其内容但是没有其文采，扬雄的作品有其文采但是不如他神韵流动。

二·四三

《长门》"邪气壮而攻中"语，亦是太拙。至"揄长袂以自翳，数昔日之愆殃"以后，如有神助。汉家雄主，例为色殙[1]，或再幸再弃，不可知也。

【注释】

[1] 殙：读如"替"，沉湎。

【译文】

司马相如《长门赋》中"邪气壮而攻中"这句话，还是很拙劣的。可到了"揄长袂以自翳，数昔日之愆殃"这句之后，就有如神助。汉朝这些有才能的君主，照例都沉溺于美色，至于陈皇后被再次宠幸，又再次抛弃，这就不得而知了。

二·四四

孟坚《两都》[1]，似不如张平子[2]。平子虽有衍辞，而多佳境壮语。

【注释】

[1] 孟坚：班固字，见二·三九注 [2]。其《两都赋》见《文选》卷一。

[2] 平子：张衡字，见二·三九注 [2]。

【译文】

班固的《两都赋》，似乎不如张衡《二京赋》。《二京赋》虽有多余的辞藻，却多有内蕴极佳的境界和壮美的语言。

二·四五

"㦬薄怒以自持，曾不可乎犯干""目略微盼，精彩相授，志态横出，不可胜记"[1]，此玉之赋神女也。"意密体疏，俯仰异观。含喜微笑，窃视流盼"[2]，此玉之赋登徒也。"神光离合，乍阴乍阳""进止难期，若往若还。转盼流精，光润玉颜。含辞未吐，气若幽兰"[3]，此子建之赋神女也。其妙处在意而不在象。然本之屈氏"满堂兮美人，忽与余兮目成"[4]"既含睇兮又宜笑，子慕余兮善窈窕"[5]，变法而为之者也。

【注释】

[1] 两句语出宋玉《神女赋》，见《文选》卷一九。

[2] 语出宋玉《登徒子好色赋》，见《文选》卷一九。"盼"，《文选》作"眄"。

[3] 语出曹植《洛神赋》，见《文选》卷一九。

[4] 语出屈原《九歌·少司命》，见王逸《楚辞章句》卷二。

[5] 语出屈原《九歌·山鬼》，见王逸《楚辞章句》卷二。

【译文】

"㦬薄怒以自持，曾不可乎犯干""目略微盼，精彩相授，志态横出，不可胜记"，这两句是宋玉描写神女的。"意密体疏，俯仰异观。含喜微笑，窃视流盼"，这一句是宋玉描写登徒子（好色之人）的。"神光离合，乍阴乍阳""进止难期，若往若还。转盼流精，光润玉颜。含辞未吐，气若幽兰"，这两句是曹植描写洛水女神的。这些句子的妙处在于其中蕴含的意境而不是客观的物象。但是它们的根源是屈原的"满堂兮美人，忽与余兮目成""既含睇兮又宜笑，子慕余兮善窈窕"句，只是改变了表述方法而已。

二·四六

宋玉《讽赋》[1]与《登徒子好色》一章，词旨不甚相远，故昭明遗之。《大言》《小言》[2]枚皋[3]滑稽之流耳。《小言》"无内之中"本骋辞耳，而若薄有所悟。

【注释】

[1]《讽赋》：见《艺文类聚》卷二四。

[2]《艺文类聚》卷一九录宋玉《大言赋》《小言赋》各一首。

[3]枚皋，字少孺，汉赋大家枚乘庶子，淮阴（今江苏淮安）人。事附《汉书》卷五一《枚乘传》。

【译文】

宋玉的《讽赋》与《登徒子好色赋》的内容十分相近，所以萧统就遗漏了。其《大言》《小言》就像枚皋的文章那样能言善辩。《小言》对"无内之中"的描述本属驰骋文辞、想象的性质，但好像其中也略有托寓，让人有所领悟。

二·四七

班姬《捣素》[1]如"阅绞练之初成，择玄黄之自出。准华裁于昔时，疑形异于今日"，又"书既封而重题，笥已缄而更结"，皆六朝鲍、谢之所自出也。昭明知选彼而遗此[2]，未审其故。

【注释】

[1]《捣素》：即东汉班婕妤《捣素赋》，见宋陈仁子《文选补遗》卷三一。

[2]萧统《文选》录鲍照《芜城赋》《舞鹤赋》、谢惠连《雪赋》、谢希逸《月赋》，而未录班婕妤此作，故云。

【译文】

班婕妤《捣素赋》如"阅绞练之初成，择玄黄之自出。准华裁于昔时，疑形异于今日""书既封而重题，笥已缄而更结"等句都与六朝鲍照、谢惠连的作品一样，出自本人手笔。萧统只知道选择鲍、谢的作品，却遗漏了班婕妤的作品，不知道这是什么原因。

二·四八

子云《逐贫赋》[1]，固为退之《送穷文》[2] 梯阶，然大单薄，少变化。内贫答主人"茅茨土阶""瑶台琼榭"之比，乃以俭答奢，非贫答主人也。退之横出意变，而辞亦雄赡，末语"烧车与船，延之上坐"，亦自胜凡。子云之为赋、为《玄》、为《法言》，其旁搜[3] 酷拟[4]，沉想曲换，亦自性近之耳，非必材高也。

【注释】

[1]《逐贫赋》：见《文选补遗》卷三一。

[2]《送穷文》：见《韩昌黎集》卷三六。

[3] 旁搜：亦作"旁蒐"，广泛搜求。

[4] 酷拟：竭力模仿。

【译文】

扬雄《逐贫赋》虽然是韩愈《送穷文》的灵感来源，但是内容空洞、单薄，变化很少。文中贫儿回答主人时，用"茅茨土阶"与"瑶台琼榭"进行对比，是用"节俭"回答奢侈，并非从"贫穷"的角度正面回答主人之问。韩愈从同样的主题出发意义却大不相同，词句内容非常雄厚，最后一句"烧车与船，延之上坐"超凡脱俗。扬雄作赋、作《太玄》、作《法言》，广搜材料，细致模仿，苦思冥想变化多样，也只是他本身很努力罢了，并非一定出于才能超拔。

二·四九

傅武仲[1] 有《舞赋》，皆托宋玉为襄王问对。及阅《古文苑》宋玉《舞赋》，所少十分之七[2]。而中间精语，如"华袿飞髾，而杂纤罗"，大是丽语。至于形容舞态，如"罗衣从风，长袖交横。骆驿飞散，飒沓合并。绰约闲靡，机迅体轻"，又"回身还入，迫于急节。纡形赴远，漼以摧折。纤縠蛾飞，缤焱若绝"，此外亦不多得也。岂武仲衍玉赋以为己作邪？抑后人节约武仲之赋，因序语而误以为玉作也？

【注释】

[1] 傅毅，字武仲，扶风茂陵（今陕西兴平）人，东汉辞赋家。事详《后汉书》卷八〇上《文苑传》。其《舞赋》见《文选》卷一七。

[2]《古文苑》卷二所载宋玉《舞赋》与傅毅《舞赋》内容大体雷同，但文字减少约四分之三。

【译文】

傅毅曾作《舞赋》一文，全篇行文都依托于宋玉和楚襄王的问答之上。而后我又阅读了《古文苑》中宋玉的《舞赋》，比傅毅《舞赋》少了十分之七的文字。两篇赋中的精美佳句，如"华袿飞髾，而杂纤罗"，真的是极为华丽的语句。再到形容舞者的舞姿体态，如"罗衣从风，长袖交横。骆驿飞散，飒沓合并。绰约闲靡，机迅体轻"，又有"回身还入，迫于急节。纡形赴远，灌以摧折。纤縠蛾飞，缤焱若绝"。除此之外，文章中还有很多不可多得的精美词句。难道是傅毅续写了宋玉的《舞赋》说是自己所作？又或者是后人节选了傅毅的《舞赋》，因为序语中叙述的是宋玉，所以误以为是宋玉所作？

二·五〇

枚乘《菟园赋》[1]，记者以为王薨后子皋所为。据结尾妇人先歌而后无和者，亦似不完之篇。

【注释】

[1]《菟园赋》：原题《梁王菟园赋》，见《文选补遗》卷三一。枚乘，字叔，淮阴（今江苏淮安）人，西汉辞赋家，与邹阳、司马相如、贾谊等人齐名。事详《后汉书》卷五一《枚乘传》。

【译文】

枚乘的《菟园赋》，一般的记述者认为是梁王死后枚乘之子枚皋所作。从结尾处妇人先起歌，但是之后没有应和这点来看，好像是没有完结的作品。

二·五一

"凄唳辛酸，嘤嘤关关，若离鸿之鸣子也；含嘲嘽谐，雍雍喈喈，若群雏之从母也"[1]，其《笙赋》之巧诣乎？（"鸣"作"命"）"器和故响逸，张急故声清，间辽故音庳，弦长故微鸣"[2]，其《琴赋》之实用乎。"扬和颜，攘皓腕"，以至"变态无穷"数百语，稍[3]极形容，盖叔夜善于琴故也。子渊[4]《洞箫》、季长[5]《长笛》，才不胜学，善铺叙而少发挥。《洞箫》"孝子慈母"之喻，不若安仁[6]之切而雅也。

【注释】

[1] 语出潘岳《笙赋》，见《文选》卷一八。

[2] 语出嵇康《琴赋》，见《文选》卷一八。

[3] 稍：颇，很。江淹《恨赋》："紫台稍远，关山无极。"

[4] 王褒，字子渊，蜀郡资中（今四川资阳）人，西汉著名辞赋家，与扬雄并称"渊云"。事详《汉书》卷六四下《王褒传》。其《洞箫赋》见《文选》卷一七。

[5] 马融，字季长，扶风郡茂陵（今陕西兴平）人，东汉著名经学家、辞赋家。事详《后汉书》卷六〇《马融传》。其《长笛赋》见《文选》卷一八。

[6] 安仁：潘岳字，见一·四八注 [3]。

【译文】

"凄唳辛酸，嘤嘤关关，若离鸿之鸣子也；含嘲啴谐，雍雍喈喈，若群雏之从母也"，这不是潘岳《笙赋》中所写的技巧造诣吗？"器和故响逸，张急故声清，间辽故音庳，弦长故微鸣"，这是《琴赋》中的实际操作方法。《琴赋》中"扬和颜，攘皓腕"到"变态无穷"的数百句，将琴音刻画到了极致，这是因为嵇康善于弹琴的缘故。王褒所作《洞箫赋》，马融所作《长笛赋》，内容丰富但是少了些才气，善于直铺平叙却缺少个人才情的展现。《洞箫赋》中"孝子慈母"这个比喻，不如潘岳《笙赋》中的贴切而典雅。

二·五二

杨用修所载[1]七仄，如宋玉"吐舌万里唾四海"、《纬书》"七变入臼米出甲"、佛偈"一切水月一切摄"；七平如《文选》"离袿飞绡垂纤罗"，俱不如老杜"梨花梅花参差开""有客有客字子美"[2]和美易读，而杨不之及。按傅武仲《舞赋》，家有《古文苑》《文选》皆云"华袿飞绡杂纤罗"，不言"垂纤罗"也。

【注释】

[1]指杨慎《升庵集》卷五六《七平七仄诗句》中所辑录的众人诗句。

[2]此两句在《七平七仄诗句》中分别为崔鲁和杜甫的诗，疑为作者笔误。

【译文】

杨慎《七平七仄诗句》中记载的七仄诗句，如宋玉"吐舌万里唾四海"、《纬书》"七变入臼米出甲"、佛经"一切水月一切摄"；七平如《文选》中"离袿飞绡垂纤罗"，这些都不如崔鲁"梨花梅花参差开"和杜甫的"有客有客字子美"这两句合辙优美朗朗上口，但杨慎没有深入分析。家中《古文苑》和《文选》中所载傅毅的《舞赋》都含"华袿飞绡杂纤罗"句，而未出现"垂纤罗"。

二·五三

东方曼倩[1]、管公明[2]、郭景纯[3]，俱以奇才挟神术，而宦俱不达。景纯以舌为笔者也，公明以笔为舌者也，曼倩笔舌互用者也。若其超物之哲，曼倩为最，公明次之，景纯下矣。

【注释】

[1]东方朔，字曼倩，平原厌次（今山东德州）人，西汉文学家。事详《汉书》卷六五《东方朔传》。

[2]公明：管辂字，见原序一注[16]。

[3]郭璞，字景纯，河东闻喜（今山西闻喜）人，东晋学者、诗人。事详《晋书》卷七二《郭璞传》。

【译文】

东方朔、管辂、郭璞，都是既具备才气又具备技巧的大家，但是在仕途上都不如意。郭璞出口成章，管辂落笔生花，而东方朔两者兼具。如果要说谁是更超凡脱俗的哲人的话，那么东方朔是第一名，其次是管辂，最后是郭璞。

卷 三

三·一

《檀弓》《考工记》[1]《孟子》、左氏、《战国策》、司马迁，圣于文者乎！其叙事则化工之肖物；班氏，贤于文者乎！人巧极，天工错；庄生、《列子》《楞严》《维摩诘》，鬼神于文者乎！其达见，峡决而河溃也，窈冥[2] 变幻，而莫知其端倪也。

【注释】

[1]《考工记》：中国先秦时期手工艺专著，作者不详。全文约7000多字，它保留有先秦大量的手工业生产技术、工艺美术资料，记载了一系列的生产管理和营建制度，一定程度上反映了当时的思想观念。西汉时期将之补入《周礼·冬官》。

[2] 窈冥：深远渺茫貌。

【译文】

《礼记·檀弓》《周礼·考工记》《孟子》《左传》《战国策》《史记》，这些算是圣人之文！叙事中刻画事物犹如天工；《汉书》，贤人之文！刻画人物极其精巧，流畅自然；《庄子》《列子》《楞严经》《维摩诘经》，它们是鬼神之文！思想极为高深，犹如水道决堤河水喷薄而出，深远曲折，变化莫测，让人无法完全穷尽其中道理。

三·二

诸文外，《山海经》[1]《穆天子传》[2] 亦自古健有法。

【注释】

[1]《山海经》：记述上古时期文化、社会生活、地理分布的著作，作者不

详，约成书于战国至汉初。

[2]《穆天子传》：记载周穆王巡游之事的著作。作者、成书时间不详，一说成书于战国。

【译文】

在上述说的文章之外，《山海经》《穆天子传》也是古朴雄健，有它们自身的道理和法度。

三·三

太史公之文，有数端焉：帝王纪，以己释《尚书》者也，又多引图、纬、子家言，其文衍而虚；春秋诸世家，以己损益诸史者也，其文畅而杂；《仪》《秦》《鞅》《雎》诸传[1]，以己损益《战国策》者也，其文雄而肆；《刘》《项》纪[2]，《信》《越》诸传[3]，志所闻也，其文宏而壮；《河渠》《平准》诸书[4]，志所见也，其文核而详，婉而多风；《刺客》《游侠》《货殖》诸传[5]，发所寄也，其文精严而工笃，磊落而多感慨。

【注释】

[1] 指《史记》卷七〇《张仪列传》、卷六九《苏秦列传》、卷六八《商君列传》、卷七九《范雎、蔡泽列传》。

[2] 指《史记》卷八《高祖本纪》、卷七《项羽本纪》。

[3] 指《史记》卷九二《淮阴侯列传》、卷九〇《魏豹、彭越列传》。

[4] 指《史记》卷二九《河渠书》、卷三〇《平准书》。

[5] 指《史记》卷八六《刺客列传》、卷一二四《游侠列传》、卷一二九《货殖列传》。

【译文】

司马迁写的《史记》，书中内容有多种情况：帝王的《本纪》，就是用自己的理解来解释《尚书》，并且多引用图谶、纬书、诸子百家的言论，内容多余且不真实；春秋时代的诸多《世家》，以自己的意愿增减原有史书的内容，文章畅达但是杂乱；《张仪列传》《苏秦列传》《商君列传》《范雎列传》，以自己的想法增减《战国策》内容，文章雄浑且恣肆；《高祖本纪》《项羽本纪》以及《淮阴侯列传》《魏豹、彭越列传》，记载了自己的见闻，文章宏伟壮丽；《河渠书》《平准书》这些书，记载的都是亲眼所见的事情，文章真实详尽，婉约且风格多样；《刺客列传》《游侠列传》《货殖列传》，表达的是作者心中的寄托，文章精美工整、行文磊落，又有许多作者的感慨之词。

三·四

西京之文实；东京之文弱，犹未离实也；六朝之文浮[1]，离实矣；唐之文庸，犹未离浮也；宋之文陋，离浮矣，愈下矣；元无文。

【注释】

[1] 浮：虚浮。

【译文】

西汉的文章内容充实；东汉的文章纤弱，但是内容仍未脱离充实；六朝时期的文章虚浮，文章的内容已经不再充实；唐时的文章平凡，还没有摆脱内容空虚的毛病；宋朝的文章鄙陋，连内容空虚也达不到了，越来越差；元代就已经没有文章可言了。

三·五

韩、柳氏，振唐者也，其文实；欧、苏氏振宋者也，其文虚；临川氏[1]法而狭，南丰氏[2]饫[3]而衍。

【注释】

[1] 王安石，字介甫，号半山，抚州临川（今江西抚州）人，世称"王临川"，北宋思想家、政治家、文学家、改革家。事详《宋史》卷三二七《王安石传》。

[2] 曾巩，字子固，建昌军南丰（今江西南丰）人，世称"南丰先生"，北宋文学家、史学家、政治家。事详《宋史》卷三一九《曾巩传》。

[3] 饫：丰饶，肥美。

【译文】

韩愈和柳宗元，是重振唐朝文风之人，他们文章的内容充实；欧阳修和苏轼是振兴宋朝文风的人，他们的文章纤弱空虚；王安石注重文法但过于拘束，曾巩的文章丰饶但却泛泛而谈。

三·六

老氏谈理则传[1]，其文则经；佛氏谈理则经，其文则传。

【注释】

[1]传：读如"转"，注释或阐述经义的文字。

【译文】

老子谈论道理像传，其行文似经；佛家谈论道理像经，其行文似传。

三·七

《圆觉》[1]之深妙，《楞严》之宏博，《维摩》之奇肆，骎骎[2]乎《鬼谷》[3]《淮南》上矣。

【注释】

[1]《圆觉》：佛经名，全名《大方广圆觉修多罗了义经》，大乘佛教经典。

[2]骎骎：渐进貌。

[3]《鬼谷》：即《鬼谷子》，旧题鬼谷子（王诩）撰，约成书于战国中期。所载内容多涉纵横家的权谋策略及言谈辩论。

【译文】

《圆觉经》的深奥微妙，《楞严经》的宏伟博大，《维摩诘经》的奇妙肆意，几乎已经超越于《鬼谷子》《淮南子》之上。

三·八

枚生《七发》，其原、玉之变乎？措意垂竭[1]，忽发观潮[2]，遂成滑稽。且辞气[3]跌荡，怪丽不恒。子建而后，模拟牵率[4]，往往可厌，然其法存也。至后人为之而加陋，其法废矣。

【注释】

[1]措意：留意，这里指诗文的立意。垂：将近。竭：尽，干涸，这里指作

文思路阻碍，没有灵感。

[2] 观潮：指《七发》中"观涛"这部分内容。

[3] 辞气：指文字风格。

[4] 牵率：牵引，引拽，这里指曹植而后的人，纷纷模仿枚乘作赋。

【译文】

枚乘所写的《七发》，是屈原、宋玉之赋的变体吗？他用心写作，却文思垂危枯竭，忽然想到了"观潮"这部分内容，于是写出了可笑的文章。而且文字风格放纵，奇异绚丽且不持久。曹植之后，竞相仿效造作，牵强附会，令人生厌，但是作赋的法则仍在。等到了之后文人的作品，更加弊病百出，原来遵循的作赋的标准已然废弃了。

三·九

《檀弓》简，《考工记》烦；《檀弓》明，《考工记》奥，各极其妙。虽非圣笔，未是汉武以后人语。

【译文】

《礼记·檀弓》简约明了，《周礼·考工记》复杂烦琐；《檀弓》明白晓畅，《考工记》奥妙深远，各有其妙。虽然都不是出自圣人之手，但也不是汉武以后的人所能写出来的。

三·一〇

孟轲氏，理之辨而经[1]者；庄周氏，理之辨而不经者；公孙侨[2]，事之辨而经者；苏秦[3]，事之辨而不经者，然材皆不可及。

【注释】

[1] 经：常道，规范。

[2] 公孙侨，春秋时期郑国人，名侨，字子产，又字子美，先后辅佐郑简公、郑定公。事详《史记》卷四二《郑世家》。

[3] 苏秦，字季子，雒阳（今河南洛阳）人，战国时期纵横家、外交家和谋略家。事详《史记》卷六九《苏秦列传》。

【译文】

孟子，是说理辩论符合常理的人；庄子，是说理辩论而不拘泥于常规的人；公孙侨，是说事辩论合常理的人；苏秦，是说事辩论而不拘泥于常理的人，但是他们的才华都不可企及。

三 · 一 一

吾尝怪庾子嵩[1]不好读《庄子》，开卷至数行，即掩曰"了不异人"[2]，以为此本无所晓，而漫为大言者；使晓人得之，便当沉湎濡首[3]。

【注释】

[1]庾敳，字子嵩，颍川鄢陵（今河南鄢陵）人，西晋时期名士、清谈家，出身于魏晋名门颍川庾氏。事附《晋书》卷五〇《庾峻传》。

[2]事见《世说新语·文学》第四。

[3]濡首：专心致志。

【译文】

我曾经责备庾子嵩不喜爱读《庄子》，打开书只读了几行，就合上书说"与一般人的想法没什么不同"，他认为这本书没什么不明白的了，这是随意说大话的人；若使明白的人得到这本书，就应当会迷恋其中，专心致志。

三 · 一 二

《吕氏春秋》[1]文，有绝佳者，有绝不佳者，以非出一手故耳。《淮南鸿烈》[2]虽似错杂，而气法[3]如一，当由刘安手裁。扬子云称其"一出一入，字直百金"[4]。韩非子文甚奇，如《亢仓》[5]《鹖冠》[6]之流，皆伪书。

【注释】

[1]《吕氏春秋》：又名《吕览》，是秦相吕不韦主编而由其门下宾客集体撰著的学术总集，约成书于秦始皇八年。该书以儒、道思想为主，并融合进墨、法、兵、农、纵横、阴阳家等各家思想，《汉书·艺文志》等将其列入杂家。

[2]《淮南鸿烈》：又名《淮南子》，是西汉淮南王刘安及其门客集体编写而成的一部哲学著作。该书以道家思想为基础，融合其他各家思想，《汉书·艺

文志》等将其列入杂家。

[3] 气法：指文章的气质风格和标准。

[4] 语出《西京杂记》卷三。

[5]《亢仓》：即《亢仓子》九篇，旧题春秋时期庚桑楚撰，主要继承和发展了道家"道"的学说。

[6]《鹖冠》：即《鹖冠子》三卷，传为战国时期楚人鹖冠子所撰，以宣扬道家思想为主，明确提出"元气"之说。

【译文】

《吕氏春秋》当中的文章，有绝妙上好的，也有糟糕差劲的，其原因就在于它们不是出于一人之手。《淮南鸿烈》虽然看起来错综混乱，但气质与标准始终如一，应当是由刘安亲自裁定的。扬雄认为纵横开阖，一字百金。《韩非子》文章非常奇特新颖，而《亢仓子》《鹖冠子》之类的，都是伪书。

三·一三

贾太傅 [1] 有经国之才，言言 [2] 蓍龟也。其词核而开 [3]，健而饫 [4]。

【注释】

[1] 贾太傅：西汉贾谊曾为长沙王、梁怀王太傅，故称。事详《汉书》卷四八《贾谊列传》。

[2] 言言：言论。

[3] 开：舒展，开朗。

[4] 饫：丰饶，肥美。这里指贾谊的文章有厚重感，让人满足。

【译文】

贾谊有治理国家的才能，他的论断如同蓍龟占卜得到的结果一样准确。其文辞翔实准确又舒展明朗，刚健有力而又厚重充盈。

三·一四

西京 [1] 之流而东也，其王褒为之导乎？由学者靡而短于思，由才者俳 [2] 而浅于法。刘中垒 [3] 宏而肆，其根杂。扬中散 [4] 法而奥，其根晦。《法言》

所云"故眼之"[5]，是何语？

【注释】

[1] 西京：此指西汉的赋。

[2] 俳：滑稽诙谐。

[3] 刘向，本名更生，字子政，沛郡丰邑（今江苏徐州）人，汉朝宗室大臣、文学家、目录学家，成帝时官至中垒校尉，世称"刘中垒"。事附《汉书》卷三六《楚元王传》。

[4] 扬中散：即扬雄，见一·六注[1]。新莽时期，扬雄曾担任中散大夫，故云。

[5] 扬雄《法言·重黎》载："或问：'子胥、种、蠡孰贤？'曰：'胥也，俾吴作乱，破楚入郢，鞭尸藉馆，皆不由德。谋越谏齐不式，不能去，卒眼之。'"李轨注称："……（子胥）曰'吴其亡矣乎！以吾眼置吴东门以观越之灭吴'。"金王若虚《滹南集》卷二《五经辨惑》言："扬子论子胥曰'谏吴不式，不能去，卒眼之'，注引《史记》为说。予谓'眼之'绝不成语，或者字之讹也欤。"

【译文】

西汉的赋向东汉的赋转变，王褒是这一转变的引路人吗？有学问的人文风华丽细腻，而少于思考，有才华的人文风滑稽诙谐，而不深入研究规范。刘向的文章宏大而肆意奔放，本质庞杂。扬雄遵循法度而深远奥妙，本质隐晦，比如其《法言》所说的"故眼之"是什么意思呢？

三·一五

东京之衰也，其始自敬通[1]乎？蔡中郎[2]之文弱，力不副见，差去浮耳。王充野人[3]也，其识琐而鄙，其辞散而冗，其旨乖而稚。中郎爱而欲掩之[4]，亦可推矣。

【注释】

[1] 冯衍，字敬通，东汉初期的辞赋家，京兆杜陵（今陕西西安东南）人，晚年作《显志赋》，赋中多用典故，抒发怀才不遇之感。事详《后汉书》卷

二八《冯衍传》。

[2] 蔡邕，字伯喈，陈留圉县（今河南杞县南）人，东汉名臣、文学家、书法家，蔡文姬之父。董卓当政时拜左中郎将，故有"蔡中郎"之称。事详《后汉书》卷六〇《蔡邕传》。

[3] 王充，字仲任，会稽（今浙江绍兴）人，东汉思想家。事详《后汉书》卷四九《王充传》。野人：没有修养的人。

[4]《后汉书》卷四九《王充传》李贤注引《袁山松书》曰："充所作《论衡》，中土未有传者，蔡邕入吴始得之，恒秘玩以为谈助。"

【译文】

东汉赋的衰败，是从冯衍开始的吗？蔡邕的文章柔弱无力，才力与见识不相称，差得太多了。王充，是没有修养的人，他的见识琐碎而鄙陋，他的文章散乱而冗长，文章主旨违背常理而稚嫩肤浅。蔡邕却十分喜爱，因此想把王充的《论衡》藏起来，从这也可推论出蔡邕的见识。

三·一六

呜呼！子长[1] 不绝也，其书绝矣。千古而有子长也，亦不能成《史记》，何也？西京以还，封建、宫殿、官师、郡邑，其名不雅驯[2]，不称书矣，一也；其诏令、辞命、奏书、赋颂，鲜古文，不称书矣，二也；其人有籍、信、荆、聂、原、尝、无忌之流足模写者乎？三也；其词有《尚书》《毛诗》、左氏、《战国策》、韩非、吕不韦之书足荟蕞[3] 者乎？四也[4]。呜呼！岂唯子长，即尼父亦然，《六经》无可着手矣。

【注释】

[1] 子长：司马迁字，见一·七四注[4]。

[2] 雅驯：典雅纯正。

[3] 荟蕞：草木茂盛丛聚状，这里指这些书汇集众多事物。

[4] 王世贞在《弇州续稿》卷二〇三《答况吉夫》中谈及不写"明史记"的原因："仆固不佞，兹意蓄之久矣。虽会出入朝野，未遑息肩。然所以不敢轻举笔者，说有二：其一尝笔之《卮言》。以为千古而有子长……其二则尝有

罪我者。《史记》，千古之奇书，然非正史也。如游侠、刺客、货殖之类，或借驳事以见机，或发己意以伸好。今欲仿之则累体，削之则非故。且天官、礼乐、刑法之类，后几百倍于昔矣。窃恐未可继也。"

【译文】

唉！像司马迁一样的人没有断绝，但像《史记》一样的书断绝了。千百年间即便再有司马迁一样的人，也不能写出《史记》来了。这是为什么呢？西汉以来，封建、宫殿、官师、郡邑，这些名称都不够典雅纯正，不能入史书，这是其一；诏令、辞命、奏书、赋颂，很少用到古文，也不能入史书，这是其二；（西汉以后）有像项羽、韩信、荆轲、聂政、平原君（赵胜）、孟尝君（田文）、信陵君（魏无忌）这样的人值得记载吗？这是其三；文章有像《尚书》《毛诗》《左传》《战国策》《韩非子》《吕氏春秋》一样博采众长的吗？这是其四。唉！不仅司马迁，孔子也是如此，《六经》再不可能写出来了。

三·一七

孟坚 [1] 叙事，如霍氏、上官之郄 [2]，废昌邑王 [3] 奏事，赵、韩吏迹 [4]，京房术数 [5]，虽不得如化工肖物，犹是顾恺之、陆探微写生 [6]。东京以还，重可得乎，陈寿简质 [7]，差胜范晔 [8]，然宛缛详至 [9]，大不及也。

【注释】

[1] 孟坚：班固字，见二·三九注 [2]。

[2] 霍光，字子孟，河东平阳（今山西临汾）人，西汉权臣、政治家，麒麟阁十一功臣之首，大司马霍去病异母弟，汉昭帝皇后上官氏的外祖父。上官：上官桀，字少叔，陇西上邽（今甘肃天水）人，西汉外戚大臣，汉昭帝皇后上官氏的祖父。郄：通"隙"，嫌隙。霍光与上官桀争权事，事详《汉书》卷六八《霍光、金石碑传》。

[3] 刘贺，汉武帝刘彻之孙，西汉第九位皇帝，在位 27 天即被霍光等人废黜，武帝时袭封昌邑王。事详《汉书》卷六八《霍光、金石碑传》。

[4] 赵广汉、韩延寿俱为西汉清官，详见《汉书》卷七六本传。

[5] 京房，西汉学者，本姓李，字君明，东郡顿丘（今河南清丰西南）人，

擅长以卦象推理自然灾异、国家命运。汉元帝时，因受构陷"诽谤政治，归恶天子"，被弃市。事详《汉书》卷七五《京房传》。

[6] 顾恺之，字长康，小字虎头，晋陵无锡（今江苏无锡）人，东晋杰出画家、绘画理论家、诗人。陆探微，吴郡吴县(今江苏苏州）人，南朝宋画家，擅长人物画，与顾恺之并称"顾、陆"。

[7] 陈寿，字承祚，巴西安汉（今四川南充）人，三国时蜀汉及西晋时著名史学家，著《三国志》。事详《晋书》卷八二《陈寿传》。简质：简洁质朴。

[8] 范晔，见一·八注 [1]。

[9] 宛：屈曲。缛：繁复。详：详细。

【译文】

班固《汉书》叙事，比如写霍光、上官桀之间的嫌隙，涉及霍光参奏废黜昌邑王这件事，比如写赵广汉、韩延寿的为官事迹，涉及京房的易象卦术，（与真实事件相比）虽然不如大自然创造万物一样，但也和顾恺之、陆探微的画作一样生动逼真。东汉以后，还可以再出现（如《汉书》）这样的书籍吗？陈寿叙事（《三国志》）简洁质朴，略微超过范晔（《后汉书》），但在委婉、详尽上远不及范晔。

三·一八

曹公莽莽 [1]，古直悲凉 [2]。子桓小藻 [3]，自是乐府本色。子建天才流丽，虽誉冠千古，而实逊父兄。何以故？材太高，辞太华。

【注释】

[1] 莽莽：气势雄浑。

[2] 古直悲凉：古拙质直，有悲凉之感。钟嵘《诗品》卷下："曹公古直，甚有悲凉之句。"

[3] 清沈德潜《古诗源》："子桓诗有文士气，一变乃父悲壮之习矣。要其便娟婉约，能移人情。"

【译文】

曹操气势雄浑，古拙质直，悲壮凄凉。而曹丕的诗作婉约动人，富有文采，自然是符合乐府本色。曹植有天赋之才，文辞流畅而华美，虽然享誉千古，但实际上则不如父亲和兄长。这是什么原因？才力太高，文辞太美。

三·一九

魏武帝乐府："东临碣石，以观沧海。水何澹澹，山岛竦峙。秋风萧瑟，洪涛涌起。日月之行，若出其中；星汉灿烂，若出其里。"[1] 其辞亦有本。相如《上林》云："视之无端，察之无涯。日出东沼，月生西陂。"[2] 马融《广成》云："天地虹洞，因无端涯。大明出东，月生西陂。"[3] 扬雄《羽猎》云："出入日月，天与地沓。"[4] 然觉扬语奇，武帝语壮。又"月生西陂"语有何致，而马融复袭之。

【注释】

[1] 语出曹操《步出夏门行》，见《乐府诗集》卷三七。"洪涛涌起"一作"洪波涌起"。

[2] 语出司马相如《上林赋》，见《文选》卷八。"月生西陂"一作"入乎西陂"。

[3] 语出马融《广成颂》，见《文选补遗》卷三七。一作"天地虹洞，固无端涯。大明生东，月朔西陂"。

[4] 语出扬雄《羽猎赋》，见《文选》卷八。

【译文】

曹操的乐府诗中有"东临碣石，以观沧海。水何澹澹，山岛竦峙。秋风萧瑟，洪涛涌起。日月之行，若出其中；星汉灿烂，若出其里"这样的句子，它们是有来源的。司马相如《上林赋》有"视之无端，察之无涯。日出东沼，月生西陂"句，马融《广成颂》里有"天地虹洞，因无端涯。大明出东，月生西陂"句，扬雄《羽猎赋》有"出入日月，天与地沓"句，然而觉得扬雄的语言奇特，曹操的语言雄壮。而相如"月生西陂"一句有何别致之处呢？让马融再次引用。

三·二〇

子建"谒帝承明庐"[1]"明月照高楼"[2]、子桓"西北有浮云"[3]"秋风萧瑟"[4]，

非邺中诸子 [5] 可及。仲宣、公干远在下风 [6]。吾每至"谒帝"一章，便数十过不可了，悲婉宏壮，情事理境，无所不有。

【注释】

[1] 语出曹植《赠白马王彪》，见《文选》卷二四。

[2] 语出曹植《七哀诗》，见《文选》卷二三。

[3] 语出曹丕《杂诗》之二，见《文选》卷二九。

[4] 语出曹丕《燕歌行》，见《文选》卷二七。

[5] 邺中诸子：指建安七子。东汉建安时期，孔融、陈琳、王粲、徐干、阮瑀、应玚、刘桢以文学齐名，同居邺中（今河北临漳）。

[6] 王粲，字仲宣，山阳高平（今山东微山）人。事见《三国志》卷二一《王粲传》。刘桢，字公干，东平宁阳（今山东宁阳）人。事附《三国志》卷二一《王粲传》。

【译文】

曹植有"谒帝承明庐""明月照高楼"等诗句，曹丕有"西北有浮云""秋风萧瑟"等诗句，不是建安七子能达到的。王粲、刘桢更是远在他们之下。我每次读到"谒帝"一章，即便阅读数十遍也不能停止，悲壮婉转，宏大壮阔，情境、事境、理境都具有。

三·二一

《洛神赋》，王右军、大令 [1] 各书数十本，当是晋人极推之耳。清彻圆丽 [2]，《神女》 [3] 之流。陈王 [4] 诸赋，皆《小言》 [5] 无及者。然此赋始名《感甄》 [6]，又以《蒲生》 [7] 当其《塘上》 [8]，际此忌兄，而不自匿讳，何也？《蒲生》实不如《塘上》，令洛神见之，未免笑子建伧父 [9] 耳。

【注释】

[1] 王羲之，字逸少，琅邪临沂（今山东临沂）人，东晋大臣、书法家，官至右军将军，人称"王右军"。王献之，字子敬，琅玡临沂（今山东临沂）人，东晋官员、书法家、画家、诗人，王羲之第七子，官至中书令，人称"王大令"。事附《晋书》卷八〇《王羲之传》。

[2] 清彻圆丽：明朗通透，圆转华丽。

[3]《神女》：旧题宋玉《神女赋》，见《文选》卷一九。

[4] 曹植，字子建，沛国谯县（今安徽亳州）人，曹操第三子，生前曾为陈王，去世后谥号"思"，因此又称"陈思王"。

[5]《小言》：旧题宋玉《小言赋》，见《文选补遗》卷三一。

[6] 一说此名有"感怀甄后"之义。甄后，即曹丕妻子文昭甄皇后。

[7]《蒲生》：指曹植《蒲生行》（即《浮萍篇》），见《乐府诗集》卷三五。

[8]《塘上》：旧题甄后《塘上行》，见《乐府诗集》卷三五。

[9] 伧父：犹言鄙夫，粗俗的人。南北朝时，南人讥北人粗鄙，蔑称之为"伧父"。《晋书·文苑传·左思》："初，陆机入洛，欲为此赋，闻思作之，抚掌而笑，与弟云书曰：'此间有伧父，欲作《三都赋》，须其成，当以覆酒瓮耳。'"

【译文】

曹植的《洛神赋》，王羲之和王献之都各自书写了十多遍，可以说是晋人非常推崇喜爱的篇目。明朗通透，圆转华丽，说的是宋玉《神女赋》之类的作品（按：应包括《小言赋》）。曹植的很多赋，都是宋玉《小言赋》赶不上的。但《洛神赋》刚开始名字叫《感甄》，又把自己的《蒲生行》当作应和甄后《塘上行》之作，而此处恰恰是需要避讳兄长的地方，但却不自行隐藏名讳，这是为什么呢？《蒲生行》的确不如《塘上行》，让洛神见到此文，难免会笑曹植是粗鄙之人。

三·二二

《塘上》之作，朴茂[1] 真至，可与《纨扇》[2]《白头》[3] 姨姒[4]。甄既摧折[5]，而芳誉不称，良为雅叹。

【注释】

[1] 朴茂：指语言形式和思想内容朴实淳厚。

[2]《纨扇》：旧题班婕妤《怨诗行》，见《乐府诗集》卷四二。《玉台新咏》卷一："昔汉成帝班婕妤失宠，供养于长信宫，乃作赋自伤，并为怨诗一首。"

[3]《白头》：旧题卓文君《白头吟》，见《乐府诗集》卷四一。《西京杂记》卷三："司马相如将聘茂陵人女为妾，卓文君作《白头吟》以自绝，相如乃止。"

[4]姨姒：表姐妹，指《塘上行》与《纨扇》《白头》可以相媲美，是姐妹篇。

[5]摧折：打击折断，指甄皇后殒天。

【译文】

《塘上行》这篇赋，语言朴实，思想淳厚，达到了最真挚的境地，可以与班婕妤《怨诗行》、卓文君《白头吟》相媲美。甄皇后去世后，其作品却没有得到相符合的美名，实在让人深为感叹。

三·二三

"莫以豪贤故，弃捐素所爱。莫以鱼肉贱，弃捐葱与薤。莫以麻枲贱，弃捐菅与蒯"[1]，其语意妙绝，千古称之，然《左传》逸诗已先道矣。云："虽有丝麻，无弃菅蒯。虽有姬姜，无弃蕉萃。"[2]

【注释】

[1]语出旧题甄后《塘上行》。见《乐府诗集》卷三五，诗中"以"俱作"用"。

[2]见《左传·成公九年》所引逸诗。

【译文】

"莫以豪贤故，弃捐素所爱。莫以鱼肉贱，弃捐葱与薤。莫以麻枲贱，弃捐菅与蒯"，这句诗语意高妙堪绝，千百年来被人称颂。然而《左传》中的逸诗就已经先讲过类似的意思了，是这样说的："虽有丝麻，无弃菅蒯。虽有姬姜，无弃蕉萃。"

三·二四

陈思王《赠白马王彪》诗，全法《大雅·文王之什》体，以故首二章不相承耳[1]。后人不知，有欲合而为一者，良可笑也。

【注释】

[1]曹植《赠白马王彪》全诗共七章，除一、二两章外，其余各章均采用"衔头接尾"的辘轳体式。

【译文】

　　曹植的《赠白马王彪》这首诗，大体上是效法《大雅·文王之什》的体式，因此前两章没有相互承接。后世不知道的人，想要把这两章合二为一，实在是可笑。

三·二五

　　杨德祖《答临淄侯书》[1] 中有"猥受顾锡[2]，教使刊定。《春秋》之成，莫能损益。《吕氏》《淮南》，字直千金，弟子钳口[3]，市人拱手。"及览《临淄侯书》[4]，称"往仆少小所著辞赋一通"，不言刊定。唯所云"丁敬礼[5] 尝作小文，使仆润饰之。仆自以才不过若人，辞不为也。敬礼谓仆：'卿何所疑难？文之佳恶，吾自得之，后世谁相知定吾文者？'"此植相托意耶？当时孔文举[6] 为先达，其于文特高雄，德祖次之。孔璋[7] 书檄饶爽，元瑜[8] 次之，而诗皆不称也。刘桢、王粲，诗胜于文。兼至者独临淄耳。正平[9]、子建，直可称建安才子，其次文举，又其次为公干、仲宣[10]。

【注释】

　　[1] 亦名《答临淄侯笺》，见《文选》卷四〇。杨修，字德祖，东汉文学家，弘农华阴（今陕西华阴）人，与曹植交好，并参与夺嫡事，后被曹操处死。事附《三国志》卷一九《陈思王植传》。临淄侯：建安十九年（214 年），曹植由平原侯转封临淄侯。

　　[2] 猥：谦辞。顾锡：眷顾，赐命。

　　[3] 钳口：亦作"拑口""箝口"，闭口不言。

　　[4] 即曹植《与杨德祖书》。

　　[5] 丁廙，又作丁虞、丁翼，字敬礼，三国时期魏国沛郡（今安徽濉溪）人，与曹植亲善，后为曹丕所杀。事附《三国志》卷一九《陈思王植传》。

　　[6] 孔融，字文举，鲁国（今山东曲阜）人，东汉末年官员、名士、文学家，"建安七子"之一，曾官北海国相，时称"孔北海"。因触怒曹操，被杀。事详《后汉书》卷七〇《孔融传》。

　　[7] 陈琳，字孔璋，广陵（今江苏扬州东北）人，东汉末年文学家，"建安

七子"之一。事附《三国志》卷二一《王粲传》。

[8] 阮瑀，字元瑜，陈留尉氏（今河南尉氏）人，东汉末年文学家，"建安七子"之一。曹操时军国书檄文字，多为阮瑀与陈琳所拟。事附《三国志》卷二一《王粲传》。

[9] 祢衡，字正平，平原郡（今山东德州）人，为人刚贞不阿，傲岸不羁，不媚权贵，与孔融友善，孔融将其推荐给曹操。后因触怒曹操，被遣送给刘表，终被江夏太守黄祖所杀。事详《后汉书》卷八〇下《文苑传》。

[10] 公干、仲宣，即刘桢、王粲，见三·二〇注 [6]。

【译文】

杨修《答临淄侯笺》中说："我才干不高，领受您的命令，修改审定文章。《春秋》一书没有可以修改之处，《吕氏春秋》《淮南子》，也是一字千金，后辈不敢妄言，市井之人亦拱手称赞。"考察曹植《与杨德祖书》，其中说道"把我年少时所写辞赋寄给你"，没有提到修改审定。信中只是说"从前丁廙经常写些小文章，让我来润色。我自认为才能比不上他，于是便推辞没有做。丁廙对我说：'你有什么好疑虑的呢？文章好坏的名声，自然归我，后世人谁知道我的文章经他人帮助审定过？'"这是曹植借此事来暗示杨修帮助修订吗？当时孔融为前辈，他的文章极其高妙雄遒，杨修则占第二位。陈琳的书简与檄文十分豪爽，（在这方面）阮瑀排在第二位，但他们的诗歌都不足称道。刘桢、王粲，他们的诗歌胜于文章。（在文章、诗歌、书檄这些方面）都能达到（一定境界）的只有曹植一人。祢衡、曹植称得上是建安才子，其次是孔融，再次是刘桢、王粲。

三·二六

读子桓"客子常畏人"[1]，及《答吴朝歌》《与钟大理书》[2]，似少年美资[3]负才性，而好货好色，且当不得恒享者。桓灵宝[4]技艺差相埒[5]，而气尚过之，子桓乃得十年天子，都所不解。

【注释】

[1] 语出曹丕《杂诗》之二句，见《文选》卷二九。

[2] 曹丕《与朝歌令吴质书》《与钟大理书》，见《文选》卷四二。

[3] 美资：指曹丕意气风发。

[4] 桓玄，字敬道，一名灵宝，谯国龙亢（今安徽怀远）人。《晋书》卷九九《桓玄传》："形貌瑰奇，风神疏朗，博综艺术，善属文。"亦称其"性贪鄙，好奇异，尤爱宝物，珠玉不离于手"。

[5] 埒：相等，等于。

【译文】

读曹丕的"客子常畏人"和《与朝歌令吴质书》《与钟大理书》，少年意气风发，自负才气，但爱财好色，应当是不能长久享受国家的人。桓玄作诗技艺与曹丕不相上下，在气象上超过曹丕，但曹丕却当了十年的天子，这是令人不解的。

三·二七

孔文举[1]好酒及客，恒曰："坐上客常满，樽中酒不空，吾无忧矣。"[2]桓灵宝为义兴太守，不得志，叹曰："父为九州伯，儿为五湖长。"[3]遂弃官归。孔语便是唐律[4]，桓句亦是唐选[5]，而桓尤爽俊[6]。其人不作逆[7]，一才子也。

【注释】

[1] 孔文举：即孔融，见三·二五注[6]。

[2] 语出《后汉书》卷七〇《孔融传》。

[3] 语出《晋书》卷九九《桓玄传》。

[4] 唐律：这里指唐代律诗。

[5] 唐选：这里指唐代诗文选集。

[6] 爽俊：直爽峻拔。

[7] 作逆：这里指叛乱谋反。元兴二年十一月，桓玄逼东晋安帝司马德宗禅位，出居永安宫。同年十二月，玄称帝，改国号为楚。事详《晋书·桓玄传》。

【译文】

孔融喜爱与客饮酒，经常说："坐上客常满，樽中酒不空，吾无忧矣。"桓玄当义兴太守的时候，志向无法实现，感叹道："父为九州伯，儿为五湖长。"于是弃官归乡。两人的诗句都可与唐人比肩，且桓玄诗更为直爽峻拔。他如果不作逆贼，是个才子。

三·二八

子桓之《杂诗》二首[1]，子建之《杂诗》六首[2]，可入《十九首》不能辨也。若仲宣、公干，便觉自远。

【注释】

[1] 曹丕《杂诗》二首，见《文选》卷二九。

[2] 曹植《杂诗》六首，见《文选》卷二九。

【译文】

曹丕的《杂诗》二首，曹植的《杂诗》六首，可以放入《古诗十九首》中不能辨别。如果刘祯和王粲的诗，便觉得差得远了。

三·二九

古乐府"悲歌可以当泣，远望可以当归"[1]，二语妙绝。老杜"玉珮仍当歌"[2]，"当"字出此。然不甚合作[3]，可与知者道也。用修引孟德"对酒当歌"[4]云，"子美一阐明之，不然，读者以为'该当'之'当'矣"[5]，大聩聩[6]可笑。孟德正谓遇酒即当歌也，下云"人生几何"可见矣！若以"对酒当歌"作去声，有何趣味？

【注释】

[1] 语出汉乐府古辞《悲歌》，见《乐府诗集》卷六二。

[2] 语出杜甫《陪李北海宴历下亭》，见《全唐诗》卷二一六。

[3] 合作：书画诗文合于法度，这里指不准确妥帖。

[4] 语出曹操《短歌行》，见《文选》卷二七。

[5] 语出杨慎《太白杨叛儿曲》，见《丹铅总录》卷一二。原作"非杜子美一阐明之，读者皆以'当歌'为'当该'之'当'矣"。

[6] 聩聩：耳聋，引申为昏聩可笑。

【译文】

古乐府诗句中有"悲歌可以当泣，远望可以当归"，这两句话精妙独绝。杜甫"玉珮仍当歌"，"当（去声）"字源于这里（指古乐府）。但这种说法却不太妥帖，可以与有识之士交流。杨慎引用曹操的"对酒当歌"时说："杜甫的诗已经解释明白了，否则，读者会以为是'该当'中的当（平声）。"杨用修的说法实在是昏昧糊涂，令人可笑。曹操真正想表达的是喝酒的时候应当歌唱，下面说"人生几何"就可以看出来了。如果把"对酒当歌"中的"当"读去声，有什么趣味呢？

三·三〇

阮公《咏怀》，远近之间，遇境即际[1]，兴穷即止，坐不着论宗佳耳。人乃谓陈子昂[2]胜之，何必子昂，宁无感兴乎哉！

【注释】

[1]际：交会，会合。

[2]陈子昂，字伯玉，梓州射洪（今四川射洪）人，初唐诗文革新人物之一，历任麟台正字、右拾遗等职，世称"陈正字""陈拾遗"。事详《新唐书》卷一〇七《陈子昂传》。

【译文】

阮籍的《咏怀》诗，表情达意若远若近，遇到外境则（与情感）交相汇合，兴致穷尽则停止，用不着讲究内容主旨的好（与坏）。世人称陈子昂更胜一筹，未必（仅仅）是陈子昂，难道平常人就没有感悟寄兴了吗？

三·三一

嵇叔夜土木形骸[1]，不事雕饰，想于文亦尔。如《养生论》《绝交书》[2]，类信笔成者，或遂重犯，或不相续，然独造之语，自是奇丽超逸，览之跃然而醒。诗少涉矜持[3]，更不如嗣宗[4]。吾每想其人，两腋习习风举。

【注释】

[1]土木形骸：形体土木一般。形容人的本性自然，不加修饰。语出《晋

书》卷四九《嵇康传》。

[2] 嵇康《养生论》《与山巨源绝交书》，分别见《嵇中散集》卷三、卷二。

[3] 矜持：做出端庄严肃的样子。

[4] 阮籍，字嗣宗，陈留尉氏（今河南开封）人，三国时期魏诗人，"竹林七贤"之一。曾任步兵校尉，世称"阮步兵"。事详《晋书》卷四九《阮籍传》。

【译文】

嵇康本性自然，不注修饰，想来在文章方面也是如此。如《养生论》《与山巨源绝交书》，这类随笔写成的文章，有的因袭重复，有的上下文不承接，但其中的独特语句，却是奇伟瑰丽、超凡飘逸的，看了之后让人跃然清醒。他诗歌的内容既不过分严肃，也不像阮籍诗歌那般悲愤。我每次想起这个人来，都觉得腋下有微风吹拂，清爽宜人。

三·三二

平子《四愁》[1]，千古绝唱。傅玄拟之[2]，致不足言，大是笑资耳。玄又有《日出东南隅》[3]一篇，汰去精英，窃其常语。尤有可厌者，本词"使君自有妇，罗敷自有夫"，于意已足，绰有余味。今复益以"天地正位"[4]之语，正如低措大[5]记旧文不全时，以己意续貂，罚饮墨水一斗可也。

【注释】

[1] 张衡《四愁诗》，见《文选》卷二九。张衡，字平子，见二·三九注 [2]。

[2] 傅玄《拟四愁诗》四首，见《古诗纪》卷三二。傅玄，字休奕，北地泥阳（今陕西铜川）人，魏晋名臣、文学家、思想家。事详《晋书》卷四七《傅玄传》。

[3] 指傅玄《艳歌行》。该诗全拟汉乐府《陌上桑》，见《乐府诗集》卷二八。

[4]《艳歌行》诗末作"天地正厥位，愿君改其图"。

[5] 措大：亦称"醋大"。唐宋之时调侃读书人的谑称，元明清各代一直沿用，隐含轻蔑之意，犹如后世的"穷酸"。

【译文】

　　张衡的《四愁诗》，是千古的绝唱。傅玄模拟其作了《拟四愁诗》，实在是不值得谈论，大抵是笑资而已。傅玄又有文章《艳歌行》，可以说淘汰掉了古辞《陌上桑》的精华部分，置换了其中的俗语。更令人讨厌的地方是，原作中有"使君自有妇，罗敷自有夫"，在意义方面已经很充实，颇有余味。现在这首诗里又增加了"天地正厥位"这样的话，就如卑贱的穷书生，记忆旧文内容不全时，用自己的意思续貂尾，这要罚他喝一斗的墨水才可以。

三·三三

　　陆士衡[1]翩翩藻秀，颇见才致，无奈俳弱[2]何？安仁[3]气力胜之，趣旨不足，太冲[4]莽苍[5]，《咏史》《招隐》绰有兼人[6]之语，但太不雕琢。

【注释】

　　[1]陆士衡：即陆机，见一·四三注[1]。
　　[2]俳弱：柔弱。俳，本意为瘫痪，这里指文气衰弱。
　　[3]安仁：即潘岳，见一·四八注[3]。
　　[4]左思，字太冲，齐国临淄（今山东临淄）人，西晋著名文学家。事见《晋书》卷九二《文苑传》。
　　[5]莽苍：亦作"苍茫"。本为野色迷茫貌，此指文章词气充沛。
　　[6]兼人：胜过人，一人抵得两人。

【译文】

　　陆机的文章文采优美，辞藻秀丽，很有才情，可惜因何文气衰弱呢？潘岳气象格力都更胜一筹，然而诗文情趣不够，左思的文章词气充沛，《咏史》《招隐》有很多胜过他人的语句，但没有认真地修饰文辞。

三·三四

　　子卿第二章"弦歌""商曲"错叠数语[1]，《十九首》"齐心同所愿，含意俱未申"亦大重犯[2]，然不害为古。"奚必丝与竹，山水有清音。何事待啸歌，灌木自悲吟"[3]乃害古也。然使各用之，"山水清音"，极是妙咏，"灌木悲吟"，不失佳语，故曰："离则双美，合则两伤。"[4]

【注释】

[1] 语出苏武《古诗四首》之二，见《文选》卷二九。子卿：苏武字，见二·二七注[2]。

[2] 语出《古诗十九首》之四，见《文选》卷二九。重犯：因袭，重复。

[3] 语出左思《招隐诗二首》之一，见《文选》卷二二。"奚必丝与竹"一作"非必丝与竹"。

[4] 语出陆机《文赋》，见《文选》卷一七。原作"离之则双美，合之则两伤"。

【译文】

苏武《古诗四首》之二中，"弦歌""商曲"在数句话中都错综重叠，《古诗十九首》中"齐心同所愿，含意俱未申"，也有重复的毛病，然而不妨碍它们成为古诗。"奚必丝与竹，山水有清音。何事待啸歌，灌木自悲吟"，这就影响了古诗之法。如果让他们分开来使用，"山水清音"是极美妙的歌咏，"灌木悲吟"不失为佳语，因此说："分开就是双赢，合在一起则两败俱伤。"

三·三五

李令伯《陈情》一表[1]，天下称孝。后起拜汉中，自以失分[2]怀怨。应制赋诗云："人亦有言，有因有缘。仕无中人，不如归田。明明在上，斯语岂然。"[3] 谢公东山捉鼻[4]，恒恐富贵逼人。既处台鼎[5]，嫌隙小构[6]，见桓子野[7]弹琴抚《怨诗》一曲，至捋须流涕。殷深源[8]卧不起，及后败废，时云："会稽王[9]将人上楼，著去梯。"譬如始作养刘不出山时观[10]，有何不可？乃知向者都非真境。

【注释】

[1] 李密，本名李虔，字令伯，犍为武阳（今四川眉山）人，西晋初年大臣，曾拜汉中太守，著有《陈情表》，见《文选》卷三八。事详《晋书》卷八八《李密传》。

[2] 失分：不如意。

[3]语出《晋书·李密传》。

[4]谢安，字安石。陈郡阳夏（今河南太康）人，东晋政治家、名士，曾隐居会稽郡山阴县之东山，后入仕，有"东山再起"之典。捉鼻：掩鼻，不屑貌。《世说新语·排调》："初，谢安在东山居布衣时，兄弟已有富贵者，翕集家门，倾动人物。刘夫人戏谓安曰：'大丈夫不当如此乎？'谢乃捉鼻曰：'但恐不免耳！'"

[5]台鼎：古代称三公或宰相为台鼎，言其职位显要，犹星有三台，鼎足而立。

[6]嫌隙小构：嫌怨隔阂少。《世说新语·仇隙》："王右军素轻蓝田，蓝田晚节论誉转重……于是彼此嫌隙大构。"这里"嫌隙大构"为深结仇怨之意。

[7]桓伊，字子野，谯国铚县（今安徽濉溪）人，东晋将领、名士、音乐家。事附《晋书》卷八一《桓宣传》。

[8]殷浩，字深源，陈郡长平（今河南西华）人，东晋大臣、清谈家，事详《晋书》卷七七《殷浩传》。

[9]会稽王：即司马昱，曾受封会稽王，后为晋简文帝。殷浩初应司马昱之请而出仕，后亦因之被罢。《世说新语·黜免》："殷中军废后，恨简文曰：'上人箸百尺楼上，儋梯将去。'"

[10]《晋书》卷八八："（李）密奉事以孝谨闻，（祖母）刘氏有疾则涕泣侧息，未尝解衣……"

【译文】

李密的《陈情表》这篇文章，让天下人称赞他的孝心。后来被封做汉中太守，因为不如意而心怀怨恨。在应制诗中写道："人们都说过这样的话，有因才有缘。仕途中如果没有有权势的大臣做靠山，不如回家种田。如果有圣明的君主在上，这种情况就不会发生？"谢安在东山未显达时，对富贵十分不屑，唯恐被富贵所累。已经位处高官，嫌怨隔阂产生得比较少，看到桓伊弹琴作《怨诗》一曲，直抚摸胡须流眼泪。殷浩最初隐居乡里，后来辞官殒命，当时世人称："会稽王把人送上楼，却让人撤去了梯子。"假若起初李密奉养祖母刘氏，不出山为官，有什么不可以呢？于是知道他作品的内容并非实情。

三·三六

王武子读孙子荆诗[1]，而云"未知文生于情，情生于文"[2]，此语极有致。文生于情，世所恒晓；情生于文，则未易论。盖有出之者偶然，而览之者实际也。吾平生时遇此境，亦见同调中有此。又庾子嵩[3]作《意赋》成，为文康[4]所难，而云"正在有意无意之间"[5]，此是遁辞[6]，料子嵩文必不能佳。然有意无意之间，却是文章妙用。

【注释】

[1] 王济，字武子，西晋太原晋阳（今山西太原西南）人，其人好弓马，善《易》及《庄》《老》，文词华美。事详《晋书》卷四二《王浑传》。孙楚，字子荆，西晋太原中都（今山西平遥西南）人，为人辞藻卓绝，恃才傲物。事详《晋书》卷五六《孙楚传》。

[2] 语出《世说新语·文学》。

[3] 子嵩：庾敳字，见三·一一注[1]。

[4] 庾亮，字元规，颍川鄢陵（今河南鄢陵西北）人，东晋名臣，善清谈，好老庄。事详《晋书》卷七三《庾亮传》。

[5] 语出《世说新语·文学》，载"庾子嵩作《意赋》成，从子文康见，问曰：'若有意邪，非赋之所尽；若无意邪，复何所赋？'答曰：'正在有意无意之间。'"

[6] 遁辞：理屈词穷或不愿以真意告人时，用来支吾搪塞的话。

【译文】

王济读了孙楚的诗，之后说："不知道原来是文章来源于情感，还是情感来源于文章。"这句话很有深意。文章来源于情感，世人都知道；情感来源于文章，则不容易论说清楚。大概写作的人只是偶然作文，而读者却根据自己的现实情况附加上情感。我这辈子遇到过这样的情况，也看到过与我类似的人出现这种情况。比如庾敳写了《意赋》之后，被庾亮诘问，而说："这正是在有意无意之间。"这是支吾搪塞的话，料想庾敳的文章一定不十分优秀。但是"有意无意之间"，却是文章之妙处。

三·三七

"以彼径寸茎，荫此百尺条"[1]，是涉世[2]语；"贵者虽自贵，弃之若埃尘"[3]，是轻世[4]语；"振衣千仞冈，濯足万里流"[5]，是出世[6]语。每讽太冲诗[7]，便飘飘欲仙。

【注释】

[1] 语出左思《咏史诗八首》之二，见《文选》卷二一。

[2] 涉世：经历世事。

[3] 语出左思《咏史诗八首》之六，见《文选》卷二一。"弃之若埃尘"作"视之若埃尘"。

[4] 轻世：轻视、鄙薄世事。

[5] 语出左思《咏史诗八首》之五，见《文选》卷二一。

[6] 出世：一般指脱离世间束缚，即"解脱"之意。

[7] 讽：诵读。太冲：左思字，见三·三三注[4]。

【译文】

"以彼径寸茎，荫此百尺条"是经历世事的语言；"贵者虽自贵，弃之若埃尘"是藐视社会的语言；"振衣千仞冈，濯足万里流"是超脱世事的语言。每次吟咏左思的诗，都会有一种飘飘成仙的感觉。

三·三八

石卫尉[1]纵横一代，领袖诸豪，岂独以财雄之，政才气胜耳。《思归引》《明君辞》[2]情质未离，不在潘、陆下。刘司空[3]亦其俦也，《答卢中郎》[4]五言，磊块[5]一时，涕泪千古。

【注释】

[1] 石崇，字季伦，渤海南皮（今河北南皮）人，西晋大臣、文学家、曾任卫尉卿职。晋惠帝永康元年，赵王司马伦政变，石崇被司马伦党羽所害，夷灭三族。事附《晋书》卷三三《石苞传》。

[2] 指《思归引》《王明君辞》，见《文选》卷四五、二七。

[3] 刘琨，字越石，中山魏昌（今河北无极）人，晋朝政治家、文学家、音乐家和军事家。工于诗赋，少有文名，晋愍帝时，官拜司空，世称"刘司空"。事详《晋书》卷六二《刘琨传》。

[4]《答卢中郎》：即《重赠卢谌》，见《文选》卷二五。

[5] 磊块：泛指块状物，比喻郁积在胸中的不平之气。

【译文】

石崇纵横一代，是众多英雄豪杰的领袖，岂止仅仅因为财力高于他们，才能也更胜一筹。《思归引》《王明君辞》情感与内容并未分离，不低于潘岳、陆机。刘琨与他水平相当，五言诗《重赠卢谌》在当时让人胸怀沉郁，也令后代人为之感动流泪。

三·三九

沈休文[1]云："子建函京之作[2]，仲宣灞岸之篇[3]，子荆零雨之章[4]，正长朔风之句[5]，并直举胸情，非傍诗史，正以音律取高前式。"然则少陵以前人，固有"诗史"之称矣。

【注释】

[1] 语出沈约《宋书》卷六七《谢灵运传论》，有改动。沈休文：即沈约，见一·三注[1]。

[2] 曹植《赠丁仪王粲》有"从军度函谷，驱马过西京"句，见《文选》卷二四。

[3] 王粲《七哀诗二首》之一有"南登霸陵岸，回首望长安"句，见《文选》卷二三。

[4] 孙楚《征西官属送于陟阳候作诗一首》有"晨风飘岐路，零雨被秋草"句，见《文选》卷二〇。孙楚，见三·三六注[1]。

[5] 王瓒《杂诗》有"朔风动秋草，边马有归心"句，见《文选》卷二九。王瓒，字正长，约晋惠帝初年前后在世，义阳（今河南新野）人，博学有俊才，钟嵘《诗品》将其诗列入中品。

【译文】

沈约称："曹植的'从军度函谷，驱马过西京'，王粲的'南登霸陵岸，回首望长安'，孙楚的'晨风飘岐路，零雨被秋草'，王瓒的'朔风动秋草，边马有归心'，都直抒胸臆而不依傍前人作品，正是因为讲求音律取得了高于前人的成就。"那么，杜甫之前的人，就已经有了"诗史"的称号。

三·四〇

实境诗于实境读之，哀乐便自百倍。东阳[1]既废，夷然[2]而已。送甥至江口，诵曹颜远"富贵他人合，贫贱亲戚离"[3]，泣数行下。余每览刘司空"岂意百炼刚，化为绕指柔"[4]，未尝不掩卷酸鼻也。呜呼！越石已矣。千载而下，犹有生气。彼石勒[5]、段碑[6]，今竟何在？

【注释】

[1] 东阳：代指殷浩。殷浩为桓温所忌，废为庶人，徙于东阳之信安县，故称。殷浩，见三·三五注[8]。

[2] 夷然：平静镇定的样子。

[3] 语出曹摅《感旧诗》，见《文选》卷二九。曹摅，字颜远，谯国谯县（今安徽亳州）人，西晋官员、文学家，事详《晋书》卷九〇《良吏传》。

[4] 语出刘琨《重赠卢谌》，见《文选》卷二五。刘司空：即刘琨，见三·三八注[3]。

[5] 石勒，本名匐勒，字世龙，羯族，上党武乡（今山西榆社）人，十六国时期后赵建立者，史称后赵明帝。刘琨曾败于石勒。事详《晋书》卷一〇四《石勒载记》。

[6] 段匹碑，辽西石城（今辽宁建昌）人，鲜卑族，晋朝官员，曾与刘琨结盟共抗石勒，后信谗言，缢杀刘琨。事附《晋书》卷六二《刘琨传》。

【译文】

描写实境的诗在真实的境遇当中阅读，诗中的悲喜就会增加百倍。殷浩被废，流放东阳，仍然平静镇定。送自己外甥到江边，吟诵曹摅的"富贵他人合，贫贱亲戚离"诗句，泪如雨下。我每每读到刘琨的"岂意百炼刚，化为绕指柔"，经常要合上书卷悲痛欲泣！哎！刘琨已经走了。千百年之后，他仍会焕发生命力。那（伤害他的）石勒、段匹磾，现在又在哪里呢？

三·四一

王处仲每酒间歌"老骥伏枥，志在千里，烈士暮年，壮心不已"[1]，其人不足言，其志乃大可悯矣。余自庚申以后，每读刘司空二语，未尝不欷歔罢酒。至少陵"千秋万岁名，寂寞身后事"[2]，辄黯然低回久之。

【注释】

[1] 事详《晋书》卷九八《王敦传》。王敦，字处仲，琅邪临沂（今山东临沂）人，东晋时期大臣，晋武帝司马炎的女婿，曾官至丞相。

[2] 语出杜甫《梦李白》，见《全唐诗》卷一二八。

【译文】

王敦每每喝酒，中间就会唱"老骥伏枥，志在千里，烈士暮年，壮心不已"，这个人虽然没有什么值得说的，但他的抱负却值得同情怜悯。我在庚申年以后，每次读到刘琨的诗句，没有不叹息放下酒杯的。再读杜甫的"千秋万岁名，寂寞身后事"，总是黯然失色，低徊不已，久久不能平复。

三·四二

王处仲赏咏"老骥伏枥"之语，至以如意击唾壶为节[1]，唾壶尽缺，即玄德悲髀肉生意也[2]。桓元子恒言"不能流芳百世，亦当贻臭万年"[3]，至今为书生骂端，然直是大英雄语。庾道季云[4]"廉颇、蔺相如，虽千载上死人，懔懔恒如有生气；曹蜍、李志[5]虽见在，厌厌如泉下人"，虽不相蒙，意实有会。

【注释】

[1] 如意：器物名。用竹、玉、骨等制成，头作灵芝或云叶形，柄微曲，供搔背或赏玩等用。唾壶：承唾之器。后人以"击碎唾壶"作为激赏诗文之词。

[2] 髀肉生：即"髀肉复生"。髀肉，大腿肉。后世以此为自叹久处安逸，思图有所作为之词。玄德事详《三国志·蜀志·先主传》。

[3] 事详《晋书》卷九八《桓温传》。桓温，字元子（一作符子），谥号宣武，故称"桓宣武"，谯国龙亢（今安徽怀远）人，东晋政治家、军事家、权臣，谯国桓氏代表人物，东汉名儒桓荣之后。

[4] 事详《世说新语·品藻》。庾龢，字道季，颍川鄢陵（今河南鄢陵）人，东晋大臣，太尉庾亮之子，生平详《晋书》卷七三《庾龢传》。

[5] 曹茂之，字永世，小字蜍，彭城（今江苏徐州）人，东晋诗人。李志，字温祖，江夏钟武（今湖南衡阳）人，善书法，与王羲之、曹蜍同时。

【译文】

王敦欣赏歌咏"老骥伏枥"这几句诗，到了拿如意击打唾壶的境地，唾壶四边都有了缺口，这与刘备悲叹髀肉又生的心意相近。桓温常称"不能流芳百世，亦当贻臭万年"，到现在都被书生谩骂，其实却是大英雄之语。庾龢说："廉颇、蔺相如，虽千载上死人，懔懔恒如有生气；曹蜍、李志虽见在，厌厌如泉下人。"（这几个人）虽然不相关联，所表达意思却有相通之处。

三·四三

偶阅士龙与兄书[1]，前后所评骘[2]者云："《二祖颂》[3]甚为高伟。""《述思赋》[4]深情至言，实为精妙，恐故未得为兄赋之最。……《文赋》甚有辞[5]，绮语[6]颇多，文适多体，便欲不清[7]。（老杜《醉歌行》："陆机二十作《文赋》"。当已过二十也。）……《咏德颂》[8]甚复尽美。……《漏赋》[9]可谓精工。"又云："张公父子[10]亦语云，兄文过子安[11]。……云谓兄作《二京》，必传无疑。"又云："张公赋诔自过五言诗耳。……《玄泰诔》[12]自不及《士祚诔》[13]。兄《丞相箴》小多[14]，不如《女史箴》[15]耳。"又云："《登楼》[16]名高，恐未可越。……《祖德颂》[17]无乃谏语耳，然靡靡[18]清工，用辞纬泽[19]，亦未易。恐兄未熟视之耳。"又云："蔡氏所长，唯铭颂耳。铭之善者，亦复数篇，其余平平。兄诗赋自兴绝域，不当稍与比较。"按张为司空，蔡则中郎也。又云："尝闻汤仲[20]叹《九歌》。昔读《楚辞》，意不大爱之。顷日视之，实自清绝滔滔，故自是识者。古今来为如此文，此为宗矣。……真元盛[21]称《九辩》，意甚不爱。"其兄弟间议论如此，大自可采。

【注释】

[1] 以下引文均出陆云《与兄平原书》，见《陆士龙集》卷八。陆机做过平原内史，此以"平原"代指陆机。陆云，字士龙，吴郡吴县（今江苏苏州）人，西晋官员、文学家，陆机之弟。事详《晋书》卷五四《陆云传》。

[2] 评骘：评定。

[3]《二祖颂》：今已佚。

[4]《述思赋》：见明张溥《汉魏六朝百三家集》卷四八。

[5] 有辞：指有文采。

[6] 绮语：华美之语。

[7] 不清：冗繁而导致意义不明确。

[8]《咏德颂》：亦名《咏德赋》，今已佚。

[9]《漏赋》：即陆机《漏刻赋》，见《汉魏六朝百三家集》卷四八。

[10] 张公父子：指张华父子。张华，见一·四二注[1]。

[11] 成公绥，字子安，东郡白马（今河南滑县）人，西晋文学家，才华为司空张华所推崇。事详《晋书》卷九二《文苑传》。

[12]《玄泰诔》：即张华《烈文先生鲍玄泰诔》，见《汉魏六朝百三家集》卷四〇。

[13]《士祚诔》：今已佚，或为张华佚文，或为陆机佚文。

[14]《丞相箴》：陆机之作，见《汉魏六朝百三家集》卷四八。小多：微多，此处有稍嫌繁冗之义。

[15]《女史箴》：张华之作，见《汉魏六朝百三家集》卷四〇。

[16]《登楼》：指《登楼赋》，王粲离长安避难荆州之作。

[17]《祖德颂》：为蔡邕所作，见《汉魏六朝百三家集》卷一八。

[18] 靡靡：音调和谐优美。

[19] 纬泽：指色泽如丝。

[20] 据刘运好《陆士衡文集校注》，"汤仲"或为"阳仲"之误。阳仲，潘滔字，潘尼从子，西晋大臣。

[21] 真元盛：《西晋文纪》《汉魏六朝百三家集》俱作"真玄盛"。真元盛、

真玄盛或真元、真玄，其人俱无考，存录。

【译文】

偶然翻阅陆云与兄长陆机的书信，总共评定的文章辞赋有这些："《二祖颂》风格十分壮美。""《述思赋》情深言丽，非常精妙。但恐怕还不是兄长赋中最好的一篇。……《文赋》富有文采，词藻华美，但文章杂糅了太多体式，就会显得不够清晰明确。（杜甫《醉歌行》称："陆机二十岁写的《文赋》"。应当是过了二十岁写的。）……《咏德颂》可谓尽善尽美。……《漏刻赋》可谓清新工丽。"又说："张华父子也曾对我说，兄长的文章胜过成公绥。……我曾对兄长说如果写《二京赋》，必然传世。"又说："张华的赋、诔自认为超过了五言诗。……张华《烈文先生鲍玄泰诔》不如《士祚诔》。兄长的《丞相箴》稍显烦琐，不如张华的《女史箴》。"又说："王粲的《登楼赋》名气太大，恐怕不能超越。……蔡邕的《祖德颂》虽然充满规劝的语言，但是音调柔和且清新工整，用辞亦有色泽之美，也是很不容易的，恐怕兄长没有常常仔细阅读。"又说："蔡邕所擅长的，是铭、颂。铭中写得好的，也就是几篇，其他的则一般。兄长诗、赋已经创造了绝佳的境界，不用与他样样比较。"这里的张指司空张华，蔡指中郎蔡邕。又说："曾经听汤仲（阳仲）感叹《九歌》。以前读《楚辞》不太喜欢。最近再读，觉得真是清雅流畅，因此可以说是有识之士。古今作此类文章，必视《楚辞》为宗经典范。……真元盛赞《九辩》，但我不太喜欢。"他们兄弟间这样的讨论，大体上可以采纳。

三·四四

孙兴公[1]云："潘文浅而净，陆文深而芜。"[2]又云："潘文灿若披锦，无处不善；陆文若排沙拣金，往往见宝。"[3]又茂先尝谓士衡曰："人患才少，子患才多。"[4]然则陆之文病在多而芜也。余不以为然。陆病不在多而在模拟，寡自然之致。

【注释】

[1]孙绰，字兴公，太原中都（今山西平遥）人，东晋大臣、文学家、书法家，与许珣并为玄言诗人。事附《晋书》卷五六《孙楚传》。

[2] 语出《世说新语·文学》。

[3] 语出《世说新语·文学》，"灿若披锦"作"烂若披锦"；"排沙拣金"作"排沙简金"。

[4] 事详《晋书》卷五四《陆机传》。

【译文】

孙绰说："潘岳的文章浅显又纯净，陆机的文章深刻又芜杂。"又说道："潘岳的文章文辞华丽，如同张挂的锦绣，没有一处不美；陆机的文章如同去掉流沙捡起金子，常常遇到闪光的瑰宝。"又张华曾经这样说陆机："别人的弊病在于才华太少，你的弊病却在于才华太多。"因而认为陆机文章的缺陷在于繁多（如用典）而杂乱。我不认同这个观点。陆机的文病不在繁多而在模拟，缺少自然的情致韵味。

三·四五

《晋史》不载夏侯孝若《东方朔赞》而载其《训弟文》[1]，真无识者也。

【注释】

[1] 夏侯湛，字孝若，谯国谯县（今安徽亳州）人，西晋文学家。事详《晋书》卷五五《夏侯湛传》。《东方朔赞》即《东方朔画赞》，见《文选》卷四七。

【译文】

《晋史》中不收录夏侯湛的《东方朔画赞》而收录其《训弟文》，确实是没有见识的。

三·四六

晋《拂舞歌》[1]：《白鸠》《独漉》。得孟德父子遗韵。《白纻舞歌》[2]，已开齐、梁妙境，有子桓《燕歌》[3]之风。

【注释】

[1]《拂舞歌》：《乐府诗集》卷五四《晋拂舞歌诗》题解称"《晋书·乐志》曰：拂舞出自江左，旧云吴舞也。晋曲五篇，一曰《白鸠》，二曰《济济》，三曰《独漉》，四曰《碣石》，五曰《淮南王》"。

[2]《白纻舞歌》：即《晋白纻舞歌诗》，见《乐府诗集》卷五五。

[3]《燕歌》：即曹丕《燕歌行》，见《乐府诗集》卷三二。

【译文】

晋代《拂舞歌诗》中《白鸠》《独漉》有曹操父子诗文的气韵。《白纻舞歌》已经开启齐代、梁代诗文的妙境，有曹丕《燕歌行》的风格。

三·四七

"奄忽随物化，荣名以为宝"[1]，不得已而托之名也。"千秋万岁后，荣名安所之"[2]，名亦无归矣，又不得已而归之酒，曰："使我有身后名，不如且饮一杯酒。"[3]"服食求神仙，多为药所误"[4]，亦不得已而归之酒，曰："不如饮美酒，被服纨与素。"[5]至于"被服纨素"，其趣愈卑，而其情益可悯矣。

【注释】

[1]语出《古诗十九首·回车驾言迈》，见《文选》卷二九。

[2]语出阮籍《咏怀诗·昔年十四五》，见《文选》卷二三。

[3]语出《晋书》卷九二《文苑·张翰传》。

[4][5]语出《古诗十九首·驱车上东门》，见《文选》卷二九。

【译文】

"倏忽之间生命就衰老死亡了，只有美名才是真正宝贵的东西"，于是不得已而把人生的意义寄托于追求美名。"千、万年以后，美名在哪里呢"，美名无法追求，又不得已去饮酒，说："与其让我身后有美名，还不如现在喝一杯酒。""古代服食丹药以求长生不老的人，常常因为服药中毒，断送了性命"，又不得已通过饮酒去寻找人生的意义，说："不如寻欢饮美酒，穿华丽的衣服。"至于"被服纨素"，其情趣愈低下，之中涉及的感情就更加使人哀怜。

三·四八

"倚马"[1]事，乃桓温征慕容[2]时，唤袁虎倚马前作露布[3]，文不辍笔。今人罕知其事，至有自谦为"倚牛"者，可笑也。

【注释】

[1]倚马：典出《世说新语·文学》。用以比喻文思敏捷，下笔成章。

[2]慕容：复姓，此代指鲜卑族。

[3]露布：征讨的檄文。

【译文】

"倚马"的典故，说的是桓温讨伐鲜卑族时，唤袁虎倚着战马草拟征讨的檄文，他不停笔立时写成。当今的人很少有知道这件事的，甚至有人自谦称"倚牛"，真是太可笑了！

三·四九

陆士衡之"来日苦短，去日苦长"[1]，傅休奕之"志士惜日短，愁人知夜长"[2]，张季鹰之"荣与壮俱去，贱与老相寻"[3]，曹颜远之"富贵他人合，贫贱亲戚离"[4]。语若卑浅，而亦实境所就，故不忍多读。

【注释】

[1]语出陆机《短歌行》，见《文选》卷二八。

[2]语出傅玄《杂诗》，见《文选》卷二九。休奕，傅玄字，见三·三二注[2]。

[3]语出张翰《杂诗》，见《文选》卷二九。张翰，字季鹰，吴郡吴县（今江苏苏州）人，西晋文学家，留侯张良后裔。事详《晋书》卷九二《张翰传》。

[4]语出曹摅《感旧诗》，见《文选》卷二九。颜远，曹摅字，见三·四〇注[3]。

【译文】

陆机诗中说"一生中剩下的日子苦短难耐，过去的日子让人感到苦闷惆怅"，傅玄诗中说"有志之士叹息时间短，愁思的人感叹夜晚太长"，张翰诗中说"荣耀和年轻都没有了，只有贫贱与衰老相伴随"，曹摅诗中说"富贵时素不相识的人都会来巴结你，贫贱时亲戚朋友都疏远你"。这些言语好像粗鄙浅俗，却是根据现实的情景写就的，因此使人不忍心多读。

三·五〇

渡江 [1] 以还，作者无几，非唯戎马为阻，当由清谈间之耳。景纯《游仙》 [2]，晔晔佳丽，第少玄旨。《江赋》 [3] 亦工，似在木玄虚 [4] 下。玄虚《海赋》，人谓未有首尾。尾诚不可了，首则如是矣。或作九河 [5] 乃可用此首，今却不免孤负大海。

【注释】

[1] 渡江：指永嘉之乱后，西晋末晋元帝司马睿渡江，定都建康（今南京）建立东晋。

[2] 指郭璞《游仙诗》，见《文选》卷二一。景纯，郭璞字，见二·五三注 [3] 。

[3] 指郭璞《江赋》，见《文选》卷一二。

[4] 木华，字玄虚，西晋渤海广川（今河北景县）人，现存其《海赋》一篇，见《文选》卷一二。

[5] 九河：相传禹时黄河的九条支流，后泛指黄河支流。

【译文】

东晋以后，作家所剩无几，并非只是因为战争的阻挠，而是当时社会以清谈为主。郭璞《游仙诗》，才气出众，文藻粲丽，没有过度谈玄。其《江赋》也较工巧，但似乎在木华诗之下。木华的《海赋》，人们都说没有首尾。结尾确实不能这样收束，开头也是如此。或许创作描写黄河的诗可以采用这个开头，现今却不能展现大海景象。

三·五一

"嘘波则洪连踧踖，吹涝则百川倒流"，此玄虚之雄也 [1]。"举翰则宇宙生风，抗鳞则四渎起涛"，此兴公之雄也 [2]。"湍转则日月似惊，浪动则星河如覆"，此思光之雄也 [3]。三海赋措语无大悬绝，读之令人转忆扬、马耳。

【注释】

[1] 语出木华《海赋》，见《文选》卷一二。

[2] 语出孙绰《望海赋》，见《汉魏六朝百三家集》卷六一。兴公，孙绰字，见三·四四注 [1]。

[3] 语出张融《海赋》，见《汉魏六朝百三家集》卷七八。张融，字思光，吴郡吴县（今江苏苏州）人，文辞不拘一格，儒、道、佛兼通，善言玄理。事详《南齐书》卷四一《张融传》。

【译文】

"噏波则洪连踠蹈，吹涝则百川倒流"，这是木华《海赋》的雄壮。"举翰则宇宙生风，抗鳞则四渎起涛"，这是孙绰《望海赋》的雄壮。"湍转则日月似惊，浪动则星河如覆"，这是张融《海赋》的雄壮。三篇海赋的语言没有大的差别，读之不由得使人回忆起扬雄、司马相如。

三·五二

融之此赋[1]，本传载之甚明。又有"增盐"二韵，出于应手，以为佳话[2]。而用修云"恨不见全文"[3]，何也？用修无史学，如张浚、张俊，三尺小儿能晓，以为秘闻[4]，何况其它。

【注释】

[1] 此赋：指上条张融《海赋》。

[2]《南齐书》卷四一《张融传》："融文辞诡激，独与众异。后还京师，以示镇军将军顾觊之，觊之曰：'卿此赋实超玄虚，但恨不道盐耳。'融即求笔注之曰：'漉沙构白，熬波出素。积雪中春，飞霜暑路。'此四句，后所足也。"

[3] 杨慎《升庵集》卷五三《海赋》条称："《文选》载木玄虚《海赋》，似非全文；《南史》称张融《海赋》胜玄虚，惜今不传。"用修：杨慎字，见原序一注 [3]。

[4] 事见《升庵集》卷五〇《张俊、张浚二人》。按张浚、张俊事详《宋史》卷三六九、三六一本传，两者俱为南宋人，前者为著名文臣、学者，后者为著名将领。

【译文】

张融的《海赋》，在《张融传》中已经记载得很明确了。其中后增的描写盐的句子，是张融随手写成的，被世人认为是文坛佳话。然而杨慎却说"可惜没有看见全文"，怎么会这样呢？因为杨慎没有研究、考证历史的学问，如张浚、张俊这些例子，这是小孩子都知道的事，他却认为是秘闻，更何况其他的事情呢？

三·五三

渊明托旨冲澹，其造语有极工者，乃大入思来，琢之使无痕迹耳。后人苦一切深沉，取其形似，谓为自然，谬以千里。

【译文】

陶渊明的诗中寄托的旨趣皆冲淡平和，其中选用的词句非常工巧的，都是经过深思熟虑，仔细雕琢使人看不出。后人执着于深沉，只是形似他的句子，并称其为自然，实在是相差很远呀！

三·五四

"问君何为尔，心远地自偏。……此还有真意，欲辨已忘言"[1]，清悠澹永，有自然之味，然坐此不得入汉、魏果中，是未妆严佛阶级语[2]。

【注释】

[1]语出陶渊明《饮酒》诗，原作"问君何能尔，心远地自偏。……此中有真意，欲辨已忘言"，见《汉魏六朝百三家集》卷六二。

[2]妆严，亦作"庄严"，法藏《华严经探玄记》释庄严有二义：一是具德义，二是交饰义。这里取其交饰义，即文采。阶级：地步，程度。

【译文】

"问君何为尔，心远地自偏。……此还有真意，欲辨已忘言"，语句清悠淡永，蕴藏着自然的意味，然而因此这些诗句没有达到汉、魏诗歌的境界，它们是华采不足的语句。

三·五五

谢灵运[1]天质奇丽，运思精凿，虽格体创变，是潘、陆之余法也。其雅缛[2] 乃过之。"清辉能娱人，游子憺忘归"[3] 宁在"池塘春草"[4] 下耶？"挂席拾海月"[5]，事俚而语雅；"天鸡弄和风"[6]，景近而趣遥。

【注释】

[1] 谢灵运，名公义，字灵运，陈郡阳夏（今河南太康）人，东晋至刘宋时期大臣。幼寄养于外，因名客儿，人称谢客。晋时袭封康乐公，又称"谢康乐"。工诗文，开山水诗一派。事详《宋书》卷六七《谢灵运传》。

[2] 雅缛：典雅而富有文采。

[3] 语出谢灵运《石壁精舍还湖中作》，见《文选》卷二二。"清辉"作"清晖"。

[4] 语出谢灵运《登池上楼》，见《文选》卷二二。

[5] 语出谢灵运《游赤石进帆海》，见《文选》卷二二。

[6] 语出谢灵运《于南山往北山经湖中瞻眺》，见《文选》卷二二。

【译文】

谢灵运天资奇特聪颖，构思精细确凿，虽然风格体裁创新变化，受到潘岳和陆机的影响，但是语言典雅而富有文采却超过了他们。"清辉能娱人，游子憺忘归"难道在"池塘春草"之下吗？"挂席拾海月"，描写的事情通俗但语言雅致；"天鸡弄和风"，表现的景色浅易但趣味深远。

三·五六

延之[1] 创撰整严，而斧凿[2] 时露，其才大不胜学。岂唯惠休之评[3]，视灵运殆更霄壤[4]。如《应诏曲水宴》，而起语云："道隐未形，治彰既乱。帝迹悬衡，皇流共贯。惟王创物，永锡洪算。"[5] 与题有毫发干涉耶？至于《东宫释奠》之篇起句"国尚师位，家崇儒门"[6]。老生板对[7]，唐律赋之不若矣。

【注释】

[1] 颜延之，字延年，琅邪临沂（今属山东）人，南朝宋文学家、文坛领袖人物，少好读书，文章为当时之冠，与陈郡谢灵运俱以文章齐名，时称"颜、谢"。事详《宋书》卷七三《颜延之传》。

[2] 斧凿：以斧凿加工，亦喻指诗文雕琢过甚，造作不自然。

[3] 钟嵘《诗品》载："汤惠休曰：'谢诗如芙蓉出水，颜诗如错采镂金。'"汤惠休，见一·二三注 [2]。

[4] 霄壤：比喻相去极远，差别很大。

[5] 语出颜延之《应诏宴曲水作》，见《文选》卷二〇。

[6] 语出颜延之《皇太子释奠会作》，见《文选》卷二〇。

[7] 板对：指诗文中呆板的对偶句。

【译文】

颜延之创作严整，但诗文雕琢过甚的现象不时出现，他的作诗才能不如他的学识，不是只有汤惠休有关于颜延之与谢灵运差别很大的评论。如《应诏宴曲水宴》，起句就说："道隐未形，治彰既乱。帝迹悬衡，皇流共贯。惟王创物，永锡洪算。"与题目有丝毫关系吗？至于《皇太子释奠会作》之篇起句"国尚师位，家崇儒门"，老生常谈，诗文呆板，不如唐代的律赋。

三·五七

古诗四言之有冒头，盖不始延年也，二陆 [1] 诸君为之俑也。如《皇太子宴宣猷堂应令》，而士衡起句曰："三正迭绍，洪圣启运。自昔哲王，先天而顺。" [2] 凡十六韵而始及太子。《大将军宴会》，而士衡起句曰："皇皇帝祐，诞隆骏命。四祖正家，天禄安定。" [3] 凡八韵而始入晋乱，齐王冏始平之。又士衡《赠斥丘令》而曰："于皇圣世，时文惟晋。受命自天，奄有黎献。" [4]《答贾常侍》而曰："伊昔有皇，肇济黎蒸。先天创物，景命是膺。" [5] 潘安仁《为贾答》而曰："肇自初创，二仪烟煴。爰有生民，伏羲始君。" [6]《晋武华林园宴集》而应吉甫起句云："悠悠太上，民之厥初。皇极肇建，彝伦攸敷。" [7] 若尔则不必多费此等语，但成一冒头，百凡宴会酬赠，可举以贯之矣。若韦孟之《讽谏》 [8]，思王之《责躬》《应诏》 [9]，靖节之《赠族》 [10]，叔夜之《幽愤》 [11]，仲宣之《赠蔡睦》《文颖》 [12]，越石之《赠卢谌》 [13]，宁有是耶？其他仲宣之《思亲》云："穆穆显妣，德音徽止。" [14] 闾丘冲之《三月宴》云："暮春之月，春服既成。" [15] 裴季彦之《大蜡》曰："日躔星纪，大吕司辰。" [16] 开口见咽，岂不快哉！而《选》都未之及 [17]，何也？

【注释】

[1] 二陆：陆机、陆云。钟嵘《诗品》卷中："清河之方平原，殆如陈思之匹白马，于其哲昆，故称二陆。"

[2] 语出陆机《皇太子宴玄圃宣猷堂有令赋诗》，见《文选》卷二〇。

[3] 语出陆云《大将军宴会被命作》，见《文选》卷二〇。按："士衡"当为"士龙"之误。

[4] 语出陆机《赠冯文罴迁斥丘令》，见《文选》卷二四。

[5] 语出陆机《答贾长渊》，见《文选》卷二四。

[6] 语出潘岳《为贾谧作赠陆机》，见《文选》卷二四。

[7] 语出应贞《晋武帝华林园集诗》，见《文选》卷二〇。应贞，字吉甫，西晋汝南南顿（今河南项城）人，魏侍中应璩子。事详《晋书》卷九二《文苑传》。

[8] 韦孟《讽谏诗》，见《文选》卷一九。

[9] 曹植《责躬诗》《应诏诗》诗，见《文选》卷二〇。

[10] 陶渊明《赠长沙公族祖》，见《汉魏六朝百三家集》卷六二。

[11] 嵇康《幽愤诗》，见《文选》卷二三。

[12] 王粲《赠蔡子笃》《赠文叔良》见《文选》卷二三。按：蔡睦，字子笃，陈留考城（今河南兰考）人，曹魏时曾任尚书。文颖，字叔良，南阳（今河南南阳）人，初为荆州从事，后归曹操，与王粲交好。

[13] 刘琨《答卢谌》，见《文选》卷二五。

[14] 语出王粲《思亲诗为潘文则作》，见《汉魏六朝百三家集》卷二九。

[15] 语出闾丘冲《三月三日应诏诗》，见《古诗纪》卷四〇。闾丘冲，字宾卿，高平（今山东巨野）人，西晋诗人。

[16] 裴秀《大蜡诗》，见《古诗纪》卷三三。裴秀，字季彦，河东闻喜（今山西闻喜）人，西晋时期名臣、地理学家。

[17] 上举王粲、闾丘冲、裴秀诸作，《文选》均未录，故云。

【译文】

　　四言古诗中有铺垫性的领起句，大概不是从颜延之开始的，陆机、陆云才是创始人。在《皇太子宴玄圃宣猷堂有令赋》中，陆机起句说："三正迭绍，洪圣启运。自昔哲王，先天而顺。"用了十六句话才开始涉及皇太子。在《大将军宴会被命作》中，陆云起句说："皇皇帝祐，诞隆骏命。四祖正家，天禄安定。"八句之后才开始涉及西晋内乱，齐王司马冏扫平叛乱的事。陆机《赠冯文罴迁斥丘令》又说："于皇圣世，时文惟晋。受命自天，奄有黎献。"在《答贾长渊》中说："伊昔有皇，肇济黎蒸。先天创物，景命是膺。"潘岳《为贾谧作赠陆机》说："肇自初创，二仪烟煴。爰有生民，伏羲始君。"应贞《晋武帝华林园集诗》起句曰："悠悠太上，民之厥初。皇极肇建，彝伦攸敷。"如果这样的话，则不必多费笔墨，只要有一个固定的（模式化）领起句，一切宴会酬赠活动，就可以使用了。像韦孟的《讽谏诗》、曹植的《责躬诗》《应诏诗》、陶渊明的《赠长沙公族祖》、嵇康的《幽愤诗》、王粲的《赠蔡子笃》《赠文叔良》、刘琨的《赠卢谌》，其他如王粲的《思亲诗为潘文则作》说："穆穆显妣，德音徽止。"闾丘冲的《三月三日应诏诗》说："暮春之月，春服既成。"裴秀的《大蜡诗》说："日躔星纪，大吕司辰。"开门见山，岂不痛快！而《文选》都未收录，为什么会这样呢？

三·五八

延年《五君》[1]，忽自秀于它作。如"沉醉似埋照，寓辞类托讽"[2] "鸾翮有时铩，龙性谁能驯"[3]，以比己之肮脏[4]也；"韬精日沉饮，谁知非荒宴"[5]，以解己之任诞也；"屡荐不入官，一麾乃出守"[6]，以感己之濡滞[7]也。语意既隽永，亦易吟讽。

【注释】

[1] 颜延之《五君咏》五首，见《文选》卷二一。"五君"指阮籍、嵇康、刘伶、阮咸、向秀。延年：颜延之字，见三·五六注[1]。

[2] 咏阮籍句。

[3] 咏嵇康句。

[4] 肮脏：高亢刚直。

[5] 咏刘伶句。

[6] 咏阮咸句。

[7] 濡滞：迟钝。

【译文】

颜延之的《五君咏》，比他的其他作品都优秀。如"沉醉似埋照，寓辞类托讽""鸾翮有时铩，龙性谁能驯"，借描写阮籍、嵇康来表达自己的高亢刚直；"韬精日沉饮，谁知非荒宴"，借描写刘伶来解释自己的任性放诞；"屡荐不入官，一麾乃出守"，借描写阮咸来感叹自己的迟钝。语意韵味深长，容易诵读。

三·五九

"明月照积雪"[1]，是佳境，非佳语；"池塘生春草"[2]，是佳语，非佳境。此语不必过求，亦不必深赏。若权文公[3]所论"池塘""园柳"二语，托讽深重，为广州之祸张本[4]。王介甫取以为美谈，吾不敢信也。（按权云："池塘者，泉水潴溉之池；今曰'生春草'，是王泽竭也。《豳诗》所配，一虫鸣则一候，今曰'变鸣禽'者，候将变也。"）

【注释】

[1] 语出谢灵运《岁暮》，见《汉魏六朝百三家集》卷六六。

[2] 语出谢灵运《登池上楼》，见《汉魏六朝百三家集》卷六六。

[3] 权德舆，字载之，天水略阳（今甘肃秦安东北）人，唐朝文学家、宰相，谥号"文"。事详《新唐书》卷一六五《权德舆传》。

[4] 广州之祸：谢灵运曾被充军广州，途中宋文帝下诏将其就地正法，时年49岁。事详《南史》卷一九《谢灵运传》。张本：起源，开始。

【译文】

"明月照积雪"描写的是美好的意境，但不是意味隽永的言语；"池塘生春草"语言意味深长，但意境不佳。这种言论不必过分的深究，也不必深入赏析。就如同权德舆所评论的"池塘""园柳"二语，寄托讽喻很深，是"广州之祸"的根源一样。王安石把这个评论作为美谈，我不认为是这样。（按权德舆所说："池塘，是泉水灌溉所形成的水池；现在说'生春草'，说明池水已经枯竭。《豳诗》中认为，不同气候有不同事物相呼应，现今说'变鸣禽'，是在影射时代将改变。"）

三·六〇

玄晖[1] 不唯工发端，撰造精丽，风华映人，一时之杰。青莲目无往古，独三四称服，形之词咏[2]。登九华山云："恨不携谢朓惊人诗来。"[3] 特不如灵运者，匪直[4] 材力小弱，灵运语俳而气古，玄晖调俳而气今。

【注释】

[1] 谢朓，字玄晖，陈郡阳夏（今河南太康附近）人，南朝齐诗人。其诗善写自然景物，清丽秀逸，五言小诗善于抒情，笔意含蓄，对唐代绝句很有影响。与谢灵运齐名，世称"小谢"。事详《南齐书》卷四七《谢朓传》。

[2] 按李白一生服膺谢朓，诗中屡屡及之。

[3] 旧题后唐冯贽《云仙杂记》："李白登华山落雁峰曰：'此山最高，呼吸之气，想通天帝座矣，恨不携谢朓惊人诗来，搔首问青天耳。'"

[4] 匪直：不只。

【译文】

谢朓的文章不仅开头精巧，整体创作也精美华丽，风采动人，才华斐然，名动一时。李白桀骜不驯，唯独多次称赞谢朓，并在诗中吟咏。李白登华山时曾说："遗憾没有携带谢朓的惊人诗句来。"谢朓不如谢灵运的地方是，不只才能稍弱，谢灵运诗句对偶骈俪，气象却不失为古体。谢朓语调对偶严整，文风已接近近体。

三·六一

谢山人[1] 谓玄晖"澄江净如练"[2]，"澄""净"二字意重，欲改为"秋江静如练"，余不敢以为然，盖江澄乃净耳。

【注释】

[1] 谢山人：即谢榛，见一·三一注[1]。

[2] 语出谢朓《晚登三山还望京邑》。

【译文】

谢榛说谢朓的"澄江净如练"，"澄""净"二字意义重复，想要改为"秋江静如练"，我认为这样是不对的，江水澄明才会洁净。

三·六二

宋高祖每欲除异己，必令壮士丁旿拉杀，旿即乐府所谓丁督护者也。时人为之语曰："莫跋扈，付丁旿。"[1] 萧齐主道成亦然，其所任者桓康也。时人亦语曰："莫輠张，付桓康。"[2] 二字既同而字亦对，又皆协韵，甚奇。《晋史》载谢安石语亦有韵，曰："天子有道，守在四邻，明公何须屋后着人。"[3] 正可破此二主。

【注释】

[1] 宋高祖：指南朝刘宋开国君主刘裕，庙号高祖，谥号武皇帝。丁旿，南朝晋宋间人，骁勇有力，东晋末事刘裕。以上事详《宋书》卷二《武帝纪》。

[2] 桓康，字号不详，北兰陵承县（今山东枣庄）人。齐建国后，封吴平县伯，迁冠军将军，曾率兵北伐。輠张：强横，嚣张。事详《南史》卷四六《桓康传》。

[3] 谢安石：即谢安，见三·三五注 [4]。事详《晋书》卷七九《谢安传》。

【译文】

宋高祖每次想要除去与自己敌对的人时，一定会命令壮士丁旿用杖击杀，丁旿就是乐府诗中所谓的丁督护。当时的人们都说："不要跋扈，否则把你交给丁旿。"南齐开国君主萧道成也是这样的，他所任用的人是桓康。当时的人们亦说："不要嚣张，否则把你交给桓康。"两者格式相同而且字数相当，又都符合韵律，很奇特。《晋史》记载谢安曾说："天子治理有方，天下百姓就会守卫国土，不用暗中另外找人。"他的话正好可以用来反驳以上两位皇帝。

三·六三

自昔倚马占檄[1]，横槊赋诗[2]，曹孟德、李少卿、桓灵宝、杨处道之外[3]，能复有几？自非本色，故足贻姗。敖曹《行路难》[4]，犹堪放浪；崇文《酵儿》，有愧祖武[5]。至于权龙褒辈，只供卢胡而已[6]。独《南史》所载：梁曹景宗[7] 目不知书，好以意作字，及当上宴朝贤，以曹兜鍪，不烦倡和。曹固请不已，许之。仅余"竞""病"二韵，即赋云："去时儿女悲，归来笳鼓竞。借问行路人，何如霍去病？"一座赏服。宋沈庆之[8]目不知书，每将署事，辄恨眼不识字。上尝欢饮群臣，逼令作诗。庆之请颜师伯执笔，口授之曰："微生遇多幸，得逢时运昌。朽老筋力尽，徒步还南冈。辞荣此圣世，何异张子房。"上悦，众坐称美。北齐斛律金[9]不解书，有人教押名曰："但五屋四面平正即得。"至作《敕勒歌》曰："敕勒川，阴山下，天似穹庐盖四野；天苍苍，野茫茫，风吹草低见牛羊。"为一时乐府之冠。宋野史载韩蕲王世忠[10]目不知书，晚年忽若有悟，能作字及小词，皆有宗趣。一日，苏仲虎尚书方宴客香林园，韩乘小骡径造，剧欢而散。次日，饷尚书一羊羔，仍手书《临江仙》《南乡子》二词遗之，潇洒超脱，词多不载[11]。此四事颇相类。又蜀将王平，识不过十字；后周将梁台，识不过百字，而口授书令，辞旨俱可观[12]。噫，岂释氏所谓宿习[13]余因耶？

【注释】

[1] 倚马占檄，见三·四八注[1]。

[2] 横槊赋诗：《旧唐书》卷一九〇《文苑传》载"曹氏父子鞍马间为文，往往横槊赋诗"。

[3] 李少卿：即李陵，见二·二七注[1]。桓灵宝：即桓玄，见三·二六注[4]。杨素，字处道，弘农华阴（今陕西华阴）人，隋朝军事家、权臣、诗人，学识广博，文笔华美，兼学兵法。事详《隋书》卷四八《杨素传》。

[4] 指高昂《从军与相州刺史孙腾作行路难》，见《古诗纪》卷一二〇。高昂，字敖曹，渤海蓨县（今河北景县）人，南北朝时期东魏名将，性好为诗，言甚鄙陋。事附《北史》卷三一《高允传》。

[5] 酵儿：当为"髇儿"之误。指高崇文《雪席口占》诗，诗中有"那个髇儿射雁落，白毛空里乱纷纷"句，故云。高崇文，字崇文，幽州（今北京一带）人，唐朝名将，事详《旧唐书》卷一五一《高崇文传》。祖武：先人的遗迹、事业。

[6] 权龙褒，一作权龙襄，唐朝武臣，秦州（今甘肃天水）人。尤袤《全唐诗话》称其"好赋诗而不知声律"，诗多不通。卢胡：谓笑声发于喉间。

[7] 曹景宗，字子震，新野（今河南境内）人，南朝梁名将。兜鍪：士兵，武将。事详《南史》卷五五《曹景宗传》。

[8] 沈庆之，字弘先，吴兴武康（今浙江德清西）人，南朝刘宋名将。事详《南史》卷三七《沈庆之传》。

[9] 斛律金，字阿六敦，朔州（今山西朔州）人，敕勒族，南北朝时期北魏、东魏、北齐三朝将领。事详《北史》卷五四《斛律金传》。

[10] 韩世忠，字良臣，南宋名将、词人，民族英雄，宋孝宗时追封蕲王，故称"韩蕲王"。事详《宋史》卷三六四《韩世忠传》。

[11] 事详宋费衮《梁溪漫志》卷八。

[12] 事详《三国志》卷四三《王平传》及《周书》卷二七《梁台传》。

[13] 宿习：佛教指前世具有的习性。

【译文】

从古代起就有袁虎倚马写檄文，曹氏父子横槊赋诗的事，曹操、李陵、桓玄、杨素之外，像这样的人还能有几个？不是自然天成之作，读起来会令人发笑。高昂《从军与相州刺史孙腾作行路难》，语言自由不受拘束；高崇文《雪席口占》诗，有愧于先人。至于权龙褒等人，只是使人发笑而已。唯独《南史》记载：梁曹景宗读书很少，喜欢凭自己的感觉作诗，有次皇帝举办宴会，宴请朝臣，认为他是武将，不想让他作诗唱和。曹景宗却坚持赋诗，皇帝应允了。当时仅仅余下"竞""病"二韵，于是赋诗说："去时儿女悲，归来笳鼓竞。借问行路人，何如霍去病？"众人叹服。宋沈庆之没有读过书，每当处理公事时，就会遗憾自己不识字。皇上曾经宴饮群臣，命令大家作诗。沈庆之请颜师伯记录，口述："微生遇多幸，得逢时运昌。朽老筋力尽，徒步还南冈。辞荣此圣世，何异张子房。"皇帝听了很高兴，在座的人也都称赞。北齐斛律金不知书，有人教他押韵说："只要上下对称就行。"作《敕勒歌》曰："敕勒川，阴山下，天似穹庐盖四野；天苍苍，野茫茫，风吹草低见牛羊。"这首成了当时乐府诗中最好的。宋代野史记载韩世忠目不知书，晚年的时候忽然有所感悟，能写字和小词，都有一定的意味。一天，苏仲虎正好在香林园饮请客人，韩世忠骑小骡来参加，宴会欢乐地结束。第二天，用一只羊羔招待苏仲虎，他回赠手写的

《临江仙》《南乡子》，洒脱不羁，超凡脱俗，前人词作没有这样的语言。这四件事很类似。又有蜀将王平，认识不超过十个字；后有周将梁台，认识不超过百字，但他们都是口述文书，文辞和风格都很优美。噫，这恐怕是佛家所说的前世具有的能力的遗存吧？

三·六四

梁氏帝王，武帝、简文为胜，湘东次之[1]。武帝之《莫愁》[2]，简文之《乌栖》[3]，大有可讽[4]。余篇未免割裂，且佻浮浅下，建业、江陵之难[5]，故不虚也。昭明[6] 鉴裁有余，自运不足。

【注释】

[1] 梁武帝萧衍，梁简文帝萧纲；梁元帝萧绎，初封湘东王。

[2]《莫愁》：指萧衍《河中之水歌》，见《汉魏六朝百三家集》卷八〇。

[3]《乌栖》：指萧纲《乌栖曲》四首，见《乐府诗集》卷四八。

[4] 讽：泛指诵读，诵念。

[5] 太清三年三月，侯景攻陷建邺，后梁武帝饥病交加而死。承圣三年十一月，西魏军攻破江陵，梁元帝被杀。

[6] 昭明：即梁昭明太子萧统，有《文选》三十卷。

【译文】

梁氏帝王中，萧衍、萧纲的文学成就最高，萧绎其次。萧衍的《河中之水歌》，萧衍的《乌栖曲》，值得反复诵念。其余的篇目则不够完善，并且风格都轻佻、浅俗、低下，以建邺、江陵为标志的亡国之难，不是没有原因的。萧统有很充分的品评才能，但在自身创作方面有所不足。

三·六五

王籍"鸟鸣山更幽"[1]，虽逊古质，亦是隽语，第合上句"蝉噪林逾静"读之，遂不成章耳。又有可笑者，"鸟鸣山更幽"，本是反"不鸣山幽"之意，王介甫何缘复取其本意而反之[2]？且"一鸟不鸣山更幽"有何趣味？宋人可笑，大概如此。

【注释】

[1] 语出王籍《入若邪溪》，见《古诗纪》卷九六。王籍，字文海，琅邪临沂（今山东临沂）人，南朝梁诗人，甚为任昉、沈约所重。事详《梁书》卷五〇《王籍传》。

[2] 王安石《钟山即事》有"茅檐相对坐终日，一鸟不鸣山更幽"句，见《临川文集》卷三〇。

【译文】

王籍"鸟鸣山更幽"，虽然不太古雅质朴，但也是耐人寻味的言辞。但搭配上句"蝉噪林逾静"读后，就不成篇章。还有一些可笑的人，"鸟鸣山更幽"，本是反对"不鸣山幽"的意思，王安石为什么又取其本意（即"鸟鸣山更幽"）来反对呢？况且"一鸟不鸣山更幽"有什么趣味？宋人可笑的地方，大概就是这样的。

三·六六

何水部、柳吴兴[1]，篇法不足，时时造佳致。何气清而伤促，柳调短而伤凡。吴均[2]起语颇多五言律法，余章绵丽，不堪大雅。

【注释】

[1] 何逊，字仲言，南朝梁东海郯县（今山东郯城）人，曾为尚书水部郎，故称"何水部"。事详《梁书》卷四九《何逊传》。柳恽，字文畅，河东解县（今山西运城）人，南朝梁大臣、学者，与沈约等人共定新律，曾出任吴兴太守，故云"柳吴兴"。事详《梁书》卷二一《柳恽传》。

[2] 吴均，字叔庠，南朝梁吴兴故鄣（今浙江长兴）人，事详《梁书》卷四九《吴均传》。诗风清拔有古气，时称"吴均体"。清王士禛《带经堂诗话》卷四："梁代右文，作者尤众。绳以风雅，略其名位，则江淹、何逊，足为两雄；沈约、范云、吴均、柳恽差堪羽翼。"

【译文】

何逊、柳恽的文章章法不足，却常常创造美好的景致。何逊诗词气清但太过急促，柳恽诗词音调短促但太过寻常。吴均起句大多按照五言律法，接下来的篇章辞藻华美，却不能认为是高尚雅正的。

三·六七

吴兴"庭皋木叶下，陇首秋云飞"[1]，又"太液沧波起，长杨高树秋"[2]，置之齐、梁月露间，矫矫[3]有气，上可以当康乐而不足，下可以凌子安[4]而有余。

【注释】

[1]语出柳恽《捣衣诗》五首之二，"庭皋木叶下"作"亭皋木叶下"，见《古诗纪》卷八九。

[2]语出柳恽《从武帝登景阳楼》，见《古诗纪》卷八九。

[3]矫矫：飞动貌。

[4]王勃，字子安，绛州龙门（今山西河津）人，为初唐四杰之首。事详《旧唐书》卷一九〇《文苑传》。

【译文】

柳恽有"庭皋木叶下，陇首秋云飞"诗句，又有"太液沧波起，长杨高树秋"诗句，将它们置于齐、梁的诗作之间，也是卓然不群的。就前代而言，柳恽可以比肩甚至超越谢灵运，就后世来讲，可以凌驾王勃而有余地。

三·六八

范詹事[1]《狱中》[2]一篇，虽太自标榜，其持论亦有可观。

【注释】

[1]范詹事：范晔曾官太子詹事，故云。见一·八注[1]。

[2]《狱中》：即范晔在狱中所作之《狱中与诸甥侄书》，见《宋书》卷六九《范晔传》。

【译文】

范晔《狱中与诸甥侄书》一文，虽然过分自我夸耀，但其阐发的观点亦有可取之处。

三·六九

范、沈 [1] 篇章，虽有多寡，要其裁造，亦昆季 [2] 耳。沈以四声定韵，多可议者。唐人用之，遂足千古。然以沈韵作唐律可耳，以己韵押古《选》，沈故自失之。

【注释】

[1] 范、沈：指范云、沈约。范云，字彦龙，南乡舞阴（今河南淅川南）人，南朝梁宰相、诗人。事详《梁书》卷一三《范云传》。沈约，见一·三注[1]。

[2] 昆季：兄弟。长为昆，幼为季。

【译文】

范云、沈约的篇章，数目有多有少，如果对他们的创作进行评判，应该是不分伯仲的。沈约用四声制定韵律，有很多值得议论的地方。唐代的人使用同样的方法，千古流芳。然而用沈约的韵律规则作唐律是可以的，用他的韵律规则来押古体诗，就是他失误的地方了。

三·七〇

杨用修 [1] 谓七始 [2] 即今切韵 [3]。宫、商、角、徵、羽之外，又有半商、半徵，盖牙、齿、舌、喉、唇之外，有深浅二音故也。沈约以平、上、去、入为四声，自以为得天地秘传之妙。然辨音虽当，辨字多讹，盖偏方之舌，终难取裁耳。即无论沈约，今四诗 [4]、骚赋之韵，有不出于五方田畯 [5] 妇女之所就乎？而可据以为准乎？古韵时自天渊，沈韵亦多矛盾；至于叶音 [6]，真同躄舌 [7]。要之，为此格不能舍此韵耳。天地中和之气，似不在此。

【注释】

[1] 杨用修：即杨慎，见原序一注[3]。

[2] 七始：古代乐论中以十二律中的黄钟、林钟、太簇为天地人之始；姑洗、蕤宾、南吕、应钟为春夏秋冬之始，合称"七始"。见宋王应麟《小学绀珠·律历·七始》。

[3] 切韵：指反切。沈括《梦溪笔谈·艺文二》："切韵者，上字为切，下字为韵。"

[4] 四诗：指《南》(《周南》《召南》)《豳》《雅》《颂》。

[5] 田畯：泛指农夫。

[6] 叶音：即以当代读音临时改读古代作品中某些字的读音，南北朝以后盛行。

[7] 鴃舌：伯劳鸟弄舌聒噪。讽刺生僻难懂的方言。

【译文】

杨慎说音乐中的七始就是如今的切韵。宫、商、角、徵、羽之外，还包括半商、半徵，大概是在牙、齿、舌、喉、唇各音之外，还有轻重二音的缘故。沈约把平、上、去、入作为四声，自认为得到天地间不传的奥秘。然而他的理论虽然辨音可以，辨字却多错误，大概是偏重一个地方的语音，最终难以定为裁判标准吧。无论是沈约，还是现存的《南》《豳》《雅》《颂》及骚赋的韵律，有不出于各地农夫、农妇之口吗？可以据此作为准则吗？古韵常常差别很大，沈约的韵律亦有很多矛盾的地方；至于叶音之法，真的就像伯劳鸟弄舌聒噪一般难懂。总之，这些都是为了固定标准而强求音韵和谐。天地的中和之气，似乎不在此。

三·七一

沈休文所载八病，如平头、上尾、蜂腰、鹤膝、大韵、小韵、旁纽、正纽，以上尾、鹤膝为最忌。休文之拘滞，正与古体相反，唯近律差有关耳，然亦不免商君之酷。今按平头，谓第一字不得与第六字同平声，律诗如"风劲角弓鸣，将军猎渭城"[1]，"风"之与"将"，何损其美？上尾谓第五字不得与第十字同声，如古诗"西北有高楼，上与浮云齐"[2]，虽隔韵何害？律固无是矣，使同韵如前诗"鸣"之与"城"，又何妨也？蜂腰谓第二字与第四字同上去入韵，如老杜"望尽似犹见"[3]，江淹"远与君别者"[4]之类，近体宜少避之，亦无妨。鹤膝第五字不得与第十五字同，如老杜"水色含群动，朝光接太虚。年侵频怅望"[5]之类。八句俱如是则不宜，一字犯亦无妨。五大韵谓重叠相犯，如"胡姬年十五，春日独当垆"[6]，又"端坐苦愁思，揽衣起西游"[7]，"胡"与"垆"，"愁"与"游"犯。六小韵，十字中自有韵，如"薄帷鉴明月，清风吹我襟"[8]，"明"与"清"犯。七傍纽，十字中已有"田"字，不得着"寅""延"字。八正纽，十字中已有"壬"字，不得着"衽""任"。后四病尤无谓，不足道也。

【注释】

[1]语出王维《观猎》，见李攀龙《古今诗删》卷一四。

[2]语出《古诗十九首》，见《文选》卷二九。

[3]语出杜甫《孤雁》，见宋郭知达《九家集注杜诗》卷二九。

[4]语出江淹《古离别》，见《文选》卷三一。

[5]语出杜甫《瀼西寒望》，见《九家集注杜诗》卷三一。

[6]语出曹植《赠王粲》，见《乐府诗集》卷二四。

[7]语出辛延年《羽林郎》，见《乐府诗集》卷六三。

[8]语出阮籍《咏怀诗》之一，见《文选》卷二三。"清风吹我襟"作"清风吹我衿"。

【译文】

沈约所记载的八病，有平头、上尾、蜂腰、鹤膝、大韵、小韵、旁纽、正纽，作诗以上尾、鹤膝为最忌讳。沈约的八病拘泥呆板，正好与古体诗相反，只与近律略有联系，不免带有类似商鞅变法般的苛刻。今天看来，平头即第一字不得与第六字同是平声，律诗如"风劲角弓鸣，将军猎渭城"，"风"字与"将"字，哪里减少了诗的美好呢？上尾是第五字不得与第十字同声，如古诗"西北有高楼，上与浮云齐"，即使相同又有什么害处呢？律诗本来就不是固定的，前诗同韵如"鸣"与"城"，又有什么关系呢？蜂腰是第二字与第四字都是上去入韵，如老杜的"望尽似犹见"，江淹的"远与君别者"之类，近体诗适宜稍微避开，不过不避也没关系。鹤膝是第五字不得与第十五字同声，如老杜的"水色含群动，朝光接太虚。年侵频怅望"之类。八句话都是这样则是不合时宜的，只犯一字也是没关系的。第五叫大韵，是前后两句中所含字的韵部与韵脚重叠，如"胡姬年十五，春日独当垆"，又有"端坐苦愁思，揽衣起西游"，"胡"与"垆"，"愁"与"游"重复。六小韵，十字中存在相同的韵，如

"薄帷鉴明月，清风吹我襟"，"明"与"清"相犯。七傍纽，十字中已有"田"字，不得再出现"寅""延"字。八正纽，十字中已有"壬"字，不得再出现"衽""任"。后四病更加不重要，不值一提。

三·七二

《白狼》《槃木》[1]，夷诗也。夷语有长短，何以五言？盖益部[2]太守代为之也。诸佛经偈[3]，梵语也。梵语有长短，何以五言？鸠摩罗什[4]、玄奘[5]辈增损而就汉也。

【注释】

[1]《白狼》：一般认为是白狼王唐菆的《莋都夷歌》三章。但一则，此三章均为四言，与下文所称五言不合；二则，白狼、唐菆本为汉代西南部族名，并非人名，如《后汉书·南蛮西南夷传》载："益州刺史梁国朱辅好立功名，慷慨有大略，在州数岁，宣示汉德，威怀远夷。……白狼、槃木、唐菆等百余国户百三十余万，口六百万以上，举种奉贡，称为臣仆。"又《后汉书·种暠传》载："岷山杂落皆怀服汉德。其白狼、槃木、唐菆、邛、僰诸国，自前刺史朱辅卒后遂绝；暠至，乃复举种向化。"故无法确定。《槃木》：无考。按：此处似是对两个民族诗歌的泛称。

[2]益部：指古益州，今西南地区。

[3]偈：佛经中的颂词。多用三言、四言、五言、六言、七言以至多言为句，四句为一偈，不尽五言。

[4]鸠摩罗什，东晋十六国时期后秦高僧，中国汉传佛教四大佛经翻译家之一。生平详梁慧皎《高僧传》二《鸠摩罗什》。

[5]玄奘，唐代高僧，中国汉传佛教四大佛经翻译家之一，我国汉传佛教唯识宗创始人。生平详唐道宣《续高僧传》四《京大慈恩寺释玄奘传》。

【译文】

《白狼》《槃木》是夷族诗歌。夷族语言有长有短，为何一定是五言？大概是益州太守代为创作的吧。各种佛经颂词都是梵语写就。梵语有长有短，为何一定会是五言？应该是鸠摩罗什、玄奘等人增加或减少文字来接近汉语。

三·七三

诸仙诗^[1]在汉则汉，在晋则晋，在唐则唐，不应天上变格^[2]乃尔，皆其时人伪为之也。道经又有命张良^[3]注《度人经》^[4]敕表^[5]，其文辞绝类宋人之下俚者，至官秩^[6]亦然，可发一笑。

【注释】

[1] 诸仙诗：泛指以仙神鬼怪为题材的诗歌。内容多荒诞不经，大抵出于时人伪托。

[2] 变格：变化。

[3] 张良，字子房，西汉颍川城父（今河南郏县）人，辅佐刘邦平定天下，晚年好黄老，学神仙辟谷之术，《史记·留侯世家》称"留侯性多病，即导引不食谷"。

[4]《度人经》：全称《太上洞玄灵宝无量度人上品妙经》，是灵宝派教义思想的核心，被道门奉为万法之宗、群经之首。

[5] 敕表：皇帝颁布的诏令。

[6] 官秩：官吏的职位。

【译文】

以仙神鬼怪为题材的诗，汉代就表现出汉代的样子，晋代呈现出晋代的样子，唐代又有唐代的样子，它们不是依据神仙世界的变化情况而创作的，实际上都应该出自各个时代人的伪造。道经中还存在名为张良注释的《度人经》诏书，其与宋代的俚俗文字非常类似，甚至官职也是这样，令人发笑。

三·七四

庾开府^[1]事实严重，而寡深致。所赋《枯树》^[2]《哀江南》^[3]仅如郗方回奴，小有意耳^[4]，不知何以贵重若是。江总、徐陵^[5]淫丽之辞，取给杯酒，责花鸟课，只后主^[6]君臣唱和，自是景阳宫井中物。

【注释】

[1] 庾开府：即庾信，见一·一三注 [1]。庾信在北周时官至开府仪同三

司，故云。

[2]《枯树》：指庾信《枯树赋》，见《汉魏六朝百三家集》卷一一一上。

[3]《哀江南》：指庾信《哀江南赋》，见《汉魏六朝百三家集》卷一一一上。

[4]郗愔，字方回，高平金乡（今山东金乡）人，东晋大臣，品性至孝，工于书法，王羲之内弟。《世说新语·品藻》："郗司空家有傖（粗鄙）奴，知及文章，事事有意。王右军向刘尹称之，刘问：'何如方回？'王曰：'此正小人有意向耳，何得便比方回？'刘曰：'若不如方回，故是常奴耳。'"

[5]江总，字总持，济阳考城（今河南兰考）人，南朝陈大臣、文学家，常与陈后主游宴后庭，多为艳诗。事详《陈书》卷二七《江总传》。徐陵，字孝穆，东海郯县（今山东郯城）人，南朝梁陈间诗人，与其父摛同为宫体诗代表。事附《南史》卷六二《徐摛传》。

[6]后主：指南朝陈末代皇帝陈叔宝。祯明三年（589年）正月，隋军攻陷建康（今南京），后主与妃嫔等躲入景阳殿枯井中，后被俘。事详《南史》卷一〇《陈本纪》。

【译文】

庾信注重描写实际情况，但诗中少有深远的意趣。所创作的《枯树赋》《哀江南赋》，就如郗愔家的粗鄙仆人，只不过是粗人有些志向而已，不明白为什么如此受人推崇。江总、徐陵的诗文辞采浮华艳丽，饮酒作乐，赏花观鸟，只限于同陈叔宝君臣唱和，不过是如同末代皇帝一样都是无用之物罢了。

三·七五

张正见[1]诗律法已严于"四杰"，特作一二拗语为六朝耳。士衡、康乐[2]已于古调中出俳偶，总持、孝穆[3]不能于俳偶中出古思，所谓"今之诸侯，又五霸之罪人"[4]也。

【注释】

[1]张正见，字见赜，南朝梁、陈时清河东武城（今河北故城）人，工于诗，五言尤善。见《南史》卷七二《文学传》。

[2]士衡：即陆机，见一·四三注[1]。康乐：即谢灵运，见三·五五注[1]。

[3] 总持：即江总，见三·七四注 [5]。孝穆：即徐陵，见三·七四注 [5]。

[4]《孟子·告子下》言："五霸者，三王之罪人也；今之诸侯，五霸之罪人也；今之大夫，今之诸侯之罪人也。"

【译文】

张正见诗的用律之法已经比"初唐四杰"严整，只是含有一两句拗语显示是六朝诗。陆机、谢灵运已经在古诗创作中运用对偶之法，江总、徐陵却不能从对偶中写出古意来，即所谓"现今的诸侯，对于五霸来说是有罪之人"。

三·七六

陶渊明《止酒》用二十"止"字 [1]，梁元帝《春日》用二十三"春"字 [2]，鲍泉和至用二十九"新"字 [3]，僧□□□用十七"化"字 [4]。一时游戏之语，不足多尚。

【注释】

[1] 陶渊明《止酒》，见《汉魏六朝百三家集》卷六二。

[2] 梁元帝萧绎《春日篇》，见《汉魏六朝百三家集》卷八四。

[3] 鲍泉《奉和湘东王春日》，见《古诗纪》卷一〇二。鲍泉，字润岳，南朝梁东海（今山东郯城一带）人，少事萧绎，齐武帝时迁信州刺史，死于侯景之乱。事详《南史》卷六二《鲍泉传》。

[4] 晋庐山诸沙弥《观化决疑诗》，见《古诗纪》卷四七。阙文无考。

【译文】

陶渊明《止酒》诗中用二十个"止"字，梁元帝《春日篇》中用二十三个"春"字，鲍泉的唱和诗中多至用二十九个"新"字，僧□□□的《观化决疑诗》用十七个"化"字。一时的游戏话，不值得多尊崇。

三·七七

梁元帝诗，有"落星依远戍，斜月半平林" [1]，陈后主有"故乡一水隔，风烟两岸通" [2]，又"日月光天德，山河壮帝居" [3]，在沈、宋集中，当为绝唱。

隋炀帝"寒鸦千万点，流水绕孤村"[4]，是中唐佳境。

【注释】

[1] [2] 两诗无考。杨慎《升庵诗话》卷一一转录曰："'落星依远戌，斜月半平林'，梁元帝句也。'故乡一水隔，风烟两岸通'，陈后主句也。唐人高处始能及之。见《五代新说》。"

[3] 语出陈叔宝《入隋侍宴应诏》，见《汉魏六朝百三家集》卷一〇二。

[4] 隋炀帝杨广诗，见《古诗纪》卷一五一。"寒鸦千万点"作"寒鸦飞数点"。

【译文】

梁元帝诗，有"落星依远戌，斜月半平林"，陈后主有"故乡一水隔，风烟两岸通"，又有"日月光天德，山河壮帝居"，若在初唐沈佺期、宋之问作品集中，应当算是最好的。隋炀帝"寒鸦千万点，流水绕孤村"也可以达到中唐诗歌的较高水平。

三·七八

古乐府如"护惜加穷袴，防闲托守宫"[1]"朔气传金柝，寒光透铁衣"[2]"杀气朝朝冲塞门，胡风夜夜吹边月"[3]，全是唐律。

【注释】

[1] 语出晋《杂曲歌辞·乐辞》，见《古诗纪》卷五三。"护惜加穷袴"作"爱惜加穷袴"。

[2] 语出《木兰诗》二首之一，见《乐府诗集》卷二五。"寒光透铁衣"作"寒光照铁衣"。

[3] 语出旧题蔡琰《胡笳十八拍》，见《乐府诗集》卷五九。

【译文】

古乐府诗中如"护惜加穷袴，防闲托守宫""朔气传金柝，寒光透铁衣""杀气朝朝冲塞门，胡风夜夜吹边月"，全是唐代律诗的气象。

三·七九

北朝戎马纵横，未暇篇什。孝文始一倡之，屯而未畅[1]。温子升"韩陵

一片石"足语及，为当涂藏拙 [2]，虽江左 [3] 轻薄之谈，亦不大过。薛道衡 [4]
足号才子，未是名家。唯杨处道 [5] 奕奕有风骨。

【注释】

[1] 孝文：指北魏孝文帝拓跋宏，事详《北史》卷三《魏本纪》。屯：困难，
不顺利。

[2] 指温子升的《寒陵山寺碑》，见《汉魏六朝百三家集》卷一百八。唐张
鹫《朝野佥载》卷六："梁庾信从南朝初至北方……时温子升作《韩陵山寺碑》，
信读而写其本。南人问信曰：'北方文士何如？'信曰：'唯有韩陵山一片石堪共
语，薛道衡、卢思道少解把笔，自余驴鸣犬吠，聒耳而已。'"温子升，即温子
昇，字鹏举，济阴冤朐（今山东菏泽）人，北魏到东魏时期大臣、文学家。藏
拙：掩藏拙劣，不以示人。

[3] 江左：东晋及南朝宋、齐、梁、陈各代的基业都在江左，故当时人又
称这五朝及其统治下的全部地区为江左，南朝人则专称东晋为江左。

[4] 薛道衡，字玄卿，河东郡汾阴（今山西万荣）人，隋朝大臣、诗人，
文章才华名重当时。事详《隋书》卷五七《薛道衡传》。

[5] 杨处道：即杨素，见三·六三注 [3]。

【译文】

北朝致力于兵马战争，没有时间顾及诗篇。孝文帝开始提倡写作，因为困
难而没有顺畅地进行下去。温子升的《寒陵山寺碑》为妙语佳作，可以为当时
文坛掩藏拙劣，虽然有东晋时轻佻浮薄的特征，也不是太过分。薛道衡号称才
子，也不能称为名家。唯有杨素的文章华美且有风骨。

三·八〇

王简栖《头陀寺碑》[1]，以北统之笔锋，发南宗之心印 [2]，虽极俳偶，而
绝无牵率之病。温子升之《寒陵》[3]，尚且退舍 [4]；江总持之《摄山》[5]，能
不隔尘？昭明取舍，良不诬也 [6]。

【注释】

[1] 王简栖《头陀寺碑文》，见《文选》卷五九。李善注引《姓氏英贤录》

曰："王巾字简栖，琅邪临沂人也。有学业，为《头陀寺碑》，文词巧丽，为世所重。"王简栖，南朝齐梁间人。

[2]心印：佛教禅宗语。泛指内心有所领会。南北朝时期，佛教分南、北两个系统。一般而言，南方佛教偏重义理，受玄学影响明显，重视讲解；北方佛教偏重禅学，重视修习禅定，对隋唐以后佛教有较大影响。

[3]见三·七九注[2]。

[4]退舍：比不上，不敢与争。

[5]江总《摄山栖霞寺碑》，见《汉魏六朝百三家集》卷一〇五。江总，见三·七四注[5]。

[6]《文选》录《头陀寺碑》而不录《寒陵》《摄山》二碑，故云。

【译文】

王简栖的《头陀寺碑文》，用佛教北派的行文方式，阐发佛教南宗的佛心本意，虽然对偶很骈俪，却绝没有牵强附会的弊病。温子升的《寒陵山寺碑》，尚且无法与之相比；江总的《摄山栖霞寺碑》，能超越它吗？《文选》的取舍，确实很公正。

三·八一

吾于文虽不好六朝人语，虽然，六朝人亦那可言。皇甫子循谓："藻艳之中，有抑扬顿挫，语虽合璧，意若贯珠。非书穷五车，笔含万化，未足云也。"[1]此固为六朝人张价。然如潘、左诸赋，及王文考之《灵光》[2]，王简栖之《头陀》[3]，令韩、柳授觚[4]，必至夺色。然柳州《晋问》[5]，昌黎《南海神碑》《毛颖传》[6]，欧、苏亦不能作，非直时代为累，抑亦天授[7]有限。

【注释】

[1]语出皇甫汸《解颐新语》卷八。皇甫子循：即皇甫汸，见一·三二注[1]。

[2]即王延寿《鲁灵光殿赋》，见《文选》卷一一。王延寿，字文考、子山，南郡宜城（今湖北宜城）人，东汉辞赋家，楚辞学家王逸之子，渡湘水时溺水而死，年二十余。事详《后汉书》卷八〇上《文苑传》。

[3] 见三·八〇注[1]。

[4] 授觚：授出爵觚，此指丧失优越感。

[5] 柳宗元《晋问》，见《柳河东集》卷一五。

[6] 韩愈《南海神庙碑》《毛颖传》，分别见《韩昌黎集》卷三一、三六。

[7] 天授：引申指与生俱有的禀赋。

【译文】

对于文章，我虽然不喜欢六朝人的语句，但是，它们中也有很多值得称赞的。皇甫汸说："华丽的辞藻之中，有抑扬顿挫，语句虽然彼此依附，意义却如同贯珠一般（独立且相连）。如果不是学富五车，运笔自如的人，是不能做到的。"这固然有夸耀六朝人的成分。然而像潘岳、左思的辞赋，以及王延寿的《鲁灵光殿赋》、王简栖的《头陀寺碑文》，使韩愈、柳宗元逊色而失去光彩。柳宗元《晋问》、韩愈《南海神碑》《毛颖传》，欧阳修、苏轼也不能创作出来。写文章不是单纯受时代影响，也有天赋的限制。

三·八二

《晋书》《南、北史》《旧唐书》，稗官小说[1]也。《新唐书》，赝古书也。《五代史》，学究史论也。《宋》《元》史，烂朝报[2]也。与其为《新唐书》之简，不若为《南、北史》之繁；与其为《宋史》之繁，不若为《辽史》之简。

【注释】

[1] 稗官小说：野史小说，街谈巷说之言。稗官，小官。小说家出于稗官，后因称野史小说为稗官。

[2] 朝报：刊载诏令、奏章及官吏任免等事的通俗性朝廷公报。烂朝报，此指陈旧、残缺、没有参考价值的历史记载。

【译文】

《晋书》《南史》《北史》和《旧唐书》都是一些野史小说。《新唐书》是伪造的古书。《新五代史》是读书人的史论。《宋史》《元史》是一些陈旧、残缺、没有参考价值的历史记载。与其写作时追求《新唐书》的简洁，不如沿袭《南史》《北史》的烦冗；与其追求《宋史》的烦冗，不如模仿《辽史》的简约。

三·八三

正史之外，有以偏方为纪者，如刘知几 [1] 所称，地理当以常璩《华阳国志》[2]、盛弘之《荆州记》[3] 第一。有以一言一事为记者，如刘知几所称，琐言当以刘义庆《世说新语》[4] 第一。散文小传，如伶元《飞燕》[5] 虽近亵，《虬髯客》[6] 虽近诬，《毛颖》[7] 虽近戏，亦是其行中第一。它如王粲《汉末英雄》[8]，崔鸿《十六国春秋》[9]、葛洪《西京杂记》[10]、圈称《陈留耆旧》[11]、周楚之《汝南先贤》[12]、陈寿《益部耆旧》[13]、虞预《会稽典录》[14]、辛氏《三秦》[15]、罗含《湘中》[16]、朱赣《九州》[17]、阚骃《四国》[18]《三辅黄图》[19]《酉阳杂俎》[20] 之类，皆流亚 [21] 也。《水经注》[22] 非注，自是大地史。

【注释】

[1] 刘知几，字子玄，彭城（今江苏徐州）人，唐朝大臣、史学家，所著《史通》是中国首部系统性的史学理论专著。

[2]《华阳国志》：共十二卷，是中国现存最早、最完整的一部地方志，为研究中国西南地区山川、历史、人物、民俗的重要史料。常璩，字道将，蜀郡江原（今四川崇州）人，东晋史学家。

[3]《荆州记》：三卷本区域志，以记载刘宋时期荆楚自然地理、民风民俗、神话传说、名人轶事及历史遗迹为主，原书已佚。盛弘之，南朝宋文学家，史学家。

[4]《世说新语》：魏晋南北朝时期"志人小说"的代表作，由南朝宋刘义庆召集门下食客共同编撰，通行本六卷三十六篇。刘义庆，字季伯，彭城（今江苏徐州）人，南朝宋宗室，武帝刘裕之侄，袭封临川王。

[5]《飞燕》：旧题汉伶元撰，应为后人伪托之作。描写汉成帝时，赵飞燕淫乱宫闱之事。伶元，一作伶玄，生卒年不可考，汉朝官员。

[6] 即《虬髯客传》，是唐传奇小说中的名篇，传为唐末杜光庭作。见于《太平广记》卷一九三。

[7] 即《毛颖传》，韩愈的散文名篇，见《韩昌黎集》卷三六。

[8] 即《汉末英雄记》，我国第一部专载"英雄"的传记，原书已佚。王粲，

见三·二〇注[6]。

[9]《十六国春秋》：一百卷，为记载东晋时期北方十六国历史的纪传体史书，原书已佚。崔鸿，字彦鸾，东清河鄃（今山东淄博）人，北魏官员，著名史学家。

[10]《西京杂记》：原二卷，今本作六卷，是记载西汉杂史的笔记小说集。葛洪，字稚川，自号抱朴子，丹阳句容（今江苏句容）人。东晋道教学者、炼丹家、医药学家。

[11]即《陈留耆旧传》二卷，是一部记载一郡先贤嘉言懿行的专书。圈称，字幼举，东汉末年陈留（郡治在今河南开封市东南）人。

[12]即《汝南先贤传》五卷，该书性质同《陈留耆旧传》，记载东汉时期生活在汝南郡的"先贤"，原书已佚。周楚之，《隋书·经籍志》《新唐书·艺文志》俱作周斐，魏晋时期人物。

[13]即《益部耆旧传》十四卷，记载古益州（今西南地区）人物事迹的传记类史书。陈寿，见一·八注[1]。

[14]《会稽典录》二十四卷，记载从春秋到三国时期会稽郡数十名历史人物的生平事迹，原书已佚。虞预，本名虞茂，字叔宁，会稽余姚（今浙江余姚）人，东晋官员、经学家、史学家。

[15]即《三秦记》，不分卷，记载秦汉时三秦之地的地理、沿革、民情、都邑、宫室、山川等，原书已佚。辛氏，本汉代陇西大姓，名不详。

[16]即《湘中记》三卷，又称《湘中山水记》，是东晋时期记述湖南山川、特产、民俗、古迹等的方志之书。罗含，字君章，号富和，桂阳耒阳（今湖南耒阳）人，东晋思想家、哲学家、文学家、地理学家。

[17]《九州》：应为朱赣《地理书》，是成书于西汉末年的一部记述地理风俗的总志，原书已佚。朱赣，西汉颍川（今河南许昌）人，地理学家。

[18]《四国》：应为阚骃《十三州志》十卷，是中国古代一部地理要籍，原书已佚。刘知几《史通》评《十三州志》称："地理书者，若朱赣所采，浃于九州；阚骃所书，殚于四国。斯则言皆雅正，事无偏党者矣。"阚骃，字玄阴，敦煌（今属甘肃）人，北凉至北魏时期著名地理学家、经学家。

[19]《三辅黄图》：六卷，南朝佚名作，又名《西京黄图》，主要记载汉代都城长安和畿辅地区的地理状况。

[20]《酉阳杂俎》：唐代笔记小说集，前卷二十卷，续集十卷。分类编录，一部分内容属志怪传奇类，另一些记载各地与异域珍异之物。作者段成式，字柯古，齐州临淄（今山东淄博）人，唐朝著名志怪小说家，诗人。

[21]流亚：同一类的人或物。

[22]《水经注》：四十卷，该书因注《水经》而得名，实则以《水经》为纲，详细记载了一千多条大小河流及有关的历史遗迹、人物掌故、神话传说等。作者郦道元，字善长，范阳涿州（今河北涿州）人，北魏官员、地理学家。

【译文】

在正史以外，有一些记录其他事件的。如刘知几所说，在地理著作方面，应当以常璩的《华阳国志》与盛弘之的《荆州记》为最佳。记录人们一言一行以及身边琐事的，如刘知几所说，琐事以刘义庆的《世说新语》为最佳；散文式人物小传，如伶元的《飞燕外传》虽然近于淫秽，《虬髯客传》虽然近于污蔑，《毛颖传》虽然近于戏谑，但它们也都是其类别中绝佳的作品。其他如王粲的《汉末英雄记》、崔鸿的《十六国春秋》、葛洪的《西京杂记》、圈称的《陈留耆旧传》、周斐的《汝南先贤传》、陈寿的《益部耆旧传》、虞预的《会稽典录》、辛氏的《三秦记》、罗含的《湘中记》、朱赣的《地理书》、阚骃的《十三州志》以及《三辅黄图》《酉阳杂俎》，它们也都是同一类的作品。《水经注》不是注，而是一部有关地理的历史著作。

三·八四

自古博学之士，兼长文笔者，如子产之别台骀[1]，卜氏之辨三豕[2]，子政之记贰负[3]，终军之识豜鼠[4]，方朔之名藻廉[5]，文通之识科斗[6]，茂先、景纯，种种该浃[7]，固无待言。自此以外，虽凿壁恒勤，而操觚多缪，以至陆澄书厨[8]，李邕书簏[9]，傅昭学府[10]，房晖经库[11]，往往来艺苑之讥，乃至使儒林别传。其故何也？毋乃天授有限，考索偏工，徒务夸多，不能割爱，心以目移，辞为事使耶？孙搴谓邢邵"我精骑三千，足敌君羸卒数万"[12]，则又非也。韩信用兵，多多益办，此是化工造物之妙，与文同用。

【注释】

[1] 事详《史记》卷四二《郑世家》。子产，姬姓，公孙氏，名侨，字子产，又字子美，谥"成"，春秋时期郑国政治家、思想家。台骀：少昊后裔，上古时代治水英雄，时间早于大禹。

[2] 事详《吕氏春秋》卷二二《察传》。卜商，姒姓，卜氏，名商，字子夏，春秋末期思想家、教育家，孔门十哲之一。

[3] 事详《太平御览》卷六一二《博物》。子政：刘向字，见三·一四注 [3]。贰负：上古神话中人物，人面蛇身，喜杀戮，后为武官的象征，《山海经·海内西经》有载。

[4] 明陈耀文《天中记》卷二五《博学》载："武帝时得豹文鼠，群臣无知者，孝廉郎终军曰是名鼷鼠，以《尔雅》对，赐绢百匹。窦攸事同具鼠部。"史籍中有终军识鼠、窦攸识鼠两种说法。终军，字子云，西汉著名政治家、外交家。鼷鼠：身上有豹纹的老鼠。

[5] 事详《太平御览》卷八八六《妖异部二》。藻廉：一作"藻兼"，"水木之精也，夏巢林，冬潜河"。

[6] 事详《南史》卷五九《江淹传》。文通：江淹字，见一·一一注 [1]。科斗：我国古代字体之一，又名科斗字、科斗书、科斗篆。

[7] 茂先：张华字，编纂有博物学著作《博物志》，见一·四二注 [1]。景纯：郭璞字，擅长训诂、方术之学，见二·五三注 [3]。该浃：通达、理解。

[8] 事详《南史》卷四八《陆澄传》。陆澄，字彦渊，一作彦深，宋齐间吴郡吴县（今苏州）人，少好学博览，行坐眠食，手不释卷，有"书厨"之誉。

[9] 事详《新唐书》卷七九《文艺传》。李邕，字泰和，鄂州江夏（今湖北武汉）人，唐朝大臣、书法家，学者李善之子。李邕疑为李善之误，《新唐书》原文："李邕，字泰和，扬州江都人。父善，有雅行，淹贯古今，不能属辞，故人号'书簏'。"书簏：原为藏书用的竹箱子，此讥读书虽多而无所解之人。

[10] 事详《南史》卷六〇《傅昭传》。傅昭，字茂远，齐梁时期北地灵州（今宁夏灵武）人，终生读书不倦，擅长人物谱系之学，人称"学府"。

[11]事详《北史》卷八二《儒林传》。房晖：当为"房晖远"。房晖远，字崇儒，恒山真定（今河北正定）人，隋朝经学家，有"五经库"之誉。

[12]语出《北史》卷五五《孙搴传》。孙搴，字彦举，北齐乐安（今河南光山）人，少时颇有文才，与温子升齐名，但总体属于"学浅行薄"之类。邢邵，字子才，河间（今河北任丘）人，北朝魏、齐时思想家、文学家，"邵"一作"劭"。

【译文】

自古以来，学识渊博又擅长写作的人，就如子产鉴别台骀的故事，子夏纠正三豕的读法，刘向通晓贰负的典故，终军认识艇鼠，东方朔知道藻廉为何物，江淹懂得科斗文，张华、郭璞等人精通各门学问，无须再多说。除此之外，有的人虽然凿壁偷光，非常勤奋，但是不会将知识运用于实际创作而产生谬误，以至陆澄被讥为"书厨"，李邕被嘲笑为"书簏"，傅昭被称为"学府"，房晖远只被称作"经库"，往往在艺苑受到讥讽，以致后来被收入"儒林别传"之中。这是什么缘故呢？恐怕是天资有限，偏重考据，单纯贪多，不能割舍，心灵随着眼睛而移动，言辞被典故所役使吧？孙搴对邢邵说，"我派精兵三千人，足以抵挡你的兵卒数万"，这也不对。韩信用兵，多多益善，这是天地创造众物的妙处，与文章同理。

三·八五

吾览钟记室[1]《诗品》，折衷情文，裁量事代，可谓允矣，词亦奕奕发之。第[2]所推源出于何者，恐未尽然。迈、凯、昉、约[3]滥居中品，至魏文不列乎上，曹公屈第乎下，尤为不公，少损连城之价。吾独爱其评子建"骨气奇高，词彩华茂，情兼雅怨，体被文质"[4]；嗣宗"言在耳目之内，情寄八荒之表"[5]；灵运"名章迥句，处处间起。丽典新声，络绎奔会"[6]；越石"善为凄悷之词，自有清拔之气"[7]；明远"得景阳之诡诳，含茂先之靡嫚。骨节强于谢混，驱迈疾于颜延。总四家而并美，跨两代而孤出"[8]；玄晖"奇章秀句，往往警遒，足使叔源失步，明远变色"[9]；文通"诗体总杂，善于摹拟，筋力于王微，成就于谢朓"[10]。此数评者，赞许既实，措撰尤工。

【注释】

　　[1] 钟记室：梁时，钟嵘曾做过衡阳王萧元简、晋安王萧纲的记室，专司文牍，故云。

　　[2] 第：副词，但是，表转折。

　　[3] 迈：顾迈，字号、籍贯不详，南朝宋诗人，其诗今俱不存。昉：任昉，字彦升，乐安郡博昌（今山东寿光）人，南朝文学家、方志学家、藏书家，"竟陵八友"之一，与沈约齐名。凯：戴凯，南朝宋齐间武昌（今湖北鄂州）人，曾任参军，诗文今不存。约：沈约，见一·三注 [1]。

　　[4] 语出钟嵘《诗品》卷上魏陈思王植。

　　[5] 语出钟嵘《诗品》卷上晋步兵阮籍。

　　[6] 语出钟嵘《诗品》卷上宋临川太守谢灵运。

　　[7] 语出钟嵘《诗品》卷中晋太尉刘琨。

　　[8] 语出钟嵘《诗品》卷中宋参军鲍照。

　　[9] 语出钟嵘《诗品》卷中齐吏部谢朓。

　　[10] 语出钟嵘《诗品》卷中齐光禄江淹。

【译文】

　　我阅读钟嵘的《诗品》，其文辞与情感相得益彰，对历代人物的品评非常公允，辞采熠熠生辉。只是在推究某人诗歌的源头问题上，恐怕不够完善。将顾迈、戴凯、任昉、沈约的诗居于中品，将曹丕的诗不放在上品，将曹操的诗居于下品，这都是非常不公允的地方，稍损其无比珍贵的价值。我独爱其中评价曹植的诗歌"骨气高绝，辞藻华丽，情感兼有雅正和怨诽，内容与形式协调和谐"；评价阮籍的诗歌"言语可以通过耳目被感知理解，但情感却寄寓在极远的地方"；评价谢灵运"出名的篇章与绝妙之句处处都有，美好的典故与新鲜自然的言辞比比皆是，络绎不绝"；评价刘琨的诗歌"善于作悲凉之词，其中自有清秀脱俗之气"；评价鲍照的诗歌"奇异静谧深得景阳（张协）之精髓，又有茂先（张华）的华丽柔美，在气势上强于谢混，豪放过于颜延（颜延之）。他综合了四家的长处，其诗歌跨越两个朝代，独树一帜"；评价谢朓的诗歌"奇崛的篇章、秀丽的诗句往往警拔遒劲，足以使叔源（谢混）望而却步，明远（鲍照）的诗歌黯然无色";评价江淹的诗歌"体裁多样，善于模仿，结合王微诗歌中的力道，极力学习发扬谢朓的诗风"。对这些诗人的评价，赞许之处既尊重事实，措辞也很准确精巧。

卷 四

四·一

唐文皇[1] 手定[2] 中原，笼盖一世，而诗语殊无丈夫气，习使之也。"雪耻酬百王，除凶报千古"[3]"昔乘匹马去，今驱万乘来"[4] 差强人意，然是有意[5]之作。《帝京篇》[6] 可耳，余者不免花草点缀，可谓远逊汉武，近输曹公。

【注释】

[1] 唐文皇：指唐太宗李世民，陇西狄道（今甘肃临洮）人，谥号文皇帝。

[2] 手定：亲身平定。

[3] [4] 李世民诗逸句，见《全唐诗》卷一。

[5] 有意：有志向。

[6]《帝京篇》：共十首（并序），李世民创作的组诗，见《全唐诗》卷一。

【译文】

唐太宗李世民亲身平定中原，英明一世，但是他的诗歌语言却没有一点雄主的气概，这是六朝文风的影响使然。"雪耻酬百王，除凶报千古""昔乘匹马去，今驱万乘来"这两句写得不尽如人意，然而也是有志向的作品。《帝京篇》尚可，其余的诗篇不免辞藻华丽、没有骨气，往远处说比不上汉武帝，往近处说比不上曹操。

四·二

中宗[1] 宴群臣"柏梁体"[2]，帝首云"润色鸿业寄贤才"[3]，又"大明御宇临万方"[4]，和者皆莫及，然是上官昭容[5] 笔耳。内薛稷[6] 云"宗伯秩礼天地开"，长宁公主云"鸾鸣凤舞向平阳"，太平公主云"无心为子辄求郎"，阎朝隐[7] 云"著作不休出中肠"，差无愧古。

【注释】

[1]唐中宗：李显，唐朝第四位皇帝，唐高宗李治第七子，武则天第三子。前后两次当政，共在位五年半。

[2]柏梁体：又称"柏梁台体"，是七言诗的先河。相传汉武帝筑柏梁台，与群臣联句赋诗，句句用韵，因得名。

[3]语出《十月诞辰内殿宴群臣效柏梁体联句》，见《全唐诗》卷二。下文"宗伯秩礼天地开"句亦出此。

[4]语出《景龙四年正月五日移仗蓬莱宫御大明殿会吐蕃骑马之戏因重为柏梁体联句》，见《全唐诗》卷二。下文"鸾鸣凤舞向平阳""无心为子辄求郎""著作不休出中肠"三句出此。

[5]上官昭容：即上官婉儿。唐中宗时，封为昭容，在政坛、文坛地位显赫，一度掌管内廷与外朝的政令文告。

[6]薛稷，字嗣通，蒲州汾阴（今山西万荣）人，初唐大臣、书法家。事详《旧唐书》卷七三《薛收传》。

[7]阎朝隐，字友倩，赵州栾城（今河北栾城）人，性滑稽，属辞奇诡，为武后所赏。事详《新唐书》二〇二《文艺传》。

【译文】

唐中宗李显宴请群臣，用"柏梁体"联句作诗，唐中宗首先说"润色鸿业寄贤才"，又说"大明御宇临万方"，和诗的人都望尘莫及，然而这是上官婉儿所代笔。联句中，薛稷说"宗伯秩礼天地开"，长宁公主说"鸾鸣凤舞向平阳"，太平公主说"无心为子辄求郎"，阎朝隐说"著作不休出中肠"，这些诗句没有比古时的诗歌差。

四·三

明皇[1]藻艳不过文皇，而骨气胜之。语象则"春来津树合，月落戍楼空"[2]，语境则"马色分朝景，鸡声逐晓风"[3]，语气则"翠屏千仞合，丹嶂五丁开"[4]，语致则"岂不惜贤达，其如高尚心"[5]。虽使燕、许[6]草创，沈、宋[7]润色，亦不过此。

【注释】

[1] 明皇：唐玄宗李隆基，谥号至道大圣大明孝皇帝。

[2] [3] 语出李隆基《早度蒲津关》，见《全唐诗》卷三。

[4] 语出李隆基《幸蜀西至剑门》，见《全唐诗》卷三。

[5] 语出李隆基《送贺知章归四明》，见《全唐诗》卷三。

[6] 燕：指燕国公张说，字道济，洛阳（今河南洛阳）人，唐代政治家、军事家，开元前期一代文宗。事详《新唐书》卷一二五《张说传》。许：指许国公苏颋，字廷硕，京兆武功(今陕西武功）人，唐朝宰相、政治家、文学家，与燕国公张说齐名，号称"燕许大手笔"。事附《新唐书》卷一二五《苏瑰传》。

[7] 沈：指沈佺期，字云卿，相州内黄（今河南内黄）人，初唐诗人。事详《新唐书》卷二○二《文艺传》。宋：指宋之问，字延清，名少连，山西汾州（今山西汾阳）人，一说虢州弘农（今河南灵宝）人，初唐诗人。事详《新唐书》卷二○二《文艺传》。与沈佺期合称"沈宋"，两人是律诗体制定型的代表诗人。

【译文】

唐明皇李隆基的诗歌在辞藻的艳丽方面比不过李世民，但在骨气上却胜过他。描写景物有"春来津树合，月落戍楼空"句，描写意境方面有"马色分朝景，鸡声逐晓风"句，描写气势方面有"翠屏千仞合，丹嶂五丁开"句，描写兴致方面有"岂不惜贤达，其如高尚心"句。即使让燕国公张说与许国公苏颋草拟创作，令沈佺期与宋之问润色，也不过如此了。

四·四

卢、骆、王、杨号称"四杰"[1]，词旨华靡，固沿陈、隋之遗，翩翩意象，老境超然胜之，五言遂为律家正始。内子安稍近乐府，杨、卢尚宗汉、魏，宾王长歌[2]虽极浮靡，亦有微瑕，而缀锦贯珠，滔滔洪远，故是千秋绝艺。《荡子从军》[3]献吉改为歌行[4]，遂成雅什。子安诸赋，皆歌行也，为歌行则佳，为赋则丑。

【注释】

[1] 四杰：初唐王勃、杨炯、卢照邻、骆宾王的合称，是初唐扭转齐梁绮丽文风的代表人物。王勃，见三·六七注 [4]。杨炯，字令明，弘农华阴（今陕西华阴）人。卢照邻，字升之，号幽忧子，幽州范阳（今河北涿州）人。骆宾王，字观光，婺州义乌（今浙江义乌）人。

[2] 长歌：即长篇歌行，亦称"长句""当时体""初唐体"。

[3] 骆宾王《荡子从军赋》，见《文苑英华》卷六六。

[4] 指李梦阳《荡子从军行》，见《空同集》卷一八，该诗序言称"病其（指骆赋）声调不类，于是改焉"。献吉，李梦阳字，见一·二五注 [1]。

【译文】

卢照邻、骆宾王、王勃、杨炯被世人称为"初唐四杰"，言辞意旨华丽，固然延续南朝遗留下的旧习，但意象翩翩，意境超凡脱俗，胜于前人诗歌，他们的五言诗便为律诗的正式开端。其中，王勃的诗歌与乐府诗比较相近，杨炯、卢照邻还是遵奉汉魏诗歌传统，骆宾王的长篇歌行虽然极其浮艳绮靡，也有一些小的缺点，然而语言华丽圆润，滔滔不绝，宏丽远大，堪称千古绝唱。李梦阳将骆宾王《荡子从军赋》改为歌行体，于是变为了高雅的诗歌。王勃的赋都属歌行体性质，如果是歌行体则很优美，如果是赋体就不够好。

四·五

五言至沈、宋，始可称律。律为音律法律，天下无严于是者。知虚实平仄，不得任情而度 [1] 明矣。二君正是敌手，排律 [2] 用韵稳妥，事不傍引 [3]，情无牵合[4]，当为最胜。摩诘[5]似之，而才小不逮；少陵强力宏蓄，开阖排荡，然不无利钝 [6]。余子纷纷，未易悉数也。

【注释】

[1] 度：超越限度。

[2] 排律：指长律，律诗的一种，按照一般律诗的格式加以铺排延长而成。

[3] 傍引：通"旁引"。

[4] 牵合：牵强凑合。

[5] 王维，字摩诘，号摩诘居士。河东蒲州（今山西运城）人，唐朝著名诗人、画家。事详《新唐书》卷二〇二《文艺传》。

[6] 利钝：流畅和滞涩。

【译文】

五言诗到了沈佺期、宋之问时开始可以称之为律诗。律是指音律与格律，之前没有这样严格要求过。了解虚与实、平声与仄声，创作时不能根据感情而随意写，规则要严明。沈佺期与宋之问两人文采与能力相当，写作排律时用韵规范，不过分地征引典故，感情不牵强附和，是当时最优秀的诗人。王维的诗歌创作与他们相似，但是在才力上不及他二人；杜甫才力雄厚，写作大开大合，气势豪放，但却有时流畅有时滞涩。还有许多其他诗人，很难都作说明。

四·六

两谢《戏马》之什 [1]，瞻冠群英；沈、宋《昆明》之章 [2]，问收睿赏 [3]。虽才具匹敌，而境有神至，未足遂概平生也。时小许公有一联云："二石分河写，双珠代月移。"[4] 一联亦自工丽，惜全篇不称耳。沈、宋中间警联 [5]，无一字不敌，特佺期结语是累句 [6] 中累句，之问结语是佳句中佳句耳，亦不难辨也。

【注释】

[1] 谢灵运与谢瞻各自都有《九日从宋公戏马台集送孔令诗》一首，见《文选》卷二〇。谢瞻，字宣远，一名檐，陈郡阳夏（今河南太康）人，南朝宋诗人、官员。

[2] 沈佺期与宋之问俱有《奉和晦日驾幸昆明池应制》诗各一首，分别见《全唐诗》卷五三、卷九七。

[3] 宋计有功《唐诗纪事》卷三载："中宗正月晦日幸昆明池赋诗，群臣应制百余篇。帐殿前结彩楼，命昭容选一首为新翻御制曲。……唯沈、宋二诗不下。……及闻其评曰：'二诗工力悉敌，沈诗落句云：微臣雕朽质，羞睹豫章材。盖词气已竭。宋诗云：不愁明月尽，自有夜珠来。犹陟健举。'沈乃伏，不敢复争。"

[4] 语出《奉和晦日驾幸昆明池应制》诗，见《全唐诗》卷七四。小许公：即苏颋，袭其父封爵许国公，人称小许公。见四·三注 [6]。

[5] 警联：颈联的别称。

[6] 累句：指病句。《西京杂记》卷三："枚皋文章敏疾，长卿制作淹迟，皆极一时之誉；而长卿首尾温丽，枚皋时有累句，故知疾行而无善迹矣。"

【译文】

谢灵运与谢瞻各自都有《九日从宋公戏马台集送孔令诗》，谢瞻诗的水平远远超过当时其余贤能之士；沈佺期与宋之问都应制创作了《奉和晦日驾幸昆明池应制》诗，宋之问受到了皇帝的赞赏。虽然他们才力不相上下，但是宋之问的诗歌更有意境，超出了有限的人生。当时苏颋有一联诗："二石分河写，双珠代月移。"这句诗精致华丽，但是可惜与全诗风格不太相符。沈佺期与宋之问诗中的颈联，没有一个字写得不好，但是沈佺期的结语是病句中的病句，宋之问的结语是佳句中的佳句，这也是不难分辨的。

四·七

沈詹事七言律，高华胜于宋员外。宋虽微少，亦见一斑，歌行觉自陡健 [1]。

【注释】

[1] 陡健：亦作"陟健"，谓峻拔刚健。

【译文】

沈佺期的七言律诗较宋之问更加高雅、华丽。宋之问的诗境虽然偏于细微，但也可小中寓大，歌行体也可谓峻拔刚健。

四·八

裴行俭弗取"四杰"，悬断终始，然亦臆中耳 [1]。彼所重王勮、王勔、苏味道者 [2]，一以钩党取族 [3]，一以模棱贬窜 [4]。区区相位，何益人毛发事。千古肉食不识丁人，举为谈柄，良可笑也。

【注释】

[1] 裴行俭，字守约，绛州闻喜（今山西闻喜）人，唐初名将、政治家、书法家。悬断：凭空臆断。《唐诗纪事》卷七载："裴行俭在吏部见苏味道、王勮曰：'二君后皆掌铨衡。'李敬玄盛称王勃、杨炯、卢照邻、骆宾王，行俭曰：'勃等虽有才，然浮躁衒露，岂享爵禄者。'"

[2] 王勮，王勃次兄，绛州龙门（今山西河津）人。王勔，王勃长兄，绛州龙门（今山西河津）人。苏味道，字守真，赵州栾城（今河北栾城）人，唐代政治家、文学家，与杜审言、崔融、李峤并称"文章四友"，与李峤并称"苏李"。

[3] 钩党取族：万岁通天二年，刘思礼与綦连耀谋反，因王勮与刘思礼交往甚密。株连王勮，与兄王勔、弟王助皆被武后所杀。事详《旧唐书》卷一九〇《文苑传》。

[4] 模棱贬窜："模棱"亦作"摸棱"，《旧唐书》卷九四《苏味道传》载："居相位数载，竟不能有所发明……尝谓人曰'处事不欲决断明白，若有错误，必贻咎谴，但摸棱以持两端可矣'。时人由是号为'苏摸棱'。"

【译文】

裴行俭不认可"初唐四杰"，凭空推断他们的命运，如此也只是他的臆想而已。他重视王勮、王勔、苏味道几人，然而王勮、王勔因朋党连累导致自己与族人被诛杀，苏味道（明哲保身）被人戏称为"摸棱宰相"，后被贬官流窜。区区一个宰相的官位，是何等小的虚名。位高禄厚却没有见识，被人当作茶余饭后的话柄，着实非常可笑。

四·九

杜审言[1] 华藻整栗[2]，小让[3] 沈、宋，而气度高逸，神情圆畅，自是中兴之祖。宜其矜率[4] 乃尔。

【注释】

[1] 杜审言，字必简，河南巩县（今河南巩义）人，杜甫的祖父。事详《新唐书》卷二〇一《文艺传》。

[2] 整栗：严整，严谨。

[3] 让：亚于，比……差。

[4] 矜率：高傲放任。

【译文】

杜审言诗歌辞藻华丽、严谨，稍逊于沈佺期与宋之问，然而诗文气韵高雅脱俗，圆润畅达，自然是诗歌中兴之祖。无怪他高傲放任。

四·一〇

"梅花落处疑残雪"[1]一句，便是初唐。"柳叶开时任好风"[2]，非再玩之，未有不以为中晚者。若万楚《五日观伎》诗："眉黛夺将萱草色，红裙妒杀石榴花。"[3]真婉丽有梁、陈韵。至结语："闻道五丝能续命，却令今日死君家。"[4]宋人所不能作，然亦不肯作。于麟极严刻，却收此[5]，吾所不解。又起句"西施漫道浣春纱"，既与五日无干，"碧玉今时斗丽华"[6]，又不相比。

【注释】

[1] [2] 杜审言《大酺》句，见《全唐诗》卷六二。

[3] [4] [6] 语出万楚《五日观伎》，见《全唐诗》卷一四五。"闻道五丝能续命"一作"谁道五丝能续命"，"西施漫道浣春纱"一作"西施谩道浣春纱"。万楚：字号、籍贯不详，唐开元年间进士，沉迹下僚，与李颀友善。

[5] 李攀龙《古今诗删》卷一七收万楚此诗。于麟：李攀龙字，见原序一注[8]。

【译文】

"梅花落处疑残雪"这句诗一看便是初唐时的韵味，"柳叶开时任好风"这句不深入品味，会以为是中晚唐的诗句。万楚《五日观伎》诗中的"眉黛夺将萱草色，红裙妒杀石榴花"这句，用语委婉华丽，有梁、陈的余韵。到了结句"闻道五丝能续命，却令今日死君家"，这是宋朝人不能作也不肯作的诗。李攀龙极其严谨苛刻，《古今诗删》却收录了这首诗，这是我所不理解的。再看首句"西施漫道浣春纱"所写的与端午节无关，"碧玉今时斗丽华"的类比也不够准确。

四·一一

　　陈正字[1]陶洗六朝铅华都尽，托寄大阮[2]，微加断裁，而天韵[3]不及。律体时时入古，亦是矫枉之过。开元彩笔，无过燕、许，制册碑颂，舂容[4]大章。然比之六朝，明易差胜，而渊藻远却，敷文则衍，征事则狭。许之应制[5]七言，宏丽有色，而他篇不及李峤[6]。燕之岳阳以后，感慨多工，而实际不如始兴。[7]

【注释】

　　[1]陈正字：即陈子昂，见三·三〇注[2]。

　　[2]大阮：指阮籍，见三·三一注[4]。

　　[3]天韵：自然的韵致。

　　[4]舂容：舒缓从容，娴雅。

　　[5]应制：由皇帝下诏命而作文赋诗的一种活动，主要功能在于娱帝王、颂升平、美风俗。

　　[6]李峤，字巨山，赵郡赞皇（今河北赞皇）人，曾任宰相，武周时期主盟文坛，与苏味道并称"苏李"，另与苏味道、杜审言、崔融合称"文章四友"。事详《新唐书》卷一二三《李峤传》。

　　[7]指燕国公张说被贬岳阳事，详《旧唐书》卷九七《张说传》。

【译文】

　　陈子昂的诗歌洗尽六朝铅华，继承阮籍，稍加调整，但是自然的韵味不及阮籍。他要求律体诗具有古体诗的味道，也是矫枉过正的举动。开元时期词藻华丽的诗歌，没有胜过燕国公张说与许国公苏颋二人的，无论是汇编成册的诗歌还是刻在墓碑上颂扬死者的文辞，都气度雍容典雅。然而与六朝时期的诗歌相比，明白晓畅方面略胜，但词语渊深华美方面则有差距，行文敷衍，运用典故范围狭窄。许国公苏颋的七言应制诗宏伟华丽，但是其余的篇章却不及李峤。燕国公张说贬谪岳阳之后多是感慨、精工之作，实际上不如之前的诗作。

四·一二

李于鳞评诗，少见笔札[1]，独《选唐诗序》云："唐无五言古诗，陈子昂以其古诗为古诗，弗取也。七言古诗唯杜子美不失初唐气格，而纵横有之。太白纵横，往往强弩之末，间杂长语，英雄欺人耳。"[2]此段褒贬有至意。又云："太白五、七言绝句，实唐三百年一人。盖以不用意得之，即太白亦不自知其所至，而工者顾失焉。五言律、排律诸家概多佳句。七言律体诸家所难，王维、李颀颇臻其妙，即子美篇什虽众，陨焉自放矣[3]。"[4]余谓七言绝句，王江陵[5]与太白争胜毫厘，俱是神品，而于鳞不及之。王维、李颀[6]虽极风雅之致，而调不甚响。子美固不无利钝，终是上国武库[7]，此公地位乃尔。献吉[8]当于何处生活，其微意所钟，余盖知之，不欲尽言也。

【注释】

[1] 笔札：文章。

[2] [4] 语出李攀龙《选唐诗序》，见《沧溟集》卷一五。

[3] 陨：崩溃，败坏。自放：游离于传统之外。

[5] 王江陵：应为"王江宁"之误，王昌龄别称。王昌龄，字少伯，河东晋阳（今山西太原）人，七绝与李白齐名，有"七绝圣手"之誉，曾授江宁县丞，故称"王江宁"，又曾贬龙标尉，也称"王龙标"。

[6] 李颀，字、号均不详，河南颍阳（今河南登封）人，擅长七言歌行，其边塞诗风格豪放，与王维、高适、王昌龄等人皆有唱和。

[7] 武库：指储藏兵器的仓库。后常以形容人的学识广博。

[8] 献吉：李梦阳字，见一·二五注[1]。

【译文】

李攀龙评论诗歌很少写成文章，唯独《选唐诗序》中说道："唐代没有五言古诗，陈子昂以他的诗作为五言古诗是不可取的。七言古诗唯有杜甫没有失去初唐时期的气势与格调，并且纵横变幻。李白诗歌中的纵横恣肆往往已是强弩之末，其中杂有一些多余的话语，这是非凡人物逞才欺世。"这段话褒贬之意很明显了。又说："李白的五、七言绝句，确实是唐朝三百年诗歌发展中的翘楚，李白并非有意而为之，他也不知道自己达到了何种境界，然而故意模仿的人却没有这种状态。在五言律诗与排律上，诗人们作出了很多佳句，但在七言律诗上想要创作出好的作品则比较困难。王维与李颀的诗歌达到了理想的境界，杜甫诗篇虽然众多，但是形式上不符合传统七律，情感的表达也过于直露，这些都导致他的诗歌不够好。"我认为七言绝句方面，王昌龄与李白水平是旗鼓相当的，都达到了出神入化的境界，李攀龙是不及他们的。王维与李颀的诗歌虽然风流典雅，但是格调不是很高明。杜甫不是无缺失之处，但是他学识广博，就如储藏器物的仓库，所以他的地位在这里。李梦阳处于何种地位，他的心意是什么，我都知道，但是不想全部说出来了。

四·一三

李、杜光焰千古，人人知之。沧浪[1]并极推尊，而不能致辨。元微之[2]独重子美，宋人以为谈柄。近时杨用修[3]为李左袒[4]，轻俊之士，往往傅[5]耳。要其所得，俱影响之间。五言古、选体[6]及七言歌行，太白以气为主，以自然为宗，以俊逸高畅为贵；子美以意为主，以独造为宗，以奇拔沉雄为贵。其歌行之妙，咏之使人飘扬欲仙者，太白也；使人慷慨激烈，歔欷[7]欲绝者，子美也。选体太白多露语、率语，子美多稚语、累语，置之陶、谢间，便觉伧父[8]面目，乃欲使之夺曹氏父子位耶？五言律、七言歌行，子美神矣，七言律圣矣。五、七言绝，太白神矣，七言歌行圣矣，五言次之。太白之七言律，子美之七言绝，皆变体，间为之可耳，不足多法也。

【注释】

[1]沧浪：指严羽，见一·二一注[1]。

[2]元稹，字微之，洛阳（今河南洛阳）人，与白居易同科及第，共同倡导新乐府运动，世称"元白"，曾官至尚书右丞，故又称"元相"。事详《新唐书》卷一七四《元稹传》。

[3]杨用修：指杨慎，见原序一注[3]。

[4]左袒：指偏护一方。

[5]傅：附和，跟随。

[6] 选体：与唐以后的近体诗相对而言，指南朝梁萧统《文选》所选五言古诗的风格体制，诗多绮缛靡丽。亦指后世仿《文选》风格体制所写的五言古诗。

[7] 歔欷：悲泣，叹息。

[8] 伧父：泛指粗俗、鄙贱之人，犹言村夫。

【译文】

李白与杜甫的诗篇犹如万丈光芒，照耀了千古诗坛，人人皆知。严羽在《沧浪诗话》中将二人并置，且极为推崇尊重，但是没有进行详细的辨析。元稹唯独重视杜甫，宋朝人因此而议论纷纷。近些时候，杨慎偏袒李白，青年才俊往往认同他的观点。这些重要的观点都对人们产生了影响。五言古诗、选体诗以及七言歌行体，李白以气为主，以自然为宗旨，推崇飘逸畅达诗风；杜甫以意为主，以独特创造为宗旨，推崇沉雄奇崛的诗风。歌行体的妙处在于，李白的诗歌吟咏之后使人飘飘欲仙；杜甫的诗歌吟咏之后使人慷慨激昂、悲痛欲绝。在选体诗上，李白多是直露、坦率的语言；杜甫则多是细碎、冗长的语言，放在陶渊明与谢灵运之间，便能看出这是粗鄙之语，水平确实不如曹氏父子。杜甫的五言律诗、七言歌行已达到出神入化的境界，七言律诗紧随其后。李白的五、七言绝句出神入化，七言歌行体紧随其后，五言律诗次之。李白的七言律诗、杜甫的七言绝句都是变体，偶尔学习可以，但是不可以将其当作师法。

四·一四

太白古乐府，窈冥^[1]惝恍^[2]，纵横变幻，极才人之致，然自是太白乐府。

【注释】

[1] 窈冥：深远渺茫貌。

[2] 惝恍：狂纵貌。

【译文】

李白的古乐府诗歌深远狂放、纵横变幻，是有文学才能的人作诗的极致，但这仅是其个人风格的乐府诗。

四·一五

十首以前，少陵较难入，百首以后，青莲较易厌。扬之则高华，抑之则沉实，有色有声，有气有骨，有味有态，浓淡深浅，奇正开阖^[1]，各极其则，吾不能不服膺少陵。

【注释】

[1] 奇正开阖：谓遵守规则与突破规则。

【译文】

读杜甫的诗，十首以前较难读懂。读李白的诗，百首以后较易生厌。感情高昂时诗歌则高贵华丽，感情低迷时诗歌则深沉笃实，既有色彩又有声音，既有气势又有风骨，既有韵味又有态势，浓淡深浅，出入于规则内外，都能达到极致，我不得不佩服杜甫。

四·一六

高、岑一时^[1]，不易上下。岑气骨不如达夫遒上^[2]，而婉缛过之。选体时时入古，岑尤陡健^[3]。歌行磊落奇俊，高一起一伏，取是而已，尤为正宗。

【注释】

[1] 高适，字仲武，号达夫，沧州渤海（今河北景县）人，盛唐时大臣、边塞诗人，与岑参、王昌龄、王之涣合称"边塞四诗人"。岑参，字号不详，荆州江陵（今湖北江陵）人，一作南阳棘阳（今河南南阳）人，曾任嘉州刺史，世称"岑嘉州"。工诗，长于七言歌行与高适并称"高岑"。

[2] 遒上：雄健超群。

[3] 陡健：亦作"陗健"，谓峻拔刚健。

【译文】

高适与岑参诗歌创作水平不相上下。岑参诗歌中的气势与骨力不如高适雄健超群，而在委婉曲折上则超过了高适。选体诗经常具有古体诗的味道，岑参的作品尤其峻拔清健。歌行体诗歌俊伟奇崛，高适的诗歌有起有伏就是这样，非常正宗。

四 · 一七

五言近体，高、岑俱不能佳。七言，岑稍浓厚。

【译文】

高适与岑参所作的五言近体诗都不够好。七言诗方面，岑参的作品韵味浓厚一些。

四 · 一八

摩诘才胜孟襄阳[1]，由工入微，不犯痕迹，所以为佳。间有失点检者，如五言律中，"青门""白社""青菰""白鸟"一首互用[2]；七言律中"暮云空碛时驱马""玉靶角弓珠勒马"，两"马"字覆压[3]；"独坐悲双鬓"又云"白发终难变"[4]。他诗往往有之，虽不妨白璧，能无少损连城？观者须略玄黄[5]，取其神检[6]。孟造思极苦，既成，乃得超然之致。皮生[7]撷其佳句，真足配古人。第[8]其句不能出五字外，篇不能出四十字外，此其所短也。

【注释】

[1]孟浩然，名浩，字浩然，襄州襄阳（今湖北襄阳）人，唐代著名山水田园诗人，世称"孟襄阳"，因未曾入仕，又称"孟山人"。事详《新唐书》卷二〇三《文艺传》。

[2]语出王维《辋川闲居》，见《全唐诗》卷一二六。

[3]语出王维《出塞》，见《全唐诗》卷一二八。

[4]语出王维《秋夜独坐》，见《全唐诗》卷一二六。

[5]玄黄：比喻外表，非本质的东西。

[6]神检：非凡的品格。检，品格。

[7]皮生：指皮日休，见一·一八注[1]。

[8]第：只是。

【译文】

王维的才力胜过孟浩然，从精巧之处到细微之处，不露斧凿痕迹，所以是上等的作品。中间也有没有仔细推敲的地方，例如在五言律诗中"青门""白

社""青菰""白鸟"在一首诗中交错运用；七言律诗中"暮云空碛时驱马""玉
靶角弓珠勒马"，两个"马"字重复压韵脚；"独坐悲双鬓"与"白发终难变"
两句重复。其他的诗也往往会有这些问题，虽然不足以影响全篇成为好诗，但
是也会令作品的质量有所降低。欣赏者不应斤斤计较这些瑕疵，要深入品味诗
歌的内在品格。孟浩然作诗构思极为刻苦，一旦成篇，就有超然的意蕴。皮日
休撷取他诗作中的佳句，认为足以与古人争胜。只是他诗的句子不超过五字，
整篇不超出四十字，这是他诗歌的短处。

四·一九

"居庸城外猎天骄"一首[1]，佳甚，非两"马"字犯，当足压卷[2]。然两
字俱贵难易，或稍可改者，"暮云"句"马"字耳。

【注释】

[1]语出王维《出塞》，见《全唐诗》卷一二八。"居庸城外猎天骄"一作"居
延城外猎天骄"。

[2]压卷：诗文书画中压倒其他作品的最佳之作。

【译文】

王维的"居庸城外猎天骄"这首诗写得很好，若不是两个"马"字在韵脚
相犯，足可以当成压卷之作。但是这两个字的可贵之处都在于难以替代，或许
可以对"暮云"句的"马"字稍加更改。

四·二〇

李颀"花宫仙梵""物在人亡"二章[1]，高适"黄鸟翩翩""嗟君此别"二咏[2]，
张谓"星轺计日"之句[3]，孟浩"县城南面"之篇[4]，不作奇事丽语，以平
调行之，却足一倡三叹。

【注释】

[1]语出李颀《宿莹公禅房闻梵》及《题卢五旧居》，见《全唐诗》卷
一三四。

[2]语出高适《东平别前卫县李寀少府》及《送李少府贬峡中王少府贬长

沙》，见《全唐诗》卷二一四。

[3] 语出张谓《别韦郎中》，见《全唐诗》卷一九七。张谓，字正言，河内（今河南沁阳）人，唐玄宗至代宗间人物，多饮宴送别之作。

[4] 语出孟浩然《登安阳城楼》，见《全唐诗》卷一六〇。

【译文】

李颀的"花宫仙梵""物在人亡"这两首诗，高适的"黄鸟翩翩""嗟君此别"这两首诗，张谓"星轺计日"这句诗，孟浩然"县城南面"这个诗篇，不描写奇闻逸事，不使用华丽的语句，用平调进行写作，却也足以令人一唱三叹。

四·二一

于鳞选老杜七言律[1]，似未识杜者。恨曩[2]不为极言[3]之，似非忠告。

【注释】

[1] 清潘德舆《养一斋诗话》卷九："李于鳞选唐诗（指《古今诗删》），所选七律，于老杜《诸将》《咏怀古迹》等作，亦一概不录；若初唐人应制诸篇，则累累选之，不知有何意绪？"

[2] 曩：以往，从前。

[3] 极言：竭力陈说。

【译文】

李攀龙《古今诗删》所选杜甫的七言律诗，似乎没有认识到杜甫诗歌的精髓。遗憾之前没有对他的问题进行彻底言说，似乎也没有进行忠告。

四·二二

青莲拟古乐府，以己意己才发之，尚沿六朝旧习，不如少陵以时事创新题也。少陵自是卓识，惜不尽得本来面目耳。

【译文】

李白创作古乐府诗歌，是凭借自己的心意与才能来写，仍沿袭六朝时期的乐府古题，不如杜甫用时事来创新题。杜甫自然是有远见卓识，只可惜有些偏离乐府的本来面目。

四·二三

谢氏，俳[1]之始也。陈及初唐，俳之盛也。盛唐，俳之极也。六朝不尽俳，乃不自然；盛唐俳，殊自然。未可以时代优劣也。

【注释】

[1]俳：俳句，对偶的诗句。

【译文】

谢灵运的创作是俳句的开始。陈子昂以及初唐时期诗人的创作是俳句的盛行时期。六朝时期不尽是俳句，却不自然；盛唐时期盛行俳句，反而自然。所以不可以以时代来论断诗歌的优劣。

四·二四

七言绝句，盛唐主气，气完而意不尽工；中、晚唐主意，意工而气不甚完。然各有至者，未可以时代优劣也。

【译文】

七言绝句，盛唐时主要表现气，气完全表现出来但是用意不够精巧；中、晚唐主要表现意，用意精巧但是诗歌中的气没有完全表现出来。然而每个时期都有很优秀的人，所以不可以以时代来论断诗歌的优劣。

四·二五

"远公遁迹庐山岑"[1]，刻本下皆云"开山幽居"，不唯声调不谐，抑亦意义无取。吾弟懋[2]定以为"开士"[3]，甚妙。盖言昔日远公[4]遁迹之岑，今为开士幽居之地。"开士"见佛书。

【注释】

[1]语出李颀《题璿公山池》，《全唐诗》卷一三四。原诗有"远公遁迹庐山岑，开山幽居祇树林"句。

[2]王世懋，字敬美，别号麟州，时称少美，苏州府太仓（今江苏太仓）人，王世贞弟，好学，善诗文，著述颇富。事详《明史》卷二八七《文苑传》。

[3] 开士："菩萨"的异名，亦是对僧徒的尊称。

[4] 远公：慧远的尊称。慧远，俗姓贾，雁门楼烦（今属山西原平）人，东晋高僧，博览群书，于庄、老、易学均有研究，曾师事道安，为净土宗始祖。

【译文】

诗句"远公遁迹庐山岑"，刻本中的下一句开头是"开山幽居"，不仅声调不和谐，也思考不出其中意义。我的弟弟王世懋认为"开山"是笔误，应该改为"开士"，我觉得很精妙。大概意思是高僧慧远曾经隐居之山，现在成了僧徒幽居之地。"开士"见于佛书。

四·二六

盛唐七言律，老杜外，王维、李颀、岑参耳。李有风调而不甚丽，岑才甚丽而情不足，王差[1]备美。

【注释】

[1] 差：基本上。

【译文】

盛唐时期七言律诗，除杜甫以外，还有王维、李颀、岑参等人。李颀的诗歌有风韵格调但是语言不够华美，岑参有才华且诗歌语言华丽但是感情不够充足，王维的诗基本都具备。

四·二七

六朝之末，衰飒[1]甚矣。然其偶俪[2]颇切，音响稍谐，一变而雄，遂为唐始。再加整栗[3]，便成沈、宋。人知沈、宋律家正宗，不知其权舆于三谢[4]，橐籥[5]于陈、隋也。诗至大历，高、岑、王、李之徒，号为已盛，然才情所发，偶与境会，了不自知其堕者。如"到来函谷愁中月，归去磻溪梦里山"[6]"鸿雁不堪愁里听，云山况是客中过"[7]"草色全经细雨湿，花枝欲动春风寒"[8]，非不佳致，隐隐逗漏钱、刘出来[9]。至"百年强半仕三已，五亩就荒天一涯"[10]，便是长庆以后手段。吾故曰：衰中有盛，盛中有衰，各含机藏隙。盛者得衰而变之，功在创始；衰者自盛而沿之，弊滋趋下。又曰：胜国之败材，乃兴邦之隆干[11]；熙朝[12]之佚事，即衰世之危端。此虽人力，自是天地间阴阳剥复[13]之妙。

【注释】

[1] 衰飒：败落。

[2] 偶俪：对偶。

[3] 整栗：严整，严谨。

[4] 权舆：起始，萌芽。三谢：谢灵运、谢惠连、谢朓。

[5] 橐籥：原为古代冶炼时用以鼓风吹火的装置，犹今之风箱。喻指生发、化育。

[6] 语出岑参《暮春虢州东亭送李司马归扶风别庐》，见《全唐诗》卷二〇一。

[7] 语出李颀《送魏万之京》，见《全唐诗》卷一三四。

[8] 语出王维《酌酒与裴迪》，见《全唐诗》卷一二八。

[9] 逗漏：透漏，泄露。钱、刘：指钱起与刘长卿，两人为中唐诗风代表。钱起，字仲文，吴兴（今浙江湖州）人，曾任考功郎中，故世称"钱考功"，有"大历十才子之冠"美誉，与郎士元齐名，时称"前有沈宋，后有钱郎"。刘长卿，字文房，河间（今河北河间）人，唐时大臣、诗人，官终随州刺史，世称"刘随州"，工于诗，长于五言，自称"五言长城"。

[10] 语出高适《重阳》，见《全唐诗》卷二一四。"百年强半仕三已"一作"百年将半仕三已"。

[11] 胜国：被灭亡的国家。隆干：原指大木，喻栋梁之材。

[12] 熙朝：指兴盛的朝代。

[13] 剥复：为二卦名。坤下艮上为《剥》，表示阴盛阳衰。震下坤上为《复》，表示阴极而阳复。后以"剥复"谓盛衰、消长。

【译文】

六朝末期，诗歌颓废败落。然而此时诗歌注重对仗，音韵和谐，诗风变得雄壮，这就是初唐诗歌开端。其后进一步规范整顿，便到了沈佺期与宋之问的律诗时期。大家皆知沈佺期与宋之问是律诗正统,但是不知道其实他们是萌生于三谢,衍生于陈朝与隋朝。诗歌到大历前后,高适、岑参、王维、李颀等人,号称已到盛大之时,然而他们凭借才情而创作,偶尔与物境相合,完全不知自己的诗歌正在衰落。例如"到来函谷愁中月,归去磻溪梦里山""鸿雁不堪愁里听,云山况是客中过""草色全经细雨湿,花枝欲动春风寒",并非没有高雅的情趣,而是已经流露出钱起和刘长卿的中唐风貌。至于"百年强半仕三已,五亩就荒天一涯"这句诗,便是长庆以后的写作手法了。所以我认为:衰败中有昌盛,昌盛中也蕴含衰败,各自含有自身的机缘和潜伏的缺陷。昌盛者得自于对衰败的改变,功勋在于开创;衰败者得自于对鼎盛的因循,弊端毛病便由此滋生并每况愈下。还认为:已亡之国的无用之人正是将盛之国的栋梁之材,而兴盛王朝中的失于记载的事件也许正是时代衰落危机的开端。这虽是人为之事,但也是天地间自然发展变化、盛衰循环的精妙之理。

四·二八

何仲默取沈云卿《独不见》[1],严沧浪取崔司勋《黄鹤楼》[2],为七言律压卷。二诗固甚胜,百尺无枝[3],亭亭独上,在厥体中,要不得为第一也。沈末句是齐、梁乐府语,崔起法是盛唐歌行语。如织官锦间一尺绣,锦[4]则锦矣,如全幅何?老杜集中,吾甚爱"风急天高"一章[5],结亦微弱;"玉露凋伤"[6]"老去悲秋"[7],首尾匀称,而斤两不足;"昆明池水"[8],秾丽沉切,惜多平调,金石之声微乖耳。然竟当于四章求之。

【注释】

[1]《独不见》:又名《古意呈补阙乔知之》,见《全唐诗》卷九六。何仲默:即何景明,见一·二六注[1]。沈云卿:即沈佺期,见四·三注[7]。

[2]《黄鹤楼》:即崔颢《黄鹤楼》,见《全唐诗》卷一三〇。崔颢,盛唐时期汴州(今河南开封)人,官至司勋员外郎,人称"崔司勋"。元辛文房《唐才子传》卷一载:"好蒲博,嗜酒,娶妻择美者,稍不惬即弃之,凡易三四。"

[3]百尺无枝:百尺之间没有枝桠,比喻没有人能比得上。

[4]锦:形容色彩鲜艳华美。

[5] 风急天高：杜甫《登高》句，见《全唐诗》卷二二七。

[6] 玉露凋伤：杜甫《秋兴八首》其一句，见《全唐诗》卷二三〇。

[7] 老去悲秋：杜甫《九日蓝田崔氏庄》句，见《全唐诗》卷二二四。

[8] 昆明池水：杜甫《秋兴八首》其七句，见《全唐诗》卷二三〇。

【译文】

何景明认为沈佺期的《古意呈补阙乔知之》，严羽认为崔颢的《黄鹤楼》都是七言律诗最优秀之作。这两首诗固然很好，超越了很多其他作品，但是在这一体裁中也不足以当第一。沈佺期诗的末句是齐、梁乐府风格，崔颢的起句是盛唐的歌行风格。就如官锦中间杂一尺刺绣，它本身的确美丽，但对全锦的意义不大。杜甫的诗集中，我很喜欢《登高》这首诗，但是结句气势也有些微弱；《秋兴》八首其一与《九日蓝田崔氏庄》，首尾匀称，但并非独拔之句；《秋兴》八首其七则浓重艳丽，只可惜多为平调，缺少铿锵起伏的音乐美。即便如此，七言律诗的"压卷"之作，也应该从这四首诗中选出。

四·二九

李于鳞言唐人绝句，当以"秦时明月汉时关"[1]压卷。余始不信，以少伯集中有极工妙者。既而思之，若落意解，当别有所取；若以有意无意、可解不可解间求之，不免此诗第一耳。

【注释】

[1] 语出王昌龄《出塞》二首之一，见《全唐诗》卷一八。

【译文】

李攀龙认为唐朝的绝句，应当以"秦时明月汉时关"为最优秀。开始我是不信的，认为王昌龄的诗集中还有更加工巧精妙的诗句。后来又思考一番，如果只是做字面意思解析，好像别的诗更为优秀；但如果以意义的若隐若现，以及朦胧之美来看这首诗，那么则不愧为第一。

四·三〇

有一贵人时名者，尝谓予："少陵伧语[1]，不得胜摩诘。所喜摩诘也。"予答言："恐足下不喜摩诘耳，喜摩诘又焉能失少陵也。少陵集中，不啻[2] 有数摩诘，能洗眼静坐三年读之乎？"其人意不怿[3] 去。

【注释】

[1] 伧语：指鄙俚的文辞。

[2] 不啻：不仅，何止。

[3] 怿：高兴。

【译文】

有一个很有名望的人曾经对我说："杜甫文辞鄙俚，比不上王维，所以我喜欢王维。"我回答道："恐怕你也不喜欢王维，喜欢王维又怎么会不喜欢杜甫呢。杜甫的诗集何止包含数个王维，你能静下心来认真读三年吗？"此人非常不快地离开了。

四·三一

"峨眉山月半轮秋，影入平羌江水流。夜发清溪向三峡，思君不见下渝州"[1]，此是太白佳境。然二十八字中，有峨眉山、平羌江、清溪、三峡、渝州，使后人为之，不胜痕迹矣，益见此老垆锤[2] 之妙。

【注释】

[1] 语出李白《峨眉山月歌》，见《全唐诗》卷一六七。

[2] 垆锤：亦作"炉锤"，冶炼锻造的工具。此指字句的锤炼。

【译文】

"峨眉山月半轮秋，影入平羌江水流。夜发清溪向三峡，思君不见下渝州"，这是李白诗歌中的佳境。然而二十八个字中，有峨眉山、平羌江、清溪、三峡、渝州五个地名，如果后人这样作诗，是做不到像李白这样不露痕迹的，由此更加可见他字句锤炼的妙处。

四·三二

摩诘七言律，自"应制"[1]"早朝"[2] 诸篇外，往往不拘常调。至"酌酒与君"[3] 一篇，四联皆用仄法，此是初、盛唐所无，尤不可学。凡为摩诘体者，必以意兴发端，神情傅合 [4]，浑融疏秀 [5]，不见穿凿之迹；顿挫抑扬，自出宫商之表可耳。虽老杜以歌行入律，亦是变风，不宜多作，作则伤境。

【注释】

[1] 应制：指王维《奉和圣制从蓬莱向兴庆阁道中留春雨中春望之作应制》，见《全唐诗》卷一二八。

[2] 早朝：指王维《和贾舍人早朝大明宫之作》，见《全唐诗》卷一二八。

[3] 酌酒与君：语出王维《酌酒与裴迪》，见《全唐诗》卷一二八。

[4] 傅合：附会。

[5] 疏秀：亦作"疎秀""疎秀"，挺拔秀丽。

【译文】

王维的七言律诗，除《奉和圣制从蓬莱向兴庆阁道中留春雨中春望之作应制》及《和贾舍人早朝大明宫之作》几首外，往往不拘泥于常法。到《酌酒与裴迪》这篇，四联皆为拗体，初盛唐时期没有这样作诗的法则，后人不必效仿。凡是效仿王维诗体的人，一定是以心意萌动为发端，想象与情感相互协调，文辞浑融一体、挺拔秀丽，没有雕琢斧凿的痕迹；节奏抑扬顿挫，具备音乐之美。即使杜甫以歌行入律体，也是改变诗歌风气，这种方法不宜多用，容易损伤诗歌意境。

四·三三

孟襄阳"欲寻芳草去，惜与故人违" [1] "林花扫更落，径草踏还生" [2]，韦左司"身多疾病思田里，邑有流亡愧俸钱" [3]，虽格调非正，而语意亦佳，于鳞乃深恶之 [4]，未敢从也。

【注释】

[1] 语出孟浩然《留别王侍御维》，见《全唐诗》卷一六〇。

[2] 语出孟浩然《春中喜王九相寻》（一作《晚春》），见《全唐诗》卷一六〇。

[3] 语出韦应物《寄李儋元锡》，见《全唐诗》卷一八八。韦应物，字义博，唐代京兆杜陵（今陕西西安）人，因出任过苏州刺史，世称"韦苏州"，亦曾官

左司郎中，又称"韦左司"。诗风恬淡高远，以善于写景和描写隐逸生活著称。

[4] 指李攀龙《古今诗删》未收录上述诸诗。

【译文】

孟浩然的诗句"欲寻芳草去，惜与故人违""林花扫更落，径草踏还生"，与韦应物的诗句"身多疾病思田里，邑有流亡愧俸钱"，虽然格调不是很正统，但是语意很好，李攀龙非常厌恶这几句诗，但是我不认同他的观点。

四·三四

太白《鹦鹉洲》[1]一篇，效颦《黄鹤》[2]，可厌，"吴宫""晋代"二句，亦非作手[3]。律无全盛者，唯得两结耳："总为浮云能蔽日，长安不见使人愁。"[4]"借问欲栖珠树鹤，何年却向帝城飞。"[5]

【注释】

[1]《鹦鹉洲》：指李白《登金陵凤凰台》，见《全唐诗》卷二三。按李白另有《鹦鹉洲》诗，结合文义，此处当为《登金陵凤凰台》。

[2]《黄鹤》：指崔颢《黄鹤楼》，见《全唐诗》卷一三〇。

[3] 作手：创作诗文的能手。

[4] 语出《登金陵凤凰台》。

[5] 语出李白《送贺监归四明应制》，见《全唐诗》卷一七六。

【译文】

李白《登金陵凤凰台》这篇诗，效仿崔颢的《黄鹤楼》，令人生厌。该诗中的"吴宫花草埋幽径，晋代衣冠成古丘"两句，也不是创作的佳笔。李白的律诗没有全篇都很好的，佳句只有"总为浮云能蔽日，长安不见使人愁"和"借问欲栖珠树鹤，何年却向帝城飞"两个结句。

四·三五

太白不成语者少，老杜不成语者多，如"无食无儿"[1]"举家闻若骇"[2]之类。凡看二公诗，不必病其累句[3]，不必曲为之护，正使[4]瑕瑜不掩[5]，亦是大家。

【注释】

[1] 语出杜甫《又呈吴郎》，见《全唐诗》卷二三一。

[2] 语出杜甫《从人觅小胡孙许寄》，见《全唐诗》卷二二五。"骇"一作"欬""咳"。

[3] 累句：病句，见四·六注[6]。

[4] 正使：纵使，即使。

[5] 瑕瑜不掩：瑕疵与优点不能互相掩映。

【译文】

李白诗中语句不通的少，杜甫诗中语句不通的很多，比如"无食无儿""举家闻若骇"之类。但凡看这两位诗人的诗，不必把这些病句当作弊端，也不必想办法为他们辩护，纵使瑕疵缺点不能被遮掩，他们依然是大家。

四·三六

七言排律[1]创自老杜，然亦不得佳。盖七字为句，束以声偶，气力已尽矣。又欲衍之使长，调高则难续而伤篇，调卑则易冗而伤句，合璧[2]犹可，贯珠[3]益艰。

【注释】

[1] 排律：律诗的一种。按律诗定格加以铺排延长，故名。

[2] 合璧：指将诗句拼凑、组合在一起。

[3] 贯珠：比喻具有珠圆玉润之声的诗句。

【译文】

杜甫创造了七言排律，然而他的创作也并不好。因为七言组成一句，又以声律对偶加以约束，才气已经耗尽。又想要扩展诗句使篇幅变长，起调太高就会难以连接下去，最终损害全篇，起调太低就容易损害句子，使之庸劣多余。仅仅将诗句配合得宜还可以做到，想要使诗句贯通圆润就更加艰难。

四·三七

杨用修[1]驳宋人"诗史"之说[2]，而讥少陵云[3]："诗刺淫乱，则曰'雍雍鸣雁，旭日始旦’[4]，不必曰‘慎莫近前丞相嗔’[5]也；悯流民，则曰‘鸿雁于飞，哀鸣嗷嗷’[6]，不必曰‘千家今有百家存’[7]也；伤暴敛，则曰‘维南有箕，载翕其舌’[8]，不必曰‘哀哀寡妇诛求尽’[9]也；叙饥荒，则曰‘牂羊羵首，三星在罶’[10]，不必曰‘但有牙齿存，所堪骨髓干’[11]也。”其言甚辩而核[12]，然不知向所称皆兴比耳。诗固有赋，以述情切事为快，不尽含蓄也。语荒而曰“周余黎民，靡有孑遗”[13]。劝乐而曰“宛其死矣，它人入室”[14]。讥失仪而曰“人而无礼，胡不遄死”[15]。怨谗而曰“豺虎不食，投畀有北”[16]。若使出少陵口，不知用修何如贬剥也。且“慎莫近前丞相嗔”，乐府雅语，用修乌足知之。

【注释】

[1] 用修：杨慎字，见原序一注[3]。

[2] 按：“诗史”之称，始见于唐孟棨《本事诗·高逸第三》：“杜逢禄山之难，流离陇蜀，毕陈于诗，推见至隐，殆无遗事，故当时号为‘诗史’。”其后《新唐书·杜甫传》《诗人玉屑》等，皆有称引。

[3] 语出杨慎《升庵诗话》卷一一。

[4] 语出《国风·邶风·匏有苦叶》。

[5] 语出杜甫《丽人行》，见《全唐诗》卷二一六。

[6] 语出《诗经·小雅·鸿雁》。

[7] 语出杜甫《白帝》，见《全唐诗》卷二二九。

[8] 语出《诗经·小雅·大东》。

[9] 语出杜甫《白帝》，见《全唐诗》卷二二九。

[10] 语出《诗经·小雅·苕之华》。

[11] 语出杜甫《垂老别》，见《全唐诗》卷二一七。原作“幸有牙齿存，所悲骨髓干”。

[12] 辩：清楚。核：翔实。

[13] 语出《诗经·大雅·云汉》。

[14] 语出《诗经·唐风·山有枢》。

[15] 语出《诗经·鄘风·相鼠》。

[16] 语出《诗经·小雅·巷伯》。

【译文】

　　杨慎驳斥宋人将杜甫看成"诗史"的说法，而讥讽说："诗歌讽谏淫乱，就可以说'雍雍鸣雁，旭日始旦'，而不一定如杜甫所说'慎莫近前丞相嗔'；悲悯流民，就可以说'鸿雁于飞，哀鸣嗷嗷'，而不一定要说'千家今有百家存'；感伤暴敛，就可以说'维南有箕，载翕其舌'，不必说'哀哀寡妇诛求尽'；叙述饥荒，就可以说'牂羊羵首，三星在罶'，不必说'但有牙齿存，所堪骨髓干'。"这番言论十分明白、翔实，然而不知道人们原来都是因为比兴手法的使用才称赞这些诗句的。诗本来还有平铺直叙这一手法，以表述情感、细描事件为畅快，不必都用比兴之类的含蓄方式。言说饥荒可以说"周余黎民，靡有孑遗"；劝慰人欢愉可以说"宛其死矣，它人入室"；讥讽他人仪态有失可以说"人而无礼，胡不遄死"；怨刺谗言可以说"豺虎不食，投畀有北"。如果这些话出自杜甫笔下，不知道杨慎要怎样去贬斥。况且"慎莫近前丞相嗔"这样的乐府雅语，杨慎哪里能够明白呢？

四·三八

　　刘随州五言长城[1]，如"幽州白日寒"[2]语，不可多得。惜十章以还，便自雷同不耐检。

【注释】

　　[1] 刘随州：即刘长卿，有"五言长城"之称，见四·二七注[9]。

　　[2] 语出刘长卿《穆陵关北逢人归渔阳》，见《全唐诗》卷一四七。

【译文】

　　刘长卿有"五言长城"之称，像"幽州白日寒"这样的佳句是不可多得的。可惜十篇以后，便自相雷同，经受不住检视了。

四·三九

　　钱、刘[1]并称故耳，钱似不及刘。钱意扬，刘意沉；钱调轻，刘调重。如"轻寒不入宫中树，佳气常浮仗外峰"[2]，是钱最得意句，然上句秀而过巧，下句宽而不称。刘结语"匹马翩翩春草绿，邵陵西去猎平原"[3]何等风调[4]！"家散万金酬士死，身留一剑答君恩"[5]，自是壮语。而于鳞不录[6]，又所未解。

【注释】

[1] 钱、刘：指钱起、刘长卿，见四·二七注[9]。

[2] 语出钱起《和李员外扈驾幸温泉宫》，见《全唐诗》卷二三九。

[3] 语出刘长卿《献淮宁军节度使李相公》，见《全唐诗》卷一五一。一作"白马翩翩春草细，郊原西去猎平原"。

[4] 风调：指诗文的格调。

[5] 语出刘长卿《献淮宁军节度使李相公》。

[6] 李攀龙《古今诗删》未录刘长卿之作，故云。

【译文】

钱起和刘长卿齐名，但是钱起似乎比不上刘长卿。钱起意气飞扬，刘长卿意气沉着；钱起格调轻浮，刘长卿格调厚重。例如"轻寒不入宫中树，佳气常浮仗外峰"是钱起最得意的句子，然而上句过于秀气精巧，下句又过于宽泛而与上句不相称。刘长卿的结句"匹马翩翩青草绿，邵陵西去猎平原"是何等的风致格调！"家散万金酬士死，身留一剑答君恩"也是雄壮之语。然而李攀龙在《古今诗删》中却没有录入刘长卿的诗，不知道是什么原因。

四·四〇

李长吉[1]师心[2]，故尔作怪，亦有出人意表者。然奇过则凡，老过则稚，此君所谓不可无一，不可有二。

【注释】

[1] 李贺，字长吉，河南福昌（今河南宜阳）人，世称"李昌谷"，诗风奇丽，有"诗鬼"之称，是中唐到晚唐诗风转变期代表人物。事详《新唐书》卷二〇三《文艺传》。

[2] 师心：以心为师，不拘泥成法。

【译文】

李贺以心为师不拘成法，因此诗风奇诡，也会有出人意表的诗句。然而太过出奇就会归于平凡，太过老成就会归于幼稚，这就是人们说的不可以没有，也不可以太多的道理。

四·四一

韦左司[1]平淡和雅，为元和之冠。至于拟古，如"无事此离别，不知今生死"[2]语，使枚、李[3]诸公见之，不作呕耶？此不敢与文通[4]同日，宋人乃欲令之配陶陵谢，岂知诗者？柳州[5]刻削虽工，去之稍远。近体卑凡，尤不足道。

【注释】

[1] 韦左司：即韦应物，见四·三三注 [3]。

[2] 语出韦应物《拟古诗十二首》之二，见《全唐诗》卷一八六。"无事此离别"一作"无事久离别"。

[3] 枚、李：指枚乘、李陵，分别见二·五〇注 [1] 及二·二七注 [1]。

[4] 文通：江淹字，见一·一一注 [1]。

[5] 柳州：指柳宗元，见一·三六注 [1]。

【译文】

韦应物的诗歌平和淡雅，是元和时期诗人的魁首。至于拟古诗，比如"无事此离别，不知今生死"，如果让枚乘、李陵看到了怎么能不作呕呢？这样的诗都不能和江淹的诗同日而语，宋人把他的诗和陶渊明、谢灵运的诗相匹配，哪里懂得欣赏诗呢？柳宗元虽然作诗工整精巧，然而与韦应物还有点距离。他的近体低下平庸，尤其不足称道。

四·四二

韦左司"今朝郡斋冷"[1]，是唐选佳境。

【注释】

[1] 语出韦应物《寄全椒山中道士》，见《全唐诗》卷一八八。

【译文】

韦应物的"今朝郡斋冷"一句，是唐诗中的上乘之作。

四·四三

韩退之[1]于诗本无所解，宋人呼为大家，直是势利他语。子厚[1]于《风》《雅》《骚》赋，似得一斑。

【注释】

[1]退之：韩愈字，见一·三五注[1]。

[2]子厚：柳宗元字，见一·三六注[1]。

【译文】

韩愈本来就不懂诗歌，宋人称呼他为"大家"，只是从固有声名、地位出发的外行说。柳宗元对于《风》《雅》《颂》之中的赋法，似乎有一些继承。

四·四四

退之《海神庙碑》[1]，犹有相如[2]之意；《毛颖传》[3]，尚规子长[4]之法。子厚《晋问》[5]，颇得枚叔[6]之情；《段太尉逸事》[7]，差[8]存孟坚[9]之造。下此益远矣。

【注释】

[1]《海神庙碑》：即韩愈《南海神庙碑》，见《韩昌黎集》卷三一。

[2]相如：即司马相如，见一·五注[1]。

[3]《毛颖传》：见《韩昌黎集》卷三六。

[4]子长：司马迁字，见一·七四注[4]。

[5]《晋问》：见《柳河东集》卷一五。该文为柳宗元作品中为数不多的散体大赋，仿枚乘《七发》而作。

[6]枚叔：枚乘，字叔，见二·五〇注[1]。

[7]《段太尉逸事》：即柳宗元《段太尉逸事状》，见《柳河东集》卷八。

[8]差：大致。

[9]孟坚：班固字，见二·三九注[2]。

【译文】

韩愈的《南海神庙碑》，还有司马相如的意趣；其《毛颖传》，尚且符合司马迁的法度。柳宗元的《晋问》十分具备枚乘的情彩；《段太尉逸事状》大致还可以存有班固的造诣。尚且不如他们的人距离这些标准就越来越远了。

四·四五

子厚诸记，尚未是西京，是东京之洁峻[1]有味者。《梓人传》[2]，柳之懿[3]乎？然大有可言。相职居简[4]握要，收功用贤，在于形容梓人处，已妙。只一语结束，有万钧之力，可也。乃更喋喋不已，夫使引者发而无味，发者冗而易厌。奚[5]其文？奚其文？

【注释】

[1]洁峻：神气轩昂，高大。

[2]《梓人传》：见《柳河东集》卷一七。梓人：木工，建筑设计者。该文以建筑设计者（梓人）在建造官室过程中的作用，况喻宰相的职责和重要性。

[3]懿：美。

[4]居简：持身宽略。

[5]奚：疑问词，犹何。

【译文】

柳宗元的诸篇散文，尚未达到西汉的水平，应接近东汉优秀而有滋味的作品。《梓人传》是柳宗元的佳作吗？这非常值得讨论。用建筑设计者来形容宰相一职行为自由、手握大权，收用功臣贤士，已经很完美。只用简单的语言收束全篇，会产生雷霆万钧的震撼效果，这就可以了。但作者却喋喋不休，使品读的读者有所感受但却体会不到余味，使试图阐发的人感觉到冗长和厌烦。这是什么文章呢？

四·四六

张为称白乐天"广大教化主"[1]。用语流便，使事平妥，固其所长，极有冗易可厌者。少年与元稹[2]角靡逞博，意在警策[3]痛快；晚更作知足语，千篇一律。诗道未成，慎勿轻看，最能易人心手。

【注释】

[1] 语出张为《诗人主客图》，见丁福保《历代诗话续编》。张为，字号不详，晚唐诗人，诗论家，闽中（今福建）人。其所撰《诗人主客图》，将唐代诗人按作品内容、风格分为六类，各以一人为主。白居易列为第一类诗人之首，被尊称为"广大教化主"。

[2] 元稹，见四·一三注[2]。

[3] 警策：形容文句精练扼要而含义深切动人。

【译文】

张为称白居易为推行广大教化的榜样。白居易的诗文用语流畅浅显，用典平稳妥帖，这些固然是他的长处，但是走向极端就会冗烦、简易、令人生厌。白居易年少时与元稹竞相展示语言华美和知识广博，着意于让诗句有深意且打动人心；他晚年改变诗风，创作诸多自娱自乐的作品，千篇一律。作诗之道未修炼成熟之时，切勿轻视，否则最容易改变诗人的内心和创作。

四·四七

《连昌宫辞》[1]似胜《长恨》[2]，非谓议论也，《连昌》有风骨[3]耳。玉川《月蚀》[4]是病热人呓语。前则任华[5]，后者卢仝、马异[6]，皆乞儿唱长短急口歌[7]博酒食者。

【注释】

[1]《连昌宫辞》：即元稹《连昌宫词》，见《全唐诗》卷四一九。

[2]《长恨》：即白居易《长恨歌》，见《全唐诗》卷四三五。

[3] 风骨：文学作品刚健遒劲的格调。

[4]《月蚀》：即卢仝《月蚀诗》，见《全唐诗》卷三八八。卢仝，自号玉川子，范阳（今河北涿州）人，诗风奇诡险怪，人称"卢仝体"，初唐四杰卢照邻嫡系孙，事详《唐才子传》卷五。

[5] 任华，生卒、字号不详，青州乐安（今山东博兴）人，与李白、杜甫、高适有交往，性情耿介，狂放不羁，仕途不顺。

[6] 马异，生卒、字号不详，睦州（今浙江淳安）人，一说洛阳（今河南洛阳）人，一说睦州人。性情高疏，词调怪涩，与卢仝友善。

[7] 急口歌：一口气唱完大段歌词的顺口歌。

【译文】

《连昌宫辞》似乎胜过《长恨歌》，并不是因为《连昌宫辞》多发议论，而是因为其具备刚健的格调。卢仝的《月蚀诗》是发烧病人的呓语。类似的风格，在他之前有任华，在他之后有卢仝、马异，他们都是乞丐一般，通过唱或长或短的顺口歌来博取酒食的人。

四·四八

唐人有佳句而不成篇者，如孟浩然"微云澹河汉，疏雨滴梧桐"[1]，杨汝士"昔日兰亭无艳质，此时金谷有高人"[2]，尉迟匡"夜夜月为青冢镜，年年雪作黑山花"[3]，每恨不见入集中。杨用修尝为"青冢""黑山"补一首[4]，终不能称。近顾氏[5]编《国雅》，乃称为用修得意语，可笑。

【注释】

[1] 孟浩然诗散句，见《全唐诗》卷一六〇。

[2] 杨汝士诗散句，见《全唐诗》卷四八四。杨汝士，约唐穆宗长庆初前后在世，字慕巢，虢州弘农（今河南灵宝）人。

[3] 尉迟匡《塞上曲》诗散句，见《全唐诗》卷七九五。尉迟匡，生卒、字号不详，幽并间（今河北、山西一带）人，唐开元时期进士。

[4] 指杨慎《足唐人句效古塞下曲》，见《升庵集》卷一四。该诗亦有"夜夜月为青冢镜，年年雪作黑山花"句。

[5] 顾起纶，字玄纬、更生，号元名，无锡（今江苏无锡）人，明代官员，善书法，与王世贞同时，二人有观点争鸣。著《国雅》二十卷、续集四十卷，卷首列《品目》一卷，单行称《国雅品》，仿钟嵘《诗品》体例，以人为纲，分上中下三品。该单行本收于丁福保《历代诗话续编》。《国雅品·士品三》称杨慎"'夜夜月为青冢镜，年年雪作黑山花'……非雕饰曼语"。

【译文】

唐代诗人有写出佳句然而不能成篇的，比如孟浩然的"微云澹河汉，疏雨滴梧桐"，杨汝士的"昔日兰亭无艳质，此时金谷有高人"，尉迟匡的"夜夜月为青冢镜，年年雪作黑山花"，每次我都遗憾不能看见这些佳句被收入诗选中。杨慎尝试将"夜夜月为青冢镜，年年雪作黑山花"补成一首诗，最终没能如愿。近来顾起纶编写《国雅》，把杨慎的补诗看成他的得意之作，令人发笑。

四·四九

白香山初与元相[1]齐名，时称"元白"。元卒，与刘宾客[2]俱分司洛中，遂称"刘白"。白极重刘"雪里高山头白早，海中仙果子生迟"[3]"沉舟侧畔千帆过，病树前头万木春"[4]，以为有神助。此不过学究之小有致者。白又时时颂李颀"渭水自清泾至浊，周公大圣接舆狂"[5]，欲模拟之而不可得。徐凝"千古长如白练飞，一条界破青山色"[6]，极是恶境界，白亦喜之，何也？风雅不复论矣。张打油，胡钉铰[7]，此老便是作俑。

【注释】

[1]白居易，字乐天，号香山居士，又号醉吟先生，下邽（陕西渭南）人，与元稹同为新乐府运动倡导者，世称"元白"，与刘禹锡并称"刘白"。事详《新唐书》卷一一九《白居易传》。元相：即元稹，见四·一三注[2]。

[2]刘宾客：即刘禹锡，见一·一六注[1]。

[3]语出刘禹锡《苏州白舍人寄新诗，有叹早白无儿之句，因以赠之》，见《全唐诗》卷三六〇。

[4]语出刘禹锡《酬乐天扬州初逢席上见赠》，见《全唐诗》卷三六〇。

[5]语出李颀《杂兴》，见《全唐诗》卷一三三。"渭水自清泾至浊"一作"济水自清河自浊"。李颀：见四·一二注[6]。

[6]语出徐凝《庐山瀑布》，见《全唐诗》卷四七四。"千古长如白练飞"一作"今古长如白练飞"。徐凝，生卒、字号不详，唐代睦州（今浙江建德东北）人，约元和、长庆前后在世。

[7]杨慎《升庵集》卷五六载："唐人有张打油，作《雪诗》云：'江山一笼

统，井上黑窟笼。黄狗身上白，白狗身上肿。'"计有功《唐诗纪事》卷二八《胡令能》："令能，莆田隐者。少为负局铰钉之业以所居列子之里，家贫，遇茶果必祭列子以求聪明。或梦人割其腹以一卷书内之，遂能吟咏。禅学尤邃，世谓胡钉铰者也。贞元、元和间人。"张打油、胡钉铰，皆指俚俗诗作者。

【译文】

白居易最初和元稹名声相齐，当时将他们称为"元白"。元稹去世后，白居易和刘禹锡分别在洛阳做官，所以称为"刘白"。白居易特别欣赏刘禹锡"雪里高山头白早，海中仙果子生迟""沉舟侧畔千帆过，病树前头万木春"这两句诗，认为好像有神力相助一样。它们不过是学识僵化者的小情趣。白居易又常常称赞李颀的"渭水自清泾至浊，周公大圣接舆狂"，想要模仿这句诗然而没有成功。徐凝的"千古长如白练飞，一条界破青山色"，这句诗的境界非常差，白居易也非常喜欢。为什么呢？因为他不重视风雅之美。张打油、胡钉铰之类的俚俗之风，白居易便是始作俑者。

四·五〇

刘禹锡作诗，欲入"饧"字，而以《六经》无之乃已。不知宋之问已用押韵矣，云"马上逢寒食，春来不见饧"[1]，刘用字谨严乃尔。然其答乐天，而有"笔底心犹毒，杯前胆不豵"[2]。豵，呼关反。此何谓也？

【注释】

[1]宋之问《途中寒食题黄梅临江驿寄崔融》有"马上逢寒食，途中属暮春"句，见《全唐诗》卷五二。沈佺期《岭表逢寒食》有"岭外无寒食，春来不见饧"句，见《全唐诗》卷九六。不见文中原诗，或为王世贞误录，存疑。

[2]语出刘禹锡《答乐天见忆》，见《全唐诗》卷三五八。"笔底心犹毒"一作"笔底心无毒"。

【译文】

刘禹锡作诗，想要把"饧"字入诗，然而因为《六经》里没有这个字就作罢了。不知道宋之问已经用这个字来押韵了，诗云"马上逢寒食，春来不见饧"，刘禹锡用字严谨到如此程度。然而他酬答白居易的诗中，却有"笔底心犹毒，杯前胆不豵"句。豵，原注为呼关反，这是什么意思呢？

四·五一

"款头诗"[1]"目连变"[2]"破船"[3]"卫子"[4]"如厕"[5]"失猫"[6]"白日见鬼"[7]固是谑语，然亦诗之病。

【注释】

[1][2]孟棨《本事诗·嘲戏》载："诗人张祜，未尝识白公，白公刺苏州，祜始来谒。才见白，白曰：'久钦籍，尝记得君款头诗。'祜愕然曰：'舍人何所谓？'白曰：'鸳鸯钿带抛何处，孔雀罗衫付阿谁？非款头何邪？'张顿首微笑，仰而答曰：'祜亦尝记得舍人目连变。'白曰：'何也？'祜曰：'上穷碧落下黄泉，两处茫茫皆不见。非目连变何邪？'遂与欢宴竟日。"款头：犹问头，指官府讯问罪人时写在纸上的问题。目连变：指《大目乾连冥间救母变文》，叙佛弟子目连上天入地寻找母亲故事。

[3][4]宋胡仔《苕溪渔隐丛话》前集卷五五引《西清诗话》称："高英秀者，吴越国人……尝讥名人诗病云：'李山甫《览汉史》云'王莽弄来曾半破，曹公将去便平沉'，定是破船诗。……杜荀鹤云'今日偶题题似着，不知题后更谁题'，此卫子诗也，不然安有四蹄。'""王莽弄来曾半破，曹公将去便平沉"语出唐李山甫《读汉史》，见《全唐诗》卷六四三。"今日偶题题似着，不知题后更谁题"语出唐杜荀鹤《题瓦棺寺真上人院矮桧》，见《全唐诗》卷六九二。卫子：驴的别称，以卫灵公好乘驴车得名。

[5]《苕溪渔隐丛话》前集卷五五引《东轩笔录》云："程师孟知洪州，于府中作静堂，自爱之，无日不到。作诗题于石曰'每日更忙须一到，夜深长是点灯来'，李元规见而笑曰'此乃是登溷之诗'。"溷：厕所。

[6]欧阳修《六一诗话》载："圣俞尝云'诗句义理虽通，语涉浅俗而可笑者，亦其病也'。……有咏诗者云'尽日觅不得，有时还自来'，本谓诗之好句难得尔，而说者云'此是人家失却猫儿诗'，人皆以为笑也。"

[7]宋岳珂《桯史》卷二《刘改之诗词》载："嘉泰癸亥岁，改之在中都……因效辛体《沁园春》一词……词曰'斗酒彘肩，醉渡浙江，岂不快哉！被香山

居士，约林和靖，与苏公等，驾勒吾回。坡谓西湖正如西子，浓抹淡妆临照台。诸人者，都掉头不顾，只管传杯。……'余时与之饮西园，改之中席自言，掀髯有得色。余率然应之曰：词句固佳，然恨无刀圭药，疗君'白日见鬼'症耳。坐中哄堂一笑，既而别去。"

【译文】

"款头诗""目连变""破船""卫子""如厕""失猫""白日见鬼"等评语固然有戏谑的成分，但其中也体现着作诗的弊病。

四·五二

"元轻白俗，郊寒岛瘦"[1]，此是定论。岛诗"独行潭底影，数息树边身"[2]，有何佳境？而三年始得，一吟泪流[3]。如《并州》[4]及《三月三十日》[5]二绝乃可耳。又"秋风吹渭水，明月满长安"[6]，置之盛唐，不复可别。

【注释】

[1]语出苏轼《祭柳子玉文》，见《东坡全集》卷九一。"元轻"指元稹诗歌有轻浮特征；"白俗"指白居易诗歌的通俗性；"郊寒"是说孟郊诗多寒苦之辞；"岛瘦"形容贾岛阴暗凄苦诗风。

[2]语出贾岛《送无可上人》，见《全唐诗》卷五七二。贾岛，字阆仙，自号"碣石山人"，范阳（今河北涿州）人，一生穷愁，苦吟作诗，其诗多写荒凉枯寂之境，长于五律，重词句锤炼。与孟郊齐名，事详《唐才子传》卷四。

[3]语出贾岛《题诗后》，见《全唐诗》卷五七四。此诗为"独行潭底影，数息树边身"的句下自注，原作"二句三年得，一吟双泪流"。

[4]《并州》：即贾岛《渡桑乾》，见《全唐诗》卷五七四。

[5]《三月三十日》：即贾岛《三月晦日赠刘评事》，见《全唐诗》卷五七四。

[6]语出贾岛《忆江上吴处士》，见《全唐诗》卷五七二。原作"秋风生渭水，落叶满长安"。

【译文】

"元轻白俗，郊寒岛瘦"这是固定的观念。贾岛的诗句"独行潭底影，数息树边身",哪里有什么佳境呢?却自题称三年才能写得,吟咏的时候流下双泪。像《渡桑乾》和《三月晦日赠刘评事》两首绝句才可观,同时"秋风吹渭水,明月满长安"这句诗,放在盛唐诗句中间也难以区分出来。

四·五三

昔人有言:元和以后文士,学奇于韩愈,学涩于樊宗师 [1]。歌行则学放于张籍 [2],诗句则学矫激 [3] 于孟郊,学浅易于白居易,学淫靡于元稹,俱谓之"元和体"。

【注释】

[1] 樊宗师,字绍述,南阳(今河南南阳)人,一作河中(今山西永济)人,唐散文家。作文诙奇险奥、艰涩怪僻,时称"涩体"。事详《新唐书》卷一五九《樊泽传》。

[2] 张籍,字文昌,吴郡(今江苏苏州)人,为韩愈门下大弟子,其乐府诗与王建齐名,并称"张王乐府"。曾官水部员外郎、国子司业等职,世称"张水部""张司业"。事详《新唐书》卷一七六《张籍传》。

[3] 矫激:指诗文风格特异而激切。

【译文】

以前的人有这样的说法:元和以后的文士,向韩愈学习造句的奇特,向樊宗师学习文字的晦涩。写歌行则学习张籍的放纵恣肆,写诗句则向孟郊学习特异激切,向白居易学习浅显,向元稹学习奢侈华丽。这些都称为"元和体"。

四·五四

绝句,李益 [1] 为胜,韩翃 [2] 次之。权德舆 [3]、武元衡 [4]、马戴 [5]、刘沧 [6] 五言,皆铁中铮铮者。"猿啼洞庭树,人在木兰舟" [7],真不减柳吴兴 [8]。"回乐峰" [9] 一章,何必王龙标 [10]、李供奉 [11]。

【注释】

[1] 李益,字君虞,凉州姑臧(今甘肃武威)人,以边塞诗名世,擅长绝句,尤工七绝,因仕途失意,后弃官漫游燕赵一带。事详《新唐书》卷二〇三

《文艺传》。

[2] 韩翃，字君平，南阳（今河南南阳）人，唐德宗时官至中书舍人。作诗笔法轻巧，写景别致，擅长撰作送别诗，"大历十才子"之一。事详《唐才子传》卷十。

[3] 权德舆，见三·五九注 [3]。

[4] 武元衡，字伯苍，河南缑氏（今河南偃师东南）人，唐代诗人、政治家，武则天曾侄孙。事详《旧唐书》卷一五八《武元衡传》。

[5] 马戴，字虞臣，晚唐华州（今陕西华县）人，善诗，与贾岛、姚合等友善，其诗以五律为主，格调壮丽。事详《唐才子传》卷十。

[6] 刘沧，字蕴灵，汶阳（今山东宁阳）人，比杜牧、许浑年辈略晚，约唐懿宗咸通中前后在世，擅作怀古诗，有讽刺意，诗境多萧瑟、凄凉。事详《唐才子传》卷十。

[7] 语出马戴《楚江怀古三首》其一，见《全唐诗》卷五五五。

[8] 柳吴兴：即南朝梁柳恽，见三·六六注 [1]。

[9] 李益《夜上受降城闻笛》有"回乐峰前沙似雪，受降城外月如霜"句，见《全唐诗》卷二八三。

[10] 王龙标：指王昌龄，见四·一二注 [5]。

[11] 李供奉：玄宗时，李白曾授翰林院供奉，故名。

【译文】

在绝句方面，李益是最好的，韩翃在他之后。权德舆、武元衡、马戴、刘沧的五言诗都是五言诗中有铮铮骨气的。马戴的"猿啼洞庭树，人在木兰舟"这句诗当真不逊色于柳恽。李益《夜上受降城闻笛》的"回乐峰"这一章可比得上王昌龄、李白。

四·五五

"可怜无定河边骨，犹是深闺梦里人"[1]，用意工妙至此，可谓绝唱矣。惜为前二句所累，筋骨毕露，令人厌憎。"葡萄美酒"[2] 一绝，便是无瑕之璧，盛唐地位不凡乃尔。

【注释】

[1] 语出陈陶《陇西行四首》其二，见《全唐诗》卷七四六。"犹是深闺梦里人"一作"犹是春闺梦里人"。陈陶，字嵩伯，岭南剑浦（今福建南平）人，早年游学长安，善天文历象，工诗。屡举进士不第，遂隐居不仕，自号"三教布衣"。事详《唐才子传》卷十。

[2] 语出王翰《凉州词》，见《全唐诗》卷一五六。王翰，字子羽，并州晋阳（今山西太原）人，唐代边塞诗人。事详《新唐书》卷二〇二《文艺传》。

【译文】

"可怜无定河边骨，犹是深闺梦里人"这句诗用意工巧精妙可以说是绝唱。可惜被前面的两句拖累，筋肉骨骼全然露出，让人厌恶生憎。"葡萄美酒"这首绝句便是没有瑕疵的碧玉，在盛唐地位不凡。

四·五六

刘驾"马上续残梦"[1]，境颇佳，下云"马嘶而复惊"，遂不成语矣。苏子瞻用其语，下云"不知朝日升"[2]，亦未是。至复改为"瘦马兀残梦"[3]，愈坠恶道[4]。

【注释】

[1] 语出刘驾《早行》，见《全唐诗》五八五。刘驾，约唐懿宗咸通中前后在世，字司南，江东人（今南京一带），与曹邺友善，俱工古风，时称"曹刘"。

[2] 语出苏轼《太白山下早行至横渠镇书崇寿院壁》，见《东坡全集》卷一。

[3] 语出苏轼《除夜大雪留潍州元日早晴遂行中途雪复作》，见《东坡全集》卷八。

[4] 恶道：不正之道。

【译文】

刘驾的"马上续残梦"这句诗境界很好，但是下联说"马嘶而复惊"，不能一起构成佳句。苏轼在《太白山下早行至横渠镇书崇寿院壁》诗中用这句话，下联说"不知朝日升"，也不能成佳句。最后在《除夜大雪留潍州元日早晴遂行中途雪复作》中，他把这句诗改成"瘦马兀残梦"，越来越走向恶道。

四·五七

杜诗善本胜者，如"把君诗过目"作"把君诗过日"[1]，"愁对寒云雪满山"作"愁对寒云白满山"[2]，"关山同一照"作"关山同一点"[3]，"娟娟戏蝶过闲幔"作"娟娟戏蝶过开幔"[4]，"曾闪朱旗北斗闲"作"曾闪朱旗北斗殷"[5]，"只缘贫病人须弃"作"不知贫病关何事"[6]，"握节汉臣回"作"秃节汉臣回"[7]，"新炊间黄粱"作"新炊闻黄粱"[8]，又《丽人行》"珠压腰衱稳称身"下有"足下何所着？红蕖罗袜穿镫银"[9]，皆泓渟[10]有妙趣。

【注释】

[1] 语出杜甫《赠别郑炼赴襄阳》，见《全唐诗》卷二二六。

[2] 语出杜甫《至日遣兴奉寄北省旧阁老两院故人二首》其二，见《全唐诗》卷二二五。

[3] 语出杜甫《玩月呈汉中王》，见《全唐诗》卷二二七。

[4] 语出杜甫《小寒食舟中作》，见《全唐诗》卷二三三。

[5] 语出杜甫《诸将五首》其一，见《全唐诗》卷二三〇。

[6] 语出杜甫《投简梓州幕府兼简韦十郎官》，见《全唐诗》卷二二七。

[7] 语出杜甫《郑驸马池台喜遇郑广文同饮》，见《全唐诗》卷二二五。

[8] 语出杜甫《赠卫八处士》，见《全唐诗》卷二一六。

[9] 杨慎《诗话补遗》卷二《丽人行逸句》："松江陆三汀深语予，杜诗《丽人行》古本'珠压腰衱稳称身'，下有'足下何所着？红蕖罗袜穿镫银'二句，今本无之。淮南蔡衡仲昂闻之击节曰'非惟乐府鼓吹，兼是周昉美人画谱也'。"钱谦益《钱注杜诗》卷一《丽人行》题注："杨慎曰：古本称'身'下有'足下何所着？红渠罗袜穿镫银'。遍考宋刻本并无，知杨氏伪托也。"

[10] 泓渟：水深貌，比喻思想深邃。

【译文】

最具代表性的杜甫诗歌善本中，比如将"把君诗过目"写作"把君诗过日"，把"愁对寒云雪满山"写作"愁对寒云白满山"，把"关山同一照"写作"关山同一点"，把"娟娟戏蝶过闲幔"写作"娟娟戏蝶过开幔"，把"曾闪朱旗北斗闲"写作"曾闪朱旗北斗殷",把"只缘贫病人须弃"写作"不知贫病关何事",把"握节汉臣回"写作"秃节汉臣回",把"新炊间黄粱"写作"新炊闻黄粱",又在《丽人行》"珠压腰衱稳称身"下句补上"足下何所着? 红蕖罗袜穿镫银",它们都思想深邃,有奇妙的趣味。

四·五八

"天阙象纬逼"[1],当如旧字。作"天窥""天阅"[2],咸失之穿凿。

【注释】

[1]语出杜甫《游龙门奉先寺》,见《全唐诗》卷二一六。

[2]原作"天窥""阅",据《全唐诗说》补。

【译文】

"天阙象纬逼",应当保持原字原貌。如果(将"天阙")写作"天窥""天阅",都有牵强附会的弊端。

四·五九

王勃"河桥不相送,江树远含情"[1]、杜荀鹤"承恩不在貌,教妾若为容"[2],皆五言律也,然去后四句作绝,乃妙。天宝妓女唱高达夫"开箧泪沾臆"[3],本长篇也,删作绝唱。白居易"曾与情人桥上别"[4]一首,乃六句诗也,亦删作绝,俱妙。独苏氏欲去柳宗元"遥看天际"[5],朱氏欲去谢玄晖"广平听方籍"[6]二语,吾所未解耳。

【注释】

[1]语出宋之问《送杜审言》,见《全唐诗》卷五二。今本《王子安集》不载此诗。

[2]语出杜荀鹤《春宫怨》,见《全唐诗》卷八八五。杜荀鹤,字彦之,自号九华山人,池州石埭(今安徽石台)人,晚唐现实主义诗人。其诗语言通俗,朴实明畅。事详《唐才子传》卷十。

[3]语出高适《哭单父梁九少府》,见《全唐诗》卷二一二。

[4]语出白居易《板桥路》,见《全唐诗》卷四四二。原句作"曾共玉颜桥

上别，不知消息到今朝"。

[5] 语出柳宗元《渔翁》，见《全唐诗》卷三五三。原作"回看天际下中流，岩上无心云相逐"。《沧浪诗话·考证》："柳子厚'渔翁夜傍西岩宿'之诗，东坡删去后二句，使子厚复生，亦必心服。"

[6] 语出谢朓《新亭渚别范零陵云》，见《汉魏六朝百三家集》卷七七。按：此处"朱氏"不详所指。《沧浪诗话·考证》："谢朓'洞庭张乐地，潇湘帝子游。云去苍梧野，水还江汉流。停骖我怅望，辍棹子夷犹。广平听方籍，茂陵将见求。心事俱已矣，江上徒离忧。'予谓'广平听方籍，茂陵将见求'一联删去，只用八句，方为浑然。"

【译文】

王勃的"河桥不相送，江树远含情"、杜荀鹤的"承恩不在貌，教妾若为容"，都是五言律诗，如果删掉后面的四句作一首绝句就非常绝妙。天宝时期的妓女唱高适的"开箧泪沾臆"，这首诗本来是长篇，她们将其删减当作绝句来唱。白居易的"曾与情人桥上别"这首诗，是一首六句诗，也将其删减当作绝句，都很好。唯独苏轼想要删减去柳宗元《渔翁》诗的"遥看天际"那两句，朱氏想要删除谢玄晖的"广平听方籍"两句，我无法理解。

四·六〇

王摩诘"酌酒与君君自宽，人情翻覆似波澜。白首相知犹按剑，朱门先达笑弹冠。草色全经细雨湿，花枝欲动春风寒。世事浮云何足问，不如高卧且加餐"[1]，岑嘉州"娇歌急管杂青丝，银烛金尊映翠眉。使君地主能相送，河尹天明坐莫辞。春城月出人皆醉，野戍花深马去迟。寄声报尔山翁道，今日河南异昔时"[2]，苏子瞻"我行日夜见江海，枫叶芦花秋兴长。平淮忽迷天远近，青山久与船低昂。寿州已见白石塔，短棹又转黄茅冈。波平风软望不到，故人久立天苍茫"[3]，八句皆拗体也。然自有唐宋之辨，读者当自得之。

【注释】

[1] 语出王维《酌酒与裴迪》，见《全唐诗》卷一二八。摩诘：王维字，见四·五注 [5]。

[2] 语出岑参《使君席夜送严河南赴长水》，见《全唐诗》卷二〇一。岑嘉州：即岑参，见四·一六注 [1]。

[3] 语出苏轼《出颍口初见淮山是日至寿州》，见《东坡全集》卷二。

【译文】

王维的"酌酒与君君自宽，人情翻覆似波澜。白首相知犹按剑，朱门先达笑弹冠。草色全经细雨湿，花枝欲动春风寒。世事浮云何足问，不如高卧且加餐"，岑参的"娇歌急管杂青丝，银烛金尊映翠眉。使君地主能相送，河尹天明坐莫辞。春城月出人皆醉，野戍花深马去迟。寄声报尔山翁道，今日河南异昔时"，苏轼的"我行日夜见江海，枫叶芦花秋兴长。平淮忽迷天远近，青山久与船低昂。寿州已见白石塔，短棹又转黄茅冈。波平风软望不到，故人久立天苍茫"，这些八句诗都是拗体诗。然而，自然会呈现出唐宋之间的差别，读者应当可以领会。

四·六一

岑参、李益[1] 诗语不多，而结法撰意雷同者几半。始信少陵如韩淮阴，多多益办耳[2]。

【注释】

[1] 李益，见四·五四注 [1]。

[2] 参三·八四条。

【译文】

岑参、李益的诗句不多，然而结构方法、文章立意雷同的几乎有一半。开始相信学杜甫写诗也要像学韩信点兵，应当要多多益善。

四·六二

谢茂秦[1] 谓许浑[2] "荆树有花兄弟乐"[3] 胜陆士衡"三荆欢同株"[4]，此语大瞶大瞶[5]。陆是选体[6] 中常人语，许是近体中小儿语，岂可同日。

【注释】

[1] 谢茂秦：即谢榛，见一·三一注 [1]。

[2] 许浑，字用晦，润州丹阳（今江苏丹阳）人，晚唐诗人突出代表，一生不作古诗，专攻律体，后世将之与杜甫并举，称"许浑千首湿，杜甫一生愁"。事详《唐才子传》卷十。

[3] 语出许浑《题崔处士山居》，见《全唐诗》卷五三五。

[4] 语出陆机《豫章行》，见《文选》卷二八。陆士衡，即陆机，见一·四三注 [1]。

[5] 大瞆：目昏，喻糊涂不明事理。

[6] 选体，见四·一三注 [6]。

【译文】

谢榛说许浑的"荆树有花兄弟乐"胜过陆机的"三荆欢同株"，这句话真是太糊涂了。陆机的诗属于选体诗中的规范语句，许浑的诗句却是近体诗中儿童一般的言语，怎么可以相提并论呢。

四·六三

宋延清集中《灵隐寺》[1] 一律，见《骆宾王集》；《落花》[2] 一歌，见《刘希夷集》。所载老僧及害刘事，余已有辨矣 [3]。若究其词气格调，则《灵隐》自当属宋，《落花》故应归刘。

【注释】

[1] 宋之问《灵隐寺》诗，见《全唐诗》卷五三。延清：宋之问字，见四·三注 [7]。

[2]《落花》：指宋之问《有所思》，见《全唐诗》卷五一。此诗又作《代悲白头翁》（刘希夷），《全唐诗》卷八二。

[3] 王世贞《弇州四部稿》卷一六三《宛委余编》八载："唐人记宋延清二事，吾皆疑之。其一谓延清夜投杭州灵隐寺，得句云'鹫岭郁岧峣，龙宫隐寂寥'，属吟甚苦，一老僧云少年何不言'楼观沧海日，门对浙江潮'，遂终篇，迹之乃骆宾王也。其二谓刘希夷'去年花落颜色改，明年花开复谁在'，延清爱而欲有之，不许，遂以土囊压杀之。夫'落花'句虽自妍婉，要非至者，延清自多佳境，何至苦欲得之？其与宾王年事不甚相远，宾王集又有《江南赠宋五之

问》及《兖州饯别诗》，何得言非旧识？若宾王果为老僧，而之问后谪过杭时亦且老矣，不得呼少年。止由二诗并见集中而好事者欲以证希夷之横死，宾王之倖生，故令延清受此长诬耳。”

【译文】

宋之问集中的《灵隐寺》这一首律诗，收见在《骆宾王集》中；《有所思》这首歌行，收见在《刘希夷集》中。所载老僧（即骆宾王）帮助宋之问作诗的事，以及宋之问谋害刘希夷的事，我之前已经有了辨析。如果追究这些诗句的词气格调，那么《灵隐寺》这首诗应该归属宋之问，《有所思》该归于刘希夷。

四·六四

卢照邻语如"衰鬓似秋天"[1]，骆宾王语如"候月恒持满，寻源屡凿空"[2]，绝似老杜。

【注释】

[1]语出卢照邻《送幽州陈参军赴任寄呈乡曲父老》，见《全唐诗》卷四二。

[2]语出骆宾王《边城落日》，见《全唐诗》卷七九。

【译文】

卢照邻的诗句"衰鬓似秋天"，骆宾王的诗句"候月恒持满，寻源屡凿空"，都与杜甫非常相似。

四·六五

僧皎然著《诗式》[1]，跌宕格二品：一曰越俗，一曰骇俗[2]。内骇俗引王梵志[3]诗："天公强生我，生我复何为？还你天公我，还我未生时。"此俗语所不肯道者，何以骇为？

【注释】

[1]《诗式》：见何文焕《历代诗话》。皎然，见一·一九注[1]。

[2]《诗式》中列有"跌宕格"品，其一曰"越俗"，谓"其道如黄鹤临风，貌逸神王，杳不可羁"，以郭景纯《游仙诗》、鲍明远《拟行路难》为范。其二

曰"骇俗"，谓"其道如楚有接舆，鲁有原壤，外示惊俗之貌，内藏达人之度"。以王梵志《道情诗》、贺知章《放达诗》、卢照邻《劳作诗》为范。

[3] 王梵志：唐初白话诗僧，原名梵天，生卒、字号不详，卫州黎阳（今河南浚县）人，诗歌以说理议论为主，多据佛理教义劝诫世人行善止恶，对社会问题间有涉及。多数作品思想消极，艺术上比较粗糙。

【译文】

诗僧皎然写的《诗式》里，认为跌宕格有二品：一是越俗，一是骇俗。其中骇俗引用了王梵志的诗："天公强生我，生我复何为？还你天公我，还我未生时。"这是俗语都不肯说的话，怎能算得上惊世骇俗呢？

四·六六

杜紫微[1] 掊击[2] 元、白，不减霜台[3] 之笔。至赋《杜秋诗》[4]，乃全法其遗响[5]，何也？其咏物，如"仙掌月明孤影过，长门灯暗数声来"[6]，亦可观。

【注释】

[1] 杜牧，字牧之，京兆万年（今陕西西安）人，杜佑之孙，曾官中书舍人（唐中书省又称"紫微省"），故名"杜紫微"。晚年尝居樊川别业，世称"杜樊川"。诗作明丽隽永，绝句尤受人称赞，与李商隐齐名，合称"小李杜"。事详《唐才子传》卷六。

[2] 掊击：抨击。

[3] 霜台：御史台。御史职司弹劾，严峻如风霜，故云。

[4]《杜秋诗》：即杜牧《杜秋娘诗》，见《全唐诗》卷五二〇。

[5] 遗响：前人作品的气韵风格。

[6] 语出杜牧《早雁》，见《全唐诗》卷五二二。

【译文】

杜牧抨击白居易、元稹，言辞犀利，不弱于御史职司弹劾之笔。然而他写的《杜秋娘诗》却全然效法他们的风格，为什么呢？杜牧刻画景物，如"仙掌月明孤影过，长门灯暗数声来"，（从通俗程度中）也可以看出效仿之态。

四·六七

唐自贞元以后，藩镇富强，兼所辟召，能致通显[1]。一时游客词人，往往挟其所能，或行卷[2]贽[3]通，或上章陈颂，大者以希拔用，小者以冀濡沫[4]。而干旄[5]之吏，多不能分别黑白，随意支应[6]。故剽窃云扰，谄谀泉涌，取办[7]俄顷以为捷，使事饾饤[8]以为工。至于贡举，本号词场，而牵压俗格，阿趋时好。上第巍峨，多是将相私人，座主[9]密旧。甚乃津[10]私禁脔[11]，自比优伶，关节[12]倖珰[13]，身为军吏[14]。下第之后，尚尔乞怜主司[15]，冀其复进。是以性情之真境，为名利之钩途，诗道日卑，宁非其故？

【注释】

[1] 通显：指高官威名。

[2] 行卷：应举者在考试前把所作诗文写成卷轴，投送朝中显贵以延誉。

[3] 贽：持物以求见。

[4] 濡沫：典出《庄子·天运》，喻互相帮助、扶持。

[5] 干旄：古时用牦牛尾系在旗杆顶端的仪仗，后指显贵官吏。

[6] 支应：敷衍，应付。

[7] 取办：置办，喻构思创作。

[8] 饾饤：多而杂的食品，比喻文辞的罗列、堆砌。

[9] 座主：唐宋时进士称主试官为座主。

[10] 津：资助，馈赠。

[11] 禁脔：比喻独自占有，不容别人分享的珍美东西。

[12] 关节：指暗中行贿勾通官吏的事。

[13] 倖珰：宦官。

[14] 军吏：原指军中的将帅官佐，此喻服侍官员的近侍。

[15] 主司：科举的主试官。

【译文】

唐代自从贞元以来，藩镇富有强大，竭尽所有来招贤纳士，能胜任的人就给予显赫的地位。一时之间，门客词人凭借他们的才能，有的以诗文行卷的方式求见长官以求通达，有的进献章表陈述颂词。才能大的人以此来希望被选拔录用，才能小的人以此来期待得到扶持。然而负责招纳贤士的官吏，大多不能分辨黑白，随意敷衍应付。所以剽窃的情况像云一般纷扰，谄媚奉承之举像泉水一样涌现，构思创作以速度快为成功，叙事用典以堆砌辞藻为工巧。至于科举考试，本来应是表现文采的场域，然而创作却投合世俗的格调情趣，阿谀趋奉时俗的偏好。考试成绩名列前茅的，多数是王侯将相的亲属或部下，以及与主试官关系亲密的旧日相识。甚至私下馈赠珍贵礼物，自比戏子，暗中勾结宠宦，不惜充当服侍官员的近侍。考试成绩排在后面的，仍然向主试官乞求怜悯，希望自己下次能进第。因此表现性情的诗文变成了争名逐利的工具，诗道日渐卑下，难道不是这个原因吗？

四·六八

人谓唐以诗取士，故诗独工，非也。凡省试诗，类鲜佳者。如钱起《湘灵》[1] 之诗，亿不得一；李肱《霓裳》[2] 之制，万不得一。律赋尤为可厌，白乐天所载《玄珠》《斩蛇》[3]，并韩、柳集中存者，不啻 [4] 村学究语。杜牧《阿房》[5]，虽乖大雅，就厥体中，要自峥嵘擅场 [6]。惜哉其乱数语，议论益工，面目益远。

【注释】

[1]《湘灵》：即钱起《省试湘灵鼓瑟》，见《全唐诗》卷二三八。钱起，见四·二七注 [9]。

[2]《霓裳》：即李肱《省试霓裳羽衣曲》，见《全唐诗》卷五四二。李肱，生卒、字号不详，陇西成纪（今甘肃静宁）人，唐文宗开成二年丁巳科状元及第。此科进士及第四十人，同榜有著名诗人李商隐等。

[3]《玄珠》《斩蛇》：分别指白居易《求玄珠赋》《汉高皇帝亲斩白蛇赋》，均见《白氏长庆集》卷三八。

[4] 不啻：不过，如同。

[5]《阿房》：即杜牧《阿房宫赋》，见《樊川文集》卷一。

[6] 峥嵘擅场：压倒全场，指技艺高超出众。

【译文】

人们说唐代把诗作为考取进士的标准，所以诗尤其工巧，然而并非如此。但凡是省试这类考试中的应试诗，很少有写得好的。像钱起的《省试湘灵鼓瑟》这样的诗，一亿首诗中也没有一首。李肱的《省试霓裳羽衣曲》这样的创作，一万首也没有一首。律赋尤其令人憎恶，白居易所作的《求玄珠赋》《汉高皇帝亲斩白蛇赋》，加上韩愈、柳宗元诗集中保存下来的，也不过是乡村里的学究的言语。杜牧的《阿房宫赋》虽然背离了高尚雅正的路数，但在这一体裁中，自然压倒其他作品。可惜的是，该赋结尾部分的议论非常工整，偏离了赋体的本来面目。

四·六九

乐府之所贵者，事与情而已。张籍[1] 善言情，王建[2] 善征事，而境皆不佳。

【注释】

[1] 张籍，见四·五三注[2]。

[2] 王建，字仲初，颍川（今河南许昌）人，唐朝大臣、诗人，曾任陕州司马，世称"王司马"。擅于乐府诗，与张籍齐名，世称"张王乐府"。诗作题材广泛，多反映现实，揭露社会矛盾。善作"宫词"，《唐才子传》卷四载其"多知禁掖事，作《宫词》百篇"。

【译文】

乐府诗所珍贵的，不过是事和情罢了。张籍擅于表达情感，王建擅长征引故事，然而境界都不高。

四·七〇

"还君明珠双泪垂，恨不相逢未嫁时"[1]，可谓能怨矣，宋人乃以系双罗襦[2] 少之。若尔，则所谓"舒而脱脱兮，毋使尨也吠"[3]，可称难犯之节乎哉？

【注释】

[1] 语出张籍《节妇吟寄东平李司空师道》，见《全唐诗》卷三八二。该诗

以节妇恪守妇道，拒绝追求者，忠于亡夫为主题，兼有况喻作者忠于朝堂不被拉拢之意。

[2] 罗襦：绸制短衣。

[3] 语出《诗经·召南·野有死麕》句。"毋使尨也吠"一作"无使尨也吠"。

【译文】

"还君明珠双泪垂，恨不相逢未嫁时"句可以算得上能够充分表达怨恨的诗了，宋人却因为女主人公仅穿两层丝绸短衣而嘲笑该诗。如果是这样，那么所谓的"舒而脱脱兮，毋使尨也吠"，可以说是表现最容易被侵犯的名节了。

四·七一

义山[1]浪子，薄有才藻，遂工俪对。宋人慕之，号为西昆[2]。杨、刘[3]辈竭力驰骋，仅尔窥藩[4]。许浑[5]、郑谷[6]，厌厌有就泉下意。浑差有思句，故胜之。

【注释】

[1] 李商隐，字义山，号玉谿生，又号樊南生，怀州河内（今河南沁阳）人。其诗构思新奇，风格秾丽，隐晦难解，与杜牧并称"小李杜"。事详《新唐书》卷二〇三《文艺传》。

[2] 西昆：即西昆体。南宋魏庆之《诗人玉屑》卷一七引《古今诗话》称："杨大年、钱文僖、晏元献、刘子仪为诗皆宗李义山，号西昆体。"

[3] 杨亿，字大年，建州浦城（今属福建浦城）人，北宋大臣、文学家，博闻强记，尤擅典章制度，"西昆体"代表诗人。事详《宋史》卷三〇五《杨亿传》。刘筠，字子仪，大名（今属河北）人，北宋官员、文学家，"西昆体"代表诗人，与杨亿齐名，时称"杨刘"。事详《宋史》卷三〇五《刘筠传》。

[4] 藩：围栏，喻指边界。

[5] 许浑，见四·六二注[2]。

[6] 郑谷，字守愚，袁州（今江西宜春）人，唐僖宗光启三年进士及第，授都官郎中，人称"郑都官"。又以《鹧鸪诗》得名，人称"郑鹧鸪"。其诗多写景咏物之作，表现士大夫的闲情逸致。事详《唐才子传》卷九。

【译文】

李商隐为人放荡不羁、稍有才气，于是工于骈句。到了宋代，一些文人推崇他的诗句，这些人所作的诗被称为西昆体。杨亿、刘筠之辈竭尽全力创作这类诗歌，但也仅仅是学到了李商隐一点皮毛。到了许浑、郑谷之辈，更是萎靡不振，似阴间之诗。许浑勉强还有一些巧思之句，因此略胜一筹。

四·七二

今人以赋作有韵之文，为《阿房》[1]《赤壁》[2]累，固耳。然长卿《子虚》[3]，已极曼衍[4]，《卜居》《渔父》，实开其端。又以俳偶之罪归之三谢[5]，识者谓起自陆平原[6]。然《毛诗》已有之曰："觏闵既多，受侮不少。"[7]

【译文】

[1]《阿房》：即杜牧《阿房宫赋》。

[2]《赤壁》：即苏轼《赤壁赋》。

[3]《子虚》：即司马相如《子虚赋》。长卿，司马相如字，见一·五注[1]。

[4]曼衍：分布。

[5]三谢：谢灵运、谢惠连、谢朓的合称。

[6]陆平原：即陆机，见一·四三注[1]。

[7]语出《诗经·邶风·柏舟》。

【译文】

现在人们把赋看成有韵的文体，是受了《阿房宫赋》《赤壁赋》的影响，这当然没错。但是司马相如的《子虚赋》，已经大量分布韵文了。实际上屈原的《卜居》《渔父》是韵赋的真正开端。人们又把诗句对偶骈俪的罪过归于谢灵运、谢惠连、谢朓，有识之士认为起源于陆机。然而实际上《毛诗》中已经有了"觏闵既多，受侮不少"这样的对偶句。

四·七三

七言歌行长篇[1]，须让卢、骆[2]。怪俗极于《月蚀》[3]，卑冗极于《津阳》[4]，俱不足法也。

【注释】

[1] 七言歌行：此体出自古乐府，首创于魏文帝曹丕《燕歌行》，盛于唐代。一般句数、字数不固定，创作的目的是拟歌词，便于歌唱。

[2] 指卢照邻、骆宾王，见四·四注[1]。

[3]《月蚀》：即卢仝《月蚀诗》，见《全唐诗》卷三八七。卢仝，见四·四七注[4]。该诗计1600余字，描述月全食过程，诡丽万状。

[4]《津阳》：即郑嵎《津阳门诗》，见《全唐诗》卷五六七。郑嵎，生卒、籍贯不详，字宾光，约唐宣宗大中末前后在世。津阳，即华清宫之外阙。该诗计100韵，1400字，记叙玄宗时事。

【译文】

长篇的七言歌行体，应以卢照邻、骆宾王为冠。诡怪世俗到极致的是卢仝的《月蚀诗》，低沉冗长到极点的是郑嵎的《津阳门诗》，都不可效仿。

四·七四

薛徐州[1]诗差胜蔡邕州[2]，其佻矜[3]相类。蔡之讥四皓[4]曰："如何鬒发霜相似，更出深山定是非。"[5]薛之讥孔明曰："当时诸葛成何事，只合终身作卧龙。"[6]二子功名不终，亦略相等，当是口业报[7]。

【注释】

[1] 薛能，字太拙，河东汾州（山西汾阳）人，晚唐大臣、诗人，癖于作诗，曾任徐州刺史，故称"薛徐州"。生平事迹散见《旧唐书》卷一九、《唐诗纪事》卷六〇、《唐才子传》卷七。

[2] 蔡京，生卒、字号不详，邕州（今属广西）人，故称"蔡邕州"，晚唐官员、诗人。《全唐诗》卷四七二载其"初为僧，令狐楚镇滑台劝之学，后以进士举上第，官御史，谪澧州刺史，迁抚州"。事详《唐诗纪事》卷四九。

[3] 佻矜：刻薄轻率。

[4] 四皓：即商山四皓。指秦末汉初因不满秦始皇焚书坑儒暴行，而隐居商山（今属陕西）的四位白发皓须隐者，他们是甪里先生周术、东园公唐秉、绮里季吴实、夏黄公崔广。

[5] 语出蔡京《责商山四皓》,见《全唐诗》卷四七二。

[6] 语出薛能《游嘉州后溪》,见《全唐诗》卷五六一。

[7] 口业:佛家语,恶业的一种。包括妄语(谎言)、恶口(骂人的话)、两舌(不实之言)、绮语(淫秽之语)。

【译文】

薛能的诗大体上略胜蔡京,但是两人诗风在刻薄轻率方面相似。蔡京讥讽商山四皓:"如何鬓发霜相似,更出深山定是非。"薛能讥讽诸葛孔明:"当时诸葛成何事,只合终身作卧龙。"蔡京、薛能这两个人做官未能善终,遭遇也大略相同,大概也是遭了口业之报。

四·七五

晚唐诗押二"楼"字,如"山雨欲来风满楼"[1]"长笛一声人倚楼"[2],皆佳。又"湘潭云尽暮烟出(时本皆作山),巴蜀雪消春水来"[3],大是妙境。然读之便知非长庆[4]以前语。

【注释】

[1] 语出许浑《咸阳城东楼》,见《全唐诗》卷五三三。许浑,见四·六二注[2]。

[2] 语出赵嘏《长安晚秋》,见《全唐诗》卷五四九。赵嘏,字承祐,楚州山阳(今江苏淮安)人,诗风接近杜牧,作品多为题献应酬之作,因"长笛一声人倚楼"句,杜牧誉之为"赵倚楼"。武宗时曾任渭南尉,亦称"赵渭南"。事详《唐才子传》卷七。

[3] 语出许浑《凌歊台》,见《全唐诗》卷五三三。按:许浑《春日思旧游寄南徐从事刘三复》诗,亦含此二句,见《全唐诗》卷五三六。

[4] 长庆:唐穆宗李恒年号(821—824年)。元稹《元氏长庆集》、白居易《白氏长庆集》皆成书于唐穆宗长庆年间,故后世将"长庆体"作为"元白体"之别名。

【译文】

晚唐诗作中两首押"楼"字的,比如"山雨欲来风满楼""长笛一声人倚楼",

都是佳作。又比如，"湘潭云尽暮烟出，巴蜀雪消春水来"，大抵也是妙境。但读后便知这不是长庆之前的作品。

四·七六

李义山《锦瑟》[1]，中二联是丽语，作"适怨清和"解[2]，甚通。然不解则涉无谓，既解则意味都尽。以此知诗之难也。

【注释】

[1]李商隐《锦瑟》，见《全唐诗》卷五三九。李商隐，见四·七一注[1]。

[2]《苕溪渔隐丛话》卷二二引《缃素杂记》文字："义山《锦瑟》诗……山谷道人读此诗，殊不晓其意，后以问东坡，东坡云：'此出《古今乐志》，云锦瑟之为器也，其弦五十，其柱如之，其声也适怨清和。'"案李诗'庄生晓梦迷蝴蝶'，适也；'望帝春心托杜鹃'，怨也；'沧海月明珠有泪'，清也；'蓝田日暖玉生烟'，和也。一篇之中，曲尽其意，史称其瑰迈奇古，信然。"

【译文】

李商隐的《锦瑟》，颔联和颈联是绮丽的妙句，苏轼用《古今乐志》"适怨清和"的标准解读它，十分有道理。但是不解释则失去意义，完全解释则意味全尽。从这里就可以看出诗学的难处。

四·七七

谢茂秦[1]论诗，五言绝以少陵"日出篱东水"[2]作诗法。又宋人以"迟日江山丽"[3]为法，此皆学究教小儿号嘎[4]者。若"打起黄莺儿，莫教枝上啼。啼时惊妾梦，不得到辽西"[5]，与"山中何所有，岭上多白云。只可自怡悦，不堪持赠君"[6]一法，不唯语意之高妙而已，其篇法圆紧，中间增一字不得，着一意不得。起结极斩绝，然中自纾缓，无余法而有余味。

【注释】

[1]谢茂秦：即谢榛，见一·三一注[1]。

[2]语出杜甫《绝句六首》其一，见《全唐诗》卷二二八。按：明谢榛《四溟诗话》卷一："杜子美诗：'日出篱东水，云生舍北泥。竹高鸣翡翠，沙僻舞

鸸鸡。'此一句一意，摘一句亦成诗也。盖嘉运诗：'打起黄莺儿，莫教枝上啼。啼时惊妾梦，不得到辽西。'此一篇一意，摘一句不成诗矣。"

[3] 语出杜甫《绝句二首》其一，见《全唐诗》卷二二八。按：宋罗大经《鹤林玉露》乙编卷二："杜少陵绝句云：'迟日江山丽，春风花草香。泥融飞燕子，沙暖睡鸳鸯。'或谓此与儿童之属对何以异。余曰，不然。上二句见两间莫非生意，下二句见万物莫不适性。于此而涵泳之，体认之，岂不足以感发吾心之真乐乎！大抵古人好诗，在人如何看，在人把做甚么用。"

[4] 号嘎：响亮吟诵。

[5] 语出金昌绪《春怨》，见《全唐诗》卷七六八。金昌绪，生卒、字号不详，余杭（今浙江杭州）人，身世不可考，主要活动在武则天至唐玄宗开元年间，诗传于世仅《春怨》一首。

[6] 语出陶弘景《诏问山中何所有赋诗以答》，见《汉魏六朝百三家集》卷八九。陶弘景，字通明，自号华阳隐居，谥贞白先生，丹阳秣陵（今江苏南京）人，南朝齐、梁时道教学者、医药学家，亦善琴棋，工草隶，好著述。事详《南史》卷七六《隐逸传下》。

【译文】

谢榛论诗，认为五言绝句中杜甫的《绝句六首》（其一）一诗是作诗之法则，宋人认为杜甫的《绝句二首》（其一）一诗是法则，这都如同老学究教小孩子大声吟诵（的方法）罢了。像金昌绪《春怨》和陶弘景《诏问山中何所有赋诗以答》这类诗作，不仅语意高妙，而且篇法结构圆润紧凑，中间不可增删一字，刻意一分。结尾十分干脆决绝，但是中间自然舒缓，没有多余的技法，而有无尽的意味。

四·七八

王少伯[1]："吴姬缓舞留君醉，随意青枫白露寒。"[2]"缓"字与"随意"照应，是句眼，甚佳。

【注释】

[1] 王少伯：即王昌龄，见四·一二注 [5]。

[2] 语出王昌龄《重别李评事》，见《全唐诗》卷一四三。

【译文】

王昌龄"吴姬缓舞留君醉，随意青枫白露寒"这句诗中，"缓"字与"随意"相照应，是句中的点睛之处，非常好。

四·七九

王子安"九月九日望乡台，他席他乡送客杯"[1]与于鳞"黄鸟一声酒一杯"[2]皆一法，而各自有风致。崔敏童"一年又过一年春，百岁曾无百岁人"[3]，亦此法也，调稍卑，情稍浓。敏童"能向花前几回醉，十千沽酒莫辞贫"[4]与王翰"醉卧沙场君莫笑，古来征战几人回"[5]，同一可怜意也。翰语爽，敏童语缓，其唤法亦两反。

【注释】

[1] 语出王勃《蜀中九日》，见《全唐诗》卷五六。王子安：即王勃，见三·六七注[4]。

[2] 语出李攀龙《早夏示殿卿二首》其一，见《沧溟集》卷一三。于鳞：李攀龙字，见原序一注[8]。

[3] [4] 语出崔敏童《宴城东庄》，见《全唐诗》卷二五八。崔敏童，生卒、字号不详，博州（今山东聊城）人，事迹略见《唐诗纪事》卷二五。《全唐诗》存诗一首。

[5] 语出王翰《凉州词二首》其一，见《全唐诗》卷一五六。王翰，见四·五五注[2]。

【译文】

王勃的诗句"九月九日望乡台，他席他乡送客杯"与李攀龙的诗句"黄鸟一声酒一杯"都是一种作诗法，但是各有各的风韵气度。崔敏童的诗句"一年又过一年春，百岁曾无百岁人"也是这种作诗法，但是他的这句诗格调稍低，情感稍浓厚。崔敏童的诗句"能向花前几回醉，十千沽酒莫辞贫"与王翰的诗句"醉卧沙场君莫笑，古来征战几人回"，都渗透出哀怜的情绪。王翰的诗句语意畅快，崔敏童的诗句语调舒缓，这两首诗的唤起后句的方法也相反。

四·八〇

贾岛"三月正当三十日"[1]与顾况"野人自爱山中宿"[2]同一法，以拙起唤出巧意，结语俱堪讽咏[3]。

【注释】

[1]语出贾岛《三月晦日赠刘评事》，见《全唐诗》卷五七四。贾岛，见四·五二注[2]。

[2]语出顾况《山中》，见《全唐诗》卷二六七。顾况，字逋翁，号华阳真逸，唐代苏州海盐（今浙江海盐）人，诗风以写实为主，重视诗歌教化功能。事详《唐才子传》卷三。

[3]讽咏：朗诵吟咏。

【译文】

贾岛的诗句"三月正当三十日"与顾况的诗句"野人自爱山中宿"属于同一作诗法，用粗拙的起句唤出精巧的立意，结句都值得朗诵吟咏。

四·八一

灵武[1]回天，功推李、郭[2]；椒香犯跸[3]，祸始田、崔[4]，是则然矣。不知僖、昭困蜀、凤时[5]，温、李、许、郑[6]辈得少陵、太白一语否？有治世音，有乱世音，有亡国音，故曰："声音之道，与政通也。"[7]大力者为之，故足挽回颓运；沉几[8]者知之，亦堪高蹈远引[9]。

【注释】

[1]灵武：地名，今属宁夏回族自治区。安史之乱后，太子李亨在灵武即位，是为唐肃宗，后号令天下，平定叛乱，唐朝中兴。

[2]李、郭：指李光弼、郭子仪。事详《新唐书》卷一三六《李光弼传》、卷一三七《郭子仪传》。

[3]犯跸：冲犯皇帝的车驾，此指昭宗（李晔）被弑事。《旧唐书》卷二〇《昭宗本纪》载天祐元年八月"朱全忠令左龙武统军朱友恭、右龙武统军氏叔琮、枢密使蒋玄晖，弑昭宗于椒殿"。

[4] 田、崔：指田令孜、崔胤。事详《旧唐书》卷一八四《田令孜传》及《新唐书》卷二二三《奸臣传》。

[5]《新唐书》卷九《僖宗本纪》载僖宗广明元年十二月"（黄）巢陷京师。辛卯，次凤翔""中和元年，正月壬子，如成都"。又《新唐书》卷一○《昭宗本纪》载昭宗天复元年："十月戊戌，朱全忠犯京师，十一月己酉，陷同州。壬子，如凤翔。"

[6] 此指温庭筠、李商隐、许浑、郑谷。

[7] 语出《礼记·乐记》，见《礼记注疏》卷三七。

[8] 沉几：冷静观察事物细微的迹象。

[9] 远引：远游。

【译文】

肃宗灵武中兴，功劳首推李光弼、郭子仪；昭宗椒殿被弑，祸乱开端于田令孜、崔胤，就是如此。不知唐僖宗、唐昭宗困于成都、凤翔之时，温庭筠、李商隐、许浑、郑谷之辈可有像李、杜一样忧时感事之语。有治世之音、乱世之音、亡国之音。所以《乐记》中说："声音之道，与政通也。"有广大能力的人积极入世，可挽回倾颓之势；沉着自持的人能够洞悉世理，也可以高蹈远祸。

四·八二

宋诗如林和靖《梅花诗》[1]，一时传诵。"暗香""疏影"景态虽佳，已落异境，是许浑至语，非开元、大历人语。至"霜禽""粉蝶"，直五尺童[2]耳。老杜云："幸不折来伤岁暮，若为看去乱乡愁。"[3]风骨苍然。其次则李群玉云："玉鳞寂寂飞斜月，素手亭亭对夕阳。"[4]大有神采，足为梅花吐气。

【注释】

[1]《梅花诗》：指林逋《山园小梅》其一，见《林和靖集》卷二。林逋，字君复，钱塘（今浙江杭州）人，宋初著名隐逸诗人，谥号"和靖"，故世称"林和靖"。终生不仕不娶，唯喜植梅养鹤，人称"梅妻鹤子"。事详《宋史》卷四五七《隐逸传》。

[2] 五尺童：尚未成年的儿童。典出《孟子·滕文公上》，称："从许子之道，则市贾不贰，国中无伪；虽使五尺之童适市，莫之或欺。"

[3] 语出杜甫《和裴迪登蜀州东亭送客逢早梅相忆见寄》，见《全唐诗》卷二二六。

[4] 语出李群玉《人日梅花病中作》，见《全唐诗》卷五六九。李群玉，字文山，澧州（今湖南澧县）人，性情淡泊，不乐仕进，极富诗才，《唐才子传》卷六称其"诗笔遒丽，文体丰妍"。

【译文】

宋诗如林逋的《山园小梅》被传诵一时，"暗香""疏影"描景虽好，但已经落入异境，脱离实际，像是许浑的作品，而非开元、大历诗人的风格。至于"霜禽""粉蝶"，简直是未成年的幼童之语了。杜甫诗云："幸不折来伤岁暮，若为看去乱乡愁。"写得风骨铮铮、苍劲有力。次之则是李群玉的"玉鳞寂寂飞斜月，素手亭亭对夕阳"，神采斐然，足以使梅花扬眉吐气。

四·八三

诗格变自苏黄[1]，固也。黄意不满苏，直欲凌其上，然故不如苏也。何者？愈巧愈拙，愈新愈陈，愈近愈远。

【注释】

[1] 严羽《沧浪诗话·诗辨》言："国初之诗尚沿袭唐人……至东坡、山谷始自出己意以为诗，唐人之风变矣。"

【译文】

宋代的诗风从苏轼、黄庭坚开始变化，的确如此。黄庭坚对苏轼有所不满，想要凌驾于苏轼之上，但是却不如苏轼。为什么呢？作诗之道，越是想要精巧越是粗拙，越是想要创新越是落入俗套，越是想要接近完美越是相去甚远。

四·八四

欧阳公自言《庐山高》《明妃曲》，李、杜所不能作[1]。余谓此非公言也，果尔，公是一夜郎王^[2]耳。《庐山高》仅玉川^[3]之浅近者，无论其他，只"半壁见海日，空中闻天鸡"^[4]，太白率尔语，公能道否耶？二歌警句如："红颜胜人多薄命，莫怨春风强自嗟"^[5]，寻常闺阁，不足形容明妃也。"耳目所及尚如此，万里安能制夷狄"^[6]。论学绳尺^[7]，公从何处削去之乎拾来？

【注释】

[1]《诗人玉屑》卷一七引《石林诗话》云："欧公一日被酒，语其子棐曰：'吾诗《庐山高》今人莫能为，惟李太白能之；《明妃曲》后篇太白不能为，惟杜子美能之，至于前章则子美亦不能为，惟吾能之也。'"《庐山高》：指欧阳修《庐山高赠同年刘中允归南康》，见《欧阳文忠公集》卷五。《明妃曲》：指欧阳修《明妃曲和王介甫作》，见《欧阳文忠公集》卷八。

[2]夜郎王：比喻无知且狂妄自大到极致的人。

[3]玉川：卢仝，号玉川子，见四·四七注[4]。

[4]语出李白《梦游天姥吟留别》，见《全唐诗》卷一四七。

[5][6]语出欧阳修《明妃曲和王介甫作》。

[7]论学绳尺：讨论过于合乎法度标准。

【译文】

欧阳修说他的《庐山高赠同年刘中允归南康》《明妃曲和王介甫作》，李白、杜甫都作不出。我认为这不是欧阳修说的话，若他真的说过这种话，那他就是无知且狂妄到极点之人。《庐山高赠同年刘中允归南康》仅仅像卢仝所写的浅薄之语，不说其他，仅仅是"半壁见海日，空中闻天鸡"，这种李白随性之句，欧阳修能写出来吗？《明妃曲和王介甫作》中有佳句："红颜胜人多薄命，莫怨春风强自嗟"，只能用来形容一般女子，不足以形容明妃。"耳目所及尚如此，万里安能制夷狄"，这句过于合乎法度，欧阳修是从哪里削下来化用到自己作品中的呢？

四·八五

永叔^[1]不识佛理，强辟^[2]佛；不识书，强评书；不识诗，自标誉^[3]能诗。子瞻^[4]虽复堕落^[5]，就彼趣中，亦自一时雄快^[6]。

【注释】

[1] 欧阳修，字永叔，号醉翁、六一居士，吉州庐陵（今江西吉安）人，北宋政治家、诗文革新运动领袖，与韩愈、柳宗元、苏轼、苏洵、苏辙、王安石、曾巩世称"唐宋散文八大家"。事详《宋史》卷三一九《欧阳修传》。

[2] 辟：排斥，驳斥。

[3] 标誉：标榜，夸耀。

[4] 子瞻：苏轼字，见一·三七注 [1]。

[5] 堕落：沦落。此指苏轼能兼容佛法，并不唯儒为尊。宋黎靖德《朱子语类》卷一三七载："韩退之、欧阳永叔所谓扶持正学，不杂释老者也……东坡则杂以佛老，到急处便添入佛老相和，倾瞒人。"

[6] 雄快：雄健痛快。

【译文】

欧阳修不懂佛教知识，就十分痛斥佛法；不懂书法，却强行评议书法；不懂诗，却标榜自己有诗才。苏轼虽然偏离了纯正儒家路数，就他的趣味而言，也堪称当时的雄健之士。

四·八六

鲁直 [1] 不足小乘 [2]，直是外道 [3] 耳，已堕傍生趣 [4] 中。南渡以后，陆务观 [5] 颇近苏氏而麤，杨万里 [6]、刘改之 [7] 俱弗如也。谢皋羽 [8] 微见翘楚 [9]，《鸿门行》[10] 诸篇，大有唐人之致。

【注释】

[1] 黄庭坚，字鲁直，号山谷道人，晚号涪翁，洪州分宁（今江西修水）人，北宋著名文学家、书法家、江西诗派代表人物。与苏轼合称"苏黄"，与张耒、晁补之、秦观都游学于苏轼门下，并称"苏门四学士"。事详《宋史》卷四四四《文苑传》。

[2] 小乘：小乘佛教简称，以自我完善与解脱为宗旨。大乘佛教以度脱众生为目标。

[3] 外道：佛教用语，指不合佛法的教派。

[4] 傍生趣：佛家五趣之一，此指蒙昧、愚蠢的境界。

[5] 陆游，字务观，号放翁，越州山阴（今浙江绍兴）人，南宋文学家、史学家、爱国诗人。事详《宋史》卷三九五《陆游传》。

[6] 杨万里，字廷秀，号诚斋，吉州吉水（今江西吉水）人，南宋大臣、爱国诗人，与陆游、尤袤、范成大并称"中兴四诗人"。事详《宋史》卷四三三《儒林传》。

[7] 刘过，字改之，号龙洲道人，吉州太和（今江西泰和）人，词风与辛弃疾相近，与刘克庄、刘辰翁并称"辛派三刘"。事附宋陈思《两宋名贤小集》卷三二五《龙洲集》。

[8] 谢翱，字皋羽，号晞发子，福建长溪（今福建霞浦）人，南宋末散文家、诗人，诗歌多表现沉郁愤慨之情，具遗民心态。事详清黄宗羲《宋元学案》卷五六。

[9] 翘楚：杰出人才。

[10] 《鸿门行》：即谢翱《鸿门宴》，见《晞发集》卷五。《升庵诗话》卷一四："谢皋羽《晞发集》诗皆精致奇峭，有唐人风，未可例于宋视之也。"

【译文】

黄庭坚还达不到小乘佛教的境界，根本是旁门左道，已经堕入蒙昧的境界之中了。南宋之后，陆游的诗风接近苏轼，但比苏轼更加粗疏，杨万里、刘过都比不上苏轼。谢翱在南宋稍显出类拔萃，他的《鸿门宴》等作品，很有唐人的风采。

四·八七

读子瞻文，见才矣，然似不读书者。读子瞻诗，见学矣，然似绝无才者。

【译文】

读苏轼的文章，可以窥见他的才气，然而却好像不读书之人。读苏轼的诗，可以看见他的学问，却又好像完全没有才气的人。

四·八八

懒倦欲睡时，诵子瞻小文及小词[1]，亦觉神王[2]。

【注释】

[1] 小文：短文。小词：宋词的分类之一，即后世所称的令、引、近。

[2] 神王：同"神往"，谓精神旺盛，神清气爽。

【译文】

慵懒疲惫、困意袭来之时，诵读苏轼的小文、小词，也会让人觉得神清气爽。

四·八九

剽窃模拟，诗之大病。亦有神与境触，师心独造，偶合古语者。如"客从远方来"[1]"白杨多悲风"[2]"春水船如天上坐"[3]，不妨俱美，定非窃也。其次裒览[4]既富，机锋[5]亦圆，古诗口吻间，若不自觉。如鲍明远"客行有苦乐，但问客何行"[6]之于王仲宣"从军有苦乐，但问所从谁"[7]；陶渊明"鸡鸣桑树颠，狗吠深巷中"[8]之于古乐府"鸡鸣高树颠，狗吠深宫中"[9]；王摩诘"白鹭""黄鹂"[10]，近世献吉、用修亦时失之[11]，然尚可言。又有全取古文，小加裁剪，如黄鲁直宜州用白乐天诸绝句[12]，王半山"山中十日雨，雨晴门始开。坐看苍苔色，欲上人衣来"[13]，后二语全用辋川[14]，已是下乘。然犹彼我趣合，未致足厌。乃至割缀古语，用文已陋，痕迹宛然，如"河分冈势""春入烧痕"[15]之类，斯丑方极。模拟之妙者，分歧逞力[16]，穷势尽态，不唯敌手，兼之无迹，方为得耳。若陆机《辨亡》[17]傅玄《秋胡》[18]，近日献吉"打鼓鸣锣何处船"[19]语，令人一见匿笑[20]，再见呕哕，皆不免为盗跖、优孟所訾[21]。

【注释】

[1] 语出《古诗十九首》之十七，见《文选》卷二九。此句亦见于《古诗十九首》之十八。

[2] 语出《古诗十九首》之十四，见《文选》卷二九。

[3] 语出杜甫《小寒食舟中作》，见《全唐诗》卷二三三。《苕溪渔隐丛话》前集卷六引《潜溪诗眼》句称："古人学问必有师友渊源……'船如天上坐，鱼似镜中悬'，沈云卿诗也。云卿得意于此，故屡用之。老杜'春水船如天上坐'祖述佺期之语也。"

[4] 哀览：收集和阅览。

[5] 机锋：佛教用语，又作禅机。此指机敏的才思。

[6] 语出鲍照《从临海王上荆初发新渚》，见《汉魏六朝百三家集》卷六九。

[7] 语出王粲《从军诗五首》之一，见《汉魏六朝百三家集》卷二九。

[8] 语出陶渊明《归园田居五首》之一，见《汉魏六朝百三家集》卷六二。

[9] 语出乐府古辞《鸡鸣》，见《乐府诗集》卷二八。

[10] 语出王维《积雨辋川庄作》，见《全唐诗》卷一二八。诗有"漠漠水田飞白鹭，阴阴夏木啭黄鹂"句，故云。《诗话总龟》卷六引《古今诗话》语称："王右丞好取人诗，如'行到水穷处，坐看云起时'，此《华英集》中句也；'漠漠水田飞白鹭，阴阴夏木啭黄鹂'，此李嘉祐句也。"此说未必公允，后人多有辨析。

[11] 献吉：李梦阳字，见一·二五注[1]。用修：杨慎字，见原序一注[3]。

[12] 崇宁二年（1103年）十一月，黄庭坚被贬宜州（今广西宜州），崇宁四年（1105年）八月，病逝于此。《韵语阳秋》卷一称："观山谷《黔南十绝》七篇全用乐天《花下对酒》《渭川旧居》《东城寻春》《西楼》《委顺》《竹窗》等诗，余三篇用其诗略点化而已。"按：山谷于绍圣二年（1095年）被贬黔州，元符元年（1098年）迁戎州，此间作《谪居黔南五首》。所谓《黔南十绝》疑有宜州时作品掺入，宋黄𪩘《山谷年谱》卷二六载"杨氏增注云：后五篇当是责宜州时作"。

[13] 语出王安石《春晴》，见《临川文集》卷二六。原作"新春十日雨，雨晴门始开。静看苍苔纹，莫上人衣来"。

[14] 辋川：指王维。王维曾隐居于辋川（今陕西蓝田县西南），故云。王

维《书事》有"坐看苍苔色，欲上人衣来"，见《全唐诗》卷一二八。

[15]《诗话总龟》卷六引《古今诗话》语："僧惠崇有诗云：'河分冈势断，春入烧痕青。'士大夫奇之，然皆唐人旧句。崇有师弟学诗于崇，赠崇诗曰：'河分冈势司空曙，春入烧痕刘长卿。不是师偷古人句，古人诗句似师兄。'"

[16]分歧逞力：在不同之处显示功力。

[17]《辨亡》：即陆机《辨亡论》，见《汉魏六朝百三家集》卷四八。历来学者认为该文为仿贾谊《过秦论》而成。

[18]《秋胡》：即傅玄《秋胡行》，见《汉魏六朝百三家集》卷三九。其模仿《陌上桑》痕迹明显。

[19]语出李梦阳《河发登望》，见《空同集》卷二九。

[20]匿笑：偷笑。

[21]盗跖：指善于偷窃之人。优孟：指善于模仿之人。訾：诟病。

【译文】

剽窃模拟，是作诗的一大弊病。当然这里面也有情感和外物融洽，独具匠心，语句与古语偶然重合的。比如"客从远方来""白杨多悲风""春水船如天上坐"等句，不妨碍原句与模仿之句都十分优美，这不算剽窃。其次是，诗人饱览群书，深思敏锐，将古人的诗烂熟口间，创作的诗句与古人诗句不自觉地暗合，比如鲍照的"客行有苦乐，但问客何行"与王粲的"从军有苦乐，但问所从谁"；陶渊明的"鸡鸣桑树颠，狗吠深巷中"与古乐府诗的"鸡鸣高树颠，狗吠深宫中"；王维的"漠漠水田飞白鹭，阴阴夏木啭黄鹂"与李嘉祐的"水田飞白鹭，夏木啭黄鹂"，如今的李梦阳、杨慎有时会出现一些问题，但他们的诗尚可值得吟诵。又有全篇取自前人作品，稍加裁剪的情况，比如黄庭坚在宜州时期的作品，化用了白居易的大量绝句；王安石的《春晴》后两句全是用的王维诗句，这已经是诗作中的下乘了。然而还算得上是相映成趣，还不至于令人十分厌恶。至于那些割裂缀连古语以为己用的作品，就已经十分粗陋、痕迹明显了，比如"河分冈势""春入烧痕"之类，丑陋不堪。模拟的妙处，在于在不同处显示自己的功力，穷尽态势，不只为了与先作比试，更要兼顾了无痕迹，这才算深得作诗之道。如果像陆机的《辨亡论》、傅玄的《秋胡行》，如今的李梦阳"打鼓鸣锣何处船"之语,第一眼看到令人发笑,再看令人作呕,这甚至会让窃贼和低劣模仿者都诟病了。

四·九〇

唐人诗云:"海色晴看雨,钟声听夜潮。"[1] 至周以言则云:"海色晴看近,钟声夜听长。"[2] 唐僧诗云:"经来白马寺,僧到赤乌年。"[3] 至皇甫子循则云:"地是赤乌分教后,僧同白马赐经时。"[4] 虽以剿语得名,然犹未见大决撒[5]。独李太白有"人烟寒橘柚,秋色老梧桐"[6] 句,而黄鲁直更之曰:"人家围橘柚,秋色老梧桐。"晁无咎极称之[7],何也?余谓中只改两字,而丑态毕具,真点金作铁手耳。

【注释】

[1] 语出祖咏《江南旅情》,见《全唐诗》卷一三一。祖咏,字和生,洛阳(今河南洛阳)人,少有文名,擅长诗歌创作。与王维友善,曾隐居河南汝水间,渔樵自终。事详《唐才子传》卷一。

[2] 语出明周诗《登金山》,见清张玉书、汪霦等《御定佩文斋咏物诗选》卷五八。原作"海色朝看近,江声夜听长"。周诗,约为明弘治、嘉靖年间昆山人,疑字"以言"。精医术,擅诗文,史籍无传。

[3] 语出释灵澈《芙蓉园新寺》,见宋姚铉《唐文粹》卷九三刘禹锡《唐释灵澈上人文集序》。灵澈,本姓汤氏,字源澄,越州会稽(今浙江绍兴诗)人,唐代著名诗僧,与皎然、刘禹锡、刘长卿、吕温交往甚密,互有酬答之作。

[4] 语出皇甫汸《报恩寺浮图》,见《皇甫司勋集》卷二七。原作"地是赤乌开教后,基同白马赐名时"。子循:皇甫汸字,见一·三二注[1]。

[5] 决撒:败露,戳穿。

[6] 语出李白《秋登宣城谢朓北楼》,见《全唐诗》卷一八〇。

[7] 宋叶梦得《石林诗话》卷上:"顷见晁无咎举鲁直诗'人家围橘柚,秋色老梧桐'……自以为莫能及。"晁补之,字无咎,号归来子,济州钜野(今山东巨野)人,北宋著名文学家,能诗词,工书画,善属文,"苏门四学士"之一。事详《宋史》卷四四四《文苑传》。

【译文】

唐人有诗句："海色晴看雨，钟声听夜潮。"明代周诗有诗句："海色晴看近，钟声夜听长。"唐僧的诗"经来白马寺，僧到赤乌年"，到了明代皇甫汸则说"地是赤乌分教后，僧同白马赐经时"。虽然周诗、皇甫汸这几句诗是因为剽窃前人作品出名的，但还不算是明显败露。唯独李白的诗句"人烟寒橘柚，秋色老梧桐"，被黄庭坚改成了"人家围橘柚，秋色老梧桐"，晁补之竟十分认可黄庭坚这一改动，为什么会这样呢？我却认为恰是改动了这两个字，而丑态毕现，真是"点金为铁"的手笔啊。

四·九一

又有点金成铁者，少陵有句云："昨夜月同行。"[1] 陈无己则云："勤勤有月与同归。"[2] 少陵云："暗飞萤自照。"[3] 陈则曰："飞萤元失照。"[4] 少陵云："文章千古事。"[5] 陈则云："文章平日事。"[6] 少陵云："乾坤一腐儒。"[7] 陈则云："乾坤着腐儒。"[8] 少陵云："寒花只暂香。"[9] 陈则云："寒花只自香。"[10] 一览可见。

【注释】

[1] 语出杜甫《奉济驿重送严公四韵》，见《全唐诗》卷二二七。

[2] 语出陈师道《东禅》，见《后山集》卷八。原作"殷勲有月与同归"。无己，陈师道字，见一·三八注 [1]。

[3] 语出杜甫《倦夜》，见《全唐诗》卷二二七。

[4] 语出陈师道《十五夜月》，见《后山集》卷四。

[5] 语出杜甫《偶题》，见《全唐诗》卷二三〇。

[6] 语出陈师道《独坐》，见《后山集》卷五。

[7] 语出杜甫《江汉》，见《全唐诗》卷二三〇。

[8] 语出陈师道《独坐》，见《后山集》卷五。

[9] 语出杜甫《薄游》，见《全唐诗》卷二二七。

[10] 语出陈师道《西湖》，见《后山集》卷四。

【译文】

还有其他点金成铁的情况，杜甫说"昨夜月同行"，陈师道则说"勤勤有月与同归"；杜甫说"暗飞萤自照"，陈师道则说"飞萤元失照"；杜甫说"文章千古事"，陈师道则说"文章平日事"；杜甫说"乾坤一腐儒"，陈师道则说"乾坤着腐儒"；杜甫说"寒花只暂香"，陈师道则说"寒花只自香"，一读就会知道。

四·九二

宋诗亦有单句不成诗者，如王介甫："青山扪虱坐，黄鸟挟书眠。"[1]又黄鲁直："人得交游是风月，天开图画即江山。"[2]潘邠老："满城风雨近重阳。"[3]虽境涉小佳，大有可议，览者当自得之。

【注释】

[1] 王安石《临川文集》未收，见《石林诗话》卷上。

[2] 语出《王厚颂二首》其二，见《山谷集》卷一五。此句并非单句，应为王世贞误记。

[3] 语出潘大临《题壁》，见《苕溪渔隐丛话》前集卷五二引《冷斋夜话》。潘大临，字邠老，一字君孚，湖北黄州（今湖北黄冈）人，曾与黄庭坚、苏轼、张耒诸人游，工书，善诗文，江西诗派诗人。事附《两宋名贤小集》卷七六《潘邠老小集》。

【译文】

宋诗也有仅仅一句，不见全诗的，比如王安石的"青山扪虱坐，黄鸟挟书眠"，又比如黄庭坚的"人得交游是风月，天开图画即江山"，潘大临的"满城风雨近重阳"。这些作品虽然境界略佳，但是有很大的讨论空间，读者应当自己品味。

四·九三

昔人谓崔涂"渐与骨肉远，转于僮仆亲"[1]，远不及王维"孤客亲僮仆"[2]，固然。然王语虽极简切[3]，入《选》尚未；崔语虽觉支离[4]，近体差可，要在自得之。

【注释】

[1] 语出崔涂《巴山道中除夜书怀》，见《全唐诗》卷六七九。崔涂，字礼山，唐末睦州桐庐（今浙江桐庐）人，善音律，其诗多以漂泊生活为题材，情调苍凉。见《唐才子传》卷九。

[2] 语出王维《宿郑州》，见《全唐诗》卷一二五。《升庵诗话》卷九："崔涂《旅中诗》'渐与骨肉远，转于僮仆亲'，诗话亟称之。然王维《郑州诗》'他乡绝俦侣，孤客亲僮仆'，已先道之矣，但王语浑含胜崔。"

[3] 简切：简要切实。

[4] 支离：烦琐杂乱。

【译文】

过去有人说崔涂的"渐与骨肉远，转于僮仆亲"，远比不上王维的"孤客亲僮仆"，确实如此。但是王维的诗句虽然极为简要切实，却没有被收入重要的唐诗选；而崔涂的诗句相比之下虽然烦琐杂乱，但是可以算得上不错的近体诗，关键在于读者自己的看法。

四·九四

谈理而文，质而不厌者匡衡[1]；谈事而文，俳而不厌者陆贽[2]。子瞻盖慕贽而识未逮者。

【注释】

[1] 匡衡，字稚圭，东海承县（今山东枣庄）人，西汉经学家、大臣，以说《诗》著称，汉元帝时位至丞相。事详《汉书》卷八一《匡衡传》。

[2] 陆贽，字敬舆，苏州嘉兴（今浙江嘉兴）人，唐朝著名政治家、文学家，所作奏议，多用排偶，条理精密，文笔流畅。为溧阳县令陆侃第九子，人称"陆九"。事详《新唐书》卷一五七《陆贽传》。

【译文】

以议论说理的方式写文章，匡衡可以做到质朴自然而令人不厌倦；以讨论事件的方式写文章，陆贽可以做到对仗华丽而令人不厌倦。苏轼大概是仰慕陆贽，但才识却没有赶得上他。

四·九五

　　文至于隋、唐而靡极矣，韩、柳振之，曰敛华而实也。至于五代而冗^[1]极矣，欧、苏振之，曰化腐而新也。然欧、苏则有间^[2]焉，其流也使人畏难而好易。

【注释】

　　[1]冗：烦琐。

　　[2]间：疏漏，缺憾。

【译文】

　　文章到了隋唐，绮靡之风极其严重，韩愈、柳宗元整顿文风，收敛华丽形式，增添实际内容。到了五代，文风又开始变得极为烦琐，欧阳修、苏轼整顿文风，改除腐朽，使文章变得新颖有生气。然而欧阳修、苏轼也有疏漏之处，他们形成的这种创作潮流使诗人畏惧困难，崇尚简易。

四·九六

　　杨、刘之文靡而俗^[1]，元之之文旨而弱^[2]，永叔之文雅而则^[3]，明允之文浑而劲^[4]，子瞻之文爽而俊^[5]，子固之文腴而满^[6]，介甫之文峭而洁^[7]，子由之文畅而平^[8]。于鳞云"惮于修辞，理胜相掩"^[9]，诚然哉。谈理亦有优劣焉，茂叔之简俊^[10]，子厚之沉深^[11]，二程之明当^[12]，紫阳^[13]其稍冗矣，训诂则无加^[14]焉。

【注释】

　　[1]杨、刘：即杨亿、刘筠，见四·七一注[3]。靡：过于华丽。

　　[2]王禹偁，字元之，济州钜野（今山东巨野）人，北宋名臣、诗人、散文家，诗文革新运动先驱，诗多反映社会现实。事详《宋史》卷二九三《王禹偁传》。旨：指言辞优美。弱：指简洁平淡。

　　[3]雅：典雅。则：指有法度。

　　[4]苏洵，字明允，自号老泉，眉州眉山（今四川眉山）人，北宋文学家，与其子苏轼、苏辙世称"三苏"，均被列入"唐宋八大家"。长于散文，尤擅政

论，议论明畅，笔势雄健。事详《宋史》卷四四三《苏洵传》。浑：气象盛大。劲：刚健有力。

[5]爽：明快。俊：才华出众。

[6]子固：曾巩字，见三·五注[2]。腴：宽厚。满：充实没有余地。

[7]介甫：王安石字，见三·五注[1]。峭：险峻。洁：简洁。

[8]苏辙，字子由，一字同叔，晚号颍滨遗老，眉州眉山（今四川眉山）人，"唐宋八大家"之一，擅长政论和史论。事详《宋史》卷三三九《苏辙传》。畅：流畅。平：平和。

[9]语见李攀龙《沧溟集》卷一六《送王元美序》。于鳞：李攀龙字，见原序一注[8]。惮：惧怕。

[10]周敦颐，原名敦实，字茂叔，谥号元公，道州营道（今湖南道县）人，世称"濂溪先生"，北宋哲学家，宋代理学开创者。事详《宋史》卷四二七《道学列传》。简俊：简洁俊朗。

[11]张载，字子厚，凤翔郿县（今陕西眉县）人，北宋思想家，理学创始人之一，建立"关学"一脉，世称"横渠先生"，与周敦颐、邵雍、程颐、程颢合称"北宋五子"。事详《宋史》卷四二七《道学列传》。沉深：沉郁深厚。

[12]二程：程颢、程颐。程颢，字伯淳，号明道，世称"明道先生"，河南府洛阳（今河南洛阳）人，北宋理学家、教育家，理学创始人之一，"洛学"代表人物。事详《宋史》卷四二七《道学列传》。程颐，字正叔，世称"伊川先生"，河南府洛阳（今河南洛阳）人，北宋理学家、教育家，理学创始人之一，与其兄程颢共创"洛学"。事详《宋史》卷四二七《道学列传》。明当：简明得当。

[13]紫阳：朱熹居福建崇安时，名其厅为"紫阳书室"，故世称"紫阳"。朱熹，字元晦，又字仲晦，号晦庵，晚称晦翁，祖籍徽州婺源（今江西婺源），生于南剑尤溪（今福建尤溪），南宋理学家、思想家、哲学家、教育家、诗人，"闽学"代表人物，世称"朱子"，谥文，又称"朱文公"。事详《宋史》卷四二九《道学列传》。

[14]无加：内容得当，无以复加。

【译文】

杨亿、刘筠的文章过于华丽而流于俗套，王禹偁的文章语言优美而流于平淡，欧阳修的文章典雅而有法度，苏洵的文章气势恢宏、刚劲有力，苏轼的文章明快且才华出众，曾巩的文章厚重饱满但缺少余地，王安石的文章险峻、简洁，苏辙的文章顺畅平和。李攀龙说："畏惧修饰词语，就以说理的方式进行遮掩。"的确是这样。说理也有优劣之分。周敦颐简洁俊朗，张载沉郁深厚，二程简明得当，朱熹稍显冗杂，但他在文句训诂方面却是内容得当，无以复加的。

四·九七

或谓紫阳《斋居》[1] 大胜拾遗《感遇》[2]。善乎用修言之也，曰："青裙白发之节妇，乃与靓妆袨服之冶女角色泽哉。"[3]

【注释】

[1]《斋居》：即朱熹《斋居感兴》二十首，见《朱子全书》卷六六。

[2]《感遇》：即陈子昂《感遇诗》三十八首，见《全唐诗》卷八三。拾遗：陈子昂别称，见三·三〇注 [2]。

[3]语出杨慎《升庵诗话》卷一一，原文作："譬之青裙白发之节妇，乃与靓妆袨服之宫娥，争妍取怜，埒材角妙。不惟取笑旁观，亦且自失所守。要之，不可同日而语也。"用修：杨慎字，见原序一注 [3]。袨服：艳服。冶女：装饰华丽的女子。色泽：姿色，容貌。

【译文】

有人说朱熹的《斋居感兴》远远超过陈子昂的《感遇诗》。杨慎对此评论得十分精妙，他说："朱熹的作品如同青裙白发的贞洁妇人，陈子昂的作品如同妆容精美、身穿靓衫的女子。对比二人作品，就如同节妇与冶女比较外貌。"

四·九八

诗自正宗[1] 之外，如昔人所称"广大教化主"者[2]，于长庆得一人，曰白乐天；于元丰得一人焉，曰苏子瞻；于南渡后得一人，曰陆务观。为其情事景物之悉备也。然苏之与白，尘矣；陆之与苏，亦劫也 [3]。

【注释】

[1] 正宗：明代"诗歌正宗"观念肇始于高棅，其《唐诗品汇》带有明显以"盛唐"为宗的倾向，对前后七子都产生了深远影响。该书将唐诗的每一诗体分成正始、正宗、大家、名家、羽翼、接武、正变、余响、旁流九格。《凡例》称："大略以初唐为正始，盛唐为正宗、大家、名家、羽翼，中唐为接武，晚唐为正变、余响，方外、异人等诗为旁流。"

[2] 广大教化主，见四·四六注 [1]。

[3] 尘、劫：俱为佛教用语，此作尘凡、低下解。

【译文】

在符合盛唐标准的代表诗人之外，称得上优秀且模范的，在长庆年间有一位，即张为所说的"广大教化主"白居易；在元丰年间有一位，苏轼；在宋朝南渡之后有一位，陆游。因为他们的诗作情感、景色、事物俱备。但是苏轼与白居易之间、陆游与苏轼之间，差距很大。

四·九九

"所以嵇中散，至死薄殷周" [1]，易安此语虽涉议论，是佳境，出宋人表。用修故峻其掊击 [2]，不无矫枉之过。

【注释】

[1] 语出李清照《咏史》，见《李清照集校注》卷二。李清照，号易安居士，齐州济南（今山东济南）人，宋代婉约词派代表，其词前期多写悠闲生活，后期多悲叹身世，情调感伤。

[2] 杨慎《升庵诗话》卷五《沈氏竹火笼诗》条："宋人称李易安'所以嵇中散，至死薄殷周'之句，以为妇女有此大议论，然太浅露。比之沈氏此诗，当在门墙之外矣。"峻：苛责。掊击：抨击。

【译文】

"所以嵇中散，至死薄殷周"，李清照这句诗虽然涉及议论往事，但是的确是佳境，算得上宋代诗作的表率。杨慎苛责这句诗，且含抨击之意，不免有矫枉过正之失。

四·一〇〇

子瞻多用事实，从老杜五言古、排律中来。鲁直用生拗句法，或拙或巧，从老杜歌行中来。介甫用生重字力于七言绝句及颔联内，亦从老杜律中来。但所谓差之毫厘，谬以千里耳。骨格[1]既定，宋诗亦不妨看。

【注释】

[1]骨格：筋骨格调，此指风格。

【译文】

苏轼作诗多用事件，这是向杜甫五言古诗、排律学习。黄庭坚作诗喜用生拗句法，有时朴素有时精巧，是学习杜甫歌行体诗的结果。王安石在七言绝句及诗的颔联中多用生字、重字，也是从杜甫的律诗中来的。但如果开始学习时，取法的对象产生误差，后面就会谬以千里。风格确定以后，宋诗也有其可读之处。

四·一〇一

严沧浪论诗，至欲如那吒太子析骨还父，析肉还母[1]。及其自运，仅具声响，全乏才情，何也？七言律得一联云："晴江木落时疑雨，暗浦风多欲上潮。"[2]然是许浑境界[3]。又"晴""暗"二字太巧稚[4]，不如别本作"空江""别浦"差稳。

【注释】

[1]语出《沧浪诗话》后附《答出继叔临安吴景仙书》，原作"吾论诗，若那吒太子析骨还父，析肉还母"。严羽，见一·二一注[1]。

[2]语出严羽《和上官伟长芜城晚眺》，见《沧浪集》卷二。一作"晴江水落长疑雨，暗浦风生欲上潮"。

[3]许浑诗多描写水、雨之景，风格肃杀，故云。参四·七一。

[4]巧稚：弄巧稚气。

【译文】

严羽论诗，到了鞭辟入里、本质毕现的境界。但等到他自己作诗之时，仅仅具备形式，完全缺乏才情。为什么如此呢？他七言律诗中有一联："晴江木落时疑雨，暗浦风多欲上潮。"这和许浑是一个境界。除此之外，"晴""暗"二字过于刻意，稚气十足，不如别的版本的"空江""别浦"更为稳重深沉。

四·一〇二

严又云："诗不必太切。"[1] 予初疑此言，及读子瞻诗，如"诗人老去"[2]"孟嘉醉酒"[3] 各二联，方知严语之当。又近一老儒尝咏道士号一鹤者云："赤壁横江过，青城被箭归。"[4] 使事非不极亲切[5]，而味之殆如嚼蜡耳。

【注释】

[1]《沧浪诗话·诗法》有"不必太着题，不必多使事"句。

[2]语出苏轼《张子野年八十五尚闻买妾述古令作诗》，见《东坡全集》卷五。原句"诗人老去莺莺在，公子归来燕燕忙"。

[3]语出苏轼《太守徐君猷通守孟亨之皆不饮酒以诗戏之》，见《东坡全集》卷一二。原句"孟嘉嗜酒桓温笑，徐邈狂言孟德疑"。

[4]语出史鉴《一鹤为南京唐道士赋》，见《西村集》卷三。史鉴，字明古，号西村，人称"西村先生"，吴江（今江苏苏州）人，明代官员、学者，博览群书，尤熟于史。事详吴宽《史明古公鉴墓表》，见明焦竑《国朝献征录》卷一一六。

[5]亲切：贴近主题。

【译文】

严羽还说过："作诗时描写刻画、运用典故不必太切题。"我最开始的时候怀疑这种说法。等我读到苏轼的诗，比如"诗人老去""孟嘉醉酒"两联，才知道严羽这句话十分恰当。又如近世一位老儒曾经歌咏道号为一鹤的人，诗云："赤壁横江过，青城被箭归。"使用的典故非常切近主题，但却味同嚼蜡。

四·一〇三

元裕之好问 [1] 有《中州集》，皆金人诗也。如宇文太学虚中 [2]、蔡丞相松年 [3]，蔡太常珪 [4]、党承旨怀英 [5]、周常山昂 [6]，赵尚书秉文 [7]，王内翰庭筠 [8]，其大旨不出苏、黄之外。要之，直于宋而伤残 [9]，质于元而少情。

【注释】

[1] 元好问，字裕之，号遗山，世称"遗山先生"，太原秀容（今山西忻州）人，金末文学家、历史学家，擅作诗、文、词、曲。主盟北方文坛，有"北方文雄""一代文宗"之誉。事详《金史》卷一二六《文艺传》。

[2] 宇文虚中，字叔通，号龙溪居士，成都华阳（今四川双流）人，宋金之际名臣、学者、诗人，曾官翰林学士承旨。事详《金史》卷七九《宇文虚中传》。

[3] 蔡松年，字伯坚，号萧闲老人，冀州真定（今河北正定）人，金朝诗人，官至右丞相。词风豪放，有东坡神韵，与吴激齐名，时称"吴蔡体"。事详《金史》卷一二五《文艺传》。

[4] 蔡珪，字正甫，真定（今河北正定）人，蔡松年之子，金朝文学家，曾官户部员外郎兼太常丞。事详《金史》卷一二五《文艺传》。

[5] 党怀英，字世杰，号竹溪，冯翊（今陕西大荔）人，金朝文学家，书法家，史学家，官至翰林学士承旨，世称"党承旨"。事详《金史》卷一二五《文艺传》。

[6] 周昂，字德卿，冀州真定（今河北正定）人，金朝诗人，其诗学杜甫，注意反映现实，诗风沉郁、浑成，有《常山集》。事详《金史》卷一二六《文艺传》。

[7] 赵秉文，字周臣，号闲闲居士，晚号闲闲老人，磁州滏阳（今河北磁县）人，金朝著名学者，书法家，曾任礼部尚书。事详《金史》卷一一〇《赵秉文传》。

[8] 王庭筠，字子端，号黄华山主、黄华老人、黄华老子，别号雪溪，熊岳（今辽宁营口）人，金朝文学家、书画家，官至翰林修撰。事详《金史》卷

一二六《文艺传》。

[9] 残：浅显。

【译文】

元好问著有《中州集》，其中都是金人诗作。如宇文虚中、蔡松年、蔡珪、党怀英、周昂、赵秉文、王庭筠。这些诗人作品旨趣大多不出苏轼、黄庭坚这一范围。总结来说，金人的作品比宋人作品通俗却失于浅显，比元人作品质朴但是缺少情感。

四·一〇四

元诗人元右丞好问[1]、赵承旨孟頫[2]、姚学士燧[3]、刘学士因[4]、马中丞祖常[5]、范应奉德机[6]、杨员外仲弘[7]、虞学士集[8]、揭应奉傒斯[9]、张句曲雨[10]、杨提举廉夫[11]而已。赵稍清丽而伤于浅；虞颇健利[12]；刘多伧语[13]而涉议论，为时所归[14]；廉夫本师长吉[15]，而才不称，以断案[16]杂之，遂成千里。

【注释】

[1] 元好问，见四·一〇三注[1]。

[2] 赵孟頫，字子昂，号松雪道人、水晶宫道人，吴兴（今浙江湖州）人，南宋末至元初著名书法家、画家、诗人，官至翰林学士承旨。事详《元史》卷一七二《赵孟頫传》。

[3] 姚燧，字端甫，号牧庵，洛阳（今河南洛阳）人，元朝文学家，与虞集齐名，官翰林学士承旨、集贤大学士。事详《元史》卷一七四《姚燧传》。

[4] 刘因，字梦吉，号静修，雄州容城（今河北容城）人，元朝著名理学家、诗人，与许衡齐名，曾官翰林学士。事详《元史》卷一七一《刘因传》。

[5] 马祖常，字伯庸，光州（今河南潢川）人，元代色目人，著名诗人，曾官御史中丞。事详《元史》卷一四三《马祖常传》。

[6] 范梈，字亨父，一字德机，人称文白先生，清江（今江西樟树）人，元代官员、诗人，与虞集、杨载、揭傒斯被誉为"元诗四大家"，曾官翰林应奉。事详《元史》卷一八一《范梈传》。

[7] 杨载，字仲弘，浦城（今福建浦城）人，元代中期著名诗人。事详《元史》卷一九〇《儒学传》。

[8] 虞集，字伯生，号道园，世称邵庵先生，成都仁寿（今四川仁寿）人，元代著名学者、诗人，与揭傒斯、柳贯、黄溍并称"元儒四家"，曾官奎章阁侍书学士。事详《元史》卷一八一《虞集传》。

[9] 揭傒斯，字曼硕，号贞文，龙兴富州（今江西丰城）人，元代著名文学家、书法家、史学家，曾官应奉翰林文字。事详《元史》卷一八一《揭傒斯传》。

[10] 张雨，字伯雨，号贞居子，又号句曲外史，钱塘（今浙江杭州）人，元代文学家、书画家、茅山派道士，曾受学于虞集。

[11] 杨维桢，字廉夫，号铁崖、铁笛道人、抱遗老人、东维子等，浙江诸暨（今浙江诸暨）人，元末明初文坛领袖，其诗史称"铁崖体"，曾任江西儒学提举。事详《明史》卷一七三《文苑传》。

[12] 健利：雄健利落。

[13] 伧语：粗鄙浅陋之俗语。

[14] 归：影响，限制。

[15] 长吉：李贺字，见四·四〇注 [1]。

[16] 断案：议论。

【译文】

元代诗人仅有元好问、赵孟𫖯、姚燧、刘因、马祖常、范梈、杨载、虞集、揭傒斯、张雨、杨维桢这几位而已。赵孟𫖯比较清丽但是流于浅淡；虞集雄健利落；刘因语言粗浅，多涉及议论，是时境所致；杨维桢本以李贺为师，但是才气比不上，杂以议论性文字，于是成就较大。

四·一〇五

元文人自数子外，则有姚承旨枢 [1]、许祭酒衡 [2]，吴学士澄 [3]、黄侍讲溍 [4]、柳国史贯 [5]、吴山长莱 [6]、危学士素 [7]，然要而言之，曰无文可也。

【注释】

[1] 姚枢，字公茂，号雪斋、敬斋，营州柳城（今辽宁朝阳）人，金末元初政治家、理学家，官至翰林学士承旨。事详《元史》卷一五八《姚枢传》。

[2] 许衡，字仲平，号鲁斋，世称"鲁斋先生"，怀州河内（今河南沁阳）人，金末元初著名理学家、教育家，曾官集贤殿大学士兼国子祭酒。事详《元史》卷一五八《许衡传》。

[3] 吴澄，字幼清，晚字伯清，号草庐，抚州崇仁（今江西乐安）人，元代杰出的理学家、经学家、教育家，与许衡并称"南吴北许"，曾官翰林学士。事详《元史》卷一七一《吴澄传》。

[4] 黄溍，字晋卿，一字文潜，婺州义乌（今浙江义乌）人，元代著名的理学家、史学家、文学家、教育家、书画家，曾官侍讲学士。事详《元史》卷一八一《黄溍传》。

[5] 柳贯，字道传，婺州浦江（今浙江兰溪）人，元代著名文学家、诗人、哲学家、教育家、书画家。官至翰林待制，兼国史院编修，与元代散文家虞集、揭傒斯、黄溍并称"儒林四杰"。事附《元史》卷一八一《黄溍传》。

[6] 吴莱，字立夫，本名来凤，号深袅山道人，婺州浦阳（今浙江浦江）人，元朝集贤殿大学士吴直方长子，曾荐署饶州路长芗书院山长，未行而卒。事附《元史》卷一八一《黄溍传》。

[7] 危素，字太朴，号云林，抚州金溪（今江西金溪）人，元末明初历史学家、文学家。元为翰林学士承旨，入明为翰林侍讲学士。事详《明史》卷二八五《危素传》。

【译文】

元代文人除了上条提到的几位之外，还有姚枢、许衡、吴澄、黄溍、柳贯、吴莱、危素，但是简要来讲，可以说是"元代无文"。

卷　五

五·一

高皇帝 [1] 神武天授，生目不知书，既下集庆 [2]，始厌马上 [3]。长歌短篇，操笔辄韵，有魏武 [4] 乐府风。制词质古 [5]，一洗骈偶之习。

【注释】

[1] 朱元璋，字国瑞，濠州钟离（今安徽凤阳）人，庙号"太祖"，谥号"开天行道肇纪立极大圣至神仁文义武俊德成功高皇帝"。事详《明史》卷一《太祖本纪》。

[2] 集庆：元朝时南京称集庆路。元至正十五年至十六年（1355—1356 年），朱元璋率军渡长江攻取集庆，为一统天下奠定了基础。

[3] 马上：指征战武功。

[4] 魏武：指魏武帝曹操。

[5] 质古：质朴古典。

【译文】

明太祖朱元璋神明威武由上天所赐，生就目不识丁，等到攻克南京之后，开始厌倦征战武功。长歌短篇，提笔一写就合韵，有曹操古乐府风采。作词质朴古典，洗尽骈偶习气。

五·二

仁宗皇帝 [1] 在东宫时，独好欧阳氏之文，以故杨文贞宠契非浅 [2]。又喜王赞善汝玉 [3] 诗，圣学最为渊博。宣宗 [4] 天纵神敏，长歌短章，下笔即就。每遇南宫试 [5]，辄自草程式文 [6] 曰："我不当会元 [7] 及第耶？"而一时馆阁 [8] 诸公，无两司马之才，衡、向 [9] 之学，不能将顺黼黻 [10]，良可叹也。

【注释】

[1] 仁宗皇帝：明仁宗朱高炽，明朝第四位皇帝，明成祖朱棣和徐皇后长子。在位一年，年号洪熙。

[2] 杨士奇，名寓，字士奇，号东里，谥号文贞，吉安泰和（今江西泰和）人，明代宰相、著名学者。先后历经五朝，为内阁首辅二十一年，与杨荣、杨溥并称"三杨"。宠契：趣味投合而受到尊崇。事详《明史》卷一四八《杨士奇传》。

[3] 王璲，字汝玉，号青城山人，明代长洲（今江苏苏州）人，洪武末为翰林五经博士。永乐朝，任左春坊赞善，参修《永乐大典》，曾辅佐皇太子朱高炽监国，诗文、书画俱佳。事详《列朝诗集小传》乙集卷一。

[4] 宣宗：朱瞻基，自号长春真人，明朝第五位皇帝。明仁宗朱高炽和诚孝昭皇后张氏的长子，年号宣德。洪熙元年（1425年）至宣德十年（1435年）在位。

[5] 南宫试：礼部会试，即进士考试。

[6] 程式文：即"程文"，试官拟考生所作之文。

[7] 会元：科举考试中会试的第一名。

[8] 馆阁：翰林院。

[9] 衡、向：即匡衡、刘向，参四·九四注[1]、三·一四注[3]。

[10] 黼黻：官服。借指爵禄。

【译文】

明仁宗做太子时，唯独喜好欧阳修的文辞，因为与杨士奇的趣味相投，而备受尊崇。仁宗还喜欢王璲的诗作，仁宗的学问最为渊博。明宣宗天资聪敏，长歌短章，挥笔即成。每次会试时，他都会自己撰写程文，说："我难道不应该是会试第一名吗？"因此当时翰林院的各位，如果没有司马迁、司马相如那样的才华，没有匡衡、刘向那样的学问，是不可以顺势促成爵禄加身的，真是令人感叹。

五·三

胜国[1]之季，业诗者道园[2]以典丽为贵，廉夫[3]以奇崛见推。迨于明兴，虞氏多助，大约立赤帜者二家而已：才情之美，无过季迪[4]；声气之雄，次及伯温[5]。当是时，孟载、景文、子高辈[6]，实为之羽翼。而谈者尚以元习短之，谓辞微于宋，所乏老苍；格不及唐，仅窥季晚。然是二、三君子，工力深重，风调谐美，不得中行[7]，犹称殆庶[8]，翩翩乎一时之选也。乐代熙朝[9]，风不在下，斥[10]沉思于宇外，摭[11]流景[12]于目前，志逞则滔滔大篇，尚裁[13]则寂寂数语，武陵人之不知有晋，夜郎王之汉孰与大，非虚语也。其后成、弘之际，颇有俊民，稍见一班，号为巨擘。然趣不及古，中道便止，搜不入深，遇境随就。即事分题，一唯拙速[14]，和章[15]累押，无患才多。北地[16]矫之，信阳[17]嗣起，昌谷[18]上翼，庭实[19]下毗，敦古昉[20]自建安，掞华[21]止于三谢，长歌取裁李、杜，近体定轨开元，一扫叔季[22]之风，遂窥正始之途，天地再辟，日月为朗，讵不媺[23]哉。然而正变云扰，剽拟雷同，信阳之舍筏[24]，不免良箴[25]，北地之效颦[26]，宁无私议[26]？以故嘉靖之季，尚辞者酝风云而成月露[27]，存理者扶《感遇》而敝《咏怀》[28]，喜华者敷藻于景龙[29]，畏深者信情于元和[30]，亦自斐然，不妨名世。第《感遇》无文，月露无质，景龙之境既狭，元和之蹊太广，浸淫诸派，澜为下流。中兴之功，则济南[31]为大矣。今天下人握夜光，途遵上乘，然不免邯郸之步，无复合浦之还[32]，则以深造之力微，自得之趣寡。诗云："有物有则。"[33]又曰："无声无臭。"[34]昔人有步趋华相国[35]者，以为形迹之外学之，去之弥远。又人学书，日临《兰亭》一帖。有规之者云："此从门而入，必不成书道。"然则情景妙合，风格自上，不为古役，不堕蹊径者，最也。随质成分，随分成诣，门户既立，声实可观者，次也。或名为闰继[36]，实则盗魁，外堪皮相，中乃肤立，以此言家，久必败矣。

【注释】

[1]胜国：前朝。《周礼·地官·媒氏》："凡男女之阴讼，听之于胜国之社。"郑玄注："胜国，亡国也。"

[2]道园：虞集号，见四·一〇四注[8]。

[3]廉夫：杨维桢字，见四·一〇四注[11]。

[4]高启，字季迪，号槎轩、青丘子，长洲（今江苏苏州）人，元末明初

著名诗人、文学家，才华高逸，学问渊博，能文，尤精于诗，与刘基、宋濂并称"明初诗文三大家"，又与杨基、张羽、徐贲被誉为"吴中四杰"。洪武初年，因被疑文章中文字有歌颂张士诚之嫌，被腰斩。事详《明史》卷二八六《文苑传》。

[5] 刘基，字伯温，处州青田（今浙江文成）人，故称"刘青田"，元末明初军事家、政治家、文学家，明朝开国元勋，洪武三年（1370年）封诚意伯，故又称"刘诚意"。事详《明史》卷一二八《刘基传》。

[6] 杨基，字孟载，号眉庵，嘉州（今四川乐山）人，元末明初诗人，曾官山西按察使，又称"杨按察"。事详《明史》卷二八五《文苑传》。袁凯，字景文，号海叟，松江（今属上海）人，明初诗人，以《白燕》诗知名于时，人呼"袁白燕"。事详《明史》卷二八五《文苑传》。刘崧，原名楚，字子高，号槎翁，泰和珠林（今江西泰和）人，元末明初文学家，为江右诗派的代表人物，官至吏部尚书。事详《明史》卷一三七《刘崧传》。

[7] 中行：行为合乎中庸之道的人。

[8] 殆庶：贤德有才华者。《周易·系辞下》："子曰：'颜氏之子，其殆庶几乎！'"

[9] 乐代熙朝：指永乐（明成祖）、洪熙（明仁宗）两朝。

[10] 斥：排斥。

[11] 摭：拾取。

[12] 流景：闪耀的光彩。

[13] 尚裁：遵循过去的体裁。

[14] 拙速：用兵宁拙于机智而贵在神速。此指片面追求速度。

[15] 和章：酬和他人的诗章。

[16] 北地：指李梦阳，见一·二五注[1]。

[17] 信阳：指何景明，见一·二六注[1]。

[18] 昌谷：徐祯卿字，见原序一注[1]。

[19] 边贡，字廷实（一作庭实），道号华泉子，历城（今山东济南）人，明代著名诗人、文学家，以诗著称于弘治、正德年间，"前七子"之一，又与

李梦阳、何景明、徐祯卿并称"弘治四杰"。事详《明史》卷二八六《文苑传》。

[20] 昉：天方明。引申为开始。

[21] 挞华：华丽。

[22] 叔季：末世，指元末。

[23] 嫩：同"美"。

[24] 舍筏：此指革新。何景明《与李空同论诗书》："追昔为诗，空同子刻意古范，铸形宿镆，而独守尺寸。仆则欲富于材积，临景构结，不妨形迹。……仆观尧、舜、周、孔、子思、孟氏之书，皆不相沿袭，而相发明，是故德日新而道广，此实圣圣传授之心也。……佛有筏喻，言舍筏则达岸矣，达岸则舍筏矣。"

[25] 良箴：有益的劝诫。

[26] 私议：私下议论。此指被诟病。

[27] 风云、月露：俱指浮靡的诗文。《隋书·李谔传》："连篇累牍，不出月露之形，积案盈箱，唯是风云之状。"宋刘克庄《题董朴发干文藁》："必有补于世道，贤于风云月露之作远矣。"

[28] 分别指陈子昂《感遇诗》和阮籍《咏怀诗》。参三·三〇条。

[29] 景龙：唐中宗李显年号（707—710 年）。

[30] 元和：唐宪宗李纯年号（806—820 年），其间唐朝出现短暂的统一，史称"元和中兴"。

[31] 济南：指李攀龙，见原序一注 [8]。

[32] 合浦之还：意同"珠还合浦"，指东西失而复得。此指返归诗学正途。

[33] 语出《诗经·大雅·烝民》。

[34] 语出《诗经·大雅·文王》。

[35] 华歆，字子鱼，平原高唐（今山东高唐）人，汉末三国时期名士、重臣，魏时官至相国。《世说新语·德行》："王朗每以识度推华歆，歆蜡日尝集子侄燕饮，王亦学之。有人向张华说此事，张曰：'王之学华，皆是形骸之外，去之所以更远。'"

[36] 闰继：继承余续。

【译文】

元末，诗人中虞集因为典雅华丽的风格受人重视，杨维桢诗以奇特突出的特点被人推崇。到了明初，大家更认同学习虞集，其中出众的不过两家罢了：论才情美，没人比得过高启；论气势雄壮，没人比得过刘基。在那个时期，杨基、袁凯、刘崧也都为诗风的建构起到了协助作用。但是一些讨论诗歌的人，仍然认为他们尚有元朝旧习，从而贬低他们，还说他们文辞比不上宋人，不够老成；同时，也认为风格比不上唐人，只能勉强觊觎唐末而已。即便如此，上述诸人作诗的实力雄厚，风格和调式都很美，不落俗套，不属于庸俗之辈，应可称作才华出众之人，文采风流堪称一时首选。在永乐、洪熙时代，（台阁体盛行）诗歌风格由庙堂文人引领，缺少生活气息，排斥深沉的想象在宇宙之外，摹写近在眼前的景色，心情快适时就滔滔不绝长篇大论，仅有限的言语遵循过去的规范，如此看来武陵人与世隔绝不晓时代变迁，夜郎王不自量力不知天高地厚，都不是假话。到后来成化、弘治的时代，颇有俊杰人才，并时有显露，可称得上是诗坛巨匠。然而情趣却赶不上古代，半途而废，不深入地索求，看到景象便信手而写。就眼前的事物分题作诗，一味追求表面的速度，酬和他人的诗章逐句押韵，试图显示自己的无尽才华。李梦阳开始矫正文风，何景明、徐祯卿以及边贡加以协助，敦厚古朴取法建安，辞藻华丽向三谢学习，长歌体裁模仿李、杜，近体以开元诗歌为正型，一扫元末风习，回归到了正始时期的诗歌正途，可谓开天辟地，日朗月明，多么美好啊。然而此后诗风变化纷繁复杂，开始抄袭雷同，何景明另辟蹊径，是有益的尝试，李梦阳模仿他人，私下里怎能不被议论？所以到了嘉靖时期，崇尚文辞的人创作浮靡的诗文，讲求义理的人推崇陈子昂《感遇诗》而摒弃阮籍《咏怀诗》的风格，喜欢华丽形式的人学习景龙时期的辞采，不喜深奥的人崇尚元和诗人的真情。他们也都成绩斐然，留下了声名。但《感遇诗》没有藻饰，浮靡的诗文又没有内容，景龙年间的诗歌境界比较狭窄，元和年间的诗歌涉及的范围太广阔，这种诗风逐渐浸润到当时各个诗派，只能使他们沦为下流。明代诗坛中兴，李攀龙的贡献极大。如今天下的人手里掌握着夜明珠，可以遵循道路前进，但仍不能避免邯郸学步，没有返归诗学正途，这就使创造能力低下，自己得到的旨趣很少。

《诗经》中说"有物有则"，又说"无声无臭"。过去有人效仿华相国，认为如果不去模仿他的风格形体，就会和他相差越来越远。还有人学习书法，每天要临摹《兰亭序》一遍，有人规劝他说："你这是按部就班地走前人的路，肯定不能领悟到书法的真义。"所以，情与景巧妙地结合在一起，风格自然高妙，不盲目模仿古人，也不别出心裁，这是最上乘的；根据自己的气质选择不同的路径，在不同的路径中成就高深的造诣，自己的门户体系确立后，声名与实际都被人肯定，这是次一等的；名义上是正统的继承者，实际上却是剽窃古人的罪魁，表面上光鲜堂皇，内里却空洞无物，这样的人如果自成一家，随着时间推移一定会败露。

五·四

文章之最达者，则无过宋文宪濂[1]，杨文贞[2]士奇，李文正[3]东阳，王文成守仁[4]。宋庀材[5]甚博，持议颇当，第以敷腴[6]朗畅为主，而乏裁剪之功，体流沿而不返，词枝蔓而不修，此其短也。若乃机轴[7]，则自出耳。杨尚法，源出欧阳氏，以简澹和易为主，而乏充拓之功，至今贵之曰"台阁体"。李源出虞道园[8]，秾于杨而法不如，简于宋而学不足，岂非天才固优，惮于结撰[9]故耶？王资本超逸，虽不能湛思[10]，而缘笔起趣，殊自斐然。晚立门户，辞达为宗，遂无可取，其源实出苏氏耳。乌伤王祎[11]、金华胡翰[12]，杂用欧、曾、苏、黄家语，空于文宪而力胜之。刘诚意[13]用诸子。苏伯衡、方希古[14]皆出眉山父子。方才似高，然少波澜耳。解大绅[15]文实胜诗，颇自足发，不知所裁。胡光大、杨勉仁、金幼孜、黄宗豫、曾子启、王行俭诸公[16]，皆庐陵[17]之羽翼也。刘文安充而近，丘文庄裁而俗，杨文懿该而凡，彭文思达而易[18]。复有程克勤、吴原博、王济之、谢鸣治诸君[19]，亦李流辈也。王稍知慕昌黎，有体要，[20]惜才短耳。南城罗景鸣[21]欲振之，其源亦出昌黎，务抉奇奥，穷变态，意不能似也。吴中祝允明[22]，始仿诸子，习六朝，材更僻涩不称，皆似是而非者。然古文有机矣，何、李之外，始有康德涵[23]。康原出秦、汉，然粗率而弗工，有质木者可取耳。王子衡[24]出诸子，然拘碎而弗畅。崔子钟[25]出《左氏》《檀弓》、柳氏，才力绵浅，而能以法胜之，精简有次。陆浚明[26]出《班》《史》、韩、柳氏，闲雅有法，小窘变态。黄勉之[27]出潘、陆、任、庾，整丽而不圆。王允宁[28]出《史》《汉》，善叙事，工句而不晓篇法，神采不流动。高子业、陈约之[29]出东京杂史，笔雅洁可喜，气乃不长。江以达、屠文升、袁永之亦是流派[30]。江豪而杂，屠法而冗，袁雅而弱。郑继之[31]出西京，颇苍老而短。晋江出曾氏而太繁，毗陵出苏氏而微浓，皆一时射雕手也[32]。晋江开阖既古，步骤多赘，能大而不能小，所以逊曾氏也。毗陵从偏处起论，从小处起法，是以堕彼云雾中。

【注释】

[1] 宋濂，初名寿，字景濂，号潜溪，别号龙门子、玄真遁叟等，谥号文宪，金华潜溪（今浙江义乌）人，元末明初著名政治家、文学家、史学家、思想家，与高启、刘基并称为"明初诗文三大家"，又与章溢、刘基、叶琛并称为"浙东四先生"。明太祖朱元璋誉之为"开国文臣之首"，学者称其为太史公、宋龙门。事详《明史》卷一二八《宋濂传》。

[2] 文贞：杨士奇谥号，见五·二注[2]。

[3] 文正：李东阳谥号，见一·二八注[1]。

[4] 王守仁，字伯安，别号阳明，封新建伯，谥文成，人称王阳明，余姚（今浙江余姚）人，明代著名的思想家、哲学家、书法家兼军事家、教育家，陆王心学集大成者，精通儒释道三家思想，且能统军征战。事详《明史》卷一九五《王守仁传》。

[5] 庀材：备齐材料、储备材料。

[6] 敷腴：铺排，丰厚。

[7] 机轴：关键之处。比喻诗文的构思、词采、风格。

[8] 道园：虞集号，见四·一〇四注[8]。

[9] 结撰：布局谋篇。

[10] 湛思：沉思。

[11] 王祎，字子充，号华川，乌伤（今浙江义乌）人。建文初年，追赠翰林学士，谥文节，后改谥忠文。事详《明史》卷二八九《忠义传》。《列朝诗集小传》载："王祎……少宋景濂十二岁，同出柳待制（按柳贯）、黄侍讲（按黄溍）

之门。太祖征为中书省掾，进《平江西颂》，上喜曰：'浙东有二儒者，卿与宋濂。学问之博，卿不如濂；才思之雄，濂不如卿。'诏修《元史》，与濂同为总裁官。"

[12] 胡翰，字仲申，一字仲子，晚称长山先生，金华（今浙江金华）人，明初官员、学者，参修《元史》。事详《明史》卷二八五《文苑传》。

[13] 刘诚意：即刘基，见五·三注 [5]。

[14] 苏伯衡，字平仲，金华（今浙江金华）人，明初官员、散文家、学者，博洽群籍，尤以古文见长，苏辙后裔。事详《明史》卷二八五《文苑传》。方孝孺，字希直，一字希古，号逊志，世称"缑城先生""正学先生"，宁海（今浙江宁海）人，宋濂门生，因不肯为朱棣撰写登基诏书而被杀，创作上遵循"文以载道"传统，行文豪爽而富气势。事详《明史》卷一四一《方孝孺传》。

[15] 解缙，字大绅，一字缙绅，号春雨、喜易，谥文毅，吉安府吉水（今江西吉水）人，明代大臣，文学家，曾官至内阁首辅，主持编纂《永乐大典》。事详《明史》卷一四七《解缙传》。

[16] 胡广，字光大，号晃庵，谥号文穆，吉水（近江西吉水）人，明朝大臣、文学家，成祖朝官至文渊阁大学士。事详《明史》卷一四七《胡广传》。杨荣，字勉仁，建宁府建安（今福建建瓯）人，明初政治家、文学家，与杨士奇、杨溥并称"三杨"，因居地所处，时称"东杨"，成祖朝官至文渊阁大学士、内阁首辅。事详《明史》卷一四八《杨荣传》。金幼孜，名善，以字行，号退庵，新淦（今江西新干）人，建文时期进士，后官至礼部尚书、武英殿大学士、文渊阁大学士、太子少保等，与解缙、胡广、杨荣共事，著有《北征录》，有较大影响。事详《明史》卷一四七《金幼孜传》。黄淮，字宗豫，号介庵，永嘉（今浙江永嘉）人，明初内阁重臣，成祖朝，与解缙、杨士奇等人共直文渊阁。仁宗时，任通政使兼武英殿大学士。事详《明史》卷一四七《黄淮传》。曾棨，字子棨，一作子启，号西墅，永丰（今江西永丰）人，明永乐二年状元，人称"江西才子"，曾出任《永乐大典》编纂，工书法，有晋人风度，事详明过庭训《本朝分省人物考》卷六三。王直，字行俭，号抑庵，谥"文端"，泰和（今江西泰和）人，明初政治家、学者，东晋王导之后。事详《明史》卷一六九《王

直传》。

[17] 庐陵：指欧阳修，见四·八五注[1]。

[18] 刘定之，字主静，号呆斋，谥号文安，永新（今江西永新）人，明代大臣、文学家，曾官翰林学士。事详《明史》卷一七六《刘定之传》。丘濬，字仲深，号琼台，谥文庄，琼州府琼山（今属海南海口）人，世称琼山先生，明代政治家、思想家、文学家，官至文渊阁大学士。事详《明史》卷一八一《丘濬传》。杨守陈，字维新，号镜川，一作晋庵，谥号文懿，鄞县（今浙江宁波）人，明代官员，参修《宪宗实录》，任副总裁。事详《明史》卷一八四《杨守陈传》。彭华，字彦实，号素庵，谥文思，安福（今江西安福）人，曾任礼部尚书兼翰林院学士，后辞官。事详《列朝诗集小传》丙集卷三。

[19] 程敏政，字克勤，号篁墩、篁墩居士、篁墩老人、留暖道人，休宁（今安徽休县）人，曾官礼部右侍郎，文与李东阳齐名。事详《明史》卷二八六《文苑传》。吴宽，字原博，号匏庵、玉亭主，世称匏庵先生，谥号文定，长洲（今江苏苏州）人，明代名臣、诗人、散文家、书法家，累官至礼部尚书，卒赠太子太保。事详《明史》卷一八四《吴宽传》。王鏊，字济之，号守溪，晚号拙叟，学者称震泽先生，谥号"文恪"，世称"王文恪"，吴县（今江苏苏州）人，明代名臣、文学家，曾官文渊阁大学士、武英殿大学士等，为弘治、正德间文体变革的先行者和楷模，影响一代文风。事详《明史》卷一八一《王鏊传》。谢铎，字鸣治，号方山，又号方石，谥文肃，太平（今浙江温岭）人，明朝官员、文学家，博通经史，尤精理学，文学造诣极深，与李东阳等革新台阁体弊端，诗宗杜甫，为茶陵派代表诗人。事详《明史》卷一六三《谢铎传》。

[20] 王守仁《太傅王文恪公（鏊）传》："公之文规模昌黎，以及秦、汉，纯而不流于弱，奇而不涉于怪。雄伟俊洁，体裁截然，振起一代之衰，得法于《孟子》，论辩多古人未发。"体要：切实而简要。

[21] 罗玘，字景鸣，号圭峰，学者称圭峰先生，南城（今江西南城）人，明中叶著名学者、文学家，其人博学多才，好古文，其文精妙绝奇。事详《明史》卷二八六《文苑传》。《四库全书总目提要》卷一七一："玘以气节重一时，

其文规模韩愈，戛戛独造，多抑掩其意，迂折其词，使人思之于言外。"

[22] 祝允明，字希哲，因右手有枝生手指，故自号枝山，长洲（今江苏苏州）人，明代著名书法家、文学家，其文多奇气，诗亦潇洒华丽，与文徵明、唐寅、徐祯卿并称"吴中四才子"，曾任应天府通判，世人称为"祝京兆"。事详《明史》卷二八六《文苑传》。

[23] 康海，字德涵，号对山、沜东渔父，武功（今陕西武功）人，明中后期著名文学家、戏剧家，"前七子"之一，明孝宗朝状元，官至翰林院修撰。事详《明史》卷二八六《文苑传》。

[24] 王廷相，字子衡，号浚川，时人称王浚川、浚川先生、浚川公，谥号肃敏，仪封（今河南兰考）人，明代中期官员、诗人、哲学家，"前七子"之一，明代"气"学代表人物。事详《明史》卷一九四《王廷相传》。

[25] 崔铣，字子钟，又字仲凫，号后渠、洹野，世称后渠先生，谥号文敏，安阳（今河南安阳）人，明弘治年间进士、学者，官至南京礼部右侍郎。事详《明史》卷二八二《儒林传》。《四库全书总目提要》卷一七一："铣力排王守仁之学，谓其不当舍良能而谈良知。故持论行己，一归笃实。"

[26] 陆粲，字子余，一字浚明，号贞山，学者称为贞山先生，长洲（今江苏苏州）人，嘉靖年间进士，学者、书法家。事详《明史》卷二〇六《陆粲传》。《四库全书总目提要》卷一七二："粲早入词馆，负盛名。"

[27] 勉之：黄省曾字，见一·三〇注[1]。

[28] 王维桢，字允宁，号槐野，华州（今陕西华县）人，明代官员、诗人，官至南京国子监祭酒，博学多才，对李白、杜甫深有研究。《四友斋丛说》卷二三："槐野先生之文与诗，皆宗尚空同，其才亦足相敌，但持论太高而气亦过劲，人或以此议之。"事详《明史》卷二八六《文苑传》。

[29] 高叔嗣，字子业，号苏门山人，祥符（今河南开封）人，明嘉靖时期官员、诗人，曾官湖广按察使，少时受李梦阳赏识，其诗清新婉约。事详《明史》卷二八七《文苑传》。陈束，字约之，号后冈，鄞县（今浙江宁波）人，嘉靖朝进士，授礼部主事，与王慎中、唐顺之等称"嘉靖八才子"。事详《明史》卷二八七《文苑传》。《四库全书总目提要》卷一七七："束与唐顺之为同年，

共倡为初唐、六朝之作，以矫李、何之习，而所学不逮顺之。"

[30] 江以达，字子顺（一作于顺），号午坡，贵溪（今江西贵溪）人。事附《明史》卷二八七《文苑传·王慎中》。屠应峻，生卒、籍贯不详，字文升，与唐顺之、李开先、陈束等人有交往。事详明张萱《西园闻见录》卷九。袁袠，字永之，号胥台，吴县（今江苏苏州）人，嘉靖五年进士，官至广西按察使佥事，工文章，精笔札，对李梦阳的文学复古思想多有接受。事详文徵明《广西按察司佥事袁公袠墓志》，见《国朝献征录》卷一〇一。

[31] 郑善夫，字继之，号少谷、少谷子、少谷山人，闽县（今属福建福州）人，嘉靖朝进士，官至南京吏部郎中，尊阳明心学，善书画，诗仿杜甫。事详《明史》卷二八六《文苑传》。

[32] 王慎中，字道思，号遵岩居士，因排行第二，又称王仲子，晋江（今福建晋江）人，明代诗人、散文家，嘉靖八才子之首，为明朝反复古风的代表人物之一。事详《明史》卷二八七《文苑传》。唐顺之，字应德，一字义修，号荆川，学者称其"荆川先生"，毗陵（今属江苏常州）人，嘉靖朝进士，官翰林编修，后调兵部，曾亲自指挥抗倭，文学主张"本色论""师法唐宋"，为明代中后期"唐宋派"的领袖。事详《明史》卷二〇五《唐顺之传》。《明史·文苑传三》："慎中为文，初主秦、汉，谓东京下无可取。已悟欧、曾作文之法，乃尽焚旧作，一意师仿，尤得力于曾巩。顺之初不服，久亦变而从之。……天下称之曰'王、唐'，又曰'晋江、毗陵'。"

【译文】

文章最为通达的人，有宋濂、杨士奇、李东阳、王守仁。宋濂读书很广博，所阐发的观点妥当，只不过以铺排罗列、明白畅达为主，而缺乏对材料的取舍安排，文体顺势而为，文辞重叠拖沓，这是他的缺点。但诗文的构思、词采、风格是自己制订的。杨士奇崇尚规则，以欧阳修为师，诗文多简朴淡泊、温和平易，但缺少扩充开拓的功业，现在尊称这种诗歌风格为"台阁体"。李东阳学习虞集，诗句比杨士奇华丽但规则不足，比宋濂简洁但学问不足，应该是天才本就优秀，只是在布局谋篇上有所忌惮的缘故吧。王守仁天资超凡脱俗，虽然不能沉思，但是按照自身兴趣书写，文采斐然。晚年开始自立门户，注重文辞的表述明白畅达，于是大多数人认为他自成一派，实际上源出于苏轼。王祎、胡翰诗文中，杂用欧阳修、曾巩、苏轼、黄庭坚数家语，比宋濂疏空，但力道胜出。刘基诗文博采众长。苏伯衡、方孝孺都是源出于三苏父子，方孝孺才能颇高，但诗作缺少变化。解缙文章比诗词优秀，颇能按自己心意创作，但不知道剪裁。胡广、杨荣、金幼孜、黄淮、曾棨，王直等人，都受欧阳修诗风影响。刘定之诗文充实而浅显，丘濬诗文规范而通俗，杨守陈诗文广博而平常，彭华诗文通达而简易。还有程敏政、吴宽、王鏊、谢铎等人，是与李东阳同一流的人。王守仁很仰慕韩愈，文章切实而简要，可惜才能不足。罗玘想要振兴诗坛，他也源出韩愈，诗文奇特奥妙，变化多端，但意味却不相似。祝允明开始写诗的时候仿照诸子，学习六朝文，选择的材料晦涩生僻，都是一些似是而非的东西。然后古文开始出现，除了何景明、李梦阳的贡献外，不得不说康海。康海学习的是秦汉的诗歌，然而语言粗率不精巧，只有其中的质朴风格值得肯定。王廷相也是学习诸子百家的，然而文章拘谨琐碎，不通畅。崔铣学习《左传》《礼记·檀弓》及柳宗元的风格，才力有限，却能通过章法取胜，详略得当。陆粲学习《汉书》《史记》、韩愈、柳宗元的风格，文辞优雅，秩序井然，在风格创新方面有稍许不足。黄省曾学习潘岳、陆机、任昉、庾信，文章工整秀丽，但安排不周全。王维桢学习《史记》《汉书》，擅长叙事，句辞工整，但不通晓篇法，神采阻滞。高叔嗣、陈束源出于东汉杂史，笔法雅致高洁，令人喜爱，但文气不长。江以达、屠应峻、袁袠是同一流派的，江以达文章豪迈但广杂，屠应峻文章有法但冗长，袁袠文章高雅但气弱。郑善夫源出于西汉，文章雄健老练但急促。王慎中古文源出于曾巩，但文章太烦琐，唐顺之源出于三苏，但稍微语意不明，都可看成一时才技出众的英才。王慎中诗文结构的铺展、收合等变化古板，步骤繁多，境界能大但不能小，所以逊色于曾巩。唐顺之是从偏处起论，从小的地方拟定法则，使人如坠云雾，不知所云。

五·五

余尝序《文评》曰[1]："国初之业，潜溪为冠，乌伤称辅[2]。台阁之体，东里辟源，长沙道流 [3]。先秦之则，北地返正，历下极深，新安见裁（汪伯玉也）[4]。理学之逃 [5]，阳明造基。晋江、毗陵藻棁六朝之华 [6]，昌谷示委 [7]，勉之 [8] 泛澜。"大要尽之矣。

【注释】

[1] 语出王世贞《答王贡士文禄》，见于《弇州山人四部稿》卷一二七。王文禄"欲辑明诸先生文辞为一代言"，请王世贞为序，故有此书。王文禄，字世廉，号沂阳子，海盐（今浙江海盐）人，嘉靖十年（1531 年）举人，万历十二年（1584 年）尚在世，工诗文，勤著述，与王世贞、黄省曾等人交好，时与谈诗论文。

[2] 潜溪：宋濂号，见五·四注 [1]。乌伤：指王祎，见五·四注 [11]。

[3] 东里：杨士奇号，见五·二注 [2]。长沙：指李东阳，见一·二八注 [1]。

[4] 北地：指李梦阳，见一·二五注 [1]。历下：指李攀龙，见原序一注 [8]。新安：汪道昆，字伯玉，号高阳生、南溟、南明、太函氏、泰茅氏、天游子、方外司马等，明代文学家、戏曲作家，徽州府歙县(今属安徽黄山）人。徽州府古称新安，故云。

[5] 逃：脱离。此指另辟蹊径。

[6] 晋江、毗陵：王慎中、唐顺之，见五·四注 [32]。藻棁：梁上有彩画的短柱，此指润色。

[7] 昌谷：徐祯卿字，见原序一注 [1]。示委：跟随，拓展。

[8] 勉之：黄省曾字，见一·三〇注 [1]。

【译文】

我曾经给王文禄《文评》写序："建国之初的文学成就，以宋濂为翘楚，王祎随其后。台阁体，杨士奇是开源之人，李东阳进一步导流。先秦的文法，李梦阳复归正道，李攀龙进行深入发展，在汪道昆处形成固定模式。对宋代理学的另辟蹊径，王阳明是奠基性人物。王慎中、唐顺之进一步润色了六朝文风，徐祯卿加以拓展，黄省曾将之发扬光大。"总体如此。

五·六

七言律至何、李始畅，然曩时[1]亦有一二佳者，如高季迪《送沈左司》："函关月落听鸡度，华岳云开立马看。"[2]《京师秋兴》："伎同北郭知应滥，俸比东方愧已多。梁寺钟来残月落，汉宫砧断早鸿过。"[3]《送郑都司》："赐履已分无棣远，舞戈还见有苗来。"[4]《送行边》："兵驰空壁三千帜，客宴高堂十万钱。"[5]《西坞》："松风吹壁鹤翎堕，梅雨过溪鱼子生。"[6]《谢送酒》："欲沽百钱不易得，忽送一壶殊可怜。梳头好鸟语窗下，洗盏流水到门前。"[7]《梅花》："雪满山中高士卧，月明林下美人来。"[8]"帘外钟来初月上，灯前角断忽霜飞。"[9]"不共人言唯独笑，忽疑君到正相思。"[10]《清明》："白下有山皆绕郭，清明无客不思家。"[11]郭子章："家在淮南青桂老，门临湖水白苹深。"[12]王忠文《忆萧山》："夕阳玄度飞轮塔，晓雨文通梦笔桥。"[13]刘诚意《侍宴》："万里玉关传露布，九霄金阙绚云旗。"[14]又："夜永星河低半树，天清猿鹤响空山。"[15]宋潜溪《送张翰林归娶》："红锦裁云朝奠雁，紫箫吹月夜乘鸾。"[16]袁海叟《白燕》："月明汉水初无影，雪满梁园尚未归。"[17]杨按察《春草》："六朝旧恨斜阳外，南浦新愁细雨中。"[18]孙左司《游仙》："天与数书皆鸟迹，家传一剑是龙精。"[19]董良史《海屋》："过桥云磐天台寺，泊岸风帆日本船。"[20]杨训文《采石》："千山落日送樵笛，万里长风吹客衣。"[21]又《江上》："小孤残照收江左，大别寒烟锁汉阳。"[22]郭舟屋《登太华寺》："湖势欲浮双塔去，山形如涌五华来。"[23]徐璷："郢中白雪无人和，湖上青山有梦归。"[24]唐愚士："葡萄引蔓青缘屋，苜蓿垂花紫满畦。"[25]顾观《送人》："重经白下桥边路，颇忆玄都观里花。"[26]又《吴江》："鸿雁一声天接水，蒹葭八月露为霜。"[27]张士行《湖中观月》："地与楼台相上下，天随星斗共沉浮。"[28]又《送人之安庆》："年丰米谷上街贱，日落鱼虾入市鲜。"[29]浦长源《送人》："云边路绕巴山色，树里河流汉水声。"[30]又"衣上暮寒吴苑雨，马头秋色晋陵山"。[31]谢元功《韩信城》："天日可明归汉志，风云犹似下齐兵。"[32]方行《登秦住山》："采穷江海无灵药，归到骊山有劫灰。"[33]瞿佑《书事》："射虎何年随李广，闻鸡中夜舞刘琨。"[34]吴子愚《遣兴》："摩娑药笼三年艾，濩落人寰五石瓢。"[35]

陈汝言《秋夜》："佳人捣练秋如水，壮士吹笳月满城。"[36] 顾文昱《白雁》："锦瑟夜调冰作柱，玉关晨度雪沾衣。"[37] 解大绅《挽筠涧先生》："山河百二归真主，泉石东南隐少微。黄菊花时高士醉，青门瓜熟故侯归。"[38] 胡虚白《送人之甘州》："马援橐中无薏苡，张骞槎上有葡萄。"[39] 高棅："旌旗半卷天河落，阊阖平分曙色来。"[40] 王文安《赠李将军》："夜斩单于冰上渡，晓驱番马雪中骑。"[41] 谢复古："莺声尽入新丰树，柳色遥分太液波。"[42] 贝琼："白雪作花人面落，青山如凤马头看。"[43] 刘崧："林花落处频中酒，海燕飞时独倚楼。"[44] 陶瑾《山居》："江燕定巢来自熟，岩花落子结还稀。"[45] 甘瑾："东风门巷桃花落，流水池塘燕子飞。"[46] 又《钱唐怀古》："秦关璧使星驰夕，汉苑铜仙露泣秋。"[47] 王悦《关山月》："漠北征人齐倚剑，城南思妇独登楼。"[48] 曾棨《维扬怀古》："玉树听残犹有曲，锦帆归去已无家。"[49] 吴志淳："燕来已觉社日近，寒退始知春意深。"[50] 林子羽："楼当太乙星辰近，树拂勾陈雨露香。"[51] 又"堤柳欲眠莺唤起，宫花乍落鸟衔来。"[52] 刘钦谟："一春空自闻啼鸟，半夜谁来问守宫？"[53] 陈思贤："山云映水摇秋色，浦树含风送晚凉。"[54] 王希范《挽客》："归去天涯双白发，梦回江上一青山。"[55] 朱琉《舟晓》："几椽茅屋生春色，无数桃花烧野村。"[56] 牟伦《别友》："天上故人青眼在，蜀中诸弟素书稀。"[57] 任原《送舒从事还海南》："珠崖日落天低海，铜柱云寒雨过城。"[58] 陈景祺《忆萧山友》："石岩书暖花偏好，江树春晴酒自香。"[59] 许彬《送人陕西》："黄河九曲天边落，华岳三峰马上来。"[60] 郭登《送岳正》："青海四年羁旅客，白头双泪倚门亲。"[61] 谷宏《经华阴》："远道雁声寒雨外，离宫草色暮烟中。"[62] 又《登岳阳》："中流雨散君山出，故国风多梦泽寒。"[63] 刘绩《寄人》："歌钟暗度新丰柳，游骑晴骄上苑花。"[64] 僧来复《寄洞庭人》："丹壑泉春云碓药，橘林风扫石床花。"[65] 张光启《送人入蜀》："云深蜀魄呼名语，月冷猿声傍客啼。"[66] 姚广孝《寄僧》："林封萝屋长疑雨，泉响松岩半是风。"[67] 晏振之《登楼》："青山远戍寒烟积，芳草平洲夕照多。"[68] 史明古《赠别》："华发镜中看渐短，故人天际信全稀。黄梅雨少河流涩，绿树阴多日景微。"[69] 时用章《吴中》："野店唤呼双骰酒，渔舟争买四腮鲈。"[70] 刘文安《英宗挽诗》："天倾玉盖旋从北，日昃金轮却复中。"[71] 沈启南《从军》："匈奴久自忘甥舅，仆射今谁托弟兄？云外旌旗娑勒渡，月中刁斗受降城。"[72] 马东田《有感》："衰信已凭双鬓寄，世缘聊作一枰看。"[73] 童轩《九日》："黄菊酒香人病后，白苹风冷雁来时。"[74] 刘忠宣《游西山》："几处白云前代事，数村流水野人家。"[75] 吴文定《游东园》："繁花落尽留红药，新笋丛生带绿苔。"[76] 文太仆："相思人在青山外，尽日舟行细雨中。"[77] 赵宽《偶成》："槁木嗒然聊隐几，飞蓬摇尽不胜簪。"[78] 秦廷韶《和人》："罗雀已空廷尉宅，沐猴谁制楚人冠。"[79] 石熊峰《早朝》："烟霭著衣如过雨，御沟摇月欲生潮。"[80] 单句，如张南安"六朝遗恨晓山青"[81]，邵工部"半江帆影落樽前"[82]。此等语入弘、正间不复可辨，参之贞元、长庆，亦无愧色。

【注释】

[1] 曩时：往时，以前。

[2] 语出高启《送沈左司从汪参政分省陕西汪由御史中丞出》，见高启《大全集》卷一四。季迪：高启字，见五·三注[4]。

[3] 语出高启《京师秋兴次谢太史韵》，见《大全集》卷一四。

[4] 语出高启《送郑都司赴大将军行营》，见《大全集》卷一四。"舞戈还见有苗来"一作"舞干还见有苗来"。

[5] 语出高启《送荥阳公行边》，见《大全集》卷一四。

[6] 语出高启《西坞》，见《大全集》卷一五。

[7] 语出高启《谢周四秀才送酒》，见《大全集》卷一五。"欲沽百钱不易得，忽送一壶殊可怜"一作"欲沽百钱未易得，忽送一壶真可怜"。

[8] 语出高启《梅花九首》之一，见《大全集》卷一五。

[9] 语出高启《梅花九首》之七，见《大全集》卷一五。

[10] 语出高启《梅花九首》之九，见《大全集》卷一五。

[11] 语出高启《清明呈馆中诸公》，见《大全集》卷一四。

[12] 语出郭奎《宿雨》，见清朱彝尊《明诗综》卷一三。郭奎，字子章，巢县（今安徽巢湖）人，元末明初诗人。

[13] 语出王祎《次韵萧山友人》，见《王忠文集》卷二。忠文：王祎谥号，见五·四注[11]。

[14] 语出刘基《侍宴钟山应制》，见《诚意伯文集》卷一六。一作"万里玉关驰露布，九霄奎阙绚云旗"。

[15] 语出刘基《次韵追和音上人》，见《诚意伯文集》卷五。

[16] 语出宋濂《送编修张仲藻还家毕姻》，见《宋濂全集·补辑6》。潜溪：宋濂号，见五·四注[1]。按：此诗误入解缙《文毅集》，题为《赠刘编修归娶》。

[17] 语出袁凯《白燕》，见《海叟集》卷三。海叟：袁凯号，见五·三注[6]。

[18] 语出杨基《春草》，见《眉庵集》卷八。"六朝旧恨斜阳外"一作"六朝旧恨斜阳里"。杨基，见五·三注[6]。

[19] 语出孙炎《赠黄炼师》，见《明诗综》卷四。孙炎，字伯融，句容（今江苏句容）人，元末明初文人，曾官左司郎中，故称"孙左司"。

[20] 语出董纪《海屋为彝古鼎》，见《西郊笑端集》卷一。"泊岸风帆日本船"一作"泊岸风帆日本船"。董纪，字良史，号一槎，以字行，更字述夫，明初松江府（今属上海）人。

[21] 语出杨训文《采石》，见明刘仔肩《雅颂正音》卷二。杨训文，字克明，潼川（今四川三台）人，明初诗文家。

[22] 语出杨子善《江上秋怀》，见明沐昂《沧海遗珠》卷三。杨子善，明初诗文家。按：杨训文与杨子善的关系，以及此处是否为王世贞误记，待考。

[23] 杨慎《丹铅总录》："滇中诗人，永乐间称平、居、陈、郭。郭名文，号舟屋，其诗有唐风，三子远不及也。……《登碧鸡山太华寺》一联云：'湖势欲浮双塔去，山形如拥五华来。'一时阁笔，信佳句也，但全篇未称耳。"钱谦益《列朝诗集小传》乙集卷八："郭文，号舟屋，蜀人，寓滇。"按：该诗全诗未见收入其他诗集，待考。

[24] 语出徐璹《秋日江馆写怀》，见《明诗综》卷二三。徐璹，字德熙，明初诗人。

[25] 语出唐之淳《长安留题》，见明曹学佺《石仓历代诗选》卷三三七。唐之淳，字愚士，以字行，元末明初山阴（今浙江绍兴）人，官至翰林侍读。

[26] 待考。顾观，字利宾，丹阳（今湖北秭归）人，寓居绍兴，明初

诗人。

[27] 语出顾观《过吴淞江》，见《明诗综》卷一二。

[28] 语出张绅《湖中玩月》，见《雅颂正音》卷三。张绅，字仲绅，一字士行，元末明济南（今山东济南）人。

[29] 语出张绅《送人赴安庆幕僚》，见《明诗综》卷一四。

[30] 语出浦源《送人之荆门》，见《石仓历代诗选》卷二九七。浦源，字长源，明初无锡（今江苏无锡）人。

[31] 待考。

[32] 语出谢肃《韩信城》，见《密庵集》卷三。谢肃，字元功，上虞（今属浙江绍兴）人，元末明初官员、文学家。

[33] 语出方行《登秦驻山》，见《石仓历代诗选》卷三三六。一作"采穷沧海无灵药，归到骊山有劫灰"。方行，字明敏，黄岩（今浙江黄岩）人，元末明初诗人。

[34] 语出瞿佑《馆舍书事》，见《石仓历代诗选》卷三六二。瞿佑，字宗吉，号存斋，钱塘（今浙江杭州）人，元末明初文学家。

[35] 语出吴哲《遣兴答李道源》，见元赖良《大雅集》卷六。吴哲，字子愚，号淡云野人，华亭（今上海松江区）人，元末明初诗人。

[36] 语出陈汝言《秋夜》，见清陈田《明诗纪事》乙签卷一七。陈汝言，字惟允，号秋水，吴县（今江苏苏州）人，元末明初画家、诗人。

[37] 语出顾文昱《白雁》，见李攀龙《古今诗删》卷二八。顾文昱，字光远，明初官至吴王副相，嘉定（今上海嘉定区）人。

[38] 语出解缙《挽筠涧先生》，其《文毅集》未收此诗。大绅：解缙字，见五·四注释 [15]。

[39] 语出胡奎《送徐千户之甘州》，见《斗南老人集》卷三。胡奎，字虚白，号斗南老人，海宁（今浙江海宁）人，元末明初学者、诗人。

[40] 语出高棅《追和岑补阙早朝之作》，见《古今诗删》卷二八。高棅，字彦恢，号漫士，长乐(今属福建福州）人，明初诗人、文学家，论诗主唐音，著有《唐诗品汇》，其复古倾向对前、后七子产生影响。

[41] 语出王英《赠李将军》，见清张豫章等《御选明诗》卷七三。"夜斩单于冰上渡"一作"夜逐左贤冰上渡"。王英，字时彦，号泉坡，谥号文安，金溪（今江西金溪）人，明代诗人、书法家，历成祖、仁宗、宣宗、英宗四朝。

[42] 语出谢复古《拟长安春望》，见《古今诗删》卷二八。谢复古，其人待考。按：清沈德潜《明诗别裁集》卷三、清修《陕西县志》卷九六俱作黄闰《拟唐长安春望》，待考。

[43] 语出贝琼《送王克让员外赴陕西》，见《明诗综》卷七。贝琼，初名阙，字廷臣，一字廷琚、仲琚，又字廷珍，别号清江，崇德（今浙江桐乡）人，元末明初诗人，学诗于杨维桢。

[44] 语出刘崧《寄范实夫》，见《槎翁诗集》卷五。刘崧，见五·三注 [6]。

[45] 此二句出处存疑，元赖良《大雅集》作董纪《题友人山居》，清朱彝尊《明诗综》作陶谊《山居》。"岩花落子结还稀"一作"岩花结子落还稀"。

[46] 语出甘瑾《清明》，见《御选明诗》卷七一。"东风门巷桃花落"作"东风门巷杨花落"。甘瑾，字彦初，临川（今属江西抚州）人，元末明初诗人。

[47] 语出甘瑾《钱塘怀古》，见《石仓历代诗选》卷三四六。"秦关壁使星驰夕"一作"秦关壁使星驰夕"。

[48] 《石仓历代诗选》卷三三九作王怿（字内悦）《关山月》，"漠北征人齐倚剑"作"塞北征人齐倚剑"。

[49] 语出曾棨《维扬怀古和胡祭酒韵》，见《石仓历代诗选》卷三五〇。"玉树听残犹有曲"一作"玉树歌残犹有调"。曾棨，见五·四注 [16]。

[50] 语出吴志淳《春游》二首之二，见明刘仔肩《雅颂正音》卷二。吴志淳，字主一，无为（今安徽无为）人，元末明初文人。

[51] 语出林鸿《题中天楼观图》，见《鸣盛集》卷三。林鸿，字子羽，福清（今福建福清）人，明初诗人，诗法盛唐，为"闽中十才子"之首。

[52] 语出林鸿《春日游东苑应制》，见《鸣盛集》卷三。

[53] 语出刘昌《无题》，全诗参见《怀麓堂诗话》。刘昌，字钦谟，号棕园，长洲（今江苏苏州）人，明正统十年进士，官员、学者。

[54] 语出陈观《九日陪李上犹登高》，见《明诗综》卷二二。陈观，字思贤，

南海（今广东佛山）人，明初官员、诗人。

[55] 语出王洪《挽袁太常廷玉代时彦作》，见《毅斋集》卷四。"归去天涯双白发"一作"归去天涯双白鬓"。王洪，字希范，号毅斋，钱塘（浙江杭州）人，洪武年间进士、政治家，曾官《永乐大典》副总裁。事附《明史·文苑传·林鸿传》中。

[56] 语出朱琉《舟晓》，见《御选明诗》卷八〇。朱琉，字德嘉，泸州（今四川泸州）人，明弘治年间进士。

[57] 语出牟伦《留别京师诸友》，见《明诗综》卷二一。牟伦，字秉常，宜宾（今四川宜宾）人，永乐年间进士，曾任监察御史。

[58] 语出任原《送舒从事还南海》，见《御选明诗》卷七一。任原，字本初，休宁（今安徽休宁）人，元末明初文人。

[59] 语出陈祯《忆萧山故友》，见《御选明诗》卷七三。"石岩书暖花偏好"一作"石岩昼暖花空好"。陈祯，字景祺，华亭（今上海松江区）人，明洪武年间官吏。

[60] 语出许彬《送李佑之赴陕西参议》，见《御选明诗》卷七三。许彬，字道中，号养浩，宁阳（今山东宁阳）人，明永乐年间进士，官至内阁首辅，著名学者，为馆阁体代表作家。

[61] 郭登《岳侍讲自谪所取回京》，见《石仓历代诗选》卷三二二。郭登，字元登，定远（今安徽定远）人，明朝名将。

[62] 语出谷宏《行经华阴》，见《御选明诗》卷七一。"远道雁声寒雨外"一作"远塞雁声寒雨外"。谷宏，生卒、字号不详，福州（今福建福州）人，明洪武中官中书舍人。

[63] 语出谷宏《登岳阳望洞庭》，见《御选明诗》卷七一。"故国风多梦泽寒"一作"故国风高梦泽寒"。

[64] 语出刘绩《早春寄京师白虚室先生》，见《明诗综》卷二二。"歌钟暗度新丰柳"一作"歌钟暗度新丰树"。刘绩，字孟熙，山阴（今浙江绍兴）人，明初诗人，隐居不仕，以教授乡里为生。

[65] 语出释来复《寄赠洞庭叶隐君》，见《石仓历代诗选》卷三六六。释

来复，俗姓黄，字见心，号竺昙，又号蒲庵，丰城（今江西丰城）人，元末明初著名诗僧。

[66]《石仓历代诗选》卷三六六、《御选明诗》卷七四俱作苏平（字秉衡）《送骆泰入蜀省兄》诗。"月冷猿声傍客啼"一作"月冷巴猿向客啼"，一作"月冷猿声向客啼"。

[67]语出姚广孝《寄虎丘蟾书记》，见《古今诗删》卷二八。"林封萝屋长疑雨"一作"云封萝屋长疑雨"。姚广孝，法名道衍，字斯道，号独庵，长洲（今江苏苏州）人，明朝政治家、佛学家、文学家，靖难之役的主要策划者，《永乐大典》总纂官，谥号恭靖。

[68]语出晏铎《登黄鹤楼》，见《御选明诗》卷七四。晏铎，字振之，富顺（今四川富顺）人，永乐年间进士，明英宗时景泰十才子之一。

[69]语出史鉴《曹颢若载酒过访以诗赠别》，见《西村集》卷三句。明古：史鉴字，见四·一〇二注[4]。

[70]待考。

[71]《怀麓堂诗话》载："刘文安公不甚喜为诗。纵其学力，往往有出语奇崛，用事精当者。如《英庙挽歌》曰：'睿皇厌代返仙宫，武烈文谟有祖风。享国卅年高帝并，临朝八闰太宗同。天倾玉盖旋从北，日昃金轮却复中。赐第初元臣老朽，受恩未报泣遗弓。'今集中《石钟山歌》等篇，皆可传诵。读者择而观之可也。"文安：刘定之谥号，见五·四注[18]。

[72]语出沈周《从军行》，见《石仓历代诗选》卷四九一。"仆射今谁托弟兄"一作"仆射今谁托父兄"；"云外旄旗娑勒渡"一作"云外旄旗婆勒渡"。沈周，字启南，号石田、白石翁，长洲（今江苏苏州）人，明中期文人画"吴派"开创者，不应科举，专事诗文、书画，与文徵明、唐寅、仇英并称"明四家"。

[73]语出马中锡《西掖晚归有感时事聊赋述短章用呈同志者》，见《明诗综》卷二九。马中锡，字天禄，号东田，故城（今河北故城）人，明成化年间进士，官员、文学家。能诗文，生平有文名，前七子中李梦阳、康海、王九思都曾师从于他。

[74]语出童轩《九日》四首之三，见《清风亭稿》卷六。童轩，字志昂，

鄱阳（今江西鄱阳）人，明景泰年间进士，官至吏部尚书，科学家、文学家。

[75] 语出刘大夏《游西山出城道中》，见《石仓历代诗选》卷三九一。刘大夏，字时雍，号东山，华容（今湖南华容）人，明代名臣、诗人，曾辅佐明孝宗实现"弘治中兴"，与李东阳、杨一清并称"楚地三杰"，谥号忠宣。

[76] 语出吴宽《太庙候祭复游东园》，见《石仓历代诗选》卷四一八。"繁花落尽留红药"一作"繁花尽落留红药"。文定：吴宽谥号，见五·四注[19]。

[77] 语出文林《舟中有怀林待用》，见《明诗综》卷二八。文林，字宗儒，号衡山，长洲（今江苏苏州）人，明成化年间进士，官员、学者，文徵明之父。曾官南京太仆寺丞，故称。

[78] 语出赵宽《行台日暮偶成》，见《御选明诗》卷七六。赵宽，字栗夫，号半江，吴江（今江苏苏州）人，明成化年间进士，官至广东按察使，诗人、文学家。

[79] 语出秦夔《和司马通伯夜坐有感韵》，见清钱谦益《列朝诗集》乙集卷六。秦夔，字廷韶，号中斋，无锡（今江苏无锡）人，明天顺年间进士，官至江西右布政使，学者、诗人。

[80] 语出石宝《早朝追和匏老韵》，见《熊峰集》卷四。"烟霭着衣如过雨"一作"垆霭着衣如过雨"。石宝，字邦彦，号熊峰，藁城（今属河北石家庄）人，明成化年间进士，官至文渊阁大学士，谥号文介。

[81] 语出张弼《渡江》，见《石仓历代诗选》卷四〇八。张弼，字汝弼，号东海，华亭（今上海松江区）人，明成化年间进士，曾为南安知府，诗人、书法家，有《东海集》。钱谦益《列朝诗集》丙集卷四："世传东海《渡江诗》'六朝遗恨晚山青'，为平生佳句，及虞山钱晔诗，误入东海集中也。"

[82] 李东阳《怀麓堂诗话》："邵文敬善书工棋；诗亦有新意。如'江流如白龙，金焦双角短'之类。又有'半江帆影落尊前'之句，人称为'邵半江'。"邵珪，字文敬，宜兴（今江苏宜兴）人，明成化年间进士，官员、诗人、书法家。曾授户部主事，官至严州知府。

【译文】

　　七言律诗到李梦阳、何景明才成熟，然而此前也有写得比较好的，如高启

《送沈左司从汪参政分省陕西汪由御史中丞出》："函关月落听鸡度，华岳云开立马看。"《京师秋兴次谢太史韵》："伎同北郭知应滥，俸比东方愧已多。梁寺钟来残月落，汉宫砧断早鸿过。"《送郑都司赴大将军行营》："赐履已分无棣远，舞戈还见有苗来。"《送荥阳公行边》："兵驰空壁三千帜，客宴高堂十万钱。"《西坞》："松风吹壁鹤翎堕，梅雨过溪鱼子生。"《谢周四秀才送酒》："欲沽百钱不易得，忽送一壶殊可怜。梳头好鸟语窗下，洗盏流水到门前。"《梅花》诗："雪满山中高士卧，月明林下美人来。""帘外钟来初月上，灯前角断忽霜飞。""不共人言唯独笑，忽疑君到正相思。"《清明呈馆中诸公》："白下有山皆绕郭，清明无客不思家。"郭奎："家在淮南青桂老，门临湖水白苹深。"王祎《次韵萧山友人》："夕阳玄度飞轮塔，晓雨文通梦笔桥。"刘基《侍宴钟山应制》："万里玉关传露布，九霄金阙绚云旗。"又："夜永星河低半树，天清猿鹤响空山。"宋濂《送编修张仲藻还家毕姻》："红锦裁云朝奠雁，紫箫吹月夜乘鸾。"袁凯《白燕》："月明汉水初无影，雪满梁园尚未归。"杨基《春草》："六朝旧恨斜阳外，南浦新愁细雨中。"孙炎《赠黄炼师》："天与数书皆鸟迹，家传一剑是龙精。"董纪《海屋为彝古鼎》："过桥云磬天台寺，泊岸风帆日本船。"杨训文《采石》："千山落日送樵笛，万里长风吹客衣。"又《江上》："小孤残照收江左，大别寒烟锁汉阳。"郭舟屋《登太华寺》："湖势欲浮双塔去，山形如涌五华来。"徐璲："郢中白雪无人和，湖上青山有梦归。"唐之淳："葡萄引蔓青缘屋，苜蓿垂花紫满畦。"顾观《送人》："重经白下桥边路，颇忆玄都观里花。"又《过吴淞江》："鸿雁一声天接水，蒹葭八月露为霜。"张绅《湖中观月》："地与楼台相上下，天随星斗共沉浮。"又《送人赴安庆幕僚》："年丰米谷上街贱，日落鱼虾入市鲜。"浦源《送人之荆门》："云边路绕巴山色，树里河流汉水声。"又"衣上暮寒吴苑雨，马头秋色晋陵山。"谢肃《韩信城》："天日可明归汉志，风云犹似下齐兵。"方行《登秦驻山》："采穷江海无灵药，归到骊山有劫灰。"瞿佑《馆舍书事》："射虎何年随李广，闻鸡中夜舞刘琨。"吴哲《遣兴答李道源》："摩娑药笼三年艾，濩落人寰五石瓢。"陈汝言《秋夜》："佳人捣练秋如水，壮士吹笳月满城。"顾文昱《白雁》："锦瑟夜调冰作柱，玉关晨度雪沾衣。"解缙《挽筠涧先生》："山河百二归真主，泉石东南隐少微。黄菊花时高士醉，青门瓜熟故侯归。"胡奎《送徐千户之甘州》："马援橐中无薏苡，张骞槎上有葡萄。"高棅："旌旗半卷天河落，阛阓平分曙色来。"王英《赠李将军》："夜斩单于冰上渡，晓驱番马雪中骑。"谢复古："莺声尽入新丰树，柳色遥分太液波。"贝琼："白雪作花人面落，青山如凤马头看。"刘崧："林花落处频中酒，海燕飞时独倚楼。"陶瑾《山居》："江燕定巢来自熟，岩花落子结还稀。"甘瑾："东风门巷桃花落，流水池塘燕子飞。"又《钱塘怀古》："秦关璧使星驰夕，汉苑铜仙露泣秋。"王悦《关山月》："漠北征人齐倚剑，城南思妇独登楼。"曾棨《维扬怀古和胡祭酒韵》："玉树听残犹有曲，锦帆归去已无家。"吴志淳："燕来已觉社日近，寒退始知春意深。"林鸿："楼当太乙星辰近，树拂勾陈雨露香。"又"堤柳欲眠莺唤起，宫花乍落鸟衔来。"刘昌："一春空自闻啼鸟，半夜谁来问守宫？"陈观："山云映水摇秋色，浦树含风送晚凉。"王洪《挽袁太常廷玉代时彦作》："归去天涯双白发，梦回江上一青山。"朱琉《舟晓》："几椽茅屋生春色，无数桃花烧野村。"牟伦《留别京师诸友》："天上故人青眼在，蜀中诸弟素书稀。"任原《送舒从事还海南》："珠崖日落天低海，铜柱云寒雨过城。"陈祯《忆萧山故友》："石岩书暖花偏好，江树春晴酒自香。"许彬《送李佑之赴陕西参议》："黄河九曲天边落，华岳三峰马上来。"郭登《岳侍讲自谪所取回京》："青海四年羁旅客，白头双泪倚门亲。"谷宏《行经华阴》："远道雁声寒雨外，离宫草色暮烟中。"又《登岳阳望洞庭》："中流雨散君山出，故国风多梦泽寒。"刘绩《早春寄京师白虚室先生》："歌钟暗度新丰柳，游骑晴骄上苑花。"释来复《寄赠洞庭叶隐君》："丹壑泉春云碓药，橘林风扫石床花。"张光启《送人入蜀》："云深蜀魄呼名语，月冷猿声傍客啼。"姚广孝《寄虎丘蟾书记》："林封萝屋长疑雨，泉响松岩半是风。"晏铎《登黄鹤楼》："青山远戍寒烟积，芳草平洲夕照多。"史鉴《曹颙若载酒过访以诗赠别》："华发镜中看渐短，故人天际信全稀。黄梅雨少河流涩，绿树阴多日景微。"时用章《吴中》："野店唤呼双骰酒，渔舟争买四腮鲈。"刘定之《英宗挽诗》："天倾玉盖旋从北，日昃金轮却复中。"沈周《从军行》："匈奴久自忘甥舅，仆射今谁托弟兄？云外旌旗娑勒渡，月中刁斗受降城。"马中锡《西掖晚归有感时事聊赋述短章用呈同志者》："衰信已凭双鬓寄，世缘聊作一枰看。"童轩《九日》："黄菊酒香人病后，白苹风冷雁来时。"刘大夏《游西山出城道中》："几处白云前代事，数村流水野人家。"吴宽《太庙候祭复游东园》："繁花落尽留红药，新笋丛生带绿苔。"文林："相思人在青山外，尽日舟行细雨中。"赵宽《行台日暮偶成》："槁木嗒然聊隐几，飞蓬搔尽不胜簪。"秦夔《和司马通伯夜坐有感韵》："罗雀已空廷尉宅，沐猴谁制楚人冠。"石宝《早朝追和匏老韵》："烟霭著衣如过雨，御沟摇月欲生潮。"单句，如张弼"六朝遗恨晓山青"，邵珪"半江帆影落樽前"。这些诗句放在弘治、正德年间不会被分辨出来，对比唐贞元、长庆间的诗句，也不逊色。

五·七

五言律，清雅如"浮云看富贵，流水澹须眉"[1]"已归仍似客，投老渐如僧"[2]"老来诸事废，归去此身全"[3]"往事愁人问，虚名畏客称"[4]"雨花知佛境，流水识禅心"[5]"凉风动疏竹，明月在高楼"[6]"圣代身全老，秋天景易悲"[7]"霜林收橘柚，风磴坐莓苔"[8]"分符来五马，如练照双旌"[9]"一灯今夜雨，千里故人心"[10]"树从京口断，山到海门稀"[11]"野蚕成茧尽，江燕引雏回"[12]"乱山黄叶寺，孤棹白苹洲"[13]"啼鸟醒人梦，流泉净客心"[14]"身世双蓬鬓，功名一钓竿"[15]"古路无行客，闲门有白云"[16]"听雨愁如海，怀人夜似年"[17]"已知如意事，不逐苦吟人"[18]"卧云歌酒德，对雨著茶经"[19]"野岸随流曲，山门隐树深"[20]"云烟谢家墅，松柏禹陵祠"[21]"避难疏狂客，长贫少定居"[22]"酒尽寻僧舍，书来问客船"[23]"泉声溪碓急，山色野墙低"[24]"鸟青呼作使，鹤白养成群"[25]"看人儿女大，为客岁年长"[26]"月从今夜满，人在异乡看"[27]"功成百战后，老去一身轻"[28]"乡泪看花落，愁肠纵酒宽"[29]"落日在高树，凉风生客衣"[30]"夜月柯亭市，凉风镜水波"[31]"云气千峰暝，秋声一院凉"[32]"旅况频看月，乡心独听潮"[33]"独醒愁对雨，多病怕逢春"[34]"风尘仍作客，寒暑易成翁"[35]"雁宿芦中月，人归草际烟"[36]"种黍都为酒，诛茅小作庵"[37]"海阔疑天近，山空得月多"[38]"断云京口树，残月广陵钟"[39]"白日羲皇世，青山绮皓心"[40]"夕鸟冲船过，寒波背郭流"[41]"草芳经雨歇，虫响入秋多"[42]。壮丽如"水吞三楚白，山接九疑青"[43]"故国秋云合，大江春水深"[44]"风旗春猎野,雪帐夜收兵"[45]"王者应无敌,边尘不敢飞"[46]
"旧射双雕落,新乘五马行"[47]"中郎长戟卫,丞相小车来"[48]"千山悬落日,
一骑出孤城"[49]"新成赐将第,更筑候神台"[50]"河山千古在,登眺几人同"[51]
"马嘶秋草阔,雕没暮云平"[52]"地登南极尽,波撼北溟回"[53]"山色元来蜀,
江声直到吴"[54]"千林喧客杵,一嶂起茶烟"[55]"入云苍隼健,坐浪白鸥闲"[56]
"山雨虫蛇出,江天蟏蛛悬"[57]"天地兵声合,关河秋色来"[58]"建凤黄金榜,
疏龙白玉除"[59]。

【注释】

[1] 语出刘基《题太公钓渭图》,见《诚意伯文集》卷五。刘基,见五·三注[5]。

[2] 语出杨基《江村杂兴》之四,见《眉庵集》卷七。杨基,见五·三注[6]。

[3] 语出王祎《送许时用归越》,见《王忠文集》卷二。王祎,见五·四注[11]。

[4] 语出高启《江上答徐卿见赠》,见《大全集》卷一三。高启,见五·三注释[4]。

[5] 语出唐肃《宿真庆庵》,见《古今诗删》卷二五。唐肃,字虔敬,号丹峰,山阴(今浙江绍兴)人,明初文人、官吏,与谢肃齐名,人称"会稽二肃"。

[6] 语出蓝智《秋夕怀张山人》,见《御选明诗》卷五一。蓝智,字明之,明初崇安(今福建武夷山)人,其诗效法盛唐,一改元末纤弱之风,在明初产生积极影响。

[7] 语出王谊《九日稽山怀古》,见《明诗综》卷二四。王谊,字内敬,山阴(今浙江绍兴)人,宣德初待诏翰林,预修国史。

[8] 语出刘崧《张氏溪亭杂兴》四首之一,见《槎翁诗集》卷四。刘崧,见五·三注[6]。

[9] 语出杨士奇《赋得沧浪送陈景祺之襄阳知府》,见《东里诗集》卷二。杨士奇,见五·二注[2]。

[10] 语出王偁《送夏廷简宿怡山兰若》,见《虚舟集》卷四。王偁,字孟扬,号密斋,永福(今福建福州)人,永乐初授国史院检讨,与修《永乐大典》,

充副总裁，"闽中十才子"之一。

[11] 语出陈琏《多景楼》，见《古今诗删》卷二五。陈琏，字廷器，号琴轩，东莞（今广东东莞）人，洪武年间举人，曾官国子祭酒，南京礼部侍郎。

[12] 语出黎扩《西灞草堂为庐陵宋内翰赋》二首之一，见《御选明诗》卷五四。黎扩，字大量，临川（今江西抚州）人，正统初举贤良，授贵池训导，升苏州府教授。

[13] 语出李祯《送周秀才游长沙》，见《运甓漫稿》卷三。李祯，字昌祺，以字行，吉州庐陵（今江吉安）人，永乐年间进士，与修《永乐大典》，累官河南布政使。事详《明史》卷二二一《李祯传》。

[14] 语出张宁《题姚公绶山水小幅》，见《方洲集》卷六。张宁，字靖之，亦作静之，号方洲，海盐（今浙江海盐）人，明朝中期大臣，能诗画，善书法。事详《明史》卷一八〇《张宁传》。

[15] 明田汝成《西湖游览志余》卷一二："逯西皋者，元左丞鲁曾孙也。……张行中尝赠之诗云：'无官贫亦乐，有暇趣偏宽。身世双蓬鬓，功名一钓竿。透窗蟾影淡，落枕雁声寒。犹恐梅开早，扶筇雪里看。'"

[16] 语出王恭《寒村访隐者》，见《白云樵唱集》卷三。王恭，字安中，自号"皆山樵者"，闽县（今福建闽侯）人。成祖初，以儒士荐修《永乐大典》，授翰林院典籍，"闽中十才子"之一。事附《明史·文苑传·林鸿传》中。

[17] 语出王冕《写怀》，见《竹斋集》卷中。王冕，字元章，号竹斋、梅花屋主、煮石山农，诸暨（今浙江诸暨）人，出身农家，元末明初诗人、画家。

[18] 语出张羽《诗穷》，见《御选明诗》卷五一。张羽，字来仪，更字附凤，号静居，浔阳（今江西九江）人，元末明初文人，与高启、杨基、徐贲并称"吴中四杰"。

[19] 语出詹同《寄方壶道人》，见《御选明诗》卷五〇。詹同，原名为詹书，字同文，官员兼作家，明初婺源（今江西婺源）人，其诗文同宋濂、高启、杨基齐名，开明代中期复古先河。事详《明史》卷一三六《詹同传》。

[20] 语出高启《寄熏公》，见《大全集》卷一二。

[21] 语出王谊《九日稽山怀古》，见《明诗综》卷二四。

[22] 语出甘瑾《题张氏竹园别业》，见《明诗综》卷一四。甘瑾，见五·六注 [46]。

[23] 语出袁凯《泗州书怀》，见《海叟集》卷三。袁凯，见五·三注 [6]。

[24] 语出刘炳《郊居杂兴柬陈遂良》，见《刘彦昺集》卷二。刘炳，字彦昺，以字行，鄱阳（今江西鄱阳）人，洪武初献书言事，授中书典签，出为大都督府掌记。事附《明史·文苑传·王冕传》中。

[25] 语出唐肃《刘松年山居图》，见《御选明诗》卷五一。

[26] 语出袁凯《客中除夕》，见《海叟集》卷三。

[27] 语出王直《月下对酒》，见《明诗综》卷二〇。王直，见五·四注 [16]。

[28] 语出王偁《送李校尉致仕还江左》，见《虚舟集》卷四。

[29] 语出刘涣《送唐生从军关陕》，见《石仓历代诗选》卷三三八。"愁肠纵酒宽"一作"边愁纵酒宽"。刘涣，字彦亨，山阴（今浙江绍兴）人，元季荐授三茅书院山长，道梗不赴。入明不仕，以诗酒自娱。

[30] 语出刘仔肩《别墅晚晴与邻叟久立》，见《御选明诗》卷五二。刘仔肩，字汝弼，元明间鄱阳（今江西鄱阳）人，明初因知府陶安之荐，应召至京师。洪武三年，集一时名公卿五十余人诗编为《雅颂正音》。

[31] 语出王谊《秋日怀孟熙先生》，见《石仓历代诗选》卷三三九。

[32] 语出李祯《宿废普济寺》，见《运甓漫稿》卷三。

[33] 语出苏正《江南旅情》，见《御选明诗》卷五三。苏正，字秉贞，号云壑，海宁（今浙江海宁）人，永乐中偕兄苏平游京师，有才名，为"景泰十才子"之一。

[34] 语出刘仔肩《春日与李二文学游城南》，见《御选明诗》卷五二。"独醒愁对雨"一作"独醒愁对酒"。

[35] 语出刘绩《送王内敬重戍辽海》，见《明诗综》卷二二。此句一作"风尘重作客，寒暑易成翁"。刘绩，见五·六注 [64]。

[36] 语出徐贲《兵后过罘亭山》，见《北郭集》卷四。徐贲，字幼文，号北郭生，长洲（今江苏苏州）人，元末明初画家、诗人，与高启、杨基、张羽齐名，并称"吴中四杰"。

[37] 语出苏伯衡《题刘汝弼东源小隐图》，见《御选明诗》卷五〇。苏伯衡，见五·四注 [14]。

[38] 语出林鸿《宿云门寺》，见《鸣盛集》卷二。此句一作"海旷知天尽，山空见月多"。林鸿，见五·六注 [51]。

[39] 语出曾棨《淮南舟中》，见《石仓历代诗选》卷三五〇。曾棨，见五·四注 [16]。

[40] 语出蓝智《秋日游石堂奉呈卢金宪》，见《御选明诗》卷五一。

[41] 语出李祯《送周秀才游长沙》，见《运甓漫稿》卷三。

[42] 语出王谊《秋日怀孟熙先生》，见《石仓历代诗选》卷三三九。

[43] 语出杨基《岳阳楼》，见《眉庵集》卷七。

[44] 语出李德《寄冯朝泰》，见《古今诗删》卷二五。李德，字仲修，自号采真子，番禺（今属广东广州）人，元末明初人，深于经学，诗多写哲理，与黄哲、王佐、赵介齐名。

[45] 语出徐贲《送曾伯滋赴西河将幕》，见《北郭集》卷六。"雪帐夜收兵"一作"雪帐夜归营"。

[46] 语出林鸿《出塞曲》九首之三，见《鸣盛集》卷二。

[47] 语出高启《送宿卫将出守邓州》，见《大全集》卷一二。

[48] 语出高启《长安道》，见《大全集》卷一。

[49] 语出章闻《送张二贡士》，见《明诗综》卷一七。章闻，未详。

[50] 语出高启《长安道》，见《大全集》卷一。

[51] 语出王洪《舟行杂兴》之《下邳至东昌之作》其三，见《毅斋集》卷三。王洪，见五·六注 [55]。

[52] 未详。

[53] 语出程煜《过太湖》，见明钱谷《吴都文粹续集》卷二三。"地登南极尽"一作"地吞南极尽"。程煜，字彦明，维扬（今江苏扬州）人，明初曾任宝坻县丞。

[54] 语出唐肃《登蜀阜寺阁》，见《石仓历代诗选》卷三三七。

[55] 语出罗颀《游仙诗》，见《古今诗删》卷二五。"千林喧客杵"一作"千

林喧药杵"。罗颀，字仪甫，山阴（今浙江绍兴）人，与其父、祖皆以文学名重于时，以宋高承著《事物纪原》，不能黜妄崇真，作《物原》一书。

[56] 语出李进《幽居》，见《石仓历代诗选》卷三四三。李进，字孟昭，号西园居士，海盐（今浙江海盐）人，永乐初聘为府学训导。按：此诗于钱谦益《列朝诗集》中作李戣诗，称"戣字桓仲，无锡人"。

[57] 语出陶谊《送人从役》，见《御选明诗》卷五一。陶谊，字汉生，天台（今浙江天台）人，洪武中步入仕途，官至礼部员外。

[58] 语出林鸿《出塞曲》九首之二，见《鸣盛集》卷二。

[59] 语出王直《帝京篇》四首之《赠钟中书子勤》，见《列朝诗集》乙集卷二。

【译文】

五言律诗中，清雅风格的有："浮云看富贵，流水澹须眉""已归仍似客，投老渐如僧""老来诸事废，归去此身全""往事愁人问，虚名畏客称""雨花知佛境，流水识禅心""凉风动疏竹，明月在高楼""圣代身全老，秋天景易悲""霜林收橘柚，风磴坐莓苔""分符来五马，如练照双旌""一灯今夜雨，千里故人心""树从京口断，山到海门稀""野蚕成茧尽，江燕引雏回""乱山黄叶寺，孤棹白苹洲""啼鸟醒人梦，流泉净客心""身世双蓬鬓，功名一钓竿""古路无行客，闲门有白云""听雨愁如海，怀人夜似年""已知如意事，不逐苦吟人""卧云歌酒德，对雨著茶经""野岸随流曲，山门隐树深""云烟谢家墅，松柏禹陵祠""避难疏狂客，长贫少定居""酒尽寻僧舍，书来问客船""泉声溪碓急，山色野墙低""鸟青呼作使，鹤白养成群""看人儿女大，为客岁年长""月从今夜满，人在异乡看""功成百战后，老去一身轻""乡泪看花落，愁肠纵酒宽""落日在高树，凉风生客衣""夜月柯亭市，凉风镜水波""云气千峰暝，秋声一院凉""旅况频看月，乡心独听潮""独醒愁对雨，多病怕逢春""风尘仍作客，寒暑易成翁""雁宿芦中月，人归草际烟""种黍都为酒，诛茅小作庵""海阔疑天近，山空得月多""断云京口树，残月广陵钟""白日羲皇世，青山绮皓心""夕鸟冲船过，寒波背郭流""草芳经雨歇，虫响入秋多"。风格壮丽的就像："水吞三楚白，山接九疑青""故国秋云合，大江春水深""风旗春猎野，雪帐夜收兵""王者应无敌，边尘不敢飞""旧射双雕落，新乘五马行”“中郎长戟卫，丞相小车来”“千山悬落日，一骑出孤城”“新成赐将第，更筑候神台”“河山千古在，登眺几人同”“马嘶秋草阔，雕没暮云平”“地登南极尽，波撼北溟回”“山色元来蜀，江声直到吴”“千林喧客杵，一嶂起茶烟”“入云苍隼健，坐浪白鸥闲”“山雨虫蛇出，江天蟛蜞悬”“天地兵声合，关河秋色来”“建凤黄金榜，疏龙白玉除”。

五·八

　　起句五言如“春色醉巴陵，阑干落洞庭”[1]“江东风日晴，把酒送君行”[2]“全家离故乡，万里谪穷荒”[3]“别路绕珠林，秋来落叶深”[4]“落日敞朱楼，江云暝不流”[5]“烟霭散春晴，乱鸦深处鸣”[6]“斜日在松杉，千崖暝色酣”[7]“长啸拂吴钩，南图惜壮游”[8]“圣恩宽逐客，不遣过轮台”[9]“不寐月当户，起行风满天”[10]“今夕为何夕，他乡说故乡”[11]“长乐钟声动，平津树色开”[12]“别离知不远，情至亦潸然”[13]“凉风起江海，万树尽秋声”[14]“青山行不尽，深树见僧房”[15]“东源山色好，闻说似终南”[16]“我住湖西寺，君归湖上山”[17]“别泪不可忍，杯行到手空”[18]。七言如“故人已乘赤龙去，君独羊裘钓月明”[19]“八月十五夜何其，鹅湖漾舟人未归”[20]“今年南国天气暖，十月赤城桃有花”[21]“日暮山风吹女萝，故人舟楫定如何”[22]“督亢陂荒蔓草生，广阳宫废故城平”[23]“牛渚矶头烟水生，峨眉亭下大江横”[24]。

【注释】

　　[1]语出杨基《岳阳楼》，见《眉庵集》卷七。

　　[2]语出汪广洋《送院判俞子茂进兵番阳》，见《凤池吟稿》卷四。汪广洋，字朝宗，高邮（今江苏高邮）人，元末进士出身，通经能文，洪武中拜右丞相。事详《明史》卷一二七《汪广洋传》。

　　[3]语出浦源《怀何士信谪西河》，见《古今诗删》卷二五。浦源，见五·六注[30]。

　　[4]语出王偶《送夏廷简宿怡山兰若》，见《虚舟集》卷四。

　　[5]语出汪广洋《赋江上停云送周生省亲》，见《凤池吟稿》卷五。

　　[6]语出章闻《送张二贡士》，见《明诗综》卷一七。“乱鸦深处鸣”一作“乱

鸦深树鸣"。

[7]语出刘丞直《题孙子让山水》，见《雅颂正音》卷三。刘丞直，字宗弼，自号崆峒雪樵，赣州（今江西赣州）人，元顺帝时进士及第。入明任国子司业，官至浙江按察司佥事。

[8]语出许伯旅《九月晦日感怀》，见《御选明诗》卷五一。许伯旅，字廷慎，号介石，黄岩（今浙江黄岩）人，洪武朝官刑部给事中，其诗格调高古，著有《介石集》。

[9]语出吴溥《寄宋子环》，见《明诗综》卷一九。按：《明诗综》《御选明诗》俱将此诗归为吴溥，解缙《文毅集》卷五亦收此诗，疑为误收。吴溥，字德润，号古崖，崇仁（今江西崇仁）人，明建文二年进士，永乐中为翰林修撰，参修《永乐大典》。

[10]语出刘基《不寐》，见《诚意伯文集》卷四。

[11]语出袁凯《客中除夕》，见《海叟集》卷三。

[12]语出高启《长安道》，见《大全集》卷一。

[13]语出刘师邵《送张孝廉之京》，见《石仓历代诗选》卷三三八。刘师邵，以字行，山阴（今浙江绍兴）人。刘绩子，生平潜心经史，工诗文，与祖、父皆以文学名世，人称"三刘"。

[14]语出高启《送谢恭》，见《大全集》卷一三。

[15]语出李祯《宿废普济寺》，见《运甓漫稿》卷三。"青山行不尽"一作"青山行欲尽"。李祯，见五·七注[13]。

[16]语出苏伯衡《题刘汝弼东源小隐图》，见《御选明诗》卷五〇。"东源山色好"一作"东源山水好"。苏伯衡，见五·四注[14]。

[17]语出姚广孝《送友人之武林》，见《石仓历代诗选》卷三二二。"我住湖西寺"一作"我住城西寺"。姚广孝，见五·六注[67]。

[18]语出刘绩《送王内敬重戍辽海》，见《明诗综》卷二二。刘绩，见五·六注[64]。

[19]语出张以宁《严子陵钓台》，见《翠屏集》卷二。张以宁，字志道，自号翠屏先生，古田（今福建古田）人，元泰定四年进士，官翰林学士承旨。

明洪武元年仕于明朝，官侍讲学士。

[20] 语出周翼《中秋与杨氏诸昆季泛舟鹅津》，见《明诗综》卷一六。周翼，字子羽，无锡（今江苏无锡）人，工于诗、书，醇厚雅淡，元末不仕。

[21] 语出刘基《冬暖》，见《诚意伯文集》卷四。

[22] 语出刘崧《寄万德躬》，见《槎翁诗集》卷五。刘崧，见五·三注 [6]。

[23] 语出岳正《燕台怀古》，见《类博稿》卷二。岳正，字季方，自号蒙泉，学者称"蒙泉先生"，漷县（今北京漷县镇）人，明英宗正统十三年探花，累官翰林编修、修纂，谥文肃。

[24] 语出王偁《登采石蛾眉亭》，见《虚舟集》卷五。"峨眉亭下大江横"一作"蛾眉亭下大江横"。

【译文】

首联为五言的如"春色醉巴陵，阑干落洞庭""江东风日晴，把酒送君行""全家离故乡，万里谪穷荒""别路绕珠林，秋来落叶深""落日敞朱楼，江云暝不流""烟霭散春晴，乱鸦深处鸣""斜日在松杉，千崖暝色酣""长啸拂吴钩，南图惜壮游""圣恩宽逐客，不遣过轮台""不寐月当户，起行风满天""今夕为何夕，他乡说故乡""长乐钟声动，平津树色开""别离知不远，情至亦潸然""凉风起江海，万树尽秋声""青山行不尽，深树见僧房""东源山色好，闻说似终南""我住湖西寺，君归湖上山""别泪不可忍，杯行到手空"。（首联为）七言的如"故人已乘赤龙去，君独羊裘钓月明""八月十五夜何其，鹅湖漾舟人未归""今年南国天气暖，十月赤城桃有花""日暮山风吹女萝，故人舟楫定如何""督亢陂荒蔓草生，广阳宫废故城平""牛渚矶头烟水生，峨眉亭下大江横"。

五·九

七言结句如"沅湘一带皆秋草，欲采芙蓉奈晚何"[1]"见说兰亭依旧在，只今王谢少风流"[2]"天边杨柳虽无数，短叶长条非故园"[3]"赵家姊妹多相忌，莫向昭阳殿里飞"[4]"前朝冠盖皆黄土，翁仲凄凉石马嘶"[5]"知尔西行定回首，如今江左是长安"[6]"近来闻说有奇事，买药修琴曾到城"[7]"祭罢鳄鱼归去晚，刺桐花外月如钩"[8]"琐窗独对东风树，岁岁花开它自春"[9] 俱有意味。吾所以录此者，谓溪毛涧芷[10]，亦可饾饤[11] 客席耳，非若二李辈之为三鬑八菹也[12]。又其全章，亦未尽称，故聊摘之耳。

【注释】

[1] 语出杨基《途次感秋》，见《眉庵集》卷九。

[2] 语出刘基《二月二日登楼作》，见《诚意伯文集》卷十五。"只今王谢少风流"一作"于今王谢少风流"。

[3] 语出袁凯《闻笛》，见《海叟集》卷三。"天边杨柳虽无数"一作"天边杨柳今无数"。

[4] 语出袁凯《白燕》，见《海叟集》卷三。

[5] 语出唐之淳《长安留题》，见《石仓历代诗选》卷三三七。"前朝冠盖皆黄土"一作"前朝冠盖多黄土"。唐之淳，见五·六注[25]。

[6] 语出高启《送沈左司从汪参政分省陕西汪由御史中丞出》，见《大全集》卷一四。

[7] 语出桑悦《赠萧时清》，见《石仓历代诗选》卷四三六。"买药修琴曾到城"一作"卖药修琴曾到城"。桑悦，字民怿，号思玄、思玄居士等，常熟（今江苏常熟）人，明宪宗成化元年举人，迁柳州府通判，明代著名学者、狂士，为人恃才傲物，有"怪妄"之名。工于辞赋，以《南都赋》《北都赋》最为有名。

[8] 语出马轼《奉饯季方先生》，见《御选明诗》卷七五。马轼，字敬瞻，嘉定（今属上海）人，深研天文，精于占候，明英宗正统十四年为钦天监刻漏博士。有诗才，与岳正友善。精绘事，山水宗郭熙，高古有法。

[9] 明黄瑜《双槐岁钞》卷九《庄定山》："昶善为诗，《咏包节妇》云：'二十夫君弃妾身，诸郎痴小舅姑贫。已甘薄命同衰叶，不扫蛾眉别嫁人。化石未成犹有泪，舞弯虽在不惊尘。锁窗独对东风树，岁岁花开他自春。'"庄昶，字孔旸，一作孔阳，号木斋，晚号活水翁，学者称"定山先生"，江浦（今属南京）人，成化二年进士，官至南京礼部郎中。事详《明史》卷一七九《庄昶传》。

[10] 溪毛涧芷：溪涧里的水草、野菜，喻指不知名的诗作。

[11] 饾饤：将食品混杂，此指装饰宴席。

[12]二李：李梦阳、李攀龙，代指前后七子。三臡八菹：精美的肴馔，喻指上乘诗作。

【译文】

尾联为七言的如"沅湘一带皆秋草，欲采芙蓉奈晚何""见说兰亭依旧在，只今王谢少风流""天边杨柳虽无数，短叶长条非故园""赵家姊妹多相忌，莫向昭阳殿里飞""前朝冠盖皆黄土，翁仲凄凉石马嘶""知尔西行定回首，如今江左是长安""近来闻说有奇事，买药修琴曾到城""祭罢鳄鱼归去晚，刺桐花外月如钩""琐窗独对东风树，岁岁花开它自春"，皆有意趣。我之所以记录这些，只是因为这些貌似平常的诗句，也可以装点诗坛，虽然它们不如李梦阳、李攀龙这类名家诗句精美。又因为这些作品的全篇并未达到全美的水平，姑作摘句展示。

五·一〇

杨孟载有一起一联，甚足情致，而不及之者，"判醉望愁醒，愁因醉转增"[1]，是词中《菩萨蛮》调语；"尚短柳如新折后，已残花似未开时"[2]，是《浣溪沙》调语故也。

【注释】

[1]语出杨基《江村杂兴》二十首之四，见《眉庵集》卷七。孟载：杨基字，见五·三注[6]。

[2]语出杨基《春日白门写怀用高季迪韵》，见《眉庵集》卷八。"已残花似未开时"一作"已残梅似半开时"。

【译文】

杨基有一个首联、一个颔联，极富意趣风致，而（其他诗）比不上它们的原因是，"判醉望愁醒，愁因醉转增"用的是《菩萨蛮》一词的语调；"尚短柳如新折后，已残花似未开时"，用的是《浣溪沙》的语调。

五·一一

汤惠休[1]、谢混[2]、沈约、钟嵘、张说[3]、刘次庄[4]、张芸叟[5]、郑厚^[6]、敖陶孙^[7]、松雪斋于诗人俱有评拟，大约因袁昂^[8]评书之论而模仿之耳。其宋人自相标榜，不足准则。吾独爱汤惠休所云"初日芙蓉"^[9]，沈约云"弹丸脱手"^[10]，钟嵘云"宛转清便，如流风白雪，点缀映媚，如落花在草"^[11]。其次则张芸叟云"春服乍成，酴醾初熟；登山临水，竟日忘归"^[12]，郑厚云"秋蛩草根，春莺柳阴"^[13]。不必尽当，而语颇造微^[14]。松雪斋不知为何人^[15]，大似不知诗者。

【注释】

[1] 汤惠休，见一·二三注[2]。

[2] 谢混，字叔源，小字益寿，阳夏（今河南太康）人，东晋谢安之孙，谢灵运族叔，孝武帝女婿。其诗对谢灵运、谢朓等人的山水诗影响较大。事附《晋书》卷七九《谢安传》、卷八五《刘毅传》。

[3] 张说，见四·三注[6]。

[4] 刘次庄，字中叟，号戏鱼翁，长沙（今湖南长沙）人，宋神宗熙宁六年赐同进士出身，元丰间官至殿中侍御史，工书法，有《乐府集序解》一卷，已佚。

[5] 张舜民，字芸叟，自号浮休居士，又号矴斋，邠州（今陕西彬州）人，北宋文学家、画家，英宗治平二年进士，累官监察御史等职。

[6] 郑厚，字景韦，学者称"溪东先生""湘乡先生"，南宋莆田（今福建莆田）人，与其弟郑樵号称"莆阳二郑"。

[7] 敖陶孙，字器之，号臞翁，长乐（今属福建福州）人，宋宁宗庆元五年进士，历官海门主簿、漳州府学教授等职。诗以五、七古见长，风格清俊飘逸，重于抒情写意。兼擅诗评，撰有《臞翁诗评》。

[8] 袁昂，字千里，阳夏（今河南太康）人，南朝齐梁时期名臣、书法理论家、画家，所著《古今书评》对后世书法理论颇有影响。

[9] 钟嵘《诗品》载："汤惠休曰：谢诗如芙蓉出水，颜诗如错采镂金。"

[10]《南史·王筠传》载沈约引谢朓"好诗圆美流转如弹丸"句，来评价王筠的诗。

[11] 语出钟嵘《诗品》对范云、丘迟的评论。

[12]语出《苕溪渔隐丛话后集》卷三三。

[13]《说郛》卷三一引《艺圃折中》："郑厚云：'孟东野则秋虫草根，白乐天则春莺柳阴，皆造化中一妙。'"

[14]造微：达到精妙的程度。

[15]按：元赵孟頫书斋名为松雪斋，似为赵孟頫代称。

【译文】

汤惠休、谢混、沈约、钟嵘、张说、刘次庄、张舜民、郑厚、敖陶孙、松雪斋对诗人都有评论，大抵是对袁昂评书之论的模仿。宋人互相标榜，不足以作为准则。我唯独偏爱汤惠休所说的"初日芙蓉"，沈约所说的"弹丸脱手"，钟嵘所说的"宛转清便，如流风白雪，点缀映媚，如落花在草"。其次是张舜民所说的"春服乍成，酸醅初熟；登山临水，竟日忘归"，郑厚所说的"秋虫草根，春莺柳阴"。不一定妥帖恰当，但却能阐发微妙的境界。松雪斋不知是什么人，非常像是一位不了解诗的人。

五·一二

敖陶孙评："魏武帝如幽燕[1]老将，气韵沉雄；曹子建如三河少年[2]，风流自赏；鲍明远如饥鹰独出，奇矫无前；谢康乐如东海扬帆，风日流丽；陶彭泽如绛云在霄，舒卷自如；王右丞如秋水芙蓉，倚风自笑；韦苏州如园客独茧，暗合音徽[3]；孟浩然如洞庭始波，木叶微落；杜牧之如铜丸走坂，骏马注波；白乐天如山东父老课农桑，事事言言皆着实；元微之如龟年说天宝遗事，貌悴而神不伤；刘梦得如镂冰雕琼，流光自照；李太白如刘安鸡犬[4]，遗响白云，核其归存[5]，恍无定处；韩退之如囊沙背水，唯韩信独能[6]；李长吉如武帝食露盘[7]，无补多欲；孟东野如埋泉断剑，卧壑寒松；张籍如优工行乡饮[8]，酬献秩如，时有诙气；柳子厚如高秋独眺，霁晚孤吹；李义山如百宝流苏，千丝铁网，绮密瑰妍，要非[9]适用；宋朝苏东坡如屈注天潢[10]，倒连沧海，变眩百怪，终归雄浑；欧公如四瑚八琏[11]，正可施之宗庙；荆公如邓艾缒兵入蜀[12]，要以险绝为功；山谷如陶弘景[13]入官，析理谈玄，而松风之梦[14]故在；梅圣俞如关河放溜[15]，瞬息无声；秦少游如时女步春，终伤婉弱；陈后山如九皋独唳[16]，深林孤芳，冲寂自妍，不求识赏；韩子苍[17]如黎园按乐，排比得伦；吕居仁[18]如散圣安禅[19]，自能奇逸；其他作者，未易殚陈。独唐杜工部如周公制作，后世莫能拟议。"[20]语觉爽俊，而评似稳妥，唯少为宋人曲笔[21]耳，故全录之。

【注释】

[1] 幽燕：古称今河北北部及辽宁一带。唐以前属幽州，战国时属燕国，故名。

[2] 三河：汉代的河东、河内、河南三郡，位置在今天的洛阳一带，靠近当时首都。三郡少年的文采风流，引领着一国风尚。

[3] 干宝《搜神记》卷一："园客者，济阴人也。貌美，邑人多欲妻之。客终不娶。尝种五色香草，积数十年，服食其实。忽有五色神蛾，止其香草之上。客收而荐之以布，生桑蚕焉。至蚕时，有神女夜至，助客养蚕。亦以香草食蚕，得茧百二十头，大如瓮。每一茧，缲六七日乃尽。缲讫，女与客俱仙去，莫知所如。"音徽：琴上供按弦时识音的标志，此指音乐曲调。

[4] 刘安鸡犬：又作"一人得道，鸡犬升天""鸡犬皆仙"，《论衡·道虚》载："（淮南）王遂得道，举家升天，畜产皆仙，犬吠于天上，鸡鸣于云中。此言仙药有余，犬鸡食之，并随王而升天也。"

[5] 归存：行踪。

[6]《史记·淮阴侯列传》载，楚汉相争，楚将龙且在潍水岸边布阵。韩信"乃夜令人为万余囊，满盛沙，壅水上流，引军半渡，击龙且，伴不胜，还走。……（龙且）遂追信渡水。信使人决壅囊，水大，至龙且军大半不得渡，即急击杀龙且"。

[7] 唐司马贞《史记索引》引《三辅故事》："（武帝）建章宫承露盘，高三十丈，大七围，以铜为之，有仙人掌承露，和玉屑饮之。"

[8] 乡饮：指乡饮酒礼，古代嘉礼之一。

[9] 要非：总不是。

[10] 屈注：汇聚注入。天潢：天河。

[11] 瑚、琏：皆为宗庙里盛黍稷的礼器。

[12] 宋苏洵《心术》："凡兵之动，知敌之主，知敌之将，而后可以动于险。邓艾缒兵于蜀中，非刘禅之庸，则百万之师可以坐缚；彼固有所侮而动也。"

[13] 陶弘景：南朝隐士，见四·七七注 [6]。

[14]《南史·隐逸列传下·陶弘景》："特爱松风，庭院皆植松，每闻其响，欣然为乐。"言其向往归隐生活。

[15] 关河：关塞。放溜：舟顺流自行。

[16] 九皋独唳：鹤鸣于湖泽深处。

[17] 韩驹，字子苍，号牟阳，学者称"陵阳先生"，两宋之际仙井监（今四川仁寿）人，江西诗派诗人，诗论家。

[18] 吕本中，字居仁，世称"东莱先生"，南宋寿州（今安徽凤台）人，江西诗派诗人，得黄庭坚、陈师道句法，谥号文清。

[19] 散圣：犹散仙。安禅：佛教语，静坐入定。

[20] 上述文字见于《诗人玉屑》卷二《臞翁诗评》。

[21] 曲笔：史官因顾忌而不据实记载。

【译文】

敖陶孙（对历代诗人）有如下评语："曹操的诗如幽燕老将，深沉饱满、雄健有力；曹植的诗如三河少年，风流洒脱，自我欣赏；鲍照的诗如饥鹰独出，奇特雄健，前所未有；谢灵运的诗如东海扬帆，流畅又华丽；陶渊明的诗如红云在空，舒卷自如；王维的诗如秋水芙蓉，迎风而笑；韦应物的诗如园客以香草育大茧，蕴天地之精，契合音律；孟浩然的诗如洞庭湖微漾的波浪，如树叶轻轻飘落；杜牧的诗像弹丸滚下斜坡，像骏马奔入千丈的险波；白居易的诗如山东父老从事农业生产，每件事每句话都符合实际；元稹的诗如李龟年说开元天宝时期的故事，面容憔悴而心神无妨；刘禹锡的诗如刻冰雕玉，光彩流动照人；李白的诗如得道升仙，余音响彻云霄，核查其行踪，却仿佛无安定之处；韩愈的诗如使囊沙之计背水一战，只有韩信能做到；李贺的诗如武帝食甘露，于现实欲望无所助益；孟郊的诗如断剑埋泉下，寒松卧壑中；张籍的诗如优伶们行乡饮酒礼，井然有序又时有诙谐；柳宗元的诗如在深秋独自眺望远处，雨后的傍晚微风吹来；李商隐的诗如千丝万缕的流苏和铁网，绮靡又珍奇美丽，总是不大真实；宋朝苏轼的诗如星河灌注，倒连沧海，变幻百态，终归雄壮而浑厚；欧阳修的诗如宗庙里盛黍稷的祭器，华丽贴切；王安石的诗如邓艾带兵攻蜀，要以行险绝之路立功；黄庭坚的诗如陶弘景入官，谈论玄学剖析事理，而松风之梦依旧；梅尧臣的诗如小舟于山河间顺流自行，瞬息无声；秦观的诗如少女游春，终究有些秀丽柔弱；陈师道的诗如幽幽沼泽仙鹤唳，在深林里孤芳自赏不求赏识；韩驹的诗如在黎园中奏乐，依次排列有序；吕本中的诗如散仙打坐，自能奇特超俗；其他作者，难以全部陈述。唯独唐代杜甫的诗如周公制作的典章制度，后人无法揣度议论。"上述评语，语言明快秀逸，评论也似乎工稳妥帖，没有其他诗评家那些不实的记载，所以全部记录下来。

五·一三

余于国朝前辈名家，亦偶窥一斑，聊附于此，以当鼓腹。

诗：高季迪如射雕胡儿，伉健急利，往往命中；又如燕姬靓妆，巧笑便辟[1]。刘伯温如刘宋好武诸王，事力既称，服艺华整，见王谢衣冠子弟，不免低眉[2]。袁可潜如师手鸣琴，流利有情，高山尚远[3]。刘子高如雨中素馨，虽复嫣然，不作寒梅老树风骨[4]。杨孟载如西湖柳枝，绰约近人，情至之语，风雅扫地[5]。汪朝宗如胡琴羌管，虽非太常乐，琅琅有致[6]。徐幼文、张来仪如乡士女，有质有情，而乏体度[7]。孙伯融如新就衔马，步骤未熟，时见轻快[8]。孙仲衍如豪富儿入少年场[9]，轻脱自好。浦长源、林子羽，如小乘法中作论师，生天则可，成佛甚遥[10]。解大绅如河朔大侠，须髯戟张，与之周旋，酒肉伧父[11]。杨东里如流水平桥，粗成小致[12]。曾子启如封节度募兵东征，鲜华杂沓，精骑殊少[13]。汤公让、刘原济如淮阴少年，斗健作啖人状[14]。刘钦谟如村女簪花，秾艳羞涩，正得各半[15]。夏正夫如乡啬夫衣绣见达官，虽复整饬，时露本态[16]。李西涯如陂塘秋潦，汪洋淡泊而易见底里[17]。谢方石如乡里社塾师，日作小儿号嘎[18]。吴匏庵如学究出身人，虽复闲雅，不脱酸习[19]。沈启南如老农老圃，无非实际，但多俚辞[20]。陈公甫如学禅家，偶得一自然语，谓为游戏三昧[21]。庄孔阳佳处不必言，恶处如村巫降神，里老骂坐[22]。陆鼎仪如吃人作雅语，多在咽喉间[23]。张亨父如作劳人唱歌，滔滔中俗子耳[24]。张静之如小棹急流，一瞬而过，无复雅观[25]。杨文襄如老弋阳伎，发喉甚便，而多鼻音，不复见调[26]。桑民怿如洛阳博徒，家无担石，一掷百万[27]。林待用如太湖中顽石，非不具微致，无乃痴重何[28]。乔希大如汉官出临远郡，亦自粗具威仪[29]。祝希哲如盲贾人张肆，颇有珍玩，位置总杂不堪[30]。蔡九逵如灌莽中蔷薇，汀际小鸟，时复娟然，一览而已[31]。王敬夫如汉武求仙，欲根正染，时复遇之，终非实境[32]。石少保如披沙拣金，时时见宝[33]。文徵仲如仕女淡妆，维摩坐语；又如小阁疏窗，位置都雅，而眼境易穷[34]。康德涵如靖康中宰相，非不处贵，恒扰粗率，无大处分[35]。蒋子云如白蜡糖，看似甘美，不堪咀嚼[36]。王钦佩如小女儿带花，学作软丽[37]。唐虞佐如苦行头陀，终少玄解[38]。王子衡如外国人投唐，武将坐禅，威仪解悟中，不免露抗浪本色[39]。熊士选如寒蝉乍鸣，疏林早秋，非不清楚，恨乏他致[40]。张琦如夜蛙鸣露，自极声致，然不脱淤泥中[41]。唐伯虎如乞儿唱莲花乐，其少时亦复玉楼金垎[42]。边庭实如洛阳名园，处处绮卉，不必尽称姚、魏；又如五陵裘马，千金少年[43]。顾华玉如春原尽花，芜蘼不少[44]。刘元瑞如闽人强作齐语，多不辨[45]。朱升之如桓宣武似刘司空，无所不恨[46]。殷近夫如越兵纵横江淮间，终不成霸[47]。王新建如长爪梵志，彼法中铮铮动人[48]。陆子渊如入赀官作文语雅步，虽自有余，未脱本来面目[49]。郑继之如冰凌石骨，质劲不华；又如天宝父老谈丧乱，事皆实际，时时感慨[50]。孟望之如贫措大置酒，寒酸澹泊，然不至腥膻[51]。黄勉之如假山池，虽尔华整，大费人力[52]。高子业如高山鼓琴，沉思忽往，木叶尽脱，石气自青；又如卫洗马言愁，憔悴婉笃，令人心折[53]。薛君采如宋人叶玉，几夺天巧；又如倩女临池，疏花独笑[54]。胡孝思如骄儿郎爱吴音，兴到即讴，不必合板[55]。马仲房如程卫尉屯西宫，斥堠精严，甲仗雄整，而士乏乐用之气[56]。丰道生如沙苑马，驽骏相半，姿情驰骋，中多败蹶[57]。王舜夫如败铁网取珊瑚，用力坚深，得宝自少[58]。孙太初如雪夜偏师，间道入蔡；又如鸣蜩伏蚓，声振月露，体滞泥壤[59]。施子羽如寒鸦数点，流水孤村，惜其景物萧条，迫晚意尽[60]。王履吉如乡少年久游都会，风流详雅，而不尽脱本来面目；又似扬州大宴，虽鲑珍水陆，而时有宿味[61]。常明卿如沙苑儿驹，骄嘶自赏，未谐步骤[62]。张文隐如药铸鼎，灿烂惊人，终乏古雅 [63]。王稚钦如良马走坂，美女舞竿，五言尤自长城 [64]。陈约之如青楼小女，月下箜篌，初取闲适，终成凄楚；又如过雨残荷，虽尔衰落，嫣然有态 [65]。杨用修如暴富儿郎，铜山金埒，不晓吃饭着衣 [66]。李子中如刁家奴，辉赫车马，施散金帛，原非己物 [67]。廖鸣吾如新决渠，浮楚浊泥，一瞬皆下 [68]。皇甫子安如玉盘露屑，清雅绝人，惜轻缣短幅，不堪裁剪 [69]。袁永之如王谢门中贵子弟，动止可观 [70]。黄才伯如紫瑛石，大似鞿鞢，晚年不无可恨 [71]。周以言如中智苾刍，虽乏根具，不至出小乘语 [72]。施平叔如小邑民筑室，器物俱完 [73]。张以言如甘州石斗 [74]，色泽似玉，肤理粗漫。胡承之如病措大习白猿公术，操舞如度，击刺未堪 [75]。华子潜如磐石疏林，清溪短棹，虽在秋冬之际，不废枫橘 [76]。张孟独如骂阵兵，嗔目揎袖，果势壮往 [77]。张愈光如拙匠琢山骨，斧凿宛然；又如束铜锢腹，满中外道 [78]。汤子重如乡三老入城，威仪举举，终少华冶态 [79]。傅汝舟如言法华作风话 [80]，凡多圣少。乔景叔如清泉放溜 [81]，新月挂树，然此景殊少，不耐纵观。蔡子木如骄女织流黄，不知丝理，强自斐然 [82]。王道思如惊弋宿鸟，扑剌遒迅，殊愧幽闲之状 [83]。许伯诚如贾胡子作狘游，随事挥散，无论中节 [84]。陈羽伯如东市倡慕青楼价，微傅粉泽，强工龋笑 [85]。王允宁如马服子陈师，自作奇正，不得兵法；又如项王呕呕未了，忽发喑呜 [86]。徐昌谷如白云自流，山泉泠然，残雪在地，掩映新月；又如飞天仙人，偶游下界，不染尘俗 [87]。何仲默如朝霞点水，芙蕖试风；又如西施、毛嫱，毋论才艺，却扇一顾，粉黛无色 [88]。李献吉如金鸂擘天，神龙戏海；又如韩信用兵，众寡如意，排荡莫测 [89]。李于鳞如峨眉积雪，阆风蒸霞，高华气色，罕见其比；又如大商舶，明珠异宝，贵堪敌国，下者亦是木难、火齐 [90]。宗子相如渥洼神驹，日可千里，未免啮跌之累；又如华山道士，语语烟霞，非人间事 [91]。梁公实如绿野山池，繁雅匀适；又如汉司隶衣冠，令人惊美，但非全盛仪物 [92]。吴峻伯如子阳在蜀，亦具威仪；又如初地人见声闻则入，大乘则远 [93]。冯汝行如幽州马行客，虽见伉俍，殊乏都雅 [94]。冯汝言如晋人评会稽王，有远体而无远神 [95]。张茂参如荒伧度江，揖让简略，故是中原门第 [96]。卢少楩如翩翩浊世佳公子，轻俊自肆 [97]。朱子价如高坐道人，衩衣蹑屣，忽发胡语 [98]。

陈鸣野如子玉兵，过三百乘则败[99]。彭孔嘉如光禄宴使臣，饾饤详整，而中多宿物[100]。徐汝思如初调鹰见击鹫，故难获鲜[101]。黄淳父如北里名姬作酒纠，才色既自可观，时出俊语，为客所赏[102]。谢茂秦如太官旧庖，为小邑设宴，虽事馔非奇，而饾饤不苟[103]。魏顺甫如黄梅坐人谈上乘，纵未透汗，不失门宗[104]。

【注释】

[1] 季迪：高启字，见五·三注[4]。伉健：指诗文风格遒劲。便辟：善于言辩。

[2] 伯温：刘基字，见五·三注[5]。王谢：六朝望族琅邪王氏与陈郡谢氏之合称，后成为显赫世家大族的代名词。

[3] 袁介，字可潜，先世蜀人，后占籍华亭（今属上海）。元顺帝至正间，曾任松江府掾史，袁凯之父。

[4] 子高：刘崧字，见五·三注[6]。《明诗别裁集》卷二："子高诗辞采鲜媚，骨格未高，应是学温飞卿一派。"

[5] 孟载：杨基字，见五·三注[6]。明徐泰《诗谈》："杨基天机云锦，自然美丽，独时出纤巧，不及高（启）之冲雅。"

[6] 朝宗：汪广洋字，见五·八注[2]。太常乐：用于宗庙礼仪的音乐，此泛指雅乐。《诗谈》："汪广洋瑶台月明，凤笙独奏。"

[7] 幼文：徐贲字，见五·七注[36]。来仪：张羽字，见五·七注[18]。体度：格局、风度。

[8] 伯融：孙炎字，见五·六注[19]。《诗谈》："句容孙炎词气豪迈，类其为人，渥洼神驹，一蹴千里。"

[9] 孙贲，字仲衍，顺德（今属广东）人，元末明初诗人，博学，工诗文，入明后参加编修《洪武正韵》，与黄哲、李德、王佐、赵介世称"南园前五子"。少年场：典出《汉书·酷吏列传·尹赏》"安所求子死？桓东少年场。生时谅不谨，枯骨后何葬"，指年轻人聚会的场所。胡应麟《诗薮》："国初吴诗派昉高季迪，越诗派昉刘伯温，闽诗派昉林子羽，岭南诗派昉于孙贲仲衍，江右诗派昉于刘崧子高。五家才力，咸足雄据一方，先驱当代，第格不甚高，体不甚

大耳。"

[10] 长源：浦源字，见五·六注 [30]。子羽：林鸿字，见五·六注 [51]。论师：博通论藏，又擅长论释佛教经义的僧人。生天：佛教谓行十善者死后转生天道。《诗谈》："林鸿师法盛唐，唐临晋帖，殆逼真矣，惜唯得其貌耳。"

[11] 大绅：解缙字，见五·四注 [15]。戟张：形容须髯张开如戟。伧父：粗鄙之人。《诗谈》："吉水解缙，独驾青鸾，翱翔八极，使谪仙遇之，当悬榻以待。"

[12] 东里：杨士奇号，见五·二注 [2]。《怀麓堂诗话》："杨文贞公亦学杜诗，古乐府诸篇，间有得魏晋遗意者。"

[13] 子启：曾棨字，见五·四注 [16]。杂沓：纷杂繁多貌。

[14] 汤胤绩，字公让、东谷，濠州（今安徽凤阳）人，明开国重臣汤和曾孙，累授锦衣千户，署指挥佥事，工诗，"景泰十才子"主要人物。刘溥，字原博，一作元博，号草窗，长洲（今江苏苏州）人，明代太医，工诗，"景泰十才子"之首，与汤胤绩同称"吟豪"。钱谦益《列朝诗集小传》乙集卷七："（汤胤绩）为歌诗，豪放奇崛，援笔挥洒，如风雨晦冥中电光翕焱，人多为之夺气。"按：文中刘原济无考，当为刘原博之误，参六·八条。

[15] 钦谟：刘昌字，见五·六注 [53]。称艳：艳丽。

[16] 夏寅，字正夫，号止庵，华亭（今属上海）人，明正统十三年进士，官至山东右布政使。事详《明史》卷一六一《夏寅传》。啬夫：农夫。

[17] 西涯：李东阳字，见一·二八注 [1]。陂塘：犹狭窄的池塘。淡沲：风光明净貌。

[18] 方石：谢铎号，见五·四注 [19]。号嗄：力竭声嘶地啼哭。

[19] 匏庵：吴宽号，见五·四注 [19]。清陈田《明诗纪事》丙签卷三："匏翁诗，体擅台阁之华，气含川泽之秀，冲情逸致，雅制清裁。是时西涯而外，当首屈一指。"

[20] 启南：沈周字，见五·六注 [72]。俚辞：粗俗不雅的文辞。《明诗评》卷三："其诗如村童唱榜歌，时操粤音，亦自近情可喜。"

[21] 陈献章，字公甫，号石斋，新会白沙里（今属广东江门）人，世

称"陈白沙"，明代思想家、哲学家、诗人，明代心学的奠基者，有"圣代真儒""岭南一人""岭学儒宗"等美誉。游戏三昧：佛家语，此比喻事物的精义、诀窍。《升庵诗话》卷七："若其古诗之美，何可掩哉？然谬解者，篇篇皆附于心学性理，则是痴人说梦矣。"

[22] 孔阳：庄昶字，见五·九注 [9]。里老：里长，此指乡里老者。《列朝诗集小传》丙集卷四："孟旸刻意为诗，酷拟唐人，白沙推之，有'百炼不如庄定山'之句。多用道学语入诗，流传艺苑，用为口实。"

[23] 陆釴，字鼎仪，号静逸，昆山（今江苏昆山）人，明英宗天顺八年进士，官至太常少卿兼侍读。性好学，长于《春秋》并工诗。与太仓张泰、陆容齐名，时称"娄东三凤"。《诗谈》："陆釴九霄之禽，翩然高举，莫测其意向。"

[24] 张泰，字亨父，号沧州，太仓（今江苏太仓）人，明英宗天顺八年进士，官至翰林院修撰。有诗名，弘治间艺苑皆称"张沧州"，与同里陆釴、陆容齐名，号称"娄东三凤"。俗子：见识浅陋或鄙俗的人。《明诗评》卷二："泰诗如饮醇酪，甘鲜可口，不耐咀嚼，亦少筋骨。"

[25] 静之：张宁字，见五·七注 [14]。《明诗评》卷三："静之……歌诗本具才敏，因鲜沉思，大概一时之雄，终难百世之业。"

[26] 杨一清，字应宁，号邃庵，别号石淙，丹徒（今江苏镇江）人，成化八年进士，历成化、弘治、正德、嘉靖四朝，官至内阁首辅，谥号文襄。事详《明史》卷一九八《杨一清传》。弋阳伎：演唱弋阳腔的歌女。

[27] 民怿：桑悦字，见五·九注 [7]。《明诗评》卷四："民怿一览辄诵，千言不草，气凌五侯，目鲜百代，可谓文阵之健儿，人群之逸骥矣。"

[28] 林俊，字待用，莆田（今福建莆田）人，成化十四年进士，历成化、弘治、正德、嘉靖四朝，谥贞肃。《四库全书总目提要》卷一七一："俊为文，体裁不一，大都奇崛博奥，不沿袭台阁之派。其诗多学山谷、后山两家，颇多隐涩之词，而气味颇能远俗。"

[29] 乔宇，字希大，号白岩山人，乐平（今山西昔阳）人，与王云凤、王琼并称"晋中三杰"，亦称"河东三凤"，成化二十年进士，官至吏部尚书，谥号庄简。

[30] 希哲：祝允明字，见五·四注 [22]。《明诗评》卷二："允明……诗法六朝，兼采后代，如五陵少年，走马峻壁；又如咸阳一炬，玉石难辨。"

[31] 蔡羽，字九逵，号左虚子、林屋、林屋山人等，吴县（今江苏苏州）人，明代文学家、书法家、书法理论家，文学秦汉，诗似李贺。娟然：美丽娟秀的样子。

[32] 王九思，字敬夫，号渼陂，鄠县（今属陕西西安）人，弘治年间进士，文学家、散曲作家，"前七子"之一。事详《明史》卷二八六《文苑传》。欲根：情欲之根。

[33] 石珤，字邦彦，号熊峰，人称"熊峰先生"，藁城（今河北石家庄）人，官至太子少保，谥文隐，后改文介。曾师事李东阳，为茶陵诗派重要成员之一。《列朝诗集小传》丙集卷五："其为歌诗淹雅清峭，讽谕婉约，有词人之风焉。"

[34] 文徵明，原名壁（或作璧），字徵明，后更字徵仲，号衡山居士，世称"文衡山"，长洲（今江苏苏州）人，明代画家、书法家、文学家。因官至翰林待诏，私谥贞献先生，又称"文待诏""文贞献"。维摩：维摩诘的省称，早期佛教著名居士、在家菩萨。《明诗评》卷三："大抵徵明诗如老病维摩，不能起坐，颇入玄言；又如衣素女子，洁白掩映，情致亲人，第亡丈夫气格。"

[35] 德涵：康海字，见五·四注 [23]。悁扰：恐惧慌乱。《四库全书总目提要》卷一七一："明人论海集者是非不一，要以俞汝成'文过于诗'语为不易之评。"

[36] 蒋山卿，字子云，号南泠，仪真（今江苏仪征）人，明代文学家、画家、书法家，正德九年进士，官至广西布政司参政，工诗文，与乡人景旸（伯时）、赵鹤（叔鸣）、朱应登（升之）并称"江北四子"。《明诗评》卷二："子云负一时才名，流丽清逸，固是当家，然乏沉雄之思，售价自浅。"

[37] 王韦，字钦佩，号南原，上元（今江苏南京）人，弘治十八年进士，官至太仆少卿，与顾璘、陈沂并称"金陵三俊"，诗风婉丽多致，但失之纤弱。软丽：轻软绮丽。《四库全书总目提要》卷一七六："韦与陈沂独心惩剿袭之非，颇欲自出手眼。……然所作多尚秾丽，亦未能突过李、何。"

[38]唐龙，字虞佐，号渔石，兰溪（今浙江兰溪）人，正德三年进士，官至吏部尚书、太子少保，谥号文襄。《明诗评》卷四："龙诗如永州石，奇重有致，不如太湖嵌空玲珑。"

[39]子衡：王廷相字，见五·四注[24]。抗浪：粗犷貌。《明诗评》卷一："廷相浑浑如高丽使人，抗浪意气，殊乏精韵，古诗歌行，小胜近体。"

[40]熊卓，字士选，丰城（今江西丰城）人，弘治九年进士，曾官监察御史。后因刘瑾秉政，被勒令致仕。

[41]张琦，字君玉，号白斋，鄞县（今浙宁波江）人，弘治十一年进士，官至福建兴化府左参政，善诗，人称"白斋先生"。《四库全书总目提要》卷一七六："张琦当何、李盛时，别以独造为宗，自开蹊径。……盖其用思虽苦，炼骨未轻，有意生新，未免圭角太露。"

[42]唐寅，字伯虎，后改字子畏，号六如居士、桃花庵主、鲁国唐生、逃禅仙吏等，吴县（今江苏苏州）人，明代画家、书法家、诗人，诗文上与祝允明、文徵明、徐祯卿并称"吴中四才子"。莲花乐：即莲花落。金垎：用钱币筑成的界垣。《列朝诗集小传》丙集卷九："伯虎诗少喜秾丽，学初唐，长好刘、白，多凄怨之词。晚益自放，不计工拙，兴寄烂漫，时复斐然。"

[43]庭实：边贡字，见五·三注[19]。姚、魏：典出"姚黄魏紫"，两类名贵牡丹花的代称。五陵裘马：华服硕马，杜甫《秋兴八首》其三有"同学少年多不贱，五陵衣马自轻肥"句。胡应麟《诗薮》："边华泉兴象飘逸，而语亦清圆，故当共推此人。"

[44]顾璘，字华玉，号东桥居士，长洲（今江苏苏州）人，弘治年间进士，累官至南京刑部尚书。少有才名，以诗著称于时，与陈沂、王韦、朱应登号称"金陵四家"。事附《明史》卷二八六《文苑传》。芜蘼：香草。《列朝诗集小传》丙集卷一四："（华玉诗）矩镬唐人，才情烂然，格不必尽古，而以风调胜。"

[45]刘麟，字元瑞，号南垣，安仁（今江西余江）人，弘治九年进士，官至工部尚书，故称"刘司空"，与顾璘、徐祯卿称"江东三才子"。《明诗评》卷二："其诗如痴女儿能织鸳鸯，谓未艺绝，更绣凤凰，并无此鸟，可发一笑。"

[46] 朱应登，字升之，号凌溪，宝应（今属江苏）人，弘治年间进士，官至云南布政司右参政。诗宗盛唐，格调高古，与李梦阳、何景明等并称"弘治十才子"，与顾璘、陈沂、王韦并称"金陵四家"。桓宣武：即桓温，见三·四二注[3]。刘司空：即刘琨，见三·三八注[3]。按：《晋书·桓温传》载，桓温崇拜刘琨，从刘琨老婢处得知自己与刘长相相似，却处处逊色之后，"褫冠解带，昏然而睡，不怡者数日"。

[47] 殷云霄，字近夫，号石川，寿张（今山东阳谷）人，弘治十八年进士，官至南京工科给事中，有诗才，才情富赡，与"前七子"交往甚密。《四库全书总目提要》卷一七六："（云霄）多与孙一元唱和，诗派亦与相近。然大抵才情富赡，而骨格未坚。"

[48] 王新建：即王阳明，见五·四注[4]。长爪梵志：佛弟子之一，以其指甲特长，故称。聪明善辩，由外道开悟后入沙门。《明诗评》卷四："新建雄略盖世，隽才逸群。诗初锐意作者，未经体裁，奇语间出，自解为多，虽谢专家之业，亦一羽翼之隽也。……暮年如武士削发，纵谈玄理，伧语错出，君子讥之。"

[49] 陆深，字子渊，号俨山，松江（今属上海）人，弘治十八年进士，官至詹事府詹事，谥文裕。明代书法家、文学家，词气清拔。赀官：靠家中资财而得官。《明诗评》卷三："詹事天才卓逸，翰墨名家，流辈见推，弥布朝野。诗如梨园小儿，急健华利，所至动人，第愧大雅，亦短深趣。"

[50] 继之：郑善夫字，见五·四注[31]。《明诗评》卷一："善夫……诗规放少陵，兼目变故，时寓幽忧，或伤稚朴。如黄河积水，寒色千仞，石骨巉岩，俯入深涧。连城之璧，不损微瑕。"

[51] 孟洋，字望之，号无涯，后更字有涯，信阳（今河南信阳）人，弘治十八年进士，官至南京大理寺卿，工诗，格效何景明。贫措大：犹言穷措大，旧时嘲讽穷儒生之词。腥膻：难闻之腥味，此喻世俗之气。

[52] 勉之：黄省曾字，见一·三〇注[1]。《明诗评》卷四："勉之……诗刻意六朝诸家，缀集华丽之语，联以艰深之法，如乱石垛叠，远望郁然，纵横难上；又如阛门肆中，五彩眩目，原非珍品，坐索高价。"

[53] 子业：高叔嗣字，见五·四注[29]。石气：环绕山石的雾气。卫洗马：卫玠，字叔宝，魏晋之际继何晏、王弼之后的著名清谈名士和玄学家，官至太子洗马。《晋书·卫玠传》："京师人士闻其姿容，观者如堵。玠劳疾遂甚……时人谓玠被看杀。"事附《晋书》卷三六《卫瓘传》。

[54] 薛蕙，字君采，号西原，别号大宁居士，亳州（今安徽亳州）人，正德九年进士，官至吏部考功司郎中，其诗崇尚性情，诗风清削婉约。叶玉：修饰玉石，"宋人叶玉"典出《左传·襄公十五年》。疏花：洗花。《明诗评》卷一："蕙诗如刻锦云霞，叠石岛屿，欲以人巧，而拟自然，未及大观，能亡激赏。间作冲淡，如落花游丝，情致可喜，稍更骨气，便复无俦矣。"

[55] 胡缵宗，字世甫、孝思，号可泉、鸟鼠山人，秦安（今甘肃秦安）人，正德三年进士，官至右副都御史，明代著名学者、诗人、书法家。《四库全书总目提要》卷一七六："《鸟鼠山人集》，明胡缵宗撰。其诗激昂悲壮，颇近秦声，无妩媚之态，是其所长，多粗厉之音，是其所短。"

[56] 马汝骥，字仲房，号西玄，绥德（今陕西绥德）人，正德十二年进士，官至礼部右侍郎，明中期关陇作家群成员之一。斥堠：亦作"斥候"，古代侦察兵，此泛指军队。程卫尉：程不识。汉武帝时期名将，与李广齐名，曾任长乐宫（太后寝宫）卫尉。《明诗纪事》戊签卷一三："侍郎诗镂金错彩，颇极璀璨之观，唯少变化。"

[57] 丰道生，初名坊，字人叔，一字存礼，后更名道生，更字人翁，号南禺外史，鄞县（今浙江宁波）人，嘉靖二年进士，官至南京吏部主事，工诗，书法家、藏书家。沙苑：牧马场所，位于陕西境内。败蹶：失败。

[58] 王讴，字舜夫，白水（今陕西白水）人，正德二年进士，官至工部主事升金事，好学，善书法，尤工诗。《明诗评》卷一："讴诗颇饶气格，兼多沉思，惜其纯驳半之，如披沙见金，治璞取玉，殊劳匠手。"

[59] 孙一元，字太初，号太白山人，自称秦（今陕西）人，好老氏书，工诗，时与名流唱和。间道入蔡：典出《旧唐书》卷一三三《李愬传》，李愬雪夜入蔡州事，喻指出奇制胜。《明诗纪事》丁签卷四："山人诗激宕处亦是摹杜，而炼句炼字，时出入于王摩诘、孟襄阳、岑嘉州诸公间。长歌气魄稍弱，律绝

固是一时之秀。"

[60] 施渐，字子羽，号武陵，无锡（今江苏无锡）人，嘉靖时贡生，官海盐县丞，不久罢去。平生安贫乐道，为诗不务浮华。《明诗纪事》己签卷一九："子羽近体，措词清远，琢句圆成。"

[61] 王宠，字履吉，号雅宜山人，吴县（今江苏苏州）人，屡试不第，以诗文书画名世。详雅：安详温雅。宿味：隔夜之味。

[62] 常伦，字明卿，号楼居子，沁水（今山西沁水）人，正德六年进士，官至大理寺评事，为人狂放不羁。《四库全书总目提要》卷一七六："《常评事集》一卷，明常伦撰。王世贞谓其诗'如沙苑儿驹，骄嘶自赏，未谐步骤'，陈子龙则谓其'气骨高朗，颇能自运'，今观是编，合二人之论，乃为定评。"

[63] 张治，字文邦，号龙湖，谥号文隐，茶陵（今湖南茶陵）人，正德十五年进士，官至礼部尚书、文渊阁大学士。药铸鼎：以青铜之外的其他化学物质所铸之鼎。

[64] 王廷陈，字稚钦，号梦泽，黄冈（今湖北黄冈）人，正德十二年进士，官至裕州知州，其诗婉丽多风，晚年诗律尤精，好纵倡乐。

[65] 约之：陈束字，见五·四注 [29]。《明诗纪事》戊签卷九："今观所作，意极矜炼，境乏闳深，趋步虽工，音节未壮。良由赋质荏弱，又伤早逝。采录遗诗，为之三叹。"

[66] 用修：杨慎字，见原序一注 [3]。《明诗别裁集》卷六："升庵以高明亢爽之才，宏博绝丽之学，随题赋形，一空依傍，于李、何诸子外，拔戟自成一队。"

[67] 李士允，字子中，号少泉子，祥符（今河南开封）人，正德十二年进士，官至陕西参政兼苑马寺卿。辉赫：谓声势显赫。

[68] 廖道南，字鸣吾，号玄素子，蒲圻（今湖北赤壁）人，正德十六年进士，官至侍讲学士。浮楚：漂浮的杂木。《明诗纪事》戊签卷一四："学士在世宗朝，颇蒙优眷。生平著述甚富。诗句襞字辏，不称其名。"

[69] 皇甫涍，字子安，号少玄，长洲（今江苏苏州）人，嘉靖十一年进士，官至浙江按察佥事。好学工诗，颇负才名，与兄皇甫冲、弟皇甫汸、皇甫

濂称"皇甫四杰"。缣：双丝织的浅黄色细绢。

[70] 永之：袁袠字，见五·四注 [30]。《明诗评》卷二："袠诗如筑室城邑，位置整严，终乏悠然之思。又若麓鱼入水，围围未舒，滔滔莽莽，当让关河之客。"

[71] 黄佐，字才伯，号希斋、泰泉，香山（今广东珠海）人，正德十六年进士，官至南京国子祭酒，思想家、学者、诗人。鞑鞢：宝石名，即红玛瑙。《明诗评》卷二："佐诗如刁家黠奴，连车骑，交守相，挥散千金，原非己业。"

[72] 以言：周诗字，见四·九〇注 [2]。"芘刍"，亦作"苾蒭"，即出家的佛弟子。《明诗纪事》己签卷二〇："诗为皇甫兄弟所激赏，其兴趣亦与皇甫为近。"

[73] 施峻，字平叔，号琏川，归安（今浙江湖州）人，嘉靖十四年进士，官至青州府知府，书法家、诗人，所作诗文隽永流丽。

[74] 张应扬，字以言，休宁（今安徽休宁）人，万历十一年进士，官至巡按御史。石斗：美石琢成的酒器。

[75] 胡侍，字承之，号蒙溪，咸宁（今陕西西安）人，正德十二年进士，官至鸿胪寺右少卿，嘉靖时因议"大礼"而被贬。病措大：衰弱的书生。白猿公：传说古代善剑术的人。

[76] 华察，字子潜，号鸿山，无锡（今江苏无锡）人，嘉靖五年进士，曾任翰林院侍读学士，世称"华太师"，善诗，尤以五古五律见长，脱去浮华，冲淡简远。《明诗评》卷一："学士刊洗浮靡，独秀本色，如秋水涸，天根露，木叶脱，明蟾出。诚陶、韦之妙境，盖诗宗之玄解也。"

[77] 张治道，字时济、孟独，号太微，长安（今陕西西安）人，正德九年进士，官至户部主事，与王九思、康海等人多有交流。揎袖：卷起袖子。《列朝诗集小传》丙集卷一一："近体诗学杜，捧心效颦，不胜其丑。"果：取得结果。往：离开。

[78] 张含，字禺山，又字愈光、用光，学者称"禺山先生"，永昌（今云南保山）人，正德二年举人，不仕，其学出李梦阳，与杨慎互相唱和。山骨：山中岩石。锢：用金属熔液填塞空隙，补塞。《明诗评》卷四："山人才气粗横，

律法少陵，仅得其拙。长歌下笔千言，节奏无端，精采不足。如落日忽霾，宿雅（鸦）成阵，势虽猛快，无非恶声。"

[79]汤珍，字子重、仁卿，号双梧，学者称"双梧先生"，长洲（今江苏苏州）人，曾官崇德县丞，长于诗，与文徵明、蔡羽、王宠等友善。乡三老：乡官名，由年五十以上，有德者居之。《列朝诗集小传》丙集卷一〇："与王履吉兄弟读书石湖治平寺，凡十五年，为前辈蔡林屋、文衡山所推重。衡山二子及彭年，皆出其门。"

[80]傅汝舟，字远度、木虚，号磊老、丁戊山人等，闽县（今福建福州）人，通天象、堪舆，兼晓黄白炼丹术，以游山玩水自适。《明诗纪事》丁签卷一六："丁戊山人诗，初矜独造，晚遁荒诞，择其入格者亦是幽弦孤调。"言法华：北宋初年东京景德寺的一位僧人，喜诵《法华经》，故名。其人言谈举止随意，时人目为"狂僧"。风话：世俗语言。

[81]乔世宁，字景叔，号三石，耀州（今陕西铜川）人，嘉靖十七年进士，累官至河南参政、四川按察使。放溜：任船顺流自行。《明诗评》卷一："参政趋本尔雅，调亦清和，规模沈、宋，时沿李白。《刘生入塞》《寄王玉垒》诸作，如新月在树，晶晶莹莹，清泉倒洞，琮琮琤琤，尤璧府之卞，珠林之隋也。楚政之后太简率，寡沉郁之思。昔人谓山川奇文章，何背驰尔耶？"

[82]蔡汝南，字子木，号白石，德清（今浙江德清）人，嘉靖十一年进士，官至南京工部右侍郎，诗学刘长卿、韦应物，诗风幽玄雅淡。流黄：淡黄色的绢。斐然：有文采的样子。

[83]道思：王慎中字，见五·四注[32]。弋：带丝绳的箭。扑剌：扇翅。遒迅：刚健迅速。

[84]许宗鲁，字伯诚，一字东侯，号少华山人，咸宁（今陕西）人，正德十二年进士，官至佥都御史巡抚保定、辽东。工诗、书，有"二绝"之誉。贾胡：西域商人的泛称。《静志居诗话》卷一〇："少华诸体皆工，寓和婉于悲壮之中，譬之奏筝，独无西气，足与边庭实、王子衡并驱。"

[85]陈凤，字羽伯，号玉泉、元举，金陵（今江苏南京）人，嘉靖十四年进士，官至陕西参议，书法家、诗人，从顾璘游，与许仲贻、谢与槐齐名。辇

笑：皱眉和欢笑。《明诗纪事》戊签卷一九："羽伯五字诗华妙，弇州拟之东市倡，无乃唐突。"

[86] 允宁：王维桢字，见五·四注[28]。马服子：指战国赵名将赵奢之子赵括，赵奢封为马服君，故其子有此称。呕呕：温和的样子。喑呜：悲愤的样子。《明诗评》卷二："宫谕高朗杰出，刻意少陵，一时藉甚之誉，海内无几。宛转屈曲，既乏天然；粗重突兀，良背人巧。"

[87] 昌谷：徐祯卿字，见原序一注[1]。《明诗纪事》丁签卷二："昌谷才力不及李、何富健，而清词逸格，矫矫出群，不授后人指摘。"

[88] 仲默：何景明字，见一·二六注[1]。《弇州山人四部稿》卷六四《何大复集序》："缘情即象，触物比类，靡所不遂。璧坐玑驰，文霞沦漪，绪飙摇曳，春华徐发，骤而如浅，复而弥深，疑无能逾何子而上者。"

[89] 献吉：李梦阳字，见一·二五注[1]。金鹎擘天：典出《华严经》，喻诗文雄健有力、精深透彻。《诗谈》："李梦阳崧高之秀，上薄青冥，龙门之流，一泻千里。"

[90] 于鳞：李攀龙字，见原序一注[8]。阆风：昆仑山之巅，传为仙人所居。木难：亦作"莫难"，宝珠名。曹植《美女篇》："明珠交玉体，珊瑚间木难。"火齐：具玫瑰色泽的宝珠。张衡《西京赋》："翡翠火齐，络以美玉。"

[91] 宗臣，字子相，号方城山人，兴化（今江苏兴化）人，嘉靖二十九年进士，福建提学副使，主张诗文复古，与李攀龙等齐名，为"嘉靖七子"（后七子）之一。渥洼：今甘肃境内，传说产神马之处。《史记·乐书》："又尝得神马渥洼水中，即复次以为《太一之歌》。"啮跌：咬，踢。

[92] 梁有誉，字公实，号兰汀，学者称"兰汀先生"，顺德（今广东顺德）人，嘉靖二十九年进士，授刑部主事，故世称"梁比部"。曾师从香山黄佐，并与同门结社南园，并称"南园后五先生"，工诗，为"后七子"之一。汉司隶：指汉光武帝刘秀。刘秀未称帝前曾任司隶校尉，率僚属入洛阳时，重着西汉官署正装。事详《后汉书·光武帝纪上》。

[93] 吴维岳，字峻伯，号霁寰，孝丰（今浙江安吉）人，嘉靖十七年进士，官至右金都御史。工诗文，与王世贞等倡诗社，与俞允文、卢柟、李先

芳、欧大任并称"嘉靖广五子"。子阳：公孙述字。王莽末年，公孙述称帝于蜀，光武帝建武十二年被灭。事详《后汉书》卷四三《隗嚣公孙述传》。初地：佛教语，谓修行过程十个阶位中的第一阶位。声闻：佛教语，即"声闻乘"，又名小乘。

[94]冯惟敏，字汝行，号海浮、石门，临朐（今山东临朐）人，嘉靖十六年举人，官至保定府通判，明代散曲、戏曲作家。伉偻：亦作"伉浪"，率直豪放。都雅：美好娴雅。

[95]冯惟讷，冯惟敏弟，字汝言，号少洲，临朐（今山东临朐）人，嘉靖十七年进士，位至光禄正卿。有远体而无远神：东晋简文帝司马昱曾封会稽王，僧人支遁评价称其"有远体而无远神"。事详《晋书》卷九《简文帝纪》。

[96]张才，字茂参，西安卫（今属陕西）人，嘉靖二十三年进士，授户部主事，历员外郎中，出为佥事。荒伧：鄙贱之人，古时南人常用以指北人。揖让：宾主相见的礼仪。

[97]卢柟，字子木、次楩、少楩，自称浮丘山人，浚县（今河南浚县）人，为人恃才傲物，愤世嫉俗，一生坎坷。轻俊：飘逸潇洒。《列朝诗集小传》丁集卷五："柟骚赋最为王元美所称，律诗不如茂秦之细，而才气横放，实可以驱驾七子。"

[98]朱曰藩，朱应登之子，字子价，号射陂，宝应（今江苏宝应）人，嘉靖二十三年进士，官至江西九江知府。为人狷介，隽才博学，以文章名家。高坐：亦作"高座"，讲席坐于上座。衩衣：两侧开衩的长衣，古人用以称男子便服。躞屧：拖着木屧。《四友斋丛说》卷二六："余友朱射陂曰藩最工诗，但平生所慕向者，刘南坦、杨升庵二人，故喜用僻事，时作险怪语。"

[99]陈鹤，字鸣野、鸣轩、九皋，号海樵、海鹤、水樵生，山阴（今浙江绍兴）人，嘉靖四年举人，荫官绍兴卫百户。后弃官，筑室飞来山麓，闭户读书，倾心著述。子玉：春秋时期楚国令尹，后在晋楚城濮之战中兵败自杀。《左传·僖公二十七年》载蔿贾评语："子玉刚而无礼，不可以治民；过三百乘，其不能以入矣。"

[100]彭年，字孔嘉，号隆池山樵，长洲（苏州）人，与文徵明多有交往，

为人磊落，好学工书。光禄：光禄寺省称，为主管宫廷膳食机构，负责重要仪式、接待使臣等筵席事务。

[101] 徐文通，字汝思，永康（今浙江永康）人，嘉靖二十三年进士，官至山东按察副使。初调鹰：刚接受训练的猎鹰。击鸷：猎杀。

[102] 黄姬水，黄省曾之子，字致甫、淳父，吴县（今属江苏苏州）人，工诗擅书，学于文徵明、祝允明。酒纠：亦作"酒纠"，饮宴时劝酒监酒令的人。俊语：高明的言辞。

[103] 茂秦：谢榛字，见一·三一注 [1]。太官：官名，掌管宫廷膳食。《明诗纪事》己签卷二："弇州《卮言》评五子诗，多有溢美，唯评茂秦诗至当不易。大抵以声气合者，语多假借，唯于茂秦始合终离，故公论出耳。"

[104] 魏裳，字顺甫，蒲圻（今湖北赤壁）人，嘉靖二十九年进士，官至山西冀南道副使。为人质直，无他嗜好，以读书博物为旨。黄梅：禅宗四祖道信、五祖弘忍的道场在黄梅（今湖北黄梅），一度教众云集。坐人：坐禅之人。门宗：门户正宗。

【译文】

我对于明朝早期前辈名家（的诗文成就）偶尔也能够窥得一二，在此作简略叙述，权当闲谈。

诗歌方面：高启的诗如同射雕的胡人，遒劲有力，往往一语中的；又如燕地妆饰华美的女子，微笑美好且善于言辩。刘伯温的诗如同刘宋王朝尚武的诸王，事功、才华相称，外表华美，但见到王、谢子弟的举止衣着，不免惭愧。袁介的诗如同琴师弹琴，流利婉转且感情饱满，悠长而久远。刘崧的诗如同雨中素朴的花朵，虽然娇媚而美好，但缺少像寒梅老树一样的风骨。杨基的诗如同西湖岸边上的柳枝，柔婉撩人，但情到深处时的语句，则风雅尽失。汪广洋的诗如同胡琴羌管，虽然并不是太常雅乐，但掷地有声、韵味十足。徐贲、张羽的诗如同乡村仕女，虽然朴素有情，但是缺乏风度。孙炎的诗如同刚刚带上嚼子的马匹，虽然步伐不十分熟练，但时而能够见到轻松愉悦之态。孙贲的诗如同富家子弟进入少年娱乐的场所，轻佻而自认为美好。浦源、林鸿的诗如同小乘佛法中精通论藏的僧人，升天可以，但距离成佛则十分遥远。解缙的诗如同河朔地区的侠士，须髯张开如戟，品读它们，犹如与酒肉、粗俗之人打交道。杨士奇的诗如同平桥流水，大体小巧别致。曾棨的诗如同受封的节度使招募士兵东征，鲜艳华丽、纷杂繁多，但精锐的骑兵十分稀少。汤胤绩、刘溥的诗如同淮阴少年，峭拔刚健作出要吃人的模样。刘昌的诗如同村女头上的装饰，色彩艳丽而羞涩，适当得体。夏寅的诗如同穿着锦绣衣裳的农夫拜见达官贵人，虽然看似端庄，但时时露出本来面目。李东阳的诗如同秋季久雨之后的大水集聚在小池塘内，汪洋清澈并容易看到底部。谢铎的诗如同乡里的私塾教师，每天力竭声嘶地向小儿作出训诫。吴宽的诗如同迂腐浅陋的读书人，虽然安适高雅，但是摆脱不了酸腐的习气。沈周的诗如同有经验的农民，贴合实际，但多粗俗浅陋的言辞。陈献章的诗如同参禅的人，偶尔得到一句自然玄妙的语句，便认为可以洞悉事物的精义。庄昶诗的妙处不必言说，坏处如同村中的巫师降神，乡里老人谩骂同座的人。陆钶的诗如同平庸之人作高雅的语言，大多在咽喉之间难以表达。张泰的诗如同劳作的人唱歌，在滔滔不绝中听到凡俗之音。张宁的诗如同急流中的小舟，一瞬而过，缺少美观大方之感。杨一清的诗如同演唱弋阳腔的年迈歌女，发声流畅，但是多鼻音，不能听清腔调。桑悦的诗如同洛阳的赌徒，家中没有一担粮，却敢于一掷百万。林俊的诗如同太湖中的顽石，并不是不细微别致，而是太过于沉重顽劣。乔宇的诗如同汉地官员出京去遥远的郡县，也大略具备威武严肃的仪表。祝允明的诗如同盲人开店铺，拥有珍贵的古玩，但位置的放置总是杂乱不堪。蔡羽的诗如同灌木丛中的蔷薇花、水边平地上停留的小鸟，时时表现出美丽娟秀的样子，一目了然。王九思的诗如同汉武帝求仙，欲望十足，时常出入仙境，然而终究不是真切实景。石珤的诗如同拨开沙子来挑选金子，时常能够找到宝物。文徵明的诗如同化了淡妆的仕女，也像维摩坐禅打坐；又如同小阁上的疏窗，位置美好娴雅，而眼界有限。康海的诗如同靖康年间的宰相，不是不处于显贵的地位，但恐惧慌乱、粗疏直率，没有什么大的决定权。蒋山卿的诗如同白蜡糖，看起来甘甜可口，但是不能细细咀嚼。王韦的诗如同小女孩戴花，模仿成年女子的轻软绮丽。唐龙的诗如同修苦行的僧人，终究少了些高妙解悟之处。王廷相的诗如同外国人投降唐朝，又如武将坐禅，在领会外在仪表的过程中，不免流露出粗犷的本色。熊卓的诗如同寒蝉突然在早秋的疏林中啼鸣，并非听不清楚，遗憾的是缺乏另一番情趣。张琦的诗如同傍晚的青蛙鸣叫，声音自然别致，然而终究不能从淤泥中逃脱。唐寅的诗如同唱莲花落的乞丐，可以短暂想象着华丽的楼宇、金色的庭院。边贡的诗如同洛阳的名园，到处充满绮丽的花卉，没必要全是华美的牡丹；又如同五陵的轻裘肥马、千金少年。顾璘的诗如同春天原野上鲜花开败，但香草尚存。刘麟的诗如同闽南人强硬地学习齐地语言，多处难以分辨。朱应登的诗如同桓温与刘琨长相相似，但却缺乏精致气韵，令人饮恨。殷云霄的诗如同越国军队在江淮之间纵横，终究未能称霸。王阳明的诗如同长爪梵志，在自己的外道法门中刚劲动人。陆深的诗如同靠家中资财而得官的官人，故作精致的语言、优雅的步伐，虽自觉良好，但未能摆脱本来面目。郑善夫的诗如同冰凌石骨，质地强劲而不华丽；又如天宝年间的父老谈论丧乱，所谈之事皆为真实的情况，时时感慨。孟洋的诗如同贫穷儒生置办酒席，虽然清贫寒素，然而不至于沾染人间丑恶污浊。黄省曾的诗如同假山池塘，虽然华丽整齐，但十分耗费人力。高叔嗣的诗如同在巍峨的山巅弹琴，突然陷入沉思，树叶全部脱落，雾气环绕山石；又如同卫玠言说愁绪，憔悴而委婉真挚，令人心生感伤。薛蕙的诗如同宋人修饰玉石，巧夺天工；又如同美丽的少女临池照影，洗花独笑。胡缵宗的诗如同骄儿郎喜爱吴音，兴致到了便开口歌唱，不必合辙押韵。马汝骥的诗如同大将程不识守卫后宫，军队列阵精细严密，战甲雄武整饬，然而士兵缺乏效命的士气。丰道生的诗如同沙苑的牧马，驽马和良马各占一半，纵情地奔驰，其中多有不足。王讴的诗如同用坏了的铁网捞取珊瑚，用力深厚，但得到的宝物十分少。孙一元的诗如同唐将李愬雪夜以侧翼军队入蔡州，出奇制胜；又如同声音嘹亮的鸣蝉、蜷伏的蚯蚓，声音震动着月下的露滴，身体上粘带着泥土。施渐的诗如同数点寒鸦、孤村流水，叹惜景物的萧条，迫近夜晚意尽阑珊。王宠的诗如同乡村少年长久在都市游览，风流且安详温雅，然而未能把原来的面目一扫而光；又如同扬州的盛大宴席，虽然有山珍海味，然而时时有隔夜之味。常伦的诗如同沙苑的小马驹，骄傲嘶鸣自我欣赏，没能将步子走得和谐。张治的诗如同以其他药剂铸鼎，灿烂惊人，但终究缺乏雅致的古味。王廷陈的诗如同良马走下斜坡，美女挥舞长竿，五言无人可及。陈束的诗如同青楼女子，在月下弹奏箜篌，起调闲适，最终归于凄楚；又如夏雨过后的残荷，虽然有所衰落，但依然有美好的姿态。杨慎的诗如同暴富的男儿，拥有金钱美宅，却不知道如何吃饭穿衣。李士允的诗如同刁家奴，车马辉煌煊赫，布施发散金帛，却不是自己的财物。廖道南的诗如同新开掘的河渠，上面漂浮着落叶和浑浊的泥土，一瞬间倾泻而下。皇甫涍的诗如同玉盘中的露水和玉屑，清新秀雅超过常人，可惜篇幅短小，不能够取舍安排。袁袠的诗如同王、谢门中的贵族子弟，一举一动都十分优美。黄佐的诗如同紫瑛石，又如同红玛瑙，晚年的作品有些令人遗憾。周诗的诗如同中等智慧的佛家子弟，虽然缺乏根具，不至说出小乘禅的言语。施峻的诗如同小邑民建筑房屋，器物一切齐全。张应扬的诗如同甘州美石琢成的酒器，色泽似玉，但肌理有欠光滑。胡侍的诗如同衰弱的书生练习剑术，挥舞自如，却不能准确地击中。华察的诗如同磐石疏林、清溪短舟，虽在秋冬之际，依旧与枫叶、橘树相得益彰。张治道的诗如同在阵前骂阵的士兵，瞪眼挽袖，壮过声势之后就跑开了。张含的诗如同笨拙的工匠雕琢山中岩石，斧凿之痕明显；又如同捆扎铜器并用金属熔液填塞腹部空隙，器物中充满了外来之物。汤珍的诗如同乡三老入城，威仪堂堂，终究缺少华美姿态。傅汝舟的诗如同僧人言法华说世俗之语，凡言多圣言少。乔世宁的诗如同在清泉中任船顺流自行，新月挂在树梢，然而这般景象十分难见，不能够恣意观看。蔡汝南的诗如同骄女纺织淡黄色的绢，不知道丝理，自认为很有文采。王慎中的诗如同晚上的鸟受到箭的惊吓，迅速慌乱地飞起，殊不知有愧之前的悠闲状态。许宗鲁的诗如同西域商人之子嬉玩游览，随便地挥霍，不管是否合乎仪节。陈凤的诗如同东市娼妓羡慕青楼女子的身价，面颊涂上粉黛脂泽，勉强效颦。王维桢的诗如同赵括陈列军队，自认为奇正得当，实则不懂兵法；又如同项羽温和的样子，忽然发出悲咽之声。徐祯卿的诗如同白云自然地流动，山泉清越激扬，残雪在地，与新月互相衬托；又如飞天的仙人，偶然下界游历，不沾染世俗之气。何景明的诗如同朝霞映照水中，芙蕖随风摇曳；又如西施、毛嫱，不论才艺，用扇子遮脸回眸，就足以美丽动人，让其他女性失色。李梦阳的诗如同金鹑擘天，神龙戏海；又如韩信用兵，无论多少运用自如，变幻莫测。李攀龙的诗如同峨眉山的积雪、昆仑之巅飘荡的晚霞，精美华丽，无比罕见；又如同巨大的商船，装载着明珠异宝，富贵堪比国家，其中品相差的也是木难、火齐之类的珠宝。宗臣的诗如同渥洼的神马，日可奔驰千里，但不免存在咬踢他人的毛病；又如华山道士，谈论着山水胜景，并非人间的事物。梁有誉的诗如同绿色田野间的山林池沼，繁华典雅适当；又如同刘秀重穿西汉官署正装，令人感到惊讶美丽，但已不是全盛时期的仪节与物品。吴维岳的诗如王莽末年，公孙述称帝于蜀，也颇具威仪；又如同刚修行的人见到小乘佛法便遵从学习，离大乘佛法尚远。冯惟敏的诗如同幽州的马行客，虽然率直豪放，殊不知缺乏美好娴雅的姿态。冯惟讷的诗如同晋人对简文帝司马昱的评价，有清远之体但没有清远的神韵。张才的诗如同粗野的北方人渡江入南，礼仪简略，是中原门第的缘故。卢柟的诗如同尘世间翩翩公子，飘逸潇洒，放纵任意。朱曰藩的诗如同坐在讲席上的道人，穿着长衣与木屐，忽然说出胡语。陈鹤的诗如同子玉用兵，领超过三百辆战车的军队就驾驭不了，失败而归。彭年的诗如同光禄寺宴请使臣，食器摆放严整有序，但其中多为过夜的食物。徐文通的诗如同刚开始训练的猎鹰看到鸷鸟，因此难以猎杀。黄姬水的诗如同北里有名的美女作劝酒人，才华美色自然值得观看，时时妙语连珠，被客人所赏识。谢榛的诗如同官府中掌管膳食的太官为普通百姓家设宴，虽然所做饮食并不奇特，但做到了一丝不苟。魏裳的诗如同黄梅地区的坐禅之人谈论高妙的佛法，纵然没有完全参透，但没有偏离正道。

五·一四

文：宋景濂如酒池肉林，直是丰饶，而寡芍药之和[1]。王子充、胡仲申二公，如官厨内酝，差有风法，而不堪清绝[2]。刘伯温如丛台少年入说社，便辟流利，小见口才[3]。高季迪如拍张檐幢，急迅眩眼[4]。苏伯衡如十室之邑，粗有街市，而乏委曲[5]。方希直如奔流滔滔，一泻千里，而潆洄混瀁之状颇少[6]。解大绅如递夹快马，急速而少步骤[7]。杨士奇如措大作官人，雅步徐言，详和中时露寒俭；又如新廷尉牍，有法而简[8]。丘仲深如太仓粟，陈陈相因，不甚可食[9]。李宾之如开讲法师上堂，敷腴可听，而实寡精义[10]。陆鼎仪如何敬容好整洁，夏月熨衣焦背[11]。程克勤如假面吊丧，缓步严服，动止举举，而乏至情[12]。吴原博如茅舍竹篱，粗堪坐起，别无伟丽之观[13]。王济之如长武城五千兵，闲整堪战，而伤于寡[14]。罗景鸣如药铸鼎，虽古色惊人，原非三代之器[15]。桑民怿如社剧夷歌[16]，亦自满眼充耳。杨君谦如夜郎王小具君臣，不知汉大[17]。罗彝正如姜斌道士升讲坛，语不离法，而玄趣自少[18]。陈公甫如坐禅僧圣谛一语，东涂西抹，亦自动人[19]。祝希哲如吃人气迫，期期艾艾[20]；又如拙工制锦，丝理多痕。王伯安如食哀家梨，吻咽快爽不可言；又如飞瀑布岩，一泻千尺，无渊渟沉冥之致[21]。崔子钟如古法锦，文理黯然，雅色可爱，惜窘边幅[22]。湛源明如乞食道人，记经呗数语，沿门唱诵[23]。李献吉如樽彝锦绮，天下瑰宝，而不无追蚀丝理之病[24]。何仲默如雉翠五彩，飞不百步，而能铄人目睛[25]。徐昌谷如风流少年，顾景自爱[26]。郑继之如孔北海言事，志大才短[27]。王子衡如丝笮旄牛[28]，珍贵能负，而不晓步骤。康德涵如嘶声人唱《霓裳》散序[29]，格高音卑。王敬夫如狐禅鹿仙[30]，亦自纵横。高子业如玉盘露屑[31]，故是清贵，如寒淡何。夏文愍如登小丘，展足见平野，然是疏议耳[32]。王稚钦书牍如丽人诉情，他文则改鼠为璞，呼驴作卫[33]。江景昭如入鸿胪馆，鸟语侏儒，一字不晓[34]。廖鸣吾如屠沽小肆[35]，强作富人纷纭，殊增厌贱。郭价夫如乡老叙事，粗见亹亹[36]。丰道生如骨董肆，真赝杂陈，时亦见宝，而不堪僝诈[37]。李舜臣如盆池中金鱼，政使足玩，江湖空阔，便自渺然[38]。陈约之如小径落花，衰悴之中，微有委艳[39]。黄德兆如山徭强作汉语，不免缺舌[40]。黄勉之如新安大商，钱帛米谷金银俱足，独法书名画不真[41]。陆浚明如捉麈尾人[42]，从容对谈，名理不乏。江于顺[43]如试风雏鹰，矫健自肆。袁永之如王武子择有才兵家儿，命相不厚[44]。吕仲木如梦中呓语不休，偶然而止[45]。马伯循如河朔餐羊酪汉，膻肥逆鼻[46]。颜惟乔如暴显措大[47]，不堪造作。杨用修如缯彩作花[48]，无种种生气。屠文升如小家子充乌衣诸郎[49]，终不甚似。王允宁如下邑工琢玉器，非不奇贵，痕迹宛然；又如王子师学华相国，在形迹间，所以愈远[50]。罗达夫如讲师参禅，两处着脚，俱不堪高坐[51]。王道思如金市中甲第，堂构华焕，巷空宛转，第匠师手不读《木经》，中多可憾[52]。许伯诚如通津邮，资用本少，供亿不虚[53]。薛君采如嚼白蜡，杖青芦，不胜淡弱[54]。朱子价如小儿吹芦笙，得一二声似，欲隶太常[55]。乔景叔[56] 如江东秀才，文弱都雅，而气不壮。吴峻伯如佛门中讲师[57]，虽多而不识本面目。归熙甫如秋潦在地[58]，有时汪洋，不则一泻而已。卢少楩如春水横流，滔荡纵逸，而少归宿[59]。梁公实如贫士好古器，非不得一二醒眼者，政苦难继耳[60]。宗子相如骏马多蹶[61]，又如妙音声人，止解唱《渭城》一曲，日日在耳。李于鳞如商彝周鼎[62]，海外瑰宝，身非三代人与波斯胡，可重不可议。

【注释】

[1]景濂：宋濂字，见五·四注[1]。芍药之和：古人有以芍药为香料佐食的传统，此处应泛指和谐华美。

[2]子充：王祎字，见五·四注[11]。仲申：胡翰字，见五·四注[12]。内酝：皇家作坊酿造的酒。风法：风格法度。清绝：清雅超绝，形容美妙至极。

[3]伯温：刘基字，见五·三注[5]。丛台：相传是战国时期赵国赵武灵王建的观看军事演练和歌舞表演的高台。便辟：亦作"便僻"，能言善辩，善于迎合他人。

[4]季迪：高启字，见五·三注[4]。《四库全书总目提要》卷一六九："启诗才富健，工于摹古，为一代巨擘。而古文则不甚著名。然生于元末，距宋未远，犹有前辈轨度，非洪、宣以后渐流为肤廓冗沓，号台阁体者所及。"拍张：古代的一种杂技性武术表演。檐幢：类似攀爬竹竿的杂技表演。

[5]苏伯衡，见五·四注[14]。委曲：曲折，此指细腻委婉。

[6]希直：方孝孺字，见五·四注[14]。潆洄：亦作"潆回"，水流回旋的样子。滉瀁：光、影等摇动、晃荡。

[7]大绅：解缙字，见五·四注[15]。步骤：特指写诗作文的规模法度。

[8]士奇：杨寓字，以字行，见五·二注[2]。措大：对贫寒读书人的蔑称，见三·三二注[5]。廷尉：古官职名，主管诏狱和修订律令之事。

[9]仲深：丘濬字，见五·四注[18]。太仓：又称"正仓"，古代设在京城中的大谷仓。《史记·平准书》："太仓之粟，陈陈相因，充溢露积于外，至腐败不可食。"

[10]宾之：李东阳字，见一·二八注[1]。敷腴：喜悦貌。

[11] 鼎仪：陆釴字，见五·一三注[23]。何敬容，南朝梁大臣、文学家。《南史·何敬容传》："敬容……常以胶清刷须，衣裳不整，伏床熨之，或暑月背为之焦。"

[12] 克勤：程敏政字，见五·四注[19]。举举：举止端庄。

[13] 原博：吴宽字，见五·四注[19]。坐起：日常起居。

[14] 济之：王鏊字，见五·四注[19]。闲整：安静整饬。

[15] 景鸣：罗玘字，见五·四注[21]。药铸鼎，见五·一三注[63]。

[16] 民怿：桑悦字，见五·九注[7]。社剧：民间杂剧。夷歌：外来歌曲。

[17] 杨循吉，字君卿，一作君谦，号南峰、雁村居士等，吴县（今江苏苏州）人，明宪宗成化二十年进士，官至礼部主事，为人任诞不羁，创作主张直吐胸怀，实叙景象。

[18] 罗伦，字应魁、彝正，号一峰，永丰（今江西永丰）人，明宪宗成化二年状元，授翰林院修撰，明代著名理学家、诗人，为文有刚毅之气。姜斌：北魏孝明帝时道士，曾与僧人昙无最辩论老子与佛陀出世先后问题，后以惑众之罪被发配。

[19] 公甫：陈献章字，见五·一三注[21]。圣谛：佛教语，意为神圣的真理。《四库全书总目提要》卷一七〇："史称献章之学以静为主，其教学者但令端坐澄心，于静中养出端倪，颇近于禅，至今毁誉参半。"

[20] 希哲：祝允明字，见五·四注[22]。期期艾艾：口吃，说话不流利。《史记·张丞相列传》："臣口不能言，然臣期期知其不可。"《世说新语·言语》："邓艾口吃，语称艾艾。"

[21] 伯安：王守仁字，见五·四注[4]。哀家梨：相传汉代秣陵人哀仲所种之梨果大而味美，当时人称为"哀梨"。此喻流畅俊爽的文辞。渊渟：潭水积聚不流貌。

[22] 子钟：崔铣字，见五·四注[25]。王世贞《读书后》卷四《书洹词后》："（崔）独于文务剪裁而无沛然之气，蹊径斧凿靡所不有，盖慕子云之《法言》而工不足者也。"

[23] 湛若水，字元明，号甘泉，增城（今属广东广州）人，明孝宗弘治

十八年进士，官至兵部尚书，谥文庄，明代著名理学家、政治家、教育家、书法家。"湛源明"疑为"湛元明"之误。经呗：即梵呗，歌咏经文之声。

[24] 献吉：李梦阳字，见一·二五注 [1]。樽彝：古代祭礼用的酒器。追蚀：腐蚀。

[25] 仲默：何景明字，见一·二六注 [1]。雉翚：山鸡。

[26] 昌谷：徐祯卿字，见原序一注 [1]。李梦阳《迪功集序》："今详其文，温雅以发情，微婉以讽事，爽畅以达其气，比兴以则其义，苍古以蓄其词，议拟以一其格，悲鸣以泄不平，参伍以错其变，该物理人道之懿，阐幽别奥，纪记名实，即有蹊径，厥俪鲜已。"

[27] 继之：郑善夫字，见五·四注 [31]。孔北海：即孔融，见三·二五注 [6]。

[28] 子衡：王廷相字，见五·四注 [24]。筦：用竹篾拧成的绳索。

[29] 德涵：康海字，见五·四注 [23]。嘶声人：声音沙哑之人。

[30] 敬夫：王九思字，见五·一三注 [32]。狐禅：佛家指妄称开悟、流入邪僻者。鹿仙：泛指非正统的仙家。《四库全书总目提要》卷一七六："敬夫平生相砥砺者，在李梦阳、康海二人，故其诗体文格与二人相似。而诗之富健不及梦阳，文之粗率尤甚于海。盖乐府是其长技，他皆未称其名也。"

[31] 子业：高叔嗣字，见五·四注 [29]。露屑：露水和玉屑。《四友斋丛说》卷二三："近时如偃师、高苏门，关中乔三石。其文皆宗康、李，然能更造平典。虽曰大辂始于椎轮，层冰由于积水，亦由其禀气和粹，正得其平耳。"

[32] 夏言，字公谨，号桂洲，贵溪（今江西贵溪）人，明武宗正德十二年进士，官至内阁首辅，谥文愍，明朝中期政治家、文学家。疏议：疏解经籍的著作。《四库全书总目提要》卷一七六："夏言诗文宏整而平易，犹明中叶之旧格。"

[33] 稚钦：王廷陈字，见五·一三注 [64]。改鼠为璞：把死老鼠当成未经雕琢的玉。《尹文子·大道》："郑人谓玉未理者为璞，周人谓鼠未腊者为璞，周人怀璞谓郑贾曰：'欲买璞乎？'郑贾曰：'欲之。'出其璞，视之，乃鼠也。因谢不取。"呼驴作卫：一说卫灵公好乘驴，故称驴为卫子；一说卫地产驴，

故云。

[34] 江景昭，不详。鸿胪馆：接待外宾以及负责宗室、皇亲百官丧葬之事的机构。鸟语：喻指听不懂的其他方言。侏儒：当为"侏离"，古代对西部少数民族乐舞的总称。

[35] 鸣吾：廖道南字，见五·一三注 [68]。屠沽：宰牲和卖酒。小肆：小店铺。

[36] 郭维藩，字价夫，里居不详，明武宗正德六年进士，官至太常寺少卿兼翰林院侍读学士，有《杏东集》十卷传世。亹亹：诗文或谈论动人，有吸引力，使人不知疲倦。

[37] 丰道生：原名坊，见五·一三注 [57]。儇诈：奸诈。

[38] 李舜臣，字懋钦、梦虞，号愚谷、未村居士，乐安（今山东广饶）人，明世宗嘉靖二年进士，官至太仆寺卿。所著诗文不务华丽，专尚风味，诗细文赅。政：通"正"，正好、恰好。

[39] 约之：陈束字，见五·四注 [29]。委艳：婉约绮丽。

[40] 王士禛《池北偶谈》卷一一："黄桢，字德兆，安丘人。嘉靖癸未进士，历文选郎中。与乐安李太仆舜臣齐名，号为'李黄'。"赳舌：比喻语言难懂。

[41] 勉之：黄省曾字，见一·三〇注 [1]。法书：对名家墨迹的尊称，书法作品之楷模。

[42] 浚明：陆粲字，见五·四注 [26]。《弇州山人四部稿》卷一二八《答陆汝陈书》："所见唯有陆浚明差强人耳。陆之叙事，颇亦典则，往往未极而尽，当是才短。"麈尾：古人闲谈时执以驱虫、掸尘的工具，后逐渐演变为名流雅器。

[43] 于顺：江以达字，见五·四注 [30]。

[44] 永之：袁褧字，见五·四注 [30]。王济，字武子，西晋太原晋阳（今山西太原）人，王浑次子、晋武帝婿，精于《易》《庄子》《老子》诸经典，武艺过人。《世说新语·贤媛》："武子为妹求简美对而未得，有兵家子有俊才，欲以妹妻之，乃白母。……母曰：'此才足以拔萃，然地寒，不有长年，不得申其才用。观其形骨，必不寿，不可与婚。'武子从之。兵儿数年果亡。"

[45] 吕楠，字仲木，号泾野，高陵（今属陕西西安）人，明武宗正德三年进士，官至南京礼部侍郎，明代学者、理学大家。《四库全书总目提要》卷一七六："楠之学……颇刻意于字句，好以诘屈奥涩为高古。往往离奇不常，掩抑不尽，貌似周、秦间子书，其亦渐渍于空同之说者欤。"

[46] 马理，字伯循，号谿田，三原（今陕西三原）人，正德九年进士，官至南京光禄卿，擅文学、经学，为明代关学代表。《四库全书总目提要》卷一七六："理少从王恕游，务为笃实之学。故所诂诸经，亦多所阐发。唯其文喜摹《尚书》，似夏侯湛《昆弟诰》之体。遣词宅句，涂饰雕刻，其为赝古，视李梦阳又甚焉。"

[47] 颜木，字惟乔，号淮汉先生，应山（今属湖北）人，正德十二年进士，曾知许州、亳州，工序文，性嗜读书。暴显：显扬。措大，见三·三二注[5]。

[48] 用修：杨慎字，见原序一注[3]。缯彩：亦作"缯采"，彩色缯帛。《四库全书总目提要》卷一七二："慎以博洽冠一时，其诗含吐六朝，于明代独立门户。文虽不及其诗，然犹存古法，贤于何、李诸家窒塞艰涩，不可句读者。"

[49] 文升：屠应峻字，见五·四注[30]。小家子：贫家子弟。乌衣：黑衣，一般指穿黑衣的差役。《明诗纪事》戊签卷一六："渐山（屠应峻号）文长于摹古，上规两汉，下效唐人，格虽沿古而意取切今，非徒以字句为藻绘者。"

[50] 允宁：王维桢字，见五·四注[28]。下邑：犹小县。王子师学华相国，见五·三注[35]。《四友斋丛说》卷二三："槐野先生之文与诗，皆宗尚空同，其才亦足相敌。但持论太高而气亦过劲，人或以此议之。"

[51] 罗洪先，字达夫，号念庵，吉水（今江西吉水）人，嘉靖八年状元，官至翰林院修撰，杰出学者、地理制图学家。高坐：亦作"高座"，讲席坐于上座，此指高明。《四库全书总目提要》卷一七二："其学凡三变，文亦因之。初效李梦阳，既而厌之，乃从唐顺之等相讲磨。晚乃自行己意。"

[52] 道思：王慎中字，见五·四注[32]。金市：古代大城市里金银店铺集中的街市，此指繁华的街市。甲第：豪门贵族的宅第。《木经》：传为北宋初年喻皓所著，是我国历史上第一部木结构建筑手册，今佚。

[53] 伯诚：许宗鲁字，见五·一三注[84]。通津：四通八达之津渡。邮：驿站。供亿：供给，供应。不虚：真实可靠。《列朝诗集小传》丙集卷一六："东侯才气宏放，开府雄边，多所建置。在辽东奏寝三卫，北房门市，辽人赖之。家本秦人，承康、王之流风，罢官家居，日召故人，置酒赋诗，时时作金元词曲，无夕不纵倡乐。"

[54] 君采：薛蕙字，见五·一三注[54]。《四库全书总目提要》卷一七六："《西原遗书》二卷，明薛蕙撰……蕙本诗人，《考功》一集，驰骤于何景明、徐祯卿、高叔嗣间，并骜争先，原足以自传不朽。乃求名不已，晚年忽遁而讲学。所讲之学，又舛驳如是，反贻嗤点于后来。蛇本无足，子为之足，其蕙之谓乎？"

[55] 子价：朱曰藩字，见五·一三注[98]。太常：掌宗庙礼仪用乐的机构。《列朝诗集小传》丁集卷七："子价承袭家学，深知拆洗活剥之病，于时流波靡之外，另出手眼。其为诗，取材《文选》、乐府，出入六朝、初唐，风华映带，轻俊自赏，宁失之佻达浅易，而不以割剽为能事。"

[56] 景叔：乔世宁字，见五·一三注[81]。

[57] 峻伯：吴维岳字，见五·一三注[93]。讲师：传授佛教经义之人。

[58] 归有光，字熙甫，号震川，人称"震川先生"，昆山（今江苏昆山）人，嘉靖四十四年进士，官至南京太仆寺丞。重视唐宋文，尤推崇欧阳修，反对前后七子"文必秦汉"主张，与王慎中、唐顺之、茅坤等被称为"唐宋派"，散文朴素简洁、感情真挚。秋潦：秋季因久雨而形成的大水。

[59] 少楩：卢柟字，见五·一三注[97]。《四库全书总目提要》卷一七二："今观其集，虽生当嘉、隆之间，王、李之焰方炽，而一意往还，真气坌涌，绝不染钩棘涂饰之习。盖其人光明磊落，藐玩一时，不与七子争声名，故亦不随七子学步趋。"

[60] 公实：梁有誉字，见五·一三注[92]。醒眼：明显突出，引人注目。

[61] 子相：宗臣字，见五·一三注[91]。蹴：踢。

[62] 于鳞：李攀龙字，见原序一注[8]。商彝周鼎：商、周时期的鼎、尊等礼器。

【译文】

　　在文章方面：宋濂的文章就像酒池肉林一样，非常丰饶，但是缺少和谐之美。王祎、胡翰二人的文章就像官厨酿造的酒一样，差不多有那种风格法度，但是却没有那么清雅超绝。刘基的文章就像丛台少年进入书社一样，善于言辩，语言流利，可以小见出他的口才。高启的文章就像杂技表演，速度很快令人眩目。苏伯衡的文章就像在十间房子的小村庄里，大概有街市之形，而缺少委婉细腻之美。方孝孺的文章好像奔流的江水，滔滔不绝，一泻千里，但是却缺少回旋摇荡的状态。解缙的文章就像是不断夹紧奔驰的骏马，速度很快但却缺少规则法度。杨士奇的文章就像贫寒的读书人做了官，步子优雅，说话缓慢，祥和中不时露出贫寒节俭本色；又像初做廷尉之人拟的文书，有法度但却简略。丘濬的文章就好像在太仓里的谷子，陈粮上压陈粮，不太能食用。李东阳的文章就像开讲的法师上堂，快乐悦耳，实际上却缺少精湛的意义。陆钶的文章就像南朝人何敬容过分喜好整洁一样，夏日熨烫衣服而使背部烤坏。程敏政的文章就像假面吊丧，缓步走路衣服庄严，动作举止严谨，但是却缺少真情。吴宽的文章就像茅草屋、竹篱笆，大致可以满足日常起居之用，而没有宏伟壮丽的景象。王鏊的文章就像长武城的五千士兵，安静整饬可以作战，但却数量过少。罗玘的文章就像用其他金属铸鼎，虽然古色惊人，但是却不是三代的器具。桑悦的文章就像民间戏剧和外来歌曲，也可以有愉悦耳目的作用。杨循吉的文章就像夜郎王只有很少的臣子，就狂妄自大，不知有汉。罗伦的文章就像北魏时期道士姜斌在讲坛上说法，言语中离不开道法，但却缺少玄趣。陈献章的文章就像坐禅的僧人说圣谛，虽是东涂西抹出来的，但仍是动人。祝允明的文章就像口吃之人气息窘迫，说话不流畅；又像笨拙的工人制造锦缎，丝路纹理有很多痕迹。王守仁的文章就像食用了哀家梨，吞咽的时候爽快得无法言说；又像飞流的瀑布，一泻千里，没有积水沉静的样子。崔铣的文章就像古法的锦缎，纹理一般，颜色贵气可爱，可惜没有收拾边幅。湛若水的文章就像在乞讨的道人，只记得少量经文歌辞，便沿门唱诵。李梦阳的文章就像樽彝和绮丽的锦缎，都是天下的瑰宝，而没有腐蚀之病、纹理之伤。何景明的文章就像五彩的野鸡，飞不能行百步，但是能让人眼前一亮。徐祯卿的文章就像风流的少年郎，自顾其影而独自爱怜。郑善夫的文章就像孔融说事，志向高才气短。王廷相的文章就像带着金丝绳索的牦牛，珍贵而能背负，但却不知道劳作的顺序。康海的文章就像声音嘶哑的人唱《霓裳》的散序，格调高但是声音低下。王九思的文章就像野禅和杂仙，也可自成体系。高叔嗣的文章就像玉盘的露水玉屑，本来就清冷高贵，不能以寒淡来概括。夏言的文章就像登上小山丘，看见平旷的山野那样豁达，却是疏解经籍一样的作品。王廷陈的书牍就像美人倾诉真情，其他文章则不够完美，有牵强欺世之嫌。江景昭的文章就像进了鸿胪馆，面对听不懂的语言和异域乐舞，一头雾水。廖道南的文章就像杀猪卖酒的小店，故意说富人云集，这样做只是增加它的可厌、低贱。郭维藩的文章就像乡村老人的叙事，大约可以使人不知疲倦。丰道生的文章就像古董店，真假都有，有时能见到宝，但十分不堪奸诈。李舜臣的文章就像盆池里的金鱼，足够它玩耍了，江河湖海太空阔，就十分渺小了。陈束的文章就像小路上的落花，衰败之中，又有一点点的艳丽。黄桢的文章就像山中土著硬要说汉语，不免有些难懂。黄省曾的文章就像新安的大商人，钱帛米谷金银都足够，只有名贵字画不是真的。陆粲的文章就像拿着麈尾的人，对谈从容，也不缺少玄理。江以达的文章就像雏鹰试飞，矫健而又自在。袁袠的文章就像西晋王济选择兵家子弟作妹夫，子弟的命相不好（而失察无功）。吕楠的文章就像在梦中呓语不休，但却偶然止住。马理的文章就像河朔一代吃羊酪的人，膻腥之气刺鼻难闻。颜木的文章就像刚刚显达的贫寒读书人，矫揉造作不堪。杨慎的文章就像用彩色缯帛做花，没有生气。屠应峻的文章就像贫寒的人冒充差役，始终不太像。王维桢的文章就像低层次工匠雕琢的玉器，并非不奇贵，只是痕迹明显；又像三国时期王朗学习华歆书法，只停留在动作行迹上，所以越学越远。罗洪先的文章就像讲师参禅，在两处用力，都未能达到高明境界。王慎中的文章就像繁华街市中的豪宅，构造华美，巷子空阔婉转，但是宅第的匠师没读过《木经》，所以有所遗憾。许宗鲁的文章就像四通八达的津渡驿站，资用本来就少，来往货物还一直不断。薛蕙的文章就像嚼白蜡，以青芦苇为杖，非常孱弱无味。朱曰藩的文章就像小孩子吹芦笙，有一两声相似的，就想做太常乐人。乔世宁的文章就像江东秀才，文弱高雅，但是却少强壮气魄。吴维岳的文章就像佛门中的讲师，虽然很多但是却不晓得佛法本来面目。归有光的文章就像地上秋天的大水，有时汪洋一片，否则就一泻千里。卢柟的文章就像春水一样横流，波涛汹涌，纵横奔流，但是却少目标。梁有誉的文章就像贫寒的士人喜好古器，并非得不到一两件醒目的，只是由于贫苦难于继续获得。宗臣的文章就像骏马经常蹭蹋，又像美妙歌手，只唱《渭城》一曲，每日都在耳边回响。李攀龙的文章就像商彝周鼎、海外瑰宝，除了三代人和波斯外来人外，其他人可以重复，但却无资格议论。

卷　六

六·一

高帝[1]尝谓宋濂："浙东人才，唯卿与王袆耳。才思之雄，卿不如袆；学问之博，袆不如卿。"又尝与刘诚意论文，诚意谓："宋濂第一，其次臣不敢多让，又其次张孟兼[2]。"孟兼性刚愎，好出人上。为按察副使，上冢归，邑令谒之，不为礼，帝闻之弗善也。又与布政使吴印争，帝大怒，摘捶之几绝，乃赐死[3]。

【注释】

[1]高帝：指明太祖朱元璋。

[2]张孟兼，名丁，以字行，明初浦江（今浙江浦江）人，参编《元史》，官至山东按察司副使，文章成就仅次于宋濂、刘基。

[3]摘：指责。捶：用棍棒等敲打。事详《明史》卷二八五《文苑传》。

【译文】

明太祖朱元璋曾经对宋濂说："浙东的人才，只有你和王袆。论才思之雄辩，你不如王袆；但论学识之渊博，王袆不如你。"还曾和刘基讨论文章，刘基说："宋濂第一，其次是我，再是张孟兼。"张孟兼刚正廉明，倔强执拗，好出风头。他任山东按察司副史时，有次扫墓归来，县令拜见他，他不以礼相待，太祖听后认为他非仁善之辈。又因为他与布政使吴印相争，太祖大怒，下诏锤敲他到几乎丧命，方赐死。

六·二

当是时诗名家者，无过刘诚意伯温、高太史季迪、袁侍御[1]可师。刘虽以筹策佐命[2]，然为逸邪所间，主恩几不终，又中胡惟庸之毒以死[3]。高太史辞迁命归，教授诸生，以草魏守观《上梁文》腰斩[4]。袁可师为御史，以解懿文太子忤旨，伪为风癫，备极艰苦，数年而后得老死[5]。文名家者，无过宋学士景濂，王待制子充[6]。景濂致仕后，以孙慎诖误[7]，一子一孙大辟[8]，流窜蜀道而死。子充出使云南，为元孽所杀，归骨[9]无地。呜呼，士生于斯，亦不幸哉。

【注释】

[1]袁侍御：袁凯，见五·三注[6]。洪武朝，袁凯曾官监察御史，唐代以后亦称此职为侍御。

[2]筹策：筹算，谋划。佐命：辅佐帝王创业。

[3]事详《明史》卷一二八《刘基传》。胡惟庸：明开国功臣，官至丞相，因擅权作乱，被朱元璋处死，是为"胡惟庸案"。受牵连者三万余人，丞相制度由此终结。

[4]事详《明史》卷二八五《文苑传》。草：打稿子，亦指稿子。魏守观：即魏观，时任苏州知府。

[5]事详《列朝诗集小传》甲集卷二。

[6]王待制：王祎曾官翰林待制，故称。

[7]诖误：贻误，连累。

[8]大辟：死刑。

[9]归骨：死后归葬。

【译文】

当时以诗著名的人，可以去学习的不外乎刘基、高启、袁凯。刘基虽然以谋划才能辅佐帝王创业，但仍被谗言邪说所挑拨，皇帝的恩德没有延续到最后，接着又中了胡惟庸所下之毒致死。高启遭辞退贬谪，后受命归隐，教授诸生，最终因为为魏观草拟《上梁文》一事被腰斩。袁凯官任御史，因为处理懿文太子忤逆圣旨一事，（害怕遭到诛杀）佯装疯傻，极其艰难困苦，几年后年老而死。以文章著名的人，不外乎宋濂、王祎。宋濂辞官以后，因为孙子宋慎被（胡惟庸案）牵连，宋濂的次子宋璲和孙子宋慎被处以死刑，他自己被流放到蜀地后病卒。王祎出使云南，被元朝余孽所杀，死后无地归葬。哎，士人生于这个时代，也是一种不幸啊。

六·三

刘诚意伯温与夏煜、孙炎辈[1]，皆以豪诗酒得名。一日游西湖，望建业五色云起，诸君谓为庆云，拟赋诗。刘独引大白[2]慷慨曰："此王气也，后十年有英主出，吾当辅之。"众皆掩耳。寻[3]高皇帝下金陵，刘建帷幄之勋，为上佐，开茅土[4]，其言若契。

【注释】

[1]夏煜，字允中，江宁（今江苏南京）人，朱元璋谋士，有俊才，工诗。孙炎，见五·六注[19]。

[2]大白：大酒杯。

[3]寻：不久。

[4]茅土：建立基业，获得爵位。古代天子以五色土为社祭的祭坛，分封诸侯时，按封地所在方向取坛上一色土给受封者在封国内立社。

【译文】

刘基与夏煜、孙炎等人，皆因喜爱饮酒赋诗而得名。有一天游玩西湖，看到建邺都城五色云彩涌起，他们都说是祥瑞的云气，打算吟诗。刘基独举酒杯情绪激昂地说："这是帝王的气象，将来十年会有英明君主出现，我应当来辅佐他。"众人都不愿听他说。不久朱元璋攻下金陵，刘基有谋划之功，成为帝王的佐助，最终建立明王朝。这与他之前说的话正相契合。

六·四

吾昆山顾瑛、无锡倪元镇，俱以猗卓之资，更挟才藻，风流豪赏，为东南之冠，而杨廉夫实主斯盟[1]。倪绘事尤称绝伦。高皇帝征廉夫修《元史》，欲官之，廉夫作《老客妇谣》[2]示不屈，乃放之归。时危素太朴[3]为弘文馆学士，方贵重。上一日闻履声，问为谁，太朴率然曰："老臣危素。"上不怿曰："吾以为文天祥耶！"谪佃临濠死[4]。人以定杨、危之优劣。倪、顾各散家资，顾仍画其像，题曰："儒衣僧帽道人鞋，天下青山骨可埋。若说少年豪侠处，五陵鞍马洛阳街。"[5]至今人传之。夫以顾、倪之富与廉夫之豪纵而若此，其于陶靖节，可谓异轨同操。

【注释】

[1] 顾瑛，字仲瑛，号金粟道人，昆山（今江苏昆山）人，元末文学家、藏书家。倪瓒，字元镇、泰宇，号云林子、荆蛮民、幻霞子，无锡（今江苏无锡）人，元末明初画家、诗人。杨廉夫：即杨维桢，见四·一〇四注 [11]。猗卓：四库全书本作"畸卓"，代指富户，此喻才华超众。

[2] 见清顾嗣立《元诗选》初集卷五六。

[3] 太朴：危素字，见四·一〇五注 [7]。

[4] 事详《列朝诗集小传》甲集卷一三。

[5] 见《元诗选》初集卷六四。

【译文】

昆山的顾瑛、无锡的倪瓒，都以非凡卓越的资质和才华文采，风流豪爽，为东南地方的翘楚。杨维桢为东南文学之盟主。倪瓒绘画尤其超越群伦。太祖征召杨维桢修撰《元史》，想要赐官于他，杨维桢创作《老客妇谣》来表示自己的不服从，于是放他归去。当时危素是弘文馆的学士，正备受器重。太祖有一天听到脚步声，问是谁，危素率然回答："老臣危素。"太祖不悦："我还以为是文天祥呢！"便将他贬谪到临濠耕作，后逝世。人们根据上述情况来判定杨维桢、危素的优劣。倪、顾二人各自散掉了家产积蓄，顾瑛还作了一幅自画像，题诗："儒衣僧帽道人鞋，天下青山骨可埋。若说少年豪侠处，五陵鞍马洛阳街。"传诵至今。我认为顾瑛、倪瓒的富有和杨维桢的豪放达到这种程度，这相比于陶渊明，可以说方式不同但节操是一样的。

六·五

当胜国 [1] 时，法网宽，人不必仕宦。浙中每岁有诗社，聘一二名宿，如廉夫辈主之，刻其尤者为式。饶介之仕伪吴 [2]，求诸彦作《醉樵歌》，以张仲简第一，季迪次之 [3]。赠仲简黄金十两，季迪白金三斤。后承平久，张洪 [4] 修撰每为人作一文，仅得五百钱。

【注释】

[1] 胜国：前朝。

[2] 饶介，字介之，号芥叟、醉翁、华盖山樵等，临川（今江西抚州）人，元末明初著名诗人、书法家。伪吴：元末张士诚在平江（今江苏苏州）建立的政权，后为朱元璋所灭。

[3] 张简，字仲简，号云丘道人、白羊山樵，吴县（今江苏苏州）人，元末明初诗人，诗风淡雅，有陶、韦气质。季迪：高启字，见五·三注[4]。

[4] 张洪，本姓侯，字宗海，号止庵，常熟（今江苏常熟）人，明仁宗洪熙元年曾任翰林院修撰。

【译文】

元末，法度松弛，人不一定要做官。浙江每年有诗社，聘请一两名有名的饱学之士，比如让杨维桢等人主持，刊刻其中优秀的作品为榜样。饶介在伪吴政权做官时，要求各位有才之士作一首《醉樵歌》，张简获得第一，高启第二。赠予张简黄金十两，高启白金三斤。后来太平已久，张洪任翰林修撰时，每作一篇文章，仅得到五百钱。

六·六

解大绅[1]十八举乡试第一，以进士为中书庶吉士。上试诗，称旨，赐鞍马笔札，而缙率易无所让。尝入兵部索皂人[2]，不得，即之尚书所嫚骂[3]。尚书以闻，上弗责也，曰："缙逸当尔耶！苦以御史。"即除御史。久之，事文皇帝[4]入内阁，词笔敏捷，为一时冠，而意气阔疏，又性刚多忤，上闻之，亦弗善也。出参议广西，日与王检讨偁探奇山水自适，上书请凿章江水，便来往[5]。上大怒，征下狱。三载，命狱吏沃[6]以烧酒，埋雪中死。

【注释】

[1] 大绅：解缙字，见五·四注[15]。

[2] 皂人：亦作"皁人"，古代养马的下吏。

[3] 嫚骂：乱骂。

[4] 文皇帝：朱棣谥号。

[5]参议：职官名。永乐四年，解缙又被诬为"试阅卷不公"，被贬为广西布政司参议。王偁，见五·七注[10]，永乐初授国史院检讨。

[6]沃：浇，灌。

【译文】

解缙十八岁考中乡试第一名，后中进士被授中书庶吉士。太祖考他作诗，（表现）符合太祖之意，便赐给他鞍马与纸笔，解缙顺从接受没有推让。他曾经进入兵部衙门索要养马的，未果，立即到尚书所辱骂。尚书上奏，太祖并不责备他，说："解缙闲适到这种程度，应该让他做监察御史受点劳苦。"便立即命他做了御史。之后，由于给朱棣做侍读从而进入内阁，他文笔敏捷，当时无人能比，但放纵不羁，又性情刚强多忤逆，太祖听说之后，也不善待他。出任广西参议时，经常同王偁探寻山水以自我娱乐，后上疏请开凿章江（今赣江）水，方便南北通行。皇帝（朱棣）大怒，诏令逮捕解缙入狱。三年后，命令狱吏灌以烧酒，埋在积雪之中，解缙去世。

六·七

曾学士子启[1]，上尝召试《天马歌》，援笔立就，佳之，赐宝带。又因醉遗火，延烧民居，上弗罪也。后病卒，且气绝，呼酒饮至醉，题曰："宫詹非小，六十非夭。我以为多，人以为少。易箦盖棺，此外何求？白云青山，乐哉斯丘。"[2]

【注释】

[1]子启：曾棨字，见五·四注[16]。

[2]宫詹：太子詹事。易箦：更换床席，指人将死。

【译文】

皇帝曾召来曾棨，试作《天马歌》，他挥笔立刻写成，且极佳，成祖赐予玛瑙带。还因为醉酒引发失火，火势延烧了民居，成祖没有责备他。后病将绝时，仍然呼酒痛饮至醉，作诗曰："宫詹非小，六十非夭。我以为多，人以为少。易箦盖棺，此外何求？白云青山，乐哉斯丘。"

六·八

景泰中，称诗豪者"十才子"，而刘溥、汤胤绩为之首[1]。刘太医吏目[2]，汤参将也[3]。汤尤纵诞[4]，每称杜陵无好句。然与刘论诗，伏不出一语。刘钦谟[5]载其事及溥《白鹊诗》甚详。成化中，郎署有诗名者，无过于刘昌钦谟、夏寅正夫[6]。钦谟《无题》与正夫《虔州怀古诗》，《怀麓堂诗话》亦载之，然俱平平耳，他作愈不称。

【注释】

[1]《明史》卷二八六《文苑传》："刘溥……其诗初学西昆，后更奇纵，与汤胤绩、苏平、苏正、沈愚、王淮、晏铎、邹亮、蒋忠、王贞庆号'景泰十才子'，溥为主盟。"

[2]刘溥曾任太医院吏目一职，故云。见五·一三注[14]。

[3]汤胤绩曾任延绥东路参将，故云。见五·一三注[14]。

[4]纵诞：恣肆放诞。

[5]钦谟：刘昌字，见五·六注[53]。

[6]正夫：夏寅字，见五·一三注[16]。

【译文】

明景泰年间，以诗闻名的诗人并称"十才子"，其中以刘溥、汤胤绩的成就位列前茅。刘溥官太医院吏目，汤胤绩官延绥东路参将。汤胤绩尤其放荡不羁，每次都说杜甫没有好诗。但与刘溥论诗歌，却低下头来说不出一句话，作不出一句诗。刘钦谟详细地记载了这件事以及刘溥的《白鹊诗》。成化年间，皇帝的侍从官员中以诗闻名的，没有人比得过刘昌和夏寅。刘昌的《无题诗》与夏寅的《虔州怀古诗》，在《怀麓堂诗话》中都有记载，但都很平平无奇，其他的作品更加不受称赞。

六·九

桑民怿[1]家贫，亡所蓄书，从肆中鬻得[2]，读过辄焚弃之。敢为大言，不自量，时铨次[3]古人，以孟轲自况，原、迁而下，弗论也。而更非薄韩愈氏，曰："此小儿号嗄[4]何传！"问翰林文今为谁？曰："虚无人，举天下亦唯悦，其次祝允明，又次罗玘。"悦髻椎[5]而补博士弟子，部使者按水利下邑，悦前谒之，书刺[6]"江南才人桑悦"。博士弟子业不当刺，又厚自誉，使者大骇。已问，知悦素，乃延之校书，而预刊落[7]以试。悦校至不属，即索笔请书，亡误。使者大悦服，折节交悦矣。十九举乡试，再试，礼部奇其文。至阅《道统论》，则曰："夫子传之我。"缩舌[8]曰："得非江南桑生耶？大狂士。"斥不取。时丘濬为尚书，慕悦名，召令具宾主[9]。已，出己文令观，绐[10]曰："某先辈撰。"悦心知之，曰："公谓悦为逐秽[11]也耶？奈何得若文而令悦观。"濬曰："生试更为之。"归撰以奏，濬称善。已令进他文，濬未尝不称善也。悦名在乙榜[12]，请谢不为官，俟后试。而时竟以悦狂，抑弗许，调邑博士[13]。悦为博士逾岁，而按察视学者别丘濬，濬曰："吾故人桑悦，幸无以属吏视也。"按察既行部抵邑，不见悦，顾问长吏："悦今安在，岂有恙乎？"长吏素恨悦，皆曰："无恙，自负不肯迎耳。"乃使吏往召之。悦曰："连宵旦雨淫，传舍圮，守妻子亡暇，何候若！"按察久不待，更两吏促之。悦益怒曰："若真无耳者。即按察力能屈博士，可屈桑先生乎！为若期三日先生来，不三日不来矣。"按察欲遂收悦，缘濬不果。三日，悦诣按察，长揖立，不跪。按察厉声曰："博士分不当得跪耶！"悦前曰："汉汲长孺长揖大将军[14]，明公贵岂逾大将军？而长孺固亡贤于悦。奈何以面皮相恐，寥廓[15]天下士哉？悦今去，天下自谓明公不容悦，曷解耳？"因脱帽径出。按察度亡已，乃下留之。他日当选两博士自随，悦在选。故事博士侍左右立竟日，悦请曰："犬马齿[16]长，不能以筋力为礼，亦不能久任立，愿假借，且使得坐。"即移所便坐。御史闻悦名，数召问，谓曰："匡说诗，解人颐。子有是乎？"[17]曰："悦所谈玄妙，何匡鼎敢望！即鼎在，亦解颐。公幸赐清燕[18]，毕顷刻之长。"御史壮之，令坐讲。少休，悦除袜，跣而爬足垢。御史不能禁，令出。寻复荐之，迁长沙倅[19]，再调柳州。悦实恶州荒落，不欲往。人问之，辄曰："宗元小生，擅此州名久，吾一旦往，掩夺其上，不安耳。"为柳州岁余，父丧归。服除，遂不起。居家益任诞，褐衣楚制[20]，往来郡邑间。

【注释】

　　[1] 民怿：桑悦字，见五·九注 [7]。

　　[2] 肆：店铺。鬻：买。

　　[3] 铨次：编排次序。

　　[4] 号嘎：力竭声嘶地啼哭。

　　[5] 髻椎：将头发结成椎形的髻，形容仪状端正。

　　[6] 书刺：写名帖。

　　[7] 刊落：删除文字。

　　[8] 缩舌：吃惊的样子。

　　[9] 宾主：宾主相见之礼，此指邀请会见。

　　[10] 绐：欺骗。

　　[11] 逐秽：依附权贵，追逐功名。

　　[12] 乙榜：科举制度里中举人的别称。中进士称甲榜。

　　[13] 邑博士：指县学训导。"博士"为古代学官的通称。

　　[14] 汲黯，字长孺，濮阳（今河南濮阳）人，西汉名臣。长揖大将军卫青事详《史记》卷一二〇《汲黯列传》。

　　[15] 寥廓：冷落。

　　[16] 犬马齿：用为对尊上卑称自己的年龄。

　　[17] 匡衡：小名鼎，见四·九四注 [1]。《汉书·匡衡传》："无说《诗》，匡鼎来；匡说《诗》，解人颐。"

　　[18] 清燕：亦作"清讌"，安逸。

　　[19] 倅：充任州郡的副职官员。

　　[20] 褐衣：粗布衣服。楚制：楚服的形制，衣较短。《史记·叔孙通列传》："叔孙通儒服，汉王憎之；乃变其服，服短衣，楚制，汉王喜。"

【译文】

　　桑悦家里穷，没有地方储藏书籍，他从小店里买来，一读过就烧掉。敢说大话，不自量力，时常给古人排列次序，以孟子自居，屈原、司马迁之下，不屑一顾。而且更是非难鄙薄韩愈，说："他的诗就像小孩在啼哭，怎能传诵！"

有人问他翰林谁的文章最好，他回答："没有别人，天下数我的文章好，其次祝枝山，再其次是罗玘。"桑悦将头发结成椎形的髻，补任博士弟子。官署的使者因为考察水道堤防来到县邑，桑悦前往去拜会他，名帖上写"江南才子桑悦"。博士弟子的身份与名帖不相称，还如此美誉自己，使者大惊。问了别人之后，了解到桑悦向来如此，于是请他去校书，预先删掉一些来测试桑悦。他校对到文意不连贯的地方，就取笔补上，没有错误。使者非常满意又服气，便屈己礼贤，与桑悦交好。十九岁考上举人，再试春闱，礼部惊异于他的文采。待评阅到《道统论》，则看到文中说："这是孟子传给我的。"礼部非常吃惊，问："难道是江南的桑悦？真是大狂人。"怒斥且不录取。当时丘濬为尚书，很仰慕桑悦，邀请他来会面。之后，出示自己的文章让桑悦观看，并骗他说："这是某前辈写的。"桑悦心里很明白，便问："你也认为我是依附权贵、追逐功名的人吗？那为什么还拿这样的文章让我看。"丘濬说："你试着给我改一改。"桑悦回去撰写后上交，丘濬叫好。之后他又让桑悦进献其他文章，不曾说过哪篇是不好的。桑悦中举人，请辞不去当官，要等以后再考。当时朝廷认为桑悦太过狂妄，没有答应，并调他为县学训导。桑悦任训导两年多的时候，按察使到各地视察，来向丘濬告别，丘濬说："桑悦是我的老朋友，希望你不要以属吏的身份看待他。"按察使到了要视察的县里，没有看到桑悦，询问地方长官："桑悦现在在哪里，难道是生病了吗？"地方官员们向来怨恨桑悦，都说："没有病，他自己仗恃有才气不肯拜见罢了。"就派人去召唤他。桑悦说："接连几天几夜都下大雨，房屋塌坏，还要照顾妻子和儿女，不知要等到什么时候。"按察使久等不耐烦，又连派两人来催促。桑悦更加生气地说："你们真没耳朵吗？就算按察使能降伏博士，可他能降伏我吗？约定三天后我如期去，不到三天就不去。"按察使想要缉拿桑悦，但因为丘濬的原因没能实现。三天后，桑悦来见按察使，对他作长揖，却不下跪。按察使严厉地说："县学训导的身份应该下跪！"桑悦上前说："西汉的汲黯对大将军卫青只长揖，您难道比卫青有威望吗？而且汲黯本来也没有比我贤能，怎么还以面子之事来恐吓我，冷落天下士人呢？今天我离开，天下人自然会说是您容不下我，您怎么解释呢？"桑悦脱掉官帽后直接走了。按察史估计没有办法阻止，于是谦逊地挽留他。有一天要挑选两博士跟随按察使，桑悦在备选之列。之前侍读的博士全日陪侍左右。桑悦请求说："臣年纪长，不能以体力为礼，也不能长久时间站立，希望假借外力，姑且让我坐下。"立刻走开坐了下来。御史早听说过桑悦的大名，多次召见问他："匡衡谈诗，能使人开颜欢笑，你有这样的本领吗？"桑悦说："我所谈论的是幽深微妙的境界，匡衡怎么能企及！即便匡衡在世，也是让人取乐而已。您如果让我舒服，我的才能便能在很短时间内全部展现出来。"御史认为他有胆识，让他坐下讲。稍作休息后，他把袜脱了，光着脚挠脚底的泥垢。御史阻止不了，就让他出去了。不久后，御史又再次推荐桑悦，调任长沙副职（通判），又调柳州。桑悦实在不喜欢柳州的荒凉冷落，不想前往。有人问他，他就说："柳宗元这小子，享有'柳州'的称号已经很久了，我一旦去那里的话，名声就超过柳宗元了，我内心不安。"担任柳州的官职一年多，适逢父亲去世便回来守孝。服丧期满后，就不再出来做官了。他在家时越发狂放，身穿粗布短衣，活动于郡县之间。

六·一〇

杨君谦为仪部主事 [1]，与郎中不相得，因谢病归。久之，病良已，起复除原官。循吉多病而好读书，最不喜人间酬应。尝开卷至得意，因起踔掉 [2] 不休，人遂相目呼 [3] "颠主事"云。复官弥月 [4]，再乞病告 [5]。吏部以格 [6] 不可，曰："郎病已，复病耶？安得告？而可为者致仕 [7] 耳。"循吉恚曰："吾难致仕何！"即自劾罢，时仅三十余。既以归，益亡复问外事，而踪迹益诡怪寡合，出敝冠服赢舆马，故以起人易而更侮之，又好缘文章语中伤人 [8]。正德末，循吉老且贫，尝识伶臧贤，为上所幸爱。上一日问："谁为善词者？与偕来。"贤顿首曰："故主事杨循吉，吴人也，善词。"上辄为诏起循吉。郡邑守令心知故，强前为循吉治装，见循吉冠武人冠，靺韐戎锦 [9]，已怪之。又乘势，语多侵守令。已见上毕，上每有所幸燕 [10]，令循吉应制为新声，咸称旨受赏，然赏亡异伶伍。又不授循吉官与秩，间谓曰："若娴乐，能为伶长乎？"循吉愧悔，汗洽背，谋于贤，乃以他语恳上放归 [11]。归益不自怿，诸后进少年非薄之，亡礼问者。而其文亦渐落，不复进。卒穷老以死，所著《奚囊杂纂》未成书[12]。

【注释】

[1]君谦：杨循吉字，见五・一四注[17]。仪部：明初礼部所属四部之一。

[2]踔掉：摇晃，摆动。《明史・文苑传二・杨循吉》："善病，好读书，每得意，手足踔掉不能自禁，用是得颠主事名。"

[3]目呼：粗鲁。

[4]弥月：近满月。

[5]告：休假。

[6]格：法式，标准。

[7]致仕：旧时指交还官职，即辞官。

[8]《列朝诗集小传》丙集卷六："居家好畜书，闻某所有异本，必购求缮写。结庐支硎山下，课读经史，以松枝为筹，不精熟不止，多至千卷。作文淫思竟日，不肯苟。性狷狭，好持人短长，又好以学问穷人，至赪赤不顾。"

[9]靺鞈：染成赤黄色的皮子，用作蔽护膝盖。戎锦：军装。

[10]燕：古同"宴"，宴饮。

[11]《明史》卷二八六《文苑传》："武宗驻跸南都，召赋《打虎曲》，称旨。易武人装，日侍御前为乐府、小令。帝以优俳畜之，不授官。循吉以为耻，阅九月辞归。"

[12]《列朝诗集小传》丙集卷六："晚节落莫，益坚癖自好，寄食以卒。自为圹志，年八十有九。其诗文总自定为《松筹堂集》，会粹诸总类书曰《奚囊手镜》，多人间未见之书，最为该博。刘子威、王元美分得其稿，今散佚不存，可惜也。"

【译文】

杨循吉是仪部的主事，和郎中相处得不好，于是托病谢绝做官，回家去了。很久之后，病已经好了又被任命为原来的官职。他体弱多病但爱好读书，最不喜欢人际应酬，曾因读书读到得意之时，手舞足蹈，不能自禁，因此人们就无礼地称呼他"颠主事"。复任满月之后，再次请求病假回家。吏部按标准办事没有同意，说："你病已经好了，现在又病了？怎么可能允许？你要想这么做只有辞职了。”杨循吉愤怒地说：“我辞职有什么难！”便辞官而去，时仅三十来岁。回家以后，他更是不再过问外边的事情，行踪也更加怪异，性情难与人相合，出门就穿着破烂的衣帽坐着瘦马拉的车，因此众人轻慢他且更加欺负他，而他又喜欢借着文章出语伤人。正德末年，杨循吉年老而且贫困，曾经与伶人臧贤交好，臧贤为皇帝所宠幸喜爱。皇帝有一天问：“谁最善于作词？带他一起过来。”臧贤叩首说：“原主事杨循吉，吴县人，善于作词。”皇帝下诏书起用杨循吉。郡县守令心里知道这个缘故，主动要求为杨循吉整理行装。他看见杨循吉戴着武人的帽子，穿着护膝军装，便责怪他。杨循吉又趁着势头，在语言上多次冒犯守令。杨循吉觐见皇帝之后，皇帝每次有隆重的宴会，都让杨循吉按要求作新的乐曲，全都符合圣心，并得到了赏赐，但是赏赐的和伶人并没有不同。又不授予官职和俸禄，有次皇帝问：“你擅长乐曲，能做伶人之长吗？”杨循吉惭愧懊悔，汗流浃背，与臧贤商量，于是用其他理由恳求皇上放他回家。回去之后自己更加不高兴，那些后辈少年们非难鄙薄他，没有一个人以礼相待他。而他的文章也渐渐衰落，没有什么进步。最后困顿年老而死，所著的《奚囊杂纂》也没有成书。

六·一一

祝希哲[1]生而右手指枝，因自号枝指生。为人好酒色六博[2]，不修行检。尝傅粉黛，从优伶酒间度新声。侠少年好慕之，多赍金游允明甚洽。举乡荐，从春官试下第[3]。是时海内渐熟允明名，索其文及书者接踵。或辇金币至门，允明辄以疾辞不见。然允明多醉伎馆中，掩之虽累纸[4]可得。而家故给[5]，以不问僮奴作业[6]，又捐业蓄古法书名籍[7]，售者或故昂直[8]欺之，弗算。至或留客，计无所出酒，窘甚，以所蓄易置，得初直什一二耳。当其窘时，黠者持少钱米乞文及手书辄与。已小饶，更自贵也。尝遗黑貂裘，甚美，欲市之。或曰：“青女[9]至矣，何故市之？”允明曰：“昨苍头言始识，不市而忘，敝之箧，何益？”[10]后拜广中邑令，归，所请受[11]橐中装可千金。归日张酒，呼故狎游[12]宴，歌呼为寿，不两年都尽矣。允明好负逋责[13]，出则群萃而呵诼[14]者至接踵，竟弗顾去。

【注释】

[1] 希哲：祝允明字，见五·四注[22]。

[2] 六博：古代一种类似简易象棋的比赛游戏，双方各持六根博箸，以吃掉特定棋子为赢。

[3] 乡荐：应试进士，由州县荐举，故云。春官试：即礼部会试。

[4] 累纸：许多张纸（作品）。

[5] 故给：遭受变故。

[6] 作业：从事的事情、工作。

[7] 法书名籍：名家书法和珍贵典籍。

[8] 昂直：抬高价格。

[9] 青女：神话中霜雪之神，指冬季。

[10] 苍头：奴仆。敝之箧：敝箧，破旧的竹箱，形容人很穷。

[11] 请受：领受。

[12] 狎游：嬉戏玩乐。

[13] 负逋责：负逋，拖欠。责，亦作"债"。

[14] 呵谇：责骂。

【译文】

　　祝允明出生时右手长有枝生手指，因此自号枝指生。为人喜欢美酒、美色与下棋，不注重品行。曾经抹粉画眉，与优伶饮酒创作新乐曲。有侠义少年仰慕他，资助钱财供他游玩，很是融洽。他参与进士考试，从礼部考试中落榜。当时天下人渐渐熟悉祝允明的名字，来要他的文章和书籍的人络绎不绝。有人拉着金银珠宝到他家，他就以生病为借口不见客人。但是祝允明经常醉酒于伎馆之中，趁他不注意时可以接连拿到一些他的作品。他家遭受变故后，从不过问僮仆所做之事，还捐出家里收藏的名家书法和珍贵典籍，为他出售这些的人，有的故意抬高价格来欺骗他（从中获利），他并不考虑。等到请客吃饭时，家中无法拿出酒水，非常困窘，便用他收藏的字画来置换，仅得到原有价格的十分之一二。当他困窘之时，有些狡猾的人拿来一点点米来讨要他的文章和手书，他便给了人家。生活好点之后，开始提高价格。曾经遗忘了一件黑色貂裘，非常好看，想去卖掉。有人说："冬天来了，为什么还要卖？"祝允明说："昨天奴仆告诉我，我才认出来，不卖的话我就会忘记，放在破箱中又有什么好处呢？"后来去拜见广中的县令，回来时袋子中领受的东西可值千金。当天便大摆酒席，邀请故友来参加，欢歌庆生，不到两年都花完了。祝允明喜欢拖欠钱财，出门的话侪辈就聚集在一起，然而责骂他的人也接踵而来，他完全不理睬，然后离开。

六·一二

唐伯虎与里中生张梦晋[1]善。张才大不及唐，而放诞过之。恒曰："日休小竖子[2]耳，尚能称醉士，我独不耶！"一日游虎丘，会数贾饮山上亭，且咏。灵曰："此养物[3]技不过弄杯酒间具，何当论诗，我且戏之。"乃更衣为丐者，上丐贾。食已，前请曰："谬劳诸君食，无以报。虽不能句，而以狗尾续，奈何？"贾大笑，漫举咏中事[4]试之，如响。贾不测，始令赓[5]。张复丐酒，连举大白十数，挥毫顷而成百首，不谢竟去，易维[6]萝阴下。贾阴使人伺之，无见也，大骇，以为神仙云。张度贾远，则上亭，朱衣金目，作胡人舞，形状殊绝。伯虎举乡试第一，坐事[7]免。家以好酒益落，有妒妇，斥去之，以故愈自弃不得。尝作《答文徵明书》[8]及《桃花庵歌》[9]，见者靡不酸鼻也。

【注释】

[1]张灵，大致与唐寅年龄相仿，字梦晋，吴县（今江苏苏州）人，祝允明弟子，工诗画，好义任侠，嗜酒疏狂。与唐寅比邻而居，为至交，画作受唐寅影响极大。

[2]日休：即皮日休，自称"醉士"，见一·一八注[1]。小竖子：对人的鄙称，又称竖子、小子。

[3]养物：被圈养的动物，此为对商人的蔑称。

[4]咏中事：创作方面的事。

[5]赓：继续。

[6]易维：改变妆容。

[7]坐事：因事获罪。袁袠《唐伯虎集序》："大学士梁公储读其文，惊叹以

为异材，遂荐第一，由是声称籍甚。会试礼部，众拟伯虎复当首选，伯虎亦自负。江阴徐经者，通贿考官程公敏政家人，得其节目，以示伯虎，且倩代草文字。事露，逮锦衣卫狱，掠问亡状。先是梁公奉使外夷，伯虎尝持束帛乞程公文送之，竟以此论发为吏，耻不就，免归。文徵明以书慰之，伯虎答书自明。"

[8]唐寅《答文徵明书》，见《唐伯虎全集》卷五。

[9]唐寅《桃花庵歌》，见《唐伯虎全集》卷一。

【译文】

唐寅与同乡的人张灵交好。张灵的才学大不如唐寅，在放纵不羁方面却超过了他。张灵经常说："皮日休那小子，都能称为醉士，唯独我不可以吗！"一天他在虎丘游玩，遇见几个商贾在山上的亭子里饮酒赋诗。张灵说："这些蠢人的技能不过是在饮酒过程中具备的，怎么能论诗呢，我姑且戏弄一番。"于是换了衣服打扮成乞丐，上前去向商贾乞讨。他吃喝完毕后，上前请求说："劳烦各位赐我吃喝，没有什么可以回报。我写不出好的句子，便只能狗尾续貂了，怎么样？"商人大笑，随意提到一些创作方面的事来测试他，他按要求回应了。这出乎商人们意料，便让他继续。张灵又要酒喝，连续喝了十几杯，顷刻间就作成了百首诗，不道谢便径自离开了，在松萝树荫下面改变了妆容。商人暗地里派人去找他，但没有看到，大为惊异，以为是神仙。张灵推测商人远去了，就走上亭子，身穿红衣，眼睛涂色，跳着胡人的舞步，形态特异超绝。唐寅曾考中乡试的第一名，因事获罪，被免。家中因为他嗜好喝酒而日益中落，妻子善妒，也被他训斥赶走，因此越来越自我放弃了。曾经作《答文徵明书》和《桃花庵歌》，读过的人没有不伤心的。

六·一三

文徵仲太史[1]有戒不为人作诗文书画者三：一诸王国，一中贵人，一外夷。生平不近女色，不干谒公府[2]，不通宰执[3]书，诚吾吴杰出者也。吾少年时不经事，意轻其诗文，虽与酬酢，而甚卤莽。年来从其次孙请，为作传，亦足称忏悔文耳。

【注释】

[1]徵仲：文徵明字，曾任翰林待诏。明制，翰林院负责修史，故翰林有"太史"之称，见五·一三注[34]。

[2]干谒：为某种目的而求见地位高的人。公府：官府。

[3]宰执：掌政的大官。

【译文】

太史文徵明有一条戒规是不为三种人作诗文书画：一是王公将相，一是达官贵人，一是外族。他生平不近女色，不为谋求禄位而拜见官府，不与掌政的大官通书信，确实是吴地的杰出人才。我少年时不懂事，有意轻视他的诗文，虽然与他有过交往，却非常鲁莽。近年以来，他的孙子请我为先生写传记，也足以称作忏悔文吧。

六·一四

长沙公[1]少为诗有声，既得大位，愈自喜，携拔少年轻俊[2]者，一时争慕归之。虽模楷不足，而鼓舞攸赖[3]。长沙之于何、李也，其陈涉之启汉高乎？

【注释】

[1]长沙公：即李东阳，见一·二八注[1]。

[2]轻俊：飘逸潇洒的文士。

[3]攸赖：依赖，仰仗。

【译文】

李东阳年少时作诗很有名声，授官位后，自己更加高兴。他扶持提拔少年洒脱文士，一时之间很多人慕名而来跟随他。虽说不足以作楷模，却可以作为鼓励和倚靠。李东阳对于何景明、李梦阳，就如同陈涉对于汉高祖有启后之作用。

六·一五

献吉才气高雄，风骨遒利，天授既奇，师法复古，手辟草昧，为一代词人之冠[1]。要其所诣，亦可略陈：骚、赋，上拟屈、宋，下及六朝，根委[2]有余，精思未极；拟乐府自魏而后有逼真者，然不如自运滔滔莽莽[3]；选体[4]建安以至李、杜，无所不有，第于谢监未是"初日芙蓉"，仅作颜光禄耳[5]；七言歌行纵横如意，开阖有法，最为合作；五言律及五七言绝，时诣妙境，七言雄浑豪丽，深于少陵，抵掌捧心[6]，不能厌服[7]众志；文酷仿左氏、司马，叙事则奇，持论则短，间出应酬，颇伤率易。

【注释】

[1] 献吉：李梦阳字，见一·二五注[1]。草昧：创始，草创。

[2] 根委：文体的根源。

[3] 滔滔莽莽：气势雄壮。

[4] 选体：后世仿《文选》风格体制所写的五言古诗，见四·一三注[6]。

[5] 钟嵘《诗品》载："汤惠休曰：谢诗如芙蓉出水，颜诗如错彩镂金。"谢监：即谢灵运。宋文帝时，曾官秘书监，故云。见三·五五注[1]。颜光禄：即颜延之，见三·五六注[1]。

[6] 抵掌：击掌，形容欢畅无拘束。捧心：典出《庄子·天运》，丑女羡慕西施病容，"捧心而颦"，此喻拙劣的模仿。

[7] 厌服：使心服。

【译文】

李梦阳才高气雄，风骨苍然，遒劲流畅，天赋异禀，效法古人，草创新风，为一代词人之首。他主要的造诣，也可以简单陈述：骚、赋，往前效仿屈原、宋玉，往后效仿至六朝，李梦阳对文体根源的认知绰绰有余，而精心的构思未达到极致；拟乐府，自魏以来有很多诗人模仿得十分逼真，然而不如他的作品那样气势雄壮；选体诗，自建安至李白、杜甫，都有人在创作，李梦阳不及谢灵运，未达"初日芙蓉"境界，只是颜延之的"错彩镂金"而已；七言歌行，变化自如，收放有规律，最为合乎法式；他的五言律诗和五、七言绝句，时常达到神奇美妙的境界，七言律诗雄健浑厚，豪迈壮丽，深得杜甫精髓，但执着于模仿，不能使众人敬服；文章严格效仿左丘明、司马迁，叙事奇特，但议论浅薄，偶尔有些应酬之作，颇存率直平易的弊端。

六·一六

仲默 [1] 才秀于李氏，而不能如其大。又义取师心，功期舍筏 [2]，以故有弱调而无累句。诗体翩翩，俱在雁行。顾华玉称其"咳唾珠玑，人伦之隽" [3]。骚、赋启发拟六朝者颇佳，他文促薄，似未称是。

【注释】

[1] 仲默：何景明字，见一·二六注 [1]。

[2] 舍筏：舍弃渡人的船筏。此指学习古人诗文要摆脱方法上的束缚，参五·三注 [24]。

[3] 语出顾璘《国宝新编传赞》，见黄宗羲《明文海》卷一二三。原作"咳唾成珠，实亦人伦之隽乎"。华玉：顾璘字，见五·一三注 [44]。咳唾珠玑：文辞优美如珍珠。

【译文】

何景明的才华胜过李梦阳，但没有李梦阳的声望大。在诗意创构方面，主张师法内心，在作诗功夫方面，期望摆脱既有方法的束缚，因此即便存在纤弱的风格但没有因袭堆积的句子。他诗的体式风流美好，都对仗工整，井然有序。顾璘称他的诗是"文辞优美，人间极品"。骚、赋的创作，效法六朝的都是佳作，其他文章短浅单薄，似乎不能称好。

六·一七

昌谷少即摛词，文匠齐、梁，诗沿晚季，迨举进士，见献吉，始大悔改 [1]。其乐府、选体、歌行、绝句，咀六朝之精旨，采唐初之妙则，天才高朗，英英独照。律体微乖整栗 [2]，亦是浩然、太白之遗也。骚、诔、颂、乸，宛尔 [3] 潘、陆，惜微短耳。今中原豪杰，师尊献吉，后俊开敏，服膺何生，三吴轻隽，复为昌谷左袒 [4]。摘瑕攻颣 [5]，以模剿病李，不知李才大固苞何孕徐，不掩瑜也。李所不足者，删之则精；二子所不足者，加我数年，亦未至矣。

【注释】

[1] 昌谷：徐祯卿字，见原序一注 [1]。摛词：亦作"摛辞"，铺陈文辞。晚季：指元末吴中诗风。献吉：李梦阳字，见一·二五注 [1]。

[2] 整栗：严整，严谨。

[3] 宛尔：明显，宛如。

[4] 开敏：通达敏锐。何生：指何景明。三吴：对江南吴地的泛称。轻隽：亦作"轻俊"，飘逸潇洒的文士。

[5] 颣：毛病，缺点。

【译文】

徐祯卿少年时就铺陈文辞，写文章学习齐、梁，作诗沿袭元末吴中诗风，等到考中进士，见了李梦阳，开始悔改年少时的作品。他的乐府诗、选体诗、歌行体、绝句，吸收六朝的精华，采取初唐的精妙法则，才气高洁爽朗，气概俊美不凡。律诗稍稍违背严谨的法则，但也具备孟浩然、李白的遗风。对于骚、诔、颂、剳，仿佛潘岳、陆机的作品，可惜都稍有欠缺。如今中原豪杰们，师从李梦阳，后起之秀通达敏锐，推崇何景明，三吴地方的文士，都很偏爱徐祯卿。（很多人）指摘李梦阳的瑕疵，攻击其缺点，以模仿剽窃来责备他，却不知李梦阳才学渊博，启迪了何景明和徐祯卿，这些并不能掩盖他的才华。李梦阳的不足之处删掉之后，就是精华了；但徐祯卿、何景明所欠缺的，再给他们几年，都不能达到（李梦阳）的程度。

六·一八

徐昌谷有六朝之才而无其学，杨用修 [1] 有六朝之学而非其才。薛君采 [2] 才不如徐，学不如杨，而小撮其短，又事事不如何、李，乐府、五言古可得伯仲耳。

【注释】

[1] 用修：杨慎字，见原序一注 [3]。

[2] 君采：薛蕙字，见五·一三注 [54]。《静志居诗话》卷三五："薛公古诗自河梁以及六朝，近体自神龙以迄五季，靡不句追字琢，心慕手追，敛北地

之菁英，具信阳之雅藻，兼迪功之精诣，卓然名家。"

【译文】

徐祯卿有六朝的才气却没有那样的学识，杨慎有六朝的学识却没有那样的才气。薛蕙的才气不如徐祯卿，学识不如杨慎，而稍稍继承了他们的短处（意为无学无才）。又每个方面都不如何景明、李梦阳，乐府诗、五言古诗能够与何、李二人不相上下。

六·一九

昌谷之于诗也，黄鹄之于鸟，琼瑶之于石，松桂之于木也[1]。高叔嗣[2]空谷之幽兰，崇庭之鼎彝也。高季迪[3]之流畅，边庭实之开丽[4]，郑继之[5]之雄健，王子衡[6]之宏大，孙太初[7]之奇拔，顾华玉[8]之和适，李宾之之通爽[9]，马仲房[10]之华整，皆其次也，可谓兼能而不足。薛君采、俞仲蔚之于五言古[11]，王稚钦、吴明卿之于五言律[12]，又明卿、子与之于七言律[13]，高子业[14]之于五言古、近体，各极妙境，可谓专至而有余。

【注释】

[1]《列朝诗集小传》丙集卷九："（祯卿）标格清妍，摘词婉约，绝不染中原伧父槎牙臲兀之习。"

[2]高叔嗣：字子业，见五·四注[29]。

[3]季迪：高启字，见五·三注[4]。

[4]庭实：边贡字，见五·三注[19]。开丽：舒展秀丽。

[5]继之：郑善夫字，见五·四注[31]。

[6]子衡：王廷相字，见五·四注[24]。

[7]太初：孙一元字，见五·一三注[59]。

[8]华玉：顾璘字，见五·一三注[44]。

[9]宾之：李东阳字，见一·二八注[1]。通爽：通达爽朗。

[10]仲房：马汝骥字，见五·一三注[56]。

[11]俞允文，字仲蔚，昆山（今江苏昆山）人。不应科举，专力于诗文书法，与王世贞友善，为嘉靖"广五子"之一。《静志居诗话》卷一三："七子之教，

五言必宗河梁、建安，窃优孟之冠，学寿陵之步，求其合而愈离。当日二子于五古极口仲蔚，然仲蔚殊少神解，余意尚在卢次楩下。"

[12] 稚钦：王廷陈字，见五·一三注 [64]。吴国伦，字明卿，号川楼子、惟楚山人、南岳山人，兴国州（今湖北阳新）人，嘉靖二十九年进士，官至河南参政。诗文格调高古、意境浑成，与李攀龙、王世贞等并称"后七子"。《诗薮》续编卷二："明卿五、七言律，整密沉雄，足可方驾（于鳞）。然于鳞则用字多同，明卿则用句多同，故十篇而外，不耐多读。"

[13] 徐中行，字子舆（一作子与），号龙湾，长兴（今浙江长兴）人，嘉靖二十九年进士，官至江西左布政使。诗学杜甫，七律苍然爽健，但缺乏杜诗浑厚沉郁的情致，"后七子"之一。《诗薮》续编卷二："徐子与七言律，闳大雄整，卓然名家，惜少沉深之致耳。"

[14] 子业：高叔嗣字，见五·四注 [29]。

【译文】

徐祯卿之于诗，就像黄鹄之于普通鸟，美玉之于石头，松桂佳木之于普通树木的关系。高叔嗣的诗就像生长在深谷中的兰花，高门大院里的祭祀礼器。高启的诗流利畅达，边贡的诗舒展秀丽，郑善夫的诗强劲有力，王廷相的诗巨大宏伟，孙一元的诗奇特出众，顾璘的诗和谐适度，李东阳的诗豁达爽朗，马汝骥的诗华丽整齐，都是次好的，可以说都擅长特定体式但不能尽善。薛蕙、俞允文之于五言古诗，王廷陈、吴国伦之于五言律诗，吴国伦、徐子与之于七言律诗，高叔嗣之于五言古体和近体，各个都穷极精妙的境界，可以说是极其专业而绰绰有余。

六·二〇

李文正为古乐府，一史断耳，十不能得一 [1]。黄才伯 [2] 辞不称法；顾华玉、边庭实、刘伯温，法不胜辞，此四人者，十不能得三。王子衡差自质胜，十不能得四。徐昌谷虽不得扣源推委，而风调高秀，十不能得五。何、李乃饶本色，然时时已调杂之，十不能得七。于鳞字字合矣，然可谓十不失一，亦不能得八 [3]。

【注释】

[1] 史断：历史议论。王世贞《读书后》卷四《书李西涯古乐府后》："吾向者妄谓乐府发自性情，规沿《风》《雅》，大篇贵朴，天然浑成；小语虽巧，勿离本色，以故于李宾之《拟古乐府》，病其太涉论议，过尔抑剪，以为'十不得一'。自今观之，亦何可少？夫其奇旨创造，名语迭出，纵不可被管弦，自是天地间一种文字。"

[2] 才伯：黄佐字，见五·一三注 [71]。

[3]《静志居诗话》卷一三："于鳞乐府，止规字句，而遗其神明，是何异安汉公之《金縢》《大诰》，文中子之续经乎？唯《相和》短章，稍有足录者。"

【译文】

李东阳作古乐府诗，整体上带有历史议论的味道，十首中得不到一首佳作。黄佐的古乐府诗，言辞不符合法式；顾璘、边贡、刘基的乐府诗法式弱于言辞，这四个人，十首中得不到三首佳作。王廷相的诗以质朴取胜，十首中得不到四首佳作。徐祯卿虽然不能做到延续乐府本源，但风格高峻秀丽，十首中至多可以有五首佳作。何景明、李梦阳的乐府诗富有本色，但经常将自己的风格掺杂进来，十首中至多可得七首佳作。李攀龙乐府诗，字句契合古法，可以说是十首中篇篇如此，十首诗中至多八首佳作。

六·二一

何仲默与李献吉交谊良厚，李为逆瑾所恶，仲默上书李长沙相救之，又画策令康修撰居间 [1]，乃免。以后论文相培击，遂致小间。盖何晚出，名遽 [2] 抗李，李渐不能平耳。何病革 [3] 属后事，谓墓文必出李手。时张以言、孟望之 [4] 在侧，私曰："何君没，恐不能得李文，李文恐不得何意，吾曹与戴仲鹖、樊少南 [5] 共成之可也。"今望之铭，亦寥落不甚称。

【注释】

[1] 画策：谋划。康修撰：康海曾任翰林院修撰，故称，见五·四注 [23]。

[2] 遽：速度快。

[3] 病革：病危。

[4] 张以言：疑为"张子言"。子言，张诗字，曾学诗于何景明。望之：孟洋字，为何景明之妹婿，见五·一三注 [51]。

[5] 樊鹏，字少南，号南溟，信阳（今河南信阳）人，嘉靖五年进士，官至陕西按察佥事，何大复弟子，工诗文。戴冠，字仲鹖，信阳（今河南信阳）人，正德三年进士，官至山东提刑副使，受业于何景明，诗亦似之。

【译文】

何景明和李梦阳交情深厚，李梦阳被逆臣刘瑾所厌恶记恨，何景明上书李东阳望救李梦阳，又谋划让康海来调解，才免了罪。之后两个人讨论文章时相互抨击，终于导致不和。大概是因为何景明是后辈，但名声很快就与李梦阳相抗衡，李梦阳逐渐无法心平气和。何景明病危时嘱托后事，说墓文一定要出自李梦阳之手。当时张以言、孟洋在一旁，私议说："何景明死后，恐怕得不到李梦阳写的墓文，李梦阳写的墓文恐怕也不能让何景明称心满意，我们和戴仲鹖、樊少南可以一起攒凑出一篇来。"今天来看何景明的墓志铭，也是寥寥数语，与他的名声极不相称。

六·二二

李献吉为户部郎，以上书极论寿宁侯事下狱，赖上恩得免。一夕遇醉侯于大市街，骂其生事害人，以鞭梢击堕其齿。侯恚极，欲陈其事，为前疏未久，隐忍而止 [1]。献吉后有诗云："半醉唾骂文成侯。" [2] 盖指此事也。

【注释】

[1] 寿宁侯：张鹤龄，为孝宗皇后之弟。李梦阳因弹劾张鹤龄招纳无赖，危害百姓而下狱，不久被释。事详《明史》卷二八六《文苑传》。

[2] 语出李梦阳《戏作放歌寄别吴子》句，见《空同集》卷一八。

【译文】

李梦阳担任户部侍郎时，因为上书竭力讨论寿宁侯之事而入狱，依仗皇恩得以免罚。一天晚上，李梦阳在大街上遇到喝醉酒的寿宁侯，随即骂他滋事害人，还用鞭子打掉他的牙齿。寿宁侯愤怒至极，想要向皇上告状，但因为不久前才上书过，便忍住作罢。李梦阳后来写了一首诗："半醉唾骂文成侯。"说的就是这件事。

六·二三

李献吉既以直节忤时，起宪江西，名重天下 [1]。俞中丞谏督兵平寇，用二广例，抑诸司长跪，李独植立 [2]。俞怪，问，"足下何官耶?"李徐答云："公奉天子督诸军，吾奉天子诏督诸生。"竟出。后与御史有隙，即率诸生手锒铛，欲锁御史，御史杜门不敢应 [3]。坐构 [4] 免，名益重。方岳部使过汴 [5]，必谒李，年位既不甚高，见则据正坐，使客侍坐，往往不堪。乃起宁藩之狱 [6]，陷李几死。林尚书待用 [7] 力救得免，自是不复振。

【注释】

[1] 直节：刚正不阿。宪：指朝廷委驻各行省的高级官吏。

[2] 俞谏，字良佐，桐庐（今浙江桐庐）人，明弘治三年进士，曾任御史中丞，卒赠太子太保。抑：强迫。

[3] 锒铛：缚系人犯的铁锁、铁链。《明史·文苑传二》载其罪名为："陵轹同列，挟制上官。"

[4] 坐构：受到诬陷。

[5] 方岳：州郡。部使：御使一般由中央各部郎官充任，故名。

[6] 宁藩之狱：指宁王朱宸濠谋反，事败被俘事。

[7] 待用：林俊字，官至刑部尚书，见五·一三注 [28]。

【译文】

李梦阳因为人刚正不阿、不合流俗，被起用为江西按察司（提学副使），名声显赫天下。俞谏作为御史中丞统率士兵平定敌寇，用两广（广东、广西）的旧例，强迫各司官员长跪，唯独李梦阳站着。俞中丞感到奇怪，问："你担任什么官职?"李梦阳慢慢地回答："您奉天子之命统率各军队，我奉天子之命督管众儒生"。说完后走了出去。后来与御史有嫌怨，立马带着众弟子，手拿着锁链，打算拷锁御史，御史闭门不敢出来应门。此后，受到诬陷被免去职务，名声却更大了。各州郡御史经过汴州，一定要拜见李梦阳，李梦阳年龄和爵位不是很高，但见面则占据正坐，让客人在旁陪坐，客人往往无法忍受。后来发生宁王朱宸濠谋反入狱之事，李梦阳被陷害（为同党）差点儿丧命。尚书林俊大力相救才得以免死，从此没有振作起来。

六·二四

何仲默谓献吉振大雅，超百世，书薄子云[1]，赋追屈原。王子衡云："执符于雅谟，游精于汉魏，以雄浑为堂奥，以蕴藉为神枢，思入玄而调寡和。如凤矫龙变，人罔不知其为祥，亦罔不骇其异。"[2] 黄勉之云："兴起学士，挽回古文，五色错以彪章，八音和而协美。如玄造包乎品物，海渤汇夫波流。"又云："江西以后，愈妙而化，如玄造范物，鸿钧播气，种种殊别，新新无已。"[3] 其推尊之可谓至矣。然王敬夫、薛君采，各有《漫兴》诗，王咏何云："若使老夫须下拜，便教献吉也低头。"[4] 薛云："俊逸终怜何大复，粗豪不解李空同。"[5] 则似有不尽然者。及观何之驳李诗，有云："诗意象应曰合，意象乖曰离。空同丙寅间诗为合，江西以后诗为离。试取丙寅作，叩其音，尚中金石；而江西以后之作，辞艰者意反近，意苦者辞反常，色黯淡而中理披慢，读之若摇鞭铎耳。"[6] 李之驳何则曰："如抟沙弄泥，散而不莹。阔大者鲜把持，文又无针线。"又云："如仲默'《神女赋》《帝京篇》，南游日，北上年'，四句接用，古有此法乎？盖彼知神情会处，下笔成章为高，而不知高而不法，其势如搏巨蛇，驾风螭，步骤虽奇，不足训也。君诗结语太咄易，七言律与绝句等，更不成篇，亦寡音节。'百年''万里'，何其层见叠出也。七言若剪得上二字，言何必七也。"[7] 二子之言，虽中若戈矛，而功等药石。特何谓李江西以后为离，与勉之言背驰，此未识李耳。李自有二病，曰：模仿多，则牵合而伤迹；结构易，则粗纵而弗工。

【注释】

[1] 薄：接近。子云：扬雄字，见一·六注[1]。

[2] 语出王廷相《李空同集序》，见《王氏家藏集》卷二三，文字有出入。执符：使相符，谨守。雅谟：《诗经》《尚书》，此泛指古代经典。堂奥：高深的境界。入玄：进入玄妙之境。凤矫龙变：谓动作迅猛，变化神奇。

[3] 语出黄省曾《与李空同书》，见《空同集》卷六一附。勉之：黄省曾字，

见一·三〇注[1]。彪章：文采美盛貌。玄造：天地。鸿钧：大自然。

[4] 语出王九思《漫兴》，见《渼陂集》卷六。敬夫：王九思字，见五·一三注[32]。

[5] 语出薛蕙《戏成五绝》之四，见《考功集》卷八。君采：薛蕙字，见五·一三注[54]。

[6] 语出何景明《与李空同论诗书》，见《何大复先生集》卷三二，文字有删改。丙寅：即武宗正德元年。正德二年始，李梦阳因得罪刘瑾而被贬，几死。正德五年，复职，为江西按司提学。不久，因谗被再贬。披慢：松散。鞞：同"鼙"，小鼓。铎：铃铛。

[7] 语出李梦阳《再与何氏书》，见《空同集》卷六二，文字有改动。

【译文】

何景明说李梦阳振兴了大雅，超越了百世，写文章接近扬雄，作赋直追屈原。王廷相说："谨守经典标准，游神于汉魏之间，以雄健浑厚为高深的境界，以含蓄深远为枢纽，思想达到玄妙的境界，所以能与之应和的人少之又少。如龙变凤飞，人们都知道那是吉祥之兆，也都惊讶于它的奇特。"黄省曾说："启发后学，重挽古文地位，五色交错文采美盛，八音谐调而和谐美妙。如天地总揽万物，大海汇聚溪流。"又说："在江西为官以后，变化更加奇妙，如天地取法万物，自然释放生气。各种各样，不断更新。"这种对李梦阳的推崇可谓达到了极致。而后王九思、薛蕙，各写了《漫兴》，王九思咏唱何景明："如果要让老夫下拜，便让李梦阳也要低头。"薛蕙说："总是喜爱何景明诗的英俊洒脱，迷惑于李梦阳诗的粗糙豪放。"其中渗透出了不同的声音。何景明在批驳李梦阳诗时说："诗的意与象相应叫作合，意与象反常叫作离。李梦阳在丙寅年间所作的诗为合，江西为官以后所作的诗为离。尝试摘取丙寅年间的诗，音律符合金石之声；而江西以后的作品，语言晦涩的地方情感反而浅显，情感深邃之处语言反而一般，色彩暗淡而其中的情理不周密，读起来就像摇晃小鼓和铃铛。"李梦阳批驳何景明则说："像抟弄泥沙，零碎且不光洁。宽大的地方很少控制，而且文章没有谋篇布局。"又说："何景明的'《神女赋》《帝京篇》，南游日，北上年'，四句连用，古代有这种章法吗？他知道将神与情融合，下笔成章自然高妙，但不知道达到最高境界而不加规范，诗的气势就会像搏击巨蛇，骑着猛龙，过程虽然奇特，但难以成为典范。你的诗结束语太简易，七言律诗和绝句更是不成篇章，缺少音声之美。'百年''万里'，频繁出现。七言律诗如果可以去掉这两个字，又何必写成七言呢。"他们两人所说的话，虽然像戈与矛一样针锋相对，而对诗歌的作用就像药石一般。只是何景明说李梦阳自江西以后的作品为离，与黄省曾所言相背离，这是不了解李梦阳。李梦阳向来有两个毛病：模仿多，则牵强凑合而伤于因循；结构简单，则粗疏杂乱不精巧。

六·二五

献吉之于文，复古功大矣，所以不能厌服[1]众志者，何居？一曰操撰易，一曰下语杂，易则沉思者病之，杂则颛[2]古者卑之。

【注释】

[1] 厌服：使心服。

[2] 颛：通"专"，专擅。

【译文】

李梦阳对于文章恢复古时的风格章法功劳很大，但是还不能使众人信服是什么原因？一方面是操持撰写起来比较容易，另一方面是言语表达杂乱，容易的话就会让认真思考的人诟病，杂乱的话就会令擅长古文的人轻视。

六·二六

献吉文如谱传[1]，《于肃愍》[2]《康长公碑》[3]、封事数章[4]佳耳，其他多涉套，而送行序尤率意可厌。殷少保正甫为于鳞志铭云："能不为献吉也者，乃能为献吉者乎。"[5]唯于鳞自云亦然。

【注释】

[1] 谱传：谱牒传记。

[2] 李梦阳《少保兵部尚书于公祠重修碑》，见《空同集》卷四一。

[3] 李梦阳《将仕郎平阳府经历司知事赠儒林郎翰林院修撰康长公墓碑》，

见《空同集》卷四三。

[4] 封事数章：待考。李梦阳集中有若干墓志铭，疑为其中篇章。

[5] 语出殷士儋《明故嘉议大夫河南按察司按察使李公墓志铭》，见《沧溟集》附录。原作"能为献吉辈者，乃能不为献吉辈者"。殷士儋，字正甫，世称"棠川先生"，历城（今山东济南）人，嘉靖二十六年进士，官至礼部尚书兼文渊阁大学士，卒赠少保，谥号文肃。诗风豪迈，气概雄伟，与边贡、李攀龙、许邦才并称"历下四诗人"。

【译文】

李梦阳的文章如同谱牒传记，《于肃愍》《康长公碑》，还有几篇关于祭祀的文章都是佳作，其他大多是为俗套之作，其中所作的送行序文尤其随意，令人厌恶。殷士儋为李攀龙写墓志铭说："能够做到不模仿李梦阳的人，才能成为李梦阳。"即使是李梦阳自己也会这样说。

六·二七

歌行之有献吉也，其犹龙乎？仲默、于鳞，其麟凤乎？夫凤质而龙变，吾闻其语矣，未见其人也[1]。

【注释】

[1]《诗薮》续编卷二："李饶变化而乏庄严，何极整秀而寡飞动，'凤质龙变'，弇州自谓耶？"

【译文】

李梦阳在歌行体中的成就，像龙一般吧？何景明、李攀龙，如麒麟和凤凰一般吧？凤凰的美好体态、龙的变化无常，我听说过这话，但未见过如它们一样的人。

六·二八

赋至何、李，差足吐气，然亦未是当家。近见卢次楩[1]繁丽浓至，是伊门第一手也。惜应酬为累，未尽陶洗之力耳。余与李于鳞言："卢是一富贾胡，群宝悉聚，所乏陶朱公[2]通融出入之妙。"李大笑以为知言。然李材高，不肯作赋^[3]，不知何也。俞仲蔚^[4]小，乃时得佳者，其为诔赞^[5]，辞殊古。

【注释】

[1] 次楩：卢柟字，见五·一三注 [97]。

[2] 陶朱公：即范蠡，春秋末著名政治家、军事家、大商人。

[3]《弇州山人四部稿》卷七七《书与于鳞论诗事》："于鳞乃曰：'吾于骚赋未及为耳，为当不让足下，足下故卢柟俦也。'"

[4] 仲蔚：俞允文字，见六·一九注 [11]。

[5] 诔赞：诔、赞为两种歌功颂德的文体，前者多用于赞美亡者，后者不限于此。

【译文】

赋体发展到何景明、李梦阳这里，差不多可以扬眉吐气了，然而他们还不是行家。近来见到卢柟的作品，辞藻丰富华丽，可说是赋体中最好的。可惜赋作内容被人际应酬所拖累，没有起到革旧趋新的作用。我和李攀龙说："卢柟就像胡人富商，拥有各种珍宝，但缺乏像范蠡那样流通交换的境界。"李攀龙大笑，认为我说得很有见地。然而李攀龙的才华高逸，却不肯作赋，不知道是什么原因。俞允文年少，是当世俊才，他所写的诔、赞类文章，语言特别古朴。

六·二九

余尝于同年^[1]袁生处，见献吉与其父永之金宪^[2]书，极言其内弟左国玑^[3]猜忌之状。末有云："此人尚尔，何况边、李耶？"边盖尚书庭实，与献吉素称国士交者^[4]。又献吉晚为其甥曹嘉所厄良苦^[5]，岂文士结习^[6]，例不免中人忌耶？

【注释】

[1] 同年：科举时代称同榜或同一年考中者。

[2] 永之：袁褧字，曾官广西按察使佥事（俗称"金宪"），见五·四注 [30]。按："袁生"当为袁褧子袁尊尼。尊尼字鲁望，其与王世贞同为嘉靖二十二年举人。

[3] 左国玑，字舜齐，大梁（今河南开封）人，嘉靖年间举人，李梦阳妻弟。其人嗜酒，豪放，不求仕进。

[4] 庭实：边贡字，曾拜户部尚书，见五·三注 [19]。国士：一国中才能最优秀的人物。

[5]《列朝诗集小传》丙集卷一一："献吉有姊子曰曹嘉，字仲礼，举进士……累迁山西布政使。嘉亦有才名，好斗无礼，所至人畏而避之。献吉晚年为嘉所厄良苦。"

[6] 结习：佛教语，烦恼。

【译文】

　　我曾经在与我同榜的袁尊尼家里，见到李梦阳写给尊尼父亲袁袠的书信，竭力陈说他妻弟左国玑被猜疑妒忌的情状。信的末尾说："此人尚且如此，何况边贡、还有我呢？"边贡是尚书，与李梦阳的交情向来被称为国士之交。除此之外，李梦阳晚年被他的外甥曹嘉连累不浅，这恐怕是文人一向的烦恼，照例不免遭人妒忌吧？

六·三〇

　　仲默《别集》亦不能佳 [1]。唯《空同集》是献吉自选，然亦多驳杂可删者。余见李嵩宪长 [2] 称其"黄河水绕汉宫墙，河上秋风雁几行。客子过壕追野马，将军韬箭射天狼。黄尘古渡迷飞挽，白月横空冷战场。闻道朔方多勇略，只今谁是郭汾阳" [3] 一首。李开先少卿 [4] 诵其逸诗凡十余首，极有雄浑流丽，胜其集中存者。尔时不见选，何也？余往被酒 [5] 跌宕，不能请录之，深以为恨。

【注释】

[1]《诗薮》续编卷二："仲默、昌谷外集殊不佳。仲默是后人集其幼时未成之作，昌谷是后人集其初年未变之作。"

[2] 李嵩，字维岳，滨州（今山东滨州）人，明孝宗弘治十二年进士，曾任河南道御史巡按。事详明过庭训《本朝分省人物考》卷九四。宪长：都察院监察御史的别称。

[3] 语出李梦阳《望秋》，见《空同集》卷三二。

[4] 李开先，字伯华，号中麓子、中麓山人、中麓放客，章丘（今山东济南）人，嘉靖八年进士，官至太常寺少卿。与何良俊、王世贞、徐渭并称明代"四大曲论家"。事详《本朝分省人物考》卷九四。

[5] 被酒：为酒所醉。

【译文】

何景明的《别集》也不能称为佳作。只有《空同集》是李梦阳自己选辑的，但是也有许多交杂混乱、可以删掉的地方。我见到李嵩称赞他这一首诗："黄河水绕汉宫墙，河上秋风雁几行。客子过壕追野马，将军韬箭射天狼。黄尘古渡迷飞挽，白月横空冷战场。闻道朔方多勇略，只今谁是郭汾阳。"李开先诵读过李梦阳的散佚之作计十来首，极为雄浑壮丽，胜过《空同集》里的存诗。那个时候没有被整理，是为什么？我过去嗜酒且放纵不拘，没有请李开先帮忙辑录，深深以此为憾。

六·三一

昌谷自选《迪功集》，咸自精美，无复可憾。近皇甫氏[1]为刻《外集》，袁氏[2]为刻《五集》。《五集》即少年时所称"文章江左家家玉，烟月扬州树树花"[3]者是已。余多稚俗之语，不堪复瓿[4]。世人猥[5]以重名，遂概收梓，不知舞阳、绛、灌既贵后[6]，为人称其屠狗吹箫[7]以为佳事，宁不泚颡[8]？

【注释】

[1] 皇甫氏：即皇甫涍，见五·一三注[69]。

[2] 袁氏：疑为吴县（今苏州）袁表、袁褧、袁褒、袁袠、袠衮、袁裘兄弟中人。

[3] 语出徐祯卿《文章烟月》，见《弘正四杰集》本《迪功外集》卷三。全诗为："风霜独卧闲中病，时节偏催壑口蛇。篱下落英秋半掬，灯前新梦鬓双华。文章江左家家玉，烟月扬州树树花。会待此心销灭尽，好持斋钵礼毗耶。"

[4] 复瓿：覆盖酱罐，形容著作无价值。

[5] 猥：错误地。

[6] 舞阳：即秦舞阳。战国末期燕国武士，与荆轲刺秦王，事败身死。绛、

灌：汉绛侯周勃与颍阴侯灌婴的合称，均佐汉高祖定天下，建功封侯。

[7] 屠狗吹箫：秦舞阳原为市井中的狗屠，周勃为布衣时以丧事时吹箫奏挽歌为业，故云。

[8] 沚颡：额上冒汗，多用以表示羞愧。

【译文】

徐祯卿自己选辑的《迪功集》，全部是精美之作，没有可遗憾之处。近年来，皇甫涍为他作序且刻版《徐迪功外集》，姑苏袁氏为他刻版了《五集》（《徐迪功别稿》五卷）。他年少时为人所称誉的"文章江左家家玉，烟月扬州树树花"诗句便收在《五集》中。我的诗文多是幼稚浅俗之语，没什么价值。世人错误地给我美名，一概将我的作品收藏、出版。殊不知秦舞阳、周勃、灌婴在显贵之后，他们沦落时期的往事也被世人称作佳话，难道不会让他们感到羞愧吗？

六·三二

五七言律，至仲默而畅，至献吉而大，至于鳞而高。绝句俱有大力，要之有化境在。

【译文】

五七言律诗，到何景明而明白晓畅，到李梦阳而气势磅礴，到李攀龙而高妙深远。三人的绝句都颇具气势，总之都存在玄妙高超的境界。

六·三三

献吉有《限韵赠黄子》一律云："禁烟春日紫烟重，子昔为云我作龙。有酒每邀东省月，退朝曾对掖门松。十年放逐同梁苑，中夜悲歌泣孝宗。老体幸强黄犊健，柳吟花醉莫辞从。"[1] 昌谷有《寄献吉》一律云："汝放金鸡别帝乡，何如李白在浔阳？日暮经过燕市曲，解裘同醉酒垆傍。徘徊桂树凉风发，仰视明河秋夜长。此去梁园逢雨雪，知予遥度赤城梁。"[2] 李虽自少陵，徐自青莲，而李得青莲长篇法，徐得崔、沈 [3] 琢句法，当为本朝七言律翘楚。而诸家选俱未及，于鳞亦遗之，皆所未解也。

【注释】

[1] 见李梦阳《空同集》卷三○。"禁烟春日紫烟重"一作"禁垣春日紫烟重","有酒每邀东省月"一作"有酒每要东省月"。

[2] 语出徐祯卿《赠别献吉》，见《迪功集》卷三。"汝放金鸡别帝乡"一作"尔放金鸡别帝乡","日暮经过燕市曲"一作"日暮经过燕赵客","徘徊桂树凉风发"一作"徘徊桂树凉飙发"。

[3] 崔、沈：指唐代诗人崔颢与沈佺期，见四·二八条。

【译文】

李梦阳有一首律诗《限韵赠黄子》："禁烟春日紫烟重，子昔为云我作龙。有酒每邀东省月，退朝曾对掖门松。十年放逐同梁苑，中夜悲歌泣孝宗。老体幸强黄犊健，柳吟花醉莫辞从。"徐祯卿也有《赠别献吉》这样一首律诗："汝放金鸡别帝乡，何如李白在浔阳？日暮经过燕市曲，解裘同醉酒垆傍。徘徊桂树凉风发，仰视明河秋夜长。此去梁园逢雨雪，知予遥度赤城梁。"李梦阳的诗法虽是学习杜甫一派，徐祯卿是学习李白一派，但李梦阳习得了李白写长篇诗歌的章法，徐祯卿习得了崔颢、沈佺期雕琢字句的方法。他们的诗歌都可被称为本朝七言律诗中的翘楚。然而诸家的选本都没有选录，李攀龙的选本也遗漏了，都是无法理解的。

六·三四

国朝习杜者凡数家：华容孙宜[1] 得杜肉，东郡谢榛[2] 得杜貌，华州王维桢得杜一支[3]，闽州郑善夫[4] 得杜骨，然就其所得，亦近似耳。唯梦阳具体而微[5]。

【注释】

[1] 孙宜，字仲可，号洞庭渔人，华容（今湖南华容）人，嘉靖七年举人，后隐居洞庭湖，长于文，著述甚富。《列朝诗集小传》丙集卷一二："仲可《洞庭渔人集》诗多至三千八百余首，王元美评诗云：'华容孙宜得杜肉。'余观其诗，剽拟字句，了无意味，求杜之片鳞半爪不可得，而况其肉乎？"

[2] 谢榛，见一·三一注[1]。

[3] 参七·三三条。

[4] 郑善夫，见五·四注 [31]。

[5]《诗薮》续编卷二：“国朝学杜者：献吉歌行，如龙跳天门；明卿近体，如虎卧凤阁。献吉得杜之神，明卿得杜之气。皆未尝用其一语，允可为后学法。”

【译文】

本朝学习杜甫的人有很多：华容的孙宜习得了杜诗的内容，东郡的谢榛习得了杜诗的形式，华州的王维桢习得了杜诗的支脉，闽州的郑善夫习得杜诗的骨力，但就其所习得的来说，也只是和杜诗相似罢了。只有李梦阳具体细致地学习到了杜诗的精妙深奥之处。

六·三五

李少卿《报苏属国书》[1]，不必论其文，及中有逗脱[2]者，其傅合[3]史传，纤毫毕备，赝作无疑。第[4]其辞感慨悲壮，宛笃[5]有致，故是六朝高手。明唐伯虎《报文徵明》、王稚钦《答余懋昭》二书，差堪叔季[6]。伯虎他作俱不称，稚钦于文割裂，比拟亡当者，独尺牍差工耳[7]。

【注释】

[1] 即李陵《答苏武书》，见《文选》卷四一。

[2] 逗脱：停顿脱漏。

[3] 傅合：附会。

[4] 第：只是。

[5] 宛笃：婉曲而诚挚。

[6] 伯虎：唐寅字，见五·一三注 [42]。稚钦：王廷陈字，见五·一三注 [64]。叔季：意同“伯仲之间”，水平不相上下。

[7]《列朝诗集小传》丙集卷一六：“稚钦有《梦泽集》十七卷。其诗婉丽多风，为词人所称，而文尤长于尺牍……《寄余懋昭》《舒国裳》二劄，即杨恽之报会宗，君子读而悲之。”

【译文】

李陵的《答苏武书》，不必说行文，以及其中的停滞脱文之处，单是其在内容上附会史书传记的痕迹就非常明显，无疑是伪作。只是它的言辞十分激昂悲壮，感情婉转诚挚，所以应当是六朝时学识颇高的文人所作。明唐寅的《报文徵明》与王廷陈的《答余懋昭》两篇作品水平不相上下。唐伯虎其他文章都不够完善，王稚钦的其他类型作品读来有割裂之感，且文中比喻多不恰当，只有书信一类较为工整。

六·三六

讲学者动以词藻为雕搜[1]之技，工文者则举拙语为谈笑之资，若枘凿[2]不相入，无论也。七言最不易工，吾姑举诸公数联，如"翼轸众星朝北极，岷嶓诸岭导南条。天连巫峡常多雨，江过浔阳始上潮"，此薛文清句也[3]。"溪声梦醒偏随枕，山色楼高不碍墙"[4]"狂搔短发孤鸿外，病卧高楼细雨中"[5]"千家小聚村村暝，万里河流处处同"[6]"残书汉楚灯前垒，小阁江山雾里诗"[7]"化石未成犹有泪，舞鸾虽在不惊尘"[8]，此庄孔旸[9]句也。"竹林背水题将遍，石笋穿沙坐欲平"[10]"出墙老竹青千个，泛浦春鸥白一双"[11]"时时竹几眠看客，处处桃符写似人"[12]"竹径傍通沽酒寺，桃花乱点钓鱼船"[13]，此陈公甫[14]句也。"万里沧江生白发，几人灯火坐黄昏"[15]"半空虚阁有云住，六月深松无暑来"[16]"春山日暮成孤坐，游子天涯正忆归"[17]"沙边宿鹭寒无影，洞口流云夜有声"[18]"春岩过雨林芳淡，暗水穿花石溜分"[19]"且留南国春山兴，共听西堂夜雨声"[20]"天迥楼台含气象，月明星斗避光辉"[21]"幽人月出每孤往，栖鸟山空时一鸣"[22]"山色古今余王气，江流天地变秋声"[23]"棋声竹里消闲昼，药裹窗前对病僧"[24]"月绕旌旗千嶂暗，风传铃柝九溪寒"[25]，此王文成[26]句也，何尝不极其致。

【注释】

[1] 雕搜：刻意修饰文辞。搜，通"锼"。

[2] 枘凿：榫头与榫眼。常喻两不相容。

[3] 语出薛瑄《沅州杂诗》十二首之十二，见《敬轩文集》卷八。"天连巫

峡常多雨"一作"天邻巫峡常多雨"。薛瑄,字德温,号敬轩,河津(今山西运城)人,永乐十九年进士,官至礼部侍郎、文渊阁大学士,谥号文清,后世称其"薛文清",明代理学河东学派创始人,世称"薛河东"。

[4] 语出庄昶《雨宿罗汉寺和苃乡员外》,见《定山集》卷四。"山色楼高不碍墙"一作"山色楼高不得墙"。

[5] 语出庄昶《用韵寄黄提学》,见《定山集》卷四。

[6] 语出庄昶《济宁舟中》,见《定山集》卷五。"万里河流处处同"一作"万里河流岸岸同"。

[7] 语出庄昶《病眼》,见《定山集》卷四。"小阁江山雾里诗"一作"草阁江山雾里诗"。

[8] 语出庄昶《节妇》句,见《定山集》卷四。

[9] 孔旸:庄昶字,见五·九注 [9]。

[10] 语出陈献章《次韵定山先生种树》,见《白沙集》卷七。

[11] 语出陈献章《春日偶成》,见《白沙集》卷八。"泛浦春鸥白一双"一作"泛棹春鸥白一双"。

[12] 语出陈献章《辛丑元旦戏笔》,见《白沙集》卷七。

[13] 语出陈献章《次庄定山清江杂兴韵》,见《白沙集》卷七。

[14] 公甫:陈献章字,见五·一三注 [21]。

[15] 语出王守仁《因雨和杜韵》,见《王文成全书》卷一九。

[16] 语出王守仁《移居胜果寺》二首之一,见《王文成全书》卷一九。

[17] 语出王守仁《春日游齐山寺用杜牧之韵》二首之二,见《王文成全书》卷一九。

[18] 语出王守仁《霁夜》,见《王文成全书》卷一九。

[19] 语出王守仁《再经武云观书林玉玑道土壁》,见《王文成全书》卷一九。"春岩过雨林芳淡"一作"春岩多雨林芳淡"。

[20] 语出王守仁《别希颜》二首之二,见《王文成全书》卷二〇。

[21] 语出王守仁《秋夜》,见《王文成全书》卷二〇。

[22] 语出王守仁《龙潭夜坐》,见《王文成全书》卷二〇。

[23] 语出王守仁《登阅江楼》,见《王文成全书》卷二〇。

[24] 语出王守仁《宿净寺》四首之一,见《王文成全书》卷二〇。

[25] 语出王守仁《谒伏波庙》二首之二,见《王文成全书》卷二〇。"月绕旌旗千嶂暗"一作"月绕旌旗千嶂静"。

[26] 文成:王守仁谥号,见五·四注 [4]。

【译文】

注重学识的人常常把词藻运用看成是修辞的技巧,善写文章的人则看不起这些粗拙的语言,就像方榫头与圆榫眼一样不能相容,无法加以讨论。七言诗句最不容易写得工巧齐整,我姑且举一些人写的诗句,如"翼轸众星朝北极,岷嶓诸岭导南条。天连巫峡常多雨,江过浔阳始上潮",这是薛瑄的诗句。"溪声梦醒偏随枕,山色楼高不碍墙""狂搔短发孤鸿外,病卧高楼细雨中""千家小聚村村暝,万里河流处处同""残书汉楚灯前垒,小阁江山雾里诗""化石未成犹有泪,舞鸾虽在不惊尘",这是庄昶的诗句。"竹林背水题将徧,石笋穿沙坐欲平""出墙老竹青千个,泛浦春鸥白一双""时时竹几眠看客,处处桃符写似人""竹径傍通沽酒寺,桃花乱点钓鱼船",这是陈献章的诗句。"万里沧江生白发,几人灯火坐黄昏""半空虚阁有云住,六月深松无暑来""春山日暮成孤坐,游子天涯正忆归""沙边宿鹭寒无影,洞口流云夜有声""春岩过雨林芳淡,暗水穿花石溜分""且留南国春山兴,共听西堂夜雨声""天迥楼台含气象,月明星斗避光辉""幽人月出每孤往,栖鸟山空时一鸣""山色古今余王气,江流天地变秋声""棋声竹里消闲昼,药裹窗前对病僧""月绕旌旗千嶂暗,风传铃柝九溪寒",这是王守仁的诗句,这些何尝不是七言诗的极致呢?

六·三七

公甫 [1] 少不甚攻诗,伯安 [2] 少攻诗而未就,故公甫出之若无意者,伯安出之不免有意也;公甫微近自然,伯安时有警策 [3]。

【注释】

[1] 公甫:陈献章字,见五·一三注 [21]。

[2] 伯安:王守仁字,见五·四注 [4]。

[3] 警策：文句精练，深切动人。

【译文】

陈献章在年少时不致力于写诗，王守仁年少时就深入钻研写诗的技巧而不成，所以献章写诗就像无意为之，守仁写诗难免有刻意之感；献章的诗接近自然，守仁的诗常有精练深切之句。

六·三八

顾华玉才华在朱、郑之上[1]，特以其调少下耳。如"君王自信图中貌，静女虚迎梦里车"[2]，又"古寺频来僧尽老，重阳欲近蟹争肥"[3]，无论体裁，俱隽婉有味。至"御前却辇言无忌，众里当熊死不辞"[4]，尤觉矫矫壮丽。朱句如"寒菊抱花余旧摘，慈鸦将子试新飞"[5]，亦自楚楚。华玉填楚[6]，诏修《承天志》，以王廷陈、颜木应。后不称旨，一时人亦以为非宜[7]。自今思之，自不可及，华玉能识今江陵公[8]于未冠时，足称具眼。

【注释】

[1] 华玉：顾璘字，见五·一三注 [44]。朱、郑：朱应登，见五·一三注 [46]；郑善夫，见五·四注 [31]。

[2] 语出顾璘《拟宫怨》七首之三，见《息园存稿》卷二。

[3] 语出顾璘《登清凉寺后西塞山亭》四首之二，见《息园存稿》卷一三。

[4] 语出顾璘《拟宫怨》七首之四，见《息园存稿》卷二。

[5] 语出朱应登《起坐》，见《凌溪先生集》卷九。

[6] 填楚：即在楚地做官。顾璘时任胡广巡抚。

[7]《列朝诗集小传》丙集卷一四："诏修《承天大志》，（华玉）聘楚名士屏弃者王廷陈、王格、颜木分任之。书成，不称旨。士论以此益附之。"

[8] 张居正，字叔大，号太岳，谥号文忠，江陵（今湖北荆州）人，故称"张江陵""江陵公"，明中后期著名政治家、改革家、内阁首辅。事详《明史》卷二一三《张居正传》："张居正字叔大，江陵人。少颖敏绝伦，十五为诸生。巡抚顾璘奇其文，曰：'国器也。'未几，居正举于乡，璘解犀带以赠，且曰：'君异日当腰玉，犀不足溷子。'"

【译文】

　　顾璘的才华在朱应登、郑善夫二人之上，只不过他作诗的格调稍微逊色一些。比如"君王自信图中貌，静女虚迎梦里车"，又如"古寺频来僧尽老，重阳欲近蟹争肥"，无论风貌和格调，都十分精美婉约。到"御前却辇言无忌，众里当熊死不辞"一句，仍觉得超凡脱俗，不同凡响。朱应登诗句如"寒菊抱花余旧摘，慈鸦将子试新飞"，也是十分秀美婉约。顾璘当时为湖广巡抚，奉诏编修《承天大志》，任用了王廷陈、颜木等人进行修订。后来所修订的《承天大志》并不符合圣意，当时的人都认为起用这几人不妥当。如今想来，（一般人）达不到顾璘的眼光。顾璘能在张居正年少时候就注意到他的才华，足以称他具有慧眼。

六·三九

　　王敬夫七言律有"出门二月已三月，骑马陈州来亳州"一首[1]，风调佳甚，而选者俱不之知，何也？

【注释】

　　[1]语出王九思《亳州》，见《渼陂集》卷五。敬夫：王九思字，见五·一三注[32]。

【译文】

　　王九思有一首七言律诗，其中包括"出门二月已三月，骑马陈州来亳州"两句。该诗风貌、格调都非常好，然而选诗编集的人都不知道这首诗，这是为什么呢？

六·四〇

　　边庭实《闻己卯南征事》[1]云："不信土人传接驾，似闻天语诏班师。"此欲为古人恻怛[2]忠厚之语，而未免纽造[3]也。至结语"东海细臣瞻巨斗，北枢终夜几曾移"，愈有理趣而愈不佳。"东海""北枢"，犹为彼善，"细臣""巨斗"，二字何出？吾最爱其"庭际何所有？有萱复有芋。自闻秋雨声，不种芭蕉树"[4]。于鳞《诗删》亦收之。然芭蕉岂可言树，芋岂庭中佳物，且独无雨声乎？俱属未妥。若作"自怜秋雨滴，不复种芭蕉"，或云"自闻秋雨声，不爱芭蕉色"，则上韵亦自可押，而意尤深婉。如《题文山祠》"花外子规燕市月，柳边精卫浙江潮"[5]，却甚精丽。

【注释】

[1] 即边贡《书事》，见《华泉集》卷六。庭实：边贡字，见五·三注 [19]。

[2] 恻怛：忧伤。

[3] 纽造：矫揉造作。

[4] 语出边贡《无题》二首之二，见《华泉集》卷七。

[5] 语出边贡《谒文山祠》，见《华泉集》卷六。"柳边精卫浙江潮"一作"水边精卫浙江潮"。

【译文】

边贡的《书事》一诗说："不信土人传接驾，似闻天语诏班师。"这是想模仿古人忧伤忠厚的语言，然而未免有些做作不自然。此诗的末句有"东海细臣瞻巨斗，北枢终夜几曾移"，愈是富有理趣，诗意愈是不佳。"东海""北枢"二词，尚且能彼此衬托，"细臣""巨斗"，二字又是出自哪里呢？我最爱他的"庭际何所有？有萱复有芋。自闻秋雨声，不种芭蕉树"一诗。李攀龙的《古今诗删》也曾收录。然而芭蕉又怎么能说是树呢，芋又怎能是庭院中的佳物呢，而且独独没有雨声吗？这些都是不妥当的地方。如果写成"自怜秋雨滴，不复种芭蕉"，或者"自闻秋雨声，不爱芭蕉色"，这样既能押上声韵，而且意义更为深切婉约。就像《谒文山祠》"花外子规燕市月，柳边精卫浙江潮"一句，十分精致秀丽。

六·四一

边庭实以按察移疾[1]还，每醉，则使两伎肩臂，扶路唱乐，观者如堵，了不为怪。关中许宗鲁、何栋，西蜀杨名[2]，无夕不纵倡，渐以成俗。有规杨用修者[3]，答书云："文有仗境生情，诗或托物起兴。如崔延伯，每临阵则召田僧超为《壮士歌》；宋子京修史，使丽竖燃椽烛；吴元中起草，令远山磨隃糜。是或一道也。走岂能执鞭古人，聊以耗壮心，遣余年。所谓老颠欲裂风景者，良亦有以。不知我者不可闻此言，知我者不可不闻此言。"[4]

【注释】

[1] 移疾：犹移病，旧时官员上书称病，多为居官者求退的婉辞。按：实为因纵酒废职被弹劾而归家。《明史·文苑传》："贡早负才名，美风姿，所交悉海内名士。久官留都，优闲无事，游览江山，挥毫浮白，夜以继日。都御史劾其纵酒废职，遂罢归。"

[2] 许宗鲁，见五·一三注 [84]。何栋，字伯直，又字子宇，号太华，长安（今陕西西安）人，正德十六年进士，官至右都御史兼兵部左侍郎。杨名，字实卿，号方洲，遂宁（今四川遂宁）人，嘉靖八年进士，授翰林院编修，后任展书官，因直言上谏，罢官家居。

[3] 规：劝诫。用修：杨慎字，见原序一注 [3]。

[4] 语出杨慎《答重庆太守刘嵩阳书》，见《升庵集》卷六。崔延伯：北魏著名将领，后战败殉国。田僧超：北魏歌者，善吹笳，为崔延伯赏识，事见杨衒之《洛阳伽蓝记》卷四。子京：宋祁字，北宋著名文学家、史学家、词人。椽烛：指大烛。元中：吴敏字，真州（今江苏仪征）人，宋钦宗时曾为少宰。《三朝北盟汇编》卷五四："敏有侍儿曰远山，美姿色，通文理。敏每为文，使供笔砚之役。"隃糜：文墨。走：自称的谦词，犹言仆。执鞭：持鞭驾车，此指攀附。风景：犹风望，声名威望。

【译文】

边贡在担任按察使时称病而辞官回家。每次喝醉的时候，就让两个女伎扶着他，沿途一边走一边唱歌，观者如堵，这样的情形早已不足为奇了。关中的许宗鲁、何栋，西蜀的杨名，也都没有一天不纵情声乐，渐渐地成为常态。世有劝诫杨慎的人，杨慎回答说："写文有的要触景生情，作诗有的要托物起兴。就如崔延伯，每次上阵前都召田僧超唱《壮士歌》；宋祁在修史时，都让佳人点燃蜡烛站立在侧；吴敏在写文章时，都令侍女远山研墨。这些或许都是同一个道理。我怎么能攀附古人呢，只不过是以此来耗磨心中的壮志，消遣余生。说我年老疯癫，败坏声望，也是有原因的。不了解我的人不与他们说这样的话，了解我的人不能不听这样的话。"

六·四二

康德涵[1]六十，要[2]名伎百人，为百岁会。既会毕，了无一钱，第[3]持笺命诗送王邸处置。时鄠杜王敬夫名位差亚[4]，而才情胜之，倡和章词，流布人间，遂为关西风流领袖，浸淫汴、洛间，遂以成俗。

【注释】

[1] 德涵：康海字，见五·四注[23]。

[2] 要：通"邀"，邀请。

[3] 第：只。

[4] 鄠杜：地名。鄠，即陕西鄠县；杜，为西汉宣帝陵墓，在长安东南。敬夫：王九思字，见五·一三注[32]。

【译文】

康海六十岁的时候，邀请一百位名伎，称之为百岁会。等到宴会结束时，就身无分文了，只好拿着信笺写诗送到王九思家中想办法。当时陕西鄠县杜陵一带的王九思名气和地位都比康海低一些，但他的才华胜过康海，他与旁人唱和的诗词流传到民间，引领了关西一带的潮流，影响遍布开封、洛阳之间，竟成了一种风俗。

六·四三

崔子钟[1]好剧饮，尝至五鼓[2]，踏月长安街，席地坐。李文正[3]时以元相[4]朝天，偶过早，遥望之曰："非子钟耶？"崔便趋至舆傍拱曰："老师得少住乎？"李曰："佳。"便脱衣行觞，火城[5]渐繁，始分手别。崔每一举百余觥船[6]不醉，醉辄呼："刘伶小子，恨不见我！"

【注释】

[1] 子钟：崔铣字，见五·四注[25]。

[2] 五鼓：即五更。

[3] 文正：李东阳谥号，见一·二八注[1]。

[4] 元相：即丞相，明太祖朱元璋废丞相设内阁，李东阳当时为内阁大臣，

故称之。

[5]火城：古代朝会时的火炬仪仗。

[6]觥船：亦作"觥舡"，指容量大的饮酒器。

【译文】

崔铣嗜酒如命，曾有一次喝到了五更天，踏着月光来到长安街头，席地而坐。李东阳时任内阁大臣，一次早朝稍早，远远看到一个人，说："那个人是不是崔子钟？"崔便走到李东阳的轿子旁拱手行礼说："老师能稍稍停留一会儿吗？"李说："可以。"于是就脱衣饮酒，等到其他大臣都纷纷入朝时才分别。崔子钟每次都能喝百余杯酒而不醉，喝醉了就说："刘伶这个小子，只可惜是没有遇到我罢了！"

六·四四

杨用修自滇中戌暂归泸，已七十余，而滇士有谗之抚臣[1]昺者。昺俗戾人也，使四指挥[2]以银铛[3]锁来。用修不得已至滇，则昺已墨败[4]。然用修遂不能归，病寓禅寺以没。

【注释】

[1]抚臣：即巡抚，时云南巡抚为王昺。

[2]指挥：军职名，即受指挥史统辖官员的泛称。

[3]银铛：铁链。

[4]墨败：应指被人上书弹劾而失官。

【译文】

杨慎自谪守之地云南返回泸州短住时已经七十多岁了。然而云南有人向当时的巡抚王昺诽谤杨慎。王昺是庸俗暴戾之人，就派四名军官用锁链把杨慎押解回来。杨慎不得已回到云南时，王昺已经因被人弹劾而失官。但是杨慎也不能返回家乡了，病逝于所居禅寺中。

六·四五

明兴，称博学饶著述者，盖无如用修[1]。其所撰，有《升庵诗集》《升庵文集》《升庵玉堂集》《南中集》《南中续集》《七十行戍稿》《升庵长短句》《陶情乐府》《续陶情乐府》《洞天玄记》《滇载记》《转注古音略》《古音丛目》《古音猎要》《古音复字》《古音骈字》《古音附录》《巽鱼图赞》《丹铅余录》《丹铅续录》《丹铅摘录》《丹铅闰录》《丹铅别录》《丹铅总录》《墨池琐录》《书品》《词品》《升庵诗话》《诗话补遗》《箜篌新咏》《月节词》《檀弓丛训》《墐户录》《瀑布泉行须候记》《夏小正录》《升庵经说》《杨子卮言》《卮言闰集》《敝帚》《病榻手欧》《晞笺阢》《六书索隐》《六书练证》《经书指要》。其所编纂,有《词林万选》《禅藻集》《风雅逸编》《艺林伐山》《五言律祖》《蜀艺文志》《唐绝精选》《唐音百绝》《皇明诗抄》《赤牍清裁》《赤牍拾遗》《经义模范》《古文韵语叙》《管子录》《引书晶钝》《选诗外编》《交游诗录》《绝句辨体》《苏黄诗体》《宛陵六一诗选》《五言三韵诗选》《五言别选》《李诗选》《杜诗选》《宋诗选》《元诗选》《群书丽句》《名奏菁英》《群公四六节文》《古今风谣》《古韵诗略》《说文先训》《文海钓鳌》《禅林钩玄》《填词选格》《百琲明珠》《古今词英》《填词玉屑》《韵藻》《古谚》《古隽》《寰中秀句》《六书索隐》《六书练证》《逸古编》《经书指要》《诗林振秀》。杨工于证经而疏于解经,博于稗史而忽于正史,详于诗事而不得诗旨,精于字学而拙于字法,求之宇宙之外而失之耳目之前,凡有援据,不妨墨守,稍涉评击,未尽输攻 [2]。

【注释】

[1]《明史》卷一九二《杨慎传》曰:"(慎)既投荒多暇,书无所不览。尝语人曰:'资性不足恃,日新德业,当自学问中来。'故好学穷理,老而弥笃。明世记诵之博,著作之富,推慎为第一。诗文外,杂著至一百余种,并行于世。"

[2]诗事:指作诗时所引用的典故。援据:引证。墨守:固守旧法。输攻:雄辩。

【译文】

本朝建国以来,能称为博学并且著述颇丰的人中,大概没有人能比得过杨慎。他所撰写的书有《升庵诗集》《升庵文集》《升庵玉堂集》《南中集》《南中续集》《七十行戍稿》《升庵长短句》《陶情乐府》《续陶情乐府》《洞天玄记》《滇载记》

《转注古音略》《古音丛目》《古音猎要》《古音复字》《古音骈字》《古音附录》《巽鱼图赞》《丹铅余录》《丹铅续录》《丹铅摘录》《丹铅闰录》《丹铅别录》《丹铅总录》《墨池琐录》《书品》《词品》《升庵诗话》《诗话补遗》《箜篌新咏》《月节词》《檀弓丛训》《墐户录》《瀑布泉行须候记》《夏小正录》《升庵经说》《杨子卮言》《卮言闰集》《敝帚》《病榻手欥》《晞笺颎》《六书索隐》《六书练证》《经书指要》。其所编纂，有《词林万选》《禅藻集》《风雅逸编》《艺林伐山》《五言律祖》《蜀艺文志》《唐绝精选》《唐音百绝》《皇明诗抄》《赤牍清裁》《赤牍拾遗》《经义模范》《古文韵语叙》《管子录》《引书晶钝》《选诗外编》《交游诗录》《绝句辨体》《苏黄诗体》《宛陵六一诗选》《五言三韵诗选》《五言别选》《李诗选》《杜诗选》《宋诗选》《元诗选》《群书丽句》《名奏菁英》《群公四六节文》《古今风谣》《古韵诗略》《说文先训》《文海钓鳌》《禅林钩玄》《填词选格》《百琲明珠》《古今词英》《填词玉屑》《韵藻》《古谚》《古隽》《寰中秀句》《六书索隐》《六书练证》《逸古编》《经书指要》《诗林振秀》。杨慎擅长考据经典，但却不擅长解释经典，对野史了解很多但忽略了正史，熟悉作诗所用的典故但不能领悟诗作的主旨，精通文字之学但不了解文字法度，寻求缥缈虚无的景象而失掉了眼前的东西。凡是引证前人的，就墨守成规不再变通，稍微涉及批评议论的，也是不够尖锐、雄辩。

六·四六

用修谪滇中，有东山之癖[1]。诸夷酋欲得其诗翰[2]，不可，乃以精白绫作袺[3]，遗诸伎服之，使酒间乞书。杨欣然命笔，醉墨淋漓裙袖。酋重赏伎女，购归装潢成卷。杨后亦知之，便以为快。

【注释】

[1] 东山之癖：典出《晋书》卷七九《谢安传》。东晋谢安辞官隐居东山，游山玩水，诗酒人生。后再度入朝任要职，世人遂称"东山再起"。

[2] 诗翰：诗文手迹。

[3] 袺：衣前襟。

【注释】

杨慎被贬云南时，有东晋谢安一样隐居山林的嗜好。当时云南本地的很多部落首领想要他写的诗文而不得，于是他们就用精细的白绫作成衣前襟，送给歌伎们穿，让她们在杨慎喝酒的时候向他乞求把诗文写在上面。杨慎十分高兴地提笔写作，墨迹沾湿了歌伎的裙袖。首领就重赏歌伎们，买回去把它们精心装裱成卷。杨慎后来也知道了，便为此感到愉快。

六·四七

用修在泸州，尝醉，胡粉[1]傅面，作双丫髻插花，门生舁[2]之，诸伎捧觞，游行城市，了不为怍[3]。人谓此君故自污，非也。一措大裹赭衣[4]，何所可忌？特是壮心不堪牢落，故耗磨之耳[5]。

【注释】

[1] 胡粉：铅粉，用于敷面或绘画。

[2] 舁：共同抬东西。

[3] 怍：惭愧。

[4] 措大：对贫寒读书人的蔑称，见三·三二注[5]。赭衣：囚衣。因以赤土染成赭色，故称。

[5] 见六·四一条。

【译文】

杨慎在四川泸州的时候，曾有次喝醉，用胡粉涂脸，头发梳成双丫髻插上花，让门生抬着，众歌伎捧着酒杯，在城里游行，且不感到羞愧。人们都说他是故意抹黑自己，其实不是这样。一个贫弱书生因罪被放逐到这里，又有什么可忌讳的呢？只不过是心怀壮志而不甘如此寥落，所以如此消磨而已。

六·四八

予少时尝见传杨用修《春兴》，末联云："虚拟短衣随李广，汉家无事勒燕然。"[1]甚美其意，为之击节。又读陆子渊《闻警》一联云："大将能挥白羽扇，君王不爱紫貂裘。"[2]紫貂事[3]虽稍涉宋，然不甚露。其使事之工，骈整含蓄，殊不易匹。后得全什读之，俱不称也。因记于此。

【注释】

[1]语出杨慎《春兴》八首之一，见《升庵集》卷二六。

[2]语出陆深《夜坐念东征将士》，见《俨山集》卷九。

[3]紫貂事：宋时不同颜色的官服代表不同的品级，初三品以上可用紫色，神宗时改为四品以上。

【译文】

我少年时曾经见到流传的杨慎《春兴》一诗，末联说："虚拟短衣随李广，汉家无事勒燕然。"认为这首诗的意境很美，忍不住对他赞赏。又读到陆深的《夜坐念东征将士》一联说："大将能挥白羽扇，君王不爱紫貂裘。"紫貂虽然稍微涉及宋朝的官服规定，但是不怎么直露。他典故使用得很妥当，对偶完整含蓄，很难与之匹敌。后来得到全篇来读，都不能与这一联相比，因而记在这里。

六·四九

常明卿[1]多力善射，虽为文法吏，时韎韦跗注两鞬骑而驰于郊[2]。诸彻侯[3]子弟从侠少年饮，常前突据上坐，起角射[4]，咸不及。问，稍知为常评事，敬之，奉大白为寿，常引满沾醉，[5]竟驰去弗顾。又时过倡家宿，至日高春[6]徐起，或参会不及，长吏诃[7]之，敖然[8]曰："故贱时过从胡姬饮，不欲居薄耳。"竟用考调判陈州，庭罥[9]御史，以法罢归，益纵酒自放。居恒从歌伎酒间度新声，悲壮艳丽，称其为人。又好彭老御内术，自谓得之，神仙可立致。一日省墓[10]，从外舅[11]滕洗马饮，大醉，衣红，腰双刀，驰马尘绝，从者不及前。渡水，马顾见水中影，惊蹶堕水，刃出于腹，溃肠死，年仅三十四。平阳守王溱其故人，为收葬之。常有诗吊韩信曰："汉代称灵武，将军第一人。祸奇缘蹶足，功大不谋身。带砺山河在，丹青祠庙新。长陵一抔土，寂寞亦三秦。"[12]至今为中原豪侠之冠。

【注释】

[1]明卿：常伦字，官至大理寺评事，见五·一三注[62]。

[2] 韎韦：赤黄色的皮子，用作护膝。跗注：古代的一种军服。鞬骑：盛弓器的马。

[3] 彻侯：爵位名，泛指侯伯高官。

[4] 角射：竞技射击。

[5] 大白：大酒杯。引满：谓斟酒满杯而饮。沾醉：大醉。

[6] 高春：日影西斜近黄昏。

[7] 诃：责骂。

[8] 敖然：忧虑貌。

[9] 詈：骂。

[10] 省墓：祭扫尊长的坟墓。

[11] 外舅：岳父。

[12] 语出常伦《和王公济过韩信岭》，见《常评事集》卷三。"汉代称灵武"一作"汉代推英武"，"功大不谋身"一作"功大不容身"。

【译文】

　　常伦力气大且擅长射箭，虽然是文官，但时常身着军服带着两匹盛弓器的马在郊外驰骋。众多侯伯子弟、少年侠士一起饮酒，他常靠前居上座，起身射箭，都不及他。问他是谁，才知道是常伦，对他很尊敬，向他敬酒祝寿。他经常满杯豪饮大醉，骑马奔驰而去不回头。又时常在娟妓家过夜，到近黄昏时才慢慢起床，有时候来不及参加会议，他的长官就呵斥他，他忧虑地说："以前贫贱落魄时经历过在胡姬处饮酒，现在不想慢待她们。"任期结束被贬谪为陈州判官，因当庭辱骂御史，根据律条被罢官回家，更加放肆地饮酒。在家常常在歌伎酒席之间琢磨出新作品，悲壮艳丽，就像他的为人。又喜欢道教房中术，自称很有心得，很快就会升仙。一日祭扫尊长的坟墓，与岳父滕洗马喝酒，大醉，穿着红衣，腰间佩戴双刀，骑马非常快，跟随的人都不能超过他。过河的时候，马儿回头看见水中的影子，受惊腾身而立将他掀翻摔入水中，刀刃插入腹中，切断肠子而死，年仅三十四岁。平阳太守王瀼是他的故交，为他收殓埋葬。常伦有一首凭吊韩信的诗说："汉代称灵武，将军第一人。祸奇缘蹑足，功大不谋身。带砺山河在，丹青祠庙新。长陵一抔土，寂寞亦三秦。"

他至今还是中原豪侠的魁首。

六·五〇

　　丰坊者，初字存礼，举进士高第，为礼部主事，以无行黜归家。坐法窜吴中，改名道生，字人翁，年老笃病死[1]。坊高材博学，精书法。其于《十三经》，自为训诂，多所发明，稍诞而僻者，则托名古注疏，或创称外国本。于构诗文，下笔数千言立就，则多刻它名士大夫印章。伪撰字稍怪拙，则假曰："此某碑某碑体也。"又为人撰定法书，以真易赝，不可穷诘[2]。又用蓄毒蛇药杀人，强淫子女，夺攘财产，事露，人畏而耻之。吾友沈嘉则[3]云："蓄毒蛇以下事无之，第狂僻纵口，若含沙[4]之蛊，且类得心疾者。"因举其一端云："尝要嘉则具盛馔[5]，结忘年交。居一岁，而人或恶之曰：'是尝笑公文者。'即大怒，设醮[6]诅之上帝。凡三等，云：'在世者宜速捕之，死者下无间狱，勿令得人身。一等皆公卿大夫与有眦睚[7]者也；二等文士或田野布衣，嘉则为首；三等鼠蝇蚤虱蚊也。'"此极大可笑。

【注释】

　　[1]丰坊，初字存礼，后更名道生，更字人翁，号南禺外史，鄞县（今浙江宁波）人，嘉靖二年进士，官至吏部考功主事，明代书法家、藏书家，为人玩世不恭，不拘法理，性情孤僻。事附《明史》卷一九一《丰熙传》。坐法：犯法获罪。

　　[2]穷诘：深究。

　　[3]沈明臣，字嘉则，号句章山人，鄞县（今浙江宁波）人，明万历时期诗人、文学家。

　　[4]含沙：传说中怪物，能在水中含沙射影，使人致病。

　　[5]盛馔：丰盛的饮食。

　　[6]设醮：设立祭坛。

　　[7]眦睚：极小的怨恨。

【译文】

　　丰坊，初字存礼，进士及第，排名靠前，官礼部主事，因为德行有失被罢黜回家。后来犯法逃窜到吴中，改名字为道生，字人翁，年老生重病而死。丰坊才华很高而且博学，擅长书法。对于《十三经》，自己解释考证，多有发现，稍稍荒诞而且较为生僻的解释，他就假托为古时的注疏，或者称是从外国来的版本。构思诗文下笔数千言立刻写成，却多盖其他名士大夫的印章。伪造的字稍显怪拙，就假称说："这是某个碑上刻的某种字体。"又替人临帖，以真换假，不能深究。又养毒蛇将人毒杀，强淫别人子女，抢夺财产，事情败露后，人们都害怕他而且认为他很可耻。我的朋友沈嘉则说："养毒蛇以下的事情是没有的，但他发狂胡言乱语，就像中了会害人的蛊毒，似得失心疯的人。"于是，举一个事例，说："韦坊曾经邀请嘉则赴盛宴，两人结为忘年交。过了一年，而有厌恶他（指沈嘉则）的人说：'他曾笑话您的文章。'韦坊立即十分生气，设立祭坛向上天诅咒。他把人分为三等，说：'三等人中还在世的应速速逮捕，死去的要下无间地狱，不能让他们成为人。一等的都是公卿大夫中与他有仇的；二等的是文士或者田野平民，嘉则排第一；三等的是鼠蝇蚤虱蚊之类。'"这可真是非常可笑。

卷 七

七·一

高子业少负渊敏，生支干与伪汉友谅同[1]。既迁楚臬，恒邑邑不自得，发病卒，实友谅彭湖之岁也[2]。其诗如"积贱讵有基，履荣诚无阶"[3]"既妨来者途，谁明去矣怀"[4]"茫然大楚国，白日失兼城"[5]"久卧不知春，茫然怨行役"[6]"为客难称意，逢人未敢言"[7]"失路还为客，他乡独送君"[8]"众女竞中闺，独退反成怒"[9]"寒星出户少，秋露坠衣繁"[10]"以我不如意，逢君同此心"[11]"当轩留驷马，出户倚双童"[12]"里中夷门监，墙外酒家胡"[13]"为农信可欢，世自薄耕稼"[14]"问年有短发，逐世无长策"[15]"林深得日薄，地静觉蝉多"[16]，又"文章知汝在"[17]"功名何物是"[18]"骑马问春星"[19]"残雨夕阳移"[20]，清婉深至，五言上乘。

【注释】

[1] 子业：高叔嗣字，见五·四注[29]。生支干：生日所属的干支纪年。友谅：指陈友谅，元朝农民起义领袖，元末大汉政权的建立者。

[2] 楚臬：指湖广地区。邑邑：忧郁不乐貌。彭湖：鄱阳湖古称。陈友谅于此大败于朱元璋，中流箭而死。这里指高叔嗣和陈友谅死于同年。按："生支干与伪汉友谅同"和"实友谅彭湖之岁"两句实不准确，为王世贞误记。其《史乘考误》卷八言："余尝于《卮言》记高苏门叔嗣与陈友谅同支干，其为湖广按察使，又与友谅彭湖之岁同，郁郁不乐而卒。盖故人王允宁、吴峻伯云得之前辈的然者。及后考之信史，殊不然，友谅以癸卯死于彭湖，年四十四，当是元延祐庚申生，而叔嗣则以弘治辛酉生，以嘉靖己亥卒，年三十九，盖无一同者，因更定之，且志一时之误。"

[3] 语出高叔嗣《再调考功作》二首之二，见《苏门集》卷一。

[4] 语出高叔嗣《再调考功作》二首之二,见《苏门集》卷一。

[5] 语出高叔嗣《古歌》二首之一,见《苏门集》卷一。

[6] 语出高叔嗣《病起偶题》,见《苏门集》卷一。

[7] 语出高叔嗣《与王庸之饮》,见《苏门集》卷一。

[8] 语出高叔嗣《送别德兆武选放归》,见《苏门集》卷一。

[9] 语出高叔嗣《简袁永之狱中》,见《苏门集》卷一。

[10] 语出高叔嗣《中秋同栗梦吉饮》,见《苏门集》卷一。

[11] 语出高叔嗣《岁暮答许武部廷议怀归》,见《苏门集》卷一。"逢君同此心"一作"怜君同此心"。

[12] 语出高叔嗣《子修侍御见过时谢病》,见《苏门集》卷二。

[13] 语出高叔嗣《少年行》,见《苏门集》卷二。

[14] 语出高叔嗣《与客集何氏园》,见《苏门集》卷二。"世自薄耕稼"一作"世自薄躬稼"。

[15] 语出高叔嗣《秋夕》,见《苏门集》卷二。

[16] 语出李梦阳《伏日载酒寻高司封读书处》二首之二,见《空同集》卷二七。此句疑为王世贞误记。

[17] 语出高叔嗣《饮任文选宅》,见《苏门集》卷二。

[18] 语出高叔嗣《送别家兄张披门时谪开州》,见《苏门集》卷一。

[19] 语出高叔嗣《谢病后初朝》,见《苏门集》卷一。"骑马问春星"一作"立马望春星"。

[20] 语出高叔嗣《偶题》,见《苏门集》卷二。

【译文】

高叔嗣少年时就以博学聪敏为人称道,他与元末建立汉政权的陈友谅同年出生。后来被贬到湖广一带,一直郁郁不得志,最终生病身亡,也是与陈友谅败亡鄱阳湖同年。他的诗如"积贱讵有基,履荣诚无阶""既妨来者途,谁明去矣怀""茫然大楚国,白日失兼城""久卧不知春,茫然怨行役""为客难称意,逢人未敢言""失路还为客,他乡独送君""众女竞中闺,独退反成怒""寒星出户少,秋露坠衣繁""以我不如意,逢君同此心""当轩留驷马,出户倚双童""里中夷门监，墙外酒家胡""为农信可欢，世自薄耕稼""问年有短发，逐世无长策""林深得日薄，地静觉蝉多"，还有"文章知汝在""功名何物是""骑马问春星""残雨夕阳移"，都非常清丽婉约，是五言诗的上乘之作。

七·二

王稚钦少为文，顷刻便就，多奇气，然好狎游、黏竿、风鸱诸童子乐。又蹶不可驯，父每抶扑之，辄呼曰："大人奈何辄虐海内名士耶？"[1]为翰林庶吉士，诗已有名，其意不可一世，仅推何景明，而好薛蕙、郑善夫[2]。故事：学士二人为庶吉士师，甚严重[3]。稚钦独心易之，时登院署中树而窥，学士过，故作声惊使见。大恚[4]，然度无如何，佯为不知也，乃已。当授官给事中，用言事，故诏特予外补裕州守[5]。既中不屑州，而以谏出，知当召，益骄甚。台省监司过州，不出迎，亦无所托疾[6]。人或劝之，怒曰："龌龊诸盲官，受廷陈迎耶？当不愧死！"一日出候其师蔡潮，以他藩道者。潮好谓曰："生来候我固厚，而分守从后来，亦一见否？且生厚我以师故，即分守[7]，君命也。"稚钦曰："善。"乃前迎分守。而分守既下车，数州吏微过，当稚钦答之十。稚钦大骂曰："蔡师误王先生见辱！"挺身出，悉呼其吏卒从守，勿更侍。一府中慑伏，亡敢留者。分守窘不能具朝饷[8]，谋于蔡潮。潮为谢过，稍给之，仅得夜引去。于是监司相戒，莫敢道裕州，而恨稚钦益甚，为文致逮下狱，削秩[9]归。家居愈益自放，达官贵人来购文好见者，稚钦多蓬首垢足囚服应之。间衣红纻窄衫，跨马或骑牛，啸歌田野间，人多望而避者[10]。晚节诗律尤精，好纵倡乐。有《闻筝》一首："花月可怜春，房栊映玉人。思繁纤指乱，愁剧翠蛾颦。授色歌频变，留宾态转新。曲终仍自叙，家世本西秦。"[11]又一书答人云："绮席屡改，伎俩杂陈，丝肉竞奏，宫徵暗和。羲和既逝，兰膏嗣辉。逸兴狎惊，干霄薄云，礼废罚弛，履遗缨绝。"[12]俱妙极形容，可谓才子。

【注释】

[1]稚钦：王廷陈字，见五·一三注[64]。狎游：嬉戏玩乐。黏竿：竿顶端涂黏剂以捕鸟的游戏。风鸱：放鹞鹰类的风筝。抶扑：鞭打。

[2]庶吉士：明、清两代翰林院的短期职位，负责起草诏书，为皇帝讲解

经籍等，是明内阁辅臣的重要来源之一。薛蕙：见五·一三注[54]。郑善夫：见五·四注[31]。

[3] 严重：严肃稳重。

[4] 恚：愤怒。

[5] 给事中：官名。辅助皇帝处理政务，并监察六部，纠弹官吏。言事：向君王进谏或议论政事。《明史》卷二八六《文苑传》二："武宗下诏南巡，与同馆舒芬等七人将疏谏，馆师石珤力止之。廷陈赋《乌母谣》，大书于壁以刺，珤及执政皆不悦。已而疏上，帝怒，罚跪五日，杖于廷。时已改吏科给事中，乃出为裕州知州。"

[6] 台省监司：明制，巡抚、巡按称为台省官，布政使、按察使称作监司官。托疾：称病推托。

[7] 分守：明时按察使、按察分司的别称。

[8] 朝餔：早晚餐食。

[9] 削秩：削官职。

[10] 红绖窄衫：红色粗布紧身衣。事详《明史》卷二八六《文苑传》二。

[11] 见王廷陈《梦泽集》卷七。

[12] 语出王廷陈《答人书》，见《梦泽集》卷一七。

【译文】

王廷陈年少的时候写文章，一会儿就能写完，且多不平凡的气势，然而他喜欢嬉戏、捕鸟、放风筝这些小孩子玩儿的东西。又桀骜不驯，不服管教，他父亲时常用鞭子打他，他就呼喊说："大人为什么虐待国内的名士呢？"做翰林庶吉士时，作诗已经很有名气了，意气风发，不可一世，只推崇何景明，而且喜欢薛蕙、郑善夫。有这样的事：有两位大学士做庶吉士老师，特别严肃稳重。王廷陈独独不以为意，时常爬到院中的树上偷看，等两位学士经过的时候，就故意大声吓他们，使他们看见他。学士非常恼火，然而无论王怎么做，就当作不知道，王只好作罢。在被授官为给事中时，作为言官向皇上谏言，因故（按：上疏震怒皇帝）而被外派为裕州知州。到了名不见经传的小州县任职，而且因为上谏而获罪，知道最终还会被召回，就更加骄纵。台省监司经过裕州，不出门迎接，也不借口称病，有人劝说他，他则非常生气地说："这些龌龊的盲官，能承受我的迎接？应当会十分羞愧。"一次，他的老师蔡潮从外地在此路过，他出门迎候。蔡潮友善地对他说："你来等待我固然是十分尊重我，但分守从后边过来，也能同等对待吗？且你尊重我是因为我是你的师父，而分守，是皇上任命的。"王说："好"。就上前迎接分守。分守下车后，一些裕州的官员有轻微的过失，他就当着王的面抽打。王大骂说："蔡师父误导了我，让我被侮辱。"就挺身而出，呼喊所有的随从护卫都出来，让他们不要服侍了。府中的人都被震慑，没有敢留下的。分守困窘于没有餐食供应，就和蔡潮商量。蔡潮为了表示歉意，稍稍给了他一些，让他连夜离开。于是监司们都互相告诫，没有敢路过裕州的，但更加记恨王，就上书弹劾使王被逮捕入狱，削官归乡。他在家就更加自我放纵，达官贵人来买他的文章有想见他的，他也大多蓬头垢足穿着囚服应答。有时穿着红色的粗布窄衫，骑着马或者牛，在田野间放声歌唱，人们大多远远看见就避开。到了晚年诗的格律尤为精工，喜欢倡优歌舞。有一首《闻筝》诗："花月可怜春，房栊映玉人。思繁纤指乱，愁剧翠蛾颦。授色歌频变，留宾态转新。曲终仍自叙，家世本西秦。"又有一篇回复他人的书信，称："绮席屡改，伎俩杂陈，丝肉竞奏，宫徵暗和。羲和既逝，兰膏嗣辉。逸兴狎惊，干霄薄云，礼废罚弛，履遗缨绝。"都描写得十分精当，可称之为才子。

七·三

颜惟乔为亳守，有干声，与武帅构讦，罢归 [1]。故人为分守，至，随访之，屏迹 [2] 不可复见。既行部他邑，有田父荷担，以只鸡缾酒由中道入者，呵之，乃惟乔也 [3]。因留剧饮至醉，委缾担而去。追问邸舍人，莫能踪迹。惟乔草《随志》，称良史，余读之殊不称。又徐子与致其全集若干卷，亦平平耳，远不逮王裕州 [4]。

【注释】

[1] 惟乔：颜木字，见五·一四注 [47]。干声：有才能，有声望。武帅：即石玺，时为武平卫（治所即今安徽亳州）指挥佥事、参将。构讦：结怨，相

互用言论攻击。

[2] 屏迹：隐迹，隐居。

[3] 行部：巡行所属部域，考核政绩。只鸡：一只鸡，常指菲薄的祭品。
甒：古代蒸煮用的炊具。

[4] 子与：徐中行字，见六·一九注 [13]。王裕州：指王廷陈，见七·
二条。

【译文】

颜惟乔做亳州太守的时候，很有才干声望，但与当地的豪强石氏结怨，遭
诬陷而被罢官回乡。他的旧友做分守时，去拜访他，但他已经隐居别处不能相
见了。（分守）到其他的地方视察，碰到一个挑担的农夫，挑着一只鸡和一罐
酒在路中央要见面，便喊住他，这个人就是颜惟乔。因而留下他喝酒，（颜惟
乔）喝醉了就挑着担子离开了。之后追问府里的仆从，都不知道他去了哪里。
颜惟乔写的《随志》，被称为良史，但我读过觉得名不副实。徐中行送来了颜
的全集若干卷，也是平平无奇，远不及王廷陈。

七·四

郑郎中善夫初不识王仪封廷相 [1]，作《漫兴》十首，中有云："海内谈诗
王子衡，春风坐遍鲁诸生。"[2] 后郑卒，王始知之，为位而哭，走使千里致奠，
为经纪其丧，仍刻其遗文。人之爱名也如此。

【注释】

[1] 郑善夫，见五·四注 [31]。王廷相：字子衡，见五·四注 [24]。

[2] 语出郑善夫《送克相侍御使齐鲁》五首之四，见《少谷集》卷八。

【译文】

郑善夫开始与王廷相未能谋面，他写的《漫兴》十首中有诗说："海内谈
诗王子衡，春风坐遍鲁诸生。"后来郑善夫去世，王廷相才知道，做了灵位哭
拜，行走千里去祭奠他，为他操办丧礼，并刻印他遗留下的诗文。世人爱惜自
己的名声就是这样。

七·五

孙太初玉立美髯，风神俊迈，尝寓居武林[1]。费文宪罢相东归，访之，值其昼寝，孙故卧不起[2]。久之，费坐语益恭，孙乃出，又了不谢。送之及门，第矫首东望曰："海上碧云起，遂接赤城，大奇大奇。"文宪出，谓驭者曰："吾一生未尝见此人。"

【注释】

[1] 太初：孙一元字，见五·一三注[59]。武林：旧时杭州别称。

[2] 费宏，字子充，号鹅湖，铅山（今江西铅山）人，明成化二十三年状元，官至内阁首辅，谥号文宪。事详《明史》卷一九三《费宏传》。昼寝：午睡。

【译文】

孙太初面容身姿俊朗，气度非凡，曾居住在杭州。费宏罢相后还乡，就去拜访他，正好碰上他午睡，孙太初就故意卧床不起。过了很久，费宏坐谈的言语更加恭敬，孙太初才出来，但也不对来客表示歉意。送费宏到门口，只是抬头向东望说："海上碧云升起，是为接赤城之人，是奇特的景象啊。"费宏离开，对赶车的人说："我一生中还没有见过这样的奇士。"

七·六

吴中如徐博士昌谷[1] 诗，祝京兆希哲[2] 书，沈山人启南[3] 画，足称国朝三绝。

【注释】

[1] 昌谷：徐祯卿字，曾官国子监博士，见原序一注[1]。

[2] 希哲：祝枝山字，曾任应天府通判，世称"祝京兆"，见五·四注[22]。

[3] 启南：沈周字，见五·六注[72]。

【译文】

吴中徐祯卿的诗，祝枝山的书法，沈周的画，足以称为我朝三绝。

七·七

杨修撰[1]之《南中稿》，秾丽婉至；华学士之《岩居稿》，清淡简远，俱远胜玉堂之作[2]。然杨稿自南充王公刻外，绝不能佳。贵精不贵多，宁独用兵而已哉！

【注释】

[1] 杨修撰：杨慎正德六年状元及第，授翰林院修撰，故云。

[2] 华学士：华察曾官翰林院侍读学士，故云。见五·一三注[76]。玉堂：宋以后翰林院亦称玉堂。《明诗纪事》戊签卷四："子潜出使朝鲜，有《皇华集》，诗不足存。唯《岩居》一稿，五言最胜，有柴桑遗韵。"

【译文】

杨慎的《南中稿》，用词华丽婉约；华察的《岩居稿》，风格清新意义简古深远，都远胜过翰林院其他人的作品（指馆阁体）。然而杨慎的书稿，除南充王公刻印的之外，（其余的）都不是上品。贵精不贵多，难道独独用兵是这样吗！

七·八

胡孝思尝为吾吴郡守，才敏风流，前后罕俪[1]。公暇多游行湖山园亭间，从诸名士一觞一咏，题墨淋漓，遍于壁石。后迁御史中丞，抚河南。肃帝[2]幸楚，为一律纪事云："闻道銮舆晓渡河，岳云缥缈护晴珂。千官玉帛嵩呼盛，万国衣冠禹贡多。锁钥北门留统制，璇玑南极启羲和。穆天八骏空飞电，湘竹英皇泪不磨。"[3]刻之石。后以他事坐罢，家居者数载矣。尝扑一贪令王联，其人为户部主事，以不职[4]免，杀人下狱当死，乃指"穆天""湘竹"为怨望咒诅，而所由成狱及生平睚眦，皆指为孝思奸党，奏之。上大怒，悉捕下狱，欲论死。分宜相、陶真人力救解，久之乃罢免，犹摘杖孝思三十[5]。当是时，孝思将八十矣，了不怖慑，取锦衣狱中桎械之类八，曰制狱八景，为诗纪之。众争咎孝思，掣其笔曰："君正坐诗至此耳，尚何吾伊为！"孝思澹然咏不辍，曰："坐诗当死，今不作诗，得免死耶？"出狱时，谢茂秦贻之诗，有云："白首全生逢圣主，青山何意见骚人。"[6] 孝思方病杖创甚，呻吟间，犹口占韵以谢。人谓孝思意气差胜苏长公[7]，才不及耳。

【注释】

[1] 孝思：胡缵宗字，见五·一三注[55]。吾吴郡：胡缵宗曾官苏州知府，王世贞为苏州府太仓州（今江苏太仓）人，故称"吾吴郡"。俪：相称，相当。

[2] 肃帝：明世宗朱厚熜谥号。

[3] 语出胡缵宗《闻道》六首之三，见《鸟鼠山人集》卷九。

[4] 不职：不称职。

[5] 分宜相：指严嵩，其为袁州分宜（今江西分宜）人，时为内阁首辅，故云。陶真人：陶仲文，原名典真，黄州（今湖北黄冈）人，鼓吹神仙方术，得世宗信任，嘉靖十八年封为真人。事详《明史》卷三〇七《佞幸列传》。

[6] 语出谢榛《送鸟鼠山人胡世甫西归》，见《四溟集》卷五。茂秦：谢榛字，见一·三一注[1]。

[7] 苏长公：即苏轼。

【译文】

胡缵宗曾经是苏州知府，才思敏捷，行事风流，前后很少有能和他比肩的。他在闲暇时经常在湖山园亭之间游玩，和众多名士一起喝酒吟诗，痛快地写诗作文，作品写遍了山石。后来升官为御史中丞，为河南巡抚。皇上来楚地巡查，他便写一首律诗来纪事说："闻道銮舆晓渡河，岳云缥缈护晴珂。千官玉帛嵩呼盛，万国衣冠禹贡多。锁钥北门留统制，璇玑南极扈羲和。穆天八骏空飞电，湘竹英皇泪不磨。"并刻在石头上。之后因其他事情牵连而罢官，在家居住了很多年。他曾经鞭打惩罚过一个贪官王联，这个人是户部的主事，因不称职而被免官，后来杀人入狱应当为死罪，就指责胡缵宗诗中的"穆天""湘竹"是怨恨和诅咒，而将与他罢官有关的人及与他平日有小矛盾的人，都指认成胡的同党，上奏。皇上大怒，把他们都逮捕入狱，想要判为死罪。严嵩、陶真人奋力解救他，很久之后他才被免死，但仍被杖责三十。当时胡缵宗已经八十岁了，一点儿都不害怕，取监狱中的八种棍棒类刑具，称之为狱中八景，并写诗记录。众人都争着责问孝思，抽走他的笔说："您就是因为写诗才沦落至此，为什么还这么做呢！"孝思神色淡然仍吟咏不停，说："因作诗而被判为死刑，现在不写诗，就可以免死了吗？"出狱的时候，谢榛赠给他诗说："白首全生逢圣主，青山何意见骚人。"胡缵宗当时因杖刑而受伤很重，呻吟之间，仍吟诗来谢他。人们说胡缵宗的意志气概几乎胜过苏轼，但才华不如他。

七·九

孝思守吴日，于诸生最好黄勉之、王履吉、袁永之，而不能知陆浚明 [1]。黄、王俱不振以死，而永之领解甲第胪传 [2]。浚明再魁省会试，馆选第一，为给事中，主试浙江 [3]。时孝思以左参政与鹿鸣宴 [4]，颇遭讥讪，人两不与也。勉之为人本任诞，而矜局自位置，时引胜流为重，最称博洽；于文多拟古而不出自然，好持论而不甚当，负经济而寡切用，然视吴人肤立皮相者天壤矣 [5]。履吉玉立秀雅，饶酒德 [6]，使人爱而思之；诗笔翩翩华丽，足称名家。浚明高爽奇逸，尚气慷慨，急人之难甚于己，颇负用世才而不究。永之高狷 [7]自好，时有咎声。然二子文实清雅典则，非它琐琐比也 [8]。浚明不长于诗，亦不以诗自显。

【注释】

[1]诸生：考取秀才入学的生员。勉之：黄省曾字，见一·三〇注 [1]。履吉：王宠字，见五·一三注 [61]。永之：袁褧字，见五·四注 [30]。浚明：陆粲字，见五·四注 [26]。

[2]解甲第：指乡试第一名，即解元。胪传：犹"传胪"，殿试中二甲第一名。

[3]省会试：乡试和会试。馆选：翰林院在二、三甲进士中考试、选拔庶吉士的制度。

[4]鹿鸣宴：科举考试后，州县长官、主考等人与新生员的宴会。

[5]肤立：浅薄。皮相：表象。

[6]酒德：饮酒时的品行。

[7]高狷：高洁正直。

[8]典则：作文有章法。琐琐：鄙陋，平庸。

【译文】

胡缵宗做苏州知府的时候，在众秀才中最喜欢黄省曾、王宠、袁袠，而不知道陆粲。黄、王都因仕途不顺，衰颓消沉而死，而袁袠得中二甲第一名进士。陆粲在乡试和会试中都位居榜首，馆选获第一名，后授官为给事中，在浙江主持考试。当时胡缵宗为浙江左参政，参加鹿鸣宴，颇受讥讽，人们都说两人不和。黄省曾为人本来随性不受拘束，但是受限于自身地位，经常重视引用名家诗句，很是渊博恰切。其文章以拟古为主，而不够自然，好发议论但不够恰当，有治国之才却不够实用，但相比于吴地那些徒有虚名的文人不啻天壤之别。王宠身姿清秀文雅，饮酒之后也不失品行风度，使人喜爱；写诗运字洒脱，文辞华丽，可以称为名家。陆粲为人爽朗洒脱，重气节，行事慷慨，热心帮助别人解决困难超过自己，颇有用世之才而不追求名利。袁袠高洁正直，洁身自好，当时也有说他小气的。然而两者写诗作文则风格清雅且有章法，不是其他平庸之辈可以相比的。陆粲不擅长写诗，也不用诗来彰显自己。

七·一〇

黄才伯诗亦有佳语，如"青山知我吏情澹，明月照人归梦长"[1]，又"长空赠我以明月，海内知心惟酒杯。门前马跃箫鼓动，栅上鸡啼天地开。倦游却忆少年事，笑拥如花歌落梅"[2]，虽格不甚古，而逸宕可取。然至末句，乃自注云："欲尽理还之喻。"[3] 盖此公作美官[4] 讲学，恐人得而持之也。可发词林一笑。

【注释】

[1] 语出黄佐《阻水寓萧氏楼上作》，见《泰泉集》卷七。才伯：黄佐字，见五·一三注 [71] 。

[2] 语出黄佐《春夜大醉言志》，见《泰泉集》卷七。"海内知心惟酒杯"一作"天下知心惟酒杯"，"门前马跃箫鼓动"一作"门前马踏箫鼓动"。

[3]《四库全书总目提要》卷一七二："唯其《春夜大醉言志诗》有云：'倦游却忆少年事，笑拥如花歌落梅。'自注以为'欲尽理还之喻'，是将以嘲风弄月之词，而牵合于理学，殊为无谓。王世贞《艺苑卮言》谓此乃佐为儒官讲学，

恐人得而持之，故有此语。"

[4] 美官：位高禄厚之官。

【译文】

黄佐的诗也有写得很好的，如"青山知我吏情澹，明月照人归梦长"，又如"长空赠我以明月，海内知心惟酒杯。门前马跃箫鼓动，栅上鸡啼天地开。倦游却忆少年事，笑拥如花歌落梅"，虽然格调不够古雅，但风格奔放飘逸，也是可取的。然而他诗的最后一句，却自己作注说："想要说尽天理所以才这样比喻。"大概他是作为高官讲学，害怕旁人以此诗针对自己。（这种行为）可以让词林中人一笑。

七·一一

少陵句云："淮王门有客，终不愧孙登。"[1] 颇无关涉，为韵所强耳。后世不解事人翻以为法。至于北地所谓"郑綮骑驴，无功行县"[2]，"行县""骑驴"既非实事，王绩、郑綮又否通人[3]，生俗无谓，大可戒也。近代谢茂秦大有此病，盖不学之故。

【注释】

[1] 语出杜甫《赠特进汝阳王二十韵》，见《全唐诗》卷二二四。

[2] 语出《郑生闻予种树有成，便冒雪携酒来看，郑时有江东之行》，见《空同集》卷三一。原作"郑綮骑驴雪故来，无功行树及春栽"。北地：指李梦阳，见一·二五注[1]。郑綮：唐昭宗时宰相、诗人。《唐诗纪事》卷六五引《古今诗话》："相国綮善诗。……或曰：'相国近为新诗否？'对曰：'诗思在灞桥风雪中，驴子上，此何处以得之。'盖言平生苦心也。"行县：巡行所主之州县，此指初唐诗人王绩事，《唐诗纪事》卷四："（王绩）大业末仕为六合丞，嗜酒不任事，因解去。"

[3] 通人：学识渊博、通达事理的人。

【译文】

杜甫有句诗说："淮王门有客，终不愧孙登。"跟事实没什么关联，只是为了押韵强行使用罢了。后世不了解的人便认为是一种法度。至于李梦阳所说的："郑綮骑驴，无功行县"，"行县""骑驴"既不是实事，王绩、郑綮又不是样样皆通的人，生硬、庸俗、不知所云，这种写法一定要戒除掉。近来的谢榛就大有这样的弊端，大概是不好好学习的缘故。

七·一二

江晖字景旸[1]，文昭公澜子也。以翰林修撰为按察佥事，年三十六死，有文集曰《亶爰子集》。按《山海经》曰："亶爰之山，多水，无草木，不可以上。有兽焉，其状如狸而有发，名曰类，自为牝牡。食者不妒。"[2] 取以名集，别无深义。晖好以奇癖字作文，初若不易解者，解之得平平耳。王稚钦有诗嘲之云："江生突兀扬文风，千奇万怪难与穷。博物岂惟精《尔雅》，识字何止过扬雄。古心已出《丘》《索》上，邃旨或与神明通。求深索隐苦不置，一言忌使流俗同。令弟大篆逼钟鼎，绝艺耻作斯、邕等。生也为文遣弟书，一出皆称二难并。纵有楚史不可读，满堂观者徒张目。少年往往致讥评，生也不言但扪腹。君不见好丑从来安可期，豪杰有时翻自疑。伯牙竟为知音惜，卞氏能无抱璞悲。请群宝此无易辙，圣人复起当相知。"[3] 读此大略可见。

【注释】

[1] 江晖，字景旸，一字景孚，仁和（今浙江杭州）人，明武宗正德十二年进士，官至河南按察佥事，后病归，卒于家中。

[2] 语出《山海经》卷一《南山经》。

[3] 语出王廷陈《寄嘲江子》，见《梦泽集》卷四。

【译文】

江晖字景旸，是文昭公江澜的儿子。从翰林院编修升为河南按察佥事，在三十六岁的时候去世，有文集《亶爰子集》。《山海经》载："亶爰之山，多水，无草木，不可以上。有兽焉，其状如狸而有发，名曰类，自为牝牡。食者不妒。"他把文集如此命名，也没有更深的意思。江晖喜欢用奇怪生僻的字写文章，开始不容易读懂，读懂后只是很一般的东西。王廷陈有一首诗嘲笑他说："江生突兀扬文风，千奇万怪难与穷。博物岂惟精《尔雅》，识字何止过扬雄。古心已出《丘》《索》上，邃旨或与神明通。求深索隐苦不置，一言忌使流俗同。

令弟大篆逼钟鼎，绝艺耻作斯、邕等。生也为文遣弟书，一出皆称二难并。纵有楚史不可读，满堂观者徒张目。少年往往致讥评，生也不言但扪腹。君不见好丑从来安可期，豪杰有时翻自疑。伯牙竟为知音惜，卞氏能无抱璞悲。请群宝此无易辙，圣人复起当相知。"读这首诗大致可以了解江晖的诗风。

七·一三

黄五岳省曾言，南城罗公玘好为奇古，而率多怪险俎饤之辞 [1]。居金陵时，每有撰造，必栖踞于乔树之巅，霞思天想 [2]。或时闭坐一室，客有于隙间窥者，见其容色枯槁，有死人气，皆缓履以出。都少卿穆乞伊考墓铭，铭成，语少卿曰："吾为此铭，瞑去四五度矣。" [3] 今其所传《圭峰稿》者，大抵皆树巅死去之所得也。

【注释】

[1] 五岳：黄省曾号五岳山人，见一·三〇注 [1]。罗玘，见五·四注 [21]。俎饤：陈列食物于祭器中，这里指文辞罗列堆砌。

[2] 霞思天想：即冥思苦想。

[3] 都穆，字玄敬，一作元敬，号南濠先生，吴县（今江苏苏州）人，弘治十二年进士，曾官太仆少卿，金石学家、藏书家。瞑：冥想昏睡。

【译文】

黄省曾说，南城的罗玘喜欢作奇特古怪的诗，而且多用奇险怪异、罗列堆砌的词语。居住在金陵时，每次创作，都要坐在乔树树顶上，苦思冥想。或者时常闭门坐在一间屋子里，客人有从缝隙中偷看他的，见他脸色憔悴，有死人的气息，都蹑手蹑脚地走开。都穆请他写墓志铭，写成的时候，对都穆说："我为这个墓志铭，昏睡入定四五次。"现在流传的《圭峰稿》，大概都是他在树顶快要昏死之时所得到的。

七·一四

"宫采初传长命缕，中官竞插辟兵符""衡阳刺史新除道，济北藩王已上书""雪后锦裘行塞外，月明清啸满楼中""赐第近连平乐观，入朝新给羽林兵""儒生东阁承颜色，酋长西羌识姓名""繁花向日宜供笑，幽鸟逢春各异啼""老去自吹秦觱栗，西征曾比汉嫖姚""水落尽如雷电过，山回俱作凤皇飞""山学翠屏开作画，水从金谷泻成春""门径近连驰道树，池塘遥接汉宫流""云裁玉叶和烟润，瀑溅珠花映雨飞"，此嘉靖时为初唐者也。"细雨薜萝侵石径，深秋粳稻满山田""业净六根成慧眼，身无一物到茅庵""空庭庐岳晴云色，燕坐浔阳江水声""虎患已从邻境去，猿声偏近郡斋前""万里辞家身是梦，三年作郡口为碑""绕院松林岚翠重，满庭蕉叶雨声多。清樽自对丛花发，高枕无如啼鸟何"，此其稍变而中唐者也。

【译文】

"宫采初传长命缕，中官竞插辟兵符""衡阳刺史新除道，济北藩王已上书""雪后锦裘行塞外，月明清啸满楼中""赐第近连平乐观，入朝新给羽林兵""儒生东阁承颜色，酋长西羌识姓名""繁花向日宜供笑，幽鸟逢春各异啼""老去自吹秦觱栗，西征曾比汉嫖姚""水落尽如雷电过，山回俱作凤皇飞""山学翠屏开作画，水从金谷泻成春""门径近连驰道树，池塘遥接汉宫流""云裁玉叶和烟润，瀑溅珠花映雨飞"，这些是嘉靖时期风格像初唐的诗句。"细雨薜萝侵石径，深秋粳稻满山田""业净六根成慧眼，身无一物到茅庵""空庭庐岳晴云色，燕坐浔阳江水声""虎患已从邻境去，猿声偏近郡斋前。万里辞家身是梦，三年作郡口为碑""绕院松林岚翠重，满庭蕉叶雨声多。清樽自对丛花发，高枕无如啼鸟何"，这些都是稍有变化而像中唐人的诗。

七·一五

吾友宗子相 [1]，天才奇秀，其诗以气为主，务于胜人。间有小瑕及远本色者，弗恤 [2] 也。吴明卿 [3] 才不胜宗，而能求诣实境，务使首尾匀称，宫商谐律，情实相配。子相自谓胜吴，默已不战屈矣。徐子与 [4] 斟酌二子，颇得其中，已是境地，精思便达。梁公实 [5] 工力故久，才亦称之，尝为别余辈诗一百韵 [6]，脍炙人口。惜悟汗未几，中道摧殒，每一念之，不胜威明绝锷之痛 [7]。

【注释】

[1] 子相：宗臣字，见五·一三注[91]。其与吴国伦、梁有誉、徐中行同属"后七子"。

[2] 恤：忧心、顾虑。

[3] 明卿：吴国伦字，见六·一九注[12]。

[4] 子与：徐中行字，见六·一九注[13]。

[5] 公实：梁有誉字，见五·一三注[92]。

[6]《静志居诗话》卷四六："虽入王（世贞）、李（攀龙）之林，习染未甚，诵其古诗，犹循《选》体，五、七律无叫嚣之状。四溟（指谢榛）而下，庶几此人。度越徐（中行）、吴（国伦），奚啻十倍。"

[7] 宗臣、梁有誉卒年俱三十六，故云。悟汗：出汗，谓时间短。威明：显赫的威灵。锷：刀剑之刃。

【译文】

我的朋友宗臣，天资奇秀，作诗以气为主，致力于超过别人。偶尔有小瑕疵和远离本色的诗，也不用在意。吴国伦的才气不如宗臣，但作诗能追求达到实际美感，尽力使首尾协调，声律和谐，情感和实事相配。宗臣自称胜过吴国伦，但私下已经不战而屈了。徐中行斟酌学习两人的作品，颇得两者的长处，已经是一种境界，稍加精思便会达到至高水平。梁有誉用心学习很久，才气与学力相称，曾经创作与我辈风格不同的诗一百韵，脍炙人口。可惜未等显扬，中途丧命，每每想起，不无英年早逝的痛惋。

七·一六

子相自闽中手一编遗余，乃五七言近体。予摘其佳句书之屏间，虽沈侯采王筠之华[1]，皮生推浩然之秀[2]，不是过也。世言古今不相及，殊聩聩，有识者当辨之耳。中联寄赠予者，如"万里蘼芜色，秋风一夜深"[3]，又"一身诗作癖，万事酒相捐。枕簟疏秋雨，江山隔暮烟"[4]，又"金山一柱立，沧海万波随"[5]，又"愁来失俯仰，书去畏江河"[6]，又"屡书心尽折，一字眼堪枯"[7]，又"袖中芳草寒相负，马首梅花春自怜。孤角千家沧海戍，故人双鬓蓟门烟"[8]。他作如"开尊销夜烛，听雨长春蔬"[9]，又"尔辈甘云卧，吾生岂陆沉"[10]，又"宦情疏病后，世事得愁先"[11]，又"青山移病远，白雁寄书轻"[12]，又"忽雨新枫橘，如云长薜薇"[13]，又"江树低从密，溪流曲更分"[14]，又"雨气千江入，秋声万木多"[15]，又"日落中原紫，天高北斗垂"[16]，又"夜立残砧杵，园行久薜萝"[17]，又"江平低雁翼，潮落进渔竿"[18]，又"星河双杵夕，风雨七陵秋"[19]，又"战伐乾坤色，安危将相功"[20]，又"白雪孤调世，黄金巧识人"[21]，又"种橘开新溜，寻芝数落霞"[22]，又"生难看白发，死岂负青山"[23]，又"谁家羌笛吹明月，无数梅花落早春"[24]，"愁边鸿雁中原去，眼底龙蛇畏路多"[25]，又"冲泥匹马时时立，入座寒云片片孤"[26]，又"绝壁昼开风雨色，断虹秋挂薜萝长"[27]。结句如"登楼知有赋，莫向众人传"[28]，又"浮生同远近，斟酌向鸬鹚"[29]，又"泰陵千古泪，一洒翠华东"[30]，又"吾将付风雨，片片作龙鳞"[31]，又"自知寒色甚，不敢怨明珠"[32]，又"蓟门旧侣能相忆，八月双鸿起太湖"[33]，又"衣裳岁暮吾将换，好与青山长薜萝"[34]，又"浮生转觉江湖窄，难把衣裳任芰荷"[35]，又"醉来偃蹇三湘里，更是何人《白雪篇》"[36]，又"江门十里垂杨色，莫把时名负钓纶"[37]，精言秀语，高处可掩王、孟，下亦不失钱、刘[38]。

【注释】

[1]《南史》卷二二《王昙首传》："约每见筠文咨嗟。……约于郊居宅阁斋，请筠为草木十咏，书之壁，皆直写文辞，不加篇题。约谓人曰：'此诗指物程形，无假题署。'"沈侯：即沈约，见一·三注[1]。王筠，字元礼，一字德柔，琅邪临沂（今山东临沂）人，南朝梁大臣、文学家。

[2]皮日休《皮日休文集》卷七《郢州孟亭记》："明皇世章句风大得建安体，论者推李翰林、杜工部为之尤，介其间能不愧者，唯吾乡之孟先生也。先生之作，遇思入咏，不拘奇抉异，令龌龊束人口者，涵涵然有干霄之兴，若公输氏当巧而不巧者也。"皮生：即皮日休，见一·一八注[1]。

[3]语出宗臣《问元美病》二首之一，见《宗子相集》卷六。

[4]语出宗臣《问元美病》二首之二，见《宗子相集》卷六。

[5]语出宗臣《元美有江上之约未得遽赴怅然有思》二首之一，见《宗子

相集》卷六。

[6] 语出宗臣《吴中兵乱海上征援感事赋怀因寄元美》六首之三，见《宗子相集》卷六。

[7] 语出宗臣《得元美书》，见《宗子相集》卷六。

[8] 语出宗臣《待元美不至同吴峻伯席上赋》，见《宗子相集》卷八。

[9] 语出宗臣《寄怀乡园游好》五首之二，见《宗子相集》卷六。

[10] 语出宗臣《寄怀乡园游好》五首之五，见《宗子相集》卷六。

[11] 语出宗臣《病中答吴明卿见赠》二首之二，见《宗子相集》卷六。

[12] 语出宗臣《答周明府》，见《宗子相集》卷六。"白雁寄书轻"一作"白雁系书轻"。

[13] 语出宗臣《有客》，见《宗子相集》卷六。

[14] 语出宗臣《白马湖泛舟》三首之三，见《宗子相集》卷六。

[15] 语出宗臣《雨夜沈二文至》二首之一，见《宗子相集》卷六。

[16] 语出宗臣《进艇》，见《宗子相集》卷六。

[17] 语出宗臣《简陆子和》二首之一，见《宗子相集》卷六。

[18] 语出宗臣《简陆子和》二首之二，见《宗子相集》卷六。

[19] 语出宗臣《问余德甫病》二首之二，见《宗子相集》卷六。

[20] 语出宗臣《答明卿给事》二首之一，见《宗子相集》卷六。

[21] 语出宗臣《答明卿给事》二首之二，见《宗子相集》卷六。

[22] 语出宗臣《东皋隐居为子与尊人赋》，见《宗子相集》卷六。

[23] 语出宗臣《哭梁公实》十首之九，见《宗子相集》卷六。

[24] 语出宗臣《春日》句，见《宗子相集》卷七。

[25] 语出宗臣《除前钱惟重夜至》，见《宗子相集》卷七。

[26] 语出宗臣《大雪张助甫席上同子畏赋得胡字》，见《宗子相集》卷八。

[27] 语出宗臣《登观音山》，见《宗子相集》卷八。

[28] 语出宗臣《问元美病》二首之二，见《宗子相集》卷六。

[29] 语出宗臣《吴中兵乱海上征援感事赋怀因寄元美》六首之四，见《宗子相集》卷六。

[30] 语出宗臣《山陵陪祀》二首之二，见《宗子相集》卷六。

[31] 语出宗臣《明卿宅同元美分赋得席上笋》，见《宗子相集》卷六。

[32] 语出宗臣《简陆子和》二首之一，见《宗子相集》卷六。

[33] 语出宗臣《送熊守之太仓因便省觐》，见《宗子相集》卷七。

[34] 语出宗臣《除前钱惟重夜至》，见《宗子相集》卷七。

[35] 语出宗臣《春兴》八首之八，见《宗子相集》卷七。

[36] 语出宗臣《早春寄明卿舍人时以使事还楚》，见《宗子相集》卷七。

[37] 语出宗臣《席上同明卿送孙子升得春字》，见《宗子相集》卷八。

[38] 王、孟：即王维、孟浩然。钱、刘：即中唐诗人钱起、刘长卿。

【译文】

宗臣在闽中亲手编了一本诗集送给我，是五七言近体诗。我摘录了一些较好的诗句写在了屏风上。即便沈约采用王筠的华章，皮日休推举孟浩然的佳句，也不过如此。世人称古今的诗没有联系，可谓糊涂不明事理，有见识的人应当能辨别。宗臣寄我的诗中，中联较好的如"万里蘼芜色，秋风一夜深"，又如"一身诗作癖，万事酒相捐。枕簟疏秋雨，江山隔暮烟"，又如"金山一柱立，沧海万波随"，又如"愁来失俯仰，书去畏江河"，又如"屡书心尽折，一字眼堪枯"，又如"袖中芳草寒相负，马首梅花春自怜。孤角千家沧海戍，故人双鬓蓟门烟"。其他的作品如"开尊销夜烛，听雨长春蔬"，又如"尔辈甘云卧，吾生岂陆沉"，又如"宦情疏病后，世事得愁先"，又如"青山移病远，白雁寄书轻"，又如"忽雨新枫橘，如云长蕨薇"，又如"江树低从密，溪流曲更分"，又如"雨气千江入，秋声万木多"，又如"日落中原紫，天高北斗垂"，又如"夜立残砧杵，园行久薜萝"，又"江平低雁翼，潮落进渔竿"，又"星河双杵夕，风雨七陵秋"，又"战伐乾坤色，安危将相功"，又"白雪孤调世，黄金巧识人"，又"种橘开新溜，寻芝数落霞"，又"生难看白发，死岂负青山"，又"谁家羌笛吹明月，无数梅花落早春"，又"愁边鸿雁中原去，眼底龙蛇畏路多"，又"冲泥匹马时时立，入座寒云片片孤"，又"绝壁昼开风雨色，断虹秋挂薜萝长"。结句较好的如"登楼知有赋，莫向众人传"，又"浮生同远近，斟酌向鸬鹚"，又"泰陵千古泪，一洒翠华东"，又"吾将付风雨，片片作龙鳞"，又"自知寒色甚，不敢怨明珠"，又"蓟门旧侣能相忆，八月双鸿起太湖"，又"衣裳岁暮吾将换，好与青山长薜萝"，又"浮生转觉江湖窄，难把衣裳任芰荷"，又"醉来偃蹇三湘里，更是何人《白雪篇》"，又"江门十里垂杨色，莫把时名负钓纶"。它们都是精妙秀丽的诗句，高妙之处可以比得上王维、孟浩然，一般的语句也不亚于钱起、刘长卿。

七·一七

谢茂秦曳裾赵藩，尝谒崔文敏铣，崔有诗赠之[1]。后以救卢次楩[2]，北游燕，刻意吟咏，遂成一家。句如"风生万马间"[3]，又"马渡黄河春草生"[4]，皆佳境也。其排比声偶，为一时之最，第兴寄小薄，变化差少。仆尝谓其七言不如五言，绝句不如律，古体不如绝句；又谓如程不识兵，部伍肃然，刁斗时击，而寡乐用之气[5]。

【注释】

[1] 茂秦：谢榛字，见一·三一注[1]。曳裾：拖着衣襟，喻指在王侯权贵门下做食客。赵藩：谢榛于30岁左右，西游彰德（今河北南部与河南北部一带），献诗于赵康王朱厚煜，遂成为赵王门客。文敏：崔铣谥号，见五·四注[25]。

[2] 次楩：卢楩字，见五·一三注[97]。《明史》卷二八七《文苑传》三："（卢楩）役夫被搒，他日墙压死，令即捕楩，论死，系狱，破其家。……谢榛入京师，见诸贵人，泣诉其冤状曰：'生有一卢楩不能救，乃从千古哀沅而吊湘乎！'平湖陆光祖选得浚令，因榛言平反其狱。"

[3] 语出谢榛《榆河晓发》，见《四溟集》卷四。

[4] 语出谢榛《送王侍御子梁按河南》，见《四溟集》卷一一。

[5] "程不识兵"句：喻指谢榛写诗章法严谨，一丝不苟，而少灵活生动之气。参五·一三注[56]、《弇州山人四部稿》卷六四《谢茂秦集序》。

【译文】

谢榛做赵王门客时，曾拜访过崔铣，崔铣有诗赠给他。后来因为救卢楩，北游赴京，专心作诗，所以成一家之言。诗句如"风生万马间"，又如"马渡黄河春草生"，都具有十分好的意境。其诗的句式和声韵，成为一时之最，只是兴寄浅薄，变化略少。我曾经说他的七言诗不如五言诗，绝句不如律诗，古体诗不如绝句；又说就像程不识的军队，整齐严谨，戒备森严，而缺少灵动之气。

七·一八

吾尝合刻卢次楩、俞仲蔚[1]及茂秦集，盖取次楩骚赋，俞五言古，谢近体为一耳。然歌行既乏，绝句亦少。俞尝有《宝剑篇》，中云："海内尝令万事平，匣中不惜千年死。"[2]如此语亦不可多得。

【注释】

[1] 仲蔚：俞允文字，见六·一九注[11]。

[2] 语出俞允文《宝剑篇》，见《俞仲蔚集》卷四。"海内尝令万事平"一作"天下尝令万事平"。

【译文】

我曾经把卢楩、俞允文及谢榛的文集合在一起刻印，大概收取了卢楩的骚体赋、俞允文的五言古诗、谢榛的近体诗。然而缺乏歌行，绝句也很少。俞允文曾有《宝剑篇》一诗，其中说："海内尝令万事平，匣中不惜千年死。"像这样的语句也是不可多得的。

七·一九

徐子与[1]之于各体，无所不工。明卿[2]乃有独至。

【注释】

[1] 子与：徐中行字，见六·一九注[13]。

[2] 明卿：吴国伦字，见六·一九注[12]。《艺圃撷余》："余尝服明卿五、七言律，谓他人诗多于高处失稳，明卿诗多于稳处藏高，与于鳞作身后战场，未知鹿死谁手。"

【译文】

徐中行创作各种文体，没有不精巧的。吴国伦则有所偏重，有独到的地方。

七·二〇

李于鳞文，无一语作汉以后，亦无一字不出汉以前。其自叙乐府云："拟议以成其变化。"又云："日新之谓盛德。"[1] 亦此意也。若寻端[2] 议拟以求日新，则不能无微憾。世之君子，乃欲浅摘而痛訾[3] 之，是訾古人矣。

【注释】

[1] 语出《古乐府叙》，见《沧溟集》卷一。拟议：设计筹划。

[2] 寻端：指循着线索。

[3] 訾：非议，毁谤。

【译文】

李攀龙的诗文，没有一句话来自汉代以后，也没有一个字不出自汉代以前。他评说自己的乐府诗说："通过模拟、思考古诗，来形成自己的诗。"又说："每日更迭换新可以说是大德。"也是这个意思。如果循着线索，设计筹划，来求得创新，那么可能会有些许遗憾。但是有些人想仅仅简单地摘取李攀龙只言片语，就试图毁谤他，其实是在毁谤古人。

七·二一

文繁而法，且有委[1]，吾得其人曰李于鳞。简而法，且有致[2]，吾得其人曰汪伯玉[3]。

【注释】

[1] 有委：委婉。

[2] 有致：富有情趣。

[3] 伯玉：汪道昆字，参五·五。

【译文】

诗文写得繁复而有法度，并且委婉曲折，我认为这人是李攀龙。诗文写得简约而有法度，并且有韵致，我认为这人是汪道昆。

七·二二

余尝有《漫兴十绝》[1]，其一云："野夫兴到不复删，大海回风生紫澜。欲问济南奇绝处，蛾眉天半雪中看。"[2] 於乎，此义邈矣，寥寥谁解者！

【注释】

[1] 王世贞《漫兴十绝》今余八首，见《弇州山人四部稿》卷四九。

[2] 语出《漫兴八首》之七，见《弇州山人四部稿》卷四九。

【译文】

我曾作过《漫兴十绝》，其中有一首："野夫兴到不复删，大海回风生紫澜。欲问济南奇绝处，蛾眉天半雪中看。"呜呼，这意义微渺，能有几个明白的！

七·二三

于鳞与子与书云："许殿卿《海右集》属某中尉为序，不佞尝欲畀诸炎火，乃周公瑕亦曰是。既已不能禁其传，然不可以欺智者，亦唯任之。"[1] 昨欧桢伯[2] 访海上云："某谓于鳞近过一国尉园亭赋诗，落句云：'司马相如字长卿'[3]。鄙不成语乃尔，定虚得名耳。"此正是游戏三昧，似稚非稚，似拙非拙，似巧非巧，不损大家，特此法无劳模拟耳。于鳞之欲焚某序，的然不错也[4]。

【注释】

[1] 语出李攀龙《与徐子与书》，见《沧溟集》卷三〇。按"某中尉"原文作"灌甫中尉"。殿卿：许邦才字，见原序二注[3]。不佞：谦辞，自己。畀：给予。周天球，字公瑕，号幼海、六止生、止园居士等，明代长洲（今江苏苏州）人。《列朝诗集小传》丁集卷八："周天球，字公瑕，长洲人。为诸生，笃志古学，善大小篆、隶、行、草。"

[2] 欧大任，字桢伯，号仑山，顺德（今属广东）人，明嘉靖中以贡生官江部训导，官至南京工部屯田司主事、虞衡郎中，别称"欧虞部"。家多藏书，博涉经史，工古文辞、诗赋。

[3] 语出李攀龙《勤中尉园亭》，见《沧溟集》卷三〇。此句为该诗尾联。

[4]《列朝诗集小传》丁集卷五："（许邦才）与于鳞相友善，著《海右倡

和集》，因于鳞以闻于当世。于鳞与人书云：'殿卿《海右集》，属某中尉为序。不佞尝欲畀诸炎火。'元美亦以为然。一时文士护前树党，百年而后海内人各有心眼，于鳞亦无如之何也。"

【译文】

李攀龙给徐中行写信说："许邦才的《海右倡和集》是某中尉作的序言，我曾经想把它扔进火中，周天球也说行。既然已经不能禁止它流传，但是不能欺骗智者，放任这序言糊弄人。"昨日欧大任经过海上时说："有人说李攀龙近日经过一个国尉的亭子时赋诗，最后一句说'司马相如字长卿'，粗鄙不成语句，肯定他是浪得虚名。"这才是深通某事而以游戏出之，似稚嫩其实不稚嫩，似笨拙实际不笨拙，似精巧实际不精巧，不损害他的大家风范，只是这个方法不需要模拟。攀龙想要把序言烧了，也确实没错。

七·二四

于鳞才，可谓前无古人，至于裁鉴[1]，亦不能无意向。余为其《古今诗删》[2]序云："令于鳞而轻退古之作者间有之，于鳞舍格而轻进古之作者则无是也。"[3]此语虽为于鳞解纷[4]，然亦大是实录。

【注释】

[1]裁鉴：裁决评鉴。

[2]《四库全书总目提要》卷一八九："《古今诗删》三十四卷，明李攀龙编。是编为所录历代之诗，每代各自分体，始于古逸，次以汉、魏、南北朝，次以唐，唐以后继以明。多录同时诸人之作，而不及宋、元。盖自李梦阳倡不读唐以后书之说，前后七子率以此论相尚，攀龙是选，犹是志也。"

[3]语出《弇州山人四部稿》卷六七。

[4]解纷：消除议论。

【译文】

李攀龙的才气，可以说超越之前的古人，至于他对前人的裁决评鉴，也不能说没有他的倾向。我为他《古今诗删》作序说道："让李攀龙轻易排除的古代作家有几个，但让李攀龙轻易收录的古代作家却没有。"这话虽然是为李攀龙消除议论，但大概也是实话。

七·二五

始见于鳞选明诗，余谓如此何以鼓吹唐音。及见唐诗，谓何以衿裾 [1] 古选。及见古选，谓何以箕裘 [2]《风》《雅》。乃至陈思《赠白马》，杜陵、李白歌行，亦多弃掷，岂所谓英雄欺人，不可尽信耶？ [3]

【注释】

[1] 衿裾：衿、裾俱为衣服前领，此指扼其要、概其全。

[2] 箕裘：原指由易而难、有次序的学习方式，这里指推崇《诗经》。

[3] 胡应麟《少室山房类稿》卷一一二《杂束次公四通》之三："李于鳞以诗鸣，而《唐诗选》一书，去取乖方，靡关轨筏。李序说大自矜持，陈篇名，高自标目，良可作对，往尝疑《诗删》匪出于鳞，乍始得之执事，将英雄欺人，或才识异轨耶？"

【译文】

看到李攀龙在诗选中选入明代诗歌，我说既然这样你为何盛赞唐代诗歌？等看见他的《唐诗选》，我说既然这样你为什么又以《古今诗删》来概全呢？等见到《古今诗删》，我说既然这样你为何推崇《诗经》呢？（在《古今诗删》中）曹植《赠白马王彪》，杜甫、李白的歌行诗也多被遗弃，难道这就是英雄欺骗别人，不能全信吗？

七·二六

于鳞为按察副使，视陕西学，而乡人殷者 [1] 来巡抚。殷以刻核 [2] 名，尤傲而无礼，尝下檄于鳞代撰奠章及送行序。于鳞不乐，移病乞归 [3]，殷固留之。入谢，乃请曰："台下但以一介来命，不则尺蹄 [4] 见属，无不应者，似不必檄也。"殷愕然起谢过，有所属撰，以名刺 [5] 往，而久之复移檄。于鳞恚曰："彼岂以我重去官耶？"即上疏乞休，不待报，竟归。吏部惜之，用何景明例，许养疾，疾愈起用，盖异数也。于鳞归杜门 [6]，自两台监司以下请见不得，去亦无所报谢，以是得简倨声。又尝为诗，有云："意气还从我辈生，功名且付儿曹立。"[7]诸公闻之，有欲甘心者矣。

【注释】

[1]殷者：指李攀龙同乡殷学，时为陕西巡抚。

[2]刻核：苛刻。

[3]移病乞归：称病辞归。

[4]尺蹄：小纸片。此指极短的信札。

[5]名刺：正式名帖。

[6]杜门：闭门。

[7]语出李攀龙《逼除过右史水村江山人同赋》，见《沧溟集》卷五。原文作："意气还须我辈看，功名但任儿曹立。"

【译文】

李攀龙做陕西按察司提学副使时，同乡殷学来巡视监察。殷某以苛刻闻名，尤其傲慢无礼，曾下公文让李攀龙替他撰写祭奠和送行的文章。李攀龙不高兴，称病辞归，殷某固执留下他。李攀龙谢罪称："您派一个送信的下人来传达命令，不用拿任何文书，都会听命于你，似乎不需要特意发公文。"殷学惊愕并致歉，专门写了文书，放上名帖拿来，但一段时间后又重新发来公文。李攀龙生气地说："你以为我不会再次辞职吗？"立刻上书请求辞官，不等报告上去，竟然回家了。吏部怜惜他，按照何景明的旧例，允许他在家养病，病好了重新再任用，这大概很少见。李攀龙回去后闭门谢客，两台监司以下职位的人见不到他，去了也不会道谢，因此得到倨傲的名声。又曾经写诗："意气还从我辈生，功名且付儿曹立。"大家听到，有想去拜访的，也不提了。

七·二七

于鳞一日酒间，顾余而笑曰："世固无无偶者，有仲尼，则必有左丘明。"余不答，第目摄之。遽曰："吾误矣，有仲尼，则必有老聃耳。"其自任诞如此。

【译文】

李攀龙有一天在酒席上，看着我笑着说："世间没有单独一个的人，有孔子，就一定有左丘明。"我不回应，直视着他。他立即说："我说错了，有孔子，那一定有老子。"他是如此任性放诞。

七·二八

于鳞尝为朱司空赋新河诗,中一联曰:"春流无恙桃花水,秋色依然瓠子宫。"[1] 不知者以为上单下重[2]。按三月水谓之桃花水,为害极大。此联对偶精切,使事用意之妙,有不可言者。阚骃《九州记》:"正月解冻水,二月白𬞟水,三月桃花水,四月瓜蔓水,五月麦黄水,六月山矾水,七月豆花水,八月荻苗水,九月霜降水,十月后槽水,十一月走凌水,十二月蹙凌水。"

【注释】

[1]语出李攀龙《上朱大司空》二首之二,见《沧溟集》卷一一。朱司空:时工部尚书朱衡。

[2]上单下重:指上句的"春流"与"桃花水"是同一物,内容单一,下句的"秋色"与"瓠子宫"是两个景物,但内容重复。

【译文】

李攀龙曾经为朱司空负责的新河的开通工程写诗,其中一联是:"春流无恙桃花水,秋色依然瓠子宫。"不知道的人认为上句内容单一,下句重复。将三月水说成是桃花水,害处很大。但这一联却对偶精妙恰切,用典用意精妙,无法用语言表达。阚骃《九州记》载:"正月解冻水,二月白𬞟水,三月桃花水,四月瓜蔓水,五月麦黄水,六月山矾水,七月豆花水,八月荻苗水,九月霜降水,十月后槽水,十一月走凌水,十二月蹙凌水。"

七·二九

于鳞自弃官以前,七言律极高华。然其大意,恐以字累句,以句累篇,守其俊语,不轻变化,故三首而外,不耐雷同。晚节始极旁搜,使事该切,措法操纵,虽思探溟海[1],而不堕魔境。世之耳观者[2],乃谓其比前少退,可笑也。歌行方入化而遂没,惜其不多,寥寥绝响[3]。

【注释】

[1]溟海:神话传说中的海名。

[2] 耳观者：但凭耳闻的人。

[3]《诗薮》续编卷二："（李）于鳞七言律绝，高华杰起，一代宗风。"又："于鳞七律所以能奔走一代者，实源流《早朝》《秋兴》、李颀、祖咏等诗。大率句法得之老杜，篇法得之李颀。属对多偏枯，属词多重犯，是其小疵，未妨大雅。"

【译文】

李攀龙在辞官之前，在七言律诗上有很高才华。但是他的主要想法是，担心不好的单字会连累整句，单句连累整篇，固守俊秀的语言，不轻易变化，因此三首以外，较多雷同。晚年开始广泛搜罗，用典恰当，控制技法，虽然思想深入溟海之中，但是不堕入魔境。世上道听途说的人，却说他比之前稍微退步，真是可笑。歌行体诗刚入化境，他就去世了，可惜留下的不多，只有几首绝响。

七·三〇

余为比部郎，尝与蔡子木臬副、徐子与主事、吴明卿舍人、谢茂秦布衣饮[1]。谢时再游京师，诗渐落。子木数侵[2]之，已被酒，高歌其夔州诸咏，亦平平耳。甫发歌，明卿辄鼾寝，鼾声与歌相低昂，歌竟，鼾亦止，为若初醒者。子木面色如土，虽予辈亦私过之。子与复与子木论文，不合而罢。后五岁，子木以中丞抚河南，子与守汝宁，明卿谪归德司理，张肖甫[3]谪裕州同知，皆属吏也。子木张宴，备宾主，身行酒炙，曰："吾乌得有其一以慢三君子！"寻具疏[4]荐之。余谓子木雅士不俗，居然前辈风，近更寥寥也。

【注释】

[1] 蔡汝南，字子木，号白石，德清（今浙江德清）人，嘉靖十一年进士，曾官右副都御史。子与：徐中行字，曾官刑部主事，见六·一九注[13]。明卿：吴国伦字，曾为中书舍人，见六·一九注[12]。茂秦：谢榛字，见一·三一注[1]。

[2] 侵：冒犯。

[3] 张佳胤，字肖甫，号泸山、崌崃山人，铜梁（今重庆铜梁区）人，嘉

靖二十九年进士，官至兵部尚书加太子太保，赠少保，追谥襄宪。

　　[4] 具疏：以文分条陈述。

【译文】

　　我做比部郎时，曾经和臬副使蔡汝南、刑部主事徐中行、中书舍人吴国伦、平民谢榛饮酒。谢榛当时再游京师，诗渐渐落下乘。蔡汝南多次冒犯他，饮了些酒，便高声唱自己咏叹夔州的诗歌，也平平无奇。他一唱歌，吴国伦就打鼾入睡，鼾声和歌声相映衬，一起一伏，歌声停止鼾声也停止，就像刚醒一样。蔡汝南面如土色，即便我们也私下觉得吴国伦过分。徐中行又和蔡汝南谈论文章，两人不欢而散。又过了五年，蔡汝南官至中丞巡视河南，徐中行镇守汝宁（今属河南），吴国伦降职到德司理，张佳胤贬为裕州（今属河南）同知，都是蔡的下属官员。蔡汝南设宴，邀请众人，给大家敬酒上菜，说："我哪有一点突出的敢怠慢三位君子呢！"之后找到理由上书推荐他们。我说蔡汝南是雅士，有前辈风，现在几乎没这种人了。

七·三一

　　王允宁 [1] 为修撰时，余尝一再识之。长大白皙，谈说时事，慷慨激烈，男子也。于文，远则祖述司马、少陵，近则师称北地 [2] 而已，意不可一世士。又好嫚骂 [3] 人，人多外慕而中畏之。其所最善者，孙尚书升，时为中允。其同年敖祭酒，以书规切之。[4] 允宁答云："仆犹夫故吾耳。顾于南中 [5] 不宜，且南中亦不宜于吾。以故人取其近似者以为名，曰亢厉 [6] 守高也。且仆戆直朴略，受性已定，犹仆之貌，修干广颡 [7]，昂首掀眉，揭膺阔步，皆造化陶冶，不可移易。古之挟仙术者，能蜕人骨，不能易人貌。今公责仆勿高勿卑，择中而居之，亦尝有以里妇 [8] 之效颦闻于公者乎？仆即死勿愿也。"[9] 允宁后念其母老病，乞南，得国子祭酒。归省，道经华山，为文祭之，大约以母素敬神而不蒙庇，即愈吾母病，吾太史也，能为文以不朽神。其词颇支离怪诞。居无何 [10]，以地震死。西安李户部愈素恨允宁，假华山神为文詈而僇之，今并传关中 [11]。

【注释】

[1] 允宁：王维桢字，见五·四注 [28]。

[2] 北地：指李梦阳，见一·二五注 [1]。

[3] 嫚骂：谩骂。

[4] 孙升，字志高，号季泉，余姚（今浙江余姚）人。嘉靖十四年进士，曾官右中允，官至南京礼部尚书。敖祭酒：即敖铣，字纯之，号梦坡，高安（今江西高安）人，嘉靖十四年进士，与王维桢同年，曾官国子监祭酒。

[5] 南中：地名，指今天的云南、贵州和四川西南部。

[6] 亢厉：刚直。

[7] 颡：额头。

[8] 里妇：泛指平民妇女。

[9] 语出王维桢《答敖梦坡祭酒书》，见《槐野先生存笥稿》卷二五。

[10] 居无何：过了不久。

[11] 李愈，字惟中，号蒲公，平定（今山西平定）人，嘉靖十四年进士，历官户部员外郎、陕西凤阳知府。僇：侮辱。

【译文】

王维桢做翰林修撰时，我曾深入了解他。他身材高大、皮肤白皙，谈论时事慷慨激烈，是男子汉。诗文上从远看学习司马迁、杜甫，从近看学习李梦阳，意气风发，不可一世。又喜好骂人，大多数人都在外仰慕而内里畏惧他。他最交好的人是尚书孙升，官职是中允。他的同年国子监祭酒敖铣，写信规劝他。维桢说："我就是这个样子。我对南中来说不适合，南中对我来说也不适合。因此有人根据我的性情来称呼我，说我刚正高洁。而且我憨厚、淳朴，性格已经固定，就像我的外貌，修长的身体、宽广的额头，昂头扬眉，胸高步大，这些都是自然造化之功，不能轻易改变。古代有仙术的人，能使人骨头蜕变，但不能改变人的面貌。今日你让我不要高傲不要谦卑，居中为好，难道不像村妇模仿西施蹙眉妄图使众人皆知吗？我就算死也不答应。"维桢后来考虑母亲年迈多病，上书祈求南调，官为南京国子监祭酒。归省时，经过华山，作文章祭祀山灵，大约是母亲素来敬神而不受庇佑，于是请山神治愈母亲，他是太史，能写文章使山神成为不朽神。文章的语句较为断续离奇。过了不久，遇地震，罹难。西安的李愈一直憎恨维桢，借华山神之名写文章侮辱他，现在也在关中流传。

七·三二

谢茂秦年来益老悖[1]，尝寄示拟李、杜长歌，丑俗稚钝，一字不通，而自为序，高自称许。其略云："客居禅宇，假佛书以开悟，暨观太白、少陵长篇，气充格胜，然飘逸沉郁不同，遂合之为一，入乎浑沦，各塑其像，神存两妙，此亦摄精夺髓之法也。"[2] 此等语何不以溺自照。又俞仲蔚[3]古调本是名家，五言律亦不恶，沾沾为七言律不已，何也？乃知宇宙大矣，无所不有。

【注释】

[1] 老悖：年老昏乱，不通事理。

[2] 此序不见于嘉靖刻二十四卷本《四溟全集》及四库全书本《四溟集》，待考。

[3] 仲蔚：俞允文字，见六·一九注[11]。

【译文】

谢榛这些年来更加昏昧，曾寄送和展示他拟李白和杜甫的长歌行，媚俗稚嫩，一字不通，却自己作序，自吹自擂。大概说："在外居住在禅寺，借佛书来开智悟理，又看李白、杜甫长篇诗歌，气势足，格调高，但是飘逸和沉郁两种风格不同，我将之合二为一，达到浑融境界，追慕他们的气象，结合两种绝妙的风神，这也是摄取精髓的方法。"说这些话为何不撒泡尿自己照照。俞允文作古体诗本是大家，五言律诗也不差，却为他的七言律诗沾沾自喜，为什么呢？我这才知道宇宙很大，无所不有。

七·三三

王允宁生平所推服者，独杜少陵。其所好谈说，以为独解者，七言律耳。大要贵有照应，有开阖，有关键，有顿挫，其意主兴主比，其法有正插，有倒插[1]。要之杜诗亦一二有之耳，不必尽然。予谓允宁释杜诗法如朱子注《中庸》一经，支离圣贤之言，束缚小乘律[2]，都无禅解。

【注释】

[1]《列朝诗集小传》丁集卷二："论诗服膺少陵，自谓独得神解，尤深于七言近体，以为有照应、开阖、关键、顿挫，其意主兴、主比，其法有正插、有倒插，而善用顿挫、倒插之法者，宋元以来唯李空同一人。及其自运，则粗笨棘涩，滓秽满纸，譬如潦倒措大，经书讲义，填塞腹笥，拈题竖义，十指便如悬锥，累人捧腹，良可一笑也。"

[2]小乘律：小乘佛教戒律书的总称，含贬义。

【译文】

王维桢一生推崇且佩服的人，只有杜甫。他喜欢谈论杜甫的七言律诗，认为自己有独到的理解。大的要点是贵在有前后照应，有开有合，有重点，有停顿转折，在立意方面有比喻、兴寄手法，在叙述方法上，有正插、倒插。这说出了杜甫诗的一两个重点，但没有说尽。我认为王维桢阐释杜诗就像朱熹注释《中庸》，对圣贤的话断章取义，被低下的规则所束缚，没有真正大悟。

七·三四

于鳞拟古乐府，无一字一句不精美，然不堪与古乐府并看，看则似临摹帖耳。五言古，出西京建安者，酷得风神，大抵其体不宜多作，多不足以尽变，而嫌于袭；出三谢[1]以后者，峭峻过之，不甚合也。七言歌行，初甚工于辞，而微伤其气；晚节雄丽精美，纵横自如，烨然春工之妙。五、七言律，自是神境，无容拟议。绝句亦是太白、少伯雁行[2]。排律比拟沈、宋，而不能尽少陵之变。志传之文，出入左氏、司马，法甚高，少不满者，损益今事以附古语耳。序论杂用《战国策》《韩非》诸子，意深而词博，微苦缠扰。铭辞奇雅而寡变。记辞古峻而太琢。书牍无一笔凡语[3]。若以献吉并论，于鳞高，献吉大；于鳞英，献吉雄；于鳞洁，献吉冗；于鳞艰，献吉率。令具眼者左右袒[4]，必有归也。

【注释】

[1]三谢：南朝宋谢灵运、南朝宋谢惠连、南朝齐谢朓。

[2]少伯：王昌龄字，其诗以七绝见长，有"诗家夫子""七绝圣手"之誉。

雁行：同列。

[3] 屠隆《鸿苞》卷一七《论诗文》："元美推尊于鳞诚过。……今若尽读于鳞诗，初则喜其雄俊，多则厌其雷同，若杂一首于众作之中，则陡觉于鳞矫然而特出，不翅众鸟中一苍隼矣。宜其为元美所赏诧如此。晚年之论定，当不复尔。"

[4] 左右袒：不偏向任何一方。

【译文】

李攀龙拟古乐府诗，每字每句都很精美，但是不能和古乐府诗并看，否则他的诗就像照着字帖临摹的。他的五言古诗，取法汉魏的，得到了风骨神韵，大概这种文体不能写太多，太多就没有很多变化，就有抄袭的嫌疑。取法三谢以后的诗作，语言太过峻峭，与五言诗这种文体不衬合。他的七言歌行，最初词语过于精巧，略微伤害了整体的气势；晚年雄健精美，纵横自如，焕发出春天般热烈明媚的美感。他的五言律诗、七言律诗写得出神入化，没有讨论的必要。他的绝句也是和李白、王昌龄同等。排律比得上沈佺期、宋之问，但不像杜甫变化多端。志、传类文章，有左丘明、司马迁的水准，技法高，稍微有不足的，在于加工今天的事典比附古语。序、论兼用《战国策》《韩非》之法，意思深沉而词语广博，有微微苦涩缠绕其中。铭辞奇特雅正，少于变化。记辞古朴峻拔，过于雕琢。书牍没一句平凡的话。若和李梦阳相比，李攀龙高远，李梦阳博大；李攀龙英气，李梦阳雄健；李攀龙简洁，李梦阳繁复；李攀龙艰苦，李梦阳率直。让明眼之人无法偏袒任何一方，一定是有原因的。

七·三五

冯汝言[1]纂取古诗，自穹古以至陈、隋，无所不采，且人传其略，可谓词家之苦心，艺苑之功人矣。然远则延寿《易林》《山海经图赞》，近而周兴嗣《千文》，[2]皆在所遗，恐当补录。

【注释】

[1] 汝言：冯惟讷字，见五·一三注[95]。冯惟讷曾辑《古诗纪》一五六卷。

[2] 西汉焦延寿《易林》、晋郭璞《山海经图赞》、梁周兴嗣《千字文》皆

为四言韵语。

【译文】

冯惟讷辑录古诗，从上古时期到陈、隋时期，都采录进来，而且还附有诗人简要纪文，可真是有心的作者、文坛的功臣。但是早期焦延寿的《易林》、郭璞的《山海经图赞》，后来周兴嗣的《千字文》都被遗漏了，应该补录进去。

七·三六

乔景叔世宁己酉岁以楚藩参入贺万寿[1]，余时见之，短而髯，温然长者也。所有行卷[2]，仅百余篇耳，颇脍炙人口。又十余年，景叔卒。近有以其《丘隅集》来者，云景叔所自选。余犹记其行卷内一七言律《寄王太史元思谪戍玉垒》者云："学士两朝供奉年，上林词赋万人传。一从玉垒长为客，几放金鸡未拟还。闻道买田临灌口，能忘归马向秦川。五陵它日多豪俊，空望城南尺五天。"词颇佳，而集不之选，何也？集诗小弱不称，岂梓行者有长吉友人之恨耶[3]？闻康德涵卒后，佳文章俱为张孟独摘取，今其集殊不满人意[4]。以此予于于鳞不为删削耳。

【注释】

[1]景叔：乔世宁字，曾官湖广按察司副使，见五·一三注[81]。楚藩：明代湖广省武昌府为楚王封地。

[2]行卷：明代坊肆所刻举人中式的诗文，此泛指乔世宁诗。

[3]《唐才子传》卷五："李贺死时才二十七岁，莫不怜之。李藩缀集其歌诗，因托贺表兄访所遗失，并加点窜，付以成本，弥年绝迹。及诘之，曰：'每恨其傲忽，其文已焚之矣。'今存十之四五，杜牧为序者五卷，今传。"

[4]德涵：康海字，见五·四注[23]。孟独：张治道字，见五·一三注[77]。《列朝诗集小传》丙集卷一一："（治道）与康德涵、王敬夫遨游中南鄠杜间，唱和无虚日。德涵没，孟独辑其遗文，且为之序。人言孟独较德涵诗，多取其佳者掩为己有。今所传《太微集》，殊寥寥无闻。近体诗学杜，捧心效颦，不胜其丑，则窃铁之疑，亦不待辨而明矣。"

【译文】

乔世宁己酉年以楚藩参政之职来庆贺皇上寿辰，我那时见他，个子不高胡子很长，温厚长者的样子。他所有的诗文，只有一百来篇，都脍炙人口。又过了十多年，世宁去世了。近来有一本《丘隅集》，说是世宁自己选录的。我记得他原来诗中有一首七言律《寄王太史元思谪戍玉垒》写着："学士两朝供奉年，上林词赋万人传。一从玉垒长为客，几放金鸡未拟还。闻道买田临灌口，能忘归马向秦川。五陵它日多豪俊，空望城南尺五天。"词写得很好，但这本诗集却不录入，为什么？集子中的诗风格小弱，与他原来的诗不相称，难道刻版印刷的人也有李贺友人（表兄）的怨恨吗？听说康海死后，好文章都被张治道拿走了，今天他的诗集特别不令人满意。用这来告诫李攀龙不要随意删除他人的文章。

七·三七

太原兄弟 [1]，俱擅菁华（原注：贡士冲、司直涝、司勋汸、虞部濂）；汝南父子 [2]，嗣振骚雅（原注：省曾、姬水）。徵仲三绝，彭、嘉有二 [3]；道复二妙，括得其一 [4]。吴中一时之秀，海内寡俦。

【注释】

[1] 太原兄弟：指皇甫冲、皇甫涝、皇甫汸、皇甫濂四兄弟。皇甫氏郡望出甘肃平凉，顾炎武等人称古太原（大原）即指宁夏固原及甘肃平凉一带（《日知录》卷三）。《明史》卷二八七《文苑传》三："皇甫涝，字子安，长洲人。父录，弘治九年进士，任重庆知府。生四子，冲、涝、汸、濂。兄弟并好学工诗，称'皇甫四杰'。"

[2] 汝南父子：黄省曾，见一·三〇注 [1]；其子黄姬水，见五·一三注 [102]。黄氏祖籍为河南汝宁府，古称汝南，故云。

[3] 徵仲：文徵明字，见五·一三注 [34]。三绝：诗、书、画。《四库全书总目提要》卷一七二："徵明与沈周皆以书、画名，亦并能诗。"彭、嘉：指文徵明子文彭（字寿承）、文嘉（字休承）。《列朝诗集小传》丙集卷一〇："寿承工书法，讲六书之学，休承以画名。人谓寿承书类待诏，而休承画萧然简

远。……二承皆明经修行，清真远俗，琼枝玉树，真王、谢家子弟也。以其诗言之，则肤浅沓拖，了无佳句，祖父风流，于焉复绝矣。"

[4]道复：陈淳字，其子陈括。清徐沁《明画录》卷六："陈淳字道复，后以字行，更字复甫，号白阳山人，长洲人，为太学生。善词翰，尤工草篆，其写生一花半叶，淡墨敧豪，疏斜历乱之致，咄咄逼真，久之并浅色淡墨之痕，俱化矣。……中岁忽作山水，参米、高间，写意而已。陈括字子正，道复子，饮酒纵诞，有竹林之习，写花卉过于放浪，大有生趣。"

【译文】

皇甫冲、皇甫涍、皇甫汸、皇甫濂四兄弟，都作诗很出彩。黄省曾、黄姬水父子，继承重振了风骚传统。文徵明诗书画三绝，其子文彭、文嘉继承了书、画二绝。陈淳画山水、花鸟堪称妙绝，儿子陈括得到了花鸟画的真传。吴中这些俊秀人才，国内各地没几个比得上的。

七·三八

皇甫子安之《东览》，古选颇胜[1]；子循之《禅栖》，近体为佳[2]。子安卒，蔡子木以诗哭之云："五字沉吟诗品绝，一官憔悴世途难。"[3]可谓实录。蔡每对余读，辄哽咽泪。又华先生哭施子羽云："生前独行殊寡谐，死后遗文更谁辑。"[4]比之"一领青衫消不得"者[5]，更神伤矣。

【注释】

[1]子安：皇甫涍字，见五·一三注[69]。文徵明《甫田集》卷三三："子安雅性闲靖，慕玄晏先生所为，自号少玄子。……诗尤沉蔚伟丽，早岁规仿初唐，旋入魏、晋。"

[2]子循：皇甫汸字，号百泉，见一·三二注[1]。《静志居诗话》卷一三："百泉清音藻思，五言整于小谢，五律隽于中唐，唯七言蒀弱。"

[3]语出蔡汝南《哭皇甫子安》，见《列朝诗集小传》丁集卷四。子木：蔡汝南字，见七·三〇注[1]。

[4]华先生：即华察，字子潜，见五·一三注[76]。子羽：施渐字，见五·一三注[60]。明顾起纶《国雅品》："施少府子羽余友，卓行博学，雅有诗

名。学士华子潜公哭之有云：'世上交游安足多，丈夫从来贵知己。怜君家徒四壁立，中岁罢官常不给。生前独行殊寡谐，殁后遗文更谁辑？'"

[5] 杨慎《升庵集》卷五七："学诗者动辄言唐诗，便以为好，不思唐人有极恶劣者，如薛逢、戎昱，乃盛唐之晚唐。亦有数等，如罗隐、杜荀鹤，晚唐之下者，李山甫、卢延逊，又其下下者，望罗、杜又不及矣。其诗如'一个祢衡容不得'，又'一领青衫消不得'之句……此类皆下俚优人口中语，而宋人方采以为诗法。"

【译文】

皇甫涍的《东览》，在古体诗中颇为胜出；皇甫汸的《禅栖》，是近体诗中很好的。皇甫涍去世，蔡汝南用诗表达感伤："五字沉吟诗品绝，一官憔悴世途难。"可谓实话。蔡每次对我读的时候，就哽咽流泪。又有华察哭施渐说："生前独行殊寡谐，死后遗文更谁辑。"比"一领青衫消不得"更让人神伤。

七·三九

余十五时，受《易》山阴骆行简先生[1]。一日，有鬻刀者，先生戏分韵教余诗，余得"漠"字，辄成句云："少年醉舞洛阳街，将军血战黄沙漠。"[2]先生大奇之，曰："子异日必以文鸣世。"是时畏家严，未敢染指，然时时取司马、班史、李、杜诗窃读之，毋论尽解，意欣然自愉快也。十八举乡试，乃间于篇什中得一二语合者。又四年成进士，隶事大理[3]。山东李伯承[4]烨烨有俊声，雅善余，持论颇相下上。明年为刑部郎，同舍郎吴峻伯、王新甫、袁履善进余于社[5]。吴时称前辈，名文章家，然每余一篇出，未尝不击节称善也。亡何，各用使事，及迁去，而伯承者前已通余于于鳞，又时时为余言于鳞也。久之，始定交。自是诗知大历以前，文知西京而上矣。已于鳞所善者布衣谢茂秦来，已同舍郎徐子与、梁公实来，吏部郎宗子相来[6]。休沐则相与扬扢，冀于探作者之微，盖彬彬称同调云。而茂秦、公实复又解去，于鳞乃倡为五子诗，用以纪一时交游之谊耳。又明年，而余使事竣还北，于鳞守顺德，出茂秦，登吴明卿。又明年，同舍郎余德甫[7]来。又明年，户部郎张肖甫[8]来，吟咏时流布人间，或称"七子"，或"八子"，吾曹实未尝相标榜也[9]。而分宜氏[10]当国，自谓得旁采《风》《雅》权，谗者间之，耽耽虎视，俱不免矣。

【注释】

[1] 山阴：绍兴古称。行简：骆居敬字，行状不详。

[2] 语出王世贞《宝刀歌》，见《弇州山人四部稿》卷一六。

[3] 按：《明史》卷二八七《文苑传》三载王世贞"年十九，举嘉靖二十六年进士，授刑部主事"。当误，王氏时年应为二十二。

[4] 李先芳，字伯承，号东岱、北山，监利（今湖北监利）人，嘉靖二十六年进士，官至尚宝司少卿。王世贞《明诗评后叙》："既举进士京师，稍稍学为诗矣。而始隶籍大理，与濮人李先芳游。李自其微时，即已厌罢时俗，顾日夜工为诗，格调出襄阳、嘉州间，秀越温润，悟入象外。"

[5] 同舍郎：同居一舍的郎官，后亦泛指僚友。峻伯：吴维岳字，见五·一三注[93]。王宗沐，字新甫，号敬所，临海（今浙江临海）人，嘉靖二十三年进士，官至刑部左侍郎。袁福征，字履善，号太冲，华亭（今属上海）人，嘉靖二十三年进士，累官刑部主事。《明史》卷二八七《文苑传》三："世贞好为诗、古文，官京师，入王宗沐、李先芳、吴维岳等诗社。"

[6]《明史》卷二八七《文苑传》三："攀龙之始官刑曹也，与濮州李先芳、临清谢榛、孝丰吴维岳辈倡诗社。王世贞初释褐，先芳引入社，遂与攀龙定交。明年，先芳出为外吏。又二年宗臣、梁有誉入，是为五子。未几，徐中行、吴国伦亦至，乃改称七子。诸人多少年，才高气锐，互相标榜，视当世无人，七才子之名播天下。"

[7] 余曰德，字德甫，南昌（今江西南昌）人，嘉靖二十九年进士，官至福建按察司副使。与魏裳、汪道昆、张佳胤、张九一并称"嘉靖后五子"。

[8] 肖甫：张佳胤字，见七·三〇注[3]。

[9]《列朝诗集小传》丁集卷五："子相在郎署，与李于鳞、王元美诸人结社于都下。于时称五子者：东郡谢榛、济南李攀龙、吴郡王世贞、长兴徐中行、广陵宗臣、南海梁有誉，名五子，实六子也。已而谢、李交恶，遂黜榛而进武昌吴国伦，又益以南昌余曰德、铜梁张佳胤，则所谓七子者也。于鳞既殁，元美为政，援引同类，咸称五子，而七子之名独著。"

[10]分宜氏：又称"分宜相"，指严嵩，见七·八注[5]。

【译文】

我十五岁时，跟随绍兴骆行简先生学习《易》。一日，遇到一个卖刀的人，先生通过分韵教我作诗，我得到"漠"字，就写了一句："少年醉舞洛阳街，将军血战黄沙漠。"先生很惊讶，说："这孩子将来肯定以文章出名。"我这时畏惧家父，不敢碰文学，但总是偷读司马迁、班固的史书，李白、杜甫的诗，不求甚解，只是感到快乐就好。十八岁参加乡试，在众人文章中发现一两个与我兴趣相投的人。又过了四年得中进士，在大理寺任职。山东李先芳美名盛大，待我很好，观点和我大体一致。第二年为刑部郎中，同僚吴维岳、王宗沐、袁福征邀请我进诗社。吴维岳属于前辈，以文章闻名，但是每次我写一篇诗文，他都赞赏有加。不久，都有自己的差事，大家各就任所。李先芳之前已经把我介绍给李攀龙了，又经常在李攀龙面前夸赞我。时间久了，我与李攀龙就成朋友了。我们共同认为学诗要学唐朝大历以前的，文章要西汉之前的。后来，李攀龙的好友平民谢榛、僚友徐中行、梁有誉、吏部郎宗臣加入。休息时大家会对诗歌褒贬评价，希望探究创作者的细微之处，大家都是和谐且志趣相投的人。但是谢榛、梁有誉后来离开了，李攀龙提倡创作五人相交的诗歌，来纪念这段交往的情谊。第二年，我公事结束回到北方，李攀龙赴顺德为官，将谢榛排除诗社，拉入吴国伦。又一年，同僚余日德加入。又一年户部郎张佳胤加入，诗文广为流传，人称"七子"或"八子"，我们却实在是没有相互标榜过。严嵩掌权，称有管理领导诗坛的权力，中伤他人的小人频出，虎视眈眈，大家都多少受到牵连。

七·四〇

余自遘家难时[1]，橐馈[2]之暇，杜门块处，独新蔡张助甫[3]为验封郎，旬一再至。余固却之，张笑曰："足下乃以一吏部荣我乎？"余归，张亦竟左迁以去。自是吾党有"三甫"[4]：肖甫之雄爽流畅，助甫之奇秀超诣，德甫之精严稳称，皆吾所不及也。

【注释】

[1] 遘：遇到。家难：指嘉靖三十八年，王世贞父亲王忬因滦河战事失利下狱，并于第二年被杀。这段时间王世贞退居家中。

[2] 橐饘：衣食。

[3] 张九一，字助甫，号周田，新蔡（今河南新蔡）人，嘉靖三十二年进士，曾为吏部验封主事，官至右佥都御史。

[4]《明史》卷二八七《文苑传》三：“余日德字德甫，张佳胤字肖甫，张九一字助甫，世贞诗所谓‘吾党有三甫’也。”

【译文】

我家里遇难时，为衣食奔波之余，闭门自处，唯独新蔡人吏部验封郎张九一，每十日就来看望一次。我坚决推却，张九一笑说：“你因为我在吏部为官，就高看我吗？”我官复原职后，张九一竟然降职离开了。我朋友有“三甫”：张佳胤写诗雄健自然，张九一写诗奇崛精工，余日德写诗精巧严密稳当相宜，都是我比不上的。

七·四一

吾弟世懋[1]自家难服除后，一操觚[2]，遂尔灵异、神造之句，凭陵[3]作者。唯未为古乐府耳，其它皆具体而微。吾偶遣信问于鳞，漫及之曰：“家弟轶尘而奔，咄咄来逼人，赖其好饮，稍自宽耳。”[4]于鳞亦云：“敬美视助甫辈自先驱，视元美雁行也。尝取谢句‘花萼嘤鸣’标君家兄弟，不然耶？”[5]又一书云：“敬美乃负包宗含吴之志，称天下事未可量，眈眈欲作江南一小英雄。寻将火攻伯仁，奈何不善备之也。”[6]其见赏如此。

【注释】

[1] 王世懋：字敬美，时称少美，见四·二五注[2]。

[2] 操觚：原为执简写字，后指写文章。

[3] 凭陵：超越。

[4] 参看王世贞《亡弟中顺大夫太常寺少卿敬美行状》，见《弇州山人四部稿》卷一四○。轶尘：超尘出俗。

[5] 语出李攀龙《报元美》，见《沧溟集》卷三〇。花萼嘤鸣：指谢灵运《酬从弟惠连》，中有"山桃发红萼""鸣嘤已悦豫"句，言兄弟间同气相求。君家：犹贵府，您家。

[6] 语出李攀龙《答元美》，见《沧溟集》卷三〇。火攻伯仁：典出《世说新语·雅量》："周仲智饮酒醉，瞋目还面谓伯仁曰：'君才不如弟，而横得重名。'须臾，举蜡烛火掷伯仁，伯仁笑曰：'阿奴火攻，固出下策耳。'"

【译文】

我弟弟王世懋自从家中遭难守丧期满了之后，一写诗，就是鬼怪神仙才能写的句子，超越其他作者。只是没写过古乐府诗，其他都写得非常完美。我偶然与李攀龙通信，漫谈时提到："我弟弟超尘出俗，咄咄逼人，好在他爱喝酒，稍微可以宽慰自己。"李攀龙说："王世懋把张九一等人看作杰出者，把你这个兄长看作是同行比肩者，曾经用谢灵运的诗句'花萼嘤鸣'来标举你俩的感情，不是这样吗？"又在另一书信中说："王世懋有超越宗族及吴地子弟的志向，说天下事还不一定，虎视眈眈准备做江南地区的文坛小英雄。不久就将要对你展开攻势，你要充分准备啊。"他对王世懋的欣赏如此这般。

七·四二

吴人顾季狂，颇豪于诗，不得志吴，出游人间[1]。每谓余不满吴子辈，至有笔之书者。间一有之，而未尽然也。记中年挂冠时，命游屐，与诸子周旋[2]。章道华[3]用短，不入卑调；刘子威用长，不作凡语[4]；周公瑕挫名割爱，潜心吾党[5]；黄淳父[6]丽句精言，时时惊坐；王百谷苟能去巧去多，便足名世[7]；魏季朗滔滔洪藻[8]；张幼于朗朗警思[9]；伯起正自斐然[10]，鲁望必为娓娓[11]。对陆叔平、俞仲蔚便似见古人[12]。又云间莫云卿、练川殷无美[13]，词翰清丽，时时命驾吾庐。步武之外，有曹甥子念者，近体歌行酷似其舅[14]。王君载[15]者，能为骚赋古文，饶酒德。亦何尝落莫也？吾在晋阳有感云："借问吴阊诗酒席，十年鸡口有谁争。"殆是实录。

【注释】

[1]《列朝诗集小传》丁集卷九："圣少字季狂，吴郡南宫里人。少无乡曲

之誉，陷于缧绁，佯狂去乡里。年四十始称诗，游燕、赵、齐、鲁间，客诸王邸中，死于闽。"

[2] 游屐：游玩山水。周旋：此指交游。

[3] 章美中，字道华，吴县（今江苏苏州）人，嘉靖二十六年进士，官至四川副使。

[4] 刘凤，字子威，号罗阳，长洲（今江苏苏州）人，嘉靖二十三年进士，官至河南按察佥事。《列朝诗集小传》丁集卷八："子威博览群籍，苦心钩索，著骚、赋、古文数十万言。观者惊其繁富，惮其奥僻，相与骇掉栗眩，望洋而叹，以为古之振奇人也。尝试为之解驳疏通，一再寻绎，肌劈理解，已而索然不见其所有矣。"

[5] 公瑕：周天球字，见七·二三注[1]。《诗薮》续编卷二："周公瑕以书名一代，诗五言律沉婉有致，七言律尤工。合作处高华整丽，足上下嘉、隆诸子。"

[6] 淳父：黄姬水字，见五·一三注[102]。

[7] 王稚登，一作王穉登，字百谷，一作伯谷，号松坛道士、半偈长者、青羊君等，长洲（今江苏苏州）人，嘉靖四十三年入太学，万历中征修国史，终身未仕。《万历野获编》卷二三："近年词客寥落，唯王百谷巍然鲁灵光。其诗纤秀为人所爱，亦间受讥弹。"

[8] 魏学礼，字季朗，明代长洲（今江苏苏州）人，以岁贡累官广平府同知，以事被劾罢归。《列朝诗集小传》丁集卷八："季朗诗名因子威而起，南皮李时远评《比玉集》云：'季朗词锋甚锐，当胜子威一筹。'识者以为知言。"

[9] 张献翼，初名鹏翼，更名献翼，又更名敉，字仲举，改字幼于，明代长洲（今江苏苏州）人，国子监生，后屡考不中，遂放弃举业。为人放诞不羁，言行诡异。《列朝诗集小传》丁集卷七："（献翼）与皇甫子循及黄姬水、徐纬刻意为歌诗，于是三张（按：指张凤翼、张献翼、张燕翼三兄弟）之名，独幼于籍甚。"

[10] 张凤翼，字伯起，一字伯子，号灵虚、灵墟先生、冷然居士，长洲（今江苏苏州）人，与弟张献翼、张燕翼并有才名，时称"三张"。嘉靖四十三

年举人，后屡试不第，晚年以售书为生。《四库全书总目提要》卷一七八："凤翼才气亚于其弟献翼，故不似献翼之狂诞，而词采亦复少逊。"

[11] 袁尊尼，初名梦熊，字鲁望，号吴门居士、白门散吏，长洲（今江苏苏州）人，嘉靖四十四年进士，官至山东提学副使，袁衮子，与袁年、袁麟并称"袁氏三贤"。《明诗纪事》已签卷一五："（鲁望）才华不及乃翁，出语雅令，不落叫嚣之习。"

[12] 陆治，字叔平，号包山子，吴县（今江苏苏州）人，曾从祝允明、文徵明学诗文、书画。少喜游历，晚年隐居。仲蔚：俞允文字，见六·一九注[11]。

[13] 莫是龙，字云卿、廷韩，号秋水、后明等，明代松江（今属上海）人，不喜举业，攻古文辞及书画。殷都，字无美，一字开美，号斗墟子，嘉定（今属上海）人，万历十一年进士，官至兵部职方司郎中。云间：松江府别称。练川：嘉定别称。

[14] 曹昌先，字子念，更字以新，以字行，太仓（今江苏太仓）人，王世贞外甥。步武：很短的距离。《列朝诗集小传》丁集卷八："（子念）为人倜傥，重然诺，有河朔侠士之风。元美殁，移居吴门，萧然穷巷，门无杂宾，与王伯谷先后卒。"

[15] 王君载：生平里籍不详，疑为王复元（号雅宾，长洲人，书画家，师事文徵明），待考。

【译文】

吴人顾圣少，对自己的诗歌很骄傲，在吴地不得志，就在各地游走。时常说我轻视吴地年轻一辈，甚至有的写在书札之中。这种情况间或有点，但并非完全如此。记得我中年辞官那段时间（按：指家难时期），开始四处游览，与大家交往渐多。章美中擅作短韵，格调不俗；刘凤擅作长韵，语句不凡；周天球不喜虚名，潜心学习我们这一派的风格；黄姬水字句秀丽精巧，经常让人震惊；王稚登若能去掉拖沓、花哨的毛病，就能留名世间。魏学礼辞藻豪放；张献翼思绪清朗；张凤翼文采斐然；袁尊尼娓娓道来；面对陆治、俞允文，就像见到古人一般。此外，莫是龙、殷都辞藻清丽，时常驾车来我这里。就近有外甥曹子念，近体歌行很像我。王君载能作骚体赋、古文辞，喜欢喝酒。（在这种环境下我）有什么落寞呢？我在晋阳有感说："借问吴阊诗酒席，十年鸡口有谁争。"大概也是实情。

七·四三

吾于诗文，不作专家，亦不杂调。夫意在笔先，笔随意到，法不累气，才不累法，有境必穷，有证必切。敢于数子云有微长，庶几未之逮也，而窃有志耳。

【译文】

我在诗文方面不固守某一体裁，也不受限于同一种风格。（我创作时）心意在动笔之前，创作跟着心意流动，法则不束缚气势，才华不牵绊法则，穷尽境界，贴合实证。相对同时代诸位诗人，略有优势，或许有的地方也没赶上他们，但我私下还是有（独占鳌头的）志向。

七·四四

有娀氏二女，居九成之台，得天燕，覆以玉筐。既而发视之，燕遗二卵，飞去不返。二女作歌，始为北音 [1]。禹省南土，涂山之女令其媵候禹于涂山之阳。女乃作歌，始为南音 [2]。夏后、孔甲田于东阳萯山，天大风晦，入民室，其主方乳，或曰："后来，良日也，必吉。"或曰："不胜之，必有殃。"孔甲曰："以为余子，谁敢殃之。"后折橑，斧断其足。孔甲曰："呜呼命矣！"乃作《破斧》之歌，始为东音 [3]。周昭王之右辛余靡，有功，封于西翟，徙西河而思故处，始为西音 [4]。所谓四方之歌，风之始也。若在朝而奏者，被之钟鼓管籥为《雅》《颂》。秦青响遏行云 [5]，虞公梁上尘起 [6]，韩娥之音，绕梁三夜 [7]，临乘老姥，传谷数日 [8]，绵驹、王豹 [9] 之流，皆古歌之圣者，然亦单歌不合乐。以后江南《子夜》《前溪》《团扇》《懊侬》之属，是其遗响。唐妓女所歌王之涣、高适及伶工歌元、白之诗，皆是绝句。宋之词，今之南北曲，凡几变而失其本质矣。唯吴中人棹歌，虽俚字乡语，不能离俗，而得古风人遗意。其辞亦有可采者，如陆文量 [10] 所记："月子弯弯照九州，几家欢乐几家愁？几人夫妇同罗帐？几人飘散在它州？”又所闻："约郎约到月上时，只见月上东方不见渠（原注：音其）。不知奴处山低月上早，又不知郎处山高月上迟？"即使子建、太白降为俚调，恐亦不能过也。然此田畯红女作劳之歌，长年樵青，[11] 山泽相和，入城市间，愧汗塞吻矣。然则听古乐而恐卧者，宁独一魏文侯 [12] 也？

【注释】

[1] [2] [3] [4] 事详《吕氏春秋》卷上《季夏纪·音初》。

[5] 事详《列子》卷五《汤问篇》。

[6] 事详《宋书》卷一九《乐志》。

[7] 事详《列子》卷五《汤问篇》。

[8]《初学记》卷一五《乐部》引《荆州记》："临贺冯乘县有老姥善歌，余音传谷数日。"

[9] 事详《孟子·告子》下。

[10] 陆容，字文量，号式斋，太仓（今江苏太仓）人，明宪宗成化二年进士，官至浙江布政司右参政，著作有《式斋集》《菽园杂记》等。

[11] 田畯：农官。红女：从事纺织、缝纫等工作的女子。樵青：女婢。

[12] 事详《礼记·乐记·魏文侯》。

【译文】

有娀氏有两位美女，她们居住在极高的台上，得到了天上的燕子，用玉筐盖住它们。不久打开看，燕子飞走并留下两个蛋。两个女子创作歌曲，才产生了北音。禹去南方巡视，涂山氏之女让她的侍女去涂山南面迎候禹，女子于是创作歌曲，才产生了南音。夏君孔甲在东阳萯山打猎。刮起大风，天色昏暗，孔甲迷失了方向，走进一家老百姓的屋子。这家人家正在哺育孩童。有人说："君主到来，这是好日子啊，这个孩子一定大吉大利。"有人说。"怕享受不了这个福分啊，这个孩子一定会遭受灾难。"夏君说："让他做我的儿子，谁敢害他？"孩子长大成人了，一次帐幕掀动，屋椽裂开，斧子掉下来砍断了他的脚，孔甲叹息道："是命里注定吧！"于是创作《破斧》这首歌，产生了东音。周昭王的助手辛馀靡，有功劳，王把他分封在西翟，经过西河时思念故乡，才产生了西音。所说的四方的歌，《风》是最开始的。若在朝廷奏乐，结合钟鼓管籥就是《雅》《颂》。秦青的音乐响遏行云，虞公的音乐使梁上尘起，韩娥的音乐绕梁三日，临乘老姥的音乐，在谷中流转数日，绵驹、王豹这一类，都是古代音乐的圣人，但是也只唱歌无音乐伴奏。江南《子夜》《前溪》《团扇》《懊憹》这些都是他们留下的绝响。唐妓女唱的王之涣、高适的诗和伶工唱的元稹、白居易的诗都是绝句。宋词、现在的南北曲，都历经变化失去本质了。只有吴中人的棹歌，虽然是方言土话，俗气但是有古人遗留下来的意思。它的辞藻也有值得采纳的，就像陆容记下来的："月子弯弯照九州，几家欢乐几家愁？几人夫妇同罗帐？几人飘散在它州？"又有听到的："约郎约到月上时，只见月上东方不见渠（原注：音其）。不知奴处山低月上早，又不知郎处山高月上迟？"即使曹植、李白写俚调，恐怕也不能超越。但是这些农官工女劳作唱的歌，在女婢口中可以与山水相融，进入城市就羞愧流汗，不敢言语。那么听古乐唯恐卧床困倦的人，只有魏文侯一人吗？

七·四五

正德间有伎女，失其名，于客所分咏，以骰子为题。伎应声曰："一片寒微骨，翻成面面心。自从遭点污，抛掷到如今。"极清切感慨可喜。又一伎得一联云："故国五更蝴蝶梦，异乡千里子规心。"亦自成语。

【译文】

正德年间有一个歌伎，不知道姓名，和客人作分题诗，以骰子为题目。歌伎说："一片寒微骨，翻成面面心。自从遭点污，抛掷到如今。"非常清晰准确，感慨良多。又一歌伎有一联说："故国五更蝴蝶梦，异乡千里子规心。"也是自成一格。

七·四六

潮阳苏福八岁赋《初月诗》："气朔盈虚又一初，嫦娥底事半分无。却于无处分明有，恰似先天太极图。"惜乎十四而夭。令陈白沙[1]、庄定山[2]白首操觚，未必能胜。

【注释】

[1] 陈献章，人称白沙先生，见五·一三注 [21]。

[2] 庄昶，人称定山先生，见五·九注 [9]。

【译文】

潮阳苏福八岁作《初月诗》："气朔盈虚又一初，嫦娥底事半分无。却于无处分明有，恰似先天太极图。"可惜十四岁夭折了。让陈献章、庄昶老年作诗未必能胜过他。

卷 八

八·一

自三代而后，人主文章之美，无过于汉武帝、魏文帝者，其次则汉文、宣、光武、明、肃[1]，魏高贵乡公，晋简文，刘宋文帝、孝武、明帝，元魏[2]孝文、孝静，梁武、简文、元帝，陈后主，隋炀帝，唐文皇[3]、明皇、德宗、文宗，南唐元宗、后主，蜀主衍、孟主昶、宋徽、高、孝，凡二十九主。而著作之盛，则无如萧梁父子[4]。高祖著《孝经》《周易》《乐社》《毛诗》《春秋》《中庸》《尚书》《孔、老义疏》《正言》《答问》二百卷，《涅槃》《大品》《净名》《三慧》等经义复数百卷，《通史》六百卷，文集百二十卷，《金海》三十卷，《三礼断疑》一千卷。昭明太子《文集》二十卷，撰古今典诰文言为《正序》十卷，五言诗之善者为《文章英华》二十卷，《文选》三十卷。简文帝《昭明太子传》五卷，《诸王传》三十卷，《礼大义》二十卷，《老、庄义》各二卷，《长春义记》一百卷，《法宝连璧》三百卷，《易简》五十卷，诗文集一百卷，杂著《光明符》等书五十九卷。元帝《孝德》《忠臣传》各三十卷，《丹阳尹传》十卷，注《汉书》一百十五卷，《易讲疏》十卷，《内典博要》一百卷，《连山》三十卷，《洞林》三卷，《玉韬》《金楼子》《补阙子》各十卷，《老子讲疏》四卷，《全德》《怀旧志》各一卷，《荆南志》《江州记》《职贡图》《古今同姓录》各一卷，《筮经》十二卷，《式赞》三卷，文集五十卷。昭明才不足而识有余，简文才有余而识不足。武、元二主，才识小不逮，而学胜之。人则昭明美矣。

【注释】

[1] 汉章帝刘炟，庙号肃宗。

[2] 元魏：即北魏。魏孝文帝迁都洛阳，改本姓拓跋为元，故称。

[3] 唐太宗李世民，谥号文皇帝。

[4] 指梁武帝萧衍（庙号高祖）、昭明太子萧统、梁简文帝萧纲、梁元帝
萧绎。

【译文】

自夏商周以后，皇帝中文章优秀的，就是汉武帝刘彻、魏文帝曹丕了，其
次是汉文帝刘恒、汉宣帝刘询、汉光武帝刘秀、汉明帝刘庄、汉肃宗刘炟，魏
高贵乡公曹髦，晋简文帝司马昱，刘宋文帝刘义隆、宋孝武帝刘骏、宋明帝刘
彧，北魏孝文帝元宏、孝静帝元善见，梁武帝萧衍、梁简文帝萧纲、梁元帝萧
绎，陈后主陈叔宝，隋炀帝杨广，唐文皇李世民、唐明皇李隆基、唐德宗李
适、唐文宗李昂，南唐元宗李璟、后主李煜，前蜀后主王衍、后蜀后主孟昶，
宋徽宗赵佶、宋高宗赵构、宋孝宗赵昚，一共二十九个皇帝。著作数量最多的
是萧梁父子。梁高祖萧衍著《孝经》《周易》《乐社》《毛诗》《春秋》《中庸》《尚书》
《孔、老义疏》《正言》《答问》二百卷，《涅槃》《大品》《净名》《三慧》等经
义也有几百卷，《通史》六百卷，文集一百二十卷，《金海》三十卷，《三礼断疑》
一千卷。昭明太子萧统有《文集》二十卷，撰写古今典诰文言成《正序》十卷，
五言诗的佳作成《文章英华》二十卷，《文选》三十卷。简文帝萧纲有《昭明
太子传》五卷，《诸王传》三十卷，《礼大义》二十卷，《老、庄义》各二卷，《长
春义记》一百卷，《法宝连璧》三百卷，《易简》五十卷，诗文集一百卷，杂著《光
明符》等书五十九卷。梁元帝萧绎有《孝德》《忠臣传》各三十卷，《丹阳尹传》
十卷，注《汉书》一百十五卷，《易讲疏》十卷，《内典博要》一百卷，《连山》
三十卷，《洞林》三卷，《玉韬》《金楼子》《补阙子》各十卷，《老子讲疏》四卷，
《全德》《怀旧志》各一卷，《荆南志》《江州记》《职贡图》《古今同姓录》各一
卷，《筮经》十二卷，《式赞》三卷，文集五十卷。昭明太子萧统才华不足但见
识丰富，简文帝萧纲才华很高但见识不足。武帝萧衍、元帝萧绎二人，才华和
见识都不够，而学问较大。论为人还是昭明太子萧统好。

八·二

自古文章于人主未必遇，遇者政不必佳耳。独司马相如于汉武帝奏《子
虚赋》，不谓其令人主叹曰："朕独不得此人同时哉！"[1] 奏《大人赋》则大悦，

飘飘有凌云之气，似游天地间 [2]。既死，索其遗篇，得《封禅书》，览而异
之 [3]。此是千古君臣相遇，令傅粉大家 [4] 读之，且不能句矣。下此则隋炀恨
"空梁"于道衡 [5]，梁武绌征事于孝标 [6]，李朱崖至屏白香山诗不见，曰："见
便当爱之。"[7] 僧虔拙笔 [8]，明远累辞 [9]，于乎，忌则忌矣，后世觅一解忌人，
了不可得。

【注释】

[1] [2] [3] 事详《史记》卷一一七《司马相如列传》。

[4] 傅粉大家：白净的学问大家。

[5] 道衡：即薛道衡，见三·七九注 [4]。空梁：指其诗《昔昔盐》中"空
梁落燕泥"句，见元左克明《古乐府》卷十。明冯惟讷《古诗纪》卷一五一引
《小说旧闻》："隋炀帝善属文，不欲人出其右，薛道衡由是得罪，后因事诛之
曰：更能作'空梁落燕泥'否？"

[6] 刘峻，字孝标，本名法武，谥号玄靖先生，平原（今山东平原）人，
南朝梁学者兼文学家，以注释刘义庆《世说新语》而显名于世。《南史》卷
四九《刘峻传》："武帝每集文士策经史事，时范云、沈约之徒皆引短推长，帝
乃悦，加其赏赉。会策锦被事，咸言已罄，帝试呼问峻，峻时贫悴冗散，忽请
纸笔，疏十余事，坐客皆惊，帝不觉失色，自是恶之，不复引见。"

[7] 李德裕，字文饶，因被贬崖州（汉时朱崖郡）而卒，故世称"李朱崖"，
赵郡（今河北赵县）人，唐代杰出政治家、文学家，武宗时居相位，力主削平
藩镇，是牛李党争中李派首领。《苕溪渔隐丛话》卷三八引《蔡宽夫诗话》："白
乐天，杨虞卿之姑夫，故世言与李文饶不相能。文饶藏其文集，不肯看，以为
看则必好之。"

[8] 僧虔：即王僧虔，见一·五○注 [1]。《南齐书》卷三三《王僧虔传》："孝
武欲擅书名，僧虔不敢显迹大明世，常用拙笔书，以此见容。"

[9] 明远：鲍照字。《南史》卷一三《临川烈武王道规传》附："文帝以为中
书舍人。上好为文章，自谓人莫能及。照悟其旨，为文章多鄙言累句。咸谓照
才尽，实不然也。"

【译文】

从古至今有文采的臣子与皇帝未必相合，相合者政绩不一定好。只有司马相如给汉武帝上奏《子虚赋》，没想到令皇上感叹："朕怎么没能与这人同时代呢！"上奏《大人赋》皇上十分开心，飘飘然有凌云的气概，像在天地间游走。等到司马相如去世了，搜寻遗留的篇章，得到《封禅书》，看了很惊喜。这是千古才有的君臣相遇，让学问大家读到这种故事，都无话可说。比较差劲的如，隋炀帝嫉恨薛道衡能作"空梁落燕泥"这种好句；梁武帝因刘峻学问精深，熟悉典故，于是罢免他；李德裕藏白居易的诗不看，说"看了就会爱上"；王僧虔书法故意藏拙；鲍照故意使词句繁冗，都是忌惮皇帝。想在后世找到理解他们藏拙之处的人，确实难能可贵。

八·三

"孝成帝玩弄众书，善扬子云，出入游猎，子云乘从。"[1] 又以桓君山[2] 藏书多，待诏门下，时人语曰："玩扬子云之篇，乐于居千石之官；挟桓君山之书，富于积猗顿之财。"[3]

【注释】

[1] [3] 语出王充《论衡·佚文篇》，文字略有出入。子云：扬雄字。猗顿：战国时期著名富商。

[2] 桓谭，字君山，沛国相县（今安徽濉溪）人，东汉哲学家、经学家、琴师、天文学家，光武帝时征为待诏。

【译文】

"汉成帝喜欢摆弄书籍，对扬雄很好，出门游猎，扬雄跟随。"又因为桓谭藏书很多，光武帝把他征为待诏。当时人说："赏玩扬雄的文章，比获得俸禄千石的官职还快乐；有桓谭的藏书，就像比猗顿还要富有。"

八·四

王充有云："韩非之书，传在秦廷，始皇叹不得与此人同时；陆贾《新语》奏一篇，高祖称善，左右呼万岁。"[1] "王莽时，郎吏上奏，刘子骏章尤美，因至大用。"[2] "永平中,神雀群集,孝明诏上《爵颂》,百官文皆比瓦石,唯班固、贾逵、傅毅、杨终、侯讽五颂若金玉,孝明览而异焉。"[3] 当时人主自晓文艺,作主试,令人跃然。

【注释】

[1] [2] [3] 见王充《论衡·佚文篇》,文字略有出入。刘歆,字子骏,刘向之子,西汉末古文经学派创始人、目录学家、天文学家。贾逵,字景伯,东汉经学家。傅毅,字武仲,东汉辞赋家。杨终,字子山,东汉经学家。侯讽,约生活于东汉明帝、章帝之际,字号不详。

【译文】

王充说:"韩非子的书传入秦朝廷时,秦始皇叹息没有和这个人同一时代;陆贾上奏《新语》一篇,汉高祖说好,左右的大臣都大呼万岁。""王莽那个时代,郎吏上奏说刘歆的文章很好,因此重用他。""永平中,神雀聚集,孝明下诏让官员上奏《爵颂》,百官的文章都如瓦石一般,只有班固、贾逵、傅毅、杨终、侯讽五人文章像金玉,汉明帝看了十分惊喜。"当时皇帝通晓文艺,作为主试人,令人高兴。

八·五

"孝成读《尚书》百篇,博士莫晓,征天下能为《尚书》者。东海张霸通《左氏春秋》,以《左氏》训义解《尚书》百二篇,上覆案秘书,无一应者。吏当霸辜大不谨,帝奇其才,赦其辜,亦不废其经。"[1] "杨子山为郡上计吏,见三府为《哀牢传》,不能成篇,归郡重作上,孝明奇之,征在兰台。"[2] 然则永乐中之罪朱季友[3],嘉靖中之罪林希元[4],弘治中之罪荐董文玉者[5],似亦未尽右文[6]之意也。

【注释】

[1] [2] 见王充《论衡·佚文篇》,文字略有出入。张霸,字伯饶,东汉大臣,经学家。上计吏:战国、秦、汉时,地方负责年终向国家汇报情况的官吏。三府:三公(太尉、司徒、司空)府,后代指三公。兰台:秘书省。

[3] 事详清夏燮《明通鉴》卷一四。"季友"原作"季支",据《明通鉴》改。

朱季友，生卒、里籍不可考。

[4]事详《明通鉴》卷五六。林希元，字茂贞，号次崖，同安（今属福建）人，正德十二年进士，嘉靖初因议狱事被贬，弃官。

[5]事详明凌迪知《国朝名世类苑》卷二八。董玘，字文玉，会稽（今浙江绍兴）人，孝宗弘治十八年进士，曾官翰林学士，后因反对宦官刘瑾，遭贬。

[6]右文：崇尚文治。

【译文】

"汉成帝读《尚书》百篇，当时的经学博士都不能解读，于是在天下征用能注解《尚书》的人。东海张霸通晓《左氏春秋》，用《左氏》解读《尚书》二百篇，汉成帝取出秘藏的《尚书》用来考订校对，没有一个字是相合的。官吏以为张霸犯了欺君之罪，但皇帝惊讶他的才能，赦免了他，也不废除他的经书。""杨终做州郡的上计吏，看到三府官员作《哀牢傅》，没有成篇，他回到郡上重新写作并上呈皇帝，汉明帝惊讶，把他留在了秘书省。"但是永乐中判罪朱季友，嘉靖中判罪林希元，弘治中判罪荐臣董玘，似乎没有体现出崇尚文治的意思。

八·六

梁武帝令谢吏部景涤与王侍中暕即席为诗答赠，善之。仍使复作，复合旨。乃赐诗曰："双文即后进，二少实名家。岂伊止栋隆，信乃俱声华。"[1] 又于九日朝宴，独命萧景阳曰："今云物甚美，卿得不斐然？"乃赋诗。诗成，又降旨曰："可谓才子。"[2]

【注释】

[1]事附《南史》卷二〇《谢弘微传》。谢览，字景涤，南朝齐、梁大臣。王暕，字思晦，南朝齐、梁大臣。

[2]事附《梁书》卷三五《萧子恪传》。萧子显，字景阳，南朝梁大臣、史学家、文学家。

【译文】

梁武帝让吏部谢览与侍中王暕酒席上作诗答赠，写得很好。让他们再写，仍然很好。于是梁武帝赐诗说："双文即后进，二少实名家。岂伊止栋隆，信乃俱声华。"又在九天后的朝廷宴会上，给萧子显说："今天风景很好，你难道不想展示文采吗？"于是作诗。诗成后，又降旨说："可以称得上才子。"

八·七

陈后主在东宫集官僚宴咏，学士张讥在坐，时新造玉柄麈尾成，后主亲执之，曰："当今虽复多士如林，堪执此者独讥耳。"即手授之，仍令于温文殿讲《庄》《老》。高宗临听，赐御所服衣一袭[1]。

【注释】

[1] 事详《南史》卷七一《儒林传》。张讥，字直言，陈时，任国子博士、太子学士。高宗：陈宣帝陈顼庙号，后主陈叔宝父。

【译文】

陈后主在东宫和官员宴饮雅集，学士张讥在座位上，刚造的玉柄麈尾好了，后主亲自拿着，说："现在虽然学士如林，但能拿这个的只有张讥。"当即用手授予他，让他在温文殿讲《庄子》《老子》。高宗亲临来听，赏赐给他一件自己穿过的衣服。

八·八

魏孝静人日登云龙门[1]，崔㥄[2]侍宴，又敕其子瞻令近御坐，亦有应诏诗。帝问邢邵曰："此诗何如其父？"邢曰㥄博雅弘丽，瞻气调清新，并诗人之冠。"燕罢，共嗟赏之，咸曰："今日之宴，并为崔瞻父子。"[3]

【注释】

[1] 魏孝静：指北魏孝静帝元善见，孝文帝元宏曾孙，雅好文事。人日：农历正月初七。

[2]"㥄"，各本并作"悛"。据《北史·崔逞传》所附本传改。

[3] 事附《北史》卷二四《崔逞传》。邢邵，"邵"一作"劭"，字子才，魏

时任中书侍郎，入北齐，官至太常卿，文学成就与温子升、魏收齐名。

【译文】

魏孝静帝正月初七登云龙门，崔㥄陪同宴饮，皇帝下令崔㥄的儿子崔瞻挨着皇上坐，并写应诏诗。皇帝问邢邵："这诗和他父亲比如何？"邢邵说："崔㥄博雅弘丽，崔瞻气调清新，并列诗人第一。"宴会结束，大家一起欣赏，都说："今日的宴会一并是为崔瞻父子举行的。"

八·九

炀帝为诸王时，每有文什，辄令柳䛒[1]藻润。学士百余，䛒为之冠。既即位，弥见幸重，与诸葛颖[2]等，离宫曲殿，狎宴清游，靡不在坐。犹念昏夜铜龙[3]易乖，爰命偃师[4]之流为木偶，效䛒面目，施以机械，使能坐起，续对酣饮，往往丙夜。事虽不经，可谓宠异矣。

【注释】

[1]柳䛒，字顾言，历仕梁、后梁，入隋后受炀帝赏识，任秘书监。事详《北史》卷八三《文苑传》。

[2]诸葛颖，字汉丹，历仕梁、北齐，入隋后任著作郎，甚得宠幸。事详《隋书》卷七六《文学传》。

[3]铜龙：笔架、笔套之类的文具，此指文思。

[4]偃师：称弄木偶的艺人。

【译文】

隋炀帝做诸侯王时，每次有文章，都让柳䛒润色辞藻。一百多个学士中，柳䛒为首。隋炀帝即位后，更加看重他。其与诸葛颖等人，在皇帝出游、宴饮玩乐时，每次都会同行。觉得晚上文思不畅，让手艺人做了木偶，效仿柳䛒的面貌，加上机械，让他能够坐起来和他继续酣饮，往往到三更。事情虽然荒诞，但可以见出受宠幸的程度了。

八·一〇

燕公大雅[1]，称三兄第一[2]；万迥圣僧[3]，呼詹事[4]才子，外议似不专

宋 [5]。独应制 [6] 争标，往往擅场 [7]，如昆明夜珠，入上官之选 [8]；龙池锦袍，夺东方之气 [9]，声华艳羡，遂无其偶。延清诗达如此，直得一横死耳 [10]。又有武平一 [11] 者，以正月八日立春彩花应制诗成 [12]，中宗手敕批云："平一年虽最少，文甚警新，悦红蕊之先开，讶黄莺之未啭，循环吟咀，赏叹兼怀，今更赐花一枝，以彰其美。"所赐学士花并插，后复以谑词赐酒一杯，当时叹羡 [13]。读《中宗纪》，令人懑懑气塞，唯于诗道，似有小助。至离宫列席，领略佳候，使才士操觚，次第称赏，亦是人主快事，为词林佳话 [14]。

【注释】

[1] 燕公：指唐燕国公张说，其与许国公苏颋齐名，号称"燕许大手笔"，见四·三注 [6]。大雅：德高而有大才的人。

[2] 唐刘悚《隋唐嘉话》卷下："沈佺期以工诗著名，燕公张说尝谓之曰：'沈三兄诗，直须还他第一。'"按：沈佺期在家族中排行第三，故称"沈三兄"。

[3] 唐胡璩《谭宾录》卷一："万迴师，阌乡人也，俗姓张氏。……后则天追入内，语事多验。……景龙中，时时出入，士庶贵贱，竞来礼拜。"

[4] 詹事：指沈佺期，见四·三注 [7]。武后朝曾任太子少詹事，故云。

[5] 宋：指宋之问，字延清，见四·三注 [7]。

[6] 应制：应诏，应皇命写作。

[7] 擅场：技压全场。

[8] 指沈佺期与宋之问应制于昆明池共赋《奉和晦日驾幸昆明池应制》诗，其诗被上官婉儿选中事，见四·六注 [2]、[3]。

[9]《隋唐嘉话》卷下："武后游龙门，命群官赋诗，先成者赏锦袍。左史东方虬既拜赐，坐未安，宋之问诗复成，文理兼美，左右莫不称善，乃就夺袍衣之。"

[10]《唐才子传》卷一："（宋）之问，字延清。……复媚太平公主。以知举贿赂狼藉，下迁越州长史。睿宗立，以无悛悟之心，流钦州，御史劾奏赐死。"

[11] 武平一，名甄，以字行，文水（今山西文水）人，博学多识，长于文辞。武后时，隐居嵩山学佛。中宗复位，拜起居舍人。

[12] 指武平一《奉和立春内出彩花树应制》，见《全唐诗》卷一〇二。

[13] 事详《唐诗纪事》卷一一。

[14] 唐中宗李显事，详《新唐书》卷四《中宗本纪》。

【译文】

张说品德高尚又有才气，他认为沈佺期的诗堪称第一；万迥圣僧称沈佺期为才子，旁人议论他与宋之问不相上下。二人唯独在应制之作上争夺优胜，往往能够技压群芳，比如沈佺期昆明池写夜明珠的诗篇（指《奉和晦日驾幸昆明池应制》），被上官婉儿选中；又如宋之问龙门池赋诗夺袍，尽显才气，声誉与才华独一无二。宋之问的诗达到如此地步，却落得被赐死的地步。又有武平一这个人，在正月初八立春的时候奉皇帝之命以彩花树为题赋诗（指《奉和立春内出彩花树应制》），唐中宗亲手写批语说："武平一年纪最小，但文采十分新奇，让早开的花蕊感到喜悦，让未啼鸣的黄莺感到惊讶，反复咀嚼吟咏，欣赏赞叹之情不绝于怀，现在赐予鲜花一枝，用来表彰他诗文的绝妙。"并赐予学士称号，后又以戏笑的言辞赐酒一杯，令当时的人羡慕赞叹。读《中宗纪》，（对中宗的执政）感到愤懑不满，只是他对文学的发展，似乎稍有助益。至于行宫宴饮，欣赏胜景，令有才之士持笔创作，依次赏赐，这也是皇帝的高雅之事，可称为文坛佳话。

八·一一

开元帝 [1] 性既豪丽，复工词墨，故于宰相拜上，岳牧 [2] 出镇，往往亲御宸章 [3]，普令和赠，为一时盛事。四明狂客以庶僚投老得之 [4]，尤足佳绝 [5]。青莲起自布素，入为供奉 [6]，龙舟移馔，兽锦夺袍 [7]，见于杜诗及他传奇所载，天子调羹，宫妃捧砚，晚虽沦落，亦自可儿 [8]。

【注释】

[1] 开元帝：指唐玄宗李隆基，以年号称之。

[2] 岳牧：传说中尧舜时四岳十二牧的简称，分掌政务与四方诸侯。后泛指封疆大吏。

[3] 宸章：皇帝所作的诗文。

[4] 四明狂客：贺知章，字季真，晚年放纵狂诞，自号"四明狂客"。《新唐书》卷一九六《隐逸传》："请为道士，还乡里。诏许之，以宅为千秋观而居，又求周官湖数顷为放生池，有诏赐镜湖剡川一曲。既行，帝赐诗，皇太子百官饯送。"庶僚：一般官吏。

[5] 诗为李隆基《送贺知章归四明》，见《全唐诗》卷三。

[6] 李白曾任翰林供奉，故云。

[7] 杜甫《寄李十二白二十韵》："龙舟移棹晚，兽锦夺袍新。"言李白受恩宠有加。

[8] 可儿：可爱的人。

【译文】

唐玄宗性格豪放壮丽，又善于创作诗文，因此每当宰相上任，大吏出京，他往往亲自题诗作文，下令众人也题诗赠答，成为当时的一大盛况。作为一般官吏的贺知章告老还乡，也得到玄宗的诗文，更是称为绝妙。李白本是一介平民，入朝为翰林供奉，乘龙舟品美食，着锦缎获恩宠，这些在杜甫诗中以及其他传奇中均有所记载。天子为其调羹，宫妃为其捧砚，晚年虽然沦落，但也可称为可爱之人。

八·一二

柳诚悬"泪痕"之咏[1]，与虞永兴"调憨"诗绝相类[2]，不唯见人主亲狎词臣，迩时秘密，亦所不避。

【注释】

[1] 柳公权，字诚悬，华原（今陕西铜川）人，唐宪宗元和三年进士，官至太子少师，著名书法家、诗人。《唐诗纪事》卷四〇："公权，武宗朝在内庭，上常怒一宫嫔久之，既而复召，谓公权曰：'朕怪此人，若得学士一篇，当释然矣。'目御前有蜀笺数十幅，授之。公权略不伫思而成一绝曰：'不怨前时忤主恩，已甘寂寞守长门。今朝却得君王顾，重入椒房拭泪痕。'上大悦，令宫人上前拜谢之。"

[2] 虞世南，字伯施，余姚（今属浙江）人，唐建国功臣，书法家、诗人、

政治家，曾任职秘书监，受封永兴县公，故世称"虞秘监""虞永兴"。《唐诗纪事》卷四引颜师古《隋朝遗事》："洛阳献合蒂迎辇花，炀帝令袁宝儿持之，号司花女。时诏世南草《征辽指挥德音敕》于帝侧，宝儿注视久之。帝曰：'昔传飞燕可掌上舞，今得宝儿，方昭前事。然多憨态，今注目于卿，卿才人，可便嘲之。'世南为绝句曰：'学画鸦黄半未成，垂肩亸袖太憨生。缘憨却得君王惜，长把花枝傍辇行。'"

【译文】

　　柳公权曾以"泪痕"为主题作诗一首，与虞世南的"调憨"一诗极为类似，从中不仅可见到皇帝调侃大臣的情况，那时的宫廷秘闻，也可展现出来。

八·一三

　　唐时伶官伎女所歌，多采名人五、七言绝句，亦有自长篇摘者，如"开箧泪沾臆，见君前日书。夜台犹寂寞，疑自子云居"[1]之类是也。王昌龄、王之涣、高适微服[2]酒楼，诸名伎歌者咸是其诗，因而欢饮竟日。大历中，卖一女子，姿首[3]如常，而索价至数十万，云："此女子诵得白学士《长恨歌》，安可他比！"[4]李峤"汾水"之作[5]，歌之，明皇至为泫然，曰："李峤真才子。"[6]又宣宗因见伶官歌白《杨柳枝词》"永丰坊里千条柳"，趣令取永丰柳两株，栽之禁中[7]。元稹《连昌宫》等辞凡百余章，宫人咸歌之，且呼为元才子[8]。李贺乐府数十首，流传管弦。又李益与贺齐名，每一篇出，辄以重赂购之乐府[9]，称为"二李"。呜呼！彼伶工女子者，今安在乎哉？

【注释】

　　[1]语出高适《哭单父梁九少府》，见《全唐诗》卷二一二。"疑是子云居"一作"犹是子云居"。

　　[2]微服：改变常服以避人耳目。

　　[3]姿首：泛指容貌。

　　[4]语出白居易《与元九书》，见《白氏长庆集》卷二八。文字略有改动。

　　[5]指李峤《汾阴行》，见《全唐诗》卷五七。李峤，见四·一一注[6]。

　　[6]事详《本事诗·事感》第二："天宝末，玄宗尝乘月登勤政楼，命梨园

弟子歌数阕。有唱李峤诗者云：'富贵荣华能几时？山川满目泪沾衣。不见只今汾水上，唯有年年秋雁飞。'时上春秋已高，问是谁诗，或对曰李峤，因凄然涕下，不终曲而起，曰：'李峤真才子也。'又明年，幸蜀，登白卫岭，览眺久之，又歌是词，复言'李峤真才子'，不胜感叹。"泫然：悲伤流泪的样子。

[7]《本事诗·事感》第二："白尚书姬人樊素，善歌；妓人小蛮，善舞。尝为诗曰：'樱桃樊素口，杨柳小蛮腰。'年既高迈，而小蛮方丰艳。因为'杨柳'之词以托意，曰：'一树春风万万枝，嫩于金色软于丝。永丰坊里东南角，尽日无人属阿谁？'及宣宗朝，国乐唱是词，上问谁词，永丰在何处，左右具以对之。遂因东使，命取永丰柳两枝，植于禁中。白感上知其名，且好尚风雅，又为诗一章，其末句曰：'定知此后天文里，柳宿光中添两枝。'"

[8]《唐诗纪事》卷三七："穆宗时，嫔御多诵稹歌，宫中号为'元才子'。后荆南监军崔峻归朝，出稹《连昌宫词》等百余篇，奏御，穆宗大悦，即日拜祠部郎中，知制诰。"

[9]《唐才子传》卷四："（李益）风流有辞藻，与宗人贺相埒，每一篇就，乐工赂求之，被于雅乐，供奉天子。"李益，见四·五四注[1]。

【译文】

唐代伶官伎女所唱的歌曲多来自名人的五、七言绝句，其中也有从长篇中摘抄出来的，如"开箧泪沾臆，见君前日书。夜台犹寂寞，疑自子云居"这一类诗句。王昌龄、王之涣、高适微服到酒楼，诸多歌伎所咏唱的都是他们的诗，因而终日欢饮。大历年间，有人出卖一个女子，容貌一如常人，而要价竟然数十万，说："这个女子能够诵读白居易的《长恨歌》，岂是别人能够比拟的！"李峤所作的《汾阴行》，歌唱时，唐明皇都产生悲伤之感，说道："李峤真才子。"又一次唐宣宗因看见伶官歌唱白居易的《杨柳枝词》"永丰坊里千条柳"，赶快命令侍从拿取永丰柳两株，栽到了宫廷之中。元稹的《连昌宫词》有一百余章，宫廷中的人都歌唱，并且称呼元稹为"元才子"。李贺的数十首乐府，因以管弦演奏而广为流传。李益与李贺齐名，每写一篇，就以重金被宫廷音乐机构所购买，时称"二李"。哎！那些唱诗的伶工女子现在还在吗？

八·一四

宋王岐公珪为学士[1]，尝月夜上召入禁中，对设一榻赐坐，王谢不敢。上曰："所以夜相命者，正欲略去苛礼，领略风月耳。"既宴，水陆奇珍，《仙韶》《霓羽》，酒行无算。左右姬嫔悉以领巾、纨扇索诗，王一一为之，咸以珠花一枝润笔，衣袖皆满。五夜，乃令以金莲归院[2]。翌日，都下盛传天子请客。宣政[3]以还，京、攸、王、李[4]谐谑唱和，宠焰一时。德寿、重华[5]，史卫公[6]、吴郡王[7]、曾觌[8]、张崙[9]亦复接踵，然皆亡国之征。或是偏安逸豫，不足多载。

【注释】

[1] 王珪，字禹玉，华阳（今四川成都）人，北宋宰相、文学家，神宗时曾任翰林学士承旨，哲宗时封岐国公。

[2] 事详宋钱世昭《钱氏私志》："岐公在翰苑时，中秋有月，上问当直学士是谁？左右以姓名对，命小殿对设二位，召来赐酒，公至殿侧侍班。俄顷，女童小乐引步辇至，宣学士就坐，公奏故事无君臣对坐之礼，乞正其席。上云：'天下无事，月色清美，与其醉声色何如与学士论文。若要正席，则外廷赐宴。正欲略去苛礼，放怀饮酒。'公固请不已，再拜就坐。……夜漏下三鼓，上悦甚，令左右宫嫔各取领巾、裙带、团扇、手帕求诗……上云：'岂可虚辱，须与学士润笔。'遂各取头上珠花一朵装公幞头，簪不尽者置公服袖中，官人旋取针线缝联袖口。宴罢，月将西沉，上命撤金莲烛，令内侍扶掖归院。"润笔：报酬。五夜：五更。

[3] 宣政：宋徽宗年号宣和、政和的并称，亦借指宋徽宗。

[4] 京、攸、王、李：指蔡京、蔡攸、王黼、李邦彦。事详《宋史》卷四七二《奸臣列传》、卷四七〇《佞幸列传》、卷三五二《李邦彦传》。

[5] 德寿、重华：分别为宋高宗宫名、宋孝宗宫名，此代指这两朝。事详《宋史》卷三二《高宗本纪》、卷三五《孝宗本纪》。

[6] 史弥远，字同叔，号小溪、静斋，鄞县（今浙江宁波）人，孝宗淳熙十四年进士，宁宗、理宗两朝宰相，擅权用事，卒，追封卫王。事详《宋史》

卷一七三《史弥远传》。

[7] 吴益、吴盖曾封太宁郡王、新兴郡王，生卒年不详，两人为高宗宪圣皇后弟。事详《宋史》卷四六五《外戚列传》。

[8] 曾觌，字纯甫，号海野老农，汴京（今河南开封）人，以父荫补官，恃宠弄权，广收贿赂。事详《宋史》卷四七〇《佞幸列传》。

[9] 张崘，不详。

【译文】

宋代王珪担任学士时，曾在一次夜里被皇帝召入宫中，皇帝在对面安放了一张床让王珪坐，王珪不敢就座。皇上说："之所以夜晚让你前来，就是想去除那些烦琐的礼节，领略一下美好的夜景。"宴席开始，山珍海味，《仙韶》《霓羽》之类乐曲，玉液琼浆不可胜数。左右的姬嫔全部拿着披巾、团扇来向他索要诗歌，王珪一一为姬嫔们作诗，姬嫔们以珠花作为润笔费，使他衣袖中装满了珠花。五更时，皇帝下令秉烛将其送回家中。第二天，京城广泛流传着天子请客的事情。徽宗朝以来，蔡京、蔡攸、王黼、李邦彦互相诙谐唱和，取悦帝王，得恩宠于一时。高宗、孝宗朝，史弥远、吴氏兄弟、曾觌、张崘同样因此而得到恩宠，然而这些都是国家灭亡的征兆。或者君臣因贪图安逸而苟且偷安，这些都不足以过多记载。

八·一五

明兴，高帝[1]创自马上，亦复优礼儒硕[2]，至亲调甘露浆及御撰《醉学士歌》，赐金华宋承旨濂[3]。

【注释】

[1] 高帝：朱元璋谥号。

[2] 儒硕：博通的学者。

[3] 宋濂，曾官翰林学士承旨，见五·四注[1]。

【译文】

明朝是朱元璋在马背上创立的，同时也优待文人，甚至亲自调制甘甜的美酒并且撰写《醉学士歌》，赐给金华的宋濂。

八·一六

宣宗与蹇、夏、三杨游万岁山[1]。少保黄淮[2]时以致仕趋朝谢恩，特令从宴，仍赐肩舆[3]。赓歌[4]赞咏，为一时盛事，有光前古。

【注释】

[1]蹇义，字宜之，初名瑢，朱元璋赐名"义"，巴县（今重庆）人，洪武十八年进士，官至吏部尚书。事见《明史》卷一四九《蹇义传》。夏原吉，字维喆，湘阴（今湖南湘阴）人，明初重臣，官至户部尚书。事详《明史》卷一四九《夏原吉传》。杨士奇，见五·二注[2]。杨荣，见五·四注[16]。杨溥，字弘济，号澹庵，石首（今湖北石首）人，建文二年进士，官至内阁首辅，因居地所处，时人称为"南杨"。

[2]黄淮，曾官太子少保，见五·四注[16]。

[3]肩舆：亦作"肩舁"，轿子。

[4]赓歌：酬唱和诗。

【译文】

明宣宗朱瞻基与蹇义、夏原吉、三杨游赏万岁山。少保黄淮此时已经辞官，上朝前去谢恩，皇帝特地让他参加宴饮，并赐给他轿子。互相酬唱，成为当时的一大盛事，有光复古代风雅的迹象。

八·一七

梁时使臣至吐谷浑[1]，见床头数卷，乃《刘孝标集》。天后朝，日本、西番[2]重用金宝购张鷟[3]文。大历中，新罗国上书，请以萧夫子颖士[4]为师。元和中，鸡林贾人鬻元、白诗，云："东国宰相以百金易一篇，伪者辄能辨。"[5]元丰中，契丹使人俱能诵苏子瞻文。洪武中，日本、安南[6]俱上章，以金币乞宋景濂碑文。嘉靖初，朝鲜国上言，愿颁示[7]关西吕某、马某文以为式。所谓一蟹不如一蟹[8]。

【注释】

[1]吐谷浑：西北游牧民族所建国家。

[2] 西番：吐蕃。

[3] 张鷟，字文成，道号浮休子，深州（今河北深县）人，武后时擢任御史。文风通俗，流于浮艳芜杂，当时颇为风行。事附《旧唐书》卷一四九《张荐传》。

[4] 萧颖士，字茂挺，号文元先生，兰陵（今山东苍山）人，唐开元二十三年进士，官至扬州功曹参军，散文家、名士。事详《新唐书》卷二〇二《文艺传》。

[5] 语出元稹《白氏长庆集序》："鸡林贾人求市颇切，自云本国宰相每以百金换一篇，其甚伪者宰相辄能辨别之。"见《元氏长庆集》卷五一。鸡林贾人：古朝鲜商人。

[6] 安南：越南古称。

[7] 颁示：赐给观看。

[8] 一蟹不如一蟹：比喻一个不如一个，越来越差。

【译文】

　　梁朝时使者到达吐谷浑，看见床头有几卷书，是《刘孝标集》。武则天朝，日本、吐蕃花重金购买张鷟的文章。大历年间，新罗国上书，请求让萧颖士担任老师。元和年间，朝鲜商人买元稹、白居易的诗文，说："本国的宰相用一百金买一篇诗文，并能清晰地辨别出真伪。"元丰年间，契丹的使者都能够朗诵苏轼的诗文。洪武年间，日本、越南上书，愿意用金币换取宋濂的碑文。嘉靖初年，朝鲜人上书，请求观摩关西吕某、马某的文章，以作范式。真是一个不如一个。

八·一八

　　王方庆高、曾二十八祖，俱擅临池[1]；刘孝绰群从七十余人，咸工掞藻[2]，盛哉！孝绰有三妹，适王叔英、张嵘、徐悱[3]，有文学，悱妻尤清拔。王元礼与诸儿论家集云："史称安平崔氏及汝南应氏，并累世有文才，所以范蔚宗称世擅雕龙，然不过两三世耳，非有七叶之中，名德重光，爵位相继，如吾世者也。"[4] 彼梁、邓、金、张、貂绵[5] 蝉联者，何足道哉。

【注释】

[1] 王方庆，本名王綝，以字行，咸阳（今陕西西安）人，祖籍琅邪临沂，东晋丞相王导之后，唐代武周时期宰相，著名藏书家。事详《新唐书》卷一一六《王綝传》。

[2] 刘孝绰，本名冉，以字行，彭城（今江苏徐州）人，南朝梁大臣，能文善草隶，深受梁武帝和昭明太子爱重。事详《南史》卷三九《刘孝绰传》。群从：指堂兄弟及诸子侄。掞藻：铺张辞藻。

[3] 王叔英、张嵊、徐悱：三人俱为南朝梁大臣，并有文采。

[4] 语出《梁书》卷三三《王筠传》，略有改动。王元礼：即王筠，见七·一六注 [1]。范蔚宗：即范晔，见一·八注 [1]。雕龙：雕镂龙纹，比喻善于文事。七叶：七世。

[5] 貂绵：貂裘、锦衣，指官职爵位。

【译文】

王綝的远祖二十八代全部擅长书法，刘孝绰堂兄弟及诸子侄七十余人全部善于舞文弄墨，这是一大盛况！刘孝绰有三个妹妹，分别许配给了王叔英、张嵊、徐悱，皆擅长文学，尤其徐悱的妻子最为清秀脱俗。王筠与自己的儿子谈论自家的文集，说道："史书称安平的崔氏与汝南的应氏世代以文才著称，范晔称崔氏世代擅长雕琢文字，然而不过两三代，并非持续七世都有累世之名德、长久之爵位，比不上我们琅邪王氏家族。"像梁、邓、金、张诸家官职蝉联又有什么可以称道的呢。

八·一九

何宪 [1] 等诸学士于王仲宝 [2] 第隶事 [3]，赌巾箱几案杂服饰，人人各一两物。陆彦深 [4] 后成，隶出人表，一时夺去 [5]。宪又于仲宝隶事独胜，仲宝赏以五花簟、白团扇，意殊自得。王摛 [6] 后至，操笔便成，事既奥博，辞亦华美，众皆击赏。摛乃命左右抽簟，手自掣扇，登车而去 [7]。宪之犯对，便是后来东方虬 [8]，然亦一时佳事。

【注释】

[1] 何宪，字子思，庐江（今安徽庐江）人，南朝齐官员、目录学家，王俭任秘书丞时，他曾大力协助校理秘阁图籍。

[2] 王俭，字仲宝，临沂（今山东临沂）人，南齐名臣、文学家、目录学家。事详《南史》卷二二《王俭传》。

[3] 隶事：搜集、引用典故。

[4] 彦深：陆澄字，见三·八四注[8]。

[5] 事详《南史》卷四八《陆澄传》，载："俭自以博闻多识，读书过澄。澄谓曰：'仆少来无事，唯以读书为业，且年位已高。令君少便鞅掌王务，虽复一览便谙，然见卷轴未必多仆。'俭集学士何宪等盛自商略，澄待俭语毕，然后谈所遗漏数百十条，皆俭所未睹。俭乃叹服。俭在尚书省出巾箱几案杂服饰，令学士隶事，事多者与之，人人各得一两物。澄后来，更出诸人所不知事，复各数条，并旧物夺将去。"

[6] 王摛，生卒、字号不详，东海郯县（今山东郯城）人，南朝齐学者，官至尚书左丞，为王谌堂叔。

[7] 事详《南史》卷四九《王谌传》，载："谌从叔摛，以博学见知。尚书令王俭尝集才学之士，总校虚实，类物隶之，谓之隶事，自此始也。俭尝使宾客隶事多者赏之，事皆穷。唯庐江何宪为胜，乃赏以五花簟、白团扇，坐簟执扇容气甚自得。摛后至，俭以所隶示之曰：'卿能夺之乎？'摛操笔便成文章，既奥辞亦华美，举坐击赏。摛乃命左右抽宪簟，手自掣取扇，登车而去。"

[8] 参八·一〇注[9]。

【译文】

何宪等学士在王俭的府中搜集引用典故，以巾箱、几案和各类服饰做赌注，每人分别得到了一两件物品。陆澄后到，说出的典故出乎众人意料，将所有物品收归己有。何宪又一次在王俭的府中引用典故而获胜，王俭赏赐给何宪五花簟、白团扇，何宪颇为得意。王摛最后到来，拿起笔一气呵成，所书典故深奥广博，文辞华美，众人皆拍手称赞。王摛便命令身边的人抽走了五花簟，自己夺走白团扇，登车离去。何宪输给王摛，便如同后来左史东方虬输给宋之问的典故一样，也是当时的一段佳话。

八·二〇

　　袁彦伯、伏玄度在桓公府，俱有文名[1]。孝武当大会，伏预坐还，下车先呼子系之曰："百人高会，天子先问伏滔在否，为人作父定何如？"[2]府中呼为"袁、伏"。然袁恒耻之，每叹曰："公之厚恩，未优国士，而与伏滔比肩，何辱如之！"[3]魏收从叔季景，有才学，名位在收前[4]。顿丘李庶谓曰："霸朝便有二魏。"收对曰："以从叔见比，便是耶输之比卿。"耶输者，庶痴叔也[5]。

【注释】

　　[1]袁宏，字彦伯，阳夏（今河南太康）人，东晋玄学家、文学家、史学家，曾任大司马桓温府记室。事详《晋书》卷九二《文苑传》。伏滔，字玄度，平昌安丘（今山东安丘）人，东晋大臣、文学家，曾任大司马桓温府参军。事详《晋书》卷九二《文苑传》。桓公：即桓温，见三·四二注[3]。

　　[2]《晋书》卷九二《文苑传》："孝武帝尝会于西堂，滔豫坐还，下车先呼子系之谓曰：'百人高会，天子先问伏滔在坐不，此故未易得，为人作父如此，定何如也？'"孝武：即晋孝武帝司马曜，字昌明，东晋第九任皇帝，其人耽于享乐，年三十五而崩，庙号烈宗。

　　[3]《晋书》卷九二《文苑传》："（袁宏）与伏滔同在温府，府中呼为'袁、伏'。宏心耻之，每叹曰：'公之厚恩，未优国士，而与滔比肩，何辱如之。'"国士：国中才能最优秀的人物。

　　[4]魏收，字伯起，曲阳（今河北晋州）人，历仕北魏、东魏、北齐三朝，文学家、史学家，工诗善赋，与温子升、邢邵并称"北地三才"。事详《北史》卷五六《魏收传》。魏季景，以字行，魏收族叔，有才学。

　　[5]《北齐书》卷三七《魏收传》："顿丘李庶者，故大司农谐之子也，以华辩见称。曾谓收曰：'霸朝便有二魏。'收率尔曰：'以从叔见比，便是邪输之比卿。'邪输者，故尚书令陈留公继伯之子也，愚痴有名，好自入市肆高价买物，商贾共所嗤玩。收忽季景，方之，不逊例多如此。"霸朝：以武力（非禅让）获取政权，建立的王朝。最初由东晋史家袁宏提出，用以概括曹魏易汉的王朝

性质。此处应无贬义。

【译文】

　　袁宏、伏滔在桓温府中为官，两人都因为擅长写文章而著名。晋孝武帝主持大会，伏滔想要坐车回去，下车先将儿子伏系之叫来说："几百人的盛会，天子先问伏滔是否在场，做人到你父亲这般程度，还能怎么样呢?"桓公府中的人称二人为"袁、伏"。然而袁宏却一直以此为耻，每每叹息说："桓公的深厚恩情，没有福泽到国家优秀人才，而让我与伏滔这种人比肩，真是耻辱至极!"魏收的堂叔魏季景，有才华学识，声名地位在魏收之前。顿丘的李庶对魏收说："我朝有了二魏。"魏收回答说："拿堂叔魏季景和我相比，就好像用痴儿耶输与你相比一样。"耶输是李庶的痴呆叔叔。

八·二一

　　淮南《鸿宝》，谓挟风霜之气[1]；兴公《天台》，云有金石之声[2]。吴迈远尝语人："吾诗可为汝诗父。"每于得意语，掷地呼："曹子建何足道哉!"[3]杜必简死，谓宋、武："吾在久压公等。"又云："吾文章可使屈、宋作衙官。"[4]王融谓刘孝绰曰："天下文章，若无我，当归阿士。"[5]丘灵鞠见人谈沈约文进，曰："何如我未进时?"[6]近代桑民怿见丘相公，问天下文人谁高者，曰："唯桑悦最高，其次祝允明，其次罗玘耳。"[7]文人矜夸，自古而然，便是气习。

【注释】

　　[1]《西京杂记》卷三："淮南王安著《鸿烈》二十一篇。……号为《淮南子》，一曰《刘安子》，自云：'字中皆挟风霜。'"又《汉书》卷三六《刘向传》："上复兴神仙方术之事，而淮南有《枕中鸿宝苑秘书》。"

　　[2]《世说新语·文学》："孙兴公作《天台赋》成，以示范荣期，云：'卿拭掷地，要作金石声。'范曰：'恐子之金石，非宫商中声。'"兴公：孙绰字，有《游天台山赋》，见三·四四注[1]。

　　[3]吴迈远，籍贯不详，南朝宋明帝时，曾任江州从事，后被杀。善为乐府，多男女赠答之辞。宋陈应行《吟窗杂录》卷二："汤休谓远云：'吾诗可为汝诗父。'以访谢光禄，光禄云：'不然尔，汤可为庶兄。'"又《南史》卷七二《文

学传》：“迈远好自夸而訾鄙他人，每作诗得称意语，辄掷地呼曰：‘曹子建何足数哉。’”

[4] 必简：杜审言字，见四·九注 [1]。《新唐书》卷二〇一《文艺传》：“杜审言，字必简……尝语人曰：‘吾文章当得屈、宋作衙官，吾笔当得王羲之北面。’其矜诞类此。……初，审言病甚，宋之问、武平一等省候何如，答曰：‘甚为造化小儿相苦，尚何言。然吾在，久压公等。今且死，固大慰，但恨不见替人。’”

[5] 王融，字元长，临沂（今山东临沂）人，南朝齐大臣、文学家，博涉古籍，富有文才，与沈约、谢朓等并称“竟陵八友”，“永明体”代表诗人。事详《南齐书》卷四七《王融传》。刘孝绰：见八·一八注 [2]。《南史》卷三九《刘孝绰传》：“孝绰本名冉……齐中书郎王融深赏异之……融每曰：‘天下文章，若无我，当归阿士。’阿士即孝绰小字也。”

[6] 丘灵鞠，生卒、字号不详，南朝宋、齐时期官员、文学家，吴兴（今浙江湖州）人。沈约：应为沈渊，南朝齐官吏，《南史》亦作沈深。《南齐书》卷五一《丘灵鞠传》：“灵鞠好饮酒，臧否人物。在沈渊座见王俭诗，渊曰：‘王令文章大进。’灵鞠曰：‘何如我未进时？’”

[7] 民怿：桑悦字，见五·九注 [7]。丘相公：指丘濬，字文庄，见五·四注 [18]。祝允明，见五·四注 [22]。罗玘，见五·四注 [21]。明郭良翰《问奇类林》卷一六《文学》：“近代桑民怿见丘文庄相公……丘问天下文人谁高者，曰：‘惟桑悦最高，其次祝允明，其次罗玘耳。’文人浮薄夸诞，自古而然。”

【译文】

淮南王刘安所著的《鸿宝》，内容峻厉而严肃；孙绰所著的《游天台山赋》，音调铿锵，文辞优美。吴迈远曾对人说：“我的诗可做你诗的父亲。”每次写出满意的的诗句，便掷地有声地说道：“曹植又何足挂齿！”杜审言临终前对宋之问、武平一说：“我活着会一直压着你们。”又说：“我文章若在，屈原、宋玉只有做属官的份儿。”王融对刘孝绰说：“天下的文章，如果没有我，刘孝绰应该会凸显出来。”丘灵鞠听见有人谈论沈渊文章现在的进步，说：“与我文章未进步时候相比如何？”近代的桑民怿见到丘濬，丘濬问他天下的文人谁最出众，桑民怿说:"只有我最出众,其次是祝允明,再次是罗玘。"文人骄傲自夸,自古以来便是如此,这是一种习气。

八·二二

崔信明"枫落吴江冷",以它句不称投地 [1];崔颢"十五嫁王昌",得小儿无礼之呵 [2]。世固有好面折人者。杨君谦 [3] 每以文示人,其人曰"佳",即掩卷曰:"何处佳?"其人卒不能答,便去不复别。蔡九逵每对人骂杜家小儿 [4]。王允宁一日谓余曰:"赵刑部某治状何如?"余曰:"循吏也。甚慕公诗,且苦吟。"王大笑曰:"循吏可作,诗何可便作。"又谓余曰:"见王某诗否?"曰:"见之。"又曰:"曾示我一册,吾欲与评之,渠意不受评,渠欲吾延誉,令吾无可誉。"[5]

【注释】

[1]《唐才子传》卷一:"崔信明,青州人。少英敏,及长强记,美文章。……信明恃才蹇亢,尝自矜其文。时有扬州录事参军荥阳郑世翼,亦骜倨忤物,遇信明于江中,谓曰:'闻君有"枫落吴江冷"之句,仍愿见其余。'信明欣然多出旧制。郑览未终曰:'所见不逮所闻!'投卷于水中,引舟而去。"

[2]《唐才子传》卷一:"崔颢,汴州人。……初,李邕闻其才名,虚舍邀之。颢至,献诗首章云:'十五嫁王昌。'邕叱曰:'小儿无礼!'不与接而入。"

[3]君谦:杨循吉字,见五·一四注 [17]。

[4]九逵:蔡羽字,见五·一三注 [31]。《列朝诗集小传》丙集卷十:"(蔡)羽,字九逵……居尝论诗,谓少陵不足法,闻者疑或笑之。当是时,李献吉以学杜雄压海内,窜窃剽贼,靡然成风。九逵不欲讼言攻之,而借口于少陵,少陵且不足法,则寻扯割剥之徒,更于何地生活?此其立言之微指也。"

[5]允宁:王维桢字,见五·四注 [28]。循吏:良吏,好官。渠:他。延誉:称赞。

【译文】

崔信明虽然有"枫落吴江冷"这样的好句子,但因为其他作品水平与之不匹配而被扔掉。崔颢的诗句"十五嫁王昌"被李邕呵斥为无礼小儿之作。世上确实有些人愿意当着别人的面提出批评。杨循吉每次把文章给别人看，别人都说："很好。"便合上文章说："哪里好？"别人最终不能回答，他便径直离开，不再交谈。蔡羽经常指责那些因袭模仿的人为杜甫子孙。王维桢有一天对我说："刑部的赵某处理案件怎么样？"我说："是一个清正廉洁的人，十分仰慕先生的诗，且常常反复吟咏。"王维桢大笑说："可做清正廉洁的官，但诗怎么能够随便作呢。"又对我说："看到王某诗了吗？"我回答说："见到了。"王维桢又说："曾经给我一册，我想要批评一番，王某意思不让我批评，想让我帮他播扬声誉，这确实让我没法赞誉啊。"

八·二三

李于鳞 [1] 守顺德时，有胡提学者过之。其人，蜀人也。于鳞往访，方掇茶次，漫问之曰："杨升庵 [2] 健饭否？"胡忽云："升庵锦心绣肠，不若陈白沙 [3] 鸢飞鱼跃也。"于鳞拂衣去，口咄咄不绝。后按察关中，过许中丞宗鲁 [4]，许问今天下名能诗何人。于鳞云："唯王某（谓余也），其次为宗臣子相 [5]。"时子相为考功郎。许请子相诗观之，于鳞忽勃然曰："夜来火烧却。"许面赤而已。

【注释】

[1] 于鳞：李攀龙字，见原序一注 [8]。

[2] 升庵：杨慎号，见原序一注 [3]。

[3] 陈白沙：即陈献章，见五·一三注 [21]。

[4] 许宗鲁，见五·一三注 [84]。

[5] 子相：宗臣字，见五·一三注 [91]。

【译文】

李攀龙驻守顺德的时候，有一位胡提学经过。这个人是四川人。李攀龙前去拜访，刚刚饮完茶，漫不经心地问道："杨慎身体如何？"胡提学忽然说："杨慎文思优美，聪明有才，但不如陈献章活泼矫健。"李攀龙生气地离开了，口中一直念念有词。后来巡察关中地区，经过中丞许宗鲁处，许宗鲁问现在天下有名的诗人有谁？李攀龙说："只有王世贞，其次是宗臣。"当时宗臣担任考功郎。许宗鲁想要找宗臣的诗来看，李攀龙忽然大怒说："晚上一把火烧了。"许宗鲁面红耳赤。

八·二四

李昌符《婢仆诗》五十韵 [1]，路德延《稚子诗》一百韵 [2]，皆可鄙笑者。然曲尽形容，颇见才致。昌符至以取上第 [3]，而德延触怒沉河而死 [4]，幸不幸乃如此。要之，死者可用为戒。

【注释】

[1] 李昌符，生卒、贯籍不详，字若梦，唐代诗人，在长安曾与郑谷酬赠，仕终膳部员外郎。其《婢仆诗》现无考。

[2] 原作"路敬延"，据《全唐诗》改。路德延，生卒、字号不详，冠氏（今山东冠县）人，唐穆宗时进士，官至河中节度使朱友谦掌书记。《全唐诗》卷七一九存其《小儿诗》。

[3] 宋孙光宪《北梦琐言》卷一〇："唐咸通中，前进士李昌符有诗名，久不登第。常岁卷轴，怠于装修。因出一奇，乃作《婢仆诗》五十首，于公卿间行之。有诗云：'春娘爱上酒家楼，不怕归迟总不留。推道那家娘子卧，且留教住待梳头。'又云：'不论秋菊与春花，个个能嚼空肚茶。无事莫教频入库，一名闲物要些些。'诸篇皆中婢仆之讳。浃旬，京城盛传其诗篇。为奶姬辈怪骂腾沸，尽要捆其面。是年登第，与夫桃杖虎靴，事虽不同，用奇即无异也。"

[4]《唐诗纪事》卷六三："德延，儋州岩相之犹子。……天祐中，授拾遗。会河中节度使朱有谦领镇辟掌书记，友谦甚礼之。然德延浮薄，动多忤物。友谦解体，德延乃作《小儿诗》五十韵以刺。友谦闻而大怒，乃因醉沉之黄河。"

【译文】

李昌符作《婢仆诗》五十首，路德延作《稚子诗》一百首，都是可以被轻视讥笑的。但这些诗都描写得委曲而详尽，颇有才情。李昌符因此而考取进士，而路德延因触怒朱友谦，被沉河而死，幸运与不幸就是这样。总之，应该以死者为戒。

八·二五

　　宝月盗东阳柴廓之什，其子几成构讼[1]。延清爱刘希夷之咏，遂至杀人[2]。魏收、邢劭交骂为任昉、沈约之贼[3]。杨衡行卷为人窃以进取[4]。至生剥少陵，捃扯义山[5]。今世何、李，亦遂体无完肤，可供一笑。

【注释】

　　[1] 释宝月，南朝齐武帝时诗僧，善解音律，《玉台新咏》卷九录其《行路难》一首。柴廓，生平事迹不详，南齐东阳（今浙江东阳）人。钟嵘《诗品》卷下："《行路难》是东阳柴廓所造。宝月尝憩其家，会廓亡，因窃而有之。廓子赍手本出都，欲讼此事，乃厚赂止之。"

　　[2] 延清：宋之问字，见四·三注[7]。刘希夷，字延之，一作庭芝，汝州（今河南汝州）人，唐高宗上元二年进士，未出仕。其诗以歌行见长，多写闺情。杀人事参四·六三注[3]。

　　[3] 魏收，见八·二〇注[4]。邢劭：一作邢邵，见三·八四注[12]。《北齐书》卷三七："（魏）收每议陋邢邵文，邵又云：'江南任昉，文体本疏，魏收非直模拟，亦大偷窃。'收闻乃曰：'伊常于《沈约集》中作贼，何意道我偷任昉。'任、沈俱有重名，邢、魏各有所好。"

　　[4] 杨衡，字仲师，唐玄宗天宝至唐代宗大历年间在世，吴兴（今浙江湖州）人。唐天宝间，与符载、崔群、李渤同隐庐山，号为"山中四友"。行卷：应举者在考试前把所作诗文写成卷轴，投送朝中显贵以延誉。《唐诗纪事》卷五一："（杨衡）初隐庐山，有盗其文登第者。衡皆诣阙，亦登第。见其人，盛怒曰：'一一鹤声飞上天在否？'答曰：'此句知兄最惜，不敢偷。'衡笑曰：'犹可恕也。'"

　　[5] 捃扯：生拉硬拽，附会他人。宋刘攽《中山诗话》："祥符、天禧中，杨大年、钱文僖、晏元献、刘子仪以文章立朝，为诗皆宗尚李义山，号'西昆体'，后进多窃义山语句。赐宴，优人有为义山者，衣服败蔽，告人曰：'我为诸馆职捃扯至此。'闻者大笑。"

【译文】

宝月和尚盗取了东阳的柴廓的作品，他的儿子差点儿去告发宝月。宋之问喜欢刘希夷的诗文，甚至不惜将刘杀掉。魏收、邢劭互相谩骂，称彼此为任昉、沈约诗文的偷窃者。杨衡的诗文被人窃取以求功名。甚至有些人生吞活剥杜甫，模仿李商隐。现在的何景明、李梦阳的诗文也一样被人滥加模拟，徒增笑料罢了。

八·二六

巧迟拙速，摛辞与用兵，故绝不同[1]。语曰："枚皋拙速，相如工迟。"又曰："工而速者，唯士简一人。"士简，张率也，第一时赏誉之称耳[2]。皇甫氏以入谈[3]，何也？时又有兰陵萧文琰、吴兴丘令楷，一击铜钵，响灭而诗成[4]。唐温飞卿八叉手而成八韵小赋[5]。俱不足言。盖有工而速者，如淮南王、祢正平、陈思王、王子安、李太白之流[6]，差足伦耳。然《鹦鹉》一挥，《子虚》百日，《煮豆》七步，《三都》十年，不妨兼美。

【注释】

[1]巧迟：语本《孙子·作战》，谓用兵弄巧立异，反而造成行动迟缓。拙速：语本《孙子·作战》，谓用兵宁拙于机智而贵在神速。摛辞：亦作"摛词"，铺陈文辞。

[2]张率，字士简，吴县(今江苏苏州)人，南朝齐官员、文学家。《南史》卷三一《张裕传》："(张)率取假东归，论者谓为傲世。率惧，乃为《待诏赋》奏之，甚见称赏。手敕答曰：'相如工而不敏，枚皋速而不工，卿可谓兼二子于金马矣。'"

[3]皇甫氏：指皇甫汸，见一·三二注[1]。皇甫汸《解颐新语》卷四："才有迟速，而文之优劣固不系焉。拙若枚皋，何取于速；工如长卿，奚病于迟？兼二子于金马，千载以来，士简一人而已。"

[4]萧文琰，生卒、字号不详，兰陵(今江苏常州)人，南朝齐时学士。丘令楷，生卒、字号不详，吴兴(今浙江湖州)人，南朝齐永明间太学生。《南史》卷五九《王僧孺传》："竟陵王子良尝夜集学士，刻烛为诗，四韵者则刻一

寸，以此为率。（萧）文琰……乃与（丘）令楷、江洪等共打铜钵立韵，响灭则诗成，皆可观览。"

[5] 温庭筠，字飞卿，太原祁（今山西祁县）人，晚唐诗人、词人，"花间派"鼻祖。《唐才子传》卷八："庭筠，字飞卿……才情绮丽，尤工律赋。每试，押官韵，烛下未尝起草，但笼袖凭几，每一韵一吟而已。场中曰'温八吟'，又谓八叉手成八韵，名'温八叉'。"

[6] 正平：祢衡字，见三·二五注 [9]。子安：王勃字，见三·六七注 [4]。

【译文】

用兵之道在于忌讳取巧，贵在神速，铺陈文辞与调兵遣将绝对不同，不能一概而论。有人说："枚皋写作速度快，但不工整，司马相如用词工巧，但创作速度慢。"又说："工巧而神速兼备的人，只有士简一个。"士简，是张率的字，曾经因此而享誉一时。皇甫汸在《解颐新语》谈及此事，这是为什么呢？南朝时又有兰陵的萧文琰、吴兴的丘令楷，在敲击铜钵的一瞬之间便可成诗。唐代温庭筠又八次手便可写成八韵小赋。这些都不足以言说。有些既工巧而又神速的人，如刘安、祢衡、曹植、王勃、李白之辈，尚可议论。然而祢衡的《鹦鹉赋》挥笔即成，司马相如的《子虚赋》百日写成，曹植的《煮豆》七步之内写成，左思的《三都赋》十年成篇，并不妨碍尽善尽美。

八·二七

文通裂锦还笔入梦以来，便无佳句，人谓才尽 [1]。鲍照亦谓才尽，殆非也 [2]。昔人夜闻歌《渭城》甚佳，质明 [3] 迹之，乃一小民佣酒馆者，捐百缗予使鬻酒，久之不复能歌《渭城》矣。近一江右 [4] 贵人，强仕 [5] 之始，诗颇清淡，既涉贵显，虽篇什日繁，而恶道坌出 [6]。人怪其故，予曰："此不能歌《渭城》也。"或云："鲍是避祸令拙耳。"

【注释】

[1] 文通：江淹字，见一·一一注 [1]。《南史》卷五九《江淹传》："淹少以文章显，晚节才思微退，云为宣城太守时罢归，始泊禅灵寺渚，夜梦一人自

称张景阳，谓曰：'前以一匹锦相寄，今可见还。'淹探怀中得数尺与之，此人大恚曰：'那得割截都尽！'顾见丘迟谓曰：'余此数尺既无所用，以遗君。'自尔淹文章踬矣。又尝宿于冶亭，梦一丈夫自称郭璞，谓淹曰：'吾有笔在卿处多年，可以见还。'淹乃探怀中得五色笔一以授之。尔后为诗绝无美句，时人谓之才尽。"

[2] 见八·二注 [9]。

[3] 质明：天刚亮的时候。

[4] 江右：东晋以后，称长江下游北岸淮水中下游以南地区。

[5] 强仕：四十岁的代称。

[6] 坌出：频繁涌出。

【译文】

江淹自梦中裁锦、还笔以来，便再也没有好的诗句，人称其江郎才尽。鲍照也被称才华穷尽，然而并非如此。以前有人在夜晚听到《渭城》一诗，十分优美，天亮后去寻找，才知是一酒馆的小伙计所吟唱，于是拿出百缗铜钱给他买酒，此后小伙计再也不能作出《渭城》这样的诗歌了。近来江右一位显贵，刚四十岁的时候，诗风颇为清新淡雅，自显耀后，所作诗歌虽日益增多，但大多为粗劣之作。人们奇怪其中的缘由，我说："这同不能作《渭城》一样。"有的人说："鲍照是为了躲避祸患，故意显示拙劣。"

八·二八

谢安石见阮光禄《白马论》，不即解，重相咨尽。阮叹曰："非唯能言人不可得，正索解人亦不可得。"[1] 杜公有云："文章千古事，得失寸心知。"[2] 亦谓此耳。夫剗钵[3]心腑，指摘造化，如探大海出珊瑚，奈何令逐臭吠声之士轻读之也。至于有美必赏，如响之应。连城隐璞，卞生动容；流水离弦，钟子拊心。古人所以重知己而薄感恩，夫岂欺我！

【注释】

[1] 语出《世说新语·文学》。安石：谢安字，见三·三五注 [4]。阮裕，字思旷，陈留（今河南开封）人，东晋哲学家，阮籍族弟，官至侍中，后曾被

征为金紫光禄大夫，辞而不就。

[2]语出杜甫《偶题》，见《全唐诗》卷二三〇。

[3]刿钵：雕琢。

【译文】

谢安看到阮裕的《白马论》，没有立刻明白，就一再询问以求全都理解。阮裕感叹道："不是只有能够把《白马论》解释明白的人难得，就是力求了解的人也是难得的！"杜甫有诗说道："文章千古事，得失寸心知。"说的便是这个意思。穷思苦索，撷取真趣，就如同在大海里探寻珊瑚，怎么能让盲目跟从的平庸之辈轻易读懂。优美的诗句必然会有人欣赏，就如同回应声响一般。璞石之中蕴含价值连城的美玉，卞和为之动容；优美的琴声不与山间流水相和，钟子期痛心不已。古人重视知己而不重视感怀恩德，确实不是假的。

八·二九

谢灵运移籍会稽，修营别业，傍山带江，尽幽居之美。每一诗至都，贵贱莫不竞写，宿昔之间，士庶皆遍[1]。梁世，南则刘孝绰，北则邢子才，雕虫之美，独步一时。每一文出，京师为之纸贵，读诵俄遍远近[2]。灵运尤吾所赏，惜其不终[3]；所谓东山志立[4]，当与天下推之，岂唯鼻祖。

【注释】

[1] [3]事详《宋书》卷六七《谢灵运传》。

[2]事详《梁书》卷三三《刘孝绰传》。子才：邢劭字，见三·八四注[12]。雕虫：指诗文词赋。

[4]《晋书》卷七九《谢安传》："安虽受朝寄，然东山之志始末不渝，每形于言色。"

【译文】

谢灵运移居到会稽，修建别墅，依山傍水，尽享幽静安然之乐。每一首诗歌传到京城，无论贵贱无不竞相抄录，旦夕之间，便在朝野与民间传遍。梁朝，南方有刘孝绰，北方有邢劭，文辞之美妙，一时无人能及。每次诗文一经写出，便在京城广泛流传，霎时间远近皆诵。谢灵运的诗我特别欣赏，只可惜他后来被杀，未能善终。如果谢安决意在东山隐居，我们当和天下人共同推举他，何止是鼻祖。

八·三〇

每叹嵇生琴，夏侯色[1]，令千古他人览之，犹为不堪，况其身乎！与陶征士自祭预挽[2]，皆超脱人累，默契禅宗，得蕴空解证无生忍者。陶云："但恨在生时，饮酒未得足。"[3]此非牵障语，第乘谑云耳。孔文举"生存何所虑，长寝万事毕"[4]，欧阳坚石"穷达有定分，慷慨复何叹"[5]，石季伦"天下杀英雄，卿亦何为尔"[6]，潘安仁"俊士填沟壑，余波来及人"[7]，谢灵运"邂逅竟几何，修短非所愍"[8]，符朗"冥心乘和畅，未觉有终始"[9]，元真兴"何以明是节，将解七尺身"[10]，皆能驱使大雅，以豁至怖，便未真得，犹足过人。若乃息夫绝命于玄云[11]，蔚宗推丑于一丘[12]，可谓利口[13]，则吾谁欺。

【注释】

[1] 夏侯玄，字泰初，一作太初，谯县（今安徽亳州）人，三国时期曹魏大臣、玄学家、文学家。因参与密谋杀害大将军司马师，事泄被杀。《三国志》卷九《夏侯玄传》："玄格量弘济，临斩东市，颜色不变，举动自若，时年四十六。"

[2] 征士：陶渊明私谥"靖节征士"。自作《自祭文》《拟挽歌辞三首》。

[3] 语出陶渊明《拟挽歌辞三首》之一，见《陶渊明集》卷四。原作"但恨在世时，饮酒不得足"。

[4] 语出孔融《临终诗》，见《孔北海集》。原作"生存多所虑，长寝万事毕"。文举：孔融字，见三·二五注[6]。

[5] 语出欧阳建《临终诗》，见《文选》卷二三。欧阳建，字坚石，渤海南皮（今河北南皮）人，西晋官员、文人，大臣石崇之甥。八王之乱中，赵王司马伦篡位，其劝淮南王司马允诛伦，事泄被杀。著有《临终诗》以及《言尽意论》。

[6] [7]《世说新语·仇隙》刘孝标注引《语林》曰："潘、石同刑东市，石谓潘曰：'天下杀英雄，卿复何为？'潘曰：'俊士填沟壑，余波来及人。'"季伦：

石崇字，见三·三八注 [1]。安仁：潘岳字，见一·四八注 [3]。

[8] 语出谢灵运《临终诗》，见《谢康乐集》卷三中。"邂逅竟几何"一作"邂逅竟无时"。

[9] 语出苻朗《临终诗》，见明冯惟讷《古诗纪》卷四六。苻朗，字元达，临渭（今甘肃秦安）人，十六国前秦将领，苻坚从兄苻洪子。东晋时，因得罪奸臣王国宝，被诬告而被杀。事附《晋书》卷一一四《苻坚载记》。

[10] 语出元熙《绝命诗》二首之一，见《古诗纪》卷一一八。元熙，字真兴，洛阳（今河南洛阳）人，北魏宗室大臣，袭封中山王。

[11] 息夫躬，字子微，河阳（今河南孟州）人，汉哀帝时期官员、辞赋家。《汉书》卷四五《息夫躬传》："初，（息夫）躬待诏，数危言高论，自恐遭害，著绝命辞曰：'玄云泱郁，将安归兮！鹰隼横绝，鸾徘徊兮！矰若浮猋，动则机兮！蒺棘栈栈，曷可栖兮……'后数年乃死，如其文。"

[12] 语出范晔《临终诗》，见《古诗纪》卷六三。诗有"好丑共一丘，何足异枉直"。蔚宗：范晔字，见一·八注 [1]。

[13] 利口：言语精到。

【译文】

　　每每叹息嵇康在刑场上从容抚琴，夏侯玄在临刑前颜色不变、举动自若，这让千古风流人物读到后，都忍受不了，何况自己（身处其境）呢！陶渊明写有《自祭文》《拟挽歌辞三首》，与他一样的，都是超脱世俗，与禅宗心灵相通，不会被生死所羁绊的人。陶渊明说："但恨在生时，饮酒未得足。"这并不是留恋世界的话，只是豁达的玩笑而已。孔融的"生存何所虑，长寝万事毕"，欧阳建的"穷达有定分，慷慨复何叹"，石崇的"天下杀英雄，卿亦何为尔"，潘岳的"俊士填沟壑，余波来及人"，谢灵运的"邂逅竟几何，修短非所愍"，苻朗的"冥心乘和畅，未觉有终始"，元熙的"何以明是节，将解七尺身"，这些人的诗文都堪称大雅之作，用豁达战胜恐惧，即使未真正做到，但也胜过常人。息夫躬在《绝命辞》中以玄云自比，范晔在《临终诗》中认为世间一切美、丑最终都会同归黄土，可谓言语精到，没有欺骗我们。

八·三一

左太冲、谢灵运、邢子才篇赋一出，能令纸贵[1]。王元长、徐孝穆、苏道衡朝所吟讽，夕传遐方[2]。鸡林购白学士什，至值百金[3]。蜀僰获梅都官诗，绣之法锦[4]。而子云寂寞玄亭[5]，元亮徘徊东篱[6]，子美踯躅浣花[7]，昌龄零落穷障，寄食人手，共衣酒家[8]。工部云："名岂文章著?"[9] 悲哉乎其自解也，令数百岁后有人无所复虞[10]。第作者不赏，赏者不作，以此恨恨耳。

【注释】

[1] 太冲：左思字，见三·三三注 [4]。谢灵运，见三·五五注 [1]。子才：邢劭字，见三·八四注 [12]。

[2] 元长：王融字，见八·二一注 [5]。孝穆：徐陵字，见三·七四注 [5]。苏道衡：疑为薛道衡之误，见三·七九注 [4]。遐方：犹远方。

[3] 白学士：指白居易，事参八·一七注 [5]。

[4] 梅都官：指梅尧臣，官至尚书都官员外郎。蜀僰：古代西南地区的少数民族。法锦：古代西南少数民族地区产的一种丝织品。欧阳修《六一诗话》："苏子瞻学士，蜀人也。尝于浰井监得西南夷人所卖蛮布弓衣，其文织成梅圣俞《春雪诗》。此诗在圣俞集中未为绝唱，岂其名重天下，一篇一咏，传落夷狄，而异域之人，贵重之如此耳。"

[5] 子云：扬雄字。玄亭：扬雄著《太玄》之处。

[6] 元亮：陶渊明字。陶渊明《饮酒》二十首之五有"采菊东篱下，悠然见南山"之句。

[7] 子美：杜甫字。《唐才子传》卷二："（甫）流落剑南，营草堂成都西郭浣花溪。"

[8] 昌龄：即王昌龄。《唐才子传》卷二："（昌龄）后以不护细行，贬龙标尉。以刀火之际归乡里，为刺史闾丘晓所忌而杀。"

[9] 语出杜甫《旅夜书怀》，见《全唐诗》卷二二九。

[10] 虞：忧虑。

【译文】

左思、谢灵运、邢劭的文章一经写出，便广泛流传。王融、徐陵、薛道衡早上有诗作写出，晚上便会传到远方。朝鲜商人购买白居易的诗篇，价格达到百金。西南夷人得到梅尧臣的诗篇，会将其绣在丝织品之上。但扬雄在玄亭独自生活，陶渊明在东篱下徘徊，杜甫在浣花草堂踯躅，王昌龄陷于穷困，寄人篱下，于酒家共衣。杜甫说："名岂文章著？"悲哀啊，这是其自我宽慰罢了，期望数百年后诗人们没有忧虑。但作诗的人仍不被欣赏，被欣赏的诗人不再写诗，这是最大的遗憾。

八·三二

《云溪友议》称章仇剑南为陈拾遗雪狱，高适侍御为王江宁申冤[1]，此事殊快人，足立艺林一帜，但不见正史及他书耳。

【注释】

[1] 事详唐范摅《云溪友议》卷上《严黄门》。章仇兼琼：复姓章仇，唐玄宗时期大臣，鲁郡任城（今山东济宁）人，曾为剑南节度使。陈拾遗：即陈子昂，见三·三〇注[2]。高适，见四·一六注[1]。王江宁：即王昌龄，见四·一二注[5]。

【译文】

《云溪友议》记载剑南节度使章仇兼琼为陈子昂洗雪冤狱，侍御使高适为王昌龄伸冤，这些事实都大快人心，足以在文坛上独树一帜，但没有在正史和其他书中看到记载。

八·三三

古人云："诗能穷人。"[1] 究其质情，诚有合者。今夫贫老愁病，流窜滞留，人所不谓佳者也，然而入诗则佳。富贵荣显，人所谓佳者也，然而入诗则不佳，是一合也。泄造化之秘，则真宰[2]默仇；擅人群之誉，则众心未厌。故呻占[3]椎琢[4]，几于伐性之斧；豪吟纵挥，自传爱书[5]之竹。矛刃起于兔锋[6]，罗网布于雁池[7]，是二合也。循览往匠，良少完终，为之怆然以慨，肃然以恐。曩与同人戏为文章九命：一曰贫困，二曰嫌忌 [8]，三曰玷缺 [9]，四曰偃蹇 [10]，五曰流窜 [11]，六曰刑辱 [12]，七曰夭折，八曰无终，九曰无后。

【注释】

[1] 欧阳修《梅圣俞诗集序》："予闻世谓诗人少达而多穷。夫岂然哉？盖愈穷则愈工。然则非诗之能穷人，殆穷者而后工也。"

[2] 真宰：宇宙之主宰。

[3] 呻占：呻，诵读；占，同"苦"，竹简。《礼记·学记》："今之教者，呻其占毕，多其讯言，及于数进而不顾其安。"

[4] 椎琢：雕琢，此喻华丽的辞藻。

[5] 爰书：古时记录罪犯供词的文书。

[6] 兔锋：兔毫笔锋，此喻书写出来的文字。

[7] 雁池：帝王所居园林中的池沼，此喻优美的景象。

[8] 嫌忌：猜忌。

[9] 玷缺：缺损。

[10] 偃蹇：困顿，窘迫。

[11] 流窜：四处转徙。

[12] 刑辱：用刑罚侮辱。

【译文】

古人说："诗能使人变得困窘。"究其情由，确实有与这话相合的情况。年老体衰，无法到处转徙，对人来说这是十分困顿的，但将此写入诗中却会成为佳作。富贵显赫，对人来说是优渥的，但将此写入诗中却算不得佳作，这是第一种相合的情况。泄露了造化的秘密，就会引发上天暗恨；独揽他人的荣誉，就会遭到众人的厌弃。因此吟诵华丽的辞藻，几乎是危害性命的事情；满怀激情地吟诗，就如同移送自己的犯罪文书一般。杀身之祸源于写出来的文字，优美的景象往往会招来牢狱之灾，这是第二种相合的情况。回望以往的诗人，能够善终的很少，不由得使人感慨悲伤，畏惧恐慌。以前与文学同道戏谈文章中蕴含的九种命运：第一种是贫困，第二种是被猜忌，第三种是身体缺损，第四种是困窘，第五种是四处转徙，第六种是因刑受辱，第七种是夭折，第八种是无终，第九种是无后。

八·三四

一贫困：颜渊箪食瓢饮[1]；原思藜藿不糁[2]；子夏衣若悬鹑[3]；列子不足嫁卫[4]，庄周贷粟监河，枯鱼自拟[5]；黔娄被不覆形[6]；东方朔苦饥欲死，愿比侏儒[7]；司马相如家徒壁立，典鹔鹴阳昌家佣酒[8]；太史公无赂赎罪，乃至就腐[9]；匡衡为人佣书[10]；东郭先生履行雪中，足指尽露[11]；王章病无被，卧牛衣中[12]；王充游市肆，阅所卖书[13]；范史云釜中生尘[14]；第五颉无田宅，寄上灵台中，或十日不炊[15]；郭林宗以衣一幅障出入，入则护前，出则掩后[16]；孙晨有藁一束，暮卧旦卷[17]；吴瑾佣作读书[18]；赵壹言"文籍虽满腹，不如一囊钱"[19]；束皙债家相敦，乞贷无处[20]；王尼食车牛，竟饿死[21]；董京残絮覆体，乞丐于市[22]；夏统采柑求食[23]；郤诜养鸡种蒜，以给治丧[24]；陶潜驱饥乞食，思效冥报[25]；应璩"屠苏发彻，机榻见谋"[26]；吞道元《与天公笺》，言"布衣粗短，申脚足出，挛卷脊露"[27]；张融寄居一小船，放岸上[28]；虞龢遇雨，舒被覆书，身乃大湿[29]；王智深尝五日不得食，掘莞根食之[30]；刘峻家有悍室，辗轲憔悴[31]；裴子野借官地二亩，盖茅屋数间[32]；卢叟每作一布囊，至贵家饮噉后，余肉饼付螟蛉[33]；杜甫浣花蚕月，乞人一丝两丝[34]；郑虔履穿四明雪，饥拾山阴橡[35]；苏源明爇薪照字，垢衣生藓[36]；阳城屑榆作粥，不干邻里[37]；贾岛叹鬓丝如雪，不堪织衣[38]；孟郊苦寒，恨敲石无火[39]；卢仝长须赤脚，灌园自资[40]；周朴寄食僧居，不能娶妇[41]；国朝如聂大年、唐寅辈，咸旅食廛居，不堪其忧[42]；迩来谢客糊口四方[43]；俞子抱影寒庐[44]；卢生[45]无立锥之地以死；余尝有诗贻谢云："隐士代失职，达者惭其故。"[46]

【注释】

[1] 颜回，字子渊，春秋末期鲁国人，孔门弟子。《论语·雍也》："一箪食，一瓢饮，在陋巷，人不堪其忧，回也不改其乐。"

[2] 原宪，字子思，春秋末期宋国人，孔门弟子。藜藿：指粗劣的汤羹。糁：米粒。《史记·仲尼弟子列传》："孔子卒，原宪遂亡在草泽中。子贡相卫，

而结驷连骑，排藜藿，入穷阎，过谢原宪。宪摄敝衣冠见子贡。"

[3] 卜商，字子夏，春秋末期晋国人，孔门弟子。悬鹑：鹌鹑尾秃，比喻衣服褴褛破烂。《荀子·大略》："子夏贫，衣若悬鹑。"

[4] 列子，名寇，又名御寇，战国前期道家代表人物。嫁：往，赴。《列子·天瑞》："列子居郑圃，四十年人无识者。国君卿大夫视之，犹众庶也。国不足，将嫁于卫。"

[5]《庄子·外物》："庄周家贫，故往贷粟于监河侯。监河侯曰：'诺。我将得邑金，将贷子三百金，可乎？'庄周忿然作色曰：'周昨来，有中道而呼者，周顾视车辙中有鲋鱼焉……'"

[6] 黔娄，战国时期齐国有名的隐士。刘向《列女传·鲁黔娄妻》："先生死，曾子与门人往吊之。上堂，见先生之尸在牖下，枕墼席槁，缊袍不表，覆以布被，手足不尽敛。覆头则足见，覆足则头见。"

[7] 东方朔，见二·五三注 [1]。《汉书·东方朔传》："上知朔多端，召问朔：'何恐朱儒为？'对曰：'臣朔生亦言，死亦言。……朱儒饱欲死，臣朔饥欲死。臣言可用，幸异其礼；不可用，罢之，毋令但索长安米。'"

[8] 司马相如，见一·五注 [1]。《西京杂记》卷二："司马相如初与卓文君还成都，居贫愁懑，以所著鹔鹴裘就市人阳昌贳酒，与文君为欢。"

[9] 太史公：司马迁，见一·七四 [4]。司马迁《报任安书》："家贫，财赂不足以自赎，交游莫救，左右亲近不为壹言。身非木石，独与法吏为伍，深幽图圄之中，谁可告诉者！"

[10] 匡衡，见四·九四注 [1]。《西京杂记》卷二："邑人大姓文不识，家富多书，衡乃与其佣作，而不求偿。主人怪问衡。衡曰：'愿得主人书遍读之。'主人感叹，资给以书，遂成大学。"

[11]《史记·滑稽列传》："东郭先生久待诏公车，贫困饥寒，衣敝，履不完。行雪中，履有上无下，足尽践地，道中人笑之。"

[12] 王章，字仲卿，泰山钜平（今山东泰安）人，西汉成帝时任京兆尹。《汉书·王章传》："初，章为诸生，学长安，独与妻居。章疾病，无被，卧牛衣中。与妻诀，涕泣。"

[13] 王充，见三·一五注 [3]。《后汉书·王充传》："家贫无书，常游洛阳市肆，阅所卖书，一见辄能诵忆，遂博通众流百家之言。"

[14] 范冉，字史云，陈留外黄（今河南杞县）人，为东汉马融的弟子，通五经。《后汉书·独行列传》："所止单陋，有时粮粒尽，穷居自若，言貌无改。间里歌之曰：'甑中生尘范史云，釜中生鱼范莱芜。'"

[15] 第五颉，字子陵，京兆长陵（今陕西咸阳）人，第五伦少子，为东汉大臣，位至谏议大夫。《后汉书·第五伦传》引《三辅决录注》："颉字子陵……洛阳无主人，乡里无田宅，客止灵台中，或十日不炊。"

[16] 郭泰，字林宗，太原介休（今属山西）人，东汉时期名士，与许劭并称"许郭"，被誉为"介休三贤"之一。《太平御览》卷四八五引《郭林宗别传》："（郭）林宗家贫，初欲游学无资。……并日而食，衣不蔽形，常以盖幅自障出入，入则户前，出则掩后。"

[17]《艺文类聚》卷三五引《三辅决录》："孙晨，字元公，家贫不仕，生居城中，织箕为业。明诗书，为郡功曹。冬月无被，有薰一束，暮卧其中，旦收之。"

[18] 吴瑾：未详，疑为侯瑾之误。《册府元龟》卷九〇二："侯瑾少孤贫，依宗人居，性笃学，常佣作为资，暮还辄然柴以读书。累召公车有道征，并称疾不起。"

[19] 语出赵壹《嫉邪诗》二首之一，见《古诗纪》卷一三。赵壹，字元叔，汉阳西县（今甘肃天水）人，汉灵帝时名士，辞赋家、诗人。事详《后汉书》卷八〇《文苑传》。

[20] 束皙《贫家赋》有"债家至而相敦，乃取东而偿西。行乞贷而无处，退顾影以自怜"句，见严可均《全晋文》卷八七。束皙，字广微，阳平元城（今河北大名）人，西晋官员、文学家。

[21] 王尼，字孝孙，东晋城阳（今山东莒县）人，或说为河内（今河南沁阳）人。本为兵家弟子，寓居在洛阳。《晋书·王尼传》："尼早丧妇，止有一子。无居宅，惟畜露车，有牛一头，每行，辄使子御之，暮则共宿车上。……荆土饥荒，尼不得食，乃杀牛坏车，煮肉啖之。既尽，父子俱饿死。"

[22] 董京，生卒、籍里不详，字威辇，西晋隐士、诗人。《晋书·隐逸传》："（董京）时乞于市，得残碎缯絮，结以自覆，全帛佳绵，则不肯受。"

[23] 夏统，字仲御，永兴（今杭州萧山）人，西晋名士。《晋书·隐逸传》："（夏统）幼孤贫，养亲以孝闻，睦于兄弟。每采稆求食，星行夜归。"稆：通"稆"，野生的谷物。

[24] 郤诜，字广基，济阴单父（今山东单县）人，西晋官吏，博学多才，生性至孝。《晋书·郤诜传》："诜母病，苦无车，及亡，不欲车载柩，家贫无以市马，乃于所住堂北壁外假葬。开户，朝夕拜哭。养鸡种蒜，竭其方术。"

[25] 陶渊明《乞食》诗有"饥来驱我去，不知竟何之……衔戢知何谢？冥报以相贻"句，见《陶渊明集》卷二。

[26] 语出应璩《与韦仲将书》，见严可均《全三国文》卷三〇。应璩，字休琏，汝南南顿（今河南项城）人，三国时曹魏文学家。

[27] 语出吞道元《与天公笺》，见严可均《全宋文》卷五七。语句略有改动。按：吞道元，严可均《全宋文》作"乔道元"，两名均无考。

[28] 张融，字思光，一名少子。见三·五一注[3]。《南齐书·张融传》："世祖问融住在何处？融答曰：'臣陆处无屋，舟居非水。'后日，上以问融从兄（张）绪。绪曰：'融近东出，未有居止，权牵小船，于岸上住。'上大笑。"

[29] 虞龢，生卒、字号不详，余姚（今浙江余姚）人，南朝宋书学家，官至中书侍郎。《南史·文学传》："居贫屋漏，恐湿坟典，乃舒被覆书，书获全而被大湿。"

[30] 王智深，字云才，琅邪临沂（今山东临沂）人，南朝齐大臣、史学家。《南齐书·文学传》："家贫无人事，尝饿五日不得食，掘苋根食之。"

[31] 刘峻，见八·二注[6]。《梁书·文学传》下："余自比冯敬通，而有同之者三，异之者四。……敬通有忌妻，至于身操井臼；余有悍室，亦令家道輵轲，此三同也。"輵轲：困顿，不得志。

[32] 裴子野，字几原，河东闻喜（今山西闻喜）人，裴松之曾孙，南朝齐梁间著名史学家、文学家。《梁书·裴子野传》："无宅，借官地二亩，起茅屋数间。妻子恒苦饥寒，唯以教诲为本。"

[33] 卢叟，或作"胡叟"。《魏书·胡叟传》："胡叟，字伦许，安定临泾人也。……叟不治产业，常苦饥贫，然不以为耻。养子字螟蛉，以自给养。每至贵胜之门，恒乘一牸牛，弊韦袴褶而已。作布囊，容三四斗，饮啖醉饱，便盛余肉饼以付螟蛉。见车马荣华者，视之蔑如也。"

[34] 唐冯贽《云仙杂记》卷三引《浣花旅地志》："杜甫寓蜀，每蚕熟，即与儿躬行而乞曰：'如或相悯，惠我一丝两丝。'"

[35] 杜甫《八哀诗·故著作郎贬台州司户荥阳郑公虔》有"履穿四明雪，饥拾橡溪橡"句，见《全唐诗》卷二二二。郑虔，字趋庭、若齐等，荥阳（今河南荥阳）人，唐玄宗时期文学家、书画家。

[36] 杜甫《八哀诗·故秘书少监武功苏公源明》有"夜字照爇薪，垢衣生碧藓"句，见《全唐诗》卷二二二。苏源明，初名预，字弱夫，京兆武功（今陕西武功）人，生平不详，中唐时期诗人。爇：燃烧。

[37] 阳城，字元宗，定州北平（今河北顺平）人，初隐居中条山，唐德宗时召拜右谏议大夫。《新唐书·卓行传·阳城》："岁饥，（阳城）屏迹不过邻里，屑榆为粥，讲论不辍。"

[38] 贾岛《客喜》有"鬓边虽有丝，不堪织寒衣"句，见《全唐诗》卷五七一。

[39] 孟郊《苦寒吟》有"敲石不得火，壮阴夺正阳"句，见《全唐诗》卷三七二。

[40] 卢仝，见四·四七注 [4]。《唐才子传》卷五："家甚贫，惟图书堆积。后卜居洛城，破屋数间而已。一奴，长须，不裹头；一婢，赤脚，老无齿。终日苦哦，邻僧送米。朝廷知其清介之节，凡两备礼征为谏议大夫，不起。"

[41] 周朴，字见素、太朴，吴兴（今浙江湖州）人，唐末诗人，诗风苦涩。《唐诗纪事》卷七一："周朴，唐末诗人，寓于闽中，于僧寺假丈室以居，不饮酒茹荤，块然独处。"

[42] 聂大年，字寿卿，号东轩，临川（今江西抚州）人，明代宗景泰初，征入翰林。博通经史，工古文，善诗词，尤精书画。唐寅，见五·一三注 [42]。廛居：犹廛宅，百姓之家。

[43] 谢客：指谢榛，见一·三一注 [1]。事详《明史》卷二八六《文苑传》三。

[44] 俞子：指俞允文，见六·一九注 [11]。《弇州山人四部稿》卷六四《俞仲蔚集序》："仲蔚好里居，又善病，病则不出应客。家人数米而炊，旦夕不办治饭，即且治糜耳。"

[45] 卢生：指卢柟，见五·一三 [97]。事详《明史》卷二八七《文苑传》三。

[46] 语出王世贞《再赠谢榛》，见《弇州山人四部稿》卷一三。

【译文】

一贫困：颜渊箪瓢屡空；子思汤羹中不见米粒；子夏衣衫褴褛；列子因国贫而远走卫地；庄周向监河借贷粮米，以枯鱼自比；黔娄被服短小，无法蔽体；东方朔忍饥欲死，宁愿自己是个饱食的侏儒；司马相如家徒四壁，将鹔鹴裘典押，到阳昌家沽酒，与妻子欢饮；司马迁没钱赎罪，以至于遭受腐刑；匡衡不惜做他人仆役，以求尽览其书；东郭先生穿着鞋在雪中行走，但脚趾头全部露在外面；王章生病却没有被子遮寒，只能躺在给牛保暖的草帘中；王充在市集上游走，在卖书摊上进行阅读；范冉生活困难，饭锅落尘；第五颉没有田宅，将自己寄托在灵台山，有的时候数十日不食；郭泰用一件衣服蔽体，进门则护前，出门则掩后；孙晨有一束柴草，晚上铺开早上卷起；吴瑾替别人作佣以维持读书；赵壹曾说："文籍虽满腹，不如一囊钱"；束皙被债主相继催债，却无处去借钱；王尼吃掉了自家拉车的牛，最终还是被饿死；董京用破棉衣来蔽体，在集市上行乞；夏统躬耕陇亩，昼夜劳作；郤诜养鸡种蒜，来为母亲办理丧事；陶渊明乞食充饥，对于恩情只能死后相报；应璩无酒可饮，将几案与床榻变卖；昙道元在《与天公笺》中写道，"粗布衣服不足蔽体，伸腿足出，双手卷曲脊背露出"；张融寄居在一艘放在岸上的小船之上；虞䢫遇到下雨天，将被子展开盖在书上，自己则全身湿透；王智深曾经五天里不曾吃饭，挖莞根来吃；刘峻家中有凶悍的妻室，困顿憔悴；裴子野借官地二亩，盖茅屋数间；卢叟总是拿着一个布口袋，到显贵的人家吃喝完毕，将剩余的肉饼拿回给儿子；杜甫在四月蚕忙时期，向别人乞讨一丝两丝；郑虔生活困顿、衣食低劣；苏源明点燃柴火照明读书，脏衣服上长了青苔；阳城以榆树屑作粥，不去打扰邻里；贾岛感叹鬓发白如雪，却不能用来织衣避寒；孟郊苦寒，怨恨敲打石头不能燃起火光；卢仝仅有一对老奴仆帮忙，躬耕自足；周朴寄居在僧庐，不能娶妻；本朝如聂大年、唐寅等人，全都客食在百姓之家，无法忍受那样的苦楚；近来谢榛云游四方以糊口；俞允文形单影只地居于寒庐之中；卢柟没有立足之地，困顿而死；我曾经有诗赠予谢榛："隐士代失职，达者惭其故。"

八·三五

二嫌忌：屈原见忌上官[1]，孙膑见忌庞涓[2]，韩非见忌李斯[3]，庄周见忌惠子[4]，荀卿见忌春申[5]，贾谊见忌绛、灌[6]，董仲舒见忌公孙[7]，蔡邕见忌王允[8]，边让、孔融、杨修见忌魏武[9]，曹植见忌文帝[10]，虞翻见忌孙权[11]，张华见忌荀勖[12]，陆机见忌卢志[13]，谢混见忌宋祖[14]，刘峻见忌梁高[15]，薛道衡、王胄见忌隋炀[16]，柳䇿见忌诸葛颖[17]，张九龄、李邕、萧颖士见忌李林甫[18]，颜真卿见忌元载[19]，武元衡见忌王叔文[20]，韩愈见忌李逢吉[21]，李德裕见忌李宗闵[22]，白居易见忌李德裕[23]，温庭筠、李商隐见忌令狐绹[24]，韩偓见忌崔胤[25]，杨亿见忌丁谓[26]，苏轼见忌舒亶、李定[27]，石介见忌夏竦[28]。或以材高畏逼，或以辞藻惭工。大则斧质，小犹贝锦[29]。近代如李献吉、薛君采辈[30]，亦遭谗沮[31]，不可悉征。

【注释】

[1]事详《史记》卷八四《屈原贾生列传》。上官：指上官大夫。因忌屈原之才，屡向楚怀王进谗言，使之疏远屈原。

[2]事详《史记》卷六五《孙子吴起列传》。庞涓：战国初期魏国名将。相传与孙膑同拜于隐士鬼谷子门下，因嫉妒孙膑才能，恐其贤于己，因而设计把他的膝盖骨刮去。

[3]事详《史记》卷六三《韩非列传》。李斯：秦朝著名政治家，嫉妒韩非才华，设计害死韩非。

[4]《庄子·秋水》言："惠子相梁，庄子往见之。或谓惠子曰：'庄子来，欲代子相。'于是惠子恐，搜于国中三日三夜。"

[5]《史记》卷七四《荀卿列传》："齐人或谗荀卿，荀卿乃适楚，而春申君以为兰陵令。春申君死而荀卿废，因家兰陵。"此言见忌，似与史不合。

[6]事详《史记》卷八四《屈原贾生列传》。绛、灌：指周勃、灌婴，两人俱为西汉开国功臣，先后担任丞相。

[7]事详《汉书》卷五六《董仲舒传》。公孙：指公孙弘，为西汉名臣。

[8]事详《后汉书》卷六〇《蔡邕列传》。王允：东汉末年大臣。蔡邕因感叹董卓被诛杀，遂被王允处死。

[9]事详《后汉书》卷八〇《文苑传》、卷七〇《孔融列传》，《三国志》卷一九《陈思王传》。边让，字文礼（一作元礼），东汉末年名士，博学能辩，擅写文章。因轻视和诋毁曹操，被曹操所杀。孔融，见三·二五注[6]。杨修，见三·二五注[1]。

[10]事详《三国志》卷一九《陈思王传》。文帝：指曹丕。

[11]事详《三国志》卷五七《虞翻传》。虞翻，字仲翔，余姚（今浙江余姚）人，三国时期吴国学者、官员。其人性情耿直，喜酒，因席间讨论神仙之事，与孙权观点不合，加之积怨已深，遂被贬谪。

[12]事详《晋书》卷三六《张华传》。张华，见一·四二注[1]。荀勖，字公曾，颍川（今河南许昌）人，西晋开国功臣、文学家。荀勖以望族自居，曾进谗言于晋武帝，将张华调到外镇任职。

[13]事详《晋书》卷五四《陆机传》。卢志，字子道，范阳涿（今河北涿州）人，西晋官员，成都王司马颖的心腹谋士。卢志嫉妒陆机才能，向司马颖进谗，称其功高盖主，陆机遂遭贬谪。

[14]事详《晋书》卷七九《谢安传》。谢混，见五·一一注[2]。宋祖：指南朝宋开国皇帝刘裕。谢混被认为是北府军将领刘毅朋党，被刘裕诛杀。

[15]事详《梁书》卷五〇《文学传》。刘峻，见八·二注[6]。梁高：梁武帝萧衍，庙号高祖。刘峻为人率性，与众不同，故不被萧衍起用。

[16]事详《隋书》卷五七《薛道衡传》，《北史》卷八三《文苑传》。薛道衡，见三·七九注[4]。王胄，字承基，临沂（今山东临沂）人，王导八世孙，隋朝大臣，文学家。薛道衡、王胄因文采出众，遭隋炀帝妒忌，相继被害。

[17] 事详《北史》卷八三《文苑传》。柳𪩘，见八·九注[1]。诸葛颖，字汉丹，建康（今江苏南京）人，隋炀帝时期大臣，与柳𪩘不睦。

[18] 事详《新唐书》卷一二六《张九龄传》、卷二〇二《文艺传》。张九龄，字子寿，韶州曲江（今广东韶关）人，唐开元年间名相，诗人。李邕，见三·八四注[9]。萧颖士，见八·一七注[4]。李林甫，小字哥奴，唐玄宗时期奸相。

[19] 事详《新唐书》卷一五三《颜真卿传》。颜真卿，字清臣，号应方，临沂（今山东临沂）人，唐代名臣、书法家。元载，字公辅，岐山（今陕西岐山）人，官至宰相。颜真卿因不满奸相元载结党营私、阻塞言路，遭嫉被贬。

[20] 事详《旧唐书》卷一五八《武元衡传》。武元衡，见四·五四注[4]。王叔文，字号不详，越州山阴（今浙江绍兴）人，唐顺宗时期"永贞革新"的发起者。武元衡因不肯依附王叔文，遭贬。

[21] 事详《新唐书》卷一七六《韩愈传》。李逢吉，字虚舟，陇西（今甘肃陇西）人，唐朝中期宰相。李逢吉设计，令大臣弹劾韩愈，使遭贬谪。

[22] 事详《新唐书》卷一八〇《李德裕传》。李德裕，见一·一七注[1]，牛李党争中李党领袖。李宗闵，字损之，京兆长安（今陕西西安）人，唐朝宗室、宰相，牛李党争中牛党领袖。

[23]《苕溪渔隐丛话》卷三八引《蔡宽夫诗话》："白乐天，杨虞卿之姑夫，故世言与李文饶不相能。文饶藏其文集，不肯看，以为看则必好之。"

[24] 事详《唐才子传》卷八、《新唐书》卷二〇三《文艺传》。令狐绹，字子直，京兆华原（今陕西省耀县）人，太尉令狐楚之子，唐宣宗时宰相。

[25] 事详《新唐书》卷一八三《韩偓列传》。韩偓，字致光，号致尧、玉山樵人，京兆万年（今陕西西安）人，晚唐大臣、诗人。崔胤，字昌遐，一说字垂休，清河武城（今山东武城）人，先后四次官拜宰相。韩偓曾协助崔胤平定叛乱有功，后韩偓被弹劾，崔胤听信谗言，不予救护。

[26] 事详宋江少虞《宋朝事实类苑》卷一一。杨亿，见四·七一注[3]。丁谓，字谓之，后更字公言，长洲（今江苏苏州）人，北宋初年奸相。丁谓

等人欲专权，因忌惮真宗身边寇准、杨亿等人，遂极尽排挤之能事。后杨亿
见诛。

[27]事详《宋史》卷三三八《苏轼传》。舒亶，字信道，号懒堂，慈溪（今
浙江余姚）人，治平二年进士，官至龙图阁待制。李定，字资深，扬州（今江
苏扬州）人，曾为王安石学生，官至御史中丞。舒亶、李定等人上表弹劾苏
轼，遂有"乌台诗案"。

[28]事详《宋史》卷四三二《儒林列传》。石介，字守道，人称"徂徕先生"，
兖州奉符（今山东省泰安）人，北宋初官员、学者，理学奠基人物。夏竦，字
子乔，德安（今江西德安）人，宋仁宗时官拜宰相。石介因写诗影射夏竦为"大
奸"，为自保主动外任。

[29]斧质：即斧锧，古代一种腰斩刑具。贝锦：纹路美丽的织锦，比喻诬
陷者编造的谗言。

[30]献吉：李梦阳字，见一·二五注[1]。君采：薛蕙字，见五·一三注
[54]。

[31]谗沮：谗害毁谤。

【译文】

二嫌忌：屈原被上官大夫所疑忌，孙膑被庞涓疑忌，韩非被李斯所疑忌，
庄周被惠子所疑忌，荀子被春申君所疑忌，贾谊被周勃、灌婴所疑忌，董仲舒
被公孙弘所疑忌，蔡邕被王允所疑忌，边让、孔融、杨修被曹操所疑忌，曹植
被魏文帝曹丕所疑忌，虞翻被孙权所疑忌，张华被荀勖所疑忌，陆机被卢志所
疑忌，谢混被刘裕所疑忌，刘峻被梁高祖萧衍所疑忌，薛道衡、王胄被隋炀帝
所疑忌，柳昚被诸葛颖所疑忌，张九龄、李邕、萧颖士被李林甫所疑忌，颜真
卿被元载所疑忌，武元衡被王叔文所疑忌，韩愈被李逢吉所疑忌，李德裕被李
宗闵所疑忌，白居易被李德裕所疑忌，温庭筠、李商隐被令狐绹所疑忌，韩偓
被崔胤所疑忌，杨亿被丁谓所疑忌，苏轼被舒亶、李定所疑忌，石介被夏竦所
疑忌。有的人因为才华出众而受到威胁，有的人因为辞藻华美而受到羞辱。严
重的受到腰斩之刑，轻微的被他人诬陷。本朝如李梦阳、薛蕙等人，也遭到谗
害毁谤，没办法全部征引在这里了。

八·三六

三玷缺[1]：颜光禄《家训》[2]云："自古文人，多陷轻薄[3]。屈原显暴君过，宋玉见遇俳优，东方曼倩滑稽不雅，司马长卿窃赀[4]无操，王褒过彰僮约[5]，扬雄德败美新[6]，李陵降辱夷虏，刘歆反复[7]莽世，傅毅党附[8]权门，班固盗窃父史[9]，赵元叔抗竦过度[10]，冯敬通浮华摈压[11]，马季长佞媚获诮[12]，蔡伯喈同恶受诛[13]，吴质诋诃乡里[14]，曹植悖慢[15]犯法，杜笃乞假无厌[16]，路粹隘狭已甚[17]，陈琳实号粗疏[18]，繁钦性无检格[19]，刘桢屈强输作[20]，王粲率躁见嫌[21]，孔融、祢衡傲诞致殒[22]，杨修、丁廙扇动取毙[23]，阮籍无礼[24]败俗，嵇康陵物[25]凶终，傅玄忿斗免官[26]，孙楚矜夸凌上[27]，陆机犯顺履险[28]，潘岳乾没取危[29]，颜延年负气摧黜[30]，谢灵运空疏乱纪[31]，王元长凶贼自贻[32]，谢玄晖侮慢见及[33]。虽天子有才华者，汉武、魏太祖、文帝、明帝、宋孝武，皆负世议[34]。"予谓颜公谈尚未悉，如仪、秦、代、厉权谋翻覆[35]，韩非刻薄招忌[36]，李斯臾虐覆宗[37]，刘安好乱亡国[38]，陆贾纳赂夷荒[39]，枚皋轻冶媒贱[40]，杨恽怨望被刑[41]，匡衡阿比中贵[42]，刘向诬罔黄白[43]，谷、杜宗傅戚里[44]，王充狂诞非圣[45]，陈寿售米史笔[46]，刘琨少没权游[47]，孙绰人称秽行[48]，王俭市国取相[49]，沈约乘时邀封[50]，张缵杯酒杀人[51]，谢超宗鲲鲊纳间[52]，伏挺纳贿削发[53]，魏收淫婢征贿[54]，江总献谄丽词[55]，世基从臾荒君[56]，世南遨游二帝[57]，四杰皆竞轻浮[58]，沈、宋并驰险狯[59]，李峤浮沉致责[60]，苏味道模棱充位[61]，张说大肆苞苴[62]，贺知章纵心沉湎[63]，王维、郑虔陷身逆虏[64]，柳宗元、刘禹锡躁事权臣[65]，刘长卿怨怼多忤[66]，严武骄矜无上[67]，李白见辟狂王[68]，崔颢数弃伉俪[69]，元稹改节奥援[70]，李德裕树党掊击[71]，王建连姻貂珰[72]，李益感恩藩镇[73]，杨亿谑侮同舍[74]，曾巩陵铄维桑[75]，欧阳修乖名濮议[76]，苏轼取攻蜀党[77]，王安石元丰敛怨[78]，陆游平原失身[79]，人主如梁武、隋炀、湘东、长城、违命、昏德[80]，不足言矣。以唐文、玄之贤[81]，而闺门之行，不可三缄，况其他乎！即如吴迈远、杜必简之流[82]，不能尽征。迩时李献吉，气谊高世，亦不免狂简之讥[83]，他若解大绅、刘原博、桑民怿、唐伯虎、王稚钦、常明卿、孙太初、王敬夫、康德涵，皆纷纷负此声者^[84]，何也？内恃则出入弗矜，外忌则攻摘加苦故尔^[85]。然宁为有瑕璧，勿作无瑕石。

【注释】

[1] 玷缺：缺点，过失。

[2] 见颜之推《颜氏家训》卷四《文章》。

[3] 轻薄：轻靡，浅薄。

[4] 窃赀：占有别人的资财。指司马相如携卓文君私奔，迫使卓王孙分财产给他们。

[5] 僮约：王褒曾作《僮约》。该文为路过寡妇杨惠家时所作，这违背古代礼法。

[6] 美新：扬雄著有《剧秦美新》，指斥秦朝，称赞王莽新朝之美。

[7] 反复：喻刘歆不专一于汉王室。

[8] 党附：东汉外戚窦宪掌权时，傅毅任司马。

[9] 父史：班固之父班彪曾作《世纪后传》。班固之《汉书》曾被讥为盗窃其父之作。

[10] 元叔：赵壹字，见八·三四注 [19]。抗竦：恃才傲世。

[11] 敬通：东汉冯衍字，时人评他"文过其实"。摈压：指其一生遭排斥。

[12] 季长：东汉马融字，才高博洽。佞媚：指其委曲于权势，无风骨。曾作《西第颂》吹捧大将军梁冀，为正直士大夫所不齿。

[13] 伯喈：东汉蔡邕字。王允诛董卓，蔡邕为董卓叹惋，故亦被王允治罪，死于狱中。

[14] 吴质：字季重，魏济阴（今山东定陶）人，有文才，与曹丕兄弟相友善。其人"游邀贵戚间"，但对乡人则"怙威肆行"。诋诃：斥责，批评。

[15] 悖慢：指曹植醉酒违法，被贬爵之事。

[16] 杜笃：字季雅，京兆杜陵（今陕西西安）人，东汉大臣、学者。乞假无厌：指其没完没了地求县令办事。

[17] 路粹：字文蔚，陈留临漳（今河南临漳）人，东汉末年大臣，曾参与构陷孔融。隘狭：狭隘偏执。

[18] 陈琳，见三·二五注 [7]。粗疏：粗率疏放。

[19] 繁钦：字休伯，东汉颍川（今河南许昌）人，曾任丞相曹操主簿，以文章名世。检格：检点约束。

[20] 刘桢，见三·二〇注 [6]。输作：因犯罪罚作劳役。因在太子曹丕的甄夫人面前不曾下拜俯首，而被曹操罚做磨石的粗活。

[21] 王粲，见三·二〇注 [6]。率躁：激进而不沉稳。

[22] 孔融、祢衡，见三·二五注 [6]、注 [9]。二人皆因清高孤傲、狂放不羁而被杀。

[23] 杨修、丁廙，见三·二五注 [1]、注 [5]。扇动：指二人助曹植争太子之位一事。

[24] 无礼：无视礼法。指阮籍为嫂子饯行等事。

[25] 陵物：无视权贵。

[26] 傅玄，见三·三二注 [2]。因与皇甫陶大声争吵而被免官。

[27] 孙楚，见三·三六注 [1]。矜夸凌上：指其妄称以天子之命参劾大臣。

[28] 履险：指陆机所依附者（如赵王司马伦、成都王司马颖），皆不可靠，使自己走向险途。

[29] 潘岳，见一·四八注 [3]。其人博取功名之心特重。乾没：随势取利。潘岳母亲曾告诫他："尔当知足，而乾没不已乎！"

[30] 颜延年，见三·五六注 [1]。负气摧黜：权贵因其《五君咏》颇为愤世嫉俗，于是想贬黜他。

[31] 空疏：目空一切，疏放狂诞。谢灵运最终以"兴兵叛逆"之罪被诛。

[32] 王元长：指王融，见八·二一注 [5]。自贻：自食其果。齐武帝病危时，融欲矫诏立萧子良，萧昭业即位后，融被赐死。

[33] 谢玄晖：即谢朓，见三·六〇注 [1]。侮慢：轻慢。谢朓最后死于一向被自己轻慢的江祏的陷害。

[34] 指刘彻、曹操、曹丕、曹叡、刘骏。世议：为世所讥议。

[35] 指张仪、苏秦，以及苏秦之弟苏代、苏厉，诸人皆以擅权谋见称。事详《史记》卷六九《苏秦列传》、卷七〇《张仪列传》。

[36] 刻薄：韩非推崇法家思想，以"刻薄寡恩"为旨，遭嫉。事详《史记》卷六三《韩非列传》。

[37] 奰虐：纵容暴虐。李斯尚法，结党赵高，最终被诛杀三族。事详《史记》卷八七《李斯列传》。

[38] 好乱亡国：淮南王刘安欲谋反，最终被杀，淮南国更为九江郡。事详《汉书》卷四四《淮南王传》。

[39] 陆贾：汉初楚国人，刘邦重要谋臣，思想家、政治家。纳赂夷荒：指陆贾收南越王尉陀贿赂，安抚其心，使其称臣之事。事详《汉书》卷四三《陆贾传》。

[40] 枚皋，见二·四六注[3]。轻冶媟贱：指枚皋不通经术，行为轻佻，有似俳优。事附《汉书》卷五一《枚乘传》。

[41] 杨恽：字子幼，华阴（今陕西华阴）人，西汉大臣，司马迁外孙。怨望被刑：杨恽被贬官后，作《报孙会宗书》，颇多怨辞，后被汉宣帝腰斩。事附《汉书》卷六六《杨敞传》。

[42] 匡衡，见四·九四注[1]。阿比：阿谀勾结。中贵：有权势的太监（指宦官石显）。事详《汉书》卷八一《匡衡传》。

[43] 诬罔：欺骗。黄白：炼丹化金银的法术。刘向称曾阅读过神仙炼金的方术书籍，进献后，铸金未成，被贬。事详《汉书》卷三六《楚元王传》。

[44] 谷：指谷永，字子云，京兆长安（今陕西西安）人，西汉大臣。杜：指杜邺，字子夏，茂陵（今陕西兴平）人，西汉大臣。宗傅：跟随依附。戚里：帝王外戚聚居的地方，此泛指外戚。事详《汉书》卷八五《谷永杜邺传》。

[45]《四库全书总目提要》卷一二〇《论衡提要》："充书大致详于《自纪》一篇，盖内伤时命之坎坷，外疾世俗之虚伪，故发愤著书，其言多激。《刺孟》《问孔》二篇，至于奋其笔端，以与圣贤相轧，可谓悖矣。"

[46] 陈寿，见三·一七注[7]。售米史笔：指陈寿撰《三国志》，向欲入传之人索贿米粮。事详《晋书》卷八二《陈寿列传》。

[47] 刘琨，见三·三八注[3]。少没：刘琨年48岁，被段匹磾所杀。权游：指两晋之际，刘琨频繁在各个权力阵营中游走为官。事详《晋书》卷六二

《刘琨传》。

[48] 秽行：可鄙的行为，应指孙绰为人放纵荒诞、精于算计。《世说新语·品藻》："孙兴公、许玄度皆一时名流。或重许高情，则鄙孙秽行；或爱孙才藻，而无取于许。"刘孝标注引《续晋阳秋》曰："绰虽有文才，而诞纵多秽行，时人鄙之。"

[49] 王俭，见八·一九注 [2]。市国取相：王俭本为宋明帝刘彧的驸马，后又易主萧道成，并助其称帝建齐，终得拜相。事附《南史》卷二二《王昙首传》。

[50]《南史》卷五七《沈约传》："约久处端揆，有志台司，论者咸谓为宜，而帝终不用。……与徐勉素善，遂以书陈情于勉。……勉为言于帝，请三司之仪，弗许，但加鼓吹而已。"

[51] 张缵：字伯绪，范阳方城（今河北固安）人，曾被梁武帝招为驸马。侯景之乱时，参与诸王混战，被杀。杯酒杀人：指张缵在宴饮中，轻视名士吴规，讽刺其无资格与之平起平坐。宴后，吴规一家三口相继气死。事附《南史》卷五六《张弘策传》。

[52] 谢超宗：南朝齐诗人，谢灵运孙子，陈郡阳夏（今河南太康）人，以轻慢朝廷，得罪齐武帝，赐令自尽。鲲鲊：鲲鱼和鲊鱼。纳间：离间。谢超宗因记恨王莹代替自己职位，假托王莹馈赠自己山珍海味，却未供养给自己父亲王懋，离间二人。王懋向朝廷禀报，王莹离职。事附《南史》卷二三《王诞传》。

[53] 伏挺：字士标，平昌安丘（今山东安丘）人，南朝梁文学家，因受贿被弹劾，害怕被治罪，遂削发出家。事详《南史》卷七一《儒林列传》。

[54] 魏收，见八·二〇注 [4]。其人才高，但有奸淫婢女、收贿修史的毛病。事详《北史》卷五六《魏收传》。

[55] 江总，见三·七四注 [5]。常与陈后主游宴后庭，多为艳诗。事详《陈书》卷二七《江总传》。

[56] 世基：即虞世基，字懋世，会稽余姚（今浙江慈溪）人，隋炀帝近臣，虞世南哥哥。从臾：阿谀奉承。指虞世基媚上取荣，阿谀帝王。事详《隋书》卷六七《虞世基传》。

[57] 世南：即虞世南，见八·一二注 [2]。二帝：当为虚指。虞世南一生历仕陈、隋、唐三朝。事详《新唐书》卷一〇二《虞世南传》。

[58] 轻浮：谓初唐四杰文风仍有南朝柔靡、浮躁之气。事详《新唐书》卷二〇二《文艺传》。

[59] 沈宋：指初唐诗人沈佺期和宋之问。险狯：邪恶狡猾。二人都曾攀附武后媚臣张易之，遭贬后，宋之问曾告密武三思以求荣。事详《新唐书》卷二〇二《文艺传》。

[60] 李峤，见四·一一注 [6]。曾先后依附张易之兄弟、韦皇后、武三思，并三次为相。唐中宗时，李峤审时度势，曾自陈失职诸事，欲引咎辞职。事详《新唐书》卷一二三《李峤传》。

[61] 苏味道，见四·八注 [2]。模棱：态度或语言含糊不定。苏味道为相时，明哲保身，凡事模棱两可。事详《旧唐书》卷九四《苏味道传》。

[62] 张说，见四·三注 [6]。苞苴：贿赂。谓张说为相时，喜好财物，收取贿赂。事详《新唐书》卷一二五《张说传》。

[63] 贺知章，见八·一一注 [4]。纵心沉湎：指贺知章晚年放纵不羁，游乐里巷。事详《新唐书》卷一九六《隐逸列传》。

[64] 郑虔，见八·三四注 [35]。陷身逆虏：王维、郑虔都曾被安禄山所虏，被迫为官。事详《新唐书》卷二〇二《文艺传》。

[65] 躁事权臣：指柳宗元、刘禹锡轻易依附王叔文事。事详《新唐书》卷一六八《刘禹锡传》。

[66]《唐才子传》卷二："长卿清才冠世，颇凌浮俗，性刚，多忤权门，故两逢迁斥，人悉冤之。"

[67] 严武：字季鹰，华州华阴（今陕西华阴）人，唐朝中期大臣、诗人，中书侍郎严挺之之子。曾随玄宗入蜀，为人豪侠好武、狂傲放肆。事附《新唐书》卷一二九《严挺之传》。

[68] 见辟：被刑罚。《唐才子传》卷二："禄山反，明皇在蜀，永王璘节度东南。白时卧庐山，辟为僚佐。璘起兵反，白逃还彭泽。璘败，累系浔阳狱。"

[69] 崔颢，见四·二八注 [2]。《唐才子传》卷一："崔颢好蒲博嗜酒，娶

妻择美者，稍不惬即弃之，凡易三四。"

[70] 改节：改变节操。奥援：官场的钻营、勾结。唐穆宗欣赏、重用元稹，众多官员都欲与元稹结交，遂陷入党争之中，穆宗获知，罢元稹承旨学士，官工部侍郎。事详《旧唐书》卷一六六《元稹传》。

[71] 李德裕，见一·一七注[1]。掊击：打击、排斥异己。事详《新唐书》卷一八〇《李德裕传》。

[72] 王建，见四·六九注[2]。貂璫：古代侍中、常侍的冠饰，借指宦官。《唐才子传》卷四："建初与枢密使王守澄有宗人之分，守澄以弟呼之，谈间故多知禁掖事，作《宫词》百篇。"

[73] 李益，见四·五四注[1]。初，李益仕途失意，后入幽州刘济幕府，重新开始被重用。事详《新唐书》卷二〇三《文艺传》。

[74] 杨亿，见四·七一注[3]。宋刘攽《中山诗话》："杨大年与梁同翰、朱昂同在禁掖，杨未及满三十，而二公皆老，数见靳侮。梁谓之曰：'公毋侮我老，此老亦将留与公耳。'"

[75] 陵铄：欺压蔑视。维桑：指同僚。王铚《默记》："曾子固作中书舍人，还朝，自恃前辈，轻蔑士大夫。"

[76] 乖名濮议：宋仁宗无嗣，死后以濮安懿王允让之子赵曙继位，是为宋英宗。即位次年，诏议崇奉生父濮王典礼。司马光等人力主称仁宗为皇考，濮王为皇伯，而韩琦、欧阳修等则主张称濮王为皇考。此过程，欧阳修有结党之嫌。事详《宋史》卷三一九《欧阳修传》。

[77] 蜀党：北宋中后期出现的政治集团，以苏轼、苏辙为领袖，以黄庭坚、秦观、张耒等人为成员，其政治活动贯穿于仁宗嘉祐至北宋后期，亲历了其间众多的政治纷争。蜀党与洛党（以二程为代表）、朔党（以刘挚、梁焘为代表）之间彼此对立。事详明陈邦瞻《宋史纪事本末》卷四五《洛蜀党议》。

[78] 元丰敛怨：指神宗熙宁至元丰年间，王安石推行新政，与司马光、欧阳修、苏轼等人互相攻击。历史上，将王安石一派归为新党，后者称作旧党。变法期间，旧党文人多被贬谪。事详《宋史》卷三二七《王安石传》。

[79] 平原：韩侂胄，字节夫，韩琦的曾孙，南宋权相，曾受封平原郡王。

失身：失去名节。指陆游晚年为韩侂胄作《南园记》，得任从官一事。事详南宋罗大经《鹤林玉露》卷四。

［80］指梁武帝萧衍、隋炀帝杨广、梁元帝萧绎（曾封湘东郡王）、陈后主陈叔宝（死后封长城县公）、南唐后主李煜（赵匡胤敕封其违命侯）、宋徽宗赵佶（金人辱封其昏德公）。

［81］指唐太宗李世民（谥曰文）、唐玄宗李隆基。

［82］吴迈远，见八·二一注［3］。必简：杜审言字，见四·九注［1］。

［83］气谊：义气情谊。高世：超越世俗。狂简：志向高远而处事疏阔。事详《明史》卷二八六《文苑传》。

［84］谢大绅：指解缙，见五·四注［15］。刘原博：指刘溥，见五·一三注［14］。桑民怿：指桑悦，见五·九注［7］。唐伯虎：指唐寅，见五·一三注［42］。王稚钦：指王廷陈，见五·一三注［64］。常明卿：指常伦，见五·一三注［62］。孙太初：指孙一元，见五·一三注［59］。王敬夫：指王九思，见五·一三注［32］。康德涵：指康海，见五·四注［23］。

［85］矜：自夸。攻摘：批评指责。

【译文】

三过失：颜之推《家训》说："从古至今，文人多陷于轻浮浅薄。屈原自我显扬，暴露国君的过失；宋玉的见识与俳优相当；东方朔言行滑稽，缺乏雅致；司马相如攫取卓王孙的钱财，不讲究节操；王褒私入寡妇之门，在《僮约》一文中自我暴露；扬雄作《剧秦美新》歌颂王莽，其品德因此遭到损害；李陵向外族俯首投降；刘歆效忠王莽，不专一于汉王室；傅毅投靠依附权贵；班固剽窃他父亲的《史记后传》；赵壹为人过分骄傲；冯衍秉性浮华，屡遭压抑；马融谄媚权贵，遭致讥讽；蔡邕为董卓叹惋，惨遭诛杀；吴质在乡里仗势横行，遭人诟病；曹植酒后违逆不敬，触犯刑法；杜笃没完没了地求人办事，不知满足；路粹心胸过分狭隘；陈琳确实粗枝大叶；繁钦不知检点约束；刘桢性情倔强，被罚做苦工；王粲轻率急躁，遭人嫌弃；孔融、祢衡放诞倨傲，招致杀身之祸；杨修、丁廙鼓动曹操立曹植为太子，反而自取灭亡；阮籍蔑视礼教，伤风败俗；嵇康盛气凌人，不得善终；傅玄负气争斗，被罢免官职；孙楚妄称以天子之命参劾大臣，冒犯上司；陆机（所依非人）违反正道，自走绝路；潘岳见风使舵，谋取利益，以致遭到伤害；颜延年愤世嫉俗，遭到废黜；谢灵运目空一切，扰乱朝纪；王融在皇帝病危时，意欲矫诏，自食其果；谢脁对人轻忽傲慢，因而遭到陷害。即使有才华的天子，如汉武帝、魏太祖、魏文帝、魏明帝、宋孝武帝等，也难免受到世人的议论。"我认为颜之推谈论得不够齐全，如张仪、苏秦、苏代、苏厉的权谋反复无常；韩非推尊刻薄寡恩的法家思想，招致疑忌；李斯纵容暴虐，以致灭族；刘安因好战而亡国；陆贾收受南越王的贿赂；枚皋不通经术，行为轻佻，有似俳优；杨恽被贬官后，颇多怨辞，而遭腰斩；匡衡攀附有权势的太监；刘向以炼丹化金的法术欺骗他人；谷永、杜邺依附外戚；王充狂妄怪诞，诋毁圣人之道；陈寿向欲入史传之人索贿米粮；刘琨频繁在各个权力阵营中游走为官，过早去世；孙绰为人放纵荒诞、精于算计，为人不齿；王俭卖国求取相位；沈约寻找机会，求得封赏；张缵在酒席间举杯轻蔑他人，导致他人抑郁而终；谢超宗用山珍海味离间政敌；伏挺收受贿赂后畏惧惩罚，削发为僧；魏收荒淫无度，收取贿赂；江总奴颜媚骨，进献艳词；虞世基媚上取荣，阿谀帝王；虞世南一生频繁易主；初唐四杰竟一个比一个轻浮；沈佺期、宋之问同样都邪恶狡猾；李峤随波逐流，招致责难；苏味道做事模棱两可，徒居其位；张说毫无顾忌地收取贿赂；贺知章纵任心意，沉溺其中；王维、郑虔背负着叛逆的罪名；柳宗元、刘禹锡轻易依附权势之臣；刘长卿性情刚直，多忤权贵；严武骄傲自负，目无尊长；李白被征召后狂妄自大，终被处罚；崔颢几次抛弃发妻；元稹改变节操，暗中支持有力的靠山；李德裕建立党羽，打击同僚；王建与宦官勾结；李益对藩王感激涕零；杨亿戏谑侮辱同僚；曾巩欺压同僚；欧阳修参与濮王之议，败坏名节；苏轼主盟蜀党，攻击他人；王安石元丰变法，招惹怨恨；陆游褒扬韩侂胄，失去操守；皇帝如梁武帝萧衍、隋炀帝杨广、梁元帝萧绎、陈后主陈叔宝、南唐后主李煜、宋徽宗赵佶，不足以言说。以唐太宗、唐玄宗的贤能，在宫廷之中活动，都免不了被诟病，况且其他的呢！即使如吴迈远、杜审言这样的人不能全部被征召肯定，但近来李梦阳，讲究义气情谊，超越世俗，也不免被讥笑为志大才疏、处事疏阔。其他人如解缙、刘溥、桑悦、唐寅、王廷陈、常伦、孙一元、王九思、康海，都纷纷背负着这些名声。为什么呢？内心骄矜，则出入就不免自负；外在疑忌，便会招致严厉地批评指责。然而宁愿做有瑕疵的玉璧，也不要做没有瑕疵的石头。

八·三七

四偃蹇[1]：孙卿垂老兰陵，避谗引却[2]；孟氏再说不合，傍徨出昼[3]；长卿为郎数免，婆娑茂陵[4]；仲舒既罢江都，衡门教授[5]；贾生长沙卑湿，作《鵩赋》[6]；东方朔久困执戟，作《客难》[7]；扬雄白首校书，作《解嘲》[8]；冯衍老废于家，作《显志赋》[9]；陈寿以谤议，再致绌辱[10]；孙楚以轻石苞，湮废积年[11]；夏侯湛中郎不调，作《抵疑》[12]；郤正三十年不过六百石，作《释讥》[13]；潘安仁三十年一进阶，再免，一除名，一不拜，作《闲居赋》[14]；卞彬摈弃形骸，仕既不遂，作《蚤虱》《蜗虫》赋[15]；刘峻为梁武所抑，不见用，作《辨命论》[16]；何倘宦游不进，作《拍张赋》[17]；卢思道宦途迟滞，作《孤鸿赋》[18]；卢询祖斥修边堠，作《长城赋》[19]；王沈为掾郁郁，作《释时论》[20]；蔡凝为长史不得志，作《小室赋》[21]；刘显六十余，曳裾王府[22]；丘灵鞠不乐武位，欲掘顾荣冢[23]；刘孝绰前后五免[24]；萧惠开仕不得志，斋前悉种白杨[25]；庾仲容、王籍、谢几卿俱久不调，沉酣以终[26]；伏挺十八出仕，老而不达，其子以恚恨从贼[27]；侯白欲用辄止，得五品食，旬日而终[28]；四杰唯盈川至令长[29]；李、杜沦落吴、蜀[30]；孟浩然以禁中忤旨，放还终老[31]；薛令之以苜蓿致嫌夺官[32]；萧颖士及第三十年，才为记室[33]；王昌龄诗名满世，栖迟一尉[34]；贾岛、温飞卿皆以龙鳞鱼服，颠踬不振[35]；孟郊、公乘亿、温宪，刘言史、潘贲之徒[36]，老困名场，仅得一第，或方镇一辟，憔悴以死，至其诗所谓"鬓毛如雪心如死，犹作长安下第人"[37]"十上十年皆下第，一家一半已成尘"[38]"一领青衫消不得，着朱骑马是何人"[39]。又有"揶揄路鬼""憔悴波臣"[40]"猕猴骑土牛""鲇鱼上竹竿"[41]之喻。噫！其穷甚矣。胡仲申、聂大年、刘钦谟、卞华伯、李献吉、康德涵、王敬夫、薛君采、常明卿、王稚钦、皇甫子安、子循、王道思[42]，皆迩时之偃蹇者。

【注释】

[1] 偃蹇：困顿。

[2] 孙卿：即荀子，因避汉宣帝刘询讳，改称孙卿。引却：退却。荀子曾投奔春申君，任兰陵令。后春申君死，辞官。事详《史记》卷七四《荀卿列传》。

[3] 出昼：孟子觐见齐王，未得到赏识，在昼地停留三日后离开。后指离开求官之地。事详《孟子·公孙丑下》。

[4] 婆娑：逗留、盘桓。司马相如曾两次做郎官，第一次因谗言被免，第二次因病被免，家居茂陵。事详《汉书》卷五七《司马相如传》。

[5] 衡门：横木为门，初指简陋的房屋，借指隐者居所。董仲舒因言灾异之事，被武帝罢免江都相，后以著书教学为业。事详《汉书》卷五六《董仲舒传》。

[6] 贾生：指贾谊。卑湿：地势低下潮湿，喻意志低下消沉。贾谊曾被贬为长沙王太傅，其间作《鵩鸟赋》。事详《史记》卷八四《屈原贾生列传》。

[7] 执戟：秦汉时的宫廷侍卫官，因值勤时手持戟得名，亦泛指郎官。东方朔久居郎官，作《答客难》抒发怀才不遇之情。事详《汉书》卷六五《东方朔传》。

[8] 白首校书：扬雄晚年，小人当道，其不愿趋附权贵，专意著述，作《解嘲》以明淡泊之志。事详《汉书》卷八七《扬雄传》。

[9] 冯衍，见三·一五注[1]。最初其与外戚多有交往，后受牵连被贬，晚年上书自陈，仍不被起用，作《显志赋》抒发怀才不遇之感。事详《后汉书》卷二八《冯衍传》。

[10] 陈寿，见三·一七注[7]。谤议：诽谤议论。绌辱：罢黜之辱。事详《晋书》卷八二《陈寿传》。

[11] 孙楚，见三·三六注[1]。石苞：字仲容，渤海南皮（今河北南皮）人，三国时曹魏至西晋重要将领，西晋开国功臣。湮废：闲置不起用。孙楚最初轻慢石苞，后石苞反奏孙楚诋毁朝政，致使孙楚多年不被重用。事详《晋书》卷五六《孙楚传》。

[12] 夏侯湛，见三·四五注[1]。其任郎中多年，一直未升职，作《抵疑》以自慰。事详《晋书》卷五五《夏侯湛传》。

[13] 郤正：本名郤纂，字令先，偃师（今河南偃师）人，三国时期学者、

官员。其人淡于荣利，致力文章。事详《三国志》卷四二《郤正传》。

[14] 语出潘岳《闲居赋序》，见《文选》卷一六。

[15] 语出《南史》卷七二《文学传》。卞彬：南朝齐文学家，字士蔚，济阴（今山东菏泽）人，有文才，好饮酒。

[16] 参八·三五注 [15]。

[17]《南史》卷三三《何承天传》附："（何）逊从叔恫，字彦夷，亦以才著闻，宦游不达，作《拍张赋》以喻意。"

[18] 卢思道：北朝后期文学家，字子行，范阳（今河北涿州）人，出生于北魏末，历齐、周二代入隋。隋文帝时任丞相，后逐渐失位。事附《北史》卷三〇《卢玄传》。

[19] 卢询祖：北齐文学家，范阳（今河北涿州）人，才学富盛，文辞华美。与族人卢思道俱为北朝俊杰。边堠：古代设置于边地以探望敌情的土堡或城墙。事附《北史》卷三〇《卢观传》。

[20] 王沈：西晋文学家，字彦伯，高平（今山东金乡）人，少有俊才，不能随俗沉浮，曾任高平郡文学掾，郁郁不得志，作《释时论》指责世族制度。事详《晋书》卷九二《文苑传》。

[21] 蔡凝，字子居，济阳考城（今河南兰考）人，南朝陈官员，被陈后主猜忌，作《小室赋》以显志。事详《陈书》卷三四《文学传》。

[22] 刘显：南朝梁诗人，字嗣芳，沛国相县（今安徽濉溪）人。因皇帝嫉妒其能，不被重用，故辗转各王府为官。曳裾：拖着衣襟，常喻在权贵的门下寄食。事附《南史》卷五〇《刘瓛传》。

[23] 丘灵鞠，见八·二一注 [6]。顾荣：西晋末年大臣、名士，字彦先，吴县（今江苏苏州）人，是拥护司马氏政权南渡的江南士族领袖。《南齐书》卷五二《文学传》："永明二年，领骁骑将军。灵鞠不乐武位，谓人曰：'我应还东掘顾荣冢。江南地方数千里，士子风流，皆出此中。顾荣忽引诸伧渡，妨我辈涂辙，死有余罪。'改正员常侍。"

[24] 刘孝绰，见八·一八注 [2]。

[25] 萧惠开：南朝宋大臣，外戚萧思话长子，南兰陵（今江苏常州）人。

事附《南史》卷一八《萧思话传》。

[26]庾仲容：南朝梁官员、文学家，字子仲，颍川鄢陵（今河南鄢陵）人。王籍，见三·六五注[1]。谢几卿：南朝大臣，陈郡阳夏（今河南太康）人，出身士族，谢灵运曾孙。《南史》卷三五《庾悦传》："仲容博学，少有盛名，颇任气使酒，好危言高论，士友以此少之。唯与王籍、谢几卿情好相得，二人时亦不调，遂相追随，诞纵酣饮，不持检操。遇太清乱，游会稽卒。"

[27]伏挺，见八·三六注[53]。从贼：指伏挺之子因父亲仕途不顺，怨恨梁朝廷，遂归顺侯景。事详《南史》卷七一《儒林传》。

[28]侯白：隋朝学者，字君素，魏郡临漳（今河北临漳）人，好学有俊才，个性滑稽，尤擅辩论。事详《北史》卷八三《文苑传》。

[29]盈川：指杨炯，其曾任盈川县令，后人称"杨盈川"。令长：县令。

[30]事详《旧唐书》卷一九〇《文苑传》及《新唐书》卷二〇一《文艺传》。

[31]禁中忤旨：王维曾私邀孟浩然入内署，适逢玄宗至，令其诵诗，有"不才明主弃"之句，玄宗不悦，说："卿不求仕，而朕何尝弃卿，奈何诬我。"遂被放归襄阳。事详《唐才子传》卷二。

[32]薛令之，字君珍，号明月先生，长溪（今福建福安）人，唐神龙二年进士，官至太子侍讲，玄宗时与贺知章并侍东宫。薛令之在太子宫中任职时，太子命僚属各作《自悼》诗，令之诗中有"盘中何所有，苜蓿长阑干"（见《全唐诗》卷二一五）句，影射东宫生活清苦，适逢玄宗驾临，读后不悦，于是薛令之称病归隐。事详《唐诗纪事》卷二〇。

[33]萧颖士，见八·一七注[4]。事详《新唐书》卷二〇二《文艺传》。

[34]栖迟：飘泊失意。王昌龄曾被贬为龙标尉。事详《唐才子传》卷二。

[35]龙鳞鱼服：义同"白龙鱼服"。刘向《说苑·正谏》载，传说白龙下清冷之渊，化为鱼，被渔者豫且射中其目。此喻低调且才华出众。颠踬：倾仆失足，比喻处境困穷。事详《唐才子传》卷五、卷八。

[36]公乘亿：唐代文学家，字寿仙（一作寿山），魏州（今河北大名）人，咸通二十年进士，以辞赋著名。事详《唐才子传》卷九。温宪：晚唐诗人，字号不详，温庭筠之子，太原祁县（今山西祁县）人，昭宗龙纪元年进士，

仕途坎坷。事详《唐才子传》卷九。刘言史：唐代诗人、藏书家，字号不详，邯郸（今河北邯郸）人，少尚气节，不举仕进。与李贺、孟郊、李翱友善，诗风与李贺近似。事详《唐才子传》卷四。潘贲：字子文，南唐宜阳（今河南宜阳）人，自负才器，藐视权势，五举犹为白丁。事详《南唐书》卷二三《归明传》。

[37] 语出温宪《题崇圣寺壁》，见宋尤袤《全唐诗话》卷六六七。

[38]《全唐诗话》卷五："（公乘）亿以词赋著名。后旬日登第，亿尝有诗云：'十上十年皆落第，一家一半已成尘。'可知其屈矣。"

[39] 不详。

[40] 骆宾王《春日离长安客中言怀》有"揶揄惭路鬼，憔悴切波臣"句，见《全唐诗》卷七九。揶揄路鬼：又作"路鬼揶揄"，为仕途坎坷之喻。典出《世说新语·任诞》。波臣：漂泊之臣。

[41] 苏轼《梅圣俞诗集中有毛长官者，今于潜令国华也。圣俞没十五年，而君犹为令，捕蝗至其邑，作诗戏之》有"归来羞涩对妻子，自比鲇鱼缘竹竿。……更将嘲笑调朋友，人道猕猴骑土牛"，见《东坡集》卷六。猕猴骑土牛：典出《三国志·魏书·邓艾传》，喻指官职晋升缓慢。鲇鱼上竹竿：鲇鱼无鳞甚光滑，难于爬上竹竿，比喻上升艰难。欧阳修《归田录》卷二记载，梅尧臣妻子以此戏弄他仕途艰辛。

[42] 仲申：胡翰字，见五·四注 [12]。聂大年，见八·三四注 [42]。钦谟：刘昌字，见五·六注 [53]。卞荣：明代官员、学者，字伯华，一作华伯，江阴（今江苏江阴）人，正统十年进士，官至户部郎中。事详《列朝诗集小传》乙集卷五。献吉：李梦阳字，见一·二五注 [1]。德涵：康海字，见五·四注 [23]。敬夫：王九思字，见五·一三注 [32]。君采：薛蕙字，见五·一三注 [54]。明卿：常伦字，见五·一三注 [62]。稚钦：王廷陈字，见五·一三注 [64]。子安：皇甫涍字，见五·一三注 [69]。子循：皇甫汸字，见一·三二注 [1]。道思：王慎中字，见五·四注 [32]。

【译文】

四困顿：荀子在兰陵辞官老去，以此来逃避谗言；孟子反复陈说己见，而不被接受，心神不宁地离开昼地；司马相如两次被免去郎官，逗留于茂陵；董仲舒被罢江都相之后，隐居教授门徒；贾生久居长沙，意志消沉，写作了《鹏鸟赋》；东方朔长久困在宫中作郎官，写作了《客难》；扬雄晚年淡泊，专意著述，写作了《解嘲》；冯衍被贬在家，颓废老去，写作了《显志赋》；陈寿被诽谤议论，一再遭到侮辱废黜；孙楚因为轻视石苞，被埋没多年；夏侯湛任郎中多年，不被提升，写作了《抵疑》；郤正仕途三十年，仍官职低微，俸禄不过六百石，写作了《释讥》；潘岳三十年中升了一次官，二次被罢免，一次除名为民，一次未去履职，写作了《闲居赋》；卞彬放浪形骸，没有进入仕途，写作了《蚤虱》《蜗虫》赋；刘峻被梁武帝压制，不被重用，写作了《辨命论》；何偃仕途不顺，写作了《拍张赋》；卢思道官路停滞不前，写作了《孤鸿赋》；卢询祖拒斥修筑边防长城，写作了《长城赋》；王沈担任文学掾，郁郁不得志，写作了《释时论》；蔡凝担任长史但不满意，写作了《小室赋》；刘显六十余岁，仍寄食在王府；丘灵鞠不愿意位居武官，想要挖掘顾荣的坟墓；刘孝绰前后五次被免官；萧惠开仕途不得志，在斋前种满白杨；庾仲容、王籍、谢几卿长居官位，不得晋升，沉湎于宴饮以终老；伏挺十八岁步入仕途，到老也没有显达，其子因为怨愤而归顺了乱贼侯景；侯白即将被重用，但中间生变，仅得到五品官阶，十余日抑郁而终；初唐四杰只有杨炯官至县令；李、杜沦落到吴地、蜀地；孟浩然因在皇宫忤逆圣意，被放还养老；薛令之因"苜蓿长阑干"诗句（影射东宫生活清苦），招致嫌疑而被罢官；萧颖士步入仕途三十年，仅仅担任记室；王昌龄诗名满世，却久久困居在都尉一职；贾岛、温庭筠都是才华出众，仕途失意后一蹶不振；孟郊、公乘亿、温宪、刘言史、潘贾等人，长久困于科考，仅仅得到低微职位，或者在藩镇任职，憔悴而死，自云"鬓毛如雪心如死，犹作长安下第人""十上十年皆下第，一家一半已成尘""一领青衫消不得，着朱骑马是何人"。文坛素有"揶揄路鬼""憔悴波臣""猕猴骑土牛""鲇鱼上竹竿"的比喻。哎！是对这些非常不顺之人的写照。胡翰、聂大年、刘昌、卞荣、李梦阳、康海、王九思、薛蕙、常伦、王廷陈、皇甫涍、皇甫汸、王慎中，都是近来困顿失意的人。

八·三八

五流贬[1]：流徙则屈原[2]、吕不韦[3]、马融[4]、蔡邕[5]、虞翻[6]、顾谭[7]、薛莹[8]、卞铄[9]、诸葛玄[10]、张温[11]、王诞[12]、谢灵运[13]、谢超宗[14]、刘祥[15]、李义府[16]、郑世翼[17]、沈佺期[18]、宋之问[19]、元万顷[20]、阎朝隐[21]、郭元振[22]、崔液[23]、李善[24]、李白[25]、吴武陵[26]，明则宋濂[27]、瞿佑[28]、唐肃[29]、丰熙[30]、王元正[31]、杨慎[32]；贬窜则贾谊[33]、杜审言[34]、杜易简[35]、韦元旦[36]、杜甫[37]、刘允济[38]、李邕[39]、张说[40]、张九龄[41]、李峤[42]、王勃[43]、苏味道[44]、崔日用[45]、武平一[46]、王翰[47]、郑虔[48]、萧颖士[49]、李华[50]、王昌龄[51]、刘长卿[52]、钱起[53]、韩愈[54]、柳宗元[55]、李绅[56]、白居易[57]、刘禹锡[58]、吕温[59]、陆贽[60]、李德裕[61]、牛僧孺[62]、杨虞卿[63]、李商隐[64]、温庭筠[65]、贾岛[66]、韩偓[67]、韩熙载[68]、徐铉[69]、王禹偁[70]、尹洙[71]、欧阳修[72]、苏轼[73]、苏辙[74]、黄庭坚[75]、秦观[76]、王安中[77]、陆游[78]、明则解缙[79]、王九思[80]、王廷相[81]、顾璘[82]、常伦[83]、王慎中[84]辈，俱所不免。穷则穷矣，然山川之胜，与精神有相发者。

【注释】

[1] 流贬：流放贬谪。

[2] 事详《史记》卷八四《屈原贾生列传》。

[3] 事详《史记》卷八五《吕不韦列传》。因嫪毐叛乱而受牵连，罢相，全家流放四川，途中饮鸩自尽。

[4] 马融，见二·五一注[5]。桓帝时，外戚梁氏专权，马融因事得罪大将军梁冀，被指控为贪污罪，被判流放。事详《后汉书》卷六〇《马融传》。

[5] 蔡邕，见三·一五注[2]。汉灵帝时，因受人诬告，曾被流放至朔方郡（今内蒙鄂尔多斯一带）。事详《后汉书》卷六〇《蔡邕传》。

[6] 虞翻，见八·三五注[11]。因生性耿直，得罪孙权，被流放于交州（今越南河内）。事详《三国志》卷五七《虞翻传》。

[7] 顾谭，字子默，吴郡吴县（今江苏苏州）人，三国时东吴太常，顾邵之子，丞相顾雍之孙。事详《三国志》卷五二《顾谭传》。

[8] 薛荣：疑为薛莹之误。薛莹，字道言，沛郡竹邑（今安徽宿州）人，三国时期吴国官员、文学家，薛综之子。以文才见称，因事获罪，被流放广州。事附《三国志》卷五三《薛综传》。

[9] 卞铄：生卒、字号、籍里不详，约齐高帝建元初前后在世。常以诗赋讽刺时事，被流放巴州（今四川巴中）。事详《南史》卷七二《文学列传》。

[10] 诸葛厷，一作诸葛宏，字茂远，琅邪阳都（今山东沂水）人，西晋时官至司空主簿，因被诬告而流放。事详《世说新语·文学》《世说新语·黜免》。

[11] 张温：三国时期吴官员，字惠恕，吴郡吴县（今江苏苏州）人，少修节操，容貌奇伟。因触怒孙权，而被贬官还乡。事详《三国志》卷五七《张温传》。

[12] 王诞：东晋末年官员，字茂世，琅邪临沂（今山东临沂）人，丞相王导曾孙，曾依附于权臣司马元显，后被流放广州。事详《南史》卷二三《王诞传》。

[13] 事详《宋书》卷六七《谢灵运传》。因好兴土木，起兵抗旨，被流放广州。

[14] 谢超宗，见八·三六注 [52]。齐武帝时，以讪谤朝政之罪，被流放越州（今浙江绍兴）。事详《南齐书》卷三六《谢超宗传》。

[15] 刘祥，字显征，南朝齐东莞莒（今山东莒县）人，好饮酒，轻言肆行，不避高下。因道说朝廷，有不逊之语，被贬官广州。事详《南齐书》卷三六《刘祥传》。

[16] 李义府：唐代宰相，字号不详，瀛州饶阳（今河北饶阳）人，因卖官等罪，被流放嶲州（今四川西昌）。事详《旧唐书》卷八二《李义府传》及《新唐书》卷二二三《奸臣列传》。

[17] 郑世翼：一作郑翼，唐代官员，郑州荥阳（今河南荥阳）人，恃才傲物，常以言辞忤人。贞观中，受憎恨诽谤，流放嶲州（今四川西昌）而卒。事详《新唐书》卷二〇一《文艺传》。

[18] [19] 沈佺期、宋之问：参八·三六注 [59]。

[20] 元万顷，字万顷，以字行，洛阳（今河南洛阳）人，唐代大臣，善

属文，放达不羁。唐高宗时，遭酷吏构陷，流放岭南而死。事详《新唐书》卷二〇一《文艺传》。

[21] 阎朝隐，字友倩，赵州栾城（今河北栾城）人，性滑稽，诗文为武后赏识。因依附张易之，曾被贬岭南（今两广地区）。事详《新唐书》卷二〇二《文艺传》。

[22] 郭元振：唐代名将、宰相，名震，字元振，以字行，魏州贵乡（今河北大名）人，玄宗讲武骊山，因所部军容不整，流放新州（今广东新兴）。事详《新唐书》卷一二二《郭震传》。

[23] 崔液：唐代官员，字润甫，定州安喜（今河北定州）人，因受其兄崔湜叛乱事牵累，被流放，后逃亡郢州（今湖北钟祥一带）。事附《新唐书》卷九九《崔仁师传》。

[24] 李善：唐代著名学者，广陵江都（今江苏扬州）人，为人清正廉洁，刚直不阿。因受周国公贺兰敏之牵连，流姚州（今云南姚安），后遇赦。事详《新唐书》卷二〇二《文艺传》。

[25] 事详《旧唐书》卷一九〇《文苑传》。

[26] 吴武陵，初名侃，信州（今江西上饶）人，唐元和二年进士，拜翰林学士。因得罪李吉甫被流放永州（今湖南永州），与柳宗元过往甚密。事详《新唐书》卷二〇三《文艺传》。

[27] 宋濂，见五·四注 [1]。致仕还乡后，因长孙宋慎牵连胡惟庸案，而被流放茂州（今四川茂县），后卒于夔州（今重庆奉节）。事详《明史》卷一二八《宋濂传》。

[28] 瞿佑，见五·六注 [34]。永乐年间，因作诗获罪，谪戍保安（今北京怀柔一带）十年，后遇赦。事详《列朝诗集小传》乙集卷五。

[29] 唐肃，见五·七注 [5]。明洪武六年，因在朱元璋面前越礼，而被发配濠梁（今安徽凤阳）。事详《列朝诗集小传》甲集卷一八。

[30] 丰熙，字原学，号五溪、一斋，鄞县（今浙江宁波）人，嘉靖时因参与议大礼事，流放福建镇海卫（今福建龙海）。事详《明史》卷一九一《丰熙传》。

[31] 王元正，字舜卿，盩厔（今陕西周至）人，其与杨慎同年进士，后因

议大礼事，与杨慎同时被流放，最终卒于茂州（今四川茂县）任上。事附《明史》卷一九二《杨慎传》。

[32] 杨慎，见原序一注 [3]。因议大礼事，被贬云南永昌卫（今云南保山）。事详《明史》卷一九二《杨慎传》。

[33] 事详《史记》卷八四《屈原贾生列传》。汉文帝时，贾谊受大臣周勃、灌婴排挤，贬为长沙王太傅。

[34] 杜审言，见四·九注 [1]。唐中宗时，因与张易之兄弟交往，被流放峰州（今越南河西一带）。事详《新唐书》卷二〇一《文艺传》。

[35] 杜易简：唐朝官员，杜审言族兄，字号不详，襄州襄阳（今湖北襄阳）人，因获罪吏部尚书李敬玄，被贬开州（今属重庆）司马。事详《新唐书》卷二〇一《文艺传》。

[36] 韦元旦：唐代诗人，字炬，京兆万年（今陕西西安）人，因与张易之有姻亲关系，被贬感义（今广西藤县）县尉。事详《新唐书》卷二〇二《文艺传》。

[37] 事详《旧唐书》卷一九〇《文苑传》。杜甫因受房琯案牵连，被贬为华州（今陕西华县）司功参军。

[38] 刘允济：唐代文学家，以字行，洛州巩县（今河南巩义）人，曾因酷吏构陷，被贬大庾（今江西大余）尉。事详《新唐书》卷二〇二《文艺传》。

[39] 李邕，见三·八四注 [9]。曾因被诬告贪污，免于死罪，贬为钦州遵化（今广西灵山）县尉。事详《新唐书》卷二〇二《文艺传》。

[40] 张说，见四·三注 [6]。因不与张昌宗同流合污，不肯指证魏元忠，被流放到钦州（今广西钦州）。事详《新唐书》卷一二五《张说传》。

[41] 张九龄，见八·三五注 [18]。开元二十五年，因荐人失察，被贬荆州（今湖北荆州）长史。事详《新唐书》卷一二六《张九龄传》。

[42] 李峤，见四·一一注 [6]。因依附张易之兄弟、武三思，唐睿宗时，贬为怀州（今河南沁阳）刺史；玄宗时，再贬滁州（今安徽滁州）别驾，迁庐州（今安徽合肥）别驾。事详《新唐书》卷一二三《李峤传》。

[43] 事详《新唐书》卷二〇一《文艺传》。王勃曾因为沛王李贤撰写《檄英王鸡文》，被贬虢州（今河南灵宝）参军。

[44] 苏味道，见四·八注 [4]。因亲附张易之、张昌宗，被贬眉州（今四川眉山）刺史。事详《旧唐书》卷九四《苏味道传》。

[45] 崔日用：唐玄宗时宰相，字号不详，滑州灵昌（今河南滑县）人，玄宗时被贬汝州（今河南汝州）刺史，后转为并州（今山西太原）长史，卒于任上。事详《新唐书》卷一二一《崔日用传》。

[46] 武平一：武则天族孙，名甄，以字行，博学，通《春秋》。武则天当政时不参与政事，隐居嵩山。中宗朝被起用。唐明皇初，贬苏州参军，后调任金坛（今属江苏常州）令。事详《新唐书》卷一一九《武平一传》。

[47] 王翰，见四·五五注 [2]。为人恃才不羁，直言敢谏。初受张说赏识，张说罢相后，先贬仙州（今河南叶县）别驾，后迁道州（今湖南道县）司马，卒于任上。事详《新唐书》卷二〇二《文艺传》。

[48] 郑虔，见八·三四注 [35]。安史之乱中，因任安禄山部伪职，后获贬台州（今浙江临海）。事详《新唐书》卷二〇二《文艺传》。

[49] 萧颖士，见八·一七注 [4]。曾因不肯依附宰相李林甫，受其排斥，贬为广陵（今江苏扬州）参军。事详《新唐书》卷二〇二《文艺传》。

[50] 李华：唐代大臣、文学家，字退叔，赵郡赞皇（今河北赞皇）人。安禄山攻陷长安时，被迫接受凤阁舍人伪职。安史之乱平定后，贬为杭州司户参军。事详《新唐书》卷二〇三《文艺传》。

[51] 事详《新唐书》卷二〇三《文艺传》。王昌龄一生初贬岭南（今两广地区），后徙江宁（今江苏南京）县丞、龙标（今湖南黔阳）县尉。

[52] 刘长卿，见四·二七注 [9]。唐肃宗、唐代宗时期，都因被诬告，先后贬谪潘州南巴（今广东茂名）尉、睦州（今浙江建德）司马。事详《唐才子传》卷二。

[53] 钱起，见四·二七注 [9]。钱起被贬事，未详。

[54] 事详《新唐书》卷一七六《韩愈传》。因劝诫宪宗迎接、供奉佛骨一事，被贬潮州（今广东潮州）刺史。

[55] 事详《新唐书》卷一六八《柳宗元传》。宪宗时，因受王叔文案牵连，先后被贬为永州（今湖南永州）司马、柳州（今广西柳州）刺史。

[56] 李绅：唐朝宰相、诗人，字公垂，亳州谯县（今安徽亳州）人。曾因其所支持的李党失势，唐穆宗时被贬为端州（今广东肇庆）司马。事详《新唐书》卷一八一《李绅传》。

[57] 事详《新唐书》卷一一九《白居易传》。因作诗被诽谤，被贬为江州（今江西九江）司马。

[58] 事详《新唐书》卷一六八《刘禹锡传》。因受王叔文案牵连，先后被贬为朗州（今湖南常德）司马、连州（今广东连州）刺史。

[59] 吕温，字和叔、化光，河中（今永济市）人，德宗贞元十四年进士，官至左拾遗。因攻讦宰相李吉甫，相继被贬为均州（今湖北丹江口）刺史、道州（今湖南道县）刺史、衡州（今湖南衡阳）刺史。事附《新唐书》卷一六〇《吕渭传》。

[60] 陆贽，见四·九四注 [2]。唐德宗时，因裴延龄诋毁，被罢相，贬为忠州（今重庆忠县）别驾。事详《新唐书》卷一五七《陆贽传》。

[61] 李德裕，见一·一七注 [1]。唐宣宗时，因政敌诬告其为相时的过失，先后贬为潮州（今广东潮州）司马、崖州（今海南三亚）司户参军。事详《新唐书》卷一八〇《李德裕传》。

[62] 牛僧孺：晚唐宰相，牛李党争中牛党领袖，字思黯，安定鹑觚（今甘肃灵台）人。唐武宗即位后，李德裕当权，牛僧孺被诬告，贬为循州（今广东惠州）长史。事详《新唐书》卷一七四《牛僧孺传》。

[63] 杨虞卿，字师皋，虢州弘农（今河南灵宝）人，杨宁之子，元和五年进士，官至监察御史。唐文宗时，被诬告，贬虔州（今江西赣州）司户参军。事详《新唐书》卷一七五《杨虞卿传》。

[64] 事详《新唐书》二〇三《文艺传》。由于李商隐终生都处于牛李党争的夹缝中，所以多半时间处于在外任职，或幕府游历的状态。

[65] 事详《唐才子传》卷八。温庭筠终身坎坷，因扰乱科场，违忤权贵，先后贬为随县（今湖北随州）尉、方城（今河南方城）尉。

[66] 事附《新唐书》卷一七六《韩愈传》。唐文宗时被排挤，贬为遂州长江县（今四川大英）主簿。

[67] 韩偓，见八·三五注 [25]。唐昭宗时，因忤触权臣朱温，先贬濮州（今山东鄄县、河南濮阳一带）司马，后贬邓州（今河南邓州）司马。事详《新唐书》卷一八三《韩偓传》。

[68] 韩熙载：五代十国南唐名臣、文学家，字叔言，北海（今山东青州）人。南唐元宗时，被政敌诬告嗜酒猖狂，被贬为和州（今安徽和县）司士参军，不久又调任宣州（今安徽宣城）节度推官。事详《宋史》卷四七八《南唐李氏传》。

[69] 徐铉：五代至北宋初年诗人、书法家，字鼎臣，广陵（今江苏扬州）人。南唐元宗初，因得罪宰相宋齐邱，被贬为泰州（今江苏泰州）司户椽；宋太宗时，被女尼道安诬告，贬为静难军（今属陕西彬州）行军司马。事详《宋史》卷四四一《文苑传》。

[70] 事详《宋史》卷二九三《王禹偁传》。因为徐铉雪诬，触怒宋太宗，被贬为商州（今陕西商洛）团练副使。宋真宗时，因直书史事，遭谗谤，被贬黄州（今湖北黄冈）刺史。

[71] 尹洙：北宋大臣、散文家，字师鲁，洛阳（今河南洛阳）人，与范仲淹友善，因得罪丞相吕夷简，贬崇信军（今甘肃崇信）节度掌书记，后又被诬告，贬均州（今湖北丹江口）酒税。事详《宋史》卷二九五《尹洙传》。

[72] 事详《宋史》卷三一九《欧阳修传》。仁宗时，因受范仲淹牵连，被贬为夷陵（今湖北宜昌）县令。后因庆历新政失败，先后被贬滁州（今安徽滁州）、扬州、颍州（今安徽阜阳）、应天府（今河南商丘）等地。

[73] 事详《宋史》卷三三八《苏轼传》。神宗时，因"乌台诗案"被贬为黄州（今湖北黄冈）团练副使。哲宗时，因新党执政被贬惠州（今广东惠州）、儋州（今海南儋州）。

[74] 事详《宋史》卷三三九《苏辙传》。神宗、哲宗朝，因受王安石变法影响以及苏轼牵连，频遭贬谪，足迹遍布筠州（今江西高安）、歙州（今安徽歙县）、汝州（今河南汝州）、袁州（今江西宜春）、永州（今湖南零陵）、岳州（今湖南岳阳）、许州（今河南许昌）、雷州（今广东雷州）等地。

[75] 事详《宋史》卷四四四《文苑传》。因参修《神宗实录》被新党诬其失实，又因与宰相赵挺之结怨，屡次贬官，最终死于宜州（今广西宜州）贬所。

[76] 事详《宋史》卷四四四《文苑传》。因元祐党争，相继被贬至杭州、郴州（今湖南郴州）、横州（今广西横县）、雷州（今广东雷州），死于藤州（广西藤县）。

[77] 王安中：北宋词人，字履道，号初寮，中山曲阳（今河北曲阳）人。钦宗靖康初，为言者所劾，累贬单州（今山东单县）团练副使，象州（今广西象州）安置。事详《宋史》卷三五二《王安中传》。

[78] 事详《宋史》卷三九五《陆游传》。因反对秦桧弄权误国，一再贬徙，曾于隆兴府（今江西南昌）、夔州（今重庆奉节）等地任职，晚年退居家乡山阴（今浙江绍兴）。

[79] 解缙，见五·四注释 [15]。明成祖朝，被政敌诬陷，贬为广西布政司参议，后改贬交趾（今越南）。事详《明史》卷一四七《解缙传》。

[80] 王九思，见五·一三注 [32]。明武宗时，因与刘瑾为同乡，被名列瑾党，受到牵连，贬为寿州(今安徽寿县)同知。后又被勒令致仕，归乡终老。事详《明史》卷二八六《文苑传》。

[81] 王廷相，见五·四注 [24]。明武宗时，因得罪太监刘瑾，谪亳州（今安徽亳州）判官，移调高淳（今属江苏南京）知县。明世宗朝，因受郭勋案牵连，致仕还乡。事详《明史》卷一九四《王廷相传》。

[82] 顾璘，见五·一三注 [44]。武宗正德年间，因得罪河南镇守太监，被诬告，贬为全州知州。世宗时，先得罪严嵩，后遭小人诽谤，罢职还乡。事详《明史》卷二八六《文苑传》。

[83] 常伦，见五·一三注 [62]。因性情豪放，不谙世故，招致中伤，先后贬寿州（今安徽寿县）州判、宁羌（今陕西宁强）知州。事详《列朝诗集小传》丙集卷一六。

[84] 王慎中，见五·四注 [32]。因不畏权贵、性格刚正，先谪常州（今江苏常州）通判，后于嘉靖二十年被罢官归里。事详《明史》卷二八七《文苑传》。

【译文】

五流放贬谪：流放的有屈原、吕不韦、马融、蔡邕、虞翻、顾谭、薛莹、卞铄、诸葛厷、张温、王诞、谢灵运、谢超宗、刘祥、李义府、郑世翼、沈佺期、宋之问、元万顷、阎朝隐、郭元振、崔液、李善、李白、吴武陵，明朝有宋濂、瞿佑、唐肃、丰熙、王元正、杨慎；贬谪放逐的有贾谊、杜审言、杜易简、韦元旦、杜甫、刘允济、李邕、张说、张九龄、李峤、王勃、苏味道、崔日用、武平一、王翰、郑虔、萧颖士、李华、王昌龄、刘长卿、钱起、韩愈、柳宗元、李绅、白居易、刘禹锡、吕温、陆贽、李德裕、牛僧孺、杨虞卿、李商隐、温庭筠、贾岛、韩偓、韩熙载、徐铉、王禹偁、尹洙、欧阳修、苏轼、苏辙、黄庭坚、秦观、王安中、陆游，明朝的有解缙、王九思、王廷相、顾璘、常伦、王慎中等人，这些人全都在所难免。困顿虽然困顿，然而山川名胜，却令人心旷神怡。

八·三九

六刑辱：孙膑刖足 [1]，范雎折胁 [2]，张仪捶至数百 [3]，司马迁腐刑 [4]，申公胥靡 [5]，祢衡鼓吏 [6]，刘桢尚方磨石 [7]，张温幽系 [8]，马融 [9]、蔡邕 [10]、班固 [11] 之流，至谢庄 [12]、崔慰祖 [13]、袁彖 [14]、陆厥 [15] 辈，咸髡钳短后 [16]，城旦鬼薪 [17]。诸葛晷有《东野徒赋》[18]，郗炎有《遗令》四贴 [19]，高爽有《镆鱼赋》[20]，杜笃有《吴汉诔》[21]，邹阳 [22]、江淹 [23] 俱有上书，皆是因系中成者。明初文士往往输作耕佃 [24]，迩来三木赭衣 [25]，亦所不免。

【注释】

[1] 刖足：断足。

[2] 范雎：战国著名政治家、军事谋略家，秦国宰相，字叔，芮城（今山西芮城）人，因封地在应城，所以又称为"应侯"。折胁：打断肋骨。范雎本是魏国须贾门客，因被诬陷通齐卖魏，被魏国相国"折胁折齿"。后逃亡秦国，得重用。事详《史记》卷七九《范雎列传》。

[3] 事详《史记》卷七〇《张仪列传》。捶：敲打。张仪曾与楚相饮酒，楚相家中失窃玉璧，怀疑张仪所为，被鞭打数百下。

[4] 事详《汉书》卷六二《司马迁列传》。

[5] 申公：亦称申培公，即申培，鲁（今山东曲阜一带）人，西汉初期学者、经学家。胥靡：腐刑。申培曾为刘戊老师，管教甚严，待刘戊袭封楚王

后，便对其处以腐刑，申陪以此为辱。事详《汉书》卷八八《儒林列传》。

[6]祢衡，见三·二五注[9]。祢衡一向厌恶曹操，且多出狂言，曹操怀恨，任命其为鼓吏。事详《后汉书》卷八〇《文苑列传》。

[7]参八·三六注[20]。尚方：古代制造帝王所用器物的官署。

[8]参八·三八注[11]。幽系：囚禁。

[9]参八·三八注[4]。

[10]参八·三五注[8]。

[11]事详《后汉书》卷四〇《班固列传》。班固曾入大将军窦宪幕府，因受窦宪叛乱事株连，被仇家陷害，死于狱中。

[12]谢庄：南朝宋大臣、文学家，字希逸，陈郡阳夏（今河南太康）人，为谢灵运的族侄。宋前废帝刘子业执政时，曾囚禁谢庄。明帝登基后，获释。事附《南史》卷二〇《谢弘微传》。

[13]崔慰祖：南朝齐藏书家、史学家，字悦宗，清河东武城（今河北故城）人，曾在始安王萧遥光手下为官。萧遥光据城谋反，崔慰祖出城自首，后仍被囚禁，病死。事详《南史》卷七二《文学列传》。

[14]袁彖：南朝官员、诗人，字伟才，陈郡阳夏（今河南太康）人。其人性刚直，入齐后，触忤武帝，得罪权贵王晏，免官为囚，后获释。事附《南史》卷二六《袁湛传》。

[15]陆厥：南朝齐文学家，字韩卿，吴郡（今江苏苏州）人。始安王萧遥光叛乱，他的父亲陆闲牵连被杀，他遇赦出狱，伤痛而死。事附《南史》卷四八《陆慧晓传》。

[16]髡钳：刑罚名，指剃去头发，用铁圈束颈。短后：即短后衣，多为罪犯或出身低贱者所服。

[17]城旦：刑罚名，原为服筑城四年的苦役，后泛指流放或徒刑。鬼薪：刑罚名，因最初为宗庙砍柴而得名。以从事官府杂役或其他体力劳动为主。

[18]诸葛勖：生卒、字号不详，南朝齐琅邪（今山东临沂）人，曾为国子祭酒。事详《南史》卷七二《文学列传》。《东野徒赋》其文无考。

[19]郦炎《遗令书》四首，见《古文苑》卷一〇。郦炎，东汉诗人，字文胜，

范阳（今河北定兴）人。其人至孝，因母死而精神错乱，使正在生产的妻子受惊而亡。妻家诉讼于官府，遂被捕入狱。后死于狱中，年二十八。事详《后汉书》卷八〇《文苑列传》。

[20] 高爽：生卒、字号不详，南朝梁广陵（今江苏扬州）人，曾官中军临川王参军，博学多才，善为文。事详《梁书》卷四九《文学传》。《镂鱼赋》其文无考。

[21] 杜笃，见八·三六注 [16]。事详《后汉书》卷八〇《文苑列传》。《吴汉诔》其文无考。

[22] 邹阳：西汉时期文学家，生卒、字号不详，临淄（今山东淄博）人，为人正直，有智谋才略，以文辩著名于世。事详《史记》卷八三《邹阳列传》。

[23] 江淹，见一·一一注 [1]。事详《南史》卷五九《江淹传》。

[24] 输作耕佃：因犯罪而被罚去耕作。

[25] 三木：颈项及手足皆有械，且蒙头。赭衣：古代囚衣，因以赤土染成赭色，故称。

【译文】

六刑辱：孙膑被断足，范雎被打断肋骨，张仪被杖责数百，司马迁遭受腐刑，申公遭受腐刑，祢衡被贬为鼓吏，刘桢被送到官署打磨石头，张温被囚禁，马融、蔡邕、班固等人，再到谢庄、崔慰祖、袁彖、陆厥等人，都被定罪判刑，罚做苦役。诸葛勖写有《东野徒赋》，郦炎写有《遗令书》四首，高爽写有《镂鱼赋》，杜笃写有《吴汉诔》，邹阳、江淹都有文章呈献，它们都是在囚禁中所作。明初文士往往都因犯罪被罚去耕种，近来的文士犯罪往往戴上刑具，穿上囚衣，这些都在所难免。

八·四〇

七天折：扬乌七岁预玄文，九岁卒 [1]；夏侯荣七岁属文，十三岁战殁 [2]；范摅子七岁能诗，十岁卒 [3]；王子晋十五对师旷，十七上宾于帝 [4]；周不疑 [5]、萧子回 [6] 十七被杀；林杰六岁能文，十七岁卒 [7]；夏侯称 [8]、刘义真 [9]、萧铿 [10]、陈叔慎 [11]、陈伯茂 [12] 俱十八，义真及铿俱赐死；袁著十九 [13]；陆瓒 [14]、邢居实[15]二十；王寂[16]、萧瓛[17]二十一；徐份九岁为《梦赋》[18]，与何炯俱二十二[19]；刘宏二十三[20]；王弼[21]、王修[22]、王延寿[23]、王绚[24]、何子朗[25]俱二十四；袁耽[26]、刘景素[27]二十五；祢衡[28]、王训[29]、李贺[30]俱二十六；卫玠[31]、王融[32]俱二十七；郦炎[33]、陆厥[34]、崔长谦[35]俱二十八；杨经[36]、沈友[37]、王勃[38]俱二十九；陶丘洪[39]、阮瞻[40]、到镜[41]、到沆[42]、刘苞[43]、欧阳建[44]俱三十；梁昭明[45]、刘讦[46]俱三十一；颜渊[47]、陆绩[48]、刘歆[49]、卢询祖[50]俱三十二；贾谊[51]、王僧绰[52]俱三十三；陆琰三十四[53]；萧子良[54]、谢瞻[55]、崔慰祖[56]俱三十五；骆统[57]、王洽[58]、刘琰[59]、王锡[60]、王僧达[61]、谢朓[62]俱三十六；谢晦[63]、王昙首[64]、谢惠连[65]、萧缅[66]，陆玠[67]俱三十七；王珉[68]、王俭[69]，王肃[70]俱三十八；王濛三十九[71]；嵇康[72]、欧阳詹[73]俱四十；近代高启[74]、郑善夫[75]、何景明[76]、高叔嗣[77]俱三十九；王讴[78]、殷云霄[79]、林大钦[80]及友人宗臣[81]俱三十六；梁有誉三十五[82]；常伦三十四[83]；徐祯卿[84]、陈束[85]俱三十三；李兆先[86]二十七；梁怀仁[87]、马拯[88]仅二十余。又有苏福年十四[89]，蒋焘十七[90]。兰摧玉折，信哉！

【注释】

[1]扬乌：扬雄之子。预：参与。此指讨论。玄文：扬雄的著作《太玄》。扬雄《法言·问神》："育而不苗者，吾家之童乌乎？九龄而与我玄文。"

[2]夏侯荣，字幼权，三国魏将夏侯渊第五子。战殁：建安二十四年汉中之战，父亲夏侯渊战死后，夏侯荣不愿逃跑，拔剑冲入敌阵，战死。事附《三国志》卷九《夏侯渊传》裴松之注。

[3]范摅：唐代文学家，号五云溪人、云溪子，吴县（今江苏苏州）人，终身未入仕。其子事，详《唐诗纪事》卷七一。

[4]王子晋：指周灵王之子姬晋，字子乔，后世称太子晋、王子乔。事详《逸周书》卷九《太子晋解》。

[5]周不疑，字元直，一作"文直"，零陵重安（今湖南衡阳）人。其为刘表别驾刘先的外甥，才能与曹冲不相上下，曹冲早死，曹操忌惮其日后难于驾驭，遂遣刺客杀之。事附《三国志》卷六《魏书·刘表传》裴松之注。

[6] 萧子回：不详。

[7] 林杰：唐代诗人，字智周，闽（今福建）人，幼时聪明，六岁能诗，下笔成章，又精书法、棋艺，年十七卒。事详《唐诗纪事》卷五九。

[8] 夏侯称：曹魏大将夏侯渊第三子，字叔权，与曹丕私交甚好，每临筵席则语惊四座，名人高士多与之友善，年十八而卒。事附《三国志》卷九《夏侯渊传》裴松之注。

[9] 刘义真：宋武帝刘裕次子，字车士，彭城（今江苏徐州）人。宋少帝景平二年，被辅政大臣徐羡之等人以与少帝不和睦的罪名，先废为庶人，后密谋杀害，年十八。事详《宋书》卷六一《武三王列传》。

[10] 萧铿：齐高帝萧道成之子，齐武帝萧赜之弟，字宣严，南兰陵（今江苏常州）人。延兴元年，被哥哥萧鸾（后为齐明帝）所杀，时年十八岁。事详《南齐书》卷三五《高祖十二王列传》。

[11] 陈叔慎：陈宣帝陈顼第十六子，字子敬，吴兴长城（今浙江长兴）人，与隋军交战，兵败被俘，后被斩杀，年十八。事详《陈书》卷二八《高宗二十九王列传》。

[12] 陈伯茂：陈文帝陈蒨第二子，封始兴王，字郁之。因权力斗争，被安成王陈顼（后为陈宣帝）遣强盗杀害于途中，年十八。事详《陈书》卷二八《世祖九王列传》。

[13] 袁著：东汉大臣袁盱的族弟，桓帝时任郎中，汝南（今河南上蔡）人，因上书弹劾外戚梁冀，反被梁冀所害，年十九。事详《后汉书》卷三四《梁统传》。

[14] 陆瓘：无考。

[15] 邢居实：北宋诗人，字敦夫，阳武（今河南原阳）人，与苏轼、黄庭坚、张耒、秦观、晁补之等人为忘年交。事附《宋史》卷四七一《奸臣传》。

[16] 王寂：南朝齐诗人，字子玄，琅邪临沂（今山东临沂）人，王僧虔第九子，性好动，文章佳，曾为秘书郎。事附《南齐书》卷三三《王僧虔传》。

[17] 萧瓛：梁明帝萧岿次子，字钦文，少聪敏，解属文。在梁为荆州刺史，后投陈。陈亡，以谋反罪被隋所斩。事附《周书》卷四八《萧詧传》。

[18] 徐份：南朝徐陵之子，生卒、字号不详，东海郯县（今山东郯城）人，生性孝顺，官至太子洗马。事附《陈书》卷二六《徐陵传》。

[19] 何炯，字士光，庐江（今属安徽）人，曾任扬州主簿，后被推荐为秀才。因父亲患病而辞官，父亲去世后，因劳累、哀伤过度辞世。事附《梁书》卷四七《孝行传》。

[20] 刘宏：宋文帝刘义隆第七子，字休度，彭城绥舆里（今江苏徐州）人，官至尚书令，多病而卒。事详《宋书》卷七二《文九王列传》。

[21] 王弼：魏晋玄学代表人物，字辅嗣，三国魏山阳高平（今山东邹城）人。事附《三国志》卷二八《钟会传》裴松之注。

[22] 王修：东晋外戚大臣、书法家，字敬仁，太原晋阳（今山西太原市）人，擅长隶书、行书，与王羲之交好，官至著作郎。事详《晋书》卷九三《外戚传》。

[23] 王延寿，见三·八一注[2]。

[24] 王绚：南朝宋官员、文人，字长素，琅邪临沂（今山东临沂）人，官至秘书丞。事附《南史》卷二三《王彧传》。

[25] 何子朗：南朝梁文学家，字世明，东海郯县（今山东郯城）人，少有才思，善清谈。与族人何逊、何思澄俱擅文名，时人谓"东海三何，子朗最多"。事详《梁书》卷五〇《文学传》。

[26] 袁耽：字彦道，陈郡阳夏（今河南太康）人，东晋时官至建威将军、历阳太守。事附《晋书》卷八三《袁瓌传》。

[27] 刘景素：字号不详，南朝宋文帝刘义隆之孙，刘宏之子，彭城绥舆里（今江苏徐州）人。宋后废帝元徽四年，举兵叛乱，兵败身死。事详《宋书》卷七二《文九王列传》。

[28] 祢衡，见三·二五注[9]。

[29] 王训：南朝梁官员，王俭之孙，字怀范，琅邪临沂（今山东临沂）人，梁武帝时官至侍中，以疾终于位。事附《梁书》卷二一《王暕传》。

[30] 李贺，见四·四〇注[1]。按：《新唐书·文艺传》、李商隐《李长吉小传》、辛文房《唐才子传》俱言贺卒年二十七。

[31] 卫玠，见五·一三 [53]。

[32] 王融，见八·二一注 [5]。

[33] 郦炎，见八·三九注 [19]。

[34] 陆厥，见八·三九注 [15]。

[35] 崔长谦：北魏到东魏时期官员，本名崔㥄，字长谦，清河东武城（今河北故城）人。事附《魏书》卷六九《崔休传》。

[36] 杨经：西晋书法家，字仲武，荣阳宛陵（今河南新郑，一说安徽宣城）人，与祖杨肇、父杨潭三代均善书法。事参《文选》卷五六潘岳《杨仲武诔序》。

[37] 沈友：三国时期吴官员，字子正，吴郡（今江苏苏州）人。其人才华出众，后被诬谋反，孙权忌其才，杀之。事附《三国志》卷四七《吴主传》裴松之注。

[38] 王勃，见三·六七注 [4]。事详《新唐书》卷二〇一《文艺传》。

[39] 陶丘洪：东汉末年大臣、名士，字子林，平原（今山东平原）人，博学善辩，与孔融、边让齐名。事附《后汉书》卷六四《史弼传》李贤注。

[40] 阮瞻："竹林七贤"之一阮咸之子，字千里，陈留尉氏（今河南尉氏）人，善清谈，官至太子舍人。事附《晋书》卷四九《阮籍传》。

[41] 到镜，字圆照，到溉子，南朝梁彭城郡武原（今江苏邳州）人，官至太子舍人。事详《梁书》卷四〇《到溉传》。

[42] 到沆：南朝梁大臣，文学家，字茂瀣，彭城郡武原（今江苏邳州）人，聪敏勤学，工于篆隶，梁时为太子洗马。事详《梁书》卷四九《文学传》。

[43] 刘苞：南朝梁文学家、藏书家，为刘孝绰从弟，字孝尝，一作"孟尝"，彭城（今江苏徐州）人，官至太子洗马。事详《梁书》卷四九《文学传》。

[44] 欧阳建，见八·三〇注 [5]。事附《晋书》卷三三《石苞传》。

[45] 梁昭明：指萧统，事详《梁书》卷八《昭明太子传》。

[46] 刘讦，字彦度，南朝梁平原（今山东平原）人，善玄言，尤精释典。事见《梁书》卷五一《处士列传》。

[47] 颜渊：事详《史记》卷六七《仲尼弟子列传》。

[48] 陆绩：三国吴大臣，字公纪，吴郡吴县（今江苏苏州）人，为人至孝，

官终庐江太守。事详《三国志》卷五七《陆绩传》。

[49] 刘歊，字士光，南朝梁平原（今山东平原）人，博学有文才，终身不娶不仕。事详《梁书》卷五一《处士列传》。

[50] 卢询祖，见八·三七注 [19]。

[51] 贾谊：事详《史记》卷八四《屈原贾生列传》。

[52] 王僧绰：南朝宋大臣，东晋丞相王导玄孙，字僧绰，以字行，琅邪临沂（今山东临沂）人。宋文帝元嘉三十年，参与密谋废立之事，为太子刘劭所杀。事详《宋书》卷七一《王僧绰传》。

[53] 陆琰：南朝陈文学家，字温玉，吴郡吴县（今江苏苏州）人。事详《陈书》卷三四《文学列传》。

[54] 萧子良：南朝齐武帝萧赜次子、诗人，字云英，南兰陵（今江苏常州）人，通经学、史学，尤喜佛典，礼才好士，倾意宾客。事详《南齐书》卷四〇《武十七王列传》。

[55] 谢瞻：南朝宋诗人，官员，字宣远，陈郡阳夏（今河南太康）人。事详《宋书》卷五六《谢瞻传》。

[56] 崔慰祖，见八·三九注 [13]。

[57] 骆统：三国吴将领、学者，字公绪，会稽乌伤（今浙江义乌）人。事详《三国志》卷五七《骆统传》。

[58] 王洽：东晋宰相王导之子，王羲之堂弟，字敬和，琅邪临沂（今山东临沂）人。事附《晋书》卷六五《王导传》。

[59] 刘琰：三国蜀汉大臣，字威硕，豫州鲁国（今山东曲阜）人。因怀疑妻子胡氏入宫与刘禅私通，刑责妻子，后被妻子控告，下狱被杀。事详《三国志》卷四〇《刘琰传》。

[60] 王锡：南朝名将王琳次子，字公嘏，琅邪临沂（今山东临沂）人，曾为昭明太子舍人。事附《梁书》卷二一《王份传》。

[61] 王僧达：南朝宋大臣、文学家，王导玄孙，临川王刘义庆女婿，字号不详，琅邪临沂（今山东临沂）人。其自视甚高，言辞多忤逆，终被宋孝武帝刘骏借故赐死。事详《宋书》卷七五《王僧达传》。

[62] 谢朓，见三·六〇注 [1]。事详《南齐书》卷四七《谢朓传》。

[63] 谢晦：南朝宋功臣，字宣明，陈郡阳夏（今河南太康）人。因名望甚大，且拥兵荆州，为宋文帝所忌，最终被诛。事详《宋书》卷四四《谢晦传》。

[64] 王昙首：南朝宋官员、文学家，东晋丞相王导曾孙，王洽之孙，以字行，琅邪临沂（今山东临沂）人。事详《南史》卷二二《王昙首传》。

[65] 谢惠连：南朝宋文学家，谢灵运族弟，陈郡阳夏（今河南太康）人。事附《宋书》卷五三《谢方明传》。

[66] 萧缅：南朝齐景帝萧道生第三子，字景业，南兰陵（今江苏常州）人，历任吴郡太守、雍州刺史，颇受百姓爱戴。事详《南齐书》卷四五《宗室列传》。

[67] 陆玠：南朝陈官员，字润玉，吴郡吴县（今江苏苏州）人，弘雅有识度，好学能属文，因眼疾辞官归里。事详《陈书》卷三四《文学传》。

[68] 王珉：东晋官员、书法家，王导曾孙，王洽之孙，字季琰，琅邪临沂（今山东临沂）人。与堂兄王献之齐名，爱好佛法。事附《晋书》卷六五《王导传》。

[69] 王俭，见八·一九注 [2]。事详《南齐书》卷二三《王俭传》。

[70] 王肃：北魏大臣，东晋王导后代，字恭懿。琅邪临沂（今山东临沂）人。因父、兄均被齐武帝所杀，而弃齐归魏。事详《北史》卷四二《王肃传》。

[71] 王濛：东晋名士、外戚，字仲祖，太原晋阳（今山西太原）人。事详《晋书》卷九三《外戚列传》。

[72] 嵇康：事详《晋书》卷四九《嵇康传》。

[73] 欧阳詹：唐代诗人，字行周，泉州晋江（今福建晋江）人，唐贞元八年进士，官至四门学助教，工诗歌善文，与韩愈等交好。事详《新唐书》卷二〇三《文艺传》。

[74] 高启，见五·三注 [4]。事详《明史》卷二八六《文苑传》。

[75] 郑善夫，见五·四注 [31]。事详《明史》卷二八六《文苑传》。

[76] 何景明，见一·二六注 [1]。事详《明史》卷二八六《文苑传》。

[77] 高叔嗣，见五·四注 [29]。事详《明史》卷二八七《文苑传》。

[78] 王讴，见五·一三注 [58]。事详《列朝诗集小传》丙集卷一六。

[79] 殷云霄，见五一三注 [47]。事详《列朝诗集小传》丙集卷一三。

[80] 林大钦，字敬夫，号东莆，潮州海阳（今广东潮州）人，明嘉靖十一年状元，官至翰林修撰。事详明过庭训《本朝分省人物考》卷一一二。

[81] 宗臣，见五·一三注 [91]。事详《列朝诗集小传》丁集卷五。

[82] 梁有誉，见五·一三注 [92]。事详《列朝诗集小传》丁集卷五。

[83] 常伦，见五·一三注 [62]。事详《列朝诗集小传》丙集卷一六。

[84] 徐祯卿，见原序一注 [1]。事详《列朝诗集小传》丙集卷九。

[85] 陈束，见五·四注 [29]。事详《列朝诗集小传》丁集卷一。

[86] 李兆先，字徵伯，茶陵（今湖南茶陵）人，李东阳之子。事详《列朝诗集小传》丙集卷二。

[87] 梁怀仁，字宅之，晋江（今福建晋江）人，明嘉靖八年进士，授南吏部验封主事。事详清黄锡蕃《闽中书画录》卷六。

[88] 马拯，字壮宇，号双村，南海（今广东佛山）人，嘉靖十七年进士，官至工部主事。事附清陈昌齐《广东通志》卷二八〇《卢梦阳传》。

[89] 苏福：明洪武年间神童，神泉（今广东惠来）人。事详明郭春震《嘉靖潮州府志》卷七。

[90] 蒋焘：明代文学家，字仰仁，长洲（今江苏苏州）人。事详王世贞《弇州山人四部稿》卷六七《东壁遗稿序》。

【译文】

七夭折：扬乌七岁能够读扬雄的《太玄》，九岁去世；夏侯荣七岁能写文章，十三岁战死；范摅的儿子七岁能写诗，十岁去世；王子晋十五能与师旷对答，十七岁去世；周不疑、萧子回十七岁被杀；林杰六岁能写文章，十七岁去世；夏侯称、刘义真、萧铿、陈叔慎、陈伯茂皆十八岁去世，刘义真及萧铿都被赐死；袁著十九岁去世；陆瓒、邢居实则二十岁去世；王寂、萧瓛二十一岁去世；徐份九岁写作《梦赋》，与何炯皆二十二岁去世；刘宏二十三岁去世；王弼、王修、王延寿、王绚、何子朗皆二十四岁去世；袁耽、刘景素二十五岁去世；祢衡、王训、李贺皆二十六岁去世；卫玠、王融皆二十七岁去世；郦炎、陆厥、崔长谦皆二十八岁去世；杨经、沈友、王勃皆二十九岁去世；陶丘洪、阮瞻、到镜、到沆、刘苞、欧阳建皆三十岁去世；昭明太子萧统、刘讦皆三十一岁去世；颜渊、陆绩、刘歆、卢询祖皆三十二岁去世；贾谊、王僧绰皆三十三岁去世；陆琰三十四岁去世；萧子良、谢瞻、崔慰祖皆三十五岁去世；骆统、王洽、刘琰、王锡、王僧达、谢朓皆三十六岁去世；谢晦、王昙首、谢惠连、萧缅、陆玠皆三十七岁去世；王珉、王俭、王肃皆三十八岁去世；王濛三十九岁去世；嵇康、欧阳詹皆四十岁去世；明代高启、郑善夫、何景明、高叔嗣皆三十九岁去世；王讴、殷云霄、林大钦及友人宗臣皆三十六岁去世；梁有誉三十五岁去世；常伦三十四岁去世；徐祯卿、陈束皆三十三岁去世；李兆先二十七岁去世；梁怀仁、马拯仅二十多岁就去世了。又有苏福年十四岁去世，蒋焘十七岁去世。兰草、美玉般的俊才都过早离开了，确实啊！

八·四一

八无终[1]：韩非[2]、蒙毅[3]、晁错[4]、杨恽[5]、京房[6]、贾捐之[7]、班固[8]、袁著[9]、崔琦[10]、蔡邕[11]、孔融[12]、杨修[13]、祢衡[14]、边让[15]、张裕[16]、周不疑[17]、郦炎[18]、夏侯玄[19]、高岱[20]、沈友[21]、韦曜[22]、贺邵[23]、韦昭[24]、嵇康[25]、吕安[26]、张华[27]、裴颁[28]、石崇[29]、潘岳[30]、孙拯[31]、欧阳建[32]、陆机[33]、陆云[34]、苻朗[35]、谢混[36]、颜竣[37]、刘义真[38]、刘景素[39]、沈怀文[40]、谢朓[41]、刘之遴[42]、王僧达[43]、王融[44]、檀超[45]、丘巨源[46]、谢超宗[47]、荀丕[48]、萧锵[49]、萧铄[50]、萧锋[51]、萧贲[52]、崔浩[53]、荀济[54]、王昕[55]、宇文弼[56]、杨汪[57]、陆琛[58]、王炘[59]、杨愔[60]、温子升[61]、虞绰[62]、傅縡[63]、章华[64]、王胄[65]、薛道衡[66]、刘逖[67]、欧阳秬[68]、张蕴古[69]、刘祎之[70]、李福业[71]、王无竞[72]、王勮[73]、王勔[74]、范履冰[75]、苗神客[76]、陈子昂[77]、王昌龄[78]、李邕[79]、王涯[80]、舒元舆[81]、卢仝[82]、姚汉衡[83]、剧燕[84]、路德延[85]、汪台符[86]、郭昭庆[87]、钟谟[88]、潘佑[89]、高启[90]、张羽[91]、张孟兼[92]、孙蕡[93]、解缙[94]以冤；李斯[95]、刘安[96]、主父偃[97]、息夫躬[98]、何晏[99]、邓飏[100]、隐蕃[101]、桓玄[102]、殷仲文[103]、傅亮[104]、谢晦[105]、谢灵运[106]、范晔[107]、孔熙先[108]、谢综[109]、王伟[110]、伏知命[111]、张衡[112]、郑愔[113]、宋之问[114]、崔湜[115]、

萧至忠[116]、薛稷[117]、苏涣[118]、江为[119]、宋齐丘[120]、郑首[121]俱以法；屈原[122]、杜笃[123]、周处[124]、刘琨[125]、郭璞[126]、任孝恭[127]、袁淑[128]、袁粲[129]、王僧绰[130]、陈叔慎[131]、许善心[132]、骆宾王[133]、张巡[134]、颜真卿[135]、温庭皓[136]、周朴[137]、孙晟[138]、陈乔[139]、文天祥[140]、余阙[141]、王祎[142]、方孝孺[143]以义。陈遵[144]、钟会[145]、蒋显[146]、夏侯荣[147]、卫恒[148]、曹摅[149]、王衍[150]、庾敳[151]、袁翻[152]、袁山松[153]、殷仲堪[154]、羊璿之[155]、沈警[156]、沈穆之[157]、鲍照[158]、袁昂[159]、张缵[160]、江简[161]、鲍泉[162]、尹式[163]、孔德绍[164]、王由[165]、韦谀[166]、萧瓛[167]、王頍[168]、祖君彦[169]、虞世基[170]、皮日休[171]以乱。他如王筠以井[172]；王延寿[173]、何长瑜[174]、卢照邻[175]以水；张始均以火[176]；伊璠以猛兽[177]；近代常伦以狂刃[178]；韩邦奇[179]、马理[180]、王维桢[181]以地震。至若高贵乡公[182]、梁简文[183]、湘东王[184]、魏孝静[185]、隋炀[186]，所不敢论。

【注释】

[1] 无终：不得善终。

[2] 韩非，见八·三五注[3]。

[3] 蒙毅：秦朝大臣，蒙恬之弟。因赵高诬陷，被秦二世胡亥杀害。事附《史记》卷八八《蒙恬列传》。

[4] 晁错：西汉政治家、文学家，颍川（今河南许昌）人。因提议、推行削藩，引起诸侯叛乱，汉景帝腰斩晁错以平乱。事详《汉书》卷四九《晁错传》。

[5] 杨恽，见八·三六注[41]。

[6] 京房，见三·一七注[5]。

[7] 贾捐之：西汉政治家、文学家，贾谊曾孙，字君房，洛阳（今河南洛阳）人。汉元帝时，因得罪奸臣石显而被诬告，最终被弃市（在闹市问斩）。事详《汉书》卷六四《贾捐之传》。

[8] 班固，见八·三九注[11]。

[9] 袁著，见八·四〇注[13]。

[10] 崔琦：东汉文学家，字子玮，涿郡安平（今河北安平）人。因讽刺、劝谏外戚梁冀，受忌恨，被梁冀逮捕杀害。事详《后汉书》卷八〇《文苑传》。

[11] 蔡邕，见八·三五注 [8]。

[12] 孔融，见三·二五注 [6]。

[13] 杨修，见三·二五注 [1]。

[14] 祢衡，见三·二五注 [9]。

[15] 边让，见八·三五注 [9]。

[16] 张裕：东汉末年著名占卜家，字南和，蜀郡（今成都一带）人。因得罪刘备，被弃市。事附《三国志》卷四二《周群传》。

[17] 周不疑，见八·四〇注 [5]。

[18] 郦炎，见八·三九注 [19]。

[19] 夏侯玄，见八·三〇注 [1]。

[20] 高岱：东汉末年名士，字孔文，吴郡吴县（今江苏苏州）人。孙策因受人挑拨，认为高岱恃才而骄，不尊重自己，且忌惮他名望出众，遂杀之。事附《三国志》卷四六《孙策传》裴松之注。

[21] 沈友，见八·四〇注 [37]。

[22] [24] 韦曜：三国吴重臣、史学家，本名韦昭，字弘嗣，吴郡云阳（今江苏丹阳）人。因为人正直，不屈节于吴末帝孙皓，引起孙皓不满，遂寻隙将其诛杀，终年七十。按：《三国志》卷六五《韦曜传》注："曜本名昭，史为晋讳，改之。"王世贞此处当误作两人。

[23] 贺邵：三国吴政治家、书法家，字兴伯，会稽山阴（今浙江绍兴）人，仗义执言、刚正不阿，触怒吴末帝孙皓，惨遭杀害。事详《三国志》卷六五《贺邵传》。

[25] 嵇康，事详《晋书》卷四九《嵇康传》。

[26] 吕安：三国魏大臣，字仲悌，东平（今山东东平）人。魏元帝景元四年，其兄吕巽以不孝之名诬告，加之钟会进谗言，与嵇康一同遇害。事附《三国志》卷二一《嵇康传》裴松之注。

[27] 张华，见一·四二注 [1]。

[28] 裴頠：西晋大臣、哲学家，字逸民，河东闻喜（今山西闻喜）人，与张华同僚。晋惠帝永康元年，被政变的赵王司马伦所害，年三十四。事详《晋

书》卷三五《裴頠传》。

[29] 石崇，见三·三八注 [1]。

[30] 潘岳，见一·四八注 [3]。赵王司马伦执政时，因被诬告谋反，与石崇同时遇害。

[31] 孙拯：西晋官员、文士，字显世，吴郡富春（今浙江富阳）人。八王之乱中，因不肯诬告陆机，被成都王司马颖手下宦官孟玖杀害。事附《晋书》卷五四《陆机传》。

[32] 欧阳建，见八·三〇注 [5]。

[33] 陆机，见一·四三注 [1]。因与成都王司马颖手下宦官孟玖有旧怨，被诬告谋反，遇害，终年四十三岁。事详《晋书》卷五四《陆机传》。

[34] 陆云，见三·四三注 [1]。因受其兄陆机牵连，被司马颖所杀，终年四十二岁。事详《晋书》卷五四《陆云传》。

[35] 苻朗，见八·三〇注 [9]。

[36] 谢混，见八·三五注 [14]。

[37] 颜竣：南朝刘宋大臣，颜延之长子，字士逊，琅邪临沂（今山东临沂）人。刘宋孝武帝时，颇受恩典，但常有怨愤之辞，被告发后，下狱赐死。事详《宋书》卷七五《颜竣传》。

[38] 刘义真，见八·四〇注 [9]。

[39] 刘景素，见八·四〇注 [27]。

[40] 沈怀文：南朝宋大臣，字思明，吴兴武康（今浙江德清西）人，因屡屡得罪宋孝武帝，终被赐死，时年五十四。事详《宋书》卷八二《沈怀文传》。

[41] 谢朓，见八·三六注 [33]。

[42] 刘之遴：南朝宋官员、学士，曾受沈约、任昉等人赏识，字思贞，南阳涅阳（今河南镇平南）人，侯景之乱时避难还乡途中身故，年七十二。事详《梁书》卷四〇《刘之遴传》。

[43] 王僧达，见八·四〇注 [61]。

[44] 王融，见八·三六注 [32]。

[45] 檀超：南朝宋、齐时期官员、文士，字悦祖，高平金乡（今山东金乡）

人。其曾与江淹共任史官，修国史，书未成，流徙交州，于途中被杀。事详《南史》卷七二《文学传》。

[46] 丘巨源：南朝宋、齐时期官员、文士，字号不详，南兰陵（今江苏常州）人。因所作《秋胡诗》有讽刺齐明帝萧鸾的语句，被杀。事详《南史》卷七二《文学传》。

[47] 谢超宗，见八·三六注 [52]。

[48] 荀丕：一作"荀平"，南朝齐官员、文士，字令哲，颍川（今河南许昌）人。永明时，因上书触怒齐武帝，被下狱赐死。事详《南史》卷四二《齐高帝诸子列传》。

[49] 萧锵：南齐太祖萧道成第七子，封鄱阳王，字宣韶，南兰陵（今江苏常州）人。其人贤良，有名望。建武元年，被齐明帝萧鸾杀害，终年二十六。事详《南齐书》卷三五《高帝十二王列传》。

[50] 萧铄：南齐太祖萧道成第八子，封桂阳王，字宣朗，南兰陵（今江苏常州）人。建武元年，鄱阳王萧锵被杀不久，亦遭齐明帝杀害，终年二十五。事详《南齐书》卷三五《高帝十二王列传》。

[51] 萧锋：南齐太祖萧道成第十二子，封江夏王，字宣颖，南兰陵（今江苏常州）人。萧锋有武力，曾斥责齐明帝诛杀秦王，最终仍被暗杀，年二十。事详《南齐书》卷三五《高帝十二王列传》。

[52] 萧贲：南齐竟陵王萧子良孙，字文奂，南兰陵（今江苏常州）人。侯景之乱时，为梁湘东王萧绎的法曹参军，因指摘萧绎讨伐侯景的檄文，被投入狱中饿死。事详《南史》卷四四《齐武帝诸子列传》。

[53] 崔浩：北魏著名政治家、军事家、经学家，字伯渊，小名桃简，清河东武城（今河北故城）人。因修国史过程中秉笔直书，触怒北魏太武帝拓跋焘，被夷灭九族，时年七十岁。事附《北史》卷二一《崔宏传》。

[54] 荀济：南北朝时期官员、文士，字子通，颍川颍阴（今河南许昌）人。初与梁武帝萧衍为布衣之交，后不服萧衍，负气投奔北魏。东魏孝静帝武定五年，因参与诛杀权臣高澄（即齐文襄帝），事败被杀。事详《北史》卷八三《文苑传》。

[55] 王昕：北齐大臣，字元景，北海剧县（今山东昌乐）人。其操行高洁，因受人谗言中伤，被北齐文宣帝高洋诛杀。事附《北史》卷二四《王宪传》。

[56] 宇文弼：北周至隋时官员，字公辅，洛阳（今河南洛阳）人。入隋后，因担心隋炀帝纵情声色，私下议论，遭诬告，被诛杀。事详《北史》卷七五《宇文弼传》。

[57] 杨汪：隋朝官员，字元度，弘农华阴（今陕西华阴）人。隋炀帝驾崩后，依附权臣王世充。后王世充篡位失败，杨汪被视作朋党，被诛杀。事详《北史》卷七四《杨汪传》。

[58] 陆琛：南朝陈官员、文士，字洁玉，吴郡吴县（今江苏苏州）人。陈后主即位后，官中书舍人，因疏忽泄露内廷机密，被赐死，时年四十二。事详《陈书》卷三四《文学传》。

[59] 王炘：未详。

[60] 杨愔：北齐宰相，字遵彦，小字秦王，弘农华阴（今陕西华阴）人。齐文宣帝高洋临终，以杨愔为辅政大臣。辅政后，担心常山王高演、长广王高湛叛乱欲除之，终被高演（后为孝昭帝）反杀。事附《北史》卷四一《杨播传》。

[61] 温子升，见三·七九注 [2]。东魏孝静帝时，被诬参与元瑾作乱，被囚死于狱中。事详《北史》卷八三《文苑传》。

[62] 虞绰：南朝陈入隋官员，字士裕，会稽余姚（今浙江余姚）人。受礼部侍郎杨玄感谋逆事牵连，被发配边地，途中逃亡并改名换姓。后因与他人发生田地纠纷，暴露身份，终被斩杀。事详《北史》卷八三《文苑传》。

[63] 傅縡：南朝陈官员，字宜事，北地灵州（今宁夏灵武）人。其人性格刚正，受小人诬陷，陈后主下令拘押。在狱中仍直言劝谏，后主大怒，赐死狱中。事详《南史》卷六九《傅縡传》。

[64] 章华：南朝陈官员，字仲宗，吴兴（今浙江湖州）人。陈后主即位后，其先被同僚诋毁，后又上书谏言，得罪陈后主，被杀。事附《陈书》卷三〇《傅縡传》。

[65] 王胄，见八·三五注 [16]。

[66] 薛道衡，见八·三五注 [16]。

[67] 刘逖：北齐官员、文士，字子长，彭城（今江苏徐州）人。齐后主武平四年，陈将取淮南，刘逖与崔季舒等联名谏阻其奔赴晋阳，被权贵韩长鸾诬陷，被杀。事详《北齐书》卷四五《文苑传》。

[68] 欧阳秬：唐代官员、文士，字降之，泉州晋江（今福建泉州）人。藩镇将领刘稹抗命，且上表斥损时政，被诬告是欧阳秬所为，先被流放，后赐死。事详《新唐书》卷二〇三《文艺传》。

[69] 张蕴古：唐太宗时官员，生卒、字号不详，相州洹水（今河北魏县）人。因被诬告以权谋私，宽容罪犯，太宗大怒，斩于东市。事详《旧唐书》卷一九〇《文苑传》。

[70] 刘祎之：唐代宰相，字希美，常州晋陵（今江苏常州）人。初因议论武后还政，引起武则天不满。垂拱三年，被诬告贪污并与许敬宗妾私通，被赐死家中。《新唐书》卷一一七《刘祎之传》。

[71] 李福业：生卒、字号、籍里不详，唐高宗调露二年进士，官至侍御史。曾参与宰相桓彦范谋诛张易之、张昌宗，逼武后退位等事，遭武三思忌恨。后桓彦范为武三思诬陷、杀害，李福业亦被流放，在逃亡途中被杀。事附《新唐书》卷一二〇《桓彦范传》。

[72] 王无竞：初唐诗人，字仲烈，琅邪（今山东临沂）人。唐中宗时，因曾与武后弄臣张易之等人有交往，被贬广州，后被仇家所杀。事附《新唐书》卷一〇七《陈子昂传》。

[73] 王勮，见四·八。

[74] 王勔，见四·八。

[75] 范履冰：唐朝宰相，字始凝，怀州河内（今河南沁阳）人。为人不畏权势，被诬告所任用官员有忤逆武则天者，被杀。事详《新唐书》卷二〇一《文艺传》。

[76] 苗神客：唐时官员，生年、字号不详，沧州东光（今属河北）人。曾依附、协助武则天，为"北门学士"之一，后被武则天诛杀。《旧唐书》《新唐书》对之记述甚略。

[77] 陈子昂，见三·三〇注[2]。被武三思指使县令迫害，冤死狱中。

[78] 王昌龄，见四·一二注 [5]。安史之乱中，返乡途经亳州，被刺史闾丘晓所杀。事详《新唐书》卷二〇二《文艺传》。

[79] 李邕，见三·八四注 [9]。因得罪权臣李林甫，被构陷，含冤杖死，时年七十。

[80] 王涯：唐文宗时宰相，字广津，太原（今山西太原）人。因参与唐文宗诛杀宦官之事（甘露之变）失败，出逃时被抓，后遭腰斩。事详《新唐书》卷一七九《王涯传》。

[81] 舒元舆：唐文宗时宰相，字升远，东阳兰溪（今浙江兰溪）人。甘露之变中谋诛宦官，被腰斩。事附《新唐书》卷一七九《李训传》。

[82] 卢仝，见四·四七注 [4]。甘露之变中，因其恰巧在王涯府中留宿，被视为同党杀害。

[83] 姚汉衡：未详。

[84] 剧燕：唐末文士，生卒、字号不详，蒲阪（今山西永济）人，受河中节度使王重荣礼遇，其人过于放纵，凌辱诸位佐官，最终遭到报复杀害。事详唐王定保《唐摭言》卷一〇。

[85] 路德延，见八·二四注 [2]。

[86] 汪台符：五代十国学者，生卒、字号不详，歙州（今安徽歙县）人。南唐初，上书国主，受器重。遭宰相宋齐丘妒忌，诱令饮醉，推山崖下溺亡。事详宋马令《南唐书》卷一四《儒者传》。

[87] 郭昭庆：五代十国文士，字澹庵，吉州庐陵（今江西吉安）人。南唐后主时，任著作郎。因才华出众，受徐铉、徐锴兄弟忌恨，设计令他人投毒于酒中，次日毒发，死于朝堂之上。事详《南唐书》卷一四《儒者传》。

[88] 钟谟：南唐官员，字仲益，会稽（今浙江绍兴）人。其人圆滑，纵横取巧于后周与南唐之间，为官骄纵，后被南唐中主李璟赐死于流放途中。事详《南唐书》卷一九《诛死传》。

[89] 潘佑：南唐官员、改革家，生卒、字号不详，幽州（今北京一带）人。因韩熙载等人举荐，初受后主器重，并行变法之事。后因累论时政，言辞激烈，触怒后主，被诬下狱，自刎，年三十六。事详《南唐书》卷一九《诛死传》。

[90] 高启，见五·三注[4]。

[91] 张羽，见五·七注[18]。洪武十八年，因犯事被流放岭南，中途被召回，自知难逃重责，投江而死。事详《明史》卷二八五《文苑传》。

[92] 张孟兼：见六·一[2]。其人刚正，为官清明，因责罚太祖重用之臣，受诬告且触怒太祖，下诏弃市。事详《明史》卷二八五《文苑传》。

[93] 孙蕡：明初官员、文士，字仲衍，顺德（今广东顺德）人。洪武朝，大将军蓝玉以谋反罪被诛杀。孙蕡曾为蓝玉作过题画诗，被视为同党，处死。事详《明史》卷二八五《文苑传》。

[94] 解缙，见五·四注[15]。其人才高正直，屡遭谗诬，因拜访太子未及觐见朱棣，以"无人臣礼"之名下狱，后被埋入雪堆冻死，年四十七。

[95] 李斯，见八·三六注[37]。

[96] 刘安，见八·三六注[38]。

[97] 主父偃：汉武帝时大臣，临淄（今山东临淄）人。武帝封其为齐相，赵王恐怕他将来成为祸患，于是使人检举他收贿授官之事，且与齐王的死有关。武帝震怒，灭其族。事详《史记》卷一一二《主父偃列传》。

[98] 息夫躬，见八·三○注[11]。事详《汉书》卷四五《息夫躬传》。

[99] 何晏：三国魏大臣、玄学家，字平叔，南阳宛县（今河南南阳）人。正始十年，司马懿发动政变（高平陵之变），何晏与大将军曹爽一同被杀，并夷灭三族。事附《三国志》卷九《曹爽传》。

[100] 邓飏：三国魏大臣，字玄茂，南阳新野（今河南新野）人，其为曹爽亲信之一，高平陵之变中被司马懿诛杀，夷灭三族。事附《三国志》卷九《曹爽传》。

[101] 隐蕃：三国魏官员，青州（今山东青州）人，奉魏明帝曹叡之命，诈叛降吴，后谋反未遂，被孙权诛杀。事附《三国志》卷六二《胡综传》。

[102] 桓玄，见三·二六注[4]。威逼晋安帝司马德宗禅位，篡位建立桓楚。后刘裕等人举兵讨伐，兵败，被益州督护冯迁所杀，年三十六。

[103] 殷仲文：东晋大臣、诗人，字仲文，陈郡长平（今河南西华）人，其为桓玄姐夫，并曾投靠桓玄为官。桓玄被诛后，向晋安帝请罪，并被谅解。

后被诬谋反，终为刘裕所杀。事详《晋书》卷九九《殷仲文传》。

[104] 傅亮：南朝宋大臣，字季友，北地灵州（今宁夏灵武）人。曾协助刘裕篡晋立宋，后权倾朝野。元嘉三年，被宋文帝刘义隆诛杀。事详《宋书》卷四三《傅亮传》。

[105] 谢晦，见八·四○注 [63]。

[106] 谢灵运，见八·三六注 [31]。

[107] 范晔，见一·八注 [1]。宋文帝时，因参与彭城王刘义康谋反，事败被杀，年四十八。

[108] 孔熙先：南朝宋官员，生卒、字号不详，兖州鲁郡（今山东曲阜）人。与范晔为至交，共同拥立刘义康，亦同时被诛。事附《宋书》卷六九《范晔传》。

[109] 谢综：南朝宋官员，生卒、字号不详，陈郡阳夏（今河南太康）人，范晔外甥，亦参与谋反，一同被诛。事附《宋书》卷五二《谢景仁传》。

[110] 王伟：南朝梁文士，生年、字号不详，陈留（今河南开封）人，为侯景心腹谋士。侯景之乱平后，被烹杀于市。事附《梁书》卷五六《侯景传》。

[111] 伏知命：南朝梁大臣，平昌安丘（今山西安丘）人，伏挺之子，因父亲仕途不顺，怨恨梁朝廷。后依附侯景，深受重用。侯景败后，囚死于狱中。事详《梁书》卷五○《文学传》。

[112] 张衡：北周至隋朝大臣，字建平，怀州河内（今河南沁阳）人，入隋后备受器重。后因骄纵，且屡次违逆炀帝，被削职。居家时常有怨恨朝廷之语，终以"诽谤朝政"之罪，赐死。事详《北史》卷七四《张衡传》。

[113] 郑愔：唐初官员、诗人，字文靖，河北沧县（今河北沧州）人，曾先后依附张易之兄弟、武三思、韦皇后，官至宰相。唐睿宗时，勾结谯王李重福阴谋叛乱，事败被诛。事详《唐诗纪事》卷一一。

[114] 宋之问，见四·三注 [7]。唐玄宗即位后，因宋之问尝依附张易之、武三思，被赐死于徙所。

[115] 崔湜：唐代宰相，字澄澜，定州安喜（今河北定县）人。先后依附武三思、韦皇后、太平公主，因随太平公主谋反，事败被流放。后因政变时密

谋向玄宗下毒事败露，追令赐死。事附《新唐书》卷九九《崔仁师传》。

[116] 萧至忠：唐代宰相，字至忠，南兰陵（今江苏常州）人。参与太平公主叛乱，事败被杀。事附《新唐书》卷一二三《萧至忠传》。

[117] 薛稷，见四·二注 [6]。因其对太平公主、窦怀贞、崔湜等人政变事知情不举，被玄宗赐死。事附《新唐书》卷九八《薛收传》。

[118] 苏涣：唐代官员、诗人，字公群、文父，眉州眉山（今四川眉山）人，唐代宗广德二年进士，后为湖南观察史崔瓘幕僚。崔瓘为其部将所杀后，南下广州。因策动岭南将领哥舒晃造反，事败被杀。事详《唐才子传》卷三。

[119] 江为：晚唐五代诗人，字以善，建州（今属福建）人，屡举进士不第，仕途失意，与人谋，欲投奔吴越，事发被杀。事详《南唐书》卷一四《儒者传》。

[120] 宋齐丘：南唐时期大臣，字子嵩，吉州庐陵（今江西吉安）人，为人善于权谋。南唐时，曾几度任相，均被罢。晚年归隐九华山，后自缢死。事详《南唐书》卷二〇《党与传》。

[121] 郑首：两宋之际文士，字晋信，福州福清（今福建福清）人。宋高宗南渡时，郑首因讽刺时政，被赐死。事详明朱国祯《涌幢小品》卷三。

[122] 屈原：事详《史记》卷八四《屈原贾生列传》。

[123] 杜笃，见八·三六注 [16]。汉章帝时，在攻打西羌的战争中阵亡。事详《后汉书》卷八〇《文苑列传》。

[124] 周处：西晋大臣，字子隐，义兴阳羡（今江苏宜兴）人，为人正直，被同僚所嫉，设计使其随夏侯骏、司马肜西征，讨伐氐羌齐万年叛乱，终因孤立无援，战死。事详《晋书》卷五八《周处传》。

[125] 刘琨，见八·三六注 [47]。

[126] 郭璞，见二·五三注 [3]。为东晋大将军王敦记室参军，以占卜不吉，劝阻王敦谋反而遇害。事详《晋书》卷七二《郭璞传》。

[127] 任孝恭：南朝梁文士，字孝恭，临淮郡（今安徽灵璧）人，侯景之乱中自行招募军兵抗贼，归属萧正德麾下。后正德叛变、依附侯景，孝恭城陷，被害。事详《梁书》卷五〇《文学传》。

[128] 袁淑：南朝宋大臣，字阳源，陈郡阳夏（今河南太康）人。宋文帝元嘉三十年，太子刘劭弑杀宋文帝时，言辞痛斥，遭到杀害，年四十六。事详《宋书》卷七〇《袁淑传》。

[129] 袁粲：南朝宋大臣，小名愍孙，字景倩，陈郡阳夏（今河南太康）人。南朝宋顺帝时，实权被萧道成掌握，袁粲欲举兵反叛，事泄，被征讨，为萧道成党羽戴僧静趁乱杀害。事详《宋书》卷八九《袁粲传》。

[130] 王僧绰，见八·四〇注[52]。

[131] 陈叔慎，见八·四〇注[11]。

[132] 许善心：隋朝大臣，字务本，高阳北新城（今河北保定）人。隋炀帝大业十四年，宇文化及弑杀炀帝，满朝官员皆称快，独许善心重气节，遂被杀害。事详《北史》卷八三《文苑传》。

[133] 骆宾王，见四·四注[1]。英国公徐敬业起兵讨伐武则天时，为其撰写《讨武曌檄》，兵败后，不知所终。事详《新唐书》卷二〇一《文艺传》。

[134] 张巡：唐中期名臣，字巡，蒲州河东（今山西永济）人。安史之乱中，全力抵御叛军，最终因粮草耗尽、士卒死伤殆尽而被俘遇害。事详《旧唐书》卷一八七《忠义列传》。

[135] 颜真卿，见八·三五注[19]。唐德宗时，南平郡王李希烈叛乱，将颜真卿囚禁，后杀害。

[136] 温庭皓：唐代官员、诗人，温庭筠之弟，生卒、字号不详，太原祁县（今山西祁县）人。唐懿宗时，庞勋率兵起义于桂林，攻陷徐州后，威胁令温庭皓写上奏朝廷的表章，庭皓不为所动，被囚而死。事附《新唐书》卷九一《温大雅传》。

[137] 周朴，见八·三四注[41]。唐僖宗乾符五年，黄巢起义军攻入福州，欲招降，周朴不从，被杀。事详《唐才子传》卷九。

[138] 孙晟：五代十国时南唐宰相，初名凤，又名忌，密州（今山东诸城）人。南唐元宗保大年间，出使后周求和，被扣押，因拒绝向后周透露南唐情报，被杀。事详《旧五代史》卷一三一《周书列传第十一》。

[139] 陈乔：五代十国时南唐大臣，字子乔，吉州庐陵（今江西吉安）人。

宋军攻打南唐，金陵城陷时，自缢殉国。事详《南唐书》卷一七《义死传》。

[140] 文天祥：南宋名臣，字宋瑞、履善，吉州庐陵（今江西吉安）人。宋亡被俘，气节高尚，拒降元人，终被杀，年四十七。事详《宋史》卷四一八《文天祥传》。

[141] 余阙：元末官员，字廷心、天心，庐州（今安徽合肥）人。元末，陈友谅军队攻打安庆，余阙拼死守城，后自刎而死。事详《元史》卷一四三《余阙传》。

[142] 王袆，见五·四注[11]。朱元璋洪武五年正月，奉旨赴云南谕降梁王，遇害。

[143] 方孝孺，见五·四注[14]。

[144] 陈遵：西汉末年大臣，字孟公，杜陵（今陕西西安）人。西汉末更始之乱中，出使匈奴，并滞留朔方，后在酒醉中死于贼寇之手。事详《汉书》卷九二《游侠传》。

[145] 钟会：三国时魏大臣，字士季，颍川长社（今河南长葛）人。魏元帝景元四年，伐蜀成功后意图谋反。次年正月，部将兵变，死于乱军中，年四十。事详《三国志》卷二八《钟会传》。

[146] 蒋显：三国蜀汉官员，字号不详，零陵湘乡（今湖南湘乡）人。后主刘禅降魏将邓艾后，派蒋显赴剑阁传旨姜维。姜维假意降魏，并与钟会反叛，事败，蒋显死于乱军中。事附《三国志》卷四四《蒋琬传》。

[147] 夏侯荣，见八·四〇注[2]。

[148] 卫恒：西晋官员、书法家，字巨山，河东安邑（今山西夏县）人。八王之乱中，与父卫瓘同为贾后及楚王司马玮等所杀。事附《晋书》卷三六《卫瓘传》。

[149] 曹摅，见三·四〇注[3]。永嘉二年，曹摅与王逌叛军战于郾县，孤立无援，战死。

[150] 王衍：西晋末年重臣，字夷甫，琅邪临沂（今山东临沂）人。其人胆小怕事，唯求自保，后为石勒所虏，耻其品行，令人推墙重压致死。事附《晋书》卷四三《王戎传》。

[151] 庾敳，见三·一一注 [1]。其人依附王衍，同时被石勒所杀。

[152] 袁翻：北魏大臣，字景翔，陈郡项（今河南沈丘）人。北魏孝庄帝建义元年，权臣尔朱荣叛乱，袁翻被杀。事详《北史》卷四七《袁翻传》。

[153] 袁山松：东晋大臣、学者，本名袁崧，字桥孙，陈郡阳夏（今河南太康）人。晋安帝隆安五年，五斗米道孙恩作乱，袁崧把守沪渎，城陷被害。事附《晋书》卷八三《袁瓌传》。

[154] 殷仲堪：东晋末年大臣，字仲堪，陈郡长平（今河南西华）人。晋安帝隆安三年，出击桓玄，兵败被杀。事详《晋书》卷八四《殷仲堪传》。

[155] 羊璿之：南朝宋文士，字曜璠，泰山（今山东泰安）人，受竟陵王刘诞器重。刘诞谋反失败，牵连被杀。事附《宋书》卷六七《谢灵运传》。

[156] 沈警：东晋末年名士，字世明，吴兴武康（今浙江德清）人。晋安帝隆安年间，追随五斗米道孙恩作乱。乱平后，沈警及沈穆夫等五子皆被杀。见《宋书》卷一〇〇《自序》。

[157] 沈穆之：疑为"沈穆夫"之误，沈警之子。

[158] 鲍照：南朝宋诗人，字明远，东海（今山东郯城一带）人。鲍照任临海王刘子顼前军参军，后刘子顼因起兵反宋明帝刘彧失败被杀，鲍照于乱军中遇害。事附《南史》卷一三《宋宗室及诸王传》。

[159] 袁嘏：南朝齐诗人，字号不详，陈郡（今河南项城东北）人。齐明帝建武末年，会稽太守王敬则叛乱，袁嘏被杀。事详《南齐书》卷五二《文学传》。

[160] 张缵，见八·三六注 [51]。侯景之乱，参与诸王混战之中，被岳阳王萧詧所杀。事附《梁书》卷三四《张缅传》。

[161] 江简：疑为"江从简"之误，南朝梁官员，字号不详，济阳考城（今河南兰考）人。侯景之乱中，被侯景部下任约所杀。事附《梁书》卷三六《江革传》。

[162] 鲍泉，见三·七六注 [3]。事详《梁史》卷三〇《鲍泉传》。

[163] 尹式：隋朝官员、诗人，河间（现属河北）人。隋文帝仁寿中，为汉王杨谅记室，甚被器重。炀帝即位，汉王在晋阳起兵，他于兵败后自杀。事

详《隋书》卷七六《文学传》。

[164]孔德绍：隋末唐初官员，字号不详，会稽（今浙江绍兴）人。隋末乱，窦建德称夏王，任其为中书令，掌诏诰书檄。建德败，被杀。事详《隋书》卷七六《文学传》。

[165]王由：北魏大臣，字茂道，京兆霸城（今属陕西西安）人。东魏孝静帝天平年间，乡郡王元洪威于颍川叛乱，朝廷大军攻讨。时王由隐居颍川家中，为乱兵所杀，年四十三。事附《魏书》卷七一《王世弼传》。

[166]韦谀：《晋书》《十六国春秋》《全晋文》均作"韦謏"。五代十国时官员，字宪道，京兆杜陵（今陕西西安）人。冉魏时，曾任光禄大夫，因劝谏冉闵勿纳降胡人军兵，触怒冉闵，被杀。事详《晋书》卷九一《儒林传》。

[167]萧璟，见八·四〇注[17]。

[168]王頍：隋朝官员，字景文，太原祁县（今山西祁县）人。隋文帝时，曾为汉王杨谅参军，甚受礼遇。杨谅谋反事败，王頍奔逃突厥，途中路绝，自杀。事详《隋书》卷七六《文学传》。

[169]祖君彦：隋朝大臣，字号不详，范阳（今河北涿州）人。隋炀帝时，官至东平郡书佐。后参加李密农民起义军，甚受礼遇，任记室。及李密败，被隋将王世充所杀。事详《隋书》卷七六《文学传》。

[170]虞世基，见八·三六注[56]。隋炀帝大业十四年，宇文化及弑杀炀帝，虞世基等也被诛杀。

[171]皮日休，见一·一八注[1]。唐末，黄巢称帝后，被迫任翰林学士，后被杀（一说，黄巢失败后，其不知所终）。事详《唐才子传》卷八。

[172]王筠，见七·一六注[1]。侯景之乱期间，有强盗夜入其宅，王筠因惊惧坠井而卒。事详《梁书》卷三三《王筠传》。

[173]王延寿，见三·八一注[2]。

[174]何长瑜：南朝宋诗人，为谢灵运之友，生卒、字号不详，东海郡（今江苏、山东两省交界处）人。宋文帝元嘉二十年，庐陵王刘绍请其为掌书记，往浔阳赴任途中遇暴风雨溺死。事附《南史》卷一九《谢灵运传》。

[175]卢照邻，见四·四注[1]。致仕后，身染风疾，不堪长久病痛折磨，

投颍水而死，年四十。事详《唐才子传》卷一。

[176] 张始均：北魏大臣，字子衡，清河东武城（今河北故城）人。孝明帝神龟二年，因其弟张仲瑀上书排抑武人，激起军士愤慨，焚其家宅，死于火。事附《魏书》卷六四《张彝传》。

[177] 伊璠：唐代诗人，生卒、籍里、字号皆不详。唐末黄巢之乱中，曾被俘，后逃脱，与家人走散，为猛兽所食。事详《唐诗纪事》卷七〇。

[178] 常伦，见五·一三注[62]。因酒醉后纵马舞剑，堕水而死。事详《列朝诗集小传》丙集卷一六。

[179] 韩邦奇：明代官员，字汝节，号苑洛，陕西朝邑（今陕西大荔）人。嘉靖三十四年冬发生关中大地震，身亡。事详《明史》卷二〇一《韩邦奇传》。

[180] 马理，见五·一四注[46]。嘉靖三十四年，关中大地震中遇难。事详《明史》卷二八二《儒林传》。

[181] 王维桢，见五·四注[28]。嘉靖三十四年，关中大地震中遇难。

[182] 高贵乡公：即曹髦。甘露五年，亲自讨伐司马昭，为太子舍人成济所弑，年十九。事附《三国志》卷四《魏书·三少帝纪》裴松之注。

[183] 梁简文：即萧纲。大宝二年，被侯景杀害，年四十九。事详《南史》卷八《梁本纪》。

[184] 湘东王：即梁元帝萧绎。承圣三年冬，雍州刺史萧詧引西魏兵叛乱，战败被俘，后被闷死于土袋中。

[185] 魏孝静：东魏皇帝元善见谥号。武定八年，被迫禅位于齐王高洋（即北齐文宣帝），后被高洋毒杀，年二十八。事详《魏书》卷一二《孝静纪》。

[186] 隋炀：即隋炀帝杨广。大业十四年，为宇文化及叛军所弑。事详《隋书》卷三《炀帝纪》。

【译文】

八不得善终：韩非、蒙毅、晁错、杨恽、京房、贾捐之、班固、袁著、崔琦、蔡邕、孔融、杨修、祢衡、边让、张裕、周不疑、郦炎、夏侯玄、高岱、沈友、韦曜、贺邵、韦昭、嵇康、吕安、张华、裴颜、石崇、潘岳、孙拯、欧阳建、陆机、陆云、苻朗、谢混、颜竣、刘义真、刘景素、沈怀文、谢朓、刘之遴、王僧达、王融、檀超、丘巨源、谢超宗、荀丕、萧锵、萧铄、萧锋、萧贲、崔浩、荀济、王昕、宇文弼、杨汪、陆琛、王炘、杨愔、温子升、虞绰、傅縡、章华、王胄、薛道衡、刘逊、欧阳柜、张蕴古、刘祎之、李福业、王无竞、王勮、王勔、范履冰、苗神客、陈子昂、王昌龄、李邕、王涯、舒元舆、卢仝、姚汉衡、剧燕、路德延、汪台符、郭昭庆、钟谟、潘佑、高启、张羽、张孟兼、孙蒉、解缙均被冤枉而死;李斯、刘安、主父偃、息夫躬、何晏、邓飏、隐蕃、桓玄、殷仲文、傅亮、谢晦、谢灵运、范晔、孔熙先、谢综、王伟、伏知命、张衡、郑愔、宋之问、崔湜、萧至忠、薛稷、苏涣、江为、宋齐丘、郑首均死于刑法;屈原、杜笃、周处、刘琨、郭璞、任孝恭、袁淑、袁粲、王僧绰、陈叔慎、许善心、骆宾王、张巡、颜真卿、温庭皓、周朴、孙晟、陈乔、文天祥、余阙、王祎、方孝孺均死于气节;陈遵、钟会、蒋显、夏侯荣、卫恒、曹摅、王衍、庾敳、袁翻、袁山松、殷仲堪、羊璿之、沈警、沈穆之、鲍照、袁嘏、张缵、江简、鲍泉、尹式、孔德绍、王由、韦谔、萧瓛、王颎、祖君彦、虞世基、皮日休均死于战乱。其他人如王筠坠井而死;王延寿、何长瑜、卢照邻死于水中;张始均死于火灾;伊璠死于猛兽;近代如常伦死于刀刃;韩邦奇、马理、王维桢死于地震。至于其他的高贵乡公曹髦、梁简文帝萧纲、湘东王萧绎、魏孝静帝元善见、隋炀帝杨广,不敢冒昧谈论。

八·四二

九无后:叔向之鬼既馁[1],中郎之女仅存[2];刘瓛[3]、刘琎[4]并废蒸尝[5]、刘歆[6]、刘讦[7]、何胤[8]、何点[9]先虚伉俪;李太白[10]、萧颖士[11]有子而独,孙女流落,俱为市人妻;崔曙一女名星[12],白公一侄曰龟[13];王维四弟无子[14],阳城三昆不娶[15];孔融子女髫年被刑[16],机、云、会、晔,期功骈僇[17];王筠阖门盗手[18]。神理荼酷[19],于斯极矣。迩来宗臣[20]、王维桢[21]、高岱[22]亦然。

【注释】

[1]叔向:春秋时期晋国大夫、政治家,姬姓,羊舌氏,名肸,字叔向。因被封于杨(今山西洪洞),故以邑为氏,又称杨肸。其宗族在他儿子杨食我

掌管后，被晋顷公所灭。罪名是羊舌氏协助另一重要宗族祁氏乱法。事详《国语》卷一四《晋语》。鬼馁：典出"若敖鬼馁"，见于《左传·宣公四年》，比喻没有后代，无人祭祀。

[2] 中郎之女：指东汉蔡邕（蔡中郎）之女蔡文姬。事附《后汉书》卷八一《董祀妻传》。

[3] 刘瓛：南朝齐学者、文学家，字子珪，沛国相县（今安徽濉溪）人，四十余岁娶王氏，后休之，无子嗣。事详《南史》卷五〇《刘瓛传》。

[4] 刘璡：南朝齐散文家，刘瓛之弟，字子璥，沛国相县（今安徽濉溪）人。为人正直，不近女色。事附《南史》卷五〇《刘瓛传》。

[5] 蒸尝：本指秋冬二祭，后泛指祭祀。

[6] 刘歊，见八·四〇注 [49]。

[7] 刘讦，见八·四〇注 [46]。不愿婚娶，闻婚事而逃。事附《南史》卷四九《刘怀珍传》。

[8] 何胤：南朝官员、学者，字子季，庐江灊县（今安徽霍山）人，其妻子早亡。事附《南史》卷三〇《何尚之传》。

[9] 何点：南朝名士，何胤之兄，与梁武帝友善，字子皙，庐江灊县（今安徽霍山）人。因童年目睹父亲杀害母亲，遂终生未娶。事附《南史》卷三〇《何尚之传》。

[10] 李白：关于其后代的记载较少，按唐范传正《唐翰林学士李公新墓碑》所载，李白子名为李伯禽，伯禽有一子二女，其子年轻时出游，不知所终；二女皆嫁于农夫为妻。

[11] 萧颖士，见八·一七注 [4]。其子名萧存，字伯诚，辞官归隐于江西庐山。事详《唐诗纪事》卷二一。

[12] 崔曙：唐朝诗人，一作"崔署"，宋州宋城（今河南商丘）人，玄宗朝得中状元，次年身故，唯留一女，名"星星"。事详孟棨《本事诗·征咎》。

[13] 白公：指白居易。白居易无子，有侄，名龟郎。《旧唐书·白居易传》："无子，以其侄孙嗣。"白居易《白氏集后记》："一本付侄龟郎，一本付外孙谈阁童，各藏于家，传于后。"

[14] 王维有弟四人：王缙、王繟、王纮、王紞。其妻亡故之后，未再娶，无子。事详《旧唐书》卷一九〇《文苑传》。

[15] 阳城：唐代官员，字亢宗，定州北平（今河北顺平）人，与其弟阳垍、阳域皆终身未娶。事详《新唐书》卷二〇七《卓行传》。

[16] 孔融，见三·二五注 [6]。曹操将孔融及他两个年幼儿子一同处死。事详《后汉书》卷一〇〇《孔融传》。髫年：幼年。

[17] 陆机，见一·四三注 [1]。陆云，见三·四三注 [1]。钟会，见八·四一注 [145]。范晔，见一·八注 [1]。期功：亦作"朞功"，古代丧服的一种。骈僇：亦作"骈戮"，一同被杀害。

[18] 王筠，见八·四一注 [172]。

[19] 神理：犹冥冥中的神道。荼酷：惨重的苦难。

[20] 宗臣，见五·一三注 [91]。

[21] 王维桢，见五·四注 [28]。

[22] 高岱，字伯宗，号鹿坡，钟祥（今湖北钟祥）人，嘉靖二十九年进士，官至刑部郎中。其无后之事，不详所出。事见《列朝诗集小传》丁集卷五。

【译文】

九无后：叔向因其子杨食我被杀而没有后代，蔡邕仅有一女蔡文姬；刘璱、刘珽无后而没有人给二人祭祀，刘歆、刘訏、何胤、何点妻子缺位；李白、萧颖士有子嗣却人丁不旺，孙女流落在外，全部为普通人的妻子；崔曙有一女儿，名字叫作崔星，白居易仅有一个侄子，名叫龟郎；王维有四个弟弟，但无子嗣，阳城兄弟三人终身不娶；孔融子女在幼年的时候被处死，陆机、陆云、钟会、范晔死后无子女守丧；王筠全家因盗贼入宅，坠井而亡。老天让人遭受如此苦难，实在无以复加。近来的宗臣、王维桢、高岱也是如此。

八·四三

吾于丙寅岁，以疮疡在床褥者逾半岁，几殆。殷都 [1] 秀才过而戏曰："当加十命矣。"盖谓恶疾也。因援笔志其人：伯牛病癞 [2]，长卿消渴 [3]，赵岐卧蓐七年 [4]，朱超道岁晚沉疴 [5]，玄晏善病至老 [6]，照邻恶疾不愈，至投水死 [7]，李华以风痹终楚[8]，杜台卿聋废[9]，祖珽[10]、胡旦瞽废[11]，少陵三年疟疾，一鬼不消[12]。

【注释】

[1] 殷都，见七·四二注[13]。

[2] 伯牛：冉耕字，春秋末年鲁国人，孔门四科中"德行"科代表人物之一。事详《史记》卷六七《仲尼弟子列传》。癞：麻风病。

[3] 长卿：司马相如字，见一·五注[1]。事详《汉书》卷五七《司马相如传》。消渴：泛指以多饮、多食、多尿、形体消瘦为特征的疾病。

[4] 赵岐：东汉官员、经学家，初名嘉，字邠卿、台卿，京兆长陵（今陕西咸阳）人。其三十余岁时，患重疾，卧床七年。事详《后汉书》卷六四《赵岐传》。卧蓐：犹卧病。

[5] 朱超道：南朝梁官员、诗人，生卒、字号、籍里不详。一作朱超，清吴兆宜《玉台新咏笺注》卷八引《乐苑》："朱超、朱超道、朱越各诗集所载，名多互见，疑是一人之作。"朱超道有《岁晚沉疴》一首，见明冯惟讷《古诗纪》卷一五六。

[6] 玄晏：皇甫谧，幼名静，字士安，号玄晏先生，安定朝那（今甘肃平凉）人，三国西晋学者、医学家，中年患风痹疾，半身不遂，遂潜心钻研医学。事详《晋书》卷五一《皇甫谧传》。

[7] 照邻：指卢照邻，见八·四一注[175]。

[8] 李华，见八·三八注[50]。风痹：亦作"风痹"。因风寒湿侵袭而引起的肢节疼痛或麻木的病症。

[9] 杜台卿：北齐官员、学者，字少山，博陵曲阳（今河北曲阳）人。事详《隋书》卷五八《杜台卿传》。

[10] 祖珽：北齐大臣、诗人，字孝征，范阳遒县（今河北涞水）人。事详《北齐书》卷三九《祖珽传》。

[11] 胡旦：北宋官员、学者，字周父，滨州渤海（今山东惠民）人。事详《宋史》卷四三二《胡旦传》。

[12] 杜甫《寄彭州高三十五使君适虢州岑二十七长史参三十韵》有"三年

犹疟疾，一鬼不销亡"句，见《全唐诗》卷二二五。

【译文】

在丙寅年，我因为疮疡原因卧床半年多，差不多要走到生命的尽头。殷都秀才路过戏称道："应当增加十年寿命啊。"真是令人厌恶的疾病。于是执笔记录下这些人：伯牛患有麻风病；司马相如患有消渴之病；赵岐卧床七年；朱超道晚年久病不愈；皇甫谧经常患病，一直到老；卢照邻患有恶疾，长时间不痊愈，最终投水自尽；李华因为风痹之病最终在楚国去世；杜台卿失聪而终；祖珽、胡旦失明而终；杜甫患有疟疾三年，最终命赴黄泉。

八·四四

蔡景明[1]问余："古亦有贵而寿者乎？"余对："有之。公孙弘[2]、韦贤[3]、匡衡[4]拜相封侯，胡广[5]周历三公，至太傅。弘、贤、广皆八十。谢安以太保[6]，王俭以开府[7]，沈约以尚书令[8]，范云[9]、徐勉[10]以仆射，朱异以领军[11]，江总以尚书令[12]，徐陵以宫傅[13]，各秉政。高允为中书令[14]，年九十八。范长生为丞相，年百余岁[15]。杨素将相二十载[16]。唐世宰辅魏徵[17]、李峤[18]、苏味道[19]、张说[20]、苏颋[21]、韩休[22]、张九龄[23]、陆贽[24]、武元衡[25]、权德舆[26]、令孤楚[27]、元稹[28]，左仆射王起年八十八[29]，尚书白居易年七十六[30]。宋世宋庠[31]、司马光[32]、周必大[33]俱拜相，范仲淹[34]、欧阳修[35]俱执政，必大年七十九。元世赵孟頫[36]、许衡[37]、窦默[38]、姚枢[39]、王磐[40]、姚燧[41]、欧阳玄[42]俱登一品，王磐年九十。明兴，刘诚意[43]、王新建[44]至开茅土[45]，杨文贞[46]、丘文庄[47]、李文正[48]、王文恪[49]俱历师臣[50]，杨寿八十，丘、李、王皆七十之上。毋论许敬宗[51]、蔡京[52]及近分宜相[53]，权宠冠绝，并有遐龄[54]。"蔡匿笑不答。余乃谓曰："伊尹、太公、周公、毕公、召公不拜相乎？卫武公不为侯伯乎？不皆至百岁乎？"[55]蔡乃曰："善。"

【注释】

[1]蔡景明：即蔡一槐，字景明，福建晋江（今福建泉州）人，嘉靖三十八年进士，官至广东参议。事详清姜绍书《无声诗史》卷七。

[2] 公孙弘：西汉丞相，字季、次卿，齐地菑川（今山东寿光）人。事详《汉书》卷五八《公孙弘传》。

[3] 韦贤：西汉丞相，字长孺，鲁国邹县（今山东邹城）人。事详《汉书》卷七三《韦贤传》。

[4] 匡衡：西汉丞相，见四·九四注[1]。

[5] 胡广：明代大臣，曾任司空、司徒、太尉，见五·四注[16]。

[6] 谢安：东晋大臣，曾任太保，见三·三五注[4]。

[7] 王俭：南朝齐名臣，曾任开府仪同三司，见八·一九注[2]。

[8] 沈约：南朝梁名臣，曾任尚书令，见一·三注[1]。

[9] 范云：南朝梁大臣，曾任尚书右仆射，见三·六九注[1]。

[10] 徐勉：南朝梁大臣，字修仁，东海郯县（今山东郯城）人，曾官尚书右仆射。事详《南史》卷六〇《徐勉传》。

[11] 朱异：南朝梁奸臣，字彦和，吴郡钱塘（今浙江杭州）人，梁武帝时曾官中领军。事详《南史》卷六二《朱异传》。

[12] 江总：南朝陈大臣，曾官尚书令，见三·七四注[5]。

[13] 徐陵：南朝梁陈时期大臣，陈后主时，曾任太子少傅，见三·七四注[5]。

[14] 高允：北魏大臣，字伯恭，渤海蓚县（今河北景县）人，文成帝时曾官中书令。事详《北史》卷三一《高允传》。

[15] 范长生：西晋时天师道领袖，字元，涪陵丹心（今重庆黔江）人，曾任流民起义军政权的丞相。事附《晋书》卷一二一《李雄载记》。

[16] 杨素：隋朝权臣，曾任行军元帅、尚书令等职，见三·六三注[3]。

[17] 魏徵：唐太宗朝宰相，字玄成，钜鹿下曲阳（今河北晋州）人。事详《新唐书》卷九七《魏徵传》。

[18] 李峤：武则天执政期间任宰相，见四·一一注[6]。

[19] 苏味道：武则天执政期间任宰相，见四·八注[2]。

[20] 张说：唐睿宗至玄宗时期，曾三度拜相，见四·三注[6]。

[21] 苏颋：唐玄宗时期宰相，见四·三注[6]。

[22] 韩休：唐玄宗时期宰相，字良士，京兆长安（今陕西西安）人。事详《新唐书》卷一二六《韩休传》。

[23] 张九龄：唐玄宗时期宰相，见八·三五注[18]。

[24] 陆贽：唐德宗时期宰相，见四·九四注[2]。

[25] 武元衡：唐宪宗时期宰相，见四·五四注[4]。

[26] 权德舆：唐宪宗时期宰相，见三·五九注[3]。

[27] 令孤楚：应为"令狐楚"，唐宪宗时期宰相，字殻士，自号白云孺子，宜州华原（今陕西铜川）人。事详《新唐书》卷一六六《令狐楚传》。

[28] 元稹：唐宪宗时期宰相，见四·一三注[2]。

[29] 王起：字举之，太原（今山西太原）人，唐武宗时曾任尚书左仆射。事附《新唐书》卷一六七《王播传》。

[30] 白居易，见四·四九注[1]。唐武宗时，以刑部尚书致仕。

[31] 宋庠：宋仁宗朝宰相，初名郊，字伯庠，改名字公序，安州安陆（今湖北安陆）人。事详《宋史》卷二八四《宋庠传》。

[32] 司马光：宋哲宗朝宰相，字君实，号迂叟，世称"涑水先生"，陕州夏县（今山西夏县）涑水乡人。事详《宋史》卷二三六《司马光传》。

[33] 周必大：南宋孝宗、光宗朝宰相，字子充、洪道，自号平园老叟，吉州庐陵（今江西吉安）人。事详《宋史》卷三九一《周必大传》。

[34] 范仲淹：宋仁宗朝拜参知政事，字希文，苏州吴县（今江苏苏州）人。事详《宋史》卷三一四《范仲淹传》。

[35] 欧阳修：宋仁宗朝拜参知政事，见四·八五注[1]。

[36] 赵孟頫，见四·一〇四注[2]。

[37] 许衡，见四·一〇五注[2]。

[38] 窦默：元初大臣，初名杰，字汉卿，后改子声，广平肥乡（今属河北邯郸）人。元世祖朝，历任翰林院侍讲学士、昭文馆大学士等职。事详元苏天爵《元朝名臣事略》卷八。

[39] 姚枢，见四·一〇五注[1]。

[40] 王磐：元初大臣，字文炳，号鹿庵，广平永年（今属河北邯郸）人。

入元后，历任翰林直学士、翰林承旨、太常少卿等职。事详《元朝名臣事略》卷一二。

[41] 姚燧，见四·一〇四注 [3]。

[42] 欧阳玄：元代大臣，字原功，号圭斋、霜华山人等，浏阳（今湖南浏阳）人。元顺帝时，累官翰林直学士、翰林学士承旨等职。事详《元史》卷一八二《欧阳玄传》。

[43] 刘诚意：刘基，受封诚意伯，见五·三注 [5]。

[44] 王守仁：王阳明，受封新建伯，见五·四注 [4]。

[45] 茅土：建立基业，获得爵位。古代天子以五色土为社祭的祭坛，分封诸侯时，按封地所在方向取坛上一色土给受封者在封国内立社。

[46] 杨文贞：杨士奇。明仁宗、英宗朝，历任少傅、少师，卒赠太师，见五·二注 [2]。

[47] 丘文庄：丘濬。明孝宗朝，任太子太保，卒赠太傅，见五·四注 [18]。

[48] 李文正：李东阳。明孝宗、武宗朝，历任太子少保、太子太傅，卒赠太师，见一·二八注 [1]。

[49] 王文恪：王鏊。明武宗朝，任少傅兼太子太傅，世宗朝卒，赠太傅，见五·四注 [19]。

[50] 师臣：对居师保之位或加有太师官号的执政大臣的尊称。

[51] 许敬宗：唐朝宰相，字延族，杭州新城（今属浙江杭州）人，享年八十一。事详《新唐书》卷二二三《奸臣传》。

[52] 蔡京：北宋宰相，字元长，兴化仙游（今福建仙游）人，享年八十。事详《宋史》卷四七二《奸臣传》。

[53] 分宜相：指严嵩，字唯中，袁州分宜（今江西分宜）人，享年八十七。事详《明史》卷三〇八《奸臣传》。

[54] 遐龄：高寿。

[55] 伊尹：商朝开国功臣，名挚，尹为官名（相当于丞相），享年约百岁，见《史记·殷本纪》张守节正义。太公：姜尚，西周开国功臣，享年百余岁，

见《册府元龟·寿考》。周公：姬旦，辅政武王、成王，享年约百岁，见《论衡·气寿》。毕公：姬高，武王异母兄弟，辅政周成王、周康王，享年约百岁。召公：一作"邵公"，姬奭，辅政周成王、周康王，享年百余岁，见《论衡·气寿》。卫武公：春秋初期卫国国君姬和，曾辅佐周平王平叛犬戎之乱，赐公爵，享年九十五，见《国语·楚语上》。

【译文】

蔡一槐问我："古代也有既显贵而又长寿的人吗？"我回答说："有。公孙弘、韦贤、匡衡拜相封侯，胡广历任司空、司徒、太尉，官至太傅。弘、贤、广都活到了八十岁。谢安官至太保，王俭官至开府仪同三司，沈约官至尚书令，范云、徐勉官至尚书右仆射，朱异官至中领军，江总官至尚书令，徐陵官至太子少傅，（这些高寿的人）都曾把持朝政。高允官至中书令，活到九十八岁。范长生官至丞相，活到一百多岁。杨素担任将相二十年。唐朝（高寿的）宰相，有魏徵、李峤、苏味道、张说、苏颋、韩休、张九龄、陆贽、武元衡、权德舆、令狐楚、元稹。尚书左仆射王起活到八十八岁。刑部尚书白居易活到七十六岁。宋朝宋庠、司马光、周必大都封侯拜相，范仲淹、欧阳修均掌握政权，周必大活到七十九岁。元朝赵孟頫、许衡、窦默、姚枢、王磐、姚燧、欧阳玄均官至一品，王磐活到九十岁。明建国后，（高寿的）刘基、王阳明都有爵位，杨士奇、丘濬、李东阳、王鏊都曾获得皇家老师的尊位，杨士奇活到八十岁，丘、李、王均活到七十多岁。更不用说许敬宗、蔡京、严嵩这些人，既拥有世人难以企及的权力与恩宠，同时也具有超长的寿命。"蔡一槐暗自发笑，没有回答。我于是对他说："伊尹、太公、周公、毕公、召公没有封侯拜相吗？卫武公难道不是侯伯吗？不都活到了百余岁吗？"蔡一槐于是回答说："是这样的。"

八·四五

颜之推云[1]："文章之体，标举兴会，发引性灵，使人矜伐，故忽于持操，果于进取。今世文士，此患弥切。一事惬当，一句清巧，神厉九霄，志凌千载，自吟自赏，不觉更有傍人。加以砂砾所伤，惨于矛戟，讽刺之祸，速于风尘，深宜防虑，以保元吉。"[2] 吾生平无进取念，少年时神厉志凌[3]之病亦或有之。今老矣，追思往事，可为扪舌[4]。

【注释】

[1]语出颜之推《颜氏家训》卷四《文章第九》。颜之推，见一·三四注[1]。

[2]标举：揭示。兴会：因外物触动而产生的感受。矜伐：夸耀。切：严重。事：典故。惬当：恰当。砂砾所伤：《荀子·荣辱》有"伤人之言，深于矛戟"句，此以砂砾比喻言辞。元吉：大吉。

[3]神厉志凌：在感觉上盛气凌人。

[4]扪舌：按住舌头，表示不说话或不发声。

【译文】

颜之推说："文章的本质是表达人的感受，抒发人的性灵，这容易使人恃才自负，从而忽视把持自己，而一味放纵。现在的文人，这种毛病更加严重。一个典故用得恰当，一个句子写得清巧，就心神上达九霄，意气下凌千年，自己吟咏自我欣赏，把其他人不放在眼里。语言对人的伤害，远甚于矛戟；讽刺别人所招致的祸患，比风来得更快。应该认真思考防范，以保平安。"我一生没有进取的心思，少年时盛气凌人的毛病或许是有的。现在已经年老，追忆往事，便羞于言说。

八·四六

大抵世之于文章，有挟[1]贵而名者，有挟科第而名者，有挟他技如书、画之类而名者，有中于一时之好而名者，有依附先达，假吹嘘之力而名者，有务为大言，树门户而名者，有广引朋辈，互相标榜而名者。要之，非可久可大之道也。迩来狙狯贾胡[2]，以金帛而买名；浅夫狂竖，至用詈骂[3]谤讪，欲以胁士大夫而取名。唉，可恨哉！

【注释】

[1]挟：倚仗。

[2]狙狯：狡诈。贾胡：经商之胡人。

[3]詈骂：恶语辱骂。

【译文】

　　大体对世上的文章来说，有的人倚仗显贵而扬名，有的人倚仗科举考试而扬名，有的人倚仗其他技艺，如书、画之类而扬名，有的人符合一时的社会风尚而扬名，有的人依附前辈，凭借别人的吹嘘而扬名，有的人致力于高谈阔论，以树立门户而扬名，有的人广泛结交朋友，倚仗互相标榜而扬名。简而言之，这并不是能够名留青史的方法。近来狡猾的经商胡人，用金帛来换取名望；见识短浅而狂妄自大的人，甚至用恶言恶语诽谤他人，想要以此恐吓士大夫来博得名望。唉，实在是可恨！

责任编辑：王　淼

封面设计：王欢欢

版式设计：王　婷

图书在版编目（CIP）数据

《艺苑卮言》全注全译 / （明）王世贞　著；韩伟　译注 . — 北京：
人民出版社，2023.11
ISBN 978 - 7 - 01 - 025521 - 7

I. ①艺…　II. ①王…②韩…　III. ①古典诗歌 - 诗歌评论 - 中国②古典
散文 - 散文评论 - 中国　IV. ① I206.2

中国国家版本馆 CIP 数据核字（2023）第 047930 号

《艺苑卮言》全注全译

YIYUAN ZHIYAN QUANZHU QUANYI

（明）王世贞　著　韩伟　译注

人民出版社 出版发行

（100706　北京市东城区隆福寺街 99 号）

北京盛通印刷股份有限公司印刷　新华书店经销

2023 年 11 月第 1 版　2023 年 11 月北京第 1 次印刷

开本：710 毫米 ×1000 毫米 1/16　印张：34.25

字数：541 千字

ISBN 978 - 7 - 01 - 025521 - 7　定价：160.00 元

邮购地址 100706　北京市东城区隆福寺街 99 号

人民东方图书销售中心　电话（010）65250042　65289539